조선의 단편 2

조선의 단편 2

야담으로 배우는 인생사

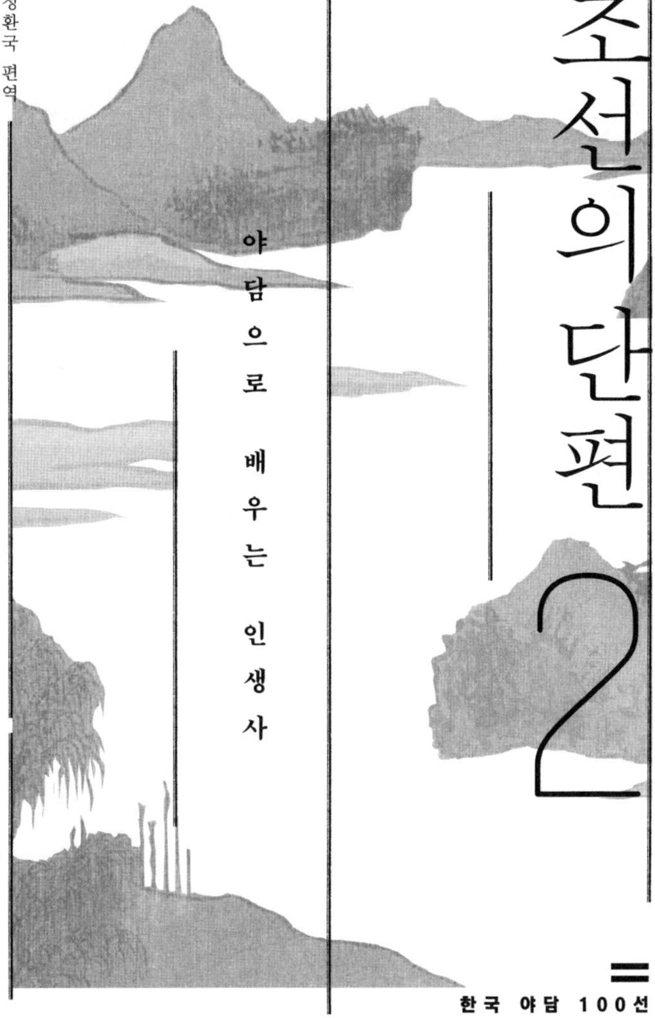

정환국 편역

한국 야담 100선

머리말

이 책은 조선 후기 야담의 정수라 할 만한 이야기들을 엄선하여 우리말로 풀어쓰고 해설을 붙인 결과물이다. 야담은 고전문학의 한 갈래로, 한문으로 기록된 비교적 짤막한 길이의 잡다한 이야기를 통칭하는 개념이다. 사실 이런 유형은 형식이 자유로운 편이며, 삼국시대부터 조선시대까지 줄곧 창작되거나 전승되어 왔다. 근대 시기에도 여전히 존재했고, 과거와는 또 다른 형태지만 지금도 만들어지고 있다.

하지만 시대마다 부르는 명칭이 달라서 야담으로 불리기 전에는 '설화'나 '필기' 등으로, 요즘 시대에는 '야설'이란 명칭으로도 쓰이고 있다. 이처럼 야담은 그 범위가 무척 다양하고 어떤 정형화된 틀이 없어서 시대마다 각기 다른 내용과 형식을 취했다. 조선시대 야담문학이라고 하면 17세기 이후 변화된 사회 현실과 인정물태를 반영한 단편서사 양식을 일컫는다. 그중에서 서사성과 문예성이 높은 일군의 작품들을 '한문단편'이라 부르기도 한다. 지금으로 보면 단형서사또는 단편소설이라 불러도 무방하다.

한편, 야담이 자기 형식을 갖춰갈 즈음 국문장편소설도 유행하기 시작했다. 이리하여 조선 후기에는 한문으로 쓰인 단편서사인 야담과 국문으로 쓰인 장편소설이라는 서사의 이원 구도가 성립되었다. 두 양식을 통해 당대의 현실과 욕망이 더욱 다채롭게 드러날 수 있었다. 다만 그 역할이 나뉘어 있었는데, 국문장편소설이 요즘의 드라마 같았다면 단편인 야담은 당대의 다큐멘터리 같은 것이었다. 그리고 지향도 서로 달랐다. 국문장편소설은 인물과 배경 등을 조선 사회에 두지 않았으며, 주로 상층의 가문 유지나 유교 이데올로기의 고취, 또는 사회 질서를 유지하고자 하는 취지가 강했다. 반면, 야담은 현실적인 소재와 당대인의 욕망을 가감 없이 드러냈기에 그 시대의 리얼리즘이었다. 더러 어떤 이야기는 지금의 뉴스에 등장하는 사건 사고와 다름이 없었다.

조선시대는 유교 사회였다. 유교는 중국에서 출현하여 한반도에 전래한 동아시아의 생활윤리이자 정치철학이다. 그런데 이 유교 이념을 가장 올곧게 실현한 권역이 한반도였다. 그만큼 조선은 유교 질서가 잘 구현된 사회였다. 그런데 유교와 소설류는 애초 상극이었다. 소설류가 대개 허구이자 비일상적인 소재를 다루었기에 그 사유 체계와 세계관이 도교 쪽 아니면 불교 쪽이었다. 소설류는 이처럼 출발부터 비유가적인 글쓰기 양식이었기에 유가 사회에서 걸핏하면 이단으로 취급받았다. 하지만 어느 시대나 서사에의 욕망은 사그라들 수 없는 법이다. 조선시대 소설류도 이단 취급을 받았으나 끈질기게 생명력을 유지했다. 그런 와중에 야담이 출현하게 된 것이다.

그런데 야담은 약간의 안전장치가 있었다. 일반적으로 야담은 고려 후기부터 조선 전기까지 활발하게 창작됐던 필기에서 기원한 양식으로 보고 있다. 필기는 지금 문학 유형으로는 수필에 해당하나 그 성격은 상당히 달랐다. 곧 유가 사대부가 자기 정체성을 제고하기 위한 글쓰기 수단의 하나였다. 따라서 양반들의 역량이나 문예를 과시하는 미담이 주류였다. 그러나 조선시대로 들어와 양반들의 위치가 확고해지자 필기의 용도는 줄어들었다. 대신 이런 필기 형식에 민간이나 그 주변의 이야기를 집어넣기 시작하면서 조선 후기 야담이 탄생한 것이다. 따지고 보면 같은 그릇에 다른 내용물을 넣은 셈이다. 그랬기에 야담은 여러 서사류 중에서 비교적 유가의 간섭을 덜 받으며 조선 후기 서사의 꽃으로 피어날 수 있었다.

이런 야담의 전통은 당시 동아시아 서사 지형으로 넓혀보아도 대단히 독자적이며 특별한 서사적 혁명이었다. 물론 같은 시대에 중국은 《홍루몽》 같은 장편소설이, 일본은 상업소설류가 대세를 이루었고, 비교적 문학의 출현이 늦었던 베트남은 중단편 소설류가 있었다. 이런 서사 유형은 각국의 당대 현실을 적실하게 반영했다고 평가받는다. 그러나 우리같이 수백 년간 광범위하게 이어진 야담의 전통은 어디에도 없었다. 곧 야담은 우리만의 사회를 비추는 양식으로 고안해 낸 조선식 서사였다. 비교 대상을 좀 더 넓혀보자면, 17세기 이후 서구의 신생 서사 장르인 노블(Novel)이 떠오른다. 노블은 당시 성장하고 있던 시민 사회의 현실과 욕망을 다룸으로써 문학의 새로운 아이콘으로 등장했다. 우리는 같은 시기 야담을 고안하여 사회적으로 소외된 존재들의 현실과 욕망을 차곡차곡 쌓아올렸다. 그러니 한국 야담은 서구의 노블과 비견해도 손색이 없다.

그렇다면 한국 야담은 몇 편이나 되고, 어떤 내용들을 담고 있을까? 사실 워낙 많은 자료에 실려 있고, 앞으로 새로 발굴될 작품도 예상되는 만큼 편 수를 완전히 파악하기는 쉽지 않다. 몇 해 전 글쓴이를 포함한 야담연구팀이 《정본 한국 야담전집(10책)》(보고사, 2021)을 펴낸 바 있다. 조선 후기 주요 야담집 20종의 한문 원문을 교감하여 표점을 달아 정본을 만든 것이다. 여기만 해도 4200여 편이 실려 있다. 물론 이 중에는 서로 겹치거나 화소가 비슷한 작품도 적지 않다. 그런데 이것 또한 야담의 특성이기도 하다. 비슷한 소재를 반복적으로 활용하거나 줄거리 일부를 변주하면서 새 가지를 치고 있기 때문이다. 실제 이런 면모를 이 책에서도 어느 정도 확인하게 될 것이다.

이 수천 편에서 다루어진 내용은 그야말로 가지각색이다. 이를 요약하면 다음 몇 가지다. 먼저 신분제의 동요에 따른 중하층의 부상과 저항, 상층의 내부 균열로 발생한 몰락 양반들의 고투 같은 이야기가 대세를 이룬다. 그리고 상업과 경제 활동의 변화에 따라 치부(致富)를 위해 질주하는 서사가 다양한 형태로 구축되고 있는가 하면, 역동적인 시정 사회 속에 꿈틀거리는 인정세태를 묘파한 작품들도 적지 않다. 또한 신분과 처지를 넘어서는 남녀의 애정을 다룬 이야기도 단골 중의 하나이다. 이 외에도 사회 변화에 따른 비범한 인물들의 남다른 면모를 주목한 작품들도 빼놓을 수 없다. 그렇다면 이 수많은 작품을 통관하는 기저나 키워드는 뭘까? 이 책의 여러 이야기에서 확인되겠지만 다름 아닌 '출사(出仕)'와 '치부'이다. 출사는 과거에 급제하여 출세하는 것을 말한다. 상층 사대부, 그중에서도 궁벽한 처지에 몰린 몰락한 선비들의 욕망이 이쪽이다. 치부는 부자가 되기 위한 질주이다. 질주하는 주체는 계급과 계층을 초월하나 특히 중하층의 참여가 예사롭지 않다. 이처럼 두 층위는 성격을 달리하면서도 결국은 누구나 잘살고 싶은 욕망을 대변하다. 그러므로 지금 우리 시대의 열망과 별반 다르지 않다.

요약하자면 야담에는 조선 후기 온갖 사회상과 인간상이 녹아들어 있다. 이것이 작품마다 자기 색깔을 구현하고 있다. 그러니 각 편은 조선 후기 사회의 모자이크 조각에 해당한다. 이 조각을 다 모으면 조선 후기를 입체적으로 묘파한 총천연색의 모자이크가 완성되는 셈이다.

이 책은 이렇게 많은 야담 가운데 당시에도 인기가 있었고 지금 시대와도 호응할 법한 이야기, 그러면서도 서사성이 우수한 100편을 가려 뽑았다. 이를 다시 50편씩 나누어 두 권에 편재했다. 그리고 다시 책마다 소주제로 나누어 각각 5부로 구성했다. 그러나 이런 형식은 편의적인 나눔이라는 점을 고백하고 싶다. 그만큼 여기에 실린 이야기들은 서로 얽히고설켜 있으며, 하나의 이야기에도 여러 가지 요소들이 들어 있기 때문이다. 그러니 이 편제에 너무 얽매이지 말고 읽었으면 좋겠다.

한편, 여기 이야기들은 모두 12개 야담집에서 선별하여 읽기 쉽도록 우리말로 번역하여 실었다. 해당 야담집은 17세기 초《어우야담》에서부터 19세기 후반의《동야휘집》까지다. 또 각 이야기의 원문은《정본 한국 야담전집》에 모두 실려 있다. 번역은 되도록 원문을 충실히 따랐으나 한문과 한글의 어순이 다른 만큼 읽기 편하게 다듬었다. 그리고 아주 가끔은 서사의 흐름을 살리기 위해서 한문 원문의 앞뒤 순서를 바꾸어 번역하기도 했다. 또 극히 일부분에서는 서사의 흐름을 방해하는 내용은 반영하지 않았다. 특히 이야기 끝에 붙인 평은 번역에서 제외했다. 독자들의 자유로운 감상을 방해할 수도 있겠다 싶어서이다. 마지막으로 개별 이야기의 이해를 돕기 위해 글쓴이의 해설을 붙였다. 아무래도 옛날이야기다 보니 줄거리가 난데없거나 전체 흐름을 잡기가 곤란할 때가 있을 줄 안다. 이를 위해 이야기의 배경이나 내용 가운데 특정한 지점을 알기 쉽게 설명했다. 가끔은 지금 우리의 현실과 연계시켜 부연하기도 했는데, 이는 순전히 글쓴이의 생각일 뿐이니 가감하여 받아들였으면 한다.

사실 그동안 한국 야담에 대한 번역물이나 선편(選篇)이 없지는 않았다. 그러나 이 책처럼 한국 야담을 전체적으로 망라하는 가운데 엄선한 사례는 거의 없었다. 그만큼 한국 야담의 정수만 모았다고 보면 되겠다. 그럼에도 이 책을 보고 나서 더 많은 야담문학과 대면하고 싶다면, 《이조한문단편집(4책)》(창비, 2018)과 《한문서사의 영토(1·2)》(태학사, 2012), 그리고 《청구야담(上·下)》(보고사, 2023)을 추천한다.

끝으로 이 책을 읽는 독자들에게 바람을 붙여둔다. 이 책에 실린 각양각색의 이야기를 그저 옛날이야기로만 치부하여 거리두기를 하지 말았으면 한다. 분명 신분제 사회였던 이 시기 서사는 지금 우리의 삶과는 거리가 있다. 그러나 신분과 이념을 조금씩 걷어내고 나면 우리가 겪는 현실과 별반 다르지 않다. 사실 지금 사회는 또 다른 신분이나 위계가 더해지고 있고 다수가 그 피해를 보고 있지 않은가. 우리가 겪고 있는 신자유주의 시대의 폐해는 어쩌면 조선시대의 신분제도보다 더 가혹할지도 모른다. 그러니 옛날이야기인 야담 속에 예상하지 못했던 저항과 극복의 메시지가 들어 있을지 누가 알겠는가. 한 가지 더 추가하자면, 여기 이야기의 소재가 다종다양한 만큼 창작이나 콘텐츠에 활용하기 안성맞춤이다. 이쪽에 관심이 있는 이가 잘 응용한다면 금상첨화일 것 같다. 아무튼 야담에 대한 열린 독서를 권장한다.

지금 우리 시대의 서사는 대부분 단편이다. 한때 《토지》나 《태백산맥》 같은 대하소설이 널리 읽히던 시절도 있었으나 점점 바빠지고 변화무쌍한 지금은 이런 긴 호흡의 소설을 읽기가 힘들다. 그러니 우리는 조선 후기처럼 다시 야담을 소비하는 시대를 맞았다. 실제 우리는 다양한 매체와 콘텐츠를 통해서, 또 소설을 통해서 단편에 익숙해져 있다. 이렇게 도래한 야담의 시대에 이 책이 조그마한 위안과 또 다른 출발의 길라잡이가 되기를 기대해 본다.

2023년 10월

정환국

차례

2부. 팔자와 인정

3장. 팔자와 운명

4장. 새옹지마 인생

3부. 몰염치와 몰인정

5장. 몰염치한 세태

5부. 풍류와 풍자

9장. 기예와 풍류

10장. 풍자와 해학

1부

남녀의 풍정

1장

진정한 만남이란

1화

눈을 쓸다가 그리운 임을 만남

성종 때 어떤 이름난 재상이 평안도 관찰사•로 있었다. 평안도, 그중에서도 평양은 예로부터 경치가 아름답기로 유명했다. 강가나 산기슭 높은 곳에서 바라보는 풍경은 장관이었으며, 화려하게 차려입고 흥겨운 풍악을 울리며 노는 재미는 팔도에서 제일이었다. 게다가 미인도 많아 풍류에 빠진 이나 나름의 재주를 가진 벼슬아치가 미인의 한 번 웃음을 얻기 위해 몇 년 동안이나 머무르는 일도 종종 있었다.

이곳에 한 기녀가 있었다. 본명은 자란(紫鸞)이나, 기녀로서는 옥소선(玉簫仙)이라 불렸다. 나이는 이제 막 열두 살이 되었고, 타고난 자태가 아름다워 세상에 둘도 없는 미인이라 할 만했다. 자란은 음악에 정통하여 춤과 노래 실력이 뛰어났으며, 여기에 재주와 학식까지 갖

• **평안도 관찰사** 다른 말로는 '평양 감사'라 부르는데, 이는 평안도 관찰사가 주재하는 감영이 평양에 있었기 때문이다. 관찰사는 조정에서 파견할 때 쓰는 명칭이고, 감사는 관찰사가 감영에 부임한 뒤 붙이는 명칭이므로 같은 뜻이다.

추어 시도 잘 지었다. 이미 평안도 일대에서는 명성이 자자해 사람들은 수많은 기녀 중 자란을 최고로 꼽았다.

감사에게는 아들이 하나 있었다. 그 역시 열두 살로, 눈과 눈썹이 마치 그림 같았다. 또 어려서부터 유가 경전과 역사에 통달했고, 시적 상상력이 빨라 붓만 들면 순식간에 시 한 편을 완성해 내 신동이라 불렸다. 감사는 유일한 자식이자 뛰어난 재주를 가진 이 아이를 몹시 애지중지했다.

어느 날, 감사의 아들이 생일을 맞았다. 감사는 감영에서 연회를 열어 축하하러 온 손님들과 술자리를 벌이고 기녀들과 악단을 불렀다. 분위기가 무르익자 감영 안이 웃음소리로 왁자지껄해졌다. 흥이 난 감사는 아들에게 춤을 추라고 했다. 아울러 행수기녀를 불러 어린 기녀 가운데 아들과 함께 춤을 출 만한 아이를 고르라 지시했다. 흥을 더하기 위해서였다. 이에 기녀들은 물론 감영의 위아래 사람들까지 모두 짝으로 자란을 추천했다. 나이도 같은 데다 자태가 어여쁘고 기예 또한 뛰어나기에 감사의 아들에게 딱 맞는 상대라 생각했기 때문이다. 이렇게 해서 아들과 자란은 한 쌍이 되어 춤을 추기 시작했다. 둘의 절묘한 춤사위는 여린 버들처럼 하늘거리고, 가볍게 나는 제비처럼 팔랑였다. 이를 지켜보던 사람들은 "기발하고 절묘하군!"이라며 감탄을 연발했다. 감사도 마음이 흐뭇해져 자란을 불러다 술상 앞에 앉아 요리를 들게 하고, 상으로 비단 등속을 가득 내렸다. 그러고는 앞으로도 계속 아들 옆에서 시중을 들며 차를 올리거나 먹 가는 일을 도맡으라고 일렀다.

이때부터 자란은 항상 감사의 아들 옆에 머물렀고, 함께 장난을 치며 놀기도 했다. 그렇게 몇 년이 흘러 차츰 나이가 들면서 둘은 마침내 서로를 사랑하게 되었다. 이들 사이에 얽힌 사랑의 실타래는 어느 이야기 속의 주인공들보다 더욱 질기고 단단했다.

한편, 감사는 평안도를 잘 다스려 조정의 명으로 연임을 하게 되었다. 이리하여 그는 총 6년을 감사로 있었고, 마침내 한양으로 부름을 받았다. 평양을 떠날 날이 다가오자, 감사와 부인은 아들이 자란과의 이별을 힘들어할까 봐 걱정이 이만저만한 게 아니었다. 자란을 버려두고 가자니 아들이 그리움에 상사병이라도 걸리지 않을까 싶고, 데리고 가자니 아직 장가를 들지 않은 아들의 앞날에 방해가 될까 염려되었다. 감사와 부인은 이러기도 저러기도 쉽지 않아 판단을 내리지 못하다가 결국 아들을 불러 물었다.

"우리가 곧 한양으로 떠나야 함을 너도 알 것이다. 그런데 그동안 너와 자란의 정이 돈독해져 아무래도 헤어지기 어려울 듯싶구나. 장가도 안 든 네가 저 애를 계속 데리고 산다면 아무래도 혼삿길에 방해가 되지 않겠느냐? 그렇다고 남녀가 서로 좋다는데, 아무리 아비라 해도 자식더러 그러지 말라고 할 수는 없는 법이다. 나라고 어찌 막을 수 있겠느냐. 남자가 첩을 두는 건 세상에 흔히 있는 일이니, 네가 만약 자란을 사랑하여 도저히 잊을 수 없다면 어쩔 수 없지. 사소한 일이 앞날을 방해하더라도 별수 있겠느냐? 네 뜻에 따라 결정할 터이니, 숨기지 말고 생각을 말해보거라."

그런데 걱정과는 달리 아들은 아무런 고민 없이 대답했다.

"아버님께서는 소자가 고작 기생 계집 하나와 헤어지기 힘들어하다가 혹시라도 상사병에 몸이 상할까 걱정까지 하십니까? 소자가 한

때 화사한 데 눈이 멀어 한눈을 팔긴 했으나, 이제는 저 아이를 해진 짚신 버리듯 할 수 있습니다. 뭐가 아쉬워 놓지 못하고 연연하겠습니까? 바라건대 아버님께서는 그런 걱정은 내려놓으십시오."

이 말을 들은 감사와 부인은 다행이라며 기뻐했다.

"우리 아들이 진정 대장부로구나!"

이렇게 해서 둘은 이별하게 되었다. 자란은 오열하느라 차마 생•을 쳐다보지도 못했다. 반면, 생은 조금도 아쉬워하거나 연연해하는 기색이 없었다. 이를 지켜보는 감영 안의 관속들과 비장들은 그의 남다른 의연함에 탄복하면서도 염려스러워했다. 왜냐하면 그가 6년 동안 자란과 하루도 떨어져 본 일이 없어 세상의 이별이 어떤 것인지도 모르면서 이렇듯 쾌활한 말로 이별을 가볍게 여겼기 때문이다.

감사는 대사헌•으로 조정에 복귀했고, 생도 부모를 따라 한양으로 돌아왔다. 그런데 생은 자신이 점점 자란을 그리워하고 있다는 사실을 깨닫기 시작했다. 그러나 이런 감정을 말에 섞거나 얼굴에 드러낼 수는 없었다. 이런 즈음, 소과•를 본다는 방이 났다. 이에 부친은 생에게 친구 두셋과 함께 산사로 들어가 과거를 준비하라고 명했다.

산사에 들어가 지내던 어느 한겨울 밤이었다. 친구들은 모두 잠자리에 들었으나 생은 좀처럼 잠을 이루지 못했다. 그는 홀로 일어나 뜰을 서성였다. 내린 눈은 소복이 쌓였고 달빛은 눈부시게 환했다. 깊은

- **생(生)** 벼슬하지 않은 젊은 선비를 이르는 말.
- **대사헌(大司憲)** 감찰 임무를 수행했던 사헌부의 수장. 종2품직이었다.
- **소과(小科)** 생원과 진사를 뽑는 시험으로 사마시(司馬試), 생진과(生進科)라고도 부른다. 이 시험에 합격하면 성균관에 들어가 대과를 준비했다.

산속의 고요한 밤이라 온갖 소리마저 잦아들었다. 생은 멍하니 달을 바라보다 문득 견딜 수 없이 자란이 그리워졌다. 먼발치에서라도 얼굴 한번 보고 싶은 마음을 누를 길이 없어 정신을 잃고 미쳐버릴 것만 같았다. 그러나 동이 틀 때까지는 아직도 많은 시간이 남아 있었다. 참지 못한 그는 뜰에 서 있던 그대로 곧장 평양을 향해 발걸음을 옮겼다. 털모자에 다 해진 명주옷을 입고 가죽신을 신은 채 맨몸으로 걸었다. 그러니 채 10여 리도 못 가서 발이 부어 더는 걸을 수 없었다.

생은 어느 촌가에 들어가 가죽신을 짚신으로 바꿔 신고, 쓰고 있던 털모자를 버리고 옆이 찢어져 다 해진 패랭이를 얻어 썼다. 가는 길에 빌어먹기도 했으나 굶는 경우가 대부분이었고, 여관에서 묵기는 했지만 밤새도록 추위에 떨기 일쑤였다. 부귀한 집안의 자제로 태어나 기름진 음식을 먹으며 비단옷을 입고 자란 그는 지금껏 문밖으로는 채 몇 걸음도 나가본 적이 없던 터였다. 그런데 아무런 준비 없이 천릿길을 걸어 나섰으니 오죽했으랴. 비틀거리다 엎어져 기어가기까지 했지만 더는 앞으로 갈 수가 없었다. 고생이란 고생은 다 겪는 바람에 옷은 찢어져 너덜너덜해지고 얼굴은 검게 수척해져 거의 귀신 몰골이었다.

생은 이렇게 험한 고비를 여러 번 넘기며 한 달 남짓 만에 고대하던 평양 땅에 도착할 수 있었다. 그는 곧장 자란의 집으로 찾아갔다. 그러나 그녀는 보이지 않고 그 어미만 있었다. 어미는 생을 보고도 처음에는 알아보지 못했다. 그는 다가가 사정을 얘기했다.

"나는 전 사또의 아들이라네. 자네 딸을 잊지 못해 이렇게 천 리 먼 길을 걸어서 왔네. 딸은 어딜 갔길래 안 보이는가?"

그런데 어미는 그의 말을 듣고도 기뻐하는 기색이 없었다.

"우리 딸은 새로 부임하신 사또 나리 자제분의 총애를 입어 밤낮없이 관아에 머물고 있지요. 그 도련님이 잠시도 바깥출입을 못 하게 하여 우리 애가 집에 오지 못한 지도 벌써 몇 달이나 됐답니다. 도련님께서 이렇게 먼 길을 오셨는데 만날 길이 없으니…… 참 딱하게도 됐습니다."

그러면서 먼 곳만 바라볼 뿐 그를 맞이할 생각이 없었다.

'보고 싶어서 힘들게 왔건만 자란이는 만나볼 수도 없고, 그 어미는 반기기는커녕 이렇게 면박만 해대는구나. 이제는 어디 가서 쉴 곳도 없으니 진퇴양난이로구나!'

그때 불현듯 부친이 이곳 감영에 있을 때 알았던 구실아치• 아무개가 떠올랐다. 그자는 전에 인정상 도저히 용서할 수 없는 범죄를 저질러 곧 죽을 목숨이었는데, 생이 불쌍히 여겨 아침저녁으로 부친께 문안하던 틈틈이 살려달라 애원하여 목숨을 구해준 일이 있었다. 생은 생각했다.

'그 구실아치가 내게 죽다 살아난 은혜를 입었으니, 찾아가면 며칠간 대접이야 왜 안 해주겠는가?'

이리하여 생은 자란의 집에서 나와 물어물어 그자의 집을 찾아갔다. 처음에는 그자도 생을 몰라봤다. 생이 자신의 이름을 알리고 사정을 말하니, 그제야 깜짝 놀라며 맞아들였다. 대청을 청소하여 묵도록 하고 밥과 찬을 푸짐하게 차려 올렸다. 생은 그곳에서 며칠을 묵

• **구실아치** 조선시대에 각 관아의 벼슬아치 밑에서 일을 보던 사람.

으며 구실아치와 함께 자란을 만날 계책을 짰다. 한참을 고심하던 구실아치가 이런 제안을 했다.

"조용히 만나볼 길은 아무래도 없겠습니다. 다만 한번 얼굴만이라도 보고자 하신다면 소인이 한 가지 꾀를 알려드릴까 합니다. 도련님께서 이 방법을 따르실는지요?"

생이 무슨 계획이냐며 캐묻자 구실아치가 대답했다.

"지금은 눈이 내린 뒤라 감영에서 제설하는 부역이 있을 것입니다. 제설 작업은 으레 성안 백성들이 분담해 왔고, 소인이 이를 맡고 있지요. 그러니 도련님께서 이번에 부역하는 인부들 사이에 섞여 들어가 눈을 쓸고 계시다 보면, 운 좋게 자란의 얼굴을 볼 수도 있지 않겠습니까? 이것 말고는 별다른 방도가 없을 듯합니다."

생은 이 계획을 따르기로 했다. 다음 날 이른 아침, 생은 인부들과 함께 관아 앞뜰에서 비를 들고 눈을 쓸기 시작했다. 그때 마침 감사의 자제가 창을 열고 문턱에 기대앉아 있었다. 자란은 방에 있는지 보이지 않았다. 다른 건장한 인부들은 눈을 시원하게 치워나갔으나, 생은 비를 다루는 게 서툴러 한참 뒤처졌다. 감사의 자제는 그런 생을 보고 웃음을 터뜨리며 자란을 불러 그 우스운 꼴을 보게 했다. 방안에 있던 자란은 부름을 받고 밖으로 나와 앞 난간에 섰다. 생은 모자를 벗으며 그 앞을 지나가면서 자란을 쳐다보았다. 자란도 생을 보았으나, 금세 방으로 들어가서는 문을 닫아버리고 다시 나오지 않았다. 무참해진 생은 너무나 아쉬워 마치 무언가를 잃어버린 듯했지만, 서글픈 심정으로 구실아치의 집으로 돌아올 수밖에 없었다.

평소 총명하고 지혜로웠던 자란은 사실 단번에 그가 도련님이란 걸 알아차렸다. 그녀는 아무 말 없이 앉아서 눈물만 떨구었다. 그 모습을 본 감사의 자제가 이상히 여겨 왜 우느냐고 물었으나, 자란은 입을 굳게 다물고 말을 하지 않았다. 애가 탄 감사의 자제는 두세 번 재차 물었고, 그제야 자란은 비로소 말문을 열었다.

"첩은 천한 몸인데도 외람되게 도련님께서 아끼고 사랑해 주셔서, 밤에는 비단 이불을 같이 덮고 낮에는 진수성찬을 함께 들고 있습니다. 다만 잠시라도 저를 집에 보내주지 않은 지가 벌써 몇 달이나 되었네요. 첩에게 이런 영화는 감히 꿈꾸기 어려운 일이니, 어찌 터럭만큼이라도 원망하는 마음을 두겠습니까? 하지만 첩의 집은 몹시 가난한 데다 늙은 어머니만 계신답니다. 내일이 바로 아버지 기일인데, 홀로 계신 노모는 필시 한 그릇 젯밥도 마련하지 못하실 거예요. 첩이 집에 있을 때는 구걸을 하든 빌리든 간에 간소한 제수라도 마련하여 제사를 지낼 수 있었지만, 지금 이곳에 꼼짝없이 매여 그럴 수 없으니 슬퍼져 눈물이 났습니다. 무슨 다른 이유가 있겠어요?"

감사의 자제는 그녀에게 푹 빠진 터라 이 말을 듣고는 의심하지 않았다. 오히려 불쌍한 마음이 들어, 그런 일이 있었으면 왜 진작 말하지 않았느냐며 위로했다. 그러고는 당장 제수를 한껏 마련해서 그녀에게 내주며 집에 가 제사를 지내고 오라고 했다. 자란은 넘어질 듯 내달려 집에 와서는 어머니를 보자마자 냅다 물었다.

"전 사또 나리의 도련님이 오셨다는 걸 알고 있어요. 틀림없이 우리 집에 계실 줄 알았는데, 여기에 안 계시네요. 어디로 가신 거예요?"

"도련님이 정말 너를 만나겠다고 걸어서 찾아왔었단다. 아무 날에 우리 집에 왔다만 네가 관아에 들어가 있어서 만날 기약이 없다고 말해줬더니 알아서 발길을 돌리더구나. 어디로 갔는지는 나도 모른다."

이 말에 자란은 소리 내 울면서 모친을 탓했다.

"그건 사람의 도리가 아니잖아요. 도련님을 그렇게 보내시다니요. 저와 도련님이 동갑내기 열두 살 때 잔치 자리에서 함께 춤추던 날, 감영에서는 모두 저를 도련님의 춤 상대로 제격이라며 추켜세웠지요. 비록 남의 추천으로 연결된 것이지만 실로 하늘이 맺어준 짝이었어요. 이것이 제가 도련님을 저버릴 수 없는 첫 번째 이유예요. 그로부터 하루도 도련님 곁을 떠난 적이 없었고, 커서는 은밀한 정을 나누게 되었지요. 서로를 사랑하는 마음과 은근한 정은 예나 지금이나 어디에도 견줄 데가 없고요. 그러니 도련님께서 저를 잊으신다고 해도 저는 죽을지언정 잊을 수 없어요. 이것이 제가 도련님을 저버릴 수 없는 두 번째 이유예요. 또 전 사또께서는 저를 영식•의 배필로 생각하시어 미천하다고 멀리하지 않으셨지요. 마음을 위로하며 어루만져 주시고 많은 선물을 내려주신 그 은덕은 세상에 다시없는 것이었어요. 이것이 또한 도련님을 저버릴 수 없는 세 번째 이유예요. 그뿐인가요? 평양은 큰 도회지인지라 고관들과 귀족들이 마치 베를 짜듯 많이 왕래하기에 저도 뵌 분들이 많아요. 그러나 도련님처럼 국량이 뛰어나고 기품이 있으며 글재주까지 화려한 분은 여태 본 적이 없어요. 그래서 저는 담쟁이덩굴이 높은 나무에 의지하듯 평소 도련님을 믿고 따르려는 마음을 두고 있었어요. 이것이 도련님을 저버릴 수 없는 네 번째 이유이고요. 낭군께서 저를 버리실지라도 저는 그럴 수

• **영식(令息)** 윗사람의 아들을 높여 이르는 말.

없는 이유가 이렇게 분명하잖아요. 한데 이제는 제가 낭군을 뵐 낯이 없는 몸이 되어버렸네요. 그동안 제가 목숨을 끊어 절개를 지키지 못한 것은 위세에 눌려 그랬을 뿐이에요. 그래서 이렇게 새 도련님에게 아양을 떨며 사는 처지인데도 도련님은 행실 바르지 못한 이 천한 계집을 내치지 않으셨잖아요. 이것이 다섯 번째 이유예요. 비단 이것만이 아니에요. 도련님은 귀한 집안 출신인데도 천한 저를 한번 보겠다고 헐벗고 굶주리고 엎어지면서까지 찾아오셨잖아요. 당연히 제가 해야 할 도리가 있거늘, 그리 야멸차게 대했단 말인가요? 아무리 제가 집에 없었다지만, 어머니는 전 사또와 도련님께서 지난날 아껴주신 정과 내려주신 은혜는 전혀 생각지 않고, 밥 한 그릇이라도 대접하며 편히 쉬시도록 하지 않았단 말인가요? 이는 정녕 사람의 도리로 할 짓이 아닌데도 어머니는 그리하셨네요. 이러니 제가 어찌 분통이 터지지 않겠어요?"

소리치며 울던 자란은 한참 만에야 마음을 진정시켰다. 그러고는 바로 이런 생각을 했다.

'이 성안에는 낭군이 거처할 만한 마땅한 곳이 없다. 그러니 필시 아무개 구실아치의 집에 가 계실 것이야!'

그녀는 벌떡 일어나 그 구실아치의 집으로 달려갔다. 가서 보니 과연 그곳에 생이 있었다. 둘은 서로 손을 붙잡고 눈물만 흘릴 뿐 말 한마디도 주고받지 못했다. 이윽고 자란은 생을 자기 집으로 데려가 푸짐한 술상을 차려 올렸다. 밤이 되자 자란이 생에게 말했다.

"내일이면 다시 볼 수 없을 텐데, 이를 어떡하지요?"

두 사람은 의논 끝에 몰래 도망칠 계획을 세웠다. 자란은 옷상자에서 비단 옷가지를 꺼내 속의 솜을 다 빼냈다. 또 약간의 금가락지와 비녀 등 가벼운 패물들도 꺼내 보자기 두 개에 나누어 쌌다. 그러고는 밤이 깊어지고 모친이 잠들자 싸놓은 짐을 함께 짊어지고 달아났다. 여기저기 방황한 끝에 둘은 양덕·맹산•의 깊은 산속으로 들어가 한 촌가에서 더부살이를 하게 되었다. 처음에는 남의 집 품팔이를 해야 했다. 생은 허드렛일에 서툴러 할 수 있는 일이 없었으나, 자란은 자수와 바느질 솜씨가 좋아 겨우 입에 풀칠은 할 수 있었다. 얼마 지나지 않아 이들은 마을 안에 두어 칸짜리 띳집을 장만할 수 있었다.

자란이 밤낮으로 쉬지 않고 부지런히 일한 데다 필요할 때는 가져온 비단 옷가지와 가락지 등의 패물을 팔아 이바지했기에 생활이 그렇게 어렵지는 않았다. 게다가 자란은 이웃들에게도 처신을 잘했기에 동정과 환심을 샀다. 사방의 이웃들은 어딘지 모를 곳에서 흘러들어 어렵게 살아가는 둘의 딱한 처지를 보고 안쓰러워했다. 생과 자란은 이들의 지원과 도움까지 받아 마침내 편안하게 살 수 있었다.

한편, 생과 산사에서 과거를 준비하던 친구들은 아침에 일어나 그가 보이지 않자 깜짝 놀랐다. 중들과 함께 사방의 산을 샅샅이 뒤졌지만 끝내 찾을 수 없었다. 친구들은 어쩔 수 없이 생의 집에 이 사실을 알렸고, 집안은 발칵 뒤집혔다. 사람을 써서 근처 사찰 등 수십 리 일대를 이 잡듯 찾았으나 며칠이 지나도 종적은 묘연할 뿐이었다. 백성들 사이에서는 '필시 요망한 여우한테 홀렸거나 사나운 범에게 물

• **양덕(陽德)·맹산(孟山)** 평안도 동쪽에 있는 양덕군과 맹산군. 두 고을은 연접해 있다. 감자와 잎담배의 산지로도 유명했다.

려 밥이 되고 말았을 것이다.'라는 소문이 돌았다. 끝내 생을 찾지 못한 부모는 슬피 울며 시신도 없는 아들의 장례를 치렀다.

또 한편, 현 감사의 자제는 자란이 사라지자 그 어미와 친족을 모조리 잡아 가두고서 행방을 캐물었고, 종들을 시켜 사방을 샅샅이 찾도록 명했다. 그러나 한 달이 넘도록 찾지 못하자 그만 포기하고 말았다.

자란은 생과 함께 살 거처가 마련되고 생활도 어느 정도 안정되자 조심스레 말을 꺼냈다.

"당신은 정승 집안의 외아들인데, 기생 하나에 홀려 부모를 저버리고 궁벽한 산골로 도망쳐 왔습니다. 집에서는 당신이 살았는지 죽었는지 아실 리 없으니 불효가 막심하고요. 이제라도 행동거지를 단속하고 주변을 깨끗이 하여 죄를 씻어야지요. 그러려면 지금처럼 여기서 하염없이 시간을 보내며 가만히 늙을 수는 없는 일입니다. 그렇다고 빤빤한 얼굴을 하고 다시 집에 돌아갈 수도 없지요. 당신은 이제 어떻게 하실 생각이신가요?"

이 말에 생은 눈물을 줄줄 흘렸다.

"나도 걱정하던 참이오. 하나 어떻게 해야 할지 방도가 떠오르지 않는다오."

"한 가지 방법이 있긴 합니다. 부족하나마 이것으로 과거의 허물을 덮고 떳떳하게 살아갈 수 있을 겁니다. 위로는 어버이를 다시 모실 수 있고, 아래로는 세상 위에 다시 설 수 있습니다. 해보실 의향이 있으세요?"

생이 다그쳐 물었다.

"그래, 어떤 일이오?"

"오직 과거에 합격하여 세상에 이름을 알리는 것뿐이지요. 제가 말하기 전에도 당신은 이미 알고 계시지 않았나요?"

마침 자란과 생각이 같았던 생도 몹시 기뻐했다.

"나를 위하는 부인의 생각이 정말 극진하오. 다만 한 가지, 어디서 책을 얻어 읽는단 말이오?"

"그건 걱정하지 마세요! 제가 당신을 위해서 힘써볼게요."

이때부터 자란은 주변 이웃들에 값을 따지지 않고 책을 사겠다는 의사를 전했다. 그러나 워낙 외진 산촌이라 한참이 지나도록 책을 구할 수 없었다. 그러던 어느 날, 어떤 행상이 마을에 들러 책 한 권을 팔고자 했다. 한 사람이 이것을 벽지로 쓰고자 사려 했는데, 자란이 끼어들어서 한번 보자고 말하고는 생에게 보여주었다. 이 책은 다름 아닌 최근에 지어진 각종 표문•과 지금까지 출제되었던 시험 문제, 그리고 답안을 깨알 같은 글씨로 적어놓은 것이었다. 책의 크기는 됫박만 했으며, 대략 수천 수가 실려 있었다. 생은 이 책을 훑어보고는 기뻐서 어쩔 줄을 몰라 했다.

"이 책 한 권이면 충분하겠어!"

이 말을 들은 자란은 곧장 책을 사서 생에게 주었다. 생은 그때부터 쉬지 않고 이 책을 읽고 외웠다. 밤이 되면 등잔불 아래서 빛을 나누며 자란은 한쪽에서 실을 잣고, 생은 한쪽에서 책을 읽으며 과거

• **표문(表文)** 마음에 품은 생각을 적어서 임금에게 올리는 글. 제갈량이 당시 황제 유선에게 올린 〈출사표(出師表)〉가 대표적이다. 격식을 갖춘 글이었으며, 과거 공부용으로 많이 활용했다.

공부를 계속했다. 생이 조금이라도 해이해지면 자란은 화를 내고 책망하면서 그가 흐트러지지 않게 독려했다.

이렇게 3년이 지나갔다. 생은 타고난 글재주가 있었고, 자란의 도움으로 학업에도 열중하여 문장력이 일취월장했다. 구상과 시상이 가슴에 꽉 차 붓을 들었다 하면 바로 시 한 편이 완성되었다. 그 웅장하면서도 아름다운 문장은 지금껏 세상에 없던 것이어서, 과거에 응시만 하면 당장이라도 붙을 참이었다.

이때 나라에서 알성과•를 치른다는 소식이 들렸다. 생은 이 시험에 응시하겠다는 뜻을 밝혔고, 자란은 여행 채비를 단단히 하여 그를 보냈다. 생은 걸어서 한양으로 올라와 성균관 과장으로 들어갔다. 시제는 임금이 친히 과장에 나와 낸 것이었다. 생은 시제를 보자마자 생각이 마치 샘솟는 듯하여 일필휘지로 답을 써 제출했다. 곧 방이 나오자 임금이 어좌 앞에서 열어보라 명했다. 장원은 다름 아닌 생이었다. 그때 생의 부친은 이조판서로서 입궐해 있었다. 임금이 이조판서를 불러 물었다.

"이번 과거에서 장원을 차지한 자가 아무래도 경의 자제인 듯한데, 이상한 게 있구나. 자기 부친의 직함을 '대사헌'이라고 썼으니, 이 무슨 까닭인고?"

그러면서 시지를 이조판서에게 보여주라 명했다. 이 말에 놀란 생의 부친이 시지를 살펴보더니 자리에서 물러나 눈물을 흘리면서 아

• **알성과(謁聖科)** 비정기적인 과거 시험. 임금이 유생들이 있는 성균관에 들러 공자를 모신 문묘에 참배하면 이를 기념해 치르던 시험이다.

되었다.

"이 아이는 신의 자식이 맞습니다. 3년 전에 벗들과 산사에서 글을 읽다가 하룻밤 사이에 종적을 감추었는데, 끝내 찾을 수 없었습니다. 필시 맹수에게 물려 죽었겠거니 하고 절 뒤편에다 빈 묘를 쓰고 상을 치렀습니다. 소신에게 다른 자식은 없고 이 아이 하나뿐으로, 타고난 재주와 품성이 제법 준수했습니다. 하나 하루아침에 자식을 잃고 지금까지도 슬픈 심정을 가누기 어려웠습니다. 지금 이 시지를 보니 과연 제 아이의 필적입니다. 아이를 잃었을 때 신의 직함이 대사헌이었기에 그렇게 쓴 것 같습니다. 하지만 이 아이가 3년 동안 어디에 있다가 이번 시험에 응시했는지는 도무지 모르겠습니다."

임금은 이 말을 듣고 놀랍고 신기하여 곧장 생을 불러들였다. 아직 홍패•가 내려지기도 전이었기에 생은 유생의 복장 그대로 입궐했다. 임금은 산사에서 무슨 연유로 사라졌으며, 3년 동안 어디에서 머물렀는지 등을 직접 하문했다. 이에 생은 자리에서 물러서 머리를 숙인 채 아뢰었다.

"면목 없습니다. 어버이를 뒤로하고 어느 날 사라져 그 속을 태운 것은 인륜을 저버린 죄이니, 감히 무슨 변명을 하겠습니까. 바라건대 소신에게 중한 벌을 내리십시오."

"임금과 부모 앞에서 숨기는 일이 있어서는 안 되느니라. 그대의 과오를 벌하지 않을 것이니, 모든 사실을 낱낱이 아뢰거라."

• **홍패(紅牌)** 대과에 합격한 이에게 내려주는 교지. 붉은 종이에 써 주었다. 소과에 합격한 이에게 주는 증서는 백패(白牌)라 한다.

이에 생은 산사를 나간 이후의 일들과 자란과 함께한 행적을 하나하나 아뢰었다. 그 이야기가 실로 기이하고 흥미로워 귀를 기울이지 않는 사람이 없었다. 생의 이야기를 모두 듣고 난 임금은 이조판서에게 하명했다.

"경의 아들이 잘못을 뉘우치고 과업에 힘써 이제 벼슬자리에 이름을 올리게 되었구나. 남자가 젊었을 때 잠시 여색에 빠지는 일이야 크게 우려할 바가 아니니, 이제 지난날의 죄는 용서하고 이를 계기로 훗날 큰사람이 되도록 독려함이 어떠한가? 자란과 함께 산속으로 숨어든 일도 기이하고, 그 아이가 방도를 마련하여 과오를 씻으라 한 일도 기특하구나. 그 정성이 더없이 갸륵하니, 기생이라고 하여 천하게 여겨서는 안 될 것이다. 경은 아들이 자란을 정실로 삼을 것을 허락하여 해로하게 하고, 나라에는 충을, 부모에게는 못다 한 효를 다하도록 인도하라. 둘 사이에 낳은 자식은 훗날 벼슬자리에 오르는 데 구애됨이 없도록 할 것이니라."

이에 생은 성은이 망극하여 엎드려 눈물을 흘렸다.

이어 급제자의 방목•이 나왔다. 이조판서는 머리에 어사화를 꽂고 말을 탄 아들과 함께 풍악을 울리며 집으로 돌아왔다. 이를 본 집안 사람들 모두가 놀라 떠들썩했다. 생의 부모는 임금의 명대로 자란을 데려와 풍성한 잔치를 열고 생의 정실로 맞아들였다.

그 뒤 생은 정승의 반열에까지 올랐으며 부부는 해로했다. 슬하에

• **방목(榜目)** 과거에 합격한 사람의 성명을 적은 명부. 급제자의 나이·본적·주소 등을 기록했다. 생원시와 진사시에 뽑힌 명부를 '사마방목'이라 한다.

자식 둘을 두었는데, 둘 다 과거에 급제하여 영화를 누렸다.

자란을 맹산의 산골에서 데려오던 날, 장원 급제한 생은 곧장 출륙• 하여 병조 좌랑에 제수되었기에 자란은 좌랑의 아내로서 가마를 타고 상경했다. 그래서 지금도 맹산 사람들은 둘이 살던 마을을 '좌랑촌'이라 부른다고 한다.

《천예록》 제17화 〈掃雪因窺玉簫仙(소설인규옥소선)〉

• **출륙(出六)** 7품직에 있던 관원이 6품직으로 승급하는 것. 고위직으로 올라가는 기로였기에 승진 과정에서 중요한 고비로 쳤다. 참고로 병조의 좌랑은 행정실무자인 정6품직이다.

2화

문희연에서 만난 재자와 가인

일송 심희수• 상공은 얼굴이 백옥처럼 하얗고 풍채가 시원스럽고 훤칠했다. 그는 겨우 여덟 살 무렵부터 글짓기로 두각을 나타내어, 지은 문장이 곱고 화려했다. 이러다 보니 주위 사람들이 다 그를 신동이라 불렀다. 상공은 젊은 나이로 문과에 급제하여 높은 관직을 두루 역임한 뒤 정승에까지 올랐고, 연로해서는 명재상이라며 칭송받았다. 이러하니 상공은 칠순이 넘는 나이까지도 정승의 자리에 있었다.

하루는 상공이 비변사•에 나가 관저에서 근무를 마치고 퇴근할 무렵에 주변 신료들에게 이런 당부를 했다.

- **일송(一松) 심희수(沈喜壽)** 1548-1622. 자는 백구(伯懼), 일송은 그의 호, 본관은 청송이다. 대제학, 이조판서, 좌의정 등을 역임했다. 그는 중국어를 잘하는 문인으로, 전란 시기에 중국과의 외교 일선에서 활약했다.
- **비변사(備邊司)** 외부의 침입을 방어하기 위해 설치한 기구. 임진왜란을 거치며 전쟁 수행뿐만 아니라 의정부를 대신하여 군사와 정치 전반의 사무를 관장했다. 조선 후기 최고의 정무기관이었다. 이 기구의 기록물인 《비변사등록》(273책)이 남아 있다.

"내가 관아에 나오는 것은 오늘이 마지막이네. 공들은 부디 몸조심들 하시게."

이에 놀란 신료들이 입을 모아 여쭈었다.

"상공께서는 강건하시어 아무런 병이 없으신데 어찌 이런 말씀을 하십니까?"

상공은 씩 웃으며 말했다.

"생과 사는 운명에 달려 있으니, 내게도 피할 수 없이 정해진 연한이 있는 법이네. 이를 어찌 한스러워하겠는가? 다만 공들은 힘써 조정을 잘 보좌하여 성은에 보답하길 바라네."

이렇게 격려하고 퇴근하니 다들 어리둥절했다. 집으로 돌아온 상공은 바로 다음 날 가벼운 병에 걸렸다. 이에 병조의 한 좌랑이 문병차 찾아왔는데, 상공의 직속 관료로 평소 가까이하며 아끼던 이였다. 상공은 병석에서 그를 맞았고, 주변이 조용한 틈에 그에게 일렀다.

"아무래도 나는 오늘 죽을 듯하네. 자네는 장래가 유망한 사람이니, 스스로 몸을 잘 지키시게."

좌랑은 상공의 얼굴에서 눈물 자국을 발견한 터에 이 말을 듣고는 너무 이상하여 여쭈었다.

"대감께서는 아직도 기체가 강건하시고 지금 앓고 계신 병환은 가벼운 것이어서 걱정할 정도는 아닌 듯합니다. 한데 돌아가신다는 말씀을 하시고 눈물을 흘리신 흔적까지 있으니, 소인은 도통 무슨 영문인지 알 수가 없습니다. 감히 연유를 여쭙습니다."

좌랑의 물음에 공이 빙긋 웃었다.

"내 누구한테도 말한 적이 없네만, 자네가 오늘 이렇게 물으니 무얼 숨기겠는가? 자세히 이야기해 줄 테니, 늙은이의 소싯적 일이라고 비웃지나 말게."

그러면서 들려준 이야기는 다음과 같았다.

내 나이 열다섯 살, 그때 나는 잘생기고 멋진 사내였다. 한번은 한양 어느 동네의 아무개 대갓집에서 문희연•을 베풀고 있었다. 이름난 광대와 기생, 악단까지 불러 성대하게 벌인 잔치였다. 나는 아이들 십여 명과 함께 이 잔치를 구경하러 갔다. 비단옷으로 단장한 기녀들 속에서 한 소녀가 눈에 띄었다. 나이는 열여섯쯤으로, 타고난 외모가 기녀들 가운데 발군이었다. 바라보고 있노라면 하늘에서 선녀가 내려온 듯한 착각이 들었다. 옆 사람에게 물어보니, 소녀의 이름은 일타홍(一朶紅)이라고 했다. 구경을 마치고 돌아와서도 그 소녀가 보고 싶고 잊히지 않았다.

그로부터 십여 일이 지나 서당에서 글공부를 마친 뒤 책을 끼고 돌아오는 길이었다. 큰길에서 우연히 한 미인을 만났다. 그녀는 화려한 옷에 곱게 단장한 모습으로 안장 얹은 말을 타고 있었다. 그런데 그녀가 갑자기 내 앞으로 다가와 급히 말에서 내리더니 덥석 내 손을 잡는 게 아닌가.

"혹시 심희수 도련님이 아니신가요?"

그 말에 깜짝 놀라 그녀를 다시 보니, 대갓집 문희연에서 보았던

• **문희연(聞喜宴)** 과거에 합격했을 때 벌이는 잔치. 창방연(唱榜宴)이라고도 한다. 과거 합격자는 어사화를 꽂고 기녀와 광대를 대동하여 풍악을 울리며 사흘 동안 선배 급제자와 친척 등에게 인사를 다녔다. 이를 '삼일유가(三日遊街)'라 한다.

일타홍이었다.

"내가 심희수가 맞긴 하다만, 자네가 나를 어찌 아는가?"

당시 나는 나이도 어린 데다 장가도 들기 전이라 길거리에 쳐다보는 사람만 많아도 곧잘 부끄럼을 타곤 했다. 그런데 그녀는 나를 보더니 무척이나 반가운 얼굴을 하고는 전혀 스스럼없이 대했다. 급기야 그녀는 말고삐를 잡은 자를 돌아보며 일렀다.

"일이 생겨 연회는 내일 참석해야겠다. 넌 먼저 말을 끌고 돌아가 내 말을 전해라."

그러더니 내 손을 꽉 잡고 길가의 어느 집으로 들어갔다. 그러고는 자리에 앉아 차근차근 이야기를 시작했다.

"도련님은 아무 날 아무개 댁의 문희연에 구경 가시지 않았나요?"

"그랬었지."

"저는 그날 도련님을 처음 뵈었습니다. 하늘에서 신선이 내려온 게 아닐까 생각했었지요. 옆 사람에게 물어보니 마침 아는 사람이 있더군요. 그 사람이 제게 도련님이 심씨 댁 도령이며, 이름은 희수이고, 재주와 명망이 세상을 뒤덮을 정도라 일러주었습니다. 저는 그때부터 도련님을 꼭 한번 만나 뵐 수 있기를 소원했지만, 아무래도 마땅한 길이 없어 생각만 날로 깊어졌습니다. 그런데 오늘 용케도 도련님을 이렇게 만났으니, 이는 실로 하늘이 내려준 행운이 아닌가 싶어요."

그녀의 말에 나도 싱긋 웃으며 답했다.

"내 마음도 자네와 같았네."

그러자 얼굴이 붉게 물든 일타홍이 말했다.

"여기는 편히 이야기할 만한 곳이 못 됩니다. 제 이모님 댁이 저쪽 동네에 있는데, 사람들의 눈에 띌 염려가 없고 조용하니 그곳으로 가시는 게 어떨까요?"

그러고는 곧바로 나를 데리고 이모 집으로 향했다. 그 집은 퍽 한적하고 조촐하면서도 정갈했다. 일타홍의 이모라는 사람은 그녀를 더없이 아껴 자기 딸이나 다름없이 대했다. 이때부터 우리 둘은 서로에게 푹 빠져 밤이나 낮이나 문을 꼭 닫고 바깥출입을 하지 않았다. 일타홍은 아직 다른 남자를 경험하지 않은 여자로, 처음 나와 인연을 맺은 것이었다. 이렇게 함께 지낸 지 십여 일이 지났을 무렵, 그녀가 뜬금없이 나에게 이런 말을 했다.

"언제까지고 이렇게 지낼 수는 없습니다. 우리가 오래도록 함께할 방도를 찾아야겠습니다. 그러니 잠시 도련님과 헤어져 훗날을 기약하려 합니다."

놀란 내가 왜 그러냐 묻자, 그녀의 대답이 이러했다.

"저는 죽을 때까지 도련님을 섬기겠다고 결심했어요. 다만 도련님은 아직 학업에 열중하셔야 할 때이고 정실도 맞지 않으셨으니, 당장 첩을 두는 것은 부모님께서 허락하시지 않을 거예요. 하지만 도련님의 인품과 재능을 볼 때 얼마 지나지 않아 과거에 급제하고 지위가 재상의 반열에 오르실 것이 분명합니다. 저는 그때까지 잠시 도련님과 이별하고 떠나려 해요. 몸을 정결히 지키며 도련님께서 과거 급제하시는 날만을 기다리겠습니다. 도련님께서 삼일유가 할 무렵, 우리는 다시 만날 것입니다. 그러니 급제하시기 전까지 제 생각은 하지도 마세요. 또 제가 믿음을 저버리고 다른 사람을 따라가면 어쩌나 하는 걱정도 하지 마세요. 저는 스스로 몸을 지킬 방도가 있답니다."

그녀는 이 말을 남긴 채 잡았던 손을 놓고 나는 듯 떠나갔다. 이별을 안타까워하거나 헛헛해하는 기색도 없었다. 어디로 가느냐고 물어도 끝내 말하지 않았다. 나는 낙담하여 본가로 돌아왔다.

내가 사라지고 나서 온 집안이 발칵 뒤집혀 사방팔방으로 찾아 헤맨 지 벌써 여러 날이었다. 부모님은 놀란 가슴을 쓸어내리며 도대체 어디를 갔다가 이제 왔느냐고 물으셨다. 나는 사실대로 말씀드리지 않고 적당히 둘러댔다. 앞날을 약조했다지만, 마치 꿈같이 행복했던 날들과 그녀와 나눈 정이 하루아침에 잊힐 리가 없었다. 나는 결국 자지도 먹지도 못해 몸이 축나는 지경에 이르고 말았다.

그로부터 한참이 더 지나서야 나는 조금씩 마음이 누그러졌다. 그리고 곧 밤낮 쉬지 않고 과거 준비에 온 힘을 다 쏟기 시작했다. 오직 일타홍을 다시 만나겠다는 일념에서였다. 그러는 사이에 부모님은 나에게 장가를 들라 하셨고, 나는 감히 거부하지 못해 혼례를 치렀다. 그러나 부인과 나 사이에 끝내 금실의 즐거움은 없었다.

한편, 나는 본래 글재주가 일찍 트였던 데다가 남들보다 몇 배는 더 힘을 쏟았기에 일타홍과 작별한 지 5년 만에 급제하게 되었다. 젊은 나이에 급제한다면 누군들 기뻐하지 않겠는가마는, 나는 이 급제가 다른 의미로 기뻤다. 드디어 일타홍과의 약조를 지킬 수 있었기 때문이다.

삼일유가의 첫날, 나는 곧장 그녀를 만날 수 있을 줄 알았으나 만나지 못했다. 둘째 날도 마찬가지였다. 그렇게 셋째 날을 맞았다. 어른들께 인사도 다 드렸고 잔치도 끝나가는데 그녀는 그림자조차 보이지 않았다. 나는 마음이 너무 허전하여 급제의 영광에도 전혀 흥이

나지 않았다. 그렇게 날이 저물 무렵, 아버지께서 나에게 이렇게 명하셨다.

"내 어릴 적 친구 아무개가 창의동•에 살고 있단다. 너는 오늘 안에 꼭 가서 뵈어야 하느니라."

나는 마지못해 아버지의 친구분을 찾아뵈었다. 인사를 마치고 나설 무렵, 해는 벌써 서산 너머로 지고 있었다. 말을 타고 집으로 돌아가던 중 나는 어느 큰 집의 대문 앞을 지나게 되었다. 그런데 그 집에서 신래•인 나를 부르는 소리가 들렸다. 그곳은 바로 은퇴한 정승 아무개 공의 집이었다. 부친과는 왕래가 없던 사이였으나, 연로한 어른께서 부르시니 감히 거절하지 못하고 말에서 내려 종종걸음으로 들어갔다. 마주 앉아 이야기를 나누는데, 대감께서 나를 몹시 친근하게 대했다. 이윽고 술상이 나오고 함께 잔을 기울이는데, 대감께서 이렇게 물었다.

"자네, 인연 있는 사람을 만나볼 텐가?"

나는 무슨 영문인지 몰라 머뭇거리며 대답했다.

"인연 있는 사람이라니, 무슨 말씀이십니까?"

그러자 대감이 웃으며 말했다.

"자네와 연분이 있는 사람이 지금 우리 집에 있다네."

그러더니 시비를 시켜 누군가를 데려오라고 했다. 그 사람은 바로

• **창의동(彰義洞)** 현재의 서촌 일대로, 한양 도성의 북소문인 창의문(彰義門)이 있어서 붙여진 이름. 궁궐 인근이어서 신료들이 많이 살았다.

• **신래(新來)** 과거 급제자를 이르는 말. 먼저 급제한 선배들이 새로 들어온 급제자를 부르는 명칭이었다.

일타홍이었다. 나는 그녀를 본 순간 깜짝 놀라는 동시에 기쁜 마음을 감출 수 없었다.

"자네가 어찌 여기에 있단 말인가?"

내 물음에 일타홍이 웃으며 답했다.

"오늘이 서방님이 유가하는 마지막 날이지 않습니까. 제가 이별할 때의 기억을 어찌 잊었겠습니까!"

이때 대감이 직접 나서서 그간의 사정을 말했다.

"이 아이는 세상에 다시없을 빼어난 여자일세. 가상한 지조에 행실도 퍽 기발하다네. 나는 나이 팔십까지 부인과 해로했으나, 평생 슬하에 자녀는 두지 못했다네. 한데 어느 날이었지. 이 아이가 갑자기 찾아와서는 '대감 댁에 몸을 맡기고 맨 아래 서열의 여종으로 시중을 들었으면 합니다.'라고 하는 걸세. 괴이쩍어 연유를 물었더니 '쇤네는 상전을 피해 도망친 계집이 아니니, 걱정하지 마십시오.'라더군. 처음에 나는 거절하고 받아들이지 않았네. 그럼에도 이 아이는 한사코 간청하면서 그대로 버티고 있지 뭔가. 할 수 없이 일단 허락하고 그때부터 이 아이의 행동을 가만히 지켜봤다네. 시비를 자처하여 낮이면 차와 식사를 내오고 밤이면 이부자리를 보살피는 등 쇄소응대•에 갖은 정성을 다하더군. 우리 부부는 이미 늙고 병들었는데도 곁을 떠나지 않고 다른 병에 걸리지 않도록 보살폈지. 등도 긁어주고 무릎도 주물러 주는 등 지극정성으로 우리 내외가 편안히 지내도록 힘썼네.

• **쇄소응대(灑掃應對)** 물을 뿌려 쓸고 응대한다는 뜻. 집 안팎을 깨끗이 치우고 웃어른의 부름이나 물음에 바로바로 응대함을 이르는 말이다.

그뿐인가, 바느질 솜씨는 어찌나 뛰어난지, 덥고 추울 때마다 입을 옷을 척척 지어주었네. 그러니 우리가 어찌 이 아이를 예뻐하지 않을 수 있었겠는가? 특히 안사람은 이 아이를 거의 친딸처럼 대했다네. 낮에는 안에서 같이 지내고 밤이면 곁에 두고 함께 잤지. 그러다 어느 날 내가 조용한 틈을 타, 어디서 왔으며 그동안 뭘 했는지를 물었더니 이렇게 말하더군.

'저는 본래 양갓집 딸이었으나, 부모를 일찍 여의고 어린 나이에 의지할 데가 없어 어느 마을 노파에게 거두어졌다가 기생이 되었습니다. 나이가 어려 아직 쪽머리를 올리지 않았기에 몸을 더럽히는 지경까지 이르지는 않았지요. 그러다 한 낭군을 만나 백년가약을 맺기로 맹세했답니다. 다만 낭군이 나이가 어린 데다 장가도 들지 않았기에, 과거에 급제한 뒤 다시 만나자고 기약했지요. 그런데 제가 그대로 기생집에 있다가는 몸이 자유롭지도 못한 데다 절개를 지키기도 어렵겠다고 생각했습니다. 그래서 감히 귀댁에 의탁하여 몇 년간 종적을 감추고 지낼 계획을 세운 것입니다. 낭군이 과거에 급제하기만 하면 저는 바로 하직하고 떠날 생각이고요.'

이 말에 내가 낭군이 누구냐고 물었더니 바로 자네 이름을 대더군. 나는 늙고 쇠약하여 죽을 때가 가까운지라 여자를 가까이할 생각이 전혀 없었다네. 이 아이가 내 시첩이 되기를 자청했어도 제 몸을 온전히 지킬 수 있었던 건 이 때문이지. 그렇게 벌써 5년이 되었네. 매번 과거가 있을 때마다 방에서 자네의 이름을 찾았고, 이름이 보이지 않아도 '우리 낭군은 수년 안에 급제할 테니, 낙방했다고 해서 한스러워할 게 뭐 있겠어.'라고 하면서 헤어져 지내는 것에 슬퍼하거나 원망하는 기색을 보인 적이 없었네. 그러다 이번에 자네가 과거에 급제한 사실을 방목을 보고 알게 되어 곧장 이 아이에게 말해주었네. 한데 놀라거나 기뻐하는 기색도 없이 당연한 듯 '진작 그럴 줄 알았고, 그날이 이제 온 것뿐이니 특별한 일은 아닙니다.'라고 하지 않겠는가. 그러면서 '낭군과 이별할 적에 유가하는 사흘 안에 다시 만나기로 약속했습니다. 그 약속을 지켜야만 합니다.'라며 누대로 올라가 유가 행렬을 살피더군. 하나 우리 동네가 외딴곳에 있다 보니 둘째 날이 되도록 행렬을 볼 수 없었다네. 오늘도 올라가 내려다보더니, '오늘은 꼭 지나갈 거예요.'라고 하더군. 과연 자네가 오늘 이쪽으로 왔고, 우리 집 문 앞을 지날 때 이 아이가 달려와 불러들여 달라고 했다네.

내가 고금의 기이한 이야기에서 이름난 여인들의 일화나 남녀가 우연한 기회로 만나 인연을 맺은 일들을 많이 봤네만, 이처럼 절묘하고 신기한 경우는 보지 못했네. 신의를 저버리지 않은 이 아이의 정성에 하늘도 감동하여 지난 언약에 따라 오늘의 만남을 이루어주셨으니, 이 늙은이도 이 아이와 자네를 위해 좋은 일 하나를 해줄 참이네. 자네는 오늘 집으로 돌아가지 말고 여기서 하룻밤을 묵게나."

대감이 들려준 이야기는 구구절절 감동이었다. 뜻밖에 여기서 일타홍을 다시 만난 것만 해도 놀랍고 기뻤는데, 이런 이야기까지 듣고 나니 감격스럽기 짝이 없었다. 하지만 나는 일부러 둘러대는 말을 했다.

"저이는 제가 어린 시절 가까이한 사람이 틀림없습니다만, 이미 대감을 모시는 여자가 되었으니 지금 와서 어쩌겠습니까?"

그러자 대감은 빙긋이 웃으며 이렇게 말했다.

"내 이미 많이 늙었네. 여색을 가까이하지 않은 지도 벌써 오래되었고. 이 아이를 시첩으로 있게 한 것은 조카들이 이 아이를 감히 넘보지 않게 하기 위한 방도였다네. 자네를 위한 수절이 꿋꿋하기가 서릿발 같으니, 누가 그 뜻을 빼앗을 수 있겠는가? 자네는 더 의심하지 말게."

그러면서 내가 타고 온 말과 시종들과 마부들을 돌려보냈다. 이어 사람을 보내 부친께 내가 이곳에서 하룻밤 묵어갈 것이라 전달하게 했다. 또 시비에게 분부하여 방 하나를 정갈하게 치우고 단장해 두도록 했다. 채색 병풍에 화문석•과 비단 이불로 꾸며진 방은 화려하기 이를 데 없었다. 또 향을 피우고 화촉을 밝혀 신혼부부의 신방처럼 꾸며놓았다. 물론 나와 일타홍을 위해 준비된 것이었다.

이튿날 아침, 나는 대감께 감사 인사를 올리고 집으로 돌아와서 부모님께 일타홍과 만난 사정을 처음부터 끝까지 전부 아뢰었다. 부모님은 당장 그녀를 데려오라 했고, 이리하여 우리는 마침내 한집에서 살게 되었다. 그녀는 행실이 점잖고 재주와 기예가 출중했다. 또 효성과 공경으로 윗사람을 섬기고, 자상함과 은혜로 아랫사람을 대했다. 매사에 정성과 예의를 다하니 누구라도 감복하여 그녀를 사랑하지 않는 이가 없었다. 온갖 집안일 또한 훌륭하게 건사했으며, 거문고나 바둑에도 뛰어나 남들이 따라올 수 없었다. 나는 그녀를 너무 사랑한 나머지 그녀와만 잠자리를 가지려 했으나, 그녀는 그때마다 정실에게 자식이 없을까 걱정하여 나를 자주 안채로 돌려보냈다. 나

• **화문석(花紋席)** 꽃의 모양을 놓아 짠 돗자리. 강화도에서 만든 것이 유명하다.

와 정실과의 관계가 소원하지 않도록 배려한 것이다.

내가 금산(錦山) 고을의 수령으로 나가게 됐을 때, 일타홍도 나를 따라왔다. 그곳 관아에서 몇 년을 함께 지냈으나 평소에는 나와 같은 방 쓰기를 거부했다.

“소첩을 매일같이 가까이하는 건 남자 몸을 상하게 하는 짓이에요.”

그녀의 이러한 말로 나는 혼자 자기 일쑤였다. 그러던 어느 날, 뜻밖에 일타홍이 먼저 함께 밤을 보내기를 청하는 것이었다. 내가 왜 그러느냐 묻자, 그녀는 이렇게 말했다.

“첩이 죽을 때가 다 되어 이제 세상에 있을 수 있는 날이 많지 않으니, 살아서의 즐거움을 다해 유감을 남기지 않으려 합니다.”

나는 그녀의 말이 믿기지 않았고 괴상하다는 생각마저 들었다.

“자네가 어떻게 죽을 날을 미리 안다는 말인가?”

그러자 그녀는 빙긋 웃었다.

“다 아는 수가 있지요.”

그런데 대엿새쯤 지나 정말로 일타홍은 가벼운 병에 걸렸다. 그녀는 고통 없이 누워 쉬다가 며칠 만에 숨을 거두었다. 그녀는 임종을 앞두고 내게 이런 부탁을 했다.

“사람이 죽고 사는 문제는 정해진 운명이니 일찍 떠나든 천수를 누리든 다 같은 것입니다. 생전에 당신 같은 군자께 몸을 맡겨 극진한 사랑을 받았으니, 지금 죽는다 한들 한스러울 게 무엇이 있겠어요? 다만 한 가지 바람이라면, 제 유골을 훗날 당신의 산소 옆에 묻어주세요. 구천에서도 당신을 모실 수 있다면 제 소망은 다 이루어지는 것입니다.”

그녀는 말을 마치고 곧 숨을 거두었는데, 얼굴이 살아 있을 때와 조금도 다르지 않았다. 나는 깊은 슬픔에 빠져, 손수 염을 하고 입관까지 해주었다. 국법에 죽은 첩을 운구해서 장사를 지내는 예가 없기에, 다른 일을 핑계로 감사에게 얼마간 말미를 얻었다. 그러고는 몸소 상여를 끌고 돌아와 고양(高陽)의 선산에 장사를 지냈다. 그녀의 유언을 따른 것이었다. 나는 그녀를 운구하던 중 금강 나루에 이르렀을 때 시 한 수로 애달픈 정을 표현했다.

한 떨기 이름난 꽃이 상여에 실렸으니	一朶名花載柳車
향혼은 머뭇머뭇 어디로 향해 가는가	香魂何處去躊躇
금강의 가을비 명정을 적시니	錦江秋雨銘旌濕
아마도 가인의 이별 눈물이겠지	知是佳人別淚餘

일타홍은 세상을 떠난 뒤에도 집안의 크고 작은 길흉사가 있을 때마다 으레 꿈에 나타나 예고해 주었다. 그녀가 미리 알려준 것들은 조금도 틀림이 없었다.

그렇게 벌써 몇 년이 지났다. 그런데 며칠 전에 그녀가 다시 꿈에 나타나 이렇게 말했다.

"대감의 정해진 운명도 이제 다 되었습니다. 며칠 내 저와 다시 만나실 수 있을 것입니다. 머무실 곳을 깨끗이 치우고 기다리고 있답니다."

공은 다시 좌랑을 보고 말을 이었다.

"일타홍이 꿈에 전해준 게 내가 저번 비변사에서 관료들한테 고별한 날이었네. 바로 어젯밤에도 그녀가 꿈에 나타났다네. 내게 내일이면 떠날 것이라 알려주더군. 서로 말을 주고받다 보니 적이 서글퍼서 꿈꾸는 중에도 울었던 모양이네. 아침에 일어나 보니 눈물 자국이 얼굴에 남아 있더군. 내 어찌 죽는 게 애달파 울었겠는가? 그대와의 정이 일가와 같은 데다 꼬치꼬치 묻기에 이렇게 이야기한 것이네. 그러니 번거롭게 다른 사람에게 옮기지는 말았으면 하네."

심 상공은 과연 다음 날 세상을 떠났다.

《천예록》 제18화 〈簪桂逢重一朶紅(잠계봉중일타홍)〉

양반과 기녀의 사랑

두 이야기 모두 젊은 선비와 아름다운 기녀의 사랑을 다루었다. 선비와 기녀의 로맨스는 조선시대 연애담치고 비교적 일찍 출현했으며, 유행 기간도 가장 긴 편이다. 야담뿐만 아니라 소설도 많고, 한국의 고전인 〈춘향전〉도 넓은 의미에서 이 범주에 들어간다. 여기에 선비와 기녀의 만남이라는 소재로 넓혀 보면, 사실 셀 수 없을 정도로 많다. 그렇다면 왜 이런 유형의 이야기가 많았을까?

신분제 사회였으니 당연히 그랬을 것이라는 추측은 크게 틀리지 않다. 당시 기녀라는 신분 자체는 관아나 남성에 종속된 존재였다. 사대부 남성들은 여차하면 기녀를 소유할 수 있었다. 다만 한두 가지 조건과 사정이 관여했다. 우선 기녀라는 여성의 정체성이다. 기녀는 기본적으로 관아에 소속되어 바느질 같은 허드렛일을 담당하거나, 연회 등에서 유흥을 돕거나, 사또나 외부 인사의 수청을 드는 역할을 했다. 특히 유흥이나 수청을 담당했던 기녀는 기예와 재주가 남달랐다. 그녀들은 사대부 남성들과 한시를 주고받을 수 있을 정도의 문예인이었다. 대표적인 인물이 조선 전기의 황진이이며, 《매창집(梅窓集)》이라는 문집까지 남긴 이매창도 있었다. 이런 기예는 당시 다른 여성들이 갖지 못한 그들만의 재주였다. 기녀의 이런 면모는 문예적 교류를 꿈꾸었던 사대부 남성의 욕망에 잘 들어맞았다.

사대부의 욕망과 관련하여 한 가지 더 환기할 점이 있다. 잘 알려져 있듯이 조선시대의 사대부는 축첩제도의 수혜자들이다. 그들은 본처 외에도 후실이나 첩을 둘 수 있었다. 그런데 이 축첩제도는 기본적으로 후손과 가문을 잇기 위한, 다시 말해 남성 중심의 양반 사회를 강화하기 위한 수단이었다. 이렇다 보니 사대부 남성과 처첩의 관계를 일종의 계약으로 보는 관점도 있다.

연구에 의하면, 지금의 연애 감정을 뜻하는 남녀의 사랑이라는 표현은 조선 전기부터 등장했다고 한다. 그런데 이 '사랑'이라는 용어가 부부 관계에서 나온 사례는 없었다. 그렇다고 유가 이념의 구현자로서 또 다른 누군가를 사랑의 대상으로 삼기도 어려웠다. 그러니 기녀에 대한 사대부 남성의 관심은 그것이 위계에 의한 소유, 그리고 가정으로부터의 일탈이라는 혐의를 벗어나지 못함에도 불구하고 남녀의 순수한 애정과 정욕의 다른 이름이었다. 어쩌면 유가 사회에서 사대부 남성들에게 허락된 유일한 남녀 관계의 통로였는지도 모른다.

이런 조건과 환경이 어느 정도 맞아떨어져 선비와 기녀의 애정담이 구성되었다. 그 시작은 조선 전기 사대부들의 일화를 모은 필기집부터이다. 그러다가 조선 후기 야담문학에서 보편화된다. 남녀 주인공이 이미 정해진 데다 신분상으로 상하 구도이기에 이야기가 자칫 천편일률적으로 흘러갈 공산이 컸지만, 다행히도 그렇게 되지 않고 다양한 형태로 변주를 거듭했다. 이러한 면은 양자의 관계성에도 나타나며, 서사의 귀결 양상에서도 드러난다. 그리고 이 변주의 방향에 따라 이야기의 완성도나 미학적 가치가 판가름 나기도 했다. 여기 두 이야기는 이런 점에서 가장 뛰어난 작품군에 들 만하다. 야담치고는 편폭도 상당히 길고 구성도 빼어나다.

1화는 기명이 옥소선(옥퉁소를 부는 선녀)인 자란이 평양 감사의 아들과 사랑을 나눈다는 이야기다. 그녀는 출중한 미모와 재주를 지녀 어렸을 적부터 감사 아들의 짝이 되었다. 분명 처음 만났을 때는 어린아이들의 소꿉장난인 양 격의 없이 지내던 사이였을 것이다. 그래서 생은 그녀와 헤어질 때 아무 미련 없이 떠나올 수 있었다. 그런데 헤어지고 난 뒤에 사달이 났다. 산사에서 공부하던 생은 어느 눈 내린 달밤에 홀로 뜰 앞을 서성인다. 그러다가 깊은 산속의 고요한 적막 속에서 그녀를 떠올리고, 그 순간 걷잡을 수 없는 그리움에 사로잡힌다. 그제야 생은 이성에 눈을 뜬 것이다. 이 사랑의 힘은 생을 혹한 속에서 평양까지 걸어가게 했다. 마치 대책 없지만 순수한 청춘 남녀의 첫사랑을 보는 듯하다.

이후로도 그는 자란을 만나겠다는 일념으로 양민들이나 하는 부역도 마다하지 않는다. 생은 과거에 은혜를 베풀었던 구실아치의 도움으로 눈 쓰는 부역에 나가 설핏 그녀와 상봉한다. 이 장면은 양반 사내의 순정을 엿볼 수 있고, 동시에 자란도 그를 그리워하고 있었다는 걸 확인할 수 있으며, 신분을 넘어선 남녀의 만남이 성사되는 부분이기도 하다. 때문에 이 이야기에서 가장 인상적인 장면에 해당한다.

이후의 서사는 관점에 따라 군더더기로 보일 수도 있다. 기녀에게 눈이 멀어 도망친 양반 자제를 원위치로 돌려놓는 과정이기에 그렇다. 그 방법은 과거 급제를 통한 출세밖에 없었다. 여기에는 기녀의 헌신이 필요했다. 그녀 또한 이 과정을 통해서 사대부 사내와 정을 나눈 것에 대한 사회적 비방을 무마할 수 있고, 두 사람의 최종적 결연 또한 가능할 수 있었다. 또 하나, 어명에 의해 그녀를 생의 정실로 맞아들인 점도 눈여겨볼 만하다. 물론 이것이 현실적인 결말은 아니지만, 임금의 허락을 통해 주변의 시선을 불식시키는 효과는 있다. 요컨대, 후반부는 이 둘의 사랑이 유가 사회의 범주 밖으로 뛰쳐나가지 않도록 처리하기 위한 안전장치라고 봐도 좋다. 임금의 "남자가 젊었을 때 잠시 여색에 빠지는 일이야 크게 우려할 바가 아니다."라는 말도 이런 정리 수순에 부응한다.

2화는 일명 '일타홍 이야기'라고 불린다. 1화 옥소선 이야기와 함께 여러 야담집에 두루 실려 자기 계보를 형성했다. 이는 그만큼 당시 사람들이 많이 읽고 감상했다는 증거이다. 일타홍(한 떨기 꽃)이라는 기명을 가진 그녀는 누구보다 적극적인 여성이다. 옥소선의 인물

양상이 수동적인 위치에서 능동적인 방향으로 전환됐다면, 일타홍은 처음부터 줄곧 능동적인 자세를 잃지 않는다. 남의 과거 급제 잔치 자리에서 눈이 맞은 청춘 남녀가 그 인연을 끝까지 이어갈 수 있었던 것은 오롯이 그녀의 적극성에 기인한다. 그녀는 기녀의 신분이지만, 요즘 말로 하면 미모와 지성을 겸비한 여성이다. 남주인공도 두말할 필요가 없다. 이런 재기발랄하고 기예까지 갖춘 남녀를 '재자(才子)'와 '가인(佳人)'이라고 일컫는다. 그리고 이들의 사랑을 그린 서사 유형을 '재자가인 소설'이라고 한다. 이 유형은 동아시아 초기 소설에 해당하는 전기(傳奇) 작품에서 본격화된 이래 후대에도 꾸준히 창작되었다. 우리의 초기 소설은 대체로 이 유형이었고, 최소한 17세기 전반까지 주류로 자리 잡았다가 조선 후기부터는 남녀의 신분이나 성향이 조금씩 달라지면서 애정담의 형태도 변모하게 되었다. 따라서 두 이야기도 이 재자가인 소설의 우량한 전통과 그 변화의 어느 지점에 위치한다.

그럼 변화된 지점은 무엇이었을까? 기존의 재자가인 서사는 남녀의 신분이 엇비슷하게 설정된 바 있다. 그런데 여기 두 이야기에 등장하는 남녀는 신분의 차이가 여실하다. 특히 기녀 신분이 가인으로 설정된 사례는 우리 서사에서 없었다. 그러나 이런 차이에도 불구하고 그 신분적인 제약이 거의 느껴지지 않는 점이 이 이야기의 묘미인데, 이는 여주인공의 적극성이 큰 역할을 하기 때문이다. 그녀는 남의 집 도련님의 손을 덥석 잡는가 하면, 자신의 감정을 숨기지 않고 아무렇지도 않게 표현한다. 또 만남 이후에도 그녀는 둘의 관계를 주도적으로 이끌어간다. 그러다가 후반부로 가면 그녀도 사뭇 진지해진다. 이 진지한 모습이 결국은 그녀가 기녀라는 신분적 한계를 의식했다는 방증일 것이다. 그래서인지 임종을 앞두고 남긴 일타홍의 유언은 잔잔하면서도 애잔하다. 그리고 금강 나루에서 남주인공이 읊은 이별 시는 이들 재자와 가인의 사랑과 죽음을 집약하고 있다.

이처럼 이야기가 처음에는 풋풋하고 발랄한 남녀 관계에서 출발했다면 뒤로 갈수록 영혼의 반쪽으로 승화하면서 애잔한 비극미가 고조되는 방향으로 마무리된다. 이 아련한 마지막 장면은 다시 비변사의 재상이 자기 젊은 날의 화양연화를 들려준다는 구성적인 묘미로 인해 독자의 감정을 추스르게 한다. 이런 추억담은 자칫 이야기 주체가 중심이 되어 서술하기 마련인데, 이 이야기에서는 전혀 그렇지 않다. 무엇보다 일타홍의 말 한마디, 행동 하나하나가 현장감 있게 다가온다. 이런 구성의 효과도 놓칠 수 없는 요소 가운데 하나이다.

3화

양녕대군을 유혹한 꽃다운 정향

세종은 형제간 우애를 중히 여겼다. 한번은 형인 양녕대군이 묘향산에 다녀오겠다고 했다. 비록 대군이 형님이지만 임금은 이렇게 당부했다.

"평안도는 풍류와 여자로 유명한 고장이니, 형님께서는 아무쪼록 조심하시기 바랍니다."

대군은 주상의 가르침을 명심하겠다 다짐하고 길을 나섰다. 대군은 애초에 여자가 눈에 들어오지 않으면 아예 그러한 문제가 발생하지 않으리라 생각하고 가는 도중 일절 여자들의 접근을 금하여 그림자조차 보이지 않게 조치했다.

이에 앞서 임금은 대군 몰래 평안 감사에게 밀지를 내렸다. 밀지의 내용은 이러했다.

기녀 하나를 선발하여 대군을 모시게 하되, 대군이 궐로 돌아오기 전에 해당 기녀를 먼저 한양으로 올려보낼 것이며, 이 일은 대군이 절대 알아서는 안 된다.

마침 대군이 평양에 들렀기에 밀지를 받은 평안 감사는 그를 한번 떠보았다. 그러나 대군은 임금의 당부로 감히 여색을 가까이할 생각조차 하지 않는 상황이어서 감사로서는 달리 뾰족한 수가 없었다. 밀명을 수행하지 못할까 몹시 노심초사하던 그때, 정향(丁香)이라는 기녀가 자천하며 대군을 유혹해 보겠노라 나섰다. 그녀는 이제 막 스무 살이 되었으며, 뛰어난 외모와 기예를 갖추어 평안도 기녀 중 가히 으뜸이었다.

한편, 대군은 평양에 도착한 뒤 객관에 머물렀다. 통인• 하나만 그를 모시고 있을 뿐 주위에는 아무도 없어 고요했다. 때는 춘삼월로 대군은 늦은 봄빛에 무료해하며 담장 모서리를 마주한 채 앉아 있었다. 이 모서리로 작은 문이 나 있었고, 문밖으로는 어느 양갓집이 있었다. 그때 고기를 문 새끼 고양이 한 마리가 문안으로 들어와 담장을 넘어 도망쳤다. 이어 옅은 화장에 소복을 입은 어떤 여자가 정신없이 고양이를 쫓아 달려 들어왔다. 깜짝 놀란 통인이 서둘러 뜰로 내려와 그녀를 문밖으로 쫓아내면서 소리쳤다.

"이게 무슨 일이냐? 큰일 날 짓을 하다니!"

그녀를 내보내고 곧장 되돌아온 통인은 머리를 조아리며 연신 사

• **통인(通引)** 지방 관아의 관장에 딸려 잔심부름하는 사람을 일컫는다. 한편, 중앙 관서에서 이 역할을 하는 이를 청지기〔청직(廳直)〕라 했다.

죄했다. 대군은 괜찮다고 말하며 통인에게 물었다.

"저 아이는 누구이며, 어디에 사느냐? 또 왜 소복을 입었느냐?"

"예, 저 아이는 소인의 이종사촌이고 저 문밖에 살고 있습니다. 열네 살에 출가했는데, 혼인하자마자 바로 과부가 되어버려 원한이 하늘에 사무친 신세입니다. 처녀나 다름없는 여자라 처지가 딱해 그 부모도 걱정이 이만저만이 아니지요. 오륙 년이 지났으나 아직 개가도 하지 못했고, 지금까지 여염집에서만 살다 보니 체면 따위를 알지 못합니다. 지엄하신 나리가 계신 줄 모르고 죽을죄를 저질렀으니 송구하기 이를 데 없습니다."

대군은 떠날 때부터 임금의 당부를 마음에 단단히 새기고 있었으나, 봄날 빈 객관에서 무료하게 혼자 앉아 있던 터에 그녀를 보고는 순간 마음을 주체할 수 없었다.

"그래, 너와는 얼마나 가깝게 지내느냐?"

"소인과는 동갑내기로, 운수가 기박해진 뒤로는 안쓰러운 마음이 더해져 지금은 한 핏줄과 다름없이 지내고 있습니다."

통인의 대답에 대군이 다시 물었다.

"그렇다면 저 아이가 말하면 네가 들어주고, 네가 말하면 저 아이가 들어주는 사이겠구나?"

"그렇습니다."

대군은 주저주저하다가 결국 입을 열었다.

"밤이 깊어지면 불러올 수 있겠느냐?"

통인은 대군의 의중을 알아챘으나 짐짓 모른 척하고 대답했다.

"낮에야 피차 말을 하지 않아도 잘 알아듣는 사이입니다. 하지만 시골 아낙이라 겁이 많아 밤이면 문을 단단히 걸어 잠그니 불러오기는 어려울 듯싶습니다. 한데 나리께서 이리 정중하게 분부하시니 한 번 불러내 보겠습니다."

애가 달은 대군이 다시 신신당부했다.

"말하지 않아도 알아듣는 사이라면서 무엇이 어렵겠느냐? 너도 좋은 말은 쇠와 돌도 뚫는다는 옛말을 알지 않느냐? 잘 구슬려 보거라."

통인은 일어났다가 다시 엎드리며 대답했다.

"소인이 최선을 다해 힘써보겠습니다!"

그러더니 몇 번이나 그녀의 집을 들락거렸다. 그리고 저녁이 지나서야 간신히 설득하여 대군의 방으로 들여보냈다. 한데 방에 들어온 그녀는 갖은 아양을 떨고 교태를 부리는, 그야말로 명물 기생으로 돌변했다. 그녀는 바로 대군을 유혹하겠다고 나섰던 정향이었다. 대군은 그녀에게 흠뻑 빠져 운우의 정을 나누며 며칠을 함께 보냈다. 그러다 마침내 이별할 날이 오자, 대군은 그녀의 치마에 시 한 수를 써 주었다.

시냇가 다리에 말 세워두고 이별 더디니	立馬河橋別故遲
수양버들 높은 가지에 애처로움 맺혔네	生憎楊柳最高枝
박명한 여인 새 인연에 맵시를 뽐내고	佳人緣薄含新態
탕자는 정이 깊어져 훗날을 기약하네	蕩子情深問後期
복사꽃 자두꽃 떨어지는 한식의 계절	桃李落來寒食節
석양 녘이라 자고새도 날아가 버리네	鷓鴣飛去夕陽時
다행히 뜰 앞엔 정향나무 있어	庭前賴有丁香樹

춘심 억지로 붙잡느라 가지 하나 꺾네　　　　强把春心折一枝

둘은 애틋한 마음을 건잡을 수 없어 꼭 다시 만나기로 약조하고 헤어졌다. 대군이 묘향산으로 떠난 뒤, 감사는 아무도 몰래 정향을 말에 태워 한양으로 보냈다. 임금은 그녀를 궐 안에 머무르게 하고 대군이 돌아오기를 기다렸다.

한편, 대군은 묘향산의 뭇 경치를 낱낱이 유람하고 돌아오는 길에 다시 평양에 들렀다. 정향과의 약조를 기억하고 있었기 때문이다. 대군은 그녀와 정을 나눴던 기억을 떠올리며 날이 저물기만을 기다렸다. 이를 본 감사는 일부러 전에 대군이 부렸던 통인을 붙여 곁에서 모시라 명했다. 대군은 통인을 보자마자 화색을 띠고 반가워하며 그 누이의 소식을 물어보려는데, 그가 새로 지은 상복을 입고 있는 모습을 발견했다. 대군이 물었다.

"요사이 상이라도 당했느냐?"

그러자 통인은 슬픈 표정을 하고 눈물을 머금은 채 대답했다.

"나리께서 떠나시고 난 뒤 누이가 알 수 없는 병에 걸려 침상에 누워 끙끙 앓았습니다. 그러다 십여 일 전 결국 일어나지 못하고 저세상으로 떠나, 벌써 능라도 건너편 강가에 묻혔습니다. 이제는 향긋한 풀이나 지는 꽃, 아니면 들판의 새들과 짝하여 지낼 것입니다. 누이는 제사를 지내줄 다른 형제도 없어, 어쩔 수 없이 소인이 누이가 생전에 쓰던 화장대와 장신구를 팔아 제수로 쓸 돈을 마련해서 영명사• 의 승려에게 맡기고 매년 천도제를 한 번씩 올리게 할 요량입니다."

정향이 죽었다는 말을 들은 대군은 헤아릴 수 없는 슬픔에 빠졌다.

"임종 때 무슨 말을 하더냐?"

"별다른 말은 없었습니다. 다만 아무도 없을 때 소인에게 '내가 출가는 했어도 처녀와 다르지 않잖아요. 오라버니의 권유로 한밤중에 다른 남자를 만나 좋은 인연까지 맺었으니, 이젠 다른 누구한테도 가지 않겠다고 맹세했답니다. 하나 조물주도 무심하시지, 이 박명한 청춘이 이리 일찍 황천으로 떠나게 됐네요. 그러니 이 변치 않을 마음을 오라버니가 대신 그분께 전해주었으면 해요. 이생에서는 다시 뵙지 못할 터, 황천에서나 만나자고요.' 하며 넘어가는 소리로 유언하고, 마지막으로 제 손을 잡더니 영영 떠났습니다. 아까는 외람되고 경황이 없어 다 아뢰지 못했습니다."

이야기를 듣던 대군은 슬픔을 주체하지 못해 눈물을 떨구었다. 그러나 그녀를 위해 글을 지어 조문한다면 무슨 혐의를 받을지 알 수 없었다. 대군은 할 수 없이 이런저런 물품들이 가득 적힌 문서를 통인에게 주면서 일렀다.

"네 누이가 저세상 사람이 되었으니, 내 너를 그와 다름없이 보련다. 하니 이 물첩에 있는 물품의 반은 네가 쓰고, 나머지 반으로 제수를 장만하여 나 대신 그녀의 묘에서 제사를 지내거라. 이 서글픈 마음을 조용히 전해주었으면 좋겠구나."

대군은 원래 노정이 피곤했던 데다 정향과의 약조도 있어 그녀에게 들러 며칠 쉬어 갈 참이었다. 하나 정향이 세상을 떠났고, 임종 때

- **영명사(永明寺)** 금수산 아래에 있던 평양의 대표적인 사찰. 고구려 광개토대왕 때 창건됐다고 한다. 부벽루와 함께 대동강에 인접해 있다. 그 동편으로 능라도가 있다.

이렇게 가슴 아픈 말까지 남겼다니 참담할 수밖에 없었다. 하릴없이 통인과 마주 앉았다가 잠자리에 누웠으나 잠들지 못해 뒤척일 뿐이었다. 대군은 새벽이 되자마자 바로 평양을 떠나 귀로에 올랐다. 그러나 오는 도중에도 고요한 밤이면 잠을 이루지 못하고 베갯머리에서 정향을 그리워하며 차마 놓지 못했다.

궁궐로 복귀하는 날, 임금은 환관을 보내 대군을 중도에 모셔서 여행의 노고를 덜도록 했다. 그런데 수행해 온 환관이 임금을 알현하고 아뢰었다.

"대군께서 얼굴이 무척 수척하고 마르셨습니다."

이에 임금이 말했다.

"그게 바로 정향 때문이니라."

그러면서 급히 정향을 불러 대군 앞에 이러저러하게 나타나라 분부했다. 곧 대군이 입궐하자 임금은 손을 맞잡고 맞이했다. 그리고 묘향산에 다녀온 과정의 일들과 함께 안부를 물었다.

"형님, 얼굴이 왜 이리 수척해지셨습니까?"

"노정이 힘들어 절로 이리되었습니다."

대군이 대답하자 임금이 다시 물었다.

"떠나시기 전에 과인이 당부한 말을 저버리지는 않으셨겠지요?"

임금의 말에 대군은 난처해졌다. 숨기자니 임금을 속이는 짓이요, 이실직고하자니 몹시 곤란할 지경에 봉착할 터라 그저 몸을 낮추었다가 일으키기를 반복할 뿐이었다. 이를 바라보던 임금은 궁녀들에게 술상을 내와 평안도 여행의 노고를 풀어드리라 명했다. 그런데 대군이 술잔을 받다가 무심코 궁녀의 얼굴을 보니 정향, 바로 그 정향이 아니던가! 정향은 이미 세상을 떠나 땅에 묻힌 몸이거늘, 이렇듯 별안간 눈앞에 나타날 리가 없기에 대군은 반가우면서도 이상하여 절로 얼굴빛이 변하고 말았다. 그 틈에 임금이 대군에게 물었다.

"형님은 이 궁녀 아이를 아십니까?"

대군은 모른다고 잡아뗐으나 임금이 다시 다그쳤다.

"이번에 새로 들어온 궁녀입니다. 형님이 직접 이 아이에게 이름을 물어보시지요."

임금의 명에 따라 대군은 그녀에게 이름을 물었다. 그랬더니 그녀는 대군을 올려다보면서 말했다.

"대군 마마님은 어찌 소첩의 이름을 모르십니까?"

대군은 더더욱 희한한 생각이 들었다. 임금은 대군에게 계속 이름을 물어보라고 재촉했다. 어쩔 수 없이 "네 이름이 무엇이더냐?" 하며 묻자 그녀는 이렇게 아뢰었다.

"소첩의 이름은 바로 정향입니다. 진작에 대군과 맺은 인연을 끊을 수 없어 옥황상제께 고하여 다시 인간 세상으로 내려왔답니다. 나리를 모시려고요."

대군은 허둥지둥 일어나 임금에게 사실을 고했다. 껄껄 웃던 임금도 그제야 사실을 알려주었다.

"이건 제가 시킨 일입니다. 사람을 볼 때 술과 여색 외에도 따져야 할 게 있지요. 이번 묘향산 길에서 정향 저 아이만을 두었을 뿐 다른 한눈판 일이 없었으니, 저와의 약속은 충분히 이행하셨답니다. 이렇게까지 사과할 필요야 있겠습니까?"

그러면서 그녀를 데리고 살게 하여 아이까지 낳았다. 그 아이가 바로 고정정• 으로, 그의 자손은 지금까지도 많이 남아 있다고 한다.

《이순록》 제81화

• **고정정(考亭正)** 이겸(李謙). 실제 양녕대군의 서출이다. 연산군 시절에 흥덕 현감, 중화 부사 등을 지냈다. 역사서에는 '고정정(古丁正)'으로 나와 있다. 참고로 정(正)은 세자나 대군 등의 적장손에게 내려주던 작호이다.

4화

경포호에서 선녀와 해후한 감사

강릉에는 경포대가 있다. 이 누대는 경호(鏡湖) 언저리에 자리 잡고 있다. 경호는 사방이 10리나 되는 평탄한 호수로, 물결이 잔잔한 데다 깊지 않아 이곳에서 사람이 빠져 죽는 일이 없어 예로부터 '군자의 호수'라고도 불렸다. 경호와 바다는 모랫둑 하나로 나뉘어 있어서 주변이 하늘처럼 드넓다. 이 둑은 거센 파도가 쉼 없이 밀려와도 한 번도 무너지거나 터진 일이 없었다. 그렇게 이곳은 바다와 호수가 어우러져 장관을 이루었다.

경호와 관련하여 세간에 전해지는 이야기가 하나 있다. 옛날에 이 호수 터에 어떤 부자가 살고 있었다. 그런데 이 부자는 인색하기 짝이 없는 구두쇠로, 곡식을 만 가마니나 쌓아놓고도 남에게 한 톨도 베푸는 법이 없었다. 하루는 어떤 노승이 부자의 집에 시주를 받으려고 들렀다. 주인이 줄 것이 없다고 하자 노승은 정색했다.

"양식을 이렇게 앞뒤로 산처럼 쌓아두고서 없다고 말씀하시다니요?"

그러자 주인은 어이없어하며 역정을 내었다.

"막돼먹은 중놈이 어찌 감히!"

그러더니 그릇에 사람 똥을 담아서 내주라 했다. 노승은 말없이 바랑을 열어 이 똥을 받아서 돌아갔다. 그런데 그가 떠나고 얼마 지나지 않아 우레가 치고 비가 마치 물을 퍼붓듯 쏟아졌다. 부자의 집과 주변 땅은 순식간에 웅덩이처럼 꺼져 호수가 돼버렸다. 부자와 그 식솔 중 아무도 살아남은 자가 없었다. 그리고 부자의 집에 쌓여 있던 수많은 곡식은 흩어져 물속으로 가라앉아 모두 조개로 변해버렸다. 강릉 사람들은 아침저녁으로 이 조개를 캐고 주웠으며, 흉년이 든 해에는 구황의 양식이 되었다고 한다.

경호 가운데에는 홍장암•이 있다. 홍장은 예전에 이름을 날렸던 기녀의 이름이다. 당시 강원 감사 아무개가 이곳에 순시하러 왔다가 그녀에게 반했고, 둘의 애정은 남달리 깊어졌다. 감사는 강릉 순시를 마친 뒤에도 그녀를 잊을 수 없었다. 그래서 다른 자리에서 강릉 수령을 만나면 허둥지둥 그녀의 안부를 물으며 횡설수설했다. 마침 수령은 감사의 절친한 벗이었다. 홍장에게 흠뻑 빠져 있는 그를 보고 수령은 그를 한번 놀려주고 싶어졌다. 그래서 거짓으로 이렇게 말했다.

"애석하게도 지난달에 죽고 말았소."

이 말을 들은 감사는 망연자실하여 슬픔을 가누지 못했다. 그 뒤

• **홍장암(紅嬙巖)** 강릉 경포대 호숫가에 있는 바위. 일반적으로는 '홍장암(紅粧巖)'이라고 불리며, 지금도 이곳 바위에 각자가 남아 있다.

감사는 다시 강릉을 순시했지만 뭔가를 잃어버린 듯 당최 재미가 없어 보였다. 수령은 이때다 싶어 한 가지 제안을 했다.

"오늘 밤 달빛이 참으로 좋소. 함께 경호에 놀러 가지 않겠소? 경호야말로 신선이 사는 곳이라 바람이 맑고 달이 환할 때면 종종 퉁소 소리와 학 울음소리가 들리곤 하오. 죽은 홍장도 선녀가 되어 그 소리를 따라와 놀지 않겠소? 만약 그렇다면 만나볼 수도 있을 것이오."

이 말에 감사는 신이 났다. 이윽고 수령을 따라 달빛 아래 경호에 배를 띄워 주변을 두루 구경하기 시작했다. 달밤이지만 산은 그림 같고 물과 하늘은 한 색깔이었다. 갈대엔 흰 이슬이 맺혀 있고 이내가 걷히자 맑은 바람이 불었다. 삼경이 된 시간, 갑자기 옥피리 소리가 멀리서부터 들려왔다. 흐느끼듯 구슬픈 소리가 가까워졌다가 다시 멀어지곤 했다. 감사는 귀를 기울여 듣다가 옷깃을 여미며 물었다.

"이게 무슨 소리인가?"

"필시 바다 위의 선녀가 놀러 왔나 보오. 사또께서 신선과 인연이 있어서 이 소리가 들리는 거요. 소리로 봐선 우리 배 쪽으로 오는 듯하니, 참 신기한 일이오."

감사는 홍장을 만날 수 있을 거라는 기대에 잔뜩 흥분해서 향을 피우고 기다렸다. 얼마나 지났을까, 조각배 하나가 바람을 타고 다가왔다. 웬 백발노인이 북두칠성을 아로새긴 갓을 쓰고 깃옷을 입고서 배 위에 앉아 있었다. 그 앞에는 푸른 옷을 입은 두 아이가 옥젓대를 불고, 곁에는 푸른 소매 옷에 붉은 치마를 입은 한 젊은 여인이 술잔을 받든 채 모시고 있었다. 그들의 모습은 하나같이 아스라이 구름을 헤치며 하늘을 걷고 있는 듯했다. 감사는 마치 술에 취한 듯 멍하니 눈을 떼지 못했다. 이윽고 배가 가까이 닿았는데, 백발노인을 모시던 여인은 분명 홍장이었다. 감사는 순간 자신도 모르게 몸을 일으켜 상대편 뱃머리로 뛰어올랐다. 그러고는 백발노인에게 머리를 조아리며 절을 올렸다.

"하계의 못난 몸이 신선이 강림하셨는데도 맞이하는 예우를 잃고 말았습니다. 이 죄를 용서해 주시기 바랍니다."

그러자 노인은 씩 웃었다.

"당신은 본래 상계의 신선으로, 인간 세상에 귀양 온 처지요. 오늘 밤 이렇게 만난 것도 그런 인연이 있어서요."

그러면서 옆에 있는 여인을 가리켰다.

"이 낭자를 알겠소? 이이도 옥황상제를 모시는 선녀로, 죄를 지어 인간 세상으로 귀양 왔다가 지금 기한이 차서 돌아가는 길이오."

그녀를 보니 과연 전날 인연을 맺었던 홍장이 맞았다. 청산이 찌푸리고 가을 물결이 바장이듯• 원망하는 양 근심하는 양, 그녀는 감사를 보며 마음을 다잡지 못하는 모습이었다. 감사는 홍장의 손을 붙잡고 울었다.

"너는 어찌 나를 버리고 돌아간단 말이냐?"

그러자 홍장도 눈물을 흘렸다.

"속세의 인연이 이미 다했으니 이제 끝입니다. 소첩을 그리워하는 나리의 정성이 하늘에까지 닿았는지, 옥황상제께서 첩에게 하룻밤의

• **청산이 찌푸리고 가을 물결이 바장이듯** 여인의 아름다운 모습을 묘사한 중의적 표현. 청산은 여인의 짙은 눈썹을, 가을 물결은 여인의 눈길을 뜻한다.

여가를 허락해 주셨답니다. 지금 이렇게 당신을 만났으니, 이것으로 또 한 번의 인연을 삼을 수밖에요."

감사는 안 되겠다 싶어 노인에게 간청했다.

"옥황상제의 허락을 받았다고 하니, 홍장에게 잠시 시간을 주셨으면 합니다."

감사의 말에 노인은 다시 씩 웃었다.

"상제의 명으로 여가를 얻었으니 함께 가도 좋소. 나는 속세의 냄새를 싫어하니 배에서 내리지 않겠소. 그대의 배에 홍장을 태워 가시오."

그러면서 홍장에게 일렀다.

"이것도 천상에서 정해준 인연이니라. 저분과 함께 성안으로 들어가되, 날이 밝기 전에 다시 나오거라. 나는 배를 대고 기다리고 있을 테니."

이에 홍장은 옷깃을 여미며 대답했다.

"예, 말씀대로 따르겠습니다."

노인은 일어나 감사와 홍장을 배웅하고는 한 가닥 맑은 바람에 노를 돌려 떠났다. 둘은 함께 돌아와 손을 맞잡고 침실로 들어갔다. 아끼는 정과 사랑의 단꿈은 전날과 다름이 없었다. 감사는 해가 뜰 때까지 잠들어 있다가 갑자기 놀라 깼다. 하룻밤의 단꿈이 끝나버렸으니 홍장은 이미 떠났겠거니 싶었다. 그런데 눈을 돌려 보니 홍장이 여전히 옆에 있는 게 아닌가. 어찌 된 일이냐며 물어도 그녀는 미소만 지을 뿐 대꾸하지 않았다. 그때 수령이 들어오더니 실실 웃으며 물었다.

"양왕과 신녀의 단꿈•은 어떠했소? 하관(下官)에게 월하노인•의 공이 없다고 할 수는 없겠지요."

감사는 그제야 자신이 속은 걸 알고 함께 껄껄 웃었다.

《청구야담》 권9 제8화 〈경포호순상인선연(鏡浦湖巡相認仙緣)〉

- **양왕(襄王)과 신녀(神女)의 단꿈** 이른바 '운우지몽(雲雨之夢)'의 고사로, 초나라 양왕(또는 회왕)이 양대(陽臺)에서 무산의 신녀를 만나 사랑을 나눴다고 한다. 남녀의 사랑을 상징한다.
- **월하노인(月下老人)** 부부의 인연을 맺어준다는 전설상의 노인. 중국 당나라의 위고(韋固)가 달밤에 어떤 노인을 만나 장래의 아내에 대한 예언을 들었다는 데서 유래한다.

5화

두 친구의 몹쓸 기녀 차지하기

판서 이익보•는 아무개 대감과 동갑으로 같은 동네에 살았다. 어려서부터 글공부를 함께 했고, 과거도 함께 치렀다. 생원에 오르고 급제한 것도 같은 해였고, 예문관•과 홍문관•에서도 함께 근무했다. 게다가 문벌이나 인물됨은 물론 문장과 신망까지도 남들이 그 고하를 따지기 어려울 정도로 비슷했다.

그런 이 판서와 아무개가 함께 홍문관에서 숙직하던 때였다. 둘은 서로 자신이 더 낫다고 다투며 지는 걸 인정하려 하지 않았다. 그러

- **이익보(李益輔)** 1708-1767. 자는 사겸(士謙), 본관은 연안이다. 충청도 관찰사와 병조·이조의 판서를 역임했다. 재임 기간에 함경도 지역의 폐단을 바로잡는 등 치적이 있었다.
- **예문관(藝文館)** 임금의 사령이나 외교문서를 찬술하는 관청.
- **홍문관(弘文館)** 궁중의 서적을 관리하고 임금에게 학문적 자문을 하던 관청. 당대의 뛰어난 학자들이 근무했다.

다 결국 이렇게 약속했다.

"우리가 어려서부터 성인이 된 지금까지 매번 비슷하여 우열을 가릴 수가 없군. 듣자 하니 남원의 기생 아무를 나라 안에서 최고로 친다지? 이 기생을 먼저 차지하는 사람이 승자인 걸로 하세."

그 뒤 얼마 지나지 않아 아무개가 전라좌도의 경시관•이 되었다. 원래는 정해진 다른 사람이 있었는데, 유고가 생겨 아무개가 대신 가게 된 것이다. 향시(鄕試) 날짜가 촉박한 터라 이튿날 바로 조정에 아뢰고 출발해야 했다. 그런데 공교롭게도 향시가 열리는 곳이 바로 남원이었다. 이 판서는 숙직하던 중에 이 소식을 듣고는 깜짝 놀라며 개탄스러워했다. 당장 남원으로 날아가고 싶었지만 어찌할 방법이 없었다.

'이제 형세를 보니 저 친구에게 한발 뒤처지게 되었구나. 이 일을 어쩐다?'

이런 생각에 이 판서는 혀를 차며 분통한 나머지 밤새 잠을 이루지 못했다. 날이 밝자 아무개는 경시관이 되어 하직하면서 숙직하는 여러 숙소를 들렀다. 그 모습이 얼마나 의기양양한지 주변 사람들이 다들 부러워했다. 아무개는 이 판서를 보고 큰 소리로 과시했다.

"이제 내가 자네를 이긴 것이나 다름없군그래."

이 판서는 그 말을 억지로 맞받아치기는 했지만, 고개가 숙여지고 맥이 풀려 자신도 모르게 위축되고 말았다. 그런데 그날로부터 얼마

• **경시관(京試官)** 조선 후기 각 지방의 군현에서 실시하던 향시에 파견된 감시관. 원래 향시는 각 도에 나가 있던 도사(都事)가 맡았으나, 과장이 하나 이상 설치되던 큰 도에는 중앙에서 따로 경시관을 파견했다.

쯤 지났을 때, 홍문관에서 숙직하고 있던 이 판서에게 즉시 입궐하라는 어명이 내렸다. 이 판서는 헐레벌떡 내달려가 어전 앞에 엎드렸다. 임금은 그에게 봉인된 서신 한 통과 유척•, 마패를 내려주었다. 이 판서는 필시 호남의 어사 자리일 것이라 짐작하고 나는 듯 남대문 밖으로 나가 서신을 뜯어보았다. 내용을 보니 과연 호남좌도 암행어사가 틀림없었다. 그런데 출발하는 날짜를 확인해 보니 아무래도 아무개가 아무 날에 자신보다 앞서 남원에 당도할 판이었다. 이틀 걸릴 거리를 하루 만에 달려가야만 가까스로 먼저 남원에 들어갈 수 있을 듯했다.

그래서 그는 데려갈 인원이나 비장(裨將)들에게 분부할 겨를도 없이 급히 집에만 알리고 약간의 노자만 챙겨 반당• 하나에 하인 하나만 대동한 채 일단 출발부터 하자 했다. 집에는 시종이며 비장이며 공식 노자며 의복 등속을 뒤따라 남원으로 바로 보내라 일렀다. 그러고는 두 배의 속도로 죽을 듯이 내달려 마침내 아무 날 점심때쯤 남원 읍내에 당도할 수 있었다. 어사는 도착하자마자 경시관의 동정을 수소문했고, 경시관이 그날 아침에 막 도착하여 관아로 들어왔다는 사실을 알아냈다. 이에 그는 서둘러 고을을 염탐하여 두세 가지 사건을 잡아낸 뒤 곧장 객사로 출두했다. 이때 위로는 부사나 경시관에서부터 아래로는 읍내와 마을의 이방, 주민들까지 어사가 와 있다는 소

- **유척(鍮尺)** 놋쇠로 만든 자. 지방관이나 암행어사가 검시(檢屍) 등 중요한 일을 처리할 때 사용했다.
- **반당(伴倘)** 높은 관직에 있는 이들을 따라다니며 돕거나 신변을 보호하는 사람. '반인(伴人)', '반종(伴從)' 등으로도 불렸다.

식을 접하지 못한 상태였다. 그런데 졸지에 어사가 출두하자 다들 혼비백산하여 온 고을이 발칵 뒤집혔다. 어사는 이방과 좌수 및 각 창고지기 아전을 잡아들여서 대강대강 처벌했다. 그러고는 남원 읍내에서 수청 드는 기생 몇을 선발하여 들이라고 명했다. 그런데 선발 명단에는 국색(國色)이라고 알려진 그 기녀의 이름이 없었다. 이에 어사는 호장•을 잡아들여 다그쳤다.

"남원은 나라에서 미인과 기생이 가장 많은 곳이고, 어사는 명을 받은 신하로는 으뜸이니라. 한데 지금 들여보낸 기생들은 도무지 마음에 들지 않는구나. 어서 다시 선발하여 집어넣어라!"

호장은 어사또의 분부를 감히 거역할 수 없어 바로 기녀들을 교체해서 들여보냈다. 그러나 역시 이번에도 그녀는 없었다. 어사는 노발대발하며 호장과 행수 기녀를 죄다 잡아들이고는 일갈했다.

"내 너희 고을에 이름난 아무 기생이 있는 줄 알고 수청 드는 기생들을 바꾸라고 했는데, 아직도 들이지 않으렷다? 일 처리가 이렇게 소홀하고 느려터지다니! 아무 기생을 속히 들여보내 인사를 올리도록 해라."

그런데 어사의 말에 호장 등이 이렇게 대답했다.

"아무 기생은 경시관 나리께서 이미 수청으로 정하시고 잠시도 곁을 떠나지 못하게 하옵니다. 해서 그 아이는 올리지 못했습니다."

이 말에 어사는 화가 머리끝까지 치밀어 삼우장•을 대령하라 명했

- **호장(戶長)** 고을 구실아치의 우두머리.
- **삼우장(三隅杖)** 세모나게 모서리가 있는 곤장. 주로 대역죄인을 다스릴 때 사용했다.

다. 이어 호장 등을 형틀에 묶으라 호령했는데, 그 소리가 마치 벼락 같았다.

"네놈들은 그 기생을 어디에 숨겨두고서 경시관 수청을 든다고 둘러대고 끝내 들이지 않는단 말이냐? 무엄하기 짝이 없구나. 즉각 대령하지 않으면 네놈들은 이 형틀에서 맞아 죽을 것이다."

그러고는 매를 잘 치는 사령을 뽑아 열 대 이내에 때려죽이라고 명했다. 그 위세가 매서운 서리 같아 온 고을이 벌벌 떨 정도였다. 이에 호장과 행수 기생, 그들 가족과 집안사람들은 물론 삼반관속•까지 모두 경시관의 숙소로 달려가 눈물을 흘리며 호소했다.

"여러 사람의 목숨이 지금 경각에 달렸습니다. 경시관 나리께서는 불쌍히 여기시어 이들 목숨을 살려주십시오. 잠시만 아무 기생을 내어주시면 어사또를 뵙게 하여 급한 불을 끌 수 있습니다. 저물녘이면 어사또 나리께서 진정되실 테니, 그때 저 아이를 다시 데려와 수청을 들게 하겠습니다. 제발 잠시나마 내어주시어 죽게 될 사람 좀 살려주십시오."

경시관은 차마 죄 없이 죽게 될 판인 저들을 그냥 두고 볼 수는 없었다. 또 기녀를 내어주지 않았다가 어사가 정말 저들을 때려죽이기라도 하면 그 원망은 고스란히 자신에게 올 게 뻔했다. 게다가 저 어사란 자가 누구인지도 모르는데, 고작 기녀 하나 때문에 평생 혐의 있는 사람으로 낙인찍히면 그 또한 불미스러운 일이 아닐 수 없었다.

• **삼반관속(三班官屬)** 지방 관아에 딸린 아전, 장교, 관노와 사령 등을 통틀어 일컫는 말. 원래 삼반은 지방 관아에서 범인을 잡거나 곤장을 치거나 지역의 각종 소식을 취합하는 세 분야를 말하는데, 이들이 분담하여 처리했다.

결국 경시관은 어쩔 수 없이 기녀를 내어주면서 일렀다.

"내 너희들의 사정이 딱하여 특별히 이 아이를 내어주는 것이다. 어사를 뵙게 하고 나면 그 즉시 데려와야 하느니라."

이에 그들은 하늘에 외치고 땅을 구르며 기뻐 백배사례했다.

"하늘같이 높은 은혜로 언제 죽을지 모를 목숨을 보전케 되었습니다. 한 번만 만나게 하고 바로 데려오도록 하겠습니다."

이렇게 하여 결국 기녀를 어사또 앞에 대령할 수 있게 되었다. 기녀가 인사를 올리자 어사는 뛸 듯이 좋아했다. 과연 듣던 대로 절세의 미인이었다. 어사는 곧 가두었던 이들을 훈방하고 주변 사람들을 모두 물린 다음 대청마루 안을 큰 병풍으로 둘러쳤다. 그리고 기녀를 그 안으로 데리고 들어가 질펀하니 희롱하며 운우의 즐거움을 누렸다. 거사를 치른 어사는 가마를 들여오게 하여 기녀를 뒤따르게 하고서 곧장 경시관의 숙소로 향했다. 어사는 부채로 얼굴을 가리고는 곧바로 대청마루로 올라갔다. 그러면서 친구의 자(字)를 불렀다.

"지금 과연 어떠한가? 내가 확실히 이겼겠지!"

경시관은 어사가 출두했다는 말은 들었으나 그가 누구인지는 정말 몰랐다. 자신이 경시관에 임명되어 남원으로 내려오던 날, 분명이 판서는 홍문관에서 입직하고 있었기 때문이다. 그러니 이날의 출두는 더욱 예상할 수 없었다. 경시관은 지금 일어나는 의외의 상황에 놀라 자빠질 정도였다. 기녀를 먼저 차지하고도 이제 한발 뒤지게 되었으니, 분통이 터질 만도 했다. 그는 얼굴이 흙빛이 되어 거의 기절할 판이었다.

사실 임금은 이 판서와 아무개가 내기를 한 일을 우연히 들어 알고 있었다. 그래서 경시관이 하직하는 날에 이 판서를 특별히 암행어사로 파견하여 둘이 쟁춘•하도록 한 것이었다.

《청구야담》 권4 제28화 〈啣使命李尙書爭春(함사명이상서쟁춘)〉

• **쟁춘(爭春)** '봄을 다툰다.'라는 뜻. 여성을 차지한다는 의미다.

사대부 남성들의 욕망 또는 풍류

이번에는 사대부 남성들이 기녀를 이용하는 이야기다. 앞의 두 이야기가 기녀와 선비의 진정한 만남 또는 유대를 서사의 골자로 삼았다면, 여기서는 양자의 관계가 원위치로 돌아와 있다는 인상이 강하다. 그만큼 기녀들은 본래 자기의 역할에 충실하며, 사대부 남성들은 이를 이용하고 소유하려는 행태를 보인다. 그녀들은 상류층의 명에 따라 움직이며, 심지어 차지할 대상으로 취급된다. 또 기녀들의 발화나 자기 욕망도 이야기 속에 잘 드러나지 않기 때문에 주로 남성들의 대화나 서술자의 기술에 따라 그녀들의 정체와 성정을 확인할 수밖에 없다. 그런데 시선을 남성 쪽으로 돌려보면 이런 풍류와 낭만도 없다. 따라서 이러한 이야기들은 '사대부 남성들의 풍류담'이라고 봐도 이상하지 않다.

하지만 풍류담도 층위가 다양하다. 기녀를 통해 풍정을 한껏 발산하는 쪽이 있는가 하면, 예술에 푹 빠지거나 문예를 즐기는 유형도 있다. 물론 풍류담이라고 해서 마냥 놀고 즐기는 내용만 늘어놓은 것은 아니다. 여기에도 뭔가 노림수가 있기 마련이다. 공교롭게도 세 이야기는 남주인공이 기녀를 이용한 놀이에 여지없이 당하고 만다는 것을 극적 묘미로 삼고 있다. 남녀 주인공인 기녀와 남성이 모두 상층의 놀이에 이용당한 셈이다. 남주인공은 기녀에게 너무 몰입했거나 고집을 부린 대가로 꾐에 넘어간다. 그들의 이런 모습에서 해학이 느껴지기도 한다.

요컨대, 이런 이야기는 유가에서 강조하는 색욕(色慾)에 빠지지 말라는 경고를 바탕에 깔고 있다. 그러나 서사는 함께 껄껄 웃거나 내기에 져 분을 못 이기는 선에서 끝이 난다. 즉 어떤 반성적 계기는 드러나지 않는다. 왜냐하면 사대부 남성들은 이런 이야기를 유가 이데올로기가 빚어낸 경직된 조직 안에서 나온 하나의 훈풍(薰風)으로 봤기 때문이다. 결과적으로 이 이야기들은 조선 시대 사대부 남성이 보편적으로 꿈꾸던 일탈이자 욕망이 기녀라는 대상을 통해 표출된 전형적인 사례이다. 이것을 남녀의 풍정으로 뒤집어씌웠다.

3화는 양녕대군이 여색을 탐하지 말라는 세종의 충고를 어기고 평양의 명기 정향에게 푹 빠졌다가 곤욕을 치른 이야기다. 그러나 이 모든 게 동생 세종의 치밀한 계획에 말려든 결과였다. 다만 결말은 대군이 정향과 해로하며 자식까지 낳는 해피엔딩이다.

이 이야기는 실제 양녕대군에게 고정정이라는 후손이 있었음을 바탕으로 하고 있다. 그렇다면 역사 속의 양녕대군은 어떤 인물이었을까? 한마디로 그는 대단히 문제적 인물이었다. 그는 태종의 맏아들로, 왕위를 계승해야 할 첫 번째 자리에 있었다. 그러나 자유분방한 성격 탓에 갖은 유흥을 일삼는가 하면 패륜적인 사건도 많이 저질렀다. 특히 '어리'라는 남의 첩과 간통하여 그녀를 궁중에 들였다가 발각된 사건은 유명하다. 그는 이 사건으로 폐세자가 되고 말았다. 그럼에도 그의 기행은 멈추지 않았고, 그 결과는 여러 번의 탄핵으로 이어졌다. 그나마 다행인 점은 동생 세종이 지극한 형제애를 가지고 있었다는 것이다. 이렇게 보면 이 이야기의 밑그림은 이미 나와 있었다고 봐도 무방하다.

한편, 양녕대군은 글과 글씨에 뛰어난 예인(藝人)이기도 했다. 하지만 그는 당대 정치적인 알력 속에서 부정되기 일쑤였다. 그러다가 조선 후기 언제부턴가 그에 대한 재해석이 이루어지면서 연민의 시선도 생기기 시작했다. 이는 18세기 후반 뒤주에 갇혀 죽은 사도세자에 대한 연민의 정서와도 맞닿아 있었다. 이런 시선은 이야기 안에서 세종이 형인 양녕대군을 대하는 태도와 인정에서도 잘 드러난다.

그런데 양녕대군과 정향의 로맨스를 다룬 소설 〈정향전〉이 따로 있다. 전체적인 줄거리는 3화와 대동소이하다. 〈정향전〉의 출현이 시기적으로 늦다는 점을 감안하면 야담 쪽의 서사가 먼저 형성되었다고 본다. 〈정향전〉은 기녀가 양반을 골탕 먹인다는 풍자류 소설에 해당한다. 그러나 다른 풍자류 소설에 비해 그 정도가 점잖은 편이다. 이는 남주인공이 대군이라 어느 정도 체면을 고려한 부분도 있지만, 기녀 정향의 태도도 한몫했다. 이야기 안에서 대군이 정향의 치마에 써 준 이별 시에 정향나무가 등장한다. 정향은 만주와 한국이 원산지로, 늦봄에서 초여름 사이에 분홍색의 꽃이 핀다. 꽃 모양이 수수꽃다리와 비슷하고, 향은 마치 라일락 향처럼 진하다. 동남아산 향신료 재료로도 유명했으며, 전통시대 한의학의 약재로도 쓰였다. 이런 정향처럼 그녀도 향기로운 꽃내음을 발산하여 상층의 놀이를 자신의 로맨스로 만드는 효과를 거뒀다.

4화는 강릉 경포호를 배경으로 감사와 기녀의 환상적인 만남을 다룬 이야기다. 이 작품의 색다른 점은 다른 이야기에서 쉽게 접할 수 없는 서두 부분이다. 경포호와 그 주변의 풍광, 호수의 전설을 소개하는 데 꽤 많은 분량을 할애했다. 먼저 호수가 만들어진 유래가 흥미롭다. 인색하기 짝이 없는 부자가 구걸하는 노승을 박대했다가 그 응보로 벼락이 떨어져 부잣집 터가 호수로 변해버렸다는 내용이다. 이런 유래는 경포호뿐만 아니라 강원도의 호수나 연못 설화에서 자주 볼 수 있다. 고성의 화진포 설화가 그렇고, 태백의 낙동강 발원지인 황지연못이 또 그렇다. 아마도 이 지역의 못과 호수의 전설이 공유된 결과이지 싶다. 아무튼 서사는 이러한 호수 전설에 이어서 그 가운데에 있는 홍장암으로 넘어간다. 본격적인 서사는 여기서부터 시작된다.

그런데 이 홍장암도 오래된 설화를 품고 있다. 문헌으로는 조선 초서거정의 《동인시화(東人詩話)》에 가장 먼저 등장한다. 시화란 사대부가 지은 한시에 관한 에피소드를 말하는데, 여기에 가끔 이런 사적을 덧붙이기도 했다. 여기 내용을 잠시 소개하면 이렇다. 강릉의 기녀 홍장은 시를 잘 짓고 미모가 출중하여 안렴사 박신이라는 인물이 그녀의 매력에 푹 빠지고 만다. 이에 강릉의 수령 조운흘이 그 사이에서 농을 친다. 박신과 조운흘은 고려 말에서 조선 건국 초까지 활동했던 문인이다. 설화는 두 인물과 기녀 홍장을 한데 묶어 풍류담으로 구성한 것이다. 이 원천 소재에 살을 붙인 것이 바로 이 이야기다.

다만 부연한 만큼 덧보태진 요소들이 많다. 이를테면 감사를 희화시키고 홍장을 선녀로 둔갑시킨 것은 기존에 없던 내용이다. 이런 변화로 이야기 전체가 시종 환상적인 분위기를 연출한다. 그 가운데서도 특히 구성과 표현의 묘미가 돋보이는 부분은 단연 홍장과 감사가 해후하는 장면이다. 수령이 감사를 속여 한껏 분위기에 취하게 만들더니, 어느새 배경은 환상세계로 인도된 듯 바다와 경포호가 어우러진 선계의 풍경으로 탈바꿈한다. 선녀로 분한 홍장을 다시 만난 감사는 이 만들어진 선계에서 다시 한번 홍장과 사랑을 나눈다. 이런 홍장의 선녀화는 양반과 기녀의 구도를 남성 판타지 쪽으로 끌고 간 혐의가 없지 않다. 동시에 선취 가득한 풍류 이야기의 새로운 이정표를 세웠다고 하겠다.

5화는 전도양양한 두 젊은 관료가 누가 먼저 최고의 기생을 차지하는지 내기를 한다는 얼토당토않은 내용이다. 사대부가 이 정도까지 기녀를 노리개 취급했었나 싶을 정도로 설정 자체가 참담한 수준이다. 더구나 둘 사이가 경쟁 관계라는 걸 알게 된 임금이 일부러 이 내기를 부추겼다는 부분을 접하고 나면 아연실색하지 않을 수 없다. 그러나 당대에는 이런 것들이 남성들의 호쾌한 풍류담이자 파적거리로 읽혔으니 어찌하랴. 신분제 사회의 하나의 자화상으로 이해되기를 바랄 뿐이다.

하지만 이야기의 원래 초점은 당시 최고 엘리트였던 젊은 관료들의 우열 경쟁이다. 두 사람은 동갑인 데다 같은 동네에 살았으며, 같은 해 과거에 급제하고 문벌과 개인 능력까지도 엇비슷했다. 게다가 이들이 처음 맡은 자리는 홍문관과 예문관의 직책이었다. 이는 문관이라면 누구나 선망하는 자리였다. 그런데 남자들이란 꼭 우열을 가려야만 직성이 풀리는지, 이들은 상대방을 이기고 유일한 최고가 되고자 했다. 그 대상은 남원에서 가장 미색이 뛰어나다는 기녀였다. 남원은 남도 지역에서 빼놓을 수 없는 기향(妓鄕)이었으며 미인이 많기로 유명했다. 잘 알려진 〈춘향전〉 또한 이러한 남원의 지역적 특색을 반영하여 배경을 설정했을 터다. 아무튼 남원의 최고 기녀를 차지하기 위해 시작된 이들의 대결은 각각 경시관과 어사로 지위가 옮겨지며 본격화된다.

사대부 사회에서는 이런 이상한 전통이 그전에도 있었다. 남성들이 여성을 차지하기 위해 다투는 것을 '쟁춘(爭春)'이라 부른다. '봄을 다툰다.'라는 이 뜻은 실은 봄이 아니라 꽃을 누가 먼저 꺾느냐를 에둘러 표현한 것이다. 여성을 꽃에 비유한 전통은 꽤 오래되었다. 지금도 아름다움의 표상으로, 또 상황에 따라서는 비하의 의미로도 사용되고 있다. 특히나 기녀는 다른 말로 해어화(解語花)라고도 한다. 이는 '말을 할 줄 아는 꽃'이라는 뜻이다. 어쨌든 이러한 '꽃'을 차지하기 위한 경쟁을 다룬 이야기가 사대부 남성들에게는 풍류 미담이었다. 그렇다면 지금 우리 사회는 어떠한가? 이런 불온한 전통에서 과연 자유로워졌는지 곰곰이 따져볼 일이다.

2장

정욕 혹은 성정

6화

충청도 유생과 개성 상인의 아내

충청도에 유생(柳生)이라는 선비가 있었다. 그는 과거를 보러 상경했다가 낙방했는데, 하릴없던 차에 마침 개성에 명승지와 유적이 많다는 이야기를 듣게 되었다. 그는 그길로 개성으로 가 이곳저곳을 유람하기 시작했다.

하루는 성안을 한가롭게 걷고 있는데, 갑자기 비가 쏟아져 길가 어느 집 대문 아래에서 비를 피해야 했다. 비는 한참이 지나도 그치지 않았고, 날은 저물어가고 있었다. 심란해하던 중, 비를 피하던 대문 안쪽에서 한 어린 여종이 불쑥 나왔다.

"어디에서 온 손님인지 모르오나, 빗줄기가 예사롭지 않으니 안으로 들어와 좀 쉬시랍니다."

유생이 물었다.

"이 집은 누구의 댁이며, 바깥분은 안 계시느냐?"

"주인님은 행상을 나가서 외지에 계신 지 여러 해가 되었습니다."

"그렇다면 외간 길손이 안으로 들어가서야 쓰겠느냐?"

"들어오시라는 분부가 있었으니 꺼리지 마십시오."

이리하여 유생은 여종을 따라 안으로 들어갔다. 안채에는 한 스무 살 남짓 돼 보이는, 자색이 더없이 아름다운 여인이 있었다. 그 자태에 유생은 혼이 날아간 듯 정신이 아찔해졌고 심장은 터질 듯 쿵쾅거렸다. 이윽고 그녀는 유생을 모셔 안으로 들라 했다.

"비를 피해 오래 서 계신 걸 보고 마음이 편치 못했습니다. 그래서 주변 시선을 무릅쓰고 들어오시라 청한 것입니다."

그 말에 유생은 공손한 태도로 사례했다.

"애초 면식도 없는 사람을 이리 친절하게 대해주시니 얼마나 감사한지 모르겠소."

인사를 마치자 곧 저녁상이 나왔다. 밥을 먹고 난 뒤에는 촛불을 밝히고 마주 앉아 한참 담소를 나누었다. 그러다 보니 어느새 둘 사이에 정분이 싹텄다. 슬금슬금 어깨를 대고 무릎을 붙이더니 급기야 맘껏 서로 껴안고 만지다가 잠자리에 들어 사랑을 나누었다. 이튿날에도 유생은 이 집에 그대로 머물렀다. 이렇게 하루, 이틀이 지나 열흘이 되어갔다.

한편, 이 집의 주인인 상인은 행상을 나갈 때 이웃에 사는 한 친구에게 자기 집안일을 잘 돌봐달라고 부탁해 놓았다. 부탁받은 친구는 집에 매일 찾아와서 안부를 묻곤 했다. 그러니 계속 이 집에 머물고 있던 유생의 행적이 탄로 나는 것은 당연했다. 친구는 이런 기미를 알아채고 얼른 상인에게 사람을 보내 '사달이 났으니 어서 집으로 돌아오라'고 통지했다. 기별을 받은 상인은 밤을 마다하지 않고 내달려 돌아왔다. 개성에 도착하니 이미 삼경이 지난 때였다. 상인은 곧바로 자기 집으로 가서 담을 넘어 들어갔다. 창구멍으로 안을 엿보니 자기 아내와 한 젊은이가 촛불을 밝히고 마주 앉아 아무렇지도 않게 장난을 치며 웃고 있었다. 상인은 창을 밀치고 쳐들어갔다. 불시에 들이닥친 남편을 본 아내는 얼굴이 하얗게 질렸고, 유생은 기겁하여 넋이 나가고 말았다.

"너는 웬 놈이기에 감히 남의 집에 쳐들어와 내 아내와 이러고 있는 게냐?"

유생은 한참 만에 정신을 차리고 대강의 사연을 들려주었다. 아내는 옆에서 머리를 푹 숙인 채 아무 소리도 못 했다. 상인은 눈을 부라리며 아내에게 소리쳤다.

"저놈과 이딴 짓을 저질렀으니 네년을 죽여 없앨 것이다! 하나 멀리서 오느라 목이 타니, 우선 술과 고기를 사 오거라!"

상인은 주머니를 뒤져 돈을 던져주었다. 이를 거역할 수 없는 아내는 그 돈을 받아 밖으로 나가더니 술과 고기를 사서 돌아왔다. 아내에게 술을 따르게 하여 마시던 상인은 한 잔을 유생에게 건넸다.

"곧 죽을 놈이지만 한잔 마시거라."

그러면서 차고 있던 칼을 꺼내 들고 고기를 베어 씹어 먹었다. 그러고는 칼끝에 고기 한 조각을 꽂아 유생에게도 건넸다. 유생은 술을 받아 마시고 입을 내밀어 고기도 받아먹었다. 상인은 술 석 잔을 내리 들이켜고는 소리쳤다.

"내 이 칼로 당장 네놈 모가지를 잘라도 시원치 않으나, 목숨이 불쌍해 특별히 용서해 주겠다. 당장 여기서 꺼지고 근처에 얼씬도 하지 말거라."

상인의 말에 유생은 백배사죄한 다음 머리를 싸매고 쥐구멍 찾듯 달아나 그길로 한양으로 돌아갔다. 유생이 사라지자 상인은 아내를 노려보았다.

"네년이 이제 죄를 알겠느냐?"

그러자 아내는 땅에 엎드려 눈물을 흘리며 살려달라고 애걸복걸했다.

"당장 네년을 죽여 죄를 물어야 할 것이나, 사람 목숨을 결딴내는 게 어디 그리 쉽더냐. 지금은 네 머리를 남겨둘 것이다. 그러나 만약 또 이런 짓을 저질렀다가는 갈기갈기 찢어 죽이고 말 테니 그리 알거라!"

아내는 재차 머리를 바닥에 대고 사죄했다. 상인은 그런 아내에게 촛불을 끄고 잠자리에 들라고 이른 다음 곧바로 친구 집을 찾아갔다. 그러고는 짐짓 아무것도 모르는 척 친구에게 사람을 보낸 사연을 물었다. 이에 친구가 답했다.

"자네 집에 외간 남자가 드나드는 흔적이 있어 내가 기별했네."

"그자가 아직 있겠지?"

"필시 가지 않았을 걸세."

이리하여 상인은 친구를 데리고 자기 집으로 되돌아갔다. 아직 동이 트지 않았을 때라 대문과 방문은 잠겨 있었다. 문을 열라 하여 안채로 들어가니 아내만 있고 다른 사람은 없었다. 집 안을 샅샅이 뒤졌으나 고요할 뿐 아무런 흔적도 찾을 수 없었다. 친구는 잘못 듣고 경솔히 말했나 싶어 멍한 표정으로 민망해했다. 이에 상인이 친구를 다독였다.

"자네가 잘못 들은 듯싶네. 그렇다고 미안해하지는 말게. 이게 다 자네와 나의 우정이 돈독하다는 증표가 아니겠는가? 그런 일이 의심되면 당연히 연락을 주는 것이 상책이지. 그러니 그리 자책하지 말게. 젊은 아내를 혼자 두다 보니 항상 신경이 쓰인다네. 이번에 잘못 알았다고 해서 피하지 말고 앞으로도 이전처럼 잘 살펴주게. 부디 그렇게 해주게."

친구는 상인의 진정성 있는 말에 감격하여 외려 고마워했다. 상인은 친구를 돌려보내고 날이 밝기를 기다렸다가 길을 나서면서 아내에게 다시금 신신당부했다. 아내는 한 번 남편의 위협을 받고 용서도 받은 터라 다시는 간통할 생각을 하지 못했다.

한편, 유생은 이듬해 봄 과거에 급제하고 몇 년이 지나 황해도 한 고을의 수령이 되었다. 그러던 어느 날, 어떤 백성이 찾아와서 자기 아비가 상인 송 아무개와 다투다가 맞아 죽었다며 송사를 벌였다. 수령이 송 아무개의 이름을 물었는데, 알고 보니 바로 자신의 목숨을 살려주었던 그 상인이었다. 그 마을은 읍내 관아와 거리가 불과 10리 정도에 있었고, 마침 수령이 돌아보려고 막 길을 나설 참이었다. 그런데 행차의 출발을 알리는 나팔이 세 번 울렸을 때 수령은 갑자기 출발을 중지시켰다.

"내가 갑자기 두통이 나서 머리가 어지럽구나. 날도 곧 어두워질 테니 내일 아침에 가기로 하마."

그러고는 그날 밤 통인 가운데 심복 하나를 은밀히 불러서 일렀다.

"그동안 내가 너를 각별하게 여겨 깍듯이 예우했느니라. 하니 너도 나를 위해 아주 곤란한 일을 좀 처리해 줄 수 있겠느냐?"

"사또께서 소인을 집안 식구처럼 대해주시니 그 은혜야 예사로운 게 아니지요. 물불인들 피하겠습니까?"

"혹시 오늘 아무 마을에서 살인 사건이 일어난 걸 들었느냐?"

"예, 들었습니다."

"하면 너는 오늘 밤 몰래 그 마을로 가서 시신을 빼내 돌에 매달아 마을 뒤편 방죽에다 던져버릴 수 있겠느냐?"

"명대로 하겠습니다."

이어서 수령은 추가로 이런 지시까지 내렸다.

"갈 때 읍내에서 큰 개 한 마리를 잡아 짊어지고 가거라. 가서 안치한 송장과 바꿔치기하되, 이불로 덮어 시체 모양으로 해두거라. 날이 밝기 전에 모두 처리하고 돌아와 결과를 보고하거라. 무슨 일이 있어도 절대 입 밖에 내지 말아야 하느니라."

명을 받고 물러난 통인은 과연 새벽녘에 돌아와서 분부한 대로 처리했다고 보고했다. 수령은 통인더러 물러가 대기하라 하고는 즉시 일어나 행차 채비를 서두르도록 지시했다. 화급히 말을 달려 마을에 도착한 수령은 원고와 피고를 불러들여 심문한 뒤 형리에게 검시를 명했다. 그런데 검시하러 들어간 형리가 금세 나와 어리둥절한 표정으로 말했다.

"이런 괴상한 일이 다 있답니까? 시체는 온데간데없고 죽은 개 한 마리가 이불에 덮여 있습니다."

이 말을 들은 수령은 깜짝 놀라는 척했다.

"그럴 리가 있겠느냐?"

그러고는 자신이 직접 들어가 살펴보았다. 과연 형리의 말대로였다. 이에 원고를 불러 다시 캐물었다.

"네 아비의 시신을 어디에 감추었느냐? 죽은 개를 아비 시신이라 하니 이는 또 무슨 수작인가?"

원고는 두 눈을 부릅뜬 채 정신이 혼미해져 한동안 말을 잇지 못하더니 한참 뒤에야 이렇게 말했다.

"부친의 시신은 분명 방 안에 모셨습니다. 관아에서 검안하지 않아 이불만 덮어둔 채 옆에서 지키진 않고 바깥 대청에서 밤을 새웠습니다. 그런데 이런 변괴가 생긴 연유를 당최 모르겠습니다."

수령은 원고를 윽박질렀다.

"네가 아비의 시신을 다른 곳에 숨겨놓고 남에게 죽임을 당했다고 무고하여 옥사(獄事)를 일으킨 것이렷다. 필시 빚을 떼먹으려는 수작이겠지."

심문이 이어지자 원고는 억울하다며 부르짖었다. 수령은 모른 척하고 일차 판결을 내렸다.

"네 아무리 억울하다고 하지만, 시신이 없는데 무얼 증거로 이 사건을 심리하겠느냐? 네가 시신을 찾아낼 때까지 기다렸다가 검시할 것이다."

그러고는 사건을 감영에 보고했다. 또 통인에게는 상을 내려주며 노고를 칭찬했다. 한편, 원고는 결국 부친의 시신을 찾지 못해 더 이상 관아에 고발하지 못했고, 그 덕에 상인은 죽음을 면하고 감옥에서 풀려났다. 다만 상인은 자신이 풀려난 이유를 몰라 속으로 의아해했다. 수령도 굳이 상인을 불러다 대면하지 않아서, 여전히 서로의 소식을 모르는 상태로 지냈다.

그로부터 육칠 년이 지났다. 수령이 이번에는 아무 고을 수령에 임명되었는데, 송씨 상인이 사는 고을과 이웃한 곳이었다. 부임한 수령은 이를 알고 사람을 보내 조용히 상인을 불렀다. 그리고 그에게 자신의 지난날 일들을 들려주었다. 상인은 처음에는 수령을 알아보지 못하다가 아무 해에 상인이 자기의 목숨을 살려주었던 일을 말해주자 그제야 알아보며 깜짝 놀랐다. 이어서 시신을 감추어 상인의 옥사를 면하게 해주었던 일을 말했더니, 그는 크게 감격하여 울먹였다.

"소인이 일찍이 사또님을 살려드린 건 진작에 지나간 일입니다. 한데 그것을 기억하시고 다시 소인의 목숨을 살려주시다니요. 그 은혜가 백골난망입니다."

이렇게 다시 만나게 된 이들은 이후로도 서신을 주고받으며 늙어 병들 때까지 소식을 끊지 않았다고 한다.

《청구야담》 권3 제9화 〈匿屍身海倅償恩(익시신해쉬상은)〉

7화

비를 피하다가 만난 슬픈 인연

남대문 밖 도저동•에 사는 권(權) 사문•은 성균관 학생이었다. 하루는 승보시•를 보러 가는 길이었다. 꼭두새벽에 반촌•으로 들어섰다가 길에서 소나기를 만났는데, 마른 신에 모자도 쓰지 않아 위아래가 다 젖고 말았다. 급히 길가 초가집 처마 아래로 들어가 비를 피했으나 아무래도 그칠 기미가 보이지 않았다. 난감해진 그는 혼자 중얼거

- **도저동(桃楮洞)** 지금의 용산구 동자동 일대에 있던 동네. 남산의 서편 자락으로 복숭아나무와 닥나무가 많아 붙여진 이름이다.
- **사문(斯文)** '유학자'를 높여 이르는 말. 유교, 유학 자체를 의미하기도 하여 유교를 어지럽히는 대상을 '사문난적(斯文亂賊)'이라고 했다.
- **승보시(升補試)** 소과 초시에 해당하는 시험. 사학(四學)의 유생들이 이 시험에 응시했고, 합격한 사람에게는 생원·진사과에 응시할 자격이 주어졌다. 거의 달마다 치러져 가장 빈번한 과거 시험이기도 했다.
- **반촌(泮村)** 성균관 주변의 마을. 성균관에 물품을 대거나 관련 일을 하면서 살아가는 하층민들을 '반인(泮人)'이라 했는데, 이들이 사는 지역을 특정하여 이렇게 불렀다.

렸다.

"불이라도 있으면 담배나 피우련만."

그때 머리 위에서 창문을 밀치는 소리가 들렸다. 올려다봤더니 한 젊은 여자가 호롱불을 내밀고 있었다.

"뉘시길래 담뱃불을 걱정하셔요? 여기 불이 있으니 피우셔요."

권생은 고개를 살짝 숙여 보이고는 그 불을 받아서 담배를 피웠다. 얼마나 지났을까, 다시 창문 안쪽에서 여자가 말을 건넸다.

"빗줄기가 그칠 기세가 아니네요. 그렇게 한참을 차고 축축한 곳에서 계시면 몸 상하셔요. 어색해하지 마시고 잠시 들어와 계셔요."

마침 이러지도 저러지도 못하고 심란해하던 권생은 잘됐다 싶어 문을 열고 들어갔다. 여자는 스물네다섯 살쯤으로 옷매무새가 정갈하고 외모도 단정한 데다 말씨와 행동거지가 우아하면서도 야무져 보였다. 그녀는 권생과 이야기를 주고받으면서도 껄끄러워하거나 수줍어하는 기색이 조금도 없었다. 이윽고 비가 그쳐 권생이 자리에서 일어났다. 그녀는 권생을 보내면서 살짝 귀띔했다.

"과장에 다녀오실 때면 필시 날도 저물고 성문도 닫혀 댁으로 돌아가실 수 없을 겁니다. 그러니 귀갓길에 다시 들르시는 게 어때요?"

"좋소."

권생은 시험을 치르고 난 뒤 곧장 그녀의 집으로 돌아왔다. 과연 그녀는 저녁밥을 준비해서 기다리고 있었다. 그는 저녁을 다 먹고 그대로 묵기로 했는데, 한참 젊은 나이로 한밤에 젊고 아름다운 여인을 만난 데다 주변엔 아무도 없으니 참을 수 없이 욕정이 일었다. 이럴 때 누군들 그냥 보낼 수 있겠는가? 결국 권생은 그녀와 관계를 맺었다. 그런데 그녀는 기뻐하기는커녕 슬픈 얼굴을 하고 흐느끼기까지 했다. 권생이 그 연유를 물었지만 그녀는 끝내 속을 털어놓지 않았다.

이렇게 왕래한 지 몇 달이 지났다. 어느 날, 권생이 여느 때처럼 그 집으로 들어서려는데 금관자에 학창의•를 입은 어떤 노인이 대문턱에 걸터앉아 있었다. 권생이 이를 의아하게 여겨 들어가지 못하고 머뭇거리는데, 노인이 권생을 보더니 몸을 굽혀 인사를 했다.

"도저동 권 서방님이 아니시오? 왜 망설이며 들어오지 않으십니까?"

그 말에 권생은 끌리듯 안으로 들어갔다. 노인은 그를 잘 알고 있다고 말했다.

"서방님께서 우리 집에 드나드시는 줄은 진작 알았지만, 가게에서 일하느라 바쁘다 보니 거의 집에 있지를 못했지요. 지금에야 문안을 드리게 되니 그간 실례가 많았습니다."

노인의 말을 들은 권생이 궁금하여 물었다.

"그렇다면 저 여자는 당신과 어떤 사이요?"

"제 며느리입니다. 제 아들이 열다섯 살에 저 며느리를 얻었는데, 첫날밤도 치르지 못하고 그만 죽고 말았지요. 며느리는 올해 스물넷인데 혼인은 했다지만 아직 음양의 이치는 알지 못하는 신세입니다. 항상 불쌍하고 안쓰러운 마음이 앞섰지요. 세상천지에 미물이라도 태어나면 다 자연의 이치를 알기 마련인데, 며늘아기만 모른 채 있으

• **금관자(金貫子)에 학창의(鶴氅衣)** 높은 관료가 입는 의관을 가리키는 말. 금관자는 금으로 만든 망건의 관자이며, 학창의는 소매가 넓고 검은 헝겊을 덧댄 웃옷이다.

니까요. 기회가 될 때마다 개가하라고 했지만 그때마다 저 아이는 따르지 않더군요. 자기가 다른 데로 시집가면 늙은 제가 의지할 데 없는 신세가 된다고 말입니다. 벌써 팔구 년이 지났는데도 저렇게 한결같이 수절하고 있답니다. 서방님이 이전부터 드나들고 있었던 일은 며늘아기가 실토했는데, 그 말을 듣고 얼마나 기뻤는지 모릅니다. 그 뒤로 꼭 한번 뵈었으면 했는데, 벌써 시간이 이렇게나 지났습니다."

노인에게 사정을 들은 권생은 이때부터 아무 거리낌 없이 이 집을 왕래했다. 그러던 어느 날, 권생의 부인이 죽었다. 그러나 가난했던 권생은 아내의 상을 치르는 데 필요한 장례용품을 여러 가게에서 외상으로 가져다 써야 했다. 그는 한동안 이 값을 치르지 못하다가 한참 만에 돈을 마련하여 갚으려 했다. 그런데 가는 가게마다 주인들이 한결같이 이러는 것이었다.

"일전에 모 동네에 사는 아무개 동지•께서 댁의 외상을 다 갚아주고 가셨습니다."

그로부터 3년이 지나 아무개 동지는 병으로 죽었다. 권생은 염과 하관 등의 장례 절차를 직접 주관하여 성문 밖에 묻어주었다. 졸곡•을 겨우 마쳤을 즈음, 여자는 갑자기 슬픈 낯빛으로 권생을 대하기 시작하며 아무런 희망도 없는 듯 보였다. 이를 이상히 여긴 권생이 조용

- **동지(同知)** 동지중추부사(同知中樞副使)의 준말로, 왕명의 출납을 관장했던 중추부의 정2품직. 이야기에 등장하는 노인의 직책인데, 조선 후기로 오면 일종의 명예직으로 발령을 남발하기도 했다.
- **졸곡(卒哭)** 삼우제 이후에 지내는 제사. 통상 사람이 죽은 지 석 달이 지난 이후에 정일(丁日)이나 해일(亥日)을 맞아서 지냈다.

히 물었더니, 그녀의 말이 이러했다.

"저는 세상에 태어났어도 음양의 이치를 알지 못하고 있었지요. 시아버님께서 이를 일찍이 알아차리시고 개가하라 하셨고요. 지난번 서방님을 맞은 것도 이 때문이었답니다. 이제 모르던 것을 알게 되었으니 당장에 죽어 황천에 묻히더라도 여한이 없어요. 시아버님에게는 다른 자식은 없고 일개 여자인 저만 있었지요. 만약 제가 죽고 나면 시아버님의 신세는 처량하기 짝이 없었을 겁니다. 몰래 참고 여기까지 온 것도 그 때문이고요. 하나 이제 시아버님도 수를 누리시고 세상을 떠나시어 장례까지 마쳤네요. 이제 제가 무얼 더 바라 이 세상에 남아 있겠어요? 여기서 서방님과 영영 이별하렵니다."

이에 권생이 놀라며 온갖 방법으로 타이르고 설득했다. 하지만 그녀는 끝내 마음을 돌리지 않더니, 결국 권생이 자리에 없는 사이에 스스로 목을 매어 죽었다고 한다.

《청구야담》 권2 제27화 〈權斯文避雨逢奇緣(권사문피우봉기연)〉

8화

양반의 첩실로 들어간 중인 여자

영조 말엽에 채생(蔡生)이라는 이가 있었다. 그는 집안 형편이 어려워 숭례문 밖 만리현•에서 셋방살이를 했다. 달팽이 같은 집은 부서지고 무너져 내렸으며, 끼니를 거르는 것은 예사였다. 그의 부친은 성품이 화평하고 점잖은 데다 근실하고 소박했다. 조용히 자기 분수를 지키는 사람으로, 추위와 배고픔 때문에 지조를 바꾸는 그런 이가 아니었다. 다만 아들만은 엄하게 가르쳐서 집안의 체통을 잇고자 했다. 그런 터라 아들이 잘못을 저지르기라도 하면 절대 포용해 주는 법이 없었다. 그때마다 발가벗겨 망태 속에 집어넣고 대들보에 높이 달아맨 뒤 몽둥이로 사정없이 두들겨 패면서 나무랐다.

"우리 집안이 흥할지 망할지는 오직 네 한 몸에 달렸느니라. 엄하

• **만리현(萬里峴)** 만리재, 즉 현재 서울 중구 만리동 일대. 서대문 쪽에서 공덕동으로 넘어가는 고개로, 세종 때의 학자이자 청백리였던 최만리가 살았던 데서 지명이 유래했다.

게 벌을 주지 않으면 네 허물이 고쳐지겠느냐?"

이윽고 열여덟 살이 된 채생은 우수현•의 목씨(睦氏) 학구• 집으로 장가를 들었다. 하지만 부친은 혼렛날에도 일과로 낸 글을 읽도록 했다. 심지어 신부를 맞아 온 뒤에는 동침하는 날도 따로 정해줄 정도였다. 그러던 어느 날, 부친이 채생을 불러 일을 시켰다.

"한식•이 나흘밖에 남지 않았으니 직접 성묘를 다녀오너라. 네가 성인이 된 뒤로 아직 성묘를 가지 못했으니 이는 인정상이나 도리상 맞지 않느니라. 하니 내일 새벽에 떠나 바삐 가도록 해라. 사흘을 내달리면 100여 리 길 되는 선산에 제때 도착할 수 있을 게다. 묘제를 드릴 때는 모름지기 정성으로 모셔야 한다. 무릎 꿇고 절하는 절차에 행여라도 소홀함이 없어야 할 것이니라. 오가는 길에 여인네나 상여 나가는 걸 보면 반드시 피해야 한다는 건 잘 알고 있을 테지. 돌아보거나 한눈팔아서는 절대 안 되느니라. 모쪼록 마음을 비우고 깨끗한 몸으로 다녀오도록 해라."

채생은 거듭거듭 분부를 따르겠다고 답했다. 부친의 말대로 이튿날 그는 새벽바람에 일어나 길을 나섰다. 부친은 문밖까지 나와 거듭 당부했다.

"먼 길에 절대 허송하지 말고 틈틈이 경서를 외우도록 해라. 음식

- **우수현(禹水峴)** 현재 서울역 일대인 용산구 동자동에서 남산 아래 후암동으로 넘어가는 고개 이름. '우수현(牛首峴)'이라고도 한다.
- **학구(學究)** 학문에만 열중하여 세상 물정을 모르는 사람을 비유적으로 이르는 말.
- **한식(寒食)** 우리나라 명절의 하나. 동지에서 105일째 되는 날로 4월 5일이나 6일쯤이 되며, 민간에서는 조상의 산소를 찾아 제사를 지내고 사초(莎草)하는 등 묘를 돌아본다.

도 꼭 조절하여 탈이 나는 일이 없도록 하고. 매사에 힘쓰고 조심해서 이 아비의 기대를 저버리지 말아야 하느니라."

채생은 말끝마다 깍듯이 대답했다. 갈옷에 미투리를 신은 그의 행색은 매우 초라했다. 그런데 그가 남대문을 지나 십자로로 돌아들었을 때, 갑자기 사납고 험악해 보이는 건장한 하인배 대여섯이 황금 재갈에 비단 언치•를 올린 준마를 끌고 나타나 채생에게 절을 올렸다. 이에 당황한 채생은 얼굴을 붉히며 부리나케 줄달음하여 지나가려 했다. 그런데 순간 그들이 채생의 주위를 빙 둘러 에워쌌다.

"쇤네 영감님께서 서방님을 잘 모셔 오라십니다. 어서 말에 타십시오."

채생은 난데없는 상황에 버벅대며 거절했다.

"자네들은 어느 댁의 하인인가? 나는 어디에도 이렇다 할 친척이 없는데, 누가 나를 부른다는 것인가? 어서 비키시게!"

그러자 그들은 더 이상 말을 하지 않고 한꺼번에 달려들어 채생을 잡아다가 말에 태우고는 고삐를 잡고 채찍을 휘둘렀다. 말은 마치 나는 용처럼 내달렸다. 채생은 휘둥그레진 눈으로 입만 벌린 채 마음을 진정할 수 없었다. 그저 애타게 소리치며 구슬프게 부르짖었다.

"내 부모님은 연로하셨고 나는 형제도 없는 몸일세. 자네들, 제발 내 처지를 봐서라도 이 실낱같은 목숨을 살려주게!"

그러나 하인들은 들은 척도 하지 않고 말을 모는 데에만 전념했다. 잠시 뒤 말은 어느 집 대문 안으로 달려 들어갔다. 작은 문들을 몇 번

• **언치** 말이나 소의 안장이나 길마 밑에 깔아 그 등을 덮어주는 방석이나 담요.

지나니 그 안에 널따란 저택이 들어서 있었다. 규모가 크고 시원시원했으며 도리며 서까래까지 화려한 문양으로 꾸며져 있고 색까지 칠해져 있었다. 하인들은 채생을 좌우에서 나란히 모시고 대청마루로 올랐다. 마루에는 어떤 나이 든 어른이 있었다. 머리에는 명주실로 짠 검은 비단으로 만든 절풍건•을 썼는데, 갓끈은 명주(明珠) 낱알로 장식한 것이었다. 양 귀밑으로는 한 쌍의 금관자가 달려 있었다. 또 화려한 꽃문양이 들어간 푸른 비단 학창의를 입었으며 허리에는 붉은 실로 꼰 허리띠를 찬 채 침향목으로 만든 의자에 편한 자세로 앉아 있었다. 그리고 그 옆에는 화사하게 꾸미고 고운 옷을 입은 대여섯의 시녀들이 줄지어 서 있었다.

채생은 정신없이 절을 올리고 무릎을 꿇었다. 그러자 주인이 그를 일으켜 세우고 인사를 건넸다. 이어서 주인은 채생의 이름자와 집안 내력, 그리고 나이를 물었다. 채생은 그의 질문에 성실히 대답했다. 곧 주인의 미간에 기쁜 빛이 감돌았다.

"그렇다면 내 운수도 그리 나쁘진 않겠군!"

채생은 처음부터 지금까지 바보처럼 멍한 상태였다. 지금 이게 무슨 상황인지 따져보고 싶어도 여의찮았고, 누구에게 물어보고 싶어도 그럴 수 없었다. 그저 얼굴이 새빨갛게 달아오른 채 두 손을 모으고 다소곳이 앉아 있을 뿐이었다. 주인이 말해준 사정은 이러했다.

"우리 집은 대대로 역관을 지냈네. 나는 옥관자를 하고 비단옷을

• **절풍건(折風巾)** 선비가 평상시에 쓰는 갓. 두 개의 깃털을 꽂은 것이 특징이다. 그 유래가 오래되어 고구려 때 관료가 쓰던 흔적이 벽화 등에 남아 있다.

입는 당상관의 지위에 올랐고, 집에는 은화가 가득하다네. 그러니 무엇이 부족하겠는가? 아쉬운 것은 단 하나, 외동딸이 아까운 청춘을 흘려보내며 홀로 빈방을 지키고 있는 것이라네. 혼사가 맺어져 폐백까지 받았는데, 혼례를 치르기 직전에 갑자기 사위 될 사람이 요절하고 말았다네. 딸아이가 더없이 불쌍하지만, 예법은 지켜야 하고 남의 눈도 있고 해서 다른 데로 개가를 보내려 해도 여의찮았네. 그렇게 어느덧 3년이 흘렀지. 간밤에 딸아이가 문득 슬피 한탄하며 애처롭게 흐느끼는데, 소리소리 한을 머금고 마디마디 애를 끊지 않겠나. 길 가는 사람이라도 가슴 아파할 터에, 하물며 혈육이라고는 이 아이 하나밖에 없는 나는 어떻겠는가? 하루를 두고 보면 하루를 근심하니, 이렇게 지켜보다 보면 내 평생의 낙이 사라질 판이네. 흠 많은 인생살이란 역마처럼 빨리 지나간다네. 제아무리 악기와 노래로 귀를 맑게 하고 비단과 화려한 수로 눈을 호사시키며 기름진 음식으로 입을 기쁘게 하더라도 더 즐기지 못함을 아쉬워하는 법이지. 내 무슨 팔자로 홀로 눈물 흘리는 게 일과가 되고, 슬퍼하며 원망하는 게 집안일이 되고 말았는지 모르겠네. 사정은 절박하나 딱히 계책은 없었네. 별수 없이 하인을 시켜 새벽에 큰길에서 기다리고 있다가 잘났든 못났든 귀천을 따지지 말고 처음 만나는 젊은 장부면 무조건 힘을 써서라도 데려오라 했네. 그를 맞아들여 딸아이와 좋은 인연을 맺게 할 생각이었지. 그렇게 자네를 만나게 된 걸세. 자네와 내 딸 사이에 월하노인이 맺어준 인연이 있었던 게지. 참으로 절묘하지 않은가? 제발 혼자된 저 아이를 불쌍히 여겨 자네를 모실 수 있게 해주게."

사정을 들은 채생은 눈이 휘둥그레져서 감히 무어라 대꾸하지 못했다. 주인은 다시 재촉했다.

"아쉽게도 봄밤은 짧아 물시계가 벌써 새벽을 알리고 있네. 날이 밝기 전에 자네와 화촉을 밝혔으면 하네."

그러면서 채생의 손을 잡고 일어나 행랑채가 있는 곳으로 데리고 들어갔다. 그 안에는 넓은 화원이 꾸며져 있었다. 둘레가 엄청 넓어 보이고 사방은 회칠한 담장이 세워져 있었으며, 담장 안쪽 큰 연못에는 두세 명이 탈 수 있을 만한 작은 배가 매여 있었다. 주인이 채생을 배에 태워 함께 연못을 가로지르는데, 연꽃이 수없이 솟아 있어서 지척을 분간할 수 없었다. 은은한 향을 따라 노를 저어 가다 보니 오뚝한 작은 언덕이 나타났다. 무늬가 있는 돌로 축대를 쌓고, 가운데로는 계단을 만들어 위로 올라갈 수 있게 되어 있었다.

채생이 배에서 내려 섬돌을 밟고 올라가니 열두 난간으로 된 건물이 나타났다. 안은 화려한 화문석에 훤하게 비치는 주렴이 드리워져 있었다. 주인은 채생을 입구에서 기다리라고 하고는 먼저 안으로 들어갔다. 잠시 여유가 생긴 채생이 슬쩍 주변을 돌아보는데, 기이한 풀과 돌은 물론 아름다운 꽃과 화사한 색을 입은 새들이 보였다. 이름 모를 바다에 왔다가 신기루를 구경하는 것처럼 황홀하기 이를 데 없었다.

잠시 뒤 두 시종이 나와 채생을 인도했다. 그곳에는 아름답게 꾸민 규방이 하나 있었다. 푸른 비단으로 된 창 너머로 은촛대의 촛불이 은은하고 향불 연기가 가느다랗게 피어올랐다. 방 안에는 열여섯 살쯤 된 낭자가 곱게 화장하고 반짝이는 옷을 입은 채 새가 깃을 드리운 듯이 서 있었다. 그야말로 꽃 같은 얼굴에 달 같은 모습이었다. 하지만 희미하게 어리비쳐 살짝 엿보는 데 그쳤다.

채생은 머뭇머뭇 그쪽으로 다가갔다. 낭자도 걸음을 사뿐히 떼며 움직이는가 싶더니 다소곳이 문밖으로 나와 채생에게 목례를 했다. 그런 다음 그를 모시고 방 안으로 들어가 다시 두 번 절을 올렸다. 채생도 머리 숙여 답배를 했다. 이들은 양탄자로 만든 방석에 마주 앉았다. 시비가 찬을 내왔는데, 산해진미가 가득한 데다 음식을 담은 그릇도 진귀해 보였다. 채생은 이 상황이 낯설고 부끄러워 선뜻 젓가락을 들지 못했다. 그러자 따라 들어온 주인이 거들었다.

"내가 비록 가진 것이 많지만, 이 어린 딸아이만큼 귀한 것은 없네. 그러니 자네에게 한 가지 부탁함세. 부디 서로 격의 없이 사랑하여, 탓하고 시기하는 일이 없었으면 하네. 그러면 평생 화목할 수 있을 걸세. 오직 자네에게 달렸다네."

채생이 확답을 못 하자 주인은 몸을 일으켜 밖으로 나갔다. 이에 일하는 한 할멈이 칠보로 장식한 침상 위에 두 개의 비단 이부자리를 깔았다. 그리고 채생에게 휘장 안에 드시라 청하니, 채생은 마지못해 안으로 들어갔다. 할멈은 다시 아씨를 이끌어 채생과 같이 앉게 했다. 그러고는 이내 술이 달린 비단 장막을 내리고 무늬 있는 무소뿔로 눌러 고정했다. 채생은 마음을 걷잡지 못한 채 완랑의 천태고사•로 자신을

• **완랑(阮郎)의 천태고사(天台故事)** 완랑은 중국 한나라 때의 인물 완조(阮肇)이다. 그가 벗과 함께 천태산에 약초를 캐러 들어갔다가 두 명의 선녀를 만나 인연을 맺고 돌아왔더니 자손이 이미 7대가 지나 있었다고 한다. 후대에 대표적인 신선담으로 회자되었다.

이해해 보기도 하고, 유의의 동정고사•에 견주어 보기도 했다. 결국 채생은 촛불을 불어 끄고 잠자리에 들었고, 둘 사이에 애틋한 정이 무르녹았다.

채생은 해가 뜨고 한낮이 가까워서야 잠자리에서 일어났다. 그런데 적삼과 허리띠가 보이지 않았다. 채생은 너무 이상해서 낭자에게, 어디 있느냐며 어서 달라고 했다.

"몸에 맞게 다시 지으려고 말씀 못 드리고 가져간 모양이에요."

말이 끝나자마자 할멈이 문양이 그려진 옷상자를 가지고 들어왔다.

"서방님, 새 옷이 다 지어졌으니 갈아입으세요."

새로 지은 옷은 반짝반짝 빛나는 비단옷으로, 채생이 몸에 대어보니 꼭 맞았다. 채생은 매우 만족해하며 옷을 입고 나서 아침을 먹었다. 이때 주인이 들어와 간밤에 잘 지냈냐며 묻자, 채생은 머뭇거리다가 겨우 대답했다.

"어르신께서 저를 천한 출신이라고 내치지 않고 이처럼 정중하게 대접해 주시니, 미욱하나마 오래도록 사위로서 정성을 다하고자 합니다. 다만 묘제가 닥쳤는데 갈 길이 멀어, 잠시라도 지체했다가는 기일을 맞출 수가 없을 듯합니다. 그런 까닭에 여기서 하직하려 하오니 살펴주십시오."

"선산이 여기서 몇 리나 되는가?"

"100리 남짓입니다."

• **유의(柳毅)의 동정고사(洞庭故事)** 유의는 당나라 현종 때의 유생으로, 나이를 먹어도 늙지 않은 인물이었다. 그는 나중에 동정호로 들어가 용왕의 사위가 되었다는 전설이 생겼다. 당나라 때의 전기소설인 〈유의전(柳毅傳)〉은 바로 이 이야기를 다룬 작품이다.

"지친 걸음으로 헤치고 가려면 사흘은 걸리겠지만 준마로 내달리면 반나절이면 도착하고도 남을 걸세. 그러니 이틀이라도 더 묵었다 가게나. 부디 내 바람을 저버리지 말고……."

"한데 가친의 훈계가 매우 엄하십니다. 제가 여기서 미적거리다가 화려한 옷에 살찐 말을 타고 의기양양하게 갔다가는 금세 일이 탄로 나고 말 것입니다. 어르신께서 다시금 헤아려주십시오."

"내 계산은 이미 분명해졌네. 편히 지내고 너무 염려하지 말게."

실은 채생도 낭자를 두고 떠나고 싶지 않았던 터라 주인의 말을 듣고는 잘됐다고 생각했다. 이에 주인은 채생을 데리고 산속과 물가의 정자, 솔숲과 대밭을 다니며 눈을 호강시키고 회포를 풀어주었다. 두 사람이 가는 곳마다 고즈넉한 절경이었다.

"내 성은 김이고 벼슬은 동지중추부사를 지냈네. 세상 사람들은 내 재산을 과장해서 '나라 안에서 최고'라고들 하지. 그 바람에 외람되게도 명성이 원근에 두루 퍼졌다네. 자네도 혹시 내 이름을 들어보았는가?"

"거리의 하인배나 밭 가는 농부들까지도 다 존함을 알고 있는데, 제가 어찌 모르겠습니까."

그러자 주인은 이런 당부를 했다.

"나는 대를 이을 자식이 없기에 자연의 경치나 즐기며 여생의 쓸쓸함을 달래려고 했네. 여기 정원과 뜰이며 정자나 누대는 실로 분에 넘치는 것이지. 아무튼 이곳에서 있었던 일을 세상 사람들에게 알려 허물이 드러나는 일이 없도록 하게."

채생은 그러겠다고 답했다.

그렇게 이틀이 지나고, 채생은 새벽에 일어나서 길을 나섰다. 말과 수레가 준비되었고 말몰이 등 하인들이 뒤따랐다. 채생은 해가 기울기 전에 벌써 선산에서 5리쯤 떨어진 곳에 당도했다. 거기서 전에 입었던 옷으로 바꿔 입고 선산에 도착해 묘제를 지냈다. 그러고는 이튿날 아침에 다시 비단옷으로 갈아입고 말을 달려서 김공의 집으로 돌아왔다. 최생은 김공에게 인사를 드리고 바로 자기 집으로 돌아가려 했는데, 김공이 그를 말리며 이렇게 말했다.

"춘부장께선 자네가 걸어올 줄로 알지 말을 타고 올 줄 알겠는가? 100리 먼 길을 하루 만에 돌아가면 반드시 의심하실 걸세. 이곳에서의 일들이 새 나가면 꾸며대도 방도가 없을 테니, 이틀 더 묵고 돌아가 뵙게."

이렇게 하여 채생은 다시 신방에서 달콤한 시간을 보냈다. 둘 사이에는 다시금 정이 새록새록 무르녹았다. 그러다 이틀이 지나 이별하게 되자 두 사람의 얼굴은 눈물범벅이 되었다. 낭자가 훗날 다시 만날 날을 묻자 채생은 난감해했다.

"아버님의 훈계가 엄하셔서, 밖으로 나갈 때마다 반드시 가는 곳을 아뢰어야 하오. 혹시 봄가을에 묘제를 지낼 때 대신 다녀오라고 하시면 이번처럼 들를 수도 있겠지요. 그렇지 않으면 해가 가고 세월이 흘러도 보기 어려울 거요."

졸지에 과부가 된 거나 다름없는 낭자는 울며불며 이별을 슬퍼했다.

한편, 아직 어리고 심지도 굳지 못했던 채생이지만 전부터 꼭 갖고 싶었던 물건이 있었다. 바로 부싯돌을 넣는 작은 주머니였는데, 집안 형편이 어려워 가질 수 없었다. 그런데 김공이 이를 알고 부싯돌이 담긴 주머니를 채생에게 주었는데, 자수도 화려하고 재봉도 정교했다. 채생은 이걸 진기한 보물인 양 아끼며 잘 간직하여 잠시도 손에서 놓지 않았다. 이 모습을 본 낭자가 말했다.

"그 주머니를 큰 보따리 안에 숨겨두면 남들이 알아채기 어려울 거예요. 옷은 올 때 입은 걸로 갈아입더라도 이 물건 하나쯤 가지는 거야 큰 문제가 있겠어요?"

채생은 그녀의 말대로 부싯돌 주머니를 삼베 보따리에 집어넣고 본가로 돌아갔다. 채생이 부친을 뵙고 성묘를 다녀왔다고 아뢰자, 부친은 선영에 문제가 없는지, 묘제는 정성껏 모셨는지를 묻느라 여념이 없었다. 채생은 다녀온 사정을 상세하게 말씀드렸고, 다 듣고 난 부친은 곧바로 채생에게 글을 읽으라고 명했다. 채생은 입으로는 웅얼거리며 책을 읽었으나 마음은 항상 김공의 집에 가 있었다.

하루는 부친이 채생더러 내실에 들어가 자라고 했다. 채생은 밤중에 아내 방으로 들어갔으나 창살은 부서지고 천정에서는 물이 새니, 찬 바람에 뼈가 시릴 지경이었다. 부들자리와 삼베 이불에는 이와 빈대가 득실거렸다. 나무 비녀를 꽂고 몽당치마를 입은 아내는 때 낀 얼굴과 비쩍 마른 몸으로 일어나 그를 맞았다. 채생은 아무래도 마음에 차지 않아 아내에게 말 한마디도 건네지 않았다. 오로지 김공 댁의 낭자와 그때 즐겼던 일을 떠올리며 그리워할 뿐이었다. 그녀와 놀던 일은 달콤한 꿈만 같았고, 언제 다시 만날 수 있을지 기약도 없었다. 그저 '바다를 보고 나니 강물은 물 같지 않고, 무산의 구름을 보고 나니 뭇 구름은 구름이 아니라네.'•라는 구절을 욀 뿐이었다. 이 구절이 지금 자신의 신세와 딱 맞아떨어졌기 때문이다.

그는 짧은 한숨과 긴 탄식을 이어가며 엎치락뒤치락 잠을 이루지 못하다가, 새벽에야 겨우 눈을 붙여 해가 높이 뜨도록 깨지 못했다. 아내는 날이 밝자마자 일어났는데, 간밤에 남편의 행동을 보고 혼자 이런 생각이 들었다.

'평소에는 남편과 금실이 좋아 서로 돌봐주고 애정도 돈독했었는데, 선산을 다녀온 뒤로 왜 갑자기 이렇게 냉담하지? 필시 마음을 둔 여자가 생겼다가 헤어져서 저러는 게 아닐까? 그래서 좋았던 우리 사이가 멀어진 건가?'

이런 짐작으로 채생의 낯빛과 입은 적삼 등을 하나하나 살펴보았으나 특별히 눈에 띄는 점은 없었다. 그러다가 우연히 채생이 차고 있던 주머니에 눈이 갔다. 떠나기 전에는 텅 비어 있었던 주머니가 지금은 뭔가 꽉 차 있는 것 같았다. 의심이 점점 커진 아내는 채생 몰래 주머니 속을 뒤져보았다. 그랬더니 과연 조그만 비단 주머니 하나가 나왔고, 그 안에 부시와 부싯돌이 들어 있었다. 또 바둑알만 한 은화도 나왔다. 화가 잔뜩 난 아내는 이것들을 침상 위에 벌여놓았다. 채생이 잠에서 깨어 이걸 보면 얼굴이 화끈 달아오르겠지 싶었다. 그런데 그러기도 전에 시아버지가 역정을 내며 방문을 밀치고 들어와 채생에게 야단을 쳤다.

"이놈이 아직도 잠에 빠져 있다고! 이래서 어느 겨를에 글 한 자라

• 원문은 '曾經滄海難爲水(증경창해난위수) 除却巫山不是雲(제각무산불시운)'이다. 〈이사(離思, 이별한 그리움)〉라는 시의 일부로, 이 시는 당나라의 문장가였던 원진(元稹, 779-831)의 작품이다. 원진은 백거이와 함께 당대 문단을 주도했으며, 남녀의 사랑을 노래한 전기소설 〈앵앵전〉을 남겼다.

도 더 읽겠느냐?"

채생은 소스라치게 놀라 벌떡 일어나서 옷을 챙겨 입었다. 방 안을 둘러보던 부친의 눈에 침상 위에 놓여 있는 작은 주머니가 들어왔다. 부친은 화가 잔뜩 나서 채생을 발가벗겨 망태 속에 집어넣고 들보에 매달아 힘껏 두들겨 팼다. 아픔을 견딜 수 없었던 채생은 그간의 사정을 낱낱이 실토하고 말았다. 부친은 노발대발하며 길길이 날뛰다가 그 자리에서 편지를 썼다. 그러고는 이웃집에서 일꾼 하나를 빌려 그 편지를 전하고 김공을 불러오라고 했다.

김공은 원래부터 권세가 있는 데다 부유했기에 권력을 쥔 재상이나 사대부들도 앉아서 오라 가라 할 수 있는 사람이 아니었다. 그런데 어찌 일개 학구가 일꾼 하나를 보내서 제 맘대로 불러오라 마라 할 것인가! 하지만 김공은 딸을 부탁해야 하는 처지라 치욕을 감수해야 했다. 그는 즉시 말을 타고 달려와 채생의 부친을 만났다. 채공은 고함을 지르며 그에게 따져 물었다.

"당신은 예법과 상도를 어그러뜨리고 딸이 음탕한 짓을 하도록 부추겼으니, 자신에게도 불미스러울 뿐만 아니라 내 아들까지 그르친 것이오. 대체 이게 뭐란 말이오!"

김공이 대꾸했다.

"내가 사위를 구하던 중에 공교롭게도 영식을 만나게 되었소. 피차 원하지 않았던 만남일 터이나 이미 어쩔 수 없게 되었구려. 이제라도 물이 흐르듯 구름이 떠가듯 맡겨두고, 양가에서는 마음 편히 먹고 서로 간섭하지 않으면 그만이오. 하필 이렇게 큰 소리로 남의 허물을 들출 게 있겠소?"

이에 채공은 더 이상 따지지 못했고, 김공은 다시금 당부했다.

"이제부터는 서로 잊고 지내며 삼가 조심하여 다그치는 일이 없도록 합시다."

그러고는 흔적도 없이 가버렸다.

그리고 한 해가 흘렀다. 김공이 비를 맞으며 채생의 집을 찾아왔다.

"전에 굳게 약속했으면서 오늘 뭣 하러 이렇게 찾아왔소?"

채공의 물음에 김공은 인사차 들렀다고 했다.

"마침 교외에 나갔다가 예상치 못한 세찬 비를 만났지 뭐요. 근처에 따로 아는 친지가 없어 가까운 귀댁에 들어온 것이오. 잠깐 폭우를 피했다 가려 하니 모쪼록 양해를 바라오."

그제야 채공은 낯빛이 풀리며 반기는 눈치였다.

"나도 긴 비에 혼자서 답답한 마음을 풀 길이 없던 참인데, 족하를 만났으니 심심풀이 얘기나 나눕시다."

김공은 매우 공손한 자세로 예의를 차리고서 이런저런 얘기를 해나갔다. 얼마나 말을 잘하는지 누에고치에서 가는 실이 뽑혀 나오듯 끊이지 않았으며, 또한 얘기마다 조리가 있었다. 그러나 사돈 맺는 일에 대해서는 일절 입에 올리지 않았다. 채공은 평생 교유하는 대상이 촌학구나 선비에 지나지 않았고, 그들과 나누는 대화라고는 그저 누가 더 딱하고 어려운가를 따지는 따위의 판에 박힌 얘기뿐이었다. 그러다가 김공의 박식한 언변과 시원시원한 풍채에다 상대방 비위를 잘 맞춰가며 웃음까지 선사하는 모습을 대하고 보니 그만 쏙 빠져들고 말았다. 김공은 채공이 자신에게 호감을 느끼고 있다는 걸 눈치채고 곧장 하인을 불렀다.

"내가 비를 맞으며 달려오느라 배가 고프구나. 행장에서 먹을 것을 꺼내 오거라."

그러자 하인이 성찬을 차려 내왔고, 김공은 술잔에 술을 가득 따라서 채공에게 공손히 잔을 올렸다. 채공은 당장이라도 벌컥 들이켜고 싶었으나 애써 사양했다. 이에 김공이 다시 나긋한 소리로 그를 꾀었다.

"술잔이야 평소 모르는 사이에도 서로 권하는데, 하물며 우리는 얼굴을 튼 지도 한참 되었으니 마주 앉은 자리에서 혼자만 마실 수 있겠소?"

이에 채공은 더 이상 사양하지 못하고 잔을 받아 마셨다. 단번에 술잔을 비우자 향긋한 술기운에 가슴속의 응어리가 다 씻겨나가고 푸성귀나 먹어 꽉 막혔던 창자가 산해진미로 확 트이는 것 같았다. 취한 눈은 붉어졌으나 묵었던 응어리가 풀어져 속은 상쾌하기 그지없었다. 이렇게 두 사람이 실컷 즐기다가, 김공이 돌아가려 하자 채공은 다시 오라는 당부까지 했다.

"족하는 좋은 술벗이구려. 꼭 자주자주 왕림해 주시오."

"오늘은 비가 내려준 덕에 술잔을 한번 마주할 수 있었소. 나는 공무와 개인 사정으로 하루하루가 바쁘니, 또 여가를 내기가 쉽지 않을 것이오."

채공은 문 앞까지 나와 김공을 전송하고 술에 취해 방으로 들어왔다. 뒤이어 가족들을 모아놓고 김공의 장점을 한껏 늘어놓더니 금세 곯아떨어졌다. 다음 날 아침, 술에서 깬 채공은 어제 김공의 꾐에 넘어간 것을 심히 후회했다.

한편, 김공은 몰래 집안 하인을 시켜 채생 집안의 동정을 살펴보게 했다. 그러던 어느 날 하인이 돌아와 아뢰었다.

"채 서방님 댁에서 닷새나 밥 짓는 연기가 나지 않고 주인 내외는 거의 쓰러져 누울 지경입니다. 상황이 참으로 딱한 듯합니다."

이 말을 들은 김공은 채생에게 편지를 써 보내면서 그 편에 돈 수백 냥도 함께 보냈다. 다만 채공에게 사실대로 아뢰지 말고 누구에게 빌렸다며 핑계를 대도록 했다. 이걸 받은 채생 집안 식구들은 신이 나서 바삐 밥을 지어 먹었다. 채공에게도 진지를 올렸더니, 허겁지겁 허기진 배를 채우느라 어디서 났는지 따져 묻지도 않았다. 이렇게 하루이틀 다시 먹을 걱정이 없게 되자 채공은 그제야 이상하다는 생각이 들어 채생에게 캐물었다. 아들이 그간의 사정을 있는 대로 말씀드리자 채공은 노발대발했다.

"차라리 구덩이에 떨어져 죽을지언정 어찌 명분 없는 물건을 앉아서 받아먹는단 말이냐? 이번 일은 이미 지나갔으니 토해내기도 어렵고, 또한 갚을 길도 막막하게 되었구나. 앞으로는 절대로 내 훈계를 어겨서는 안 되느니라!"

채생은 거듭 그러겠다고 답했다. 어느덧 채생 집안은 돈이 바닥나 전처럼 굶주리게 되었다. 채공은 본래 성격이 허술하고 못나 생계를 돌볼 요량이 없었다. 채생과 모친이 아랫돌 빼다가 윗돌 괴는 식으로 겨우겨우 한 해를 넘어갔다. 그러다 보니 빚만 산처럼 쌓여갔고, 이제 죽음이 코앞에 닥친 듯했다.

김공은 다시 이런 사정을 알고 또 쌀 열 섬과 돈 100냥을 마련해서 보내주었다. 채생 입장에서야 부모가 굶어 죽는 걸 어찌 보고만 있겠는가? 심장이 타면 폐도 상하고, 작은 술단지가 비면 큰 단지가 수치스러운 법이니, 똥장군을 짊어지든 날품팔이를 하든 뭐라도 해야 할 판에. 더구나 좋은 뜻으로 도와주려고 보낸 걸 왜 굳이 마다하겠는가? 채생은 보내준 것들을 넙죽 받아 먹거리를 장만했다. 채공은 굶주리고 병들어 정신이 혼미한 터라 주는 대로 먹기 바빴다. 채생이 연일 부드럽고 찰진 음식을 지어 올리자 부친은 며칠 만에 건강이 회복되었다. 그러고도 계속 달고 맛난 음식으로 건강을 챙기자 부친이 물었다.

"이런 음식을 누가 지원해 준 것이냐?"

채생은 또 사실대로 아뢰었다. 그랬더니 이번에는 채공이 씩 웃었다.

"김 영감이 또 이렇게 도와준 것이냐? 앞으로는 절대 받지 말아야 한다. 다시 받으면 매를 칠 것이야."

채생은 또 말씀대로 하겠다고 다짐했다. 채공은 편히 누워 배불리 먹으며 쌀이나 땔감 걱정 없이 지냈다. 하지만 대여섯 달이 지나자 남아 있던 것들이 다 떨어졌다. 있다가 없으니 걱정이 이전보다 열 배는 더 했다.

이러구러 고통에 신음하며 허다한 날들이 지나가고 있었다. 더군다나 집안에서 상을 당했는데, 제수도 마련하지 못해 애를 태워야 했다. 채생이 방구석에 틀어박혀 백방으로 애를 태우던 즈음, 느닷없이 하인 하나가 돈 200냥을 가져와 그에게 바쳤다. 이번에도 김공이 보낸 돈이었다. 채생은 부친의 훈계를 따라야 했기에 애써 거절하려 했다. 그러나 이때 채공이 나서며 말했다.

"김 영감이 어려운 사람을 도우려는 좋은 마음으로 제수를 부조한 모양이다. 모두 물리치는 것은 인정상이나 의리상으로 맞지 않다. 반은 받고 반은 돌려주는 게 맞는 처사이니라."

채생은 또 부친의 말씀대로 따랐다. 이튿날 김공은 한 상 가득 차려 채생에게 보내고 나서 뒤따라왔다. 채생이 이를 거절하려고 했으나 이번에도 채공이 나섰다.

"이왕 익혀 온 음식인데 돌려보내면 낭패가 아니겠느냐? 이번에는 맛을 보되, 다음부터는 일절 안 되느니라."

보내온 상에 온 식구가 둘러앉아 왁자지껄 먹기 시작했다. 향과 맛이 일품이라 실컷 배를 채우는 동안 감사하다는 말이 끊이지 않았다. 이참에 김공이 채공에게 은근히 술잔을 권했다. 그런데 채공이 이번에는 사양하지 않고 바로 받아서는 따라주는 족족 마시다가 고주망태가 되었다. 그러고는 김공에게 막역한 친구로 지내자고 하더니, 급기야 아들 채생을 불러서 일렀다.

"너는 김공 댁 규수와는 본래 모르는 사이였지만 어느 순간 진진의 인연•을 맺게 되었구나. 어찌 천생연분이 아니겠느냐? 네가 김공 댁 규수를 소원하게 두는 것은 남의 평생을 망치는 일이니라. 오늘 밤이 퍽 좋으니 가서 하룻밤 자고 오너라. 거기서 눌러 있지는 말고 말이다."

채생은 신이 나서 연신 머리를 끄덕였다. 김공도 고맙다고 사례하고는 서둘러 채생을 말에 태워 자기 집으로 보냈다. 그러고는 혹여라

• **진진(秦晋)의 인연** 두 집안이 혼인하여 화목한 관계가 되었다는 뜻이다. 중국 춘추시대에 진(秦)나라와 진(晉)나라가 대대로 혼인을 맺어 친밀한 관계를 유지한 데서 유래했다.

도 채공이 변심하지 않을까 싶어 그대로 눌러앉아 있다가 해가 다 저물어서야 돌아갔다.

다음 날 아침, 채생이 본가로 돌아왔다. 부친은 어제 나누었던 말을 까맣게 잊어먹고는 괴이하게 여기며 물었다.

"너는 어쩐 일로 이른 아침부터 의관을 차리고 있느냐?"

채생이 또 사실대로 대답했다. 그제야 채공은 또 후회하며, 부끄러움에 얼굴이 벌게져서는 아들을 혼내거나 나무라지 못했다. 이때부터 채생에게 모든 일을 맡기고 그가 하자는 대로 따르며 조금도 각을 세우지 않았다. 그리고 음식과 옷가지, 제사 따위는 모두 김공의 도움을 받았다. 김공은 매일 술을 싣고 찾아와 속마음을 터놓고 얘기를 나눴다. 사실 채공은 소싯적부터 가난에 찌들어 사느라 머리털과 수염이 다 세어버린 반 귀신 상태였는데, 이렇게 호의호식하고 술로 심신을 달래다 보니 삶이 퍽 여유로워졌다. 지난날 고생하던 때를 떠올리니 몸에서 전율이 일어날 정도였다.

하루는 김공이 채공에게 조용히 말을 꺼냈다.

"귀댁 자제가 우리 집에 왔다 갔다 하니 점점 남의 이목을 끌게 되는구려. 그래서 말인데, 이제 관계를 끊었으면 하오."

그러자 채공은 깜짝 놀랐다.

"그러면 며느리를 몰래 우리 집에 들이면 되지 않겠소?"

"사위는 아직 젊은 선비로 위로는 부모를 모시고 있고 아래로는 부인을 두고 있으니, 집 안에 첩실을 두어서야 되겠소?"

"그렇다면 묘책을 내놔 보시오. 우리야 하자는 대로 따를 테니 말이오."

"나라면 귀댁 곁에 따로 집 한 채를 지어 아침저녁으로 드나들게 하고 싶소만. 족하의 생각은 어떠시오?"

"그렇다면야 집이 클 필요도 없고 부리는 종도 많이 필요치 않겠군요. 원래 비좁았던 우리 집의 상도도 지킬 수 있고 말이오."

"그렇소!"

그러고 나서 김공은 바로 집으로 돌아갔다. 그리고 집을 지을 목재 등을 장만해 와 채생의 본가 옆에 기와집을 올렸다. 그런데 상량하고 나서 보니, 졸지에 그 마을에서 가장 좋은 집이 되었다. 이는 채공의 뜻과는 달랐지만, 이미 집이 지어졌으니 채공도 어쩔 수 없는 노릇이었다. 다만 채공은 간혹 혀를 차며 김공을 탓할 뿐이었다. 김공의 취지는 이런 것이었다.

"집은 자손을 기르는 곳이오. 사돈은 학식이 높은 사람임에도 세상에 쓰이지 못했잖소. 그 보상은 자손이 받아야 하는 법이니, 어찌 집채를 높고 크게 하지 않겠소?"

채공은 이 말이 듣기가 좋아 더 이상 탓하지 않았다. 집이 완전히 정리되고 나자 김공은 어두운 밤을 틈타 딸을 채생 집으로 보냈다. 딸은 시부모와 채생의 아내를 예로써 뵙고, 그 길로 새집에 거처하게 되었다. 그녀는 사흘마다 작은 잔치를, 닷새마다 큰 잔치를 열어 시부모님을 즐겁게 하고 안팎의 하인들에게도 두루 환심을 샀다. 그러던 중 채생이 모친에게 아뢰었다.

"아버님 어머님께서는 평생 고생만 하시다가 노년이 되어버렸습니다. 어리석은 소자는 나이도 어리고 학업을 그만두어 벼슬자리를 기약하기 어렵습니다. 그래도 한 가지 봉양할 도리는 새로 지은 집으로 옮겨 편히 모시는 것뿐입니다. 제 소원을 들어주시지요."

하지만 모친은 주저했다.

"내가 새집으로 옮기면 사돈어른 댁에서 우리를 뭐라고 하겠느냐?"

"아닙니다. 이건 장인어른과 첩실의 뜻입니다. 저는 그저 그 뜻을 전달할 뿐이고요."

모친은 그러고 싶은 생각이 들어 남편에게 이 사정을 누누이 얘기했지만, 채공은 이를 불편하게 여겼다.

"자네가 이제 심기가 나약해지고 흐리멍덩해졌나 보구려. 이런 쓸데없는 말을 하다니."

부인도 화를 냈다.

"내가 당신이랑 살면서 고생하느라 단 하루도 마음을 놓은 적이 없었지요. 지금은 다행히 잘 먹고 잘 입으며 마음 편히 살 수 있게 되었지만, 이거야 다 새 며느리 덕이잖아요. 이제 또 우리를 가까이서 지극정성으로 보살피며 여생을 모신다는데, 무슨 흠이 된다고 안 따른답니까?"

"그럼 자네는 알아서 새집으로 가게. 나는 이 움막 같은 집을 지킬 테니!"

이리하여 모친은 날을 받아서 이사했다. 그리고 채공도 가끔 새집을 찾아갔는데, 그때마다 수십 명의 청지기와 하인이 문 앞에 나와 맞으며 별채로 모셨다. 원래 이 별채는 채공을 위해 널찍하게 지은 것이었다. 그래서 안으로 들어서면 책과 그림이 시렁에 가득하고 뜰과 섬돌에는 화초가 잘 가꿔져 있었다. 하인들은 앞마당에서 항시 대기하다가 부르는 족족 물 흐르듯 자연스럽게 응대했다. 노마님을 모시는 것도 이와 같았다. 채공은 그곳에서 한동안 앉거나 눕거나 하며 떠나지 못하곤 했다. 마지못해 어쩔 수 없이 자기 집으로 돌아가 보면, 무너져 가는 두세 칸짜리 집이 여전히 쓸쓸할 뿐이었다. 순간 이런 생각이 들었다.

'여생이 이제 얼마 남지 않았구나. 불과 손가락 한 번 튕길 동안인데, 여기서 이렇게 사서 고생할 필요가 있을까?'

채공이 급히 아들을 불러 말했다.

"나 혼자 빈집에 살면서 너희에게 식사를 나르게 하는 것이 외려 폐가 되는구나. 게다가 안사람과 떨어져 사는 것도 늘그막에 더욱 쉽지 않고. 그러니 나도 새집으로 들어가 살고자 한다. 그러면 우리 집안이 다시 단란해질 테고 말이다. 네 생각은 어떠냐?"

채생은 너무너무 좋다며 찬성했다. 채공은 그날로 거처를 새집으로 옮겼다. 안채에서도 다른 의견이 없었다.

한편, 김공은 부곽전• 300평을 문서로 만들어 채생에게 내주었다. 이리하여 집안 걱정이 없어진 채생은 과거 공부에 매진할 수 있었다. 얼마 지나지 않아 그는 과거에 급제했고, 그 뒤 업적과 명예를 드날려 정승의 자리에까지 올랐다.

《기리총화》 중권 제21화 〈蔡生奇遇(채생기우)〉

• **부곽전(負郭田)** 도성이나 성곽 근처에 있는 양질의 토지를 말한다. 여기서는 한양 근방의 소출이 많이 나는 땅을 지칭한다.

유가 사회와 여성의 정욕

6~8화는 사람의 정욕, 특히 여성의 정욕 문제를 기반으로 한 이야기다. 유교 사회에서는 인간의 본성인 정욕을 가장 위험한 내부의 적으로 간주했다. 그러니 지배 집단에서는 항상 욕정을 누르거나 없애야 한다고 역설했고, 이런 기조는 여러 텍스트에 반영되어 왔다. 가장 대표적인 텍스트가 유가 경전임은 두말할 필요가 없다. 남녀 간의 애정을 다룬 경우가 많았던 서사류는 이런 점에서 유가 이념에 반하는 텍스트였다. 이 때문에 골머리를 앓던 지배 집단에서는 걸핏하면 소설류를 금서로 지정했으며, 수거하여 불태우기까지 했다. 조선 초 〈설공찬전〉 같은 사례가 대표적이다. 이런 책을 소지했거나 읽은 이는 '요서를 숨겼다'는 죄목으로 다스리기까지 했다. 그러나 남녀 간의 사랑 이야기는 시대와 환경을 초월한 서사가 아니겠는가. 마치 책상 위에는 경서를 펴놓고 책상 서랍 속에는 소설책을 넣어둔 것처럼, 소설류는 음지에서 면면이 살아남았다. 현실이 이렇다 보니 고소설류는 전통시대의 민낯을 가장 잘 드러낸 텍스트라 할 만하다.

유가 사회에서는 인간의 정욕을 억제하고 관리하기 위해 유독 여성 쪽을 주시했다. 그리하여 정욕의 관리자였던 상층 사대부들은 인간의 성정 문제를 걸핏하면 여성에게 뒤집어씌웠다. 이런 일방적인 인식과 조치 속에서도 반론이 전혀 없었던 것은 아니다. 17세기 초에 허균이 '남녀의 정욕은 하나이다.'라고 주장했다는 말을 들어봤을 성싶다. 사실 이 언급은 다른 사람이 허균을 공격하면서 나온 전언이기에 실제 그가 이런 말을 했는지는 불명확하다. 하지만 여러 가지 정황으로 볼 때 허균이 이런 주장을 했을 가능성이 크고, 꼭 그가 아니었더라도 당시 누군가는 이런 생각을 하고 있었을 것이다. 비슷한 시기에 나온 남녀 간 애정을 다룬 문제작인 〈유영전〉에도 이와 비슷한 발화가 보이기 때문이다. 이처럼 극히 일부이기는 하지만 여성의 정욕을 긍정하는 분위기도 없지는 않았다.

그런데 이마저도 함정이 있었다. 이런 주장이 과연 여성을 남성과 동등한 존재로 인식한 결과일까? 그보다는 남성 일방으로 진행되던 분위기를 비판하는 차원에서 나왔을 가능성이 더 크다. 그럼에도 이렇게 서서히 불을 지피기 시작한 여성의 욕망 문제는 조선 후기로 넘어와 야담문학에서 활화산처럼 뿜어져 나왔다. 물론 그 층위는 다양하고 복잡했다. 그 몇 가지 국면을 여기 이야기들이 잘 보여준다.

6화는 유생과 상인 아내와의 통정을 다루고 있다. 과거에 낙방한 충청도 선비 유생은 개성으로 놀러 갔다가 그곳에서 한 여인을 만난다. 그녀는 인삼 무역으로 유명한 개성 상인의 아내였다. 출중한 미모를 가진 그녀는 이 외간 남자를 멀리하기는커녕 자기 집으로 끌어들인다. 그런 그녀에게 유생은 온통 마음을 빼앗기고 만다. 두 사람은 어깨를 대고 무릎을 붙이더니 급기야 서로 껴안고 만지다가 사랑을 나누게 된다. 남편이 없는 틈을 타서 여인은 외간 남자와 간통을 저지른 것이다. 그러나 남편이 미리 심어놓은 이웃에게 의심을 사게 되고, 이웃의 신고로 집에 돌아온 남편에게 현장을 들키고 만다. 그런데 남편은 금방이라도 죽일 듯하다가 '또 이런 짓을 저질렀다가는 갈기갈기 찢어 죽이겠다.'라고 엄포만 놓고 바람피운 아내를 용서한다. 왜 그랬을까? 사실 이 점이 본 이야기를 이해하는 관건 가운데 하나이다.

장사치인 그는 선비인 유생과의 신분적인 차이 때문에 어쩔 수 없이 용서해야만 했을까? 하지만 그런 여지는 문면에 전혀 드러나지 않는다. 사람 죽이는 게 쉽지 않은 일이라는 남편의 발화를 인정하더라도, 다른 처분이 있었을 법한데 이마저도 없다. 그렇다고 아내가 외로워서 저지른 실수겠거니 생각해 눈감아 주었다고 보기도 어렵다. 작품 안에서는 남편이 아내를 용서한 이유가 끝까지 제시되지 않았다. 그런데 바로 이 지점에서 상인 아내의 현실이 드러나고 있다.

조선 후기 여성 정감을 가장 잘 드러낸 작가로 알려진 이옥(李鈺, 1760-1812)은 여성의 정한을 〈이언(俚諺)〉이라는 한시로 남겼다. 이 작품에 여성 화자를 내세운 아주 흥미로운 시구가 있는데, 절대 피해야 할 혼인 상대자가 나열된다. 주요 대상이 군인과 행상, 그리고 노름꾼이다. 물론 최악은 노름꾼이지만 행상도 만만치 않은 기피 대상자이다. 이유는 한번 장사를 나가면 한 해에 한두 번 집에 올까 말까 해서이다. 그러니 그의 아내가 되었다간 독수공방하기 일쑤라는 것이다. 여성의 독수공방으로 생기는 문제는 단순히 여성의 정욕이 억제되는 것만은 아닐 것이다. 그러나 이옥은 이 점이 가장 견디기 어려운 일인 양 풀어간다. 이 시를 환기하면 여기 개성 상인의 아내도 뭔가 비슷해 보인다. 그녀가 유생을 자기 집으로 끌어들이고 통정까지 하게 된 것도 이런 맥락에서 볼 수 있지 않을까?

이렇게 해서 벌어진 일이라면 남편인 상인은 어떻게 대응해야 했을까? 결과적으로 이야기 주체는 이 사건을 풀어가는 방식에 대한 답을 찾지 못했거나 유예해 버린 것은 아니었을까? 하지만 이후의 서사는 정말 이상한 방향으로 흘러간다. 상인의 용서로 악연이었던 그와 유생은 호혜의 관계로 발전한다. 그러면서 아내의 간통 사건은 슬쩍 덮이고 말았다. 오히려 이 통정은 상인을 위험에서 구제하는 인연처럼 돼버렸다. 이것이 그 시대 여성의 문제를 바라보는 일면일 수도 있다.

7화는 어느 상인의 며느리와 외간 남자의 통정을 다루었다. 6화의 여주인공이 상인의 아내였다면 이번에는 상인의 며느리다. 또 권생과 상인 며느리를 연결해 준 계기도 6화와 마찬가지로 소나기다. 남녀의 만남에 소나기가 계기가 되는 이야기가 이 외에도 더러 보이고, 15화에도 중요한 화소로 등장한다. 이로 보면 예나 지금이나 소나기는 남녀의 풍정을 돋우고 분위기를 조성하는 좋은 소재였던 모양이다. 아무튼 권생은 성균관 입구 반촌에서 소나기를 피하다가 묘령의 여인을 만난다. 이 여인도 6화에 나오는 상인의 아내처럼 외간 남자에게 적극적이다. 담뱃불을 내주는가 하면 자기 집에 다시 들르라고 하는 등 전혀 껄끄러워하거나 수줍어하지 않는다. 권생도 혈기 왕성한 젊은이답게 반응한다. 그는 아무도 없는 한밤에 젊고 아름다운 여인을 마주하고는 불같은 욕망이 치솟았다.

하지만 그와 운우의 정을 맺고 난 여인은 돌변한다. 애초 적극적이었던 모습과는 달리 기뻐하기는커녕 흐느낀다. 권생으로서는 당황할 수밖에 없었다. 이 당황스러움은 뒤늦게 나타난 노인을 통해 하나씩 풀려간다. 그런데 그 노인의 신분이나 실체가 명확하지 않다. 다만 '가게 일 보느라 늦게 만나게 되었다.'라는 그의 발화에서 상인임을 짐작케 한다. 그런데 이야기 끝에 가면 남이 그를 '아무개 동지'라고 부른다. 결국 그는 상인 출신으로 돈을 나라에 납속하고 동지중추부사라는 명예직을 얻은 인물로 보인다. 이런 이들을 '납속동지'라 불렀다. 그러니 신분상으로는 명색이 양반이다. 그러나 아무래도 어중간한 위치여서 그런지 그가 권생을 대하는 태도는 정중하고 예의도 바르다. 더 중요한 점은 첫날밤도 치르지 못하고 청상과부가 된 며느리를 위한 배려가 남다르다는 것이다. 시아버지는 며느리가 음양의 이

치라도 경험하도록 남정네의 출입을 묵인했다. 이 지점은 상당히 중요하다. 며느리를 위해 조선 사회의 금기를 깨뜨리고 있으니 말이다. 일반적인 양반 사대부가였다면 있을 수 없는 일이다. 가끔 야담에는 이런 중간 계층에 속한 인물들이 새로운 가치를 추구하는 경향이 있다. 조선 후기 새로운 인간형이라 할 만하다.

여기서 잠깐 조선시대 열녀의 현실을 환기해 보자. 원래 열녀는 양반 가문에서나 요구되는 여성의 덕목이었다. 그것도 법으로 정한 게 아니라 유교 이념을 정치철학으로 삼은 조선 사회가 이를 점점 강요하는 분위기로 몰고 갔고, 조선 후기로 넘어가면서 더 강화되는 형국이었다. 그 구체적인 사례 가운데 하나가 열녀의 대상 확대였다. 이를테면 평민 여성에게까지 정절 이데올로기가 강요되었다. 따지고 보면 기녀가 수절한다는 소재도 이런 조선 후기 정절 이데올로기가 확대되고 재생산된 한 줄기였다. 이처럼 조선 후기는 모든 여성에게 수절을 강요하는 분위기였다. 그리고 수절에도 등급을 두었다. 이른바 생열부니 사열부니 하는 것들이다. 사열부는 남편이 죽으면 바로 따라서 죽는 여자를 말하고, 생열부는 남편이 죽은 뒤 바로 죽지 않고 시부모를 끝까지 봉양하고 자식들까지 키운 다음에, 다시 말해 며느리와 어머니의 역할을 다 마친 뒤에 스스로 목숨을 끊는 것이다. 그러니 사열부보다 생열부가 더 고통스러웠음은 두말할 나위가 없다. 이런 속에서 시아버지가 며느리의 정욕을 긍정하고 개가를 생각하고 있었으니, 그의 의식은 대단한 파격이 아닐 수 없다.

그런데 여자는 시아버지가 죽고 나자 자결한다. 이야기 구성으로 보면 반전이라고 할 수 있겠으나, 이렇게 처리할 수밖에 없었을 것이다. 그녀의 죽음은 불가피한 선택이었다. '세상천지에 미물이라도 태어나면 다 자연의 이치를 알거늘 우리 며늘아기만 모르고 있다.'라는 시아버지의 발화와 그녀의 죽음은 여전히 어쩔 수 없는 여성의 현실을 반영한다.

8화는 과부인 역관의 딸과 가난한 선비와의 만남을 소재로 하고 있다. 그런데 역관의 딸은 결국 개가를 하게 된다. 7화에서 과부 며느리가 통정한 뒤 결국 자결하는 것과는 아주 대조적이다. 이 개가의 과정이 개입되면서 결과적으로 이야기가 상당히 길어졌다. 야담 가운데 가장 긴 작품에 해당할 정도로 중간 서사의 곡절도 많다. 이는 남자 쪽인 채씨 집안의 가난한 현실과 채생의 우유부단함에 따른 결과이기도 하다. 그리고 채생의 부친인 채공의 점차 변해가는 모습도 눈길을 끈다. 그래서 마치 첩실 집안의 도움으로 연명하는 가난한 양반집 이야기로 보일 법도 하다. 하지만 서사의 끝에 가면 결국 딸의 개가로 정리되는 수순이다. 이처럼 두 집안 사이의 장황한 이야기인 것처럼 끌고 가면서 개가 소재가 눈에 띄지 않게 처리한 구성상의 특징이 보인다.

이야기를 좀 더 따라가 보면, 먼저 문제가 되는 것은 가난한 양반집안과 부유한 상인 집안이라는 설정이다. 김공이 스스로 동지중추

부사를 지냈다고 했지만, 이는 7화에서처럼 돈으로 벼슬자리를 산 것으로 보인다. 그렇기에 일단 신분이 서로 다르다. 그러니 채생과 중인 딸의 만남에는 두 가지 난제가 자리하고 있었다. 즉 신분적인 한계와 개가 문제가 겹쳐 있는 것이다. 여기 채생과 중인 딸의 만남은 가난한 양반과 부유한 중인 사이의 혼사 문제를 상징한다. 이를 풀어가는 과정에서 처음 눈에 들어오는 장면은 지나칠 정도로 화려한 여자 집안의 묘사이다. 이는 조선 후기 엄청난 부를 축적한 어느 중인 집을 상정한 것으로 이해된다. 실제 조선 후기에는 이처럼 부를 자랑하는 중인들이 많아졌다. 반대로 하루 끼니도 때우기 어려운 몰락한 양반들도 적지 않았다. 이 이야기는 이런 사회적인 현상을 기저에 깔고 있다. 그리고 부자 중인과 가난한 양반 사이에 혼인도 더러 있었던 모양이다. 이는 경제적·신분적 한계를 현실 속에서 타개해 보려는 양쪽의 취지가 맞아떨어졌기에 가능한 것이었다.

이옥의 글 중에 또 다른 문제작으로 〈심생전〉이 있다. 심생이라는 젊은 유생과 '그녀'의 사랑을 다룬, 비극미가 돋보이는 작품이다. 작품 속 심생은 양반 사내이고 그녀는 부유한 중인 집 딸이다. 그녀는 한 달 동안 매일같이 찾아와 구애하는 심생을 쉽사리 받아들일 수 없었다. 신분적인 격차가 둘 사이를 가로막고 있었기 때문이다. 그런 신분 차를 넘어서서 일시적으로나마 이들은 결연을 맺기도 한다. 그러나 끝내 이별하고 죽음을 맞이한다. 하지만 8화 이야기에서는 신분적 한계를 극복한다. 딸아이가 슬피 울고 애처롭게 흐느끼는 모습을 본 김공은 그녀를 개가시키기 위해 치밀하고 집요하게 채씨 집안과의 관계 개선에 노력한다. 하지만 개가를 전면에 내세우기 어려웠던지 딸의 종적을 감추는 방식으로 처리했다. 이 점을 구성상의 묘미로 볼 수 있지만, 이보다는 이 지난한 과정을 따라가면서 당시 개가의 실현이 얼마나 어려운 일이었는지를 실감할 수 있으면 좋겠다.

9화

자기 여자를 남과 맺어준 내시

나이는 젊으나 직위가 높은 어떤 환관이 있었다. 그는 과천의 대로변에 살았는데 집이 크고 부유했다. 과겻날이 가까워진 어느 날 이른 아침에 환관은 하인 셋에게 일렀다.

"너희들은 나가서 길옆에 기다리고 섰다가 과거 보러 상경하는 사람이 있으면 누구든 막론하고 맨 처음 지나가는 이를 꼭 모시고 오너라."

그러는 한편 술과 안주도 차리라고 했다. 점심때가 막 지나자 영남에서 올라온 선비가 집 앞에 나타났다. 그는 초라한 행장에 조랑말을 타고 오는 길이었는데 어지간히 지쳐 보였다. 지키고 있던 하인들이 그의 조랑말 앞을 가로막고 인사를 하며 잠깐 집으로 들어가기를 청했다. 선비는 당연히 거절했다.

"내가 이 집과는 평소 일면식도 없는 데다 갈 길이 몹시 바쁘구나!"

그래도 하인들은 다짜고짜 앞에서 끌고 뒤에서 밀며 말을 몰아 마치 죄인을 붙잡아 가듯이 억지로 끌고 들어갔다. 선비는 말에서 뛰어내리려 했지만 여의찮아 꼼짝없이 잡혀 들어갔다. 대문은 높고 건물이 굉장한 게 정승이 사는 대갓집 같았다. 안으로 들어온 뒤 하인들은 선비를 말에서 내리라 하더니 양쪽에서 붙잡고 마루에 올랐다. 주인이 나오자 선비는 분통을 터뜨렸다.

"도대체 왜 행인을 붙잡아다 이런 곤욕을 보이는 거요?"

주인인 환관이 나긋하게 대답했다.

"차차 알게 될 것입니다. 오늘은 여기서 주무시지요."

그러면서 하인들에게 다시 일렀다.

"가지고 온 물건과 짐을 풀고 조랑말은 마름 집에서 잘 먹이라고 해라."

하인들은 명을 받고 물러나 주인이 지시한 대로 처리했다. 선비는 악다구니를 퍼부었다.

"사람을 끌어다 욕을 보이는 것도 해괴한 일이거늘, 이유도 말하지 않고 마음대로 붙잡아 두다니! 이게 무슨 짓이오?"

주인은 살짝 웃음기를 띠며 달랬다.

"그저 있어 보시오. 있다 보면 알게 될 거요."

말을 찾으려야 찾을 길이 없고 짐을 달래야 주지도 않으니, 선비는 그저 혀를 끌끌 차기만 할 뿐이었다. 그러는 동안 벌써 해가 저물었다. 이젠 길을 더 가기도 어려운 형편이었다. 이윽고 손님과 주인의 저녁상이 잇달아 나왔다. 밥이며 반찬은 푸짐하고 음식을 담은 그릇은 고급스러워 번쩍번쩍 빛이 났다. 그러나 분을 삭이지 못한 선비는 상을 밀쳐버리고 먹지 않았다. 주인은 그의 마음을 풀려고 다독였다.

"손님을 욕보이자는 게 절대 아니라오. 조만간 좋은 일이 있을 예정이오. 객지에서 끼니를 거르면 없던 병도 생기는 법이니, 마음을 가라앉히고 좀 드시오."

선비도 차츰 분이 가라앉아 차려준 저녁을 먹었다. 날이 완전히 어두워져, 하인들이 은촛대에 불을 밝혀 인도하고 주인도 뒤따랐다.

"손님이 주무실 곳은 따로 있소."

그러면서 그를 별채로 안내했다. 별채 방에는 금동화로에서 향 연기가 피어오르고 화려한 침구와 원앙금침이 놓여 있었다. 마치 막 장가든 신랑 방 같았다. 잠시 뒤 술상이 나왔는데, 이를 지켜보던 선비는 점점 더 괴상하다는 생각만 들었다.

"좀 드시지요. 드세요!"

주인은 다른 말은 하지 않고 술잔을 들어 연달아 권했다.

술상을 물리고 나자 곱게 화장하고 화사하게 꾸민 아름다운 여인이 시녀들의 부축을 받으며 문을 열고 들어왔다. 선비는 너무 놀라고 당황하여 정신이 나가 어쩔 줄 모르고 급히 일어나 자리를 피하려고 했다. 그러자 주인이 그를 붙들어 앉히며 말했다.

"만나볼 만한 애라서 이러는 것이오."

그러면서 일어나 문을 열고 나가더니 밖에서 방문을 자물쇠로 채워버렸다.

"오늘 밤 즐겁게 보내시오."

영문을 모르는 선비는 세상 걱정 많은 사람처럼 앉아 있었다. 촛불은 꺼져가고 밤은 깊어 사방이 조용해졌다. 구름 같은 머리에 옥 같은 살결, 살짝 부끄러움을 띤 채 앉아 있는 여인의 자태는 정말 아름다웠다. 선비는 화난 마음이 서서히 가라앉으며 어느 순간 욕정이 고개를 들어 자기도 모르게 눈길이 자주 여인 쪽을 향했다. 선비는 비단 치마를 보며 얼굴이 달아오르고 촛불 그림자에 눈이 어지러워져 마음을 걷잡을 수 없었다. 이때 여인이 처음 말문을 열었다.

"제 말대로 하셔야만 원하시는 대로 따를 겁니다."

선비가 물었다.

"그게 무슨 말이오?"

"저의 배 위에 걸터앉아 소 울음소리를 크게 내셔야 합니다."

"그런 해괴한 짓을 하라니…… 난 못하오, 못해!"

선비는 이내 베갯머리로 물러나 앉았다. 하지만 금세 욕정이 다시 일어 그녀에게 다가가려 했다. 여인이 또 말했다.

"제 말대로 안 하신다면 몸이 부서질지언정 운우의 정은 나눌 수 없어요."

선비는 어쩔 수 없이 기어들어 가는 소리로 소 울음소리를 냈다.

"한밤중이라 아무도 모른다고는 하나 그대가 알고 내가 아니 부끄럽소, 부끄러워!"

"그래도 소 울음소리가 너무 작아요. 아무래도 선비님 뜻을 따르지 못하겠어요. 다시 목을 길게 빼고 큰 소리로 울어보세요."

순간 선비는 불끈 화가 치밀었다.

'한 번도 못 할 짓을 두 번이나 하라고! 천만뜻밖에 알지도 못하는 사람들에게 밖에서 곤욕을 치르더니, 이젠 안에서 이런 해괴한 짓을 벌이다니! 무슨 액운이 이리도 가혹한가?'

선비는 이렇게 중얼거렸다. 그리고 날이 새기만 하면 방문을 박차고 나갈 참이었다. 그런데 이런 다짐도 잠시, 다시 정욕이 꿈틀거렸다. 이번에는 좀 더 큰 소리로 소 울음소리를 냈다.

"에이, 부끄럽군, 부끄러워!"

여인은 이번에도 아니라고 했다.

"소 울음이 아직도 시원스럽고 크지 못하네요. 훨씬 크게 울어야 창밖까지 들리지요."

이젠 선비가 애걸했다.

"두 번이나 한 것도 부끄럽기 짝이 없소."

"기왕에 한 번 소리 냈으니 두 번이고 세 번이고 상관있겠어요. 더구나 닭이나 개 짖는 소리보다야 낫잖아요. 굳이 애간장을 태우며 천금 같은 몸을 상하게 하실 것까지야 있나요?"

선비는 이 말에 더욱 욕망의 불길이 타올라 이번에는 울음소리를 크게 내며 그녀의 배를 타고 넘어갔다. 때마침 늙은 여종이 소변을 보러 마당으로 나왔다가 아닌 밤중에 소가 우는 소리를 듣고 깜짝 놀랐다.

"오밤중에 웬 소 울음소리래?"

안에서 이 소리를 들은 선비는 자기도 모르게 웃느라 엎어질 뻔했다. 이제야 방 안에선 남녀의 정이 무르녹아 새벽까지 이어졌다. 이윽고 닭이 울고 샛별이 숨기 시작했다. 두 사람은 오직 이 밤이 다시 와서 아름다운 인연이 이어지기만을 바랄 뿐이었다. 정답게 말을 주고받는 사이에 동창이 어느새 밝고 말았다. 주인은 별채로 들어와 직접 열쇠를 따고 방문을 열며 씩 웃었다.

"좋은 밤 잘 보내셨소?"

부끄러워하며 머리를 숙이고 있던 여자는 얼른 일어나 안채로 들어가 버렸다. 주인은 선비를 '우리 새신랑'이라고 부르며 여종을 시켜 참을 내오게 했다. 마치 신랑의 아침상인 양 수륙의 진미로 차려졌는데, 선비는 난생처음 대하는 것들이었다. 그러자 선비는 분했던 마음이 싹 풀어지고 기쁘고 즐거운 마음이 다시 일었다. 그래도 의아한 마음은 여전해서 주인에게 사유를 물었으나 여전히 빙그레 웃을 뿐이었다.

"곧 더 좋은 일이 있을 거요."

선비는 답답하기 그지없었으나 그렇다고 어찌할 도리도 없었다. 은술잔과 옥잔으로 손님과 주인이 주거니 받거니 하다가 선비는 어느새 잔뜩 취해 쓰러졌다. 깨어나 보니 해는 이미 지고 저녁이 오고 있었다. 선비는 깜짝 놀라 일어나서 급히 짐을 챙겨 가겠다고 했다. 다시 주인이 그를 붙잡았다.

"석양이 져 날이 저무는데 지금 떠나면 도성에 당도하기 어렵소. 하룻밤 더 묵어가시오."

선비는 어젯밤 맺은 정이 아직 미흡한 데다 주인도 정중하게 만류하는 터라 하룻밤 더 묵었다. 다음 날 아침, 이젠 정말 떠나겠다고 했으나 주인이 이번에도 보내주지 않았다. 이젠 선비가 사정하고 애원했다.

"이틀 밤 꿈같은 정분은 행운이었습니다. 하지만 과거를 보러 천릿길을 올라왔으니 이것만큼 중요한 게 있겠습니까? 먼 시골 출신이라 기일보다 먼저 도성으로 들어가야 동접들을 찾을 수 있고 시험 도구도 마련할 수 있습니다. 그래야 백지로 제출하는 걱정이라도 없을 텐데……. 이제 남은 날이 얼마 되지 않습니다. 이렇게 계속 인연에 매여 있다간 외려 악연이 되지 않겠습니까?"

"과장에 들어갈 방도가 있으니 더 있다 가시오."

이날은 과것날이 이틀밖에 남지 않은 때였다. 선비는 과연 그럴까 싶어 걱정이 되었다. 도망칠까 생각도 해보았으나 타고 온 조랑말이 어디에 있는지 모르는 데다 직접 챙긴 책자와 시험장에서 쓸 물건들이 짐바리 속에 들어 있지만 꺼낼 길도 없었다. 이런 생각 저런 생각으로 마음이 어지러워 주저주저하는 사이에 날은 또 저물었다.

한편, 동접들은 벌써 도성에 도착해 있었다. 선비가 누군가에게 붙잡혀 있는 줄 몰랐던 그들은 친구가 나타나지 않자 오던 도중에 병으로 쓰러진 줄로만 알았다. 그런 그를 한편으로 안타까워하기도 하고 걱정하기도 했다.

선비는 이날 밤도 어쩌지 못하고 그 집에 머물렀다. 하지만 밤새도록 잠을 못 이루고 뒤척이다가 새벽녘에는 아예 일어나 길게 한숨을 내쉬었다.

"떠나올 때 부모님께서 계수나무를 꺾으리라는• 기대가 컸는데, 상경 길에 이상한 일을 만나 조롱에 갇힌 새마냥 애만 태우고 있구나. 이게 도대체 무슨 일인가?"

이런 선비를 주인은 또 달랬다.

"글쎄 걱정하지 마시오. 걱정하지 말아!"

아침이 되자 주인은 선비에게 시지(試紙)와 필묵을 내주었다. 모두

• **계수나무를 꺾으리라는** 과거에 합격한다는 뜻이다. 처음 과거제도가 시행되었던 당나라 때, 과거에 합격한 이를 두고 '계수나무 가지를 꺾었다.'라고 표현한 데서 유래했다. 그래서 과거를 다른 말로 '계과(桂科)'라고도 한다.

최상품이었다. 또 과거장에서 먹을 찬과 음식을 듬뿍 마련해 주면서 물었다.

"이러면 어떻소?"

선비는 조금 마음이 풀려 고맙다고 했다.

"이렇게 다 챙겨주시니 감사합니다. 하나 진작 동접들을 놓치고 서수•도 없으니 급제 길은 아예 막혔네요. 이제 낙방했으니 고향에 어떻게 돌아간단 말입니까?"

"그 걱정도 할 필요 없소. 이번 과거를 보는 곳이 춘당대• 아니오? 거기는 궁궐 안이니 내가 손을 쓸 수 있다오. 내 말만 들으면 필시 급제할 것이오."

그러더니 주인은 영리한 하인 둘을 그에게 딸려 보냈다. 아울러 액정서•와 내시부(內寺府)에 패지•를 보냈다. 글 잘 쓰는 서수를 골라서 시지를 쓰게 하고 답지를 제출할 때도 잘 봐달라고 상부에 연줄을 대 놓으라는 내용이었다. 끝에는 신신당부하는 말까지 들어 있었다. 주인은 다시 선비에게 일렀다.

"다른 곳으로 가지 말고 곧장 도성 안의 내 집으로 가시오. 내 말 대

- **서수(書手)** 일종의 대필가이다. '사수(寫手)'라고도 한다. 또 대신 글을 지어주는 자를 거벽(巨擘)이라 했다.
- **춘당대(春塘臺)** 창덕궁 안 후원과 창경궁 사이에 있었던 궐대로, 이곳에서 과거시험을 자주 보았다. 이를 따로 '춘당대시(春塘臺試)'라고 한다.
- **액정서(掖庭署)** 왕이 쓰는 붓이나 벼루, 궐문의 자물쇠와 열쇠 등을 관리하는 관청으로, 이조에 속해 있었다.
- **패지(牌旨)** 지위가 높은 사람이 낮은 사람에게 어떤 일을 맡기기 위해 권한을 위임하는 증거로 주던 공식적인 글로, 주로 금전이나 토지 매매를 위임할 때 많이 이용했다.

로만 하면 이번 과거에서 틀림없이 급제할 거요. 신래로 내려오는 길에 꼭 다시 들르시오. 부디 나의 뜻을 저버리지 마시오."

선비는 주인의 말을 하나같이 따라야 했다. 시험장에 들어가자 술과 안주가 좌우에 차려졌고, 글 잘 쓰는 액정서의 인원이 주변에서 거들어 시권을 제출했다. 따라왔던 환관의 하인은 그새 간다는 인사도 없이 사라져버렸다. 선비는 동접도 찾지 못하고 하릴없이 홀로 시험장에 남아 있었다.

마침내 방이 붙었는데 정말 그가 높은 순위로 합격했다. 그는 삼일유가를 마치고 바로 귀로에 올랐다. 주인은 이 사실을 미리 알고 주안상을 푸짐하게 차려놓고 차일도 높이 치고서 그가 오기를 기다렸다. 선비가 집으로 들어오자 주인은 어사화를 붙잡고 반기며 맞이했다. 이어 성대한 잔치를 열고 하룻밤을 묵게 했다. 그날 밤, 주인은 비로소 그간의 사연을 들려주었다.

"저이는 본래 양갓집의 딸로 가난하고 의지할 데 없어 내가 데려다 우리 집에 살게 했다오. 바탕이 훌륭하고 재주와 솜씨도 있는데 속절없이 규방 안에서 나이만 들어가고 있는 게 항상 안쓰러웠소. 지난번 저이의 꿈에 황소 한 마리가 자기 배에 걸터앉았다가 용으로 변해 승천했다지 뭐요. 내가 이런 몸이 아니었다면 아들을 낳고 과거에 합격하는 꿈이다 싶었소. 이제 이승에서는 이를 이룰 수 없으니 참으로 난망했다오. 그래서 하는 수없이 귀한 손님을 모셔다가 이런 호사를 누리게 한 것이오. 저이가 그대와 잠자리를 함께 했으니 데려가는 게 좋겠소."

이제야 자초지종을 알게 된 선비는 난감해했다.

"성의는 감사하지만 지금 내려가는 길에 어찌 경황없이 데려갈 수 있겠습니까?"

"내 벌써 떠날 준비를 마치고 가마에 태워놓았소."

결국 이들은 문 앞에서 작별했다. 떠날 때 살림 도구나 화장품 등도 다 딸려 보냈다. 졸지에 선비는 과거에 급제하고 아름다운 첩까지 얻어서 고향으로 돌아왔다. 고향 사람들 가운데 축하하지 않는 이가 없었다.

훗날 선비가 과천의 환관 집을 다시 찾았다. 그런데 주인은 쓸쓸한 표정으로 이러는 것이었다.

"저희가 전날에 맺은 정이 있다지만 저는 내시이고 나리는 높은 관리입니다. 이제부터는 왕래를 끊는 게 좋겠습니다. 훗날 황천에서나 다시 만났으면 합니다."

그러고는 그 뒤로 소식을 영영 끊어버렸다.

선비의 성명은 밝힐 것이 없고, 환관은 김창의라는 사람이다. 그는 시와 글씨, 술과 거문고뿐만 아니라 그림과 바둑까지도 잘하여 풍류남아로 유명했다. 젊은 나이에 귀향해서 자연에 파묻혀 살면서 자호를 '어초자(漁樵子)'라 했다. 그가 선비와 여자를 떠나보낼 때 지은 시가 있으니 이러하다.

만물은 다 음양을 갖추었거늘	萬物具陰陽
나만 홀로 그렇지 못하구나	獨憐自不然
열여섯 살 규방의 여인이	二八春閨女
석양에 꽃을 보고 눈물 흘리네	暮泣向花前

이 한 편의 시만 보아도 그의 솜씨를 알 만하다. 그야말로 의로운 환관이라고 하겠다.

《이순록》 제239화

10화

내시 아내가 승려를 만난 사연

충청도 공주에 구리내•라는 큰 마을이 있다. 이 동네에 한 영감과 할멈이 살았다. 집이 상당히 부유했고 아들 네다섯도 모두 관아의 장교로 근무하고 있었다. 영감은 납속•을 하여 당상관 직첩을 받아 옥관자에 사모관대를 한 양반으로, 주변 고을에서 어른으로 불렸다.

한편, 어떤 한양 사는 선비가 충청우도에 농장이 있어 매년 왕래했는데, 오가는 길에 구리내를 경유했다. 그러다 보니 이 영감의 집에서 묵곤 했다. 영감과 할멈은 이 서울 양반이 들를 때면 언제나 반갑게 맞이하여 술을 거르고 닭을 잡아 대접했다. 그래서 언제부턴가 친

- **구리내〔동천(銅川)〕** 공주시를 서남으로 가로질러 흐르는 냇물로, 이 일대로 현재 동대리(銅大里)라는 마을이 있다.
- **납속(納粟)** '납속책'이라 하여 평민이 돈이나 곡식을 나라에 바치고 양반이 되는 것을 말한다. 또 납속하여 명예직인 벼슬까지 받은 사람을 '납속동지'라 했다. 천민이 몸값을 치르고 양민이 되는 속량과 함께 조선 후기 신분 변동의 면모를 잘 보여준다.

해져서 정이 많이 들었다. 할멈은 늙었어도 얼굴이 희고 깨끗했으며 피부도 아직 탱탱하고 고왔다. 거기다가 해학을 곁들인 우스갯소리를 잘했는데, 제법 운치도 있었다.

그러던 어느 날 밤, 한양 선비는 영감 내외와 함께 등불 아래에서 이야기를 나누었다. 한참 이야기꽃을 피우던 중에 할멈이 영감을 힐끗 보더니 미소를 지으며 말을 꺼냈다.

"이 늙은이가 젊었을 적에 어떤 절의 중과 관계를 맺었지 뭐요. 그때 그 중의 태도가 어찌나 가소로웠는지 원."

영감은 눈을 흘기며 성을 냈다.

"이 망령 든 할망구가 또 무슨 해괴한 소리를 하려고!"

할멈은 쭈뼛쭈뼛 망설이며 약간 부끄러워했다. 선비는 무슨 재미난 사연이 있는가 싶어서 웃으며 물었다.

"할멈, 무슨 얘긴데 그리 해괴하다는 거요? 좀 들어봅시다."

할멈은 깔깔 웃으며 영감을 돌아보았다.

"말해버릴까요?"

영감은 얼굴을 돌리며 대답했다.

"당신이 하고 싶으면 하구려."

할멈은 여전히 웃음기를 띤 채 이야기를 들려주었다.

나는 서울 양갓집에서 태어났다. 어려서 부모를 잃고 외숙모 손에서 자랐는데, 외숙모는 나를 동정해 주긴 못할망정 내시에게 시집을 보냈다. 신혼 첫날밤, 내시는 내 옷을 벗겨 살이 드러나게 한 다음 젖가슴을 주무르고 배꼽 아래를 만지더니 혀와 입술로 핥았다. 그때 겨우 열여섯이었던 나는 남녀가 잠자리에선 다 이러는 줄 알았다. 그 뒤 점차 욕정이 생기기 시작하면서 남편의 그런 이상한 행위가 괴롭게 느껴졌다. 이는 시간이 지날수록 더욱더 심해졌다. 그래서 동침하는 날이면 원통한 마음에 가슴이 답답하고 울음이 터질 때도 있었다. 매번 화창한 봄날이면 나비와 벌은 하늘하늘 날아다니고 꾀꼬리와 제비는 구성지게 짝을 부르며 울었다. 그럴 때면 베갯머리에서 기지개를 켜다가 춘심이 뒤흔들려 묵묵히 이런 생각만 꼬리를 물었다.

'화려한 비단옷과 맛있는 음식이 내게 무슨 상관이 있을까? 허름한 초가집이라도 진짜 대장부와 같이 산다면 반 폭의 베 이불을 덮고 쓴 나물을 먹는다고 해도 그게 정말 인생의 낙이 아닐까? 나는 아직 처녀인 몸이니 다른 사내에게 가더라도 절개를 잃은 건 아닐 거야.'

급기야 도망쳐야겠다는 생각이 들었다. 하지만 문은 겹겹이고 담장은 높은 데다 경비도 삼엄하여 혹시 발각이라도 되면 목숨을 보전하기 어려울 판이었다. 겁이 나서 결행을 못 한 지가 여러 해였다. 그러나 도저히 견딜 수 없는 지경이 되자 또 이런 생각이 들었다.

'인생이 이러하다면 백년을 산들 무슨 낙이 있을까? 들통이 나서 죽는다고 해도 이렇게 말라 죽는 것보다야 훨씬 낫지 않을까?'

드디어 작정하고 몰래 짐을 꾸렸다. 솜을 넣지 않은 가벼운 옷가지와 비단, 가락지 같은 가벼운 패물, 그리고 은 수백 냥을 한 보따리에 쌌다. 무게를 재보니 머리에 지고 달아날 만했다. 내시가 숙직하는 날 첫새벽 종이 울리자 나는 몰래 나와 담장 아래 서 있는 큰 나무에 긴 베를 매달아 몸을 묶어 담장을 넘었다. 그길로 남대문을 통해 도성 밖으로 나갔다. 하늘이 아직 어두컴컴할 때였다. 남산의 도성 바

같 편 솔숲에 몸을 숨기고 날이 새기를 기다렸다가 남쪽으로 길을 나섰다.

평생 문밖을 나가보지 않은 내가 어찌 가는 길을 알겠는가? 그저 큰길을 따라 걸어갈 뿐이었다. 동작나루를 건너가자 마음이 조금 안정되었다. 거기서 이런저런 생각을 해보았다.

'내가 아녀자의 몸이지만 머리에 다리를 올렸으니 누가 나를 정실로 맞이하겠는가? 남의 첩이 될 수밖에 없겠지. 그럼 본처의 시기를 실컷 받을 거야. 그건 결코 견딜 수 없는 일이 아닌가. 그렇다면 어떤 사람을 따라야 할까?'

그러던 중에 순간 이런 생각이 떠올랐다.

'중을 만나서 따라가야겠다.'

그러다가 또 이런 생각이 들기도 했다.

'만약 남자를 골라서 따라간다면 이전 사람은 버리고 새사람만 좇는다는 욕을 듣게 될 거야. 명색이 양갓집 여자로 이런 욕을 들어서는 결코 안 되지. 길에서 처음 만나는 남자를 따라가야겠어.'

이렇게 이리저리 따지며 길을 가다 보니 어느덧 여우고개•를 넘어가고 있었다. 그때 갑자기 어떤 중이 앞에 나타났다. 나는 다짜고짜 물었다.

"스님은 어디로 가십니까?"

중은 고개를 돌리며 청주로 내려가는 길이라고 했다. 제법 깔끔한

• **여우고개(호현(狐峴))** 사당에서 과천으로 넘어가는 지금의 남태령을 말한다. 이 지역에 관악산을 넘나드는 여우가 많이 출현했다고 하여 붙여진 고개 이름으로, '여시고개'라는 사투리로 많이 불렸다.

얼굴에 나이도 나와 엇비슷해 보였다. 속으로 '정말 하늘이 맺어준 짝을 만났어.'라며 흐뭇해했다. 그길로 그의 뒤를 따랐다. 가다가 과천의 주막에 들르게 되었다. 내가 곁에 바짝 다가가 앉자 중은 싫은지 몸을 일으켜 자리를 피하려 했다. 나는 그럴 때마다 더 가까이 붙었다. 배불리 먹고 또 같이 주막을 나왔다.

"스님은 어디 사세요?"

청주 아무 사찰에 있다고 하기에 부모는 계시냐고 물었더니, 모친만 계신다고 했다. 계속 물어대며 자기를 괴롭히는 내가 희한했는지 걸음을 재촉하더니 달아나기 시작했다. 나도 있는 힘껏 뒤쫓아갔다. 중이 달리다가 지쳐 서서히 걸으면 나도 서서히 따라갔다. 그때부터 중이 달리면 나도 달리고 중이 걸으면 나도 걷고 중이 쉬면 나도 쉬었다. 주막이 나오면 함께 들어갔다. 이렇게 사흘을 걸어 청주 경계에 들어선 듯싶었다. 마침 길옆에 울창하게 우거진 숲이 나왔다. 중이 나무 그늘에서 쉬자 나도 그 옆에 앉았다.

'저 중이 이제 절간으로 들어가고 나면 다신 찾을 수 없겠지. 이참에 억지로라도 인연을 맺지 않으면 내 계획이 영영 틀어지고 말겠어.'

이런 생각이 들어 다짜고짜 앞으로 다가가 그의 팔을 덥석 잡았다. 깜짝 놀란 중은 내 손을 뿌리치고 달아나려 했다. 하지만 내가 꽉 붙잡고 있었기에 바로 빼질 못했다. 중이 '보살님, 손을 놓으세요.'라며 애걸하는 중에 나는 그를 잡아 앉히고서 말했다.

"스님, 할 얘기가 있으니 앉아보세요. 스님은 중노릇하기가 좋소? 나와 부부가 되어 살아보는 게 어때요? 여기 보따리 속에 대충 잡아도 수백 냥 되는 돈이 들어 있어요. 스님은 아내도 얻고 재물도 얻는 셈이니 좋지 않겠어요?"

중은 내 말을 듣다가 어느새 얼굴이 벌겋게 달아오르고 목젖이 화가 난 듯 도드라지더니 울컥했는지 고개를 푹 숙인 채 눈물을 흘렸다. 그 모습이 어린아이처럼 안쓰러웠다. 나는 손으로 그의 눈물을 닦아주고는, 나와 저리로 가자면서 그를 끌고 숲속으로 들어가 꼭 끌어안고서 일을 치렀다. 그때는 그도 정욕이 끓어올라 나를 탐하려고 했다. 그러나 너무 긴장하여 떤 나머지 순식간에 끝내고 말았다. 옷매무새를 고쳐 입은 나는 그를 보고 말했다.

"우리 두 사람은 이제 부부가 되었네요. 당신은 이미 환속했으니 절간으로 돌아갈 필요가 없어졌어요. 나를 데리고 당신 집으로 가요."

중은 내 말대로 함께 그의 집으로 갔다. 집에는 너덜너덜해져 솜이 다 빠진 저고리에 짧고 거친 베치마를 입은 노모가 처마 밑에 앉아 졸고 있었다. 우리가 들어가자 노모는 중을 보고 물었다.

"등 뒤에 있는 여자는 누구냐?"

그때 나는 바로 앞으로 나아가 절을 올렸다.

"어머님, 며느리가 인사 올립니다."

노모는 깜짝 놀라 중을 보고 야단을 쳤다.

"너는 어디서 저런 천한 계집을 데리고 왔느냐? 아무 스님이 찾아와서 10년 동안 네가 절에서 먹고 입은 값을 내놓으라고 하면 어떡하라는 게냐? 더구나 몇 년간 빌려 쓴 장리빚•은 또 무엇으로 갚고? 네

• **장리빚** 장리(長利)는 곡식이나 돈을 꾸어주고 받을 때 붙는 이자로, 빌려준 돈의 절반을 이자로 받았기에 지금으로 보면 엄청난 고리대금이었다.

놈이 나를 말려 죽일 참이구나."

발을 동동 구르고 가슴을 치면서 바짝 타들어 가는 시늉을 하다가 눈물까지 흘렸다.

"끼니를 절에 의지해 때워왔는데 이젠 이마저도 끝장이 나고 말았구나."

나는 속으로 노모를 이끗으로 꾀면 되겠구나 싶어 당장 보따리에서 빛깔 고운 저고리와 염색한 면포 치마 한 벌을 꺼내 드리며 말했다.

"어머님, 걱정하지 마세요. 제가 가져온 보따리 안에는 믿을 만한 물건들이 들어 있어요. 아무 절의 스님이 와서 독촉해도 제가 다 상대할 수 있어요."

노모는 옷가지를 받아 들고는 입을 다물고 있다가, 일단 앉아보라고 했다.

날이 저물자 나는 부엌으로 들어가 저녁을 차렸다. 그리고 그날 밤 중과 하룻밤을 정답게 보냈다. 중은 난생처음 맛보는 인생의 진미라, 둘이 하나가 될 때는 거의 미친 사람처럼 달려들었다. 그 모습은 정말이지 웃겨 죽을 판이었다.

여기까지 얘기했을 때 옆에 있던 영감이 할멈을 쏘아보며 정색했다.

"부끄러운 줄 모르는 할망구라니까!"

처음 얘기를 시작할 때부터 할멈은 말하다가 웃고 깔깔 웃다가 말하곤 했다. 억지로 관계 맺는 대목에 이르자 영감은 한마디 한마디에 성을 내며 욕을 해댔다. 그래도 할멈은 그럴 때마다 손으로 막으며 비꼬았다. 영감도 어쩔 도리가 없다 싶었는지 웃고 말았다. 할멈은 다시 얘기를 이어갔다.

다음 날 나는 면포 두 단을 남편에게 주면서 장터에 가서 갓과 망건이며 올이 고운 무명으로 바꾸어 오게 했다. 이것으로 일반 사내의 옷가지를 지어 그에게 입혔더니 이제 어엿하고 젊고 멋있는 신랑이 되었다. 이 차림으로 머물던 절로 보내 스승과 작별하고 오라고 했다. 그랬더니 그 스님이 남편의 뒤를 따라왔다. 문 앞에 들어서는데 그야말로 가관이었다. 돌출한 광대뼈에 수염과 구레나룻을 막 잘랐는지 쭈뼛쭈뼛한 남은 털이 빰까지 이어졌고 눈과 얼굴이 가증스러웠다. 그는 들이닥치자마자 버럭 고함을 질렀다.

"할멈은 나한테 아들을 맡겼다가 도로 빼앗는 건 뭐요? 10년간 먹이고 입힌 비용과 몇 년 치 장리빚을 당장 갚지 않으면 오늘 안으로 필시 큰 사달이 날 거요."

시어머니는 부들부들 떨면서 아무 답도 못 했다. 그때 내가 부엌에서 나와 곧장 다가가 대뜸 스님의 귀를 잡고 빰을 후려갈겼다.

"저이는 이제 내 남편인데 당신하고 무슨 상관이야? 웬 못된 중놈이 이렇게 당돌하냐고! 당장 나가지 않으면 빡빡 깎은 머리통을 부숴 버릴 테야."

그러면서 연이어 계속 때렸다. 따귀를 얻어맞은 스님은 빰을 싸쥐고 아프다며 소리쳤다.

"무슨 이런 사납고 악독한 여자가 있어! 무섭기 짝이 없군!"

혼쭐난 그는 한걸음에 도망쳐 문을 나가더니 다시는 나타나지 않았다.

그 뒤 이 마을로 이사 와서 논밭을 개간하고 집을 넓혀왔다. 함께 한 50여 년 동안 아들딸 낳고 길러 슬하에 손자들까지 많아졌다. 곡식은 창고에 넘치며 소와 말은 마구간에 꽉 찼다. 중이었던 남편은 얼마나 복이 많은 사람인가?

얘기를 끝낸 할멈은 다시 한바탕 웃음을 터뜨렸다.

《잡기고담》 상권 제5화

내시와 내시의 아내

두 이야기에는 내시의 여자가 등장한다. 그런데 전개 방향이나 인물들의 성격은 서로 극과 극이다. 내시, 즉 환관은 전통시대를 이해하는 또 하나의 통로라고 할 만큼 특이한 존재였다. 역사적으로 환관에 대한 이미지는 대체로 부정적이다. 거세된 존재로서 비정상적인 몸이 주목되는가 하면, 절대 권력에 붙어 아첨을 일삼는 간신의 대명사이기도 했다. 이런 환관의 모습을 우리는 여러 매체를 통해 접해왔다.

사실 군주사회에서 환관은 왕의 전유물로, 그 역사가 무척 오래되었다. 중국에서는 은나라 때부터 환관을 두었다는 기록이 있을 정도이다. 그리고 중국 역사에서는 이른바 '환관의 횡포'라는 말이 빈번하게 등장한다. 황제를 뒤에서 조정하여 꼭두각시로 만들거나 자신이 직접 황제가 되기도 하는 등 막강한 권력을 휘둘렀고, 이들의 횡포로 왕조가 멸망하는 사례도 있었다. 우리의 역사에도 환관의 횡포가 없지는 않았으나 중국처럼 권력을 좌지우지하는 예는 없었다. 대신 좀 요망한 존재이거나 남성 구실을 못 하는 불구로 상정되기 일쑤였다.

그런데 이런 환관의 아내, 또는 내시의 여자라면 어떨까? 사실 역사 기록에도 환관이란 존재만 등장하지 그들의 아내가 거론된 적은 없었다. 또 환관들이 다 아내를 두었는지도 역사는 말해주지 않는다. 그 결과 우리는 내시에만 관심을 가졌지, '내시의 아내'는 아예 상상해 본 일이 없다. 그런데 여기 유이한 두 편의 야담은 내시의 아내를 이야기의 전면에 내세우고 있다. 다른 고전 텍스트는 물론 소설 속에서도 내시의 아내는 등장한 적이 없다. 그러니 이 두 이야기는 소재만으로도 아주 희귀한 자료인 셈이다. 여기에다 조선시대 여성의 성이나 욕망을 논란하기에도 이만한 재료가 있을까 싶다. 내시의 아내는 사회적·신분적 한계는 물론 성적 억압까지 이중 삼중으로 사각지대에 놓였던 여성이기 때문이다.

그러면 이 두 이야기를 한번 비교해 보기로 하자.

9화는 한 젊은 환관이 자신이 데리고 있던 양갓집 여자를 영남의 어떤 선비와 인연을 맺어주고 선비의 과거 급제까지 도운 이야기다. 그리고 10화는 수치스럽고 고통스러운 잠자리를 견디다 못한 내시의 아내가 도망쳐 나와 승려를 만나서 남녀의 도리를 회복한 이야기다. 한쪽은 의로운 환관을 다룬 것이고, 다른 한쪽은 내시 아내의 탈주를 다루었다. 그러니 양쪽의 내시나 두 여인의 형상은 판이하다. 의로운 환관은 욕망할 수 없는 거세된 존재이면서도 그 비루함을 넘어서고 있지만, 아내를 둔 내시는 갖은 추태를 부리는 등 비루함의 극치를 보여준다. 또한 의로운 환관은 자기가 데리고 있던 여자를 인간답게 살 수 있도록 치밀한 계획을 짜서 실현해 주는 반면, 내시의 아내는 폐쇄된 울타리를 뛰어넘어 자기 삶을 도모한다.

이에 따라 두 이야기 속 인물들의 면모도 많이 다르다. 의로운 환관은 '자꾸 끓어오르는 욕정'을 참지 못하는 영남 유생과는 달리 끝까지 자기 정체성을 잃지 않는다. 그는 도성 안에 본가와 과천에 번쩍번쩍한 별채를 소유한 재력가이다. 또한 시예를 즐길 줄 아는 풍류남아로, 여느 양반의 모습과 다르지 않다. 하지만 마지막 전별시를 보면 그도 어쩔 수 없는 내시였다는 점과 그런 인간으로서의 한이 묻어나 있다.

반면, 내시의 아내는 어떤가? 그녀는 막무가내로 불구의 영역을 뛰쳐나왔다. 그 결과 만난 대상이 산중이었다. 그런데 승려를 만난 이 모티프는 참으로 절묘하다. 승려는 환관처럼 거세된 존재는 아니지만 성적으로 강제되어 불구와 다름없기 때문이다. 처음 만나 인연을 맺기까지의 과정에서 보여주는 산중의 형상은 이런 사정을 잘 보여준다. 그러나 인연을 맺은 이후의 두 사람은 여느 민가의 부부와 다르지 않다. 필요하면 언제든지 욕지거리를 해대며 현실을 타개하는, 그러면서도 한편으로 잃어버렸던 자신들의 삶을 복원하는 유쾌한 반란을 이루었다.

이렇게 서로 결이 다르다 보니 한쪽은 타의에 의해서, 한쪽은 자신의 의지로 내시의 여자로서의 억압된 성역(性域)에서 벗어날 수 있었다. 두 서사 모두 실상과 어느 정도 부합하는지는 알 수 없다. 그러나 어느 쪽이든 가장 극단적인 상황에 놓여 있었던 대상(내시의 아내)을 소재로 하여 인간 성정의 문제를 가감 없이 드러냈다는 점은 분명하다.

2부

팔자와 인정

3장

팔자와 운명

11화

세 여인을 맞은 팔자 좋은 유생

유생(柳生) 아무개는 한양 출신이다. 일찍부터 글재주로 이름이 났으며, 스무 살이 안 되어 진사시에 합격했다. 그러나 집이 엄청 가난하여 수원 땅으로 옮겨가 살았다. 재주와 성품이 빼어난 그의 아내 모씨가 바느질로 생계를 꾸리고 있었다.

하루는 문밖에서 '어떤 여자가 칼춤을 추는데 기가 막힌다.'라는 말이 들려왔다. 유생은 그녀를 불러 안뜰로 들어오게 해서는 그 솜씨를 펼쳐보라고 했다. 그런데 안으로 들어온 여자는 유생의 아내를 물끄러미 쳐다보더니 곧장 대청마루로 올라가 서로 껴안고 대성통곡을 하는 것이었다. 유생은 연유를 몰라 아내에게 왜 그러느냐고 물었다. 그러자 '진작 알고 지내던 사람이어서 그랬다.'라고만 했다. 이 때문에 칼춤 추는 재주는 구경도 못했고, 그녀는 이삼일을 집에 머물다가 떠났다.

그로부터 오륙일이 지났을 때, 훤칠한 준마가 끄는 새로 단장한 세

가마가 저 멀리 앞길에 나타났다. 그 앞에는 여종 여럿이 말을 타고 인도했으며, 뒤에 따로 모시는 행렬은 없었다. 가마들은 곧장 유생의 집으로 향했다. 유생은 의아하여 사람을 시켜 물었다.

"어디서 오는 여인들이길래 우리 집으로 들어오는 거요? 뭘 착각한 모양이오."

하지만 수행하는 이들은 대답도 하지 않은 채 문으로 들어서더니 중문 안에다 가마를 내렸다. 수행한 종들은 말을 몰고 나가 주막으로 가서 쉬었다. 유생은 의아한 마음이 갑절로 커져 안채에 있는 아내에게 글로 물었다. 그랬더니, '나중에 알게 될 터이니 억지로 물어대지 마세요.'라고 했다. 이날부터 저녁밥과 반찬이 정갈하면서도 푸짐했다. 생선과 고기도 빠지지 않았다. 유생은 속으로 더더욱 의심이 들고 궁금하기 짝이 없었다. 다시 글로 물었으나, '굳이 물으려고 하지 말고 실컷 드시기나 하세요. 때가 되면 알게 될 거예요. 며칠 동안은 안채에 들어오실 필요도 없어요.'라고만 하는 것이었다. 다음 날 아침밥도 저녁밥도 마찬가지였다.

며칠이 지나 아내는 글로 '한양으로 가시지요.'라고 청했다. 유생은 이제 이상하다 못해 괴이쩍다 싶어 중문 안으로 들어가 잠시 아내를 만나서 물었다.

"안에 와 있는 저이는 어디서 왔소? 게다가 아침저녁 밥상이 전에 비해 왜 이리도 풍성하오? 한양으로 가자고 한 것은 또 무슨 말이오? 무슨 일로 한양으로 가자는 것이며, 어떻게 채비해서 떠난단 말이오?"

아내는 씩 웃을 뿐이었다.

"그렇게 자꾸 묻지 마세요. 곧 알게 될 거예요. 상경길에 필요한 인원과 말은 신경 쓸 필요 없어요. 알아서 준비하고 기다릴 테니 그저 갈 채비만 하시면 된답니다."

유생은 점점 더 괴상하다 싶었으나 아내가 하는 대로 놔둘 수밖에 없었다.

이튿날 세 가마가 며칠 전에 왔던 대로 튼튼한 말에 매여 있었다. 자신이 타던 말도 이미 안장을 얹은 채 대기하고 있었다. 유생은 이 말을 타고 그들 뒤를 따라 상경했다. 남대문에 도착한 일행은 이윽고 회동•의 한 저택으로 들어섰다. 세 가마는 중문 안으로 들어가고 유생은 중문 바깥에서 말에서 내려 걸어서 들어갔다. 거기엔 빈 행랑 한 채가 있었다. 대자리와 방석이 깔려 있고 서책과 붓, 벼루 등속과 타구와 요강 같은 집기가 좌우에 놓여 있었다. 또 겸종 같은 모습을 한 몇 사람이 영을 받기 위해 대령하고 있었다. 얼마 뒤에 하인 네다섯이 뜰로 들어와 인사를 올렸다.

"너희들은 누구냐?"

"소인들은 이 댁의 종입니다."

"이 댁은 뉘 댁이냐?"

"진사 나리 댁입니다."

유생이 또 물었다.

"여기에 놓여 있는 도구들은 어디서 가져온 것이냐?"

"모두 진사 나리께서 사용하실 물건들입니다."

• **회동(會洞)** 지금의 서울 중구 회현동 일대이다. 예로부터 이 일대에 어진 사람들이 많이 모여 살았던 데서 마을 이름이 유래했다.

유생은 구름과 안개 속에 싸여 있는 듯 당최 어안이 벙벙했다. 저녁밥을 먹고 나서 촛불을 밝히고 앉아 있자니 그의 아내가 또 글을 써서 알려왔다.

'오늘 밤 아리따운 여인을 보낼 테니 외롭고 적적한 회포를 달래세요.'

유생도 글로 답했다.

'그 여인은 누군가? 그리고 이게 무슨 일이란 말인가?'

여전히 아내는 '이제 조만간 아실 거예요.'라고만 했다.

밤이 깊어지고 난 뒤 겸종들이 모두 밖으로 나가고 안채에서 여종 둘이 어떤 절세미인을 모시고 나왔다. 곱게 단장하고 한껏 차려입은 이 여인이 촛불 아래에 앉자 다른 여종이 침구를 가지고 들어왔다. 유생이 여인에게 누구냐고 물었으나 그녀는 미소만 지을 뿐 아무 대답이 없었다. 이윽고 유생은 그녀와 함께 잠자리에 들었다.

다음 날 아침, 그의 아내는 글로 새사람 얻은 걸 축하하면서 또 이런 내용도 알려왔다.

'오늘 밤은 다른 미인을 들여보낼게요.'

유생은 그 이유를 알지 못했지만, 황홀경에 빠져 이제 아내에게 다 맡겨둘 뿐이었다. 그날 밤, 여종이 전날처럼 한 미인을 모셔 왔다. 그녀의 얼굴을 보니 분명 어제와 다른 여자였다. 유생은 그녀와도 동침했다.

이튿날 아침, 그의 아내는 또 글로 축하해 주었다. 그런데 점심 때쯤 문밖에서 느닷없이 '물러서거라' 하는 소리가 들리더니 하인 하나가 안으로 들어와 아뢰었다.

"권(權) 판서 대감 나리 행차가 지금 들어오고 있습니다!"

깜짝 놀란 유생은 마루에서 내려가 두 손을 모은 채 섰다. 이윽고 백발의 한 늙은 정승이 가마를 타고 들어왔다. 권 판서는 유생을 보더니 흐뭇한 표정으로 손을 잡고 대청으로 올라가 좌정했다. 유생은 절을 올리고 여쭈었다.

"대감 어른이 어떤 분인지 모르오나 소생은 아직 한 번도 뵌 적이 없습니다. 무슨 일로 여기까지 왕림하셨는지요?"

판서는 유생을 보며 웃었다.

"자네는 아직 달콤한 꿈에서 깨어나지 못했는가? 이제 사정을 얘기할 텐데, 자네같이 좋은 팔자는 예나 지금이나 정말로 드물다네. 오래전 자네 처가와 우리 집, 그리고 역관인 현(玄) 지사•의 집이 서로 담장을 마주하고 있었지. 공교롭게도 같은 해, 같은 달, 같은 날에 세 집에서 다 딸아이를 낳았다네. 세상에 이런 신기하고 드문 일이 어디 있겠나? 그러니 세 집에서는 늘 아이들을 함께 놀게 했지. 조금 자라자 세 딸은 아침저녁으로 붙어 다니며 소꿉놀이를 하곤 했다네. 이때 아이들은 저들끼리 나중에 한 사람을 같이 섬기자고 맹세했다지 뭔가. 나도 이 사실을 몰랐고, 두 집에서도 역시 몰랐다네. 그 뒤 자네 처가가 이사를 가는 바람에 소식이 끊기고 말았네. 내 딸은 측실의 소생이네. 머리를 올릴 때가 되어 혼처를 정하려고 했는데, 그 애가 죽음도 불사하며 거부하더군. 저희끼리 한 사람을 섬기기로

• **현(玄) 지사** 조선시대 대표적인 역관 집안인 천령 현씨로, 현덕우(玄德宇, 1617-1680)와 그의 아들 현각(玄玨, 1640-1711) 등이 유명했다.

약속했으며, 늙어 죽는 한이 있더라도 결코 다른 집안으로 갈 생각이 없다고 말일세. 현 지사네 딸도 마찬가지였다네. 나무라기도 하고 달래보기도 했으나 끝내 마음을 돌릴 수 없었네. 스물다섯 살이 되도록 여태 다른 사람에게 시집을 가지 않았지. 지난번에 듣기로, 현 지사의 딸은 칼춤을 익혀 남장하고서 사방팔방을 돌아다니며 자네 처를 찾는다고 하더군. 그래서 일전에 수원 땅에서 마주친 것이고. 그제 밤에 안채에서 나왔던 아리따운 아이가 바로 내 딸이고, 어젯밤에 나온 아리따운 아이는 바로 현 지사의 딸이라네. 이 집과 하인들, 그리고 집기와 서책과 전답 따위는 나와 현 지사가 마련한 것일세. 자네는 단번에 두 미인과 집과 재산까지 얻었으니, 양소유•라도 이보다 낫진 못할 걸세. 자네야말로 정말 좋은 팔자일세!"

말을 마치고 권 판서는 사람을 시켜 현 지사를 불렀다. 잠시 뒤 금관자에 붉은 혁대를 찬 노인이 와서 인사를 했다. 권 판서가 그를 가리키며 말했다.

"이 사람이 바로 현 지사라네."

세 사람은 술과 안주를 성대하게 차려놓고 마주 앉아 종일토록 즐겼다. 권 판서는 바로 권대운•이다. 유생은 아내 및 두 첩실과 함께 한집에서 즐겁고 화목하게 지냈다.

- **양소유(楊少遊)** 김만중(金萬重, 1637-1692)의 소설 〈구운몽〉에 나오는 주인공 이름. 그는 팔선녀와 인연을 맺어 2처 6첩을 얻게 된다.
- **권대운(權大運)** 1612-1699. 자는 시회(時會), 호는 석담(石潭), 본관은 안동이다. 평안도 관찰사와 호조·예조·병조판서를 거쳐 영의정을 지냈다. 남인의 중심인물로서 경신대출척과 기사환국 등 당쟁의 중심에 있었다.

그리고 몇 년이 지난 어느 날, 아내가 남편에게 말했다.

"지금 조정의 상황을 보면 남인이 득세하여 그 좌장인 권 판서께서 국정을 맡고 계십니다. 하지만 최근의 일들을 보면 인륜을 저버리는 행위가 많아 조만간 남인은 망할 듯합니다. 저들이 망하게 되면 그 화가 우리에게까지 미칠까 염려스럽군요. 이를 모면하려면 한시라도 빨리 시골로 내려가는 게 좋겠어요."

유생은 이 말이 옳다고 여겨 집과 재산을 모두 처분하고 아내와 첩들을 데리고 시골로 돌아갔다. 그리고 다시는 한양에 올라오지 않았다. 갑술년(1694) 곤전의 복위•가 있고 나서 남인들은 모두 죽임을 당하거나 귀양을 갔다. 당연히 그 안에 권대운도 포함되었다. 그러나 유생만은 이 사건으로 형벌을 받지 않았다. 그러니 그의 아내는 '여자 중에 식견 있는 자'라고 할 만하다. 어찌 당시 남인 재상들이 미칠 바이겠는가!

《계서잡록》 권2 제54화

• **곤전(坤殿)의 복위** 인현왕후가 복위한 일을 말한다. 인현왕후는 1689년 기사환국 때 장희빈을 앞세운 남인 정권에 의해 폐위되었다가 이 해 갑술환국으로 복위했다. 우리가 알고 있는《인현왕후전》은 이때의 일을 다룬 작품이다.

12화

네 번 장가간 정효준의 관상

해풍군 정효준•이 43세 때의 일이다. 그는 찌들게 가난한 데다 주변에 기댈 만한 데도 없었다. 더구나 세 번이나 상처한 상황이었다. 그에게는 세 딸만 있을 뿐 아들은 없었다. 원래 왕가의 부군 후손이어서 단종과 그의 비 송씨• 등의 신주를 모셔야 했지만 향불조차 마련할 수 없었다. 이런 심란한 형편이라 이웃에 사는 병사 이진경•의 집에 놀러 다니며 놀음이나 하는 게 일이었다. 이진경은 당시 벼슬이

- **해풍군(海豊君) 정효준(鄭孝俊)** 1577-1665. 자는 효우(孝于), 호는 낙만(樂晩), 본관은 해주이다. 실제 그는 과거에 여러 번 낙방했다가 42세에 처음 사마시에 합격한 것으로 알려져 있다. 나중에 지돈령부사로 해풍군에 봉해졌다.
- **송씨(宋氏)** 정순왕후(定順王后, 1440-1521). 세조의 왕위 찬탈로 단종이 폐위되어 영월에 유배되고 난 뒤 정순왕후는 동대문 밖 정업원(淨業院)에 유폐되어 단종을 그리워하며 일생을 보냈다.
- **이진경(李眞卿)** 1576-1642. 자는 희안(希顏), 본관은 전의이다. 인조 때 제주와 양주 목사를 거쳐 경상우병사를 지냈다. 그래서 병사라고 한 것이다.

낮은 무관이었는데, 날마다 이렇게 해풍군과 놀았다.

하루는 해풍군이 이 병사에게 느닷없이 물었다.

"자네에게 긴히 할 말이 있는데, 믿고 들어주겠는가?"

"자네와 내가 얼마나 가까운데…… 뭘 청하든 내가 따르지 않겠는가? 말해보게."

해풍군은 한참을 어물어물하다가 입을 열었다.

"우리 집은 여러 대의 제사를 받들 뿐 아니라 더없이 높은 분의 신주까지 모시고 있다네. 하지만 내가 지금 홀아비인 데다 아들마저 없으니 봉제사가 끊어질 게 빤하다네. 이 어찌 안타까운 일이 아니겠는가? 자네가 아니라면 내가 감히 입을 열겠나? 그래서 말인데…… 부디 내 신세를 돌아보아 자네 딸과 혼인하게 해주면 안 되겠나?"

이진경은 발끈하더니 정색하며 대답했다.

"자네 말이 진담인가 농담인가? 내 딸 나이가 이제 겨우 열다섯이네. 어떻게 쉰을 바라보는 자네의 배필이 된단 말인가? 자네가 정신 나간 말을 하는군. 절대 다시는 그런 어림없고 몰지각한 말은 내뱉지 말게."

해풍군은 수치스럽고 창피하여 열없이 물러갔다. 그 뒤로 그는 이 병사 집에 발길을 끊었다.

그로부터 십여 일이 지난 밤, 이 병사가 잠자리에 들었다가 꿈을 꾸었다.

대문과 뜰이 시끄러워지면서 먼 데서부터 '물렀거라' 하는 소리가 들려왔다. 관복을 입은 어떤 이가 들어와서는, "주상전하께서 그대 집에 행차하셨으니 당장 나와 모시거라!"라고 외치는 것이었다. 이 병사는 허겁지겁 층계를 내려와 뜰에 납작 엎드렸다. 이윽고 면류관을 쓴 젊은 왕이 엄숙한 거동으로 대청마루 위에 좌정했다. 그러고는 이 병사에게 앞으로 가까이 오라고 하고는 물었다.

"정 아무개가 너와 혼사를 맺고자 하는데 너의 뜻은 어떠하냐?"

이 병사는 일어나 다시 절을 올리고서 아뢰었다.

"성은의 하교를 어찌 감히 어기겠습니까? 그러나 소신의 딸은 아직 관례를 치르지도 않은 나이고, 정 아무개는 이보다 서른 살이나 많습니다. 어떻게 짝을 맺어줄 수 있겠습니까?"

왕이 다시 하교했다.

"나이가 많고 적음을 따질 필요가 있겠느냐? 꼭 혼례를 치러주는 게 좋겠구나."

그러고는 그길로 환궁해 버렸다.

이 병사는 멍한 가운데 꿈에서 깼다. 곧장 일어나 안채로 들어가니, 그의 아내가 촛불을 밝힌 채 앉아 있다가 물었다.

"아직 날이 밝지도 않았는데 무슨 일로 들어오셨습니까?"

이 병사는 방금 꿈꾼 내용을 이야기해 주었는데, 그의 아내가 놀라워하며 말했다.

"저도 그런 꿈을 꾸었답니다. 너무도 괴이한 일이네요!"

"이는 우연한 일이 아니니 앞으로 어떻게 한다지?"

"꿈은 헛된 것인데, 무얼 믿겠어요."

그로부터 십여 일이 지났다. 이 병사는 또 꿈을 꾸었는데, 저번처럼 임금의 어가가 납시었다. 이번에는 불쾌한 용안으로 다그쳤다.

"전에 짐이 하교했거늘 너는 어찌하여 아직껏 봉행하지 않는단 말이냐?"

이 병사는 황공하여 몸을 굽히고서 사죄했다.

"삼가 잘 헤아려 받들겠습니다."

꿈에서 깬 이 병사는 아내와 상의했다.

"이번 꿈이 또 이러하니 이는 필시 하늘의 뜻인가 보오. 하늘의 뜻을 어겼다간 큰 화를 면치 못할 것인데…… 어찌하면 좋겠소?"

"그래도 꿈이잖아요. 이건 이루어질 수 없는 일이에요. 제가 어떻게 사랑하는 딸을 저 비렁뱅이 신세인 사람에게 네 번째 부인으로 줄 수 있겠어요? 이는 하늘이 정하든 사람이 정하든 상관없이 죽어도 따를 수 없어요."

그러나 이 병사는 그 뒤로 마음이 몹시 불안하고 두려워 잠자고 먹는 것이 다 편치 않았다.

다시 십여 일이 지나 임금의 행차가 다시 꿈에 나타났다.

"지난번 너에게 하교한 일은 하늘이 정해준 인연일 뿐만이 아니다. 해풍군은 복이 많은 사람이라 너에게 해가 되기는커녕 복을 안겨다 줄 사람이니라. 짐이 여러 번 하교했건만 끝내 거역하고 있으니, 이 무슨 도리란 말이냐? 이러다간 큰 화를 입게 될 게야!"

이 병사는 이번에도 황공하여 엎드려 아뢰었다.

"삼가 성은의 가르침을 받들겠습니다!"

"받들지 않은 것은 네가 그러는 게 아니라 네 처의 완고한 고집 때문이렷다. 당장 죄를 다스릴 테다."

그러면서 하교하여 아내를 잡아들이라 했다. 순식간에 곤장 치는 형틀을 설치하고 이 병사의 아내를 붙잡아 들인 다음 나무랐다.

"네 가장은 짐의 영을 따르려고 하는데 너만 유독 고집을 부리면서 거부하고 있으니 이 무슨 도리더냐?"

그러고는 곤장을 치라고 명했다. 곤장 네다섯 대를 내리치자 아내는 벌벌 떨며 애걸했다.

"어찌 감히 어기겠습니까? 하교를 받들겠습니다."

그러자 형을 멈추고 왕은 궁으로 돌아갔다.

소스라치게 놀란 이 병사는 꿈에서 깨 안채로 들어갔다. 아내도 꿈속의 일을 이야기하면서 무릎을 문지르며 앉아 있었다. 무릎에는 곤장을 맞은 흔적이 그대로 남아 있었다. 이들 부부는 꿈이지만 너무 놀랍고 두려워, 의논한 끝에 딸을 혼인시키기로 했다.

다음 날 이 병사는 해풍군을 불렀다.

"근래에는 왜 한참을 찾아오지 않는가?"

그러고는 다짜고짜 혼례 문제를 꺼냈다.

"자네가 지난번 일로 격조해져서 안 온 것인가? 내가 한번 생각해 보니, 아무리 봐도 우리가 아니면 이 세상에서 자네를 구제할 사람이 없을 것 같네. 내 딸의 평생을 망치는 한이 있더라도 무조건 자네에게 시집보내겠네. 우리 뜻은 결정되었으니 무슨 다른 논의가 필요하겠는가? 사주단자도 서로 요청할 필요 없이 이 자리에서 서약하는 게 좋겠네."

뒤이어 종이 한 폭을 주어 서약하는 글을 쓰게 하고, 그 자리에서 달력을 펴 길일을 잡았다. 이렇게 굳게 약조하고 서로 헤어졌다.

다음 날 아침, 딸이 잠자리에서 일어나 부모에게 이런 말을 했다.

"간밤에 너무나 신기한 꿈을 꾸었어요. 아버님과 바둑 두시는 정씨

어른이 느닷없이 용으로 변해서는 저를 보고, '너는 내 아들을 받아라.'라고 하지 않겠어요? 저는 치마폭을 펼쳐서 새끼 용 다섯 마리를 받았는데, 치마폭 위에서 꿈틀꿈틀하지 뭐예요. 받던 중에 새끼 용 한 마리가 땅에 떨어져 목이 부러져서 죽었어요. 너무 이상하지 않아요?"

이 말을 들은 부모도 무척 이상한 꿈이라고 생각했다.

해풍군에게 시집간 딸은 해마다 아이를 낳았는데 다 사내아이였다. 그리고 다섯 아들은 장성하여 차례로 과거에 급제했다. 나중에 장남과 둘째는 판서의 자리에 올랐고, 셋째는 대사간이 되었으며, 넷째와 다섯째는 홍문관에서 중용되었다.• 장손도 해풍군 생시에 급제했고, 사위도 과거에 급제했다. 다섯 아들이 급제한 덕으로 해풍군은 품계가 올라 참판 지위에 이르렀다. 90여 세의 수를 누렸으며 손자와 증손도 집안을 가득 메웠다. 그의 복록은 세상에 견줄 만한 이가 없을 정도였다. 다만 다섯째가 서장관으로 북경에 갔다가 돌아오는 길에 책문•을 아직 나서지 못했을 때 작고하여 관에 실린 채 돌아왔다. 그때도 해풍군은 살아 있었다. 과연 이 병사 딸의 꿈속 일이 맞아떨어진 것이다. 부인은 해풍군보다 3년 먼저 죽었다.

해풍군이 곤궁했을 때, 오랜 친구의 집에서 한 관상쟁이를 만난 적

• 다섯 형제는 실제 인물들로 정식(鄭植, 1615-1662), 정익(鄭榏, 1617-1683), 정석(鄭晳, 1619-1677), 정박(鄭樸, 1621-1692), 정적(鄭樍, 1635-1672)으로 알려져 있다. 실제 역임한 관직도 여기와 같거나 비슷하다

• **책문(柵門)** 압록강 건너 요동의 봉황성 근처에 있었던 지역으로, 조선 사절단이 북경에 오갈 때면 묵던 곳이다. 이곳은 변경의 상품이 거래되는 밀무역의 요지이기도 했다.

이 있었다. 모인 사람들 모두 다 자신의 앞날을 물어보았으나, 해풍군만은 아무 말도 없어서 친구가 물었다.

"저 사람은 신통하게 관상을 잘 본다네. 왜 하나도 물어보지를 않는가?"

"나같이 궁한 사람이 관상을 봐서 무슨 도움이 되겠는가?"

오히려 관상쟁이가 그를 한참 보더니 적이 놀라며 말했다.

"저분은 뉘시오? 지금은 이렇게 어려워도 복록은 무궁합니다. 처음에 궁하다가 나중에 형통하는 오복을 다 가진 분입니다. 여기에 계신 다른 분들은 아무도 저분만 못하지요."

이 관상풀이가 뒤에 딱 맞아떨어진 것이다.

한편, 해풍군이 처음 장가를 들어 혼례를 치른 당일 밤에 꿈을 꾸었다. 어떤 사람의 집에 들어갔는데, 혼례를 치를 준비가 다 되어 있었는데 신부만 보이질 않았다. 꿈에서 깬 그는 이상하다 싶었는데, 얼마 안 있어 상처하게 되었다. 그리고 재취하던 날 밤 다시 꿈을 꾸었다. 신붓집에 들어갔더니 전과 똑같으나 신부라고 하는 이가 아직 포대기에 있었다. 다시 상처하고 세 번째 장가를 들던 날 밤, 또 그 집으로 들어가는 꿈을 꾸었다. 저번 꿈과 같았는데, 신부랍시고 포대기에 싸여 있던 아이가 이제 십여 세로 좀 자라 있었다. 또다시 상처하고 이 병사 집안과 네 번째 혼인을 했다. 신부는 바로 지난날 꿈속에서 보았던 그 여자였다. 모든 일이 다 이미 정해져 있었던 셈이다. 그리고 이 병사의 꿈속에서 하교했던 임금은 바로 단종이었다.

《계서잡록》 권4 제2화

좋은 운을 타고난 사람

11화와 12화는 남다른 운을 타고난 사람들의 이야기다. 전통시대에는 사람의 운명이 주로 팔자와 관상을 통해 드러난다고 보았다. 지금 우리 주변에서도 이런 전통은 어렵지 않게 확인할 수 있지만, 과거에는 그 쏠림 정도가 지금보다 훨씬 심했다. 마침 11화는 팔자가, 12화는 관상이 서사의 주요 동력이 되고 있다.

여기서 잠깐, 팔자와 관상에 대해서 정리해 보면 이렇다. 팔자(八字)는 사람이 태어난 해〔年〕, 달〔月〕, 날〔日〕, 때〔時〕, 즉 사주를 간지로 계산한 여덟 글자이다. 즉 '갑자년 을축월 병인일 정묘시'에 태어났다면 그 사람의 간지가 '갑자 을축 병인 정묘' 여덟 자가 된다. 이 여덟 자를 가지고 역학에 따라 해석하면 그 사람의 타고난 운명을 알 수 있다고 보는 것이다. 즉 사주를 두고 따지기 때문에 '사주팔자'라고 한다. 이에 비해 관상은 얼굴의 골격이나 색깔 또는 다른 주요 부위의 상을 보아 그 사람의 운명과 재수를 판단하는 점술의 한가지다. 팔자가 사람의 태어난 일시로 운을 따진다면, 관상은 사람의 생김새와 상태로 앞날을 예측한다는 차이가 있다. 어느 쪽이든 그러한 판단을 믿고 이를 받아들이는 심리 상태를 운명론적 세계관이라고 한다.

이 세계관은 특히 신분제 사회에서 도드라졌다. 노비의 자식은 무조건 노비가 되고, 양반의 자식은 그대로 양반이 되는 사회, 즉 그들의 신분은 이미 태어날 때부터 결정된 각자의 운명이었다. 이런 운명론은 모든 인간이 이미 결정된 세계를 살아가는, 다른 여지가 없는 삶이라는 점에서 당연히 부정되어야 마땅하다. 더구나 이 시대에는 상층 지배집단이 하층의 백성들을 통제하기 쉬운 수단으로 이를 활용했다. 그야말로 '너희는 주어진 너희의 운명대로 살아라.'였다. 그렇지만 이 부정적인 인생관이 어떤 때는 자신의 삶을 감내하는 효과적인 수단이기도 했다. 정해진 운명을 받아들이고 순응하는 자세, 이는 애초 인류가 천지자연 속의 하나일 뿐이라는 겸허한 위안일 수도 있기 때문이다. 이런 양가적인 속성을 가진 운명론은 전통시대 사람들의 생각을 지배하고 있었다.

11화는 비교적 평범한, 그러나 가난한 선비 유생(柳生)의 이야기다. 아내의 바느질삯으로 살아가던 그에게 어느 날 칼춤 추는 여자가 나타난다. 이때부터 그는 이상하고 신기한 경험을 하게 된다. 아내는 이 여자를 보고 서로 부둥켜안고 대성통곡하더니, 대엿새 뒤에는 가마 세 대가 나타나고, 그때부터 진수성찬이 제공되는가 하면, 아내는 급기야 한양행을 권유한다. 하지만 유생은 자신에게 무슨 일이 벌어지고 있는지 도대체 알 수 없었다. 한양에 올라와서도 놀라움은 계속된다. 회현동의 한 저택에 들어서서 아리따운 여인과 동침하고, 다음날에는 또 다른 여인과 동침한다. 더구나 여자들과의 동침은 자기 아내가 주도하고 있었다. 이렇게 숱한 놀라움의 연속이 끝나고 밝혀진 사실은 뭐랄까, 운명이었다고 밖에 설명할 수 없을 것 같다. 세 집의 딸들이 어릴 적 소꿉놀이하면서 맺은 맹세에 대한 수혜가 모두 유생에게 돌아갔기 때문이다.

세 여자를 얻게 된 유생은 당쟁의 소용돌이에서도 운 좋게 살아남았다. 1694년 갑술옥사(또는 갑술환국)는 희빈 장씨, 즉 장희빈을 내치고 인현왕후를 복귀시킨 사건으로 드라마의 단골 소재이기도 하다. 남인이 몰락하고 서인이 재집권하는 환국이었으니, 당시 남인의 중심인물의 사위였던 유생이 살아남은 건 천운이었다. 이야기에서는 이를 아내의 현명한 판단으로 처리했다. 이 또한 그의 행운의 연장이다. 이처럼 유생은 정말 '팔자 한번 좋은 사람'인데, 가만 보면 이 모든 행운은 아내를 잘 둔 덕분이었다. 현숙한 아내가 남편을 도와 집안을 일구어가는 이야기는 야담의 중요한 모티프이기도 하다. 여기서는 이런 모티프를 팔자 좋은 사람과 연결하여 나름의 설득력 있는 서사로 구현했다.

12화는 43세의 나이 든 선비인 해풍군이 친구의 딸을 아내로 맞은 덕분에 인생이 완전히 바뀌는 이야기다. 그는 이미 세 번 장가를 들었던 데다 세 딸을 둔 홀아비였다. 또한 왕가의 후손으로 단종의 제사를 받들어야 했던 몸이다. 요즘으로 치면 재혼에다 자식을 둔, 거기에 종가 제사까지 받들어야 하는 신랑감이다. 그야말로 최악의 조건을 갖춘 셈이다. 그런 그가 친구에게 느닷없이 딸을 달라고 했으니 가당키나 한 일인가. 그런데 이 말도 안 되는 청혼 이후부터 상황이 이상하게 돌아가기 시작한다. 그의 조상인 단종이 친구 이진경과 그 아내의 꿈에 나타나 둘의 혼인을 종용하는가 하면, 딸은 용꿈을 꾼다. 제삿밥을 얻어먹어야 했던 단종은 부지런히 꿈에 나타나 이진경 부부를 어르고 달랜다. 이리하여 세 번의 상처에다 세 딸의 혼기가 닥친 상황의 늙은 홀아비는 젊은 처녀와 혼인하게 되었다. 그뿐인가. 부부 사이에 해마다 낳은 아들 다섯 형제가 모두 출세했으며, 해풍군 본인도 참판의 지위에 올라 90세 수를 누렸다. 늦은 나이에 이런 오복을 누린 경우가 있을까 싶다.

그런데 이후 서사는 그의 이런 늦복이 터무니없어 보였는지, 그 전조를 두 가지로 풀어낸다. 하나는 처음 결혼할 때부터 이렇게 되리라는 예지몽을 꾼 것이고, 다른 하나는 곤궁할 당시 관상쟁이가 한 말이다. 관상쟁이는 그가 '먼저 궁하고 나중에 형통할 팔자'라고 했다. 요컨대, 이런 조건들이 맞아떨어져 그의 복이 예견된 것이었음을 말해준다. 역시 그는 타고난 팔자가 좋았던 것이다. 이를 실현하게 하는 중간 단계가 바로 꿈이었다. 옛이야기에서 꿈의 역할은 적지 않았다. 꿈의 문학적 기능으로《장자》에 나오는 '내가 나비인지 나비가 나인지 모르는 지경', 즉 호접몽이 유명하다. 현실과 꿈의 경계 또는 실재와 환상의 넘나듦을 구별하기 어렵다는 취지의 호접몽은 이후 동아시아의 인식론과 문학의 성립에 지대한 영향을 끼쳤다. 우리의 경우도 《삼국유사》의 '조신(調信) 이야기'부터 꿈 소재가 활용된 이래 꿈의 세계를 통해 현실계의 다양한 욕망을 풀어냈다. 이는 야담도 마찬가지여서 여러 이야기에서 꿈이 주요 소재로 활용되어 왔다. 다만 꿈의 종류로 따지면 예지몽이 대부분이었다. 태몽도 넓은 의미에서 예지몽에 속한다. 이렇게 예지몽이 주류인 까닭은, 여기에 현실의 난관을 극복하고자 하는 염원을 실었기 때문이다.

13화

아들 잘 낳는 선비의 전화위복

한양에 어떤 선비가 살고 있었다. 그는 볼일이 있어 영남으로 내려가던 중에 태백산• 속에서 길을 잃고 말았다. 주막을 찾지도 못했는데 날은 점점 어두워졌다. 결국 어느 촌가로 들어갔다. 그런데 이 촌가는 산속에 있으면서도 안채와 바깥채 모두 기와를 얹어 여느 대갓집 같았다. 선비는 주인을 만나 하룻밤 묵어가기를 청했다. 이 주인은 태도가 퍽 의젓했으며 수염과 머리가 반백이었다. 주인은 흔쾌히 묵어가라고 하면서 저녁밥까지 대접했다. 그러면서 선비에게 물었다.

"올해 나이가 몇이며, 자녀는 두셨소?"

"아직 서른이 안 됐으나 자식은 거의 열 명이나 됩니다. 한번 밤일을 치르면 그때마다 아이가 생겨서요. 평소 가진 게 없고 처지도 어

• **태백산** 실제로는 소백산을 가리킨다. 과거에는 지금의 소백산 일대도 대개 태백산이라 불렀으며, 소백산 자체가 태백산의 줄기에 해당한다.

려운데 자식들만 방 안을 꽉 채우고 있으니 걱정투성입니다."

이 말을 들은 주인은 부러워하는 기색이 역력했다.

"어찌하면 그런 복을 누린단 말이오?"

주인은 한탄하는 투로 물었다. 이에 선비는 헛웃음만 쳤다.

"우환 중에서도 큰 우환이거늘, 이걸 어찌 복이라고 하십니까?"

"내 나이 육십이 넘었으나 여태까지 낳아 키우는 자식 하나 없다오. 쌓인 곡식이 만 섬이 된들 무슨 즐거움이 있겠소? 내게도 자식 하나만 있다면 아침에 나물밥, 저녁에 죽으로 때우더라도 여한이 없겠소. 그러니 댁의 말을 듣고 어찌 부러운 마음이 안 생기겠소?"

이튿날 선비는 주인에게 인사를 하고 떠나려고 했다. 그러자 주인은 그를 붙잡아 닭을 삶고 개를 잡아 한껏 대접했다. 그날 밤, 주인은 주변을 다 물리치고는 선비를 데리고 협실로 들어가 조용히 말을 꺼냈다.

"내가 간곡하게 청할 일이 있소. 나는 부잣집에서 나고 자라 백발인 지금까지도 배고픔이 뭔지 모르오. 이쯤이면 더 바랄 게 뭐가 있겠소만 그렇지 않다오. 자식 운이 이리 기박하니 말이오. 평생 자식 하나를 키워보지 못했소. 후사를 잇기 위해 널리 손을 써 첩과 측실도 많이 두었었소. 그뿐인 줄 아시오? 기도도 해보고 의원에게 약도 써보며 지극정성을 쏟았소. 그런데 평소 자식을 잘 낳던 여자도 임신을 못 하지 뭐요. 이제 점점 죽을 날이 다가오고 있지만 처량하고 외로운 신세가 되고 말았소. 지금도 집에는 스무 살 안팎의 젊은 첩 셋을 두고 있지만 여전히 좋은 소식이 없구려. 이젠 남의 자식이라도 좋으니, 한 번만 아버지 소리를 들을 수 있다면 죽어도 눈을 감을 수 있을 듯하오. 합방만 하면 아이를 가진다는 당신의 말을 듣고 이런 바람이 생겼소. 당신의 손을 빌려 회임시켰으면 하는데 어떻소? 나 대신 자식을 만들어줄 수 있겠소?"

선비는 깜짝 놀라며 거절하기 바빴다.

"이 무슨 말씀이십니까? 남녀 사이의 구별은 예로부터 중요한 덕목입니다. 남편 있는 여자와 간통하는 것은 법으로도 엄격히 금하잖습니까? 일생 서로 모르는 사이에도 그런 마음을 품어서는 안 되거늘, 하룻밤 주객의 정의를 나눈 사이에 어찌 이런 말씀을 입에 올리십니까? 객줏집의 상것 아내라도 그래서는 안 되는데, 하물며 양반의 별실이라니요!"

하지만 주인도 물러서지 않았다.

"저들은 천것이오. 더군다나 내가 먼저 얘기를 꺼냈으니 조금도 꺼릴 것 없잖소? 밤이 이렇게 깊고 인적도 없으니 나중에 자식을 낳아도 누가 이 사실을 알겠소? 내 말은 진정에서 우러나왔으니 추호도 꾸미거나 속이는 일은 없을 거요. 제발 이 늙은이의 신세를 불쌍히 여겨 억지로라도 따라주시오. 자식 없는 불쌍한 늙은이가 아들 얻는 기쁨을 누린다면 살아생전 그 은혜를 어찌 다 갚겠소? 손님은 적선하는 일이고 나에겐 무궁한 은혜이니, 양쪽 다 이보다 좋은 일이 없을 거요. 어째서 이리 고사하는 거요?"

선비는 한참을 생각해 보았다.

'저 양반이 저렇게 간청하니 내가 몰래 간통하는 것과는 분명 다르지. 게다가 저이는 정말 사무쳐서 저러고 있으니 달리 염려할 부분도 없고. 인사치레로 두세 번 거절하긴 했으나 남녀 사이의 정욕이야 누

군들 없겠는가?'

이렇게 따져보고는 마침내 허락했다.

"도리로 따지자면 절대로 불가하나 주인어른의 청이 이토록 간절하시니 말씀대로 해보겠소. 하지만 제 마음은 불편하기 짝이 없습니다."

이에 주인은 감격하여 연신 두 손을 모으고 고마워했다.

"이제 당신 덕으로 아버지 소리를 듣게 되었구려!"

주인은 첩들에게 자초지종을 얘기했다. 이리하여 사흘 밤 동안 세 첩실이 돌아가며 선비와 잠자리를 같이 했다. 첩실들도 꼭 아들을 낳을 수 있겠다는 확신에 선비의 이름자와 사는 데를 여쭈어 마음에 새겨두었다. 선비는 이렇게 사흘을 더 묵고는 주인과 고별했다. 이때 주인이 선물을 많이 챙겨주었으나 선비는 짐이 무겁다며 고사하고 그길로 산속에서 나와 한양 집으로 돌아갔다.

선비는 돌아온 뒤에 생계 잇기가 전보다 더 어려워졌다. 많은 자식에다가 며느리들과 손자들까지 합치면 식구가 서른 명이 넘었다. 집은 띠로 얽은 몇 칸짜리라 무릎 하나 펴지 못할 지경이었다. 이제는 삼순구식에 십년일관•도 쉽지 않았다. 어쩔 수 없이 아들들을 분가시켜 처가살이하게 하고 자기 부부와 큰아들 내외만 함께 살았다.

이렇게 어언 20년이 지나갔다. 어느 날 선비가 한가롭게 앉아 있는데 퍽 따분했다. 그때 문득 젊은이 세 명이 준마를 끌고 가뿐한 걸음으로 나란히 오고 있었다. 이들은 선비의 집으로 들어와 섬돌을 밟고 마

• **십년일관(十年一冠)** 10년을 갓 한 벌로 버틴다는 뜻으로, 양반의 어려운 형편을 빗댄 말이다.

루로 올라서더니 넙죽 절을 올렸다. 입은 옷이 화려했고 행동거지가 단정하면서도 우아했다. 선비는 황망히 답배를 하고 연유를 물었다.

"객들은 어디서 왔소? 전에 한 번도 뵌 적이 없는 듯한데 말이오."

세 젊은이는 사정을 아뢰었다.

"저희는 다름 아닌 생원 어른의 아들입니다. 어른께서는 아무 해 아무 곳에서 있었던 이러이러한 일을 기억하시는지요? 저희는 모두 그날 밤에 생긴 자식들입니다. 다 같은 달에 태어났는데 날짜만 조금 차이가 있을 뿐입니다. 올해 모두 열아홉 살이고요. 소싯적에는 노인장의 아들인 줄로만 알았다가 열 살 남짓이 되었을 때 모친께서 말씀해 주어 그제야 어른의 자식이라는 사실을 알았습니다. 그때는 어른께서 어디에 사시는지 모르는 데다 10년 넘게 길러주신 노인장의 은혜도 크고 소중했기에 차마 하루아침에 저버릴 수 없었습니다. 저희는 노인장이 별세할 때까지 기다렸다가 친부께 돌아가 모시려고 마음먹었지요. 저희는 열다섯 살에 장가들어 노인장의 집에서 신부례를 치렀습니다. 그리고 재작년 2월에 노인장께선 81세로 병 없이 돌아가셨습니다. 정성껏 관에 모시고 염을 한 다음 길지를 택해 상례에 따라 묘를 썼답니다. 삼년상을 치러 길러주신 은혜에 보답하고자 했으며, 근자에 담제•까지 마쳤습니다. 그러고 나서 저희는 모친께서 기억하는 함자와 거주지를 참고하여 이렇게 찾아온 것입니다. 이제야 아버님을 뵙습니다."

• **담제(禫祭)** 3년째 기일에 대상(大祥)을 지낸 뒤 약 석 달 뒤에 치르는 제사. 상주가 평상으로 돌아감을 고하는 의식의 절차이다. 이 제사가 끝나야 집안사람들은 음주와 육식을 할 수 있었다.

선비는 눈이 휘둥그레지며 그제야 그때의 일이 선명하게 떠올랐다. 이들의 얼굴을 뜯어보니 과연 자기와 빼닮아 있었다. 선비는 저들이 찾아온 걸 아내와 아들과 며느리에게 알렸고, 다들 서로 인사를 나누었다. 선비는 저들의 모친들 소식이 궁금해서 물었다.

"너희 어미는 올해에 연세가 얼마이고 모두 무탈하더냐?"

세 아들이 각각 있는 대로 대답하고 모친들도 무탈하다고 알려주었다. 이윽고 이들은 선비의 집을 훑어보더니 말을 꺼냈다.

"대충 보아도 아버님 집안 형편이 정말 말이 아닌 듯합니다."

그러더니 행낭에 가져온 것이 있다며 집안 종을 시켜 풀어 오라고 했다. 이 행낭에서 돈 몇 냥을 꺼내주면서 이것으로 쌀과 땔나무를 사 오고 조석거리도 장만하도록 했다. 그리고 그날 밤, 세 아들이 조용히 아뢰었다.

"아버님은 춘추가 많으시고 형님들 역시 진작 학업을 그만두었다니 벼슬살이는 기대할 수 없을 듯합니다. 그뿐만 아니라 송곳 하나 꽂을 땅도 없어 가을걷이는 엄두도 못 내지요. 빈손에 땅도 없이 어떻게 살아가겠습니까? 낙향하시어 저희와 함께 여생을 보내시는 것이 어떠신지요?"

"나 역시 낙향할 생각이 있다만 그곳에 농사지을 땅도 묵을 집도 없는데 어쩌겠느냐?"

"저희를 키워주신 노인장은 수만 냥의 재산을 가진 부자였습니다. 돌아가시고 나서, 다른 친족도 없어 전 재산이 저희 차지가 되었지요. 여기 집을 정리하고 식구들이 다 내려가도 아무 근심 없이 편안하게 지낼 수 있습니다."

"그렇다면야 뭘 꺼리겠느냐?"

이리하여 말과 가마를 세내어 날을 잡아 낙향 길에 올랐다. 선비는 아들들 집에 도착하여 세 첩실과 세 며느리를 만났다. 그는 큰 집에 들어가 살고, 세 아들은 각자 모친을 모시고 이웃한 집에 나누어 거처했다. 며칠이 지난 뒤 선비는 제수를 마련하여 죽은 노인의 묘를 찾아 참배했다.

선비는 곧 처가살이하던 원래 아들들도 차례차례 내려오게 하여 재물을 나누어주고 같이 살았다. 앞뒤 좌우로 딸린 집이 수십 호였다. 선비는 세 첩실의 집을 돌아가면서 들러 옛 인연을 이어갔다. 이렇게 그는 호의호식하며 여생을 보냈다. 노인에 대한 제사도 세 아들이 살아 있을 때까지는 거르는 일이 없었다고 한다.

《청구야담》 권4 제11화 〈老學究借胎生男(노학구차태생남)〉

14화

돈을 다 떼인 무변의 자살 소동

인조 때 황해도 봉산• 땅에 이씨 성의 한 무관이 있었다. 그는 재산이 많았으며 성격도 아주 활달하여 남에게 베풀기를 좋아했다. 또 사람을 잘 믿어 누구든 어려운 사정을 얘기하면 전혀 의심하지 않고 아낌없이 돈이나 물건을 내주었다. 이 때문에 어느덧 살림이 바닥나 더 이상 생활을 유지하기 어려워졌다. 그런데도 여전히 당당해서, 그를 접해본 사람이면 모두 그의 앞날이 훤하리라고 입을 모았다.

그런 그가 벼슬하여 선전관이 되었을 때이다. 어떤 일에 연루되어 벼슬자리를 잃고 고향으로 내려와야 했다. 그 뒤 몇 년이 지났으나 병조에서는 그를 추천하지 않았다. 그래서 하루는 그가 아내에게 이런 말을 했다.

• **봉산(鳳山)** 황해도의 군명으로, 탈놀이인 봉산탈춤의 고장이다. 한양과 북쪽 지방의 물화가 이어지는 중간 지대로, 백자의 생산지이자 장시가 발달하여 탈춤 같은 놀이가 성행했다.

"무변으로 시골에 파묻혀 지내니 누가 벼슬자리를 추천해 주겠는가? 집안 형편도 이 지경이니 이러다간 하루아침에 나락으로 떨어질까 두렵네. 남은 집터와 전답을 팔면 400냥 남짓 될 테니, 이 돈으로 상경하여 벼슬자리를 구해보겠네. 자리를 얻으면 살겠지만 못 얻더라도 죽기밖에 더 하겠는가? 내 한번 승부를 걸어보겠네."

아내가 그러라고 하여 전답 등을 전부 파니 돈 400냥이 손에 들어왔다. 이 중 100냥은 아내에게 줘서 어떻게든 살아보라고 하고, 나머지 300냥을 가지고 한양으로 올라갔다. 건장한 종을 대동한 채 튼튼한 말을 타고 가다 보니 제법 남의 눈길을 끌었다. 그는 벽제관•에 도착하여 하루를 묵었다. 종이 짐을 풀고 말에게 여물을 먹이려는 즈음, 느닷없이 벙거지를 쓰고 산뜻하게 차려입은 한 사내가 나타났다. 그자는 처음엔 엿보는가 싶더니, 잠시 뒤 안으로 들어와 종들과 말을 섞었다. 태도가 꽤 친절하고 공손했는데, 종도 그자를 반기며 무슨 일을 하는지 묻자 이렇게 답했다.

"병조판서 댁에서 사환 노릇을 하는 몸종이오."

이가(李哥)는 멀찍이서 그자의 말을 듣고 있다가 급히 불러 재차 확인했더니 똑같이 대답했다. 그자가 병조판서 댁 종이라는 말을 듣고 잔뜩 기대에 부푼 이가는 몇 가지를 더 물었다.

"나는 지금 벼슬자리를 구하러 상경하는 길이다. 원하는 자리가 병조 쪽이고. 네가 정말 병조판서 댁에서 신임하는 하인이라면 나를 위

• **벽제관(碧蹄館)** 경기도 고양시 벽제역에 있었던 조선시대 관사로, 한양에서 황해도와 평안도를 오가는 길목에 있었다. 중국 사신이나 조선 사신이 도성에 도착하기 전에 묵던 숙소이기도 했다.

해 다리를 놓아줄 수 있겠느냐? 그리고 무슨 일로 어디를 가는 게냐?"

그자가 대답했다.

"소인은 병조판서 댁 수노•입니다. 상전댁의 종들이 평안도에 많이 살고 있는데, 지금 대감 나리의 명으로 소작료를 걷으러 오늘 출발해서 가는 길입니다."

이가는 이 말을 듣더니 혀를 차며 아쉬워했다.

"너 같은 사람을 만나기가 쉽지 않은데 길이 엇갈리는구나. 이를 어쩌면 좋겠느냐?"

그자는 이가의 전대를 쳐다보며 대답했다.

"그거야 어렵지 않습니다. 소인과 함께 한양으로 들어가시지요. 소인이 대감 나리의 영을 받은 게 며칠 전인데, 좋은 날을 잡아서 가려다 보니 오늘에야 길을 나선 것입니다. 대감 나리께서는 이 사정을 정확히 모르고 계시지요. 지금 다시 돌아가 나리를 연결해 주고 나서 출발해도 늦지 않을 겁니다. 한데 저 전대에 들어 있는 돈은 얼마나 되는지요?"

"300냥일세."

"그렇다면 일 처리에 겨우 충당이 되겠군요."

이리하여 이가는 그자를 따라 도성으로 들어갔다. 그자는 병조판서 댁 근처에 이가가 묵을 집 하나를 잡아주었다. 집주인에게 잘 대접해 주라고 부탁하는 데도 똑 부러지는 게 제법 위엄까지 있었다.

• **수노(首奴)** 원래는 관노의 우두머리를 말하지만, 여기서는 한 집안의 종들 가운데 우두머리를 가리킨다. 집안 대소사는 물론 문서 작성 따위도 처리했기에 주인이 퍽 신임하여 다른 하인들과는 대우도 달랐다.

이 부탁을 받은 주인은 이가를 잘 모셨다. 그러니 이가는 주인과 평소 잘 아는 사이로 알고 수노란 자를 더욱 믿게 되었다. 그런데 그자가 병조판서 댁으로 돌아간 지 며칠이 지났는데도 나타나지 않았다. 이가는 속았다 싶어 걱정이 이만저만한 게 아니었다. 그럴 즈음 그자가 다시 나타났다. 이가는 도망간 소하•가 다시 온 듯 반갑기 그지없었다. 왜 그동안 오지 않았느냐고 묻자 그자의 말이 이랬다.

"벼슬자리를 알아보는 게 어디 하루아침에 되겠습니까? 며칠 동안 알아보니, 한 군데 아주 긴한 자리가 있긴 있습디다. 하나 100냥은 들어가야 하는 자리입니다."

이가가 더 자세히 얘기해 보라고 했더니, 이런 내용이었다.

"대감 나리의 누님이 지금 혼자되시어 아무 동네에 살고 계십니다. 대감께서 이분을 생각하는 마음이 지극정성이라 뭐 하나라도 도와달라고 하면 기필코 들어주신답니다. 소인이 나리의 일을 그 댁에 아뢰었더니, 마님께서 100냥을 주면 좋은 자리를 얻게 해주겠다고 하시네요. 나리께서 이 돈을 쓰시겠습니까?"

"돈이야 이 일을 위해 쓰려고 가져왔으니 다시 물어 무엇 하겠느냐?"

이가는 당장 전대에서 돈을 꺼내 100냥을 내주었다. 이를 본 이가의 종은 걱정이 컸다.

"나리께서 직접 가보지 않고 저자에게 다 맡기시다니요. 속이는 거면 어찌하시려고요?"

• **도망간 소하(蕭何)** 한(漢)나라 때 토사구팽으로 유명했던 한신(韓信)이 도망치자 소하가 그를 잡으러 갔으나 한동안 돌아오지 않았다. 이에 유방(劉邦)은 도망간 줄 알고 애를 태웠으나 한참 뒤에 결국 소하가 한신을 데리고 돌아왔다.

하지만 이가는 막무가내였다.

"저자가 병조판서 댁 종이 분명하거늘 어찌 그리 사람을 불신하느냐?"

이튿날 그자가 돌아왔다.

"마님께서 돈을 받으시곤 몹시 기뻐하며 곧장 대감께 사람을 보내 산정•에 적당한 자리가 생기면 꼭 맨 윗자리에 나리를 넣어달라고 하면서 소홀히 하지 말라고까지 당부하셨습니다. 대감 나리도 그러시겠다고 했고요. 그러하나 신뢰할 만한 분이 옆에서 도와주면 더 확실해질 듯하네요. 아무 동네의 아무 나리가 평소 대감 나리와 친분이 두터우니, 그분의 말이라면 반드시 따르실 겁니다. 50냥만 더 내어주시면 그분이 큰 힘을 보태실 겁니다."

이가도 분명 그렇겠다 싶어 그자더러 먼저 그분에게 의중을 타진해보라고 했다. 이윽고 희색이 만연한 얼굴로 돌아온 그자가 "과연 좋아하셨습니다."라고 했다. 이에 이가는 그자에게 50냥을 더 내주었다.

다시 돌아온 그자가 이번에는 다른 말로 꼬드겼다.

"대감 나리의 별실이 있는데 외모가 국색이라 세상에 둘도 없이 아끼시지요. 작년에 퍽 영특한 사내아이를 낳아 이제 돌이 머지않았답니다. 별실께서 푸짐한 돌잔치를 치르고자 하나 따로 모아둔 재물이 없어서 무척 걱정하는 중이지요. 나리께서 50냥만 더 쓰시면 얼마나 감동하고 기뻐하겠습니까? 아끼는 여자가 간청하면 당연히 이보다 좋은 효과가 없겠지요."

• **산정(散政)** 정식 인사행정인 도목정사 외에 임시로 관직을 발령하거나 교체하는 일.

이 방법도 좋겠다 싶어서 이가는 또 50냥을 내주었다. 그자는 이 돈을 가지고 가더니 금세 돌아왔다.

"별실께서 정말 기뻐하며 힘닿는 대로 도와주겠다고 하시네요. 이제 나리께선 앉아서 기다리기만 하십시오. 다만 무관 벼슬을 하려면 정갈한 관복을 준비해 둬야 하는데, 50냥을 주시면 소인이 좋은 관복을 구해 오겠습니다."

"그렇지! 그건 당연히 준비해야지."

이가는 관복 살 돈 50냥을 또 내어 그에게 건네주었다. 아니나 다를까, 그리 오래되지 않아 털벙거지와 비단 철릭에 두툼하고 널찍한 혁대와 검은색 가죽신이며 황금 대구•를 한꺼번에 가지고 왔다. 저마다 품질이 고급이라 만듦새가 정교하고 반질반질했다. 이가는 유비를 도왔던 제갈량이라도 얻은 듯 뿌듯했다. 처음 그자를 의심하던 종도 이젠 믿어 의심치 않아, 주인이 분명 좋은 자리를 얻을 거란 기대에 목을 빼며 반겼다.

관복을 차려입은 이가는 명함을 품에 넣고 곧장 병조판서 댁으로 찾아가 판서를 뵈었다. 그동안의 자기 경력과 지금의 형편을 낱낱이 아뢰고 잘 봐달라고 애걸했다. 그런데 병조판서는 턱만 끄덕일 뿐이었다. 그것도 억지로 응해준 것일 뿐 전혀 귀를 기울이지도 않았고 대꾸도 한마디 없었다. 이가는 판서의 자리에 있기에 으레 그러는 것이겠거니 생각했다. 그 뒤 다시 찾아가 뵈었으나 역시 여러 무변과 줄지어 문안 올리는 정도일 뿐 전혀 반기는 얼굴이 아니었다. 산정이

• **대구(帶鉤)** 혁대의 두 끝을 서로 꿰맞추게 하는 자물단추. '띠고리'라고도 한다.

있다는 소식을 들으면 그때마다 찾아가 살펴보아도 명단에 자기 이름자는 아예 적혀 있질 않았다.

마음이 초조하고 다급해진 이가는 그자의 환심을 사려고 더 애를 썼다. 그가 오기만 하면 돈주머니를 꺼내 살진 고기와 푸짐한 술상으로 맘껏 먹고 취하게 해주었다. 이러다 보니 남아 있던 50냥도 거의 다 떨어지고 말았다. 애를 태우던 이가는 안 되겠다 싶어 수노라는 그자를 붙잡고 캐물었다.

"네 말이 여태껏 효과가 없으니 어찌 된 게냐?"

그자는 이가를 계속 안심시켰다.

"대감께서 나리를 잊고 계시겠습니까마는 아마도 청탁하는 자들이 나리보다 많은 걸 바치다 보니 그쪽이 우선인가 봅니다. 그러니 나리께서 저들 축에 낄 수 있겠습니까? 그런데 저들 중에 이미 자리를 얻은 자들이 많다고 하네요. 들으니 이번에 산정이 있어서 대감께서 나리를 아무 직책의 후보로 올리겠다고 합니다. 그 자리가 알짜라고 하니 일단 기다려보십시오."

그러나 이번 산정의 명단에도 그의 이름자는 보이지 않았다. 그자가 와서 하는 말이 또 이랬다.

"아무 관직에 있는 분이 마님과 함께 병판 대감께 강력히 추천하여 이번에는 반드시 될 줄 알았는데, 느닷없이 어느 대신 어른께서 아무 사람을 부탁하는 바람에 자리를 뺏기고 말았답니다. 이를 어찌한답니까? 하지만 도목정사•가 머지않았습니다. 아무 부서가 돈을 긁어모을 수 있는 자리라네요. 소인이 그 자리를 아무 나리와 안방마님에다 별실에게까지 말씀드려 대감 나리께 청하게 했습니다. 대감 나리께서도 흔쾌히 그리하겠다고 하셨답니다. 그러니 이번 일은 절대 어긋나지 않을 겁니다. 좀 더 기다려보시지요."

이가는 반신반의하면서도 일단은 믿고 기다렸다. 가진 돈은 이미 바닥이 나고 말았다. 섣달 도목정사가 반포되는 날이 되었다. 이가와 종이 꼭두새벽부터 일어나 결과를 기다리자니 눈이 빠질 지경이었다. 어느덧 해가 떠오르고 정오가 되었다. 정오도 지나고 오후께가 되더니 이젠 해가 저물었다. 임금의 재가를 마친 최종 명단이 이조와 병조에서 내렸으나 이가의 이름은 어디에서도 찾을 수 없었다. 이날 그자마저도 아무 소식이 없었다. 절망에 빠진 이가는 이만저만 괴로운 게 아니었다. 속았다며 탓하는 종의 한탄 소리가 요란하여 견디기 어려웠다. 그는 상전임에도 아무 소리도 내지 못하고 그자가 다시 오기만을 기다렸다. 하지만 전에는 날마다 들르던 자가 이번에는 사흘이 지나도록 나타나지 않았다. 이가는 이제야 정말로 의심이 들어 여관 주인을 불러 물었다.

"병판 댁 수노가 요즘 갑자기 나타나지 않으니 웬일인가? 자네는 그자의 사정을 잘 알고 있을 테니 좀 불러오게."

그런데 주인은 그자를 모른다는 것이었다.

"그자는 평소 알고 지내는 사이가 아닙니다. 병판 댁 수노인 것은 나리께서 잘 아시잖습니까? 저는 정말 모릅니다. 다만 그자가 스스로 병판 댁의 종이라 했고, 나리께서도 그러시기에 저도 그런 줄 알

• **도목정사(都目政事)** 인사 담당 기관인 이조와 병조에서 시행하던 관원들의 인사행정. 매년 유월과 섣달 두 번 시행하여 현임 관료의 인사고과를 매기고 신임 관료를 추천했다.

았지요. 제가 그자에 대해서 아는 건 없습니다."

이가는 어안이 벙벙했다.

"어쨌든 자네가 많이 봐왔으니 그자의 집은 알 게 아닌가?"

"모르지요! 나리께서 잘 아는 처지인데 정작 그자의 집도 모르십니까?"

"어쩌다 보니 거기까진 생각하지 못했네."

그 뒤 병판 댁 수노라고 했던 자는 영영 종적을 감추고 나타나지 않았다. 이가는 혼자 생각해 보았다.

'전 재산을 몽땅 도적놈에게 털렸으니, 내가 멍청하고 물정을 몰랐구나. 대대로 내려온 집안의 제사와 많은 식구들을 구덩이에 처박고 말았어. 친지와 이웃은 물론이고 처자식과 종들까지 나를 탓하며 책임지라고 할 텐데…… 무슨 말로 둘러대야 하지?'

또 이런 생각도 들었다.

'평생 오만을 떨며 남에게 굽실거린 적이 없었는데, 이제 어찌 비렁뱅이로 구차한 삶을 살겠는가? 암만 생각해도 죽는 수밖에 없겠어. 그래야 내 마음이 후련할 것 같아.'

마침내 그는 목숨을 끊기로 단단히 마음먹었다. 이튿날 그는 일어나자마자 곧장 한강으로 달려갔다. 옷과 갓을 벗고 몇 마디 고함을 지르고는 물속으로 뛰어들었다. 하지만 때는 섣달이라 등과 배가 물에 잠기기 무섭게 오싹하고 오돌오돌 떨려 자기도 모르게 몸을 빼 뒤로 물러났다. 그러고는 그 자리에 우두커니 선 채 가만히 생각했다.

'자살하기도 쉽지 않구나. 그렇다면 남에게 맞아서 죽는 게 낫겠어.'

다음 날, 이가는 일찌감치 술을 잔뜩 마시고 흥건히 취했다. 허리띠를 두른 철릭에 가죽신을 신은 팔척장신의 그는 버젓이 큰 걸음으로 종로 거리를 활보했다. 그를 본 사람마다 깜짝 놀라며 무슨 귀신인지 신령인지가 나타났다고 했다. 이가는 사람들 가운데 몸집이 크고 인상도 험악하여 힘 좀 쓰게 생긴 자를 고른 다음, 곧장 그에게 다가가 낚아채서는 발을 날려 힘껏 찼다. 그랬더니 맞은 자가 외마디 비명을 지르고 나가떨어지더니 급히 일어나 '걸음아 나 살려라' 하며 도망쳐 버렸다. 이가가 뒤를 쫓았으나 따라잡을 수 없었다. 다시 자신을 이길 만한 자가 있는지 쭉 둘러보다가 걸리면 다짜고짜 달려들어 무슨 미친놈처럼 그 사람 앞에서 눈을 부라렸다. 그러나 이가와 눈을 마주치는 자들은 하나같이 재빨리 달아나 버렸다. 어느새 거리는 텅 비어 한 사람도 남아 있지 않았다. 남의 손에 맞아 죽고 싶었으나 외려 사람들은 이가에게 맞아 죽을까 겁내는 판이니, 이가는 개탄스러울 따름이었다. 이러니 죽는 게 가당키나 하겠는가? 벌써 날이 저물고 있었다. 이가는 서글픈 마음으로 발걸음을 돌렸다.

밤에 잠자리에 누웠으나 잠이 오지 않았다. 어떻게든 죽고 싶다는 생각 말고는 다른 마음이 없었다. 그래서 또 생각했다.

'남의 집 안채로 들어가 그 집 아내나 첩을 겁탈하는 거야. 그러면 분명 맞아 죽을 수 있겠지.'

다음 날 아침, 이가는 또 술을 잔뜩 마시고 옷을 대충 걸친 채 큰 거리를 쏘다니기 시작했다. 여기저기 지나다니던 중 새로 단장한 집 한 채를 발견했다. 여기다 싶어 곧장 그 집 안으로 들어갔는데, 중문까지 이르러도 막아서거나 붙잡는 사람이 아무도 없었다. 안 되겠다 싶어 안마루로 돌진하니, 거기엔 스무 살 남짓의 젊은 여자만 있었다. 꽃 같은 얼굴에 달 같은 자태를 지닌 무척 아름다운 여인이었다. 구름머리를 빗질하던 그녀는 이가를 보고 별로 놀라지도 않으며 물었다.

"누군데 남의 집 내실로 들어와요? 실성한 양반이 아니고서야!"

이가는 대꾸도 없이 마루로 올라가서 그녀의 손을 덥석 잡고 머리를 당기며 입을 맞추었다. 그런데 어찌 된 일인지 여자는 그리 거부하는 기색이 아니었다. 주변엔 이 광경을 보고도 삿대질하며 막는 사람이 하나도 없었다. 이가는 이 상황이 너무 이상하여 여자에게 물었다.

"자네 지아비는 어디 있는가?"

"남의 지아비를 물어 무엇 하려고요? 세상에 어찌 이런 일이 있답니까? 취했는지 미쳤는지 모르겠지만, 나라에 법이 있으니 얼른 나가세요!"

"자네 지아비가 있는 곳만 말하게. 내가 진짜 취해서 이러는 게 아니고 말 못 할 사정이 있어서 이러는 거네."

"그 사정이란 게 도대체 뭔데요? 한번 얘기해 봐요."

"나는 원래 선전관을 지낸 몸일세. 근래에 도둑놈에게 사기를 당해 전 재산을 모두 날렸지. 죽기로 단단히 마음먹었으나 자살도 뜻대로 되지 않더군. 해서 남의 손에 맞아 죽을 참이네. 몇 번이나 이런 짓을 해도 끝내 나를 죽이려 드는 사람을 만나지 못했네. 지금도 자네 지아비가 없는 모양이니, 죽기가 정말 어렵군. 이를 어찌한단 말인가?"

그러면서 혀를 끌끌 찼다. 이 말에 여자가 박장대소하고는 말했다.

"정말로 미쳤군요! 세상에 당신처럼 애써 죽기를 바라는 이가 있다니요? 당신이 분명 무반의 좋은 자리를 지냈다면서, 이런 풍채로 헛되이 죽으려 하다니요? 저도 부득이한 사정이 있는 몸이라 다른 누군가에게 의지할까 하던 중이랍니다. 이렇게 뜻하지 않게 당신을 만났으니 이거야말로 하늘이 맺어준 게 아니겠어요?"

이가가 어떤 사정이 있냐고 묻자 그녀의 말이 이랬다.

"첩의 지아비는 역관이랍니다. 본처가 집에 있는데도 저의 미모를 듣고 재취하여 소실로 삼았지요. 지금 4년이 되었고요. 처음에는 저를 데려다가 본가에 본처와 함께 두었더랍니다. 하나 본처가 사납고 투기가 워낙 심했지요. 남편은 늙고 쇠하여 저희가 서로 물어뜯는 분란을 견디지 못하고 이 집을 사서 저더러 옮겨 살게 했답니다. 막 이사를 했을 때는 남편이 여기 와서 먹기도 하고 자기도 하며 애틋하게 돌봐주었지요. 하나 웬걸요. 본처의 투기를 견디지 못해 며칠 지나지 않아 발길을 끊기 시작하더군요. 지금은 한두 계집종과 함께 빈 집을 지키는 과부 신세나 다름없습니다. 작년에 남편이 수석 역관으로 수행하여 북경에 가게 되었는데, 하필 일이 지체되어 그곳에 체류한 지 벌써 1년이 되었으나 아직 돌아오지 못하고 있답니다. 소식도 끊겨 언제 돌아올지 알 수도 없고요. 독수공방하자니 몸도 마음도 서럽네요. 먹고 입는 거야 떨어지지 않지만, 세상 살 마음이 싹 가십니다. 봄바람 불고 가을 달 떠 슬픔이 일 때면 혼자 애달파할 뿐이었지요. 종년들도 단속하는 사람이 없어서 그런지 연달아 달아나 버렸고, 늙은 몸종만이 남았지요. 이 몸종도 밖으로 나가 집을 비우기 일쑤네요. 사정이 이처럼 신산하다니까요. 인생이 얼마나 길다고, 늙어빠지고 돌봐주지도 않는 사람을 기다리며 사나운 본처의 괴상한 시기와 질투를 받아야 한단 말인가요? 뜨거운 여름낮, 기나긴 겨울밤 빈방에서 홀로 눈물을 뿌리는 이 신세가 도둑놈에게 속아 재물을 뺏기고 죽으려 해도 죽지 못하는 당신의 사정과 뭐가 다르겠어요? 가만히 생각해 보면, 이 천한 몸은 양반 부인네와는 다르기에 하릴없이 말라 죽을 순 없지 않겠어요? 해서 다른 방도를 찾으려던 참이었지요. 이런 중에 뜻하지 않게 당신을 만났으니 이게 인연인 듯하네요. 이는 분명 하늘이 우리 두 사람을 불쌍히 여겨서 맺어준 것일 거예요. 이제 저는 무조건 당신을 따르려 하니, 당신도 너무 상심하지 말아요."

이 말을 듣던 이가는 처음에는 측은한 마음이 들었으나 곧 절로 기분이 좋아졌다. 그렇지만 원래 먹었던 마음이 순식간에 사라지지는 않아, 다시 마음을 가라앉히고 말했다.

"자네 말도 좋네! 하나 돌아갈 데 없는 이 몸은 죽는 수밖에 다른 방도가 없네."

"당신은 대장부가 못 되는군요. 그래도 이 만남이 우연한 게 아니니, 어찌 순조롭고 편한 길이 없겠어요? 제발 자중자애하여 일생을 그르치지 마세요."

그녀는 일어나 안으로 들어가더니 술상을 내왔다. 그러고는 자기 손으로 직접 술을 따라 권했다. 이가는 그녀의 얼굴에 반한 데다 말솜씨에도 감동했기에 권하는 족족 받아 마셨다. 술기운이 제법 거나해지자 이가는 그녀를 데리고 방으로 들어갔다. 방 안에는 그림 병풍에 비단 이불이며 화문석과 수놓은 베개가 놓여 있었다. 둘은 벌과 나비가 꽃을 탐하듯 사랑의 정이 솟구쳤다. 마른 풀에 비가 내리고 다 탄 재가 다시 불붙은 격이었다. 서로의 즐거움이야 묻지 않아도 알 만했다.

이때부터 이가는 여자의 집에 살다시피 하며 살고 죽는 걸 완전히 하늘에 맡겨버렸다. 여자도 지아비의 집과 인연을 끊으려던 참이라 더는 꺼리거나 두려워하지 않았다. 그저 좋은 옷과 맛난 음식을 차려 이가를 받들었다. 그 덕에 야위었던 이가의 얼굴은 점차 살이 붙고 인상이 좋아졌다. 이렇게 밤이면 함께 자고 낮이면 나가서 돌아다닌지 어느덧 한 달이 흘렀다. 이제 이가는 죽고 싶었던 마음이 아예 사라지고 사는 재미에 점점 빠져들었다.

그러나 여자에 대한 소문은 저절로 감춰지기 어려웠다. 얼마 뒤 역관이 귀국한다는 소식이 들렸고, 여자는 이가에게 함께 도망치자고 했다. 그러나 이가는 수치스러워 감히 그러지 못하고 미적거리며 결단을 못 내렸다. 역관은 벌써 고양(高陽)의 객점에 도착한 상황이었다. 본처의 집안 식솔들은 채비를 갖춰 마중을 나갔다. 역관이 아내에게 물었다.

"소실이 안 보이니 무슨 일이오?"

"그 애는 이미 딴 남자가 생겼으니 오든 안 오든 무슨 상관이겠소?"

놀란 역관이 어찌 된 일인지 캐묻자 아내는 소문을 낱낱이 들려주었다. 화가 머리끝까지 난 역관은 마시던 술잔을 내던지며 상을 밀치고는 빠른 말을 급히 몰았다. 예리한 칼을 차고 내달려 여자의 집에 이르렀다. 한칼에 둘을 다 벨 참이었다. 발로 차서 대문을 열고는 이리 치고 저리 치며 곧장 안으로 들어와 고래고래 소리를 질렀다.

"어떤 도적놈이기에 우리 집에 들어와 내 아내를 훔쳤단 말이냐? 속히 나와 칼을 받거라!"

순간 누군가가 창문을 열고 방문 앞에 섰다. 차림새가 화려하여 번쩍번쩍했고 생김새도 신선 같았다. 이가는 옷깃을 풀어 젖히고 가슴을 내밀며 환한 낯빛으로 웃으면서 말했다.

"내 오늘 정말로 죽을 데를 찾았군. 당신, 내 가슴을 찌르시오!"

이러는 이가의 얼굴은 편안하고 여유로워 보였으며 조금도 흔들리는 모습이 아니었다. 역관은 그런 그를 보자마자 자신도 모르게 덜컥 겁이 났다. 마치 쥐가 고양이를 만난 듯 기가 질려 움츠러들었다. 곧이어 어안이 벙벙해진 역관은 바보처럼 서서는 말 한마디 꺼내지 못하고 그저 혀를 찰 뿐이었다. 그러다가 이윽고 칼을 내던지고 이가에게 말했다.

"여기 집이랑 소실과 재물은 그대 마음대로 하시오."

그러고는 망연자실한 채 뒤도 돌아보지 않고 떠났다. 이때 여자는 벽장 속에 숨어서 이 상황을 엿보고 있다가 밖으로 나와서는 말했다.

"저런 못난 인간이 무얼 하겠어요? 하나 여길 속히 떠나야겠어요."

뒤이어 다락으로 냅다 올라가 궤짝 하나를 꺼내 왔다. 그 안에는 천은• 300냥이 들어 있었다.

"우리 아버지도 부자였어요. 이것은 시집올 때 아버지가 혼수로 주신 돈이랍니다. 깊이 숨겨두었기에 아무도 몰라요. 아버지가 돌아가신 지 오래되었고 이 돈으로 뭘 해야 할지 몰랐는데 이제 다행히 주인을 만났네요. 이것으로 밑천을 삼아보자고요."

그리고 또 농짝 하나를 끌어내 열어서 보여주었다. 그 안에는 금과

• **천은(天銀)** 순도가 매우 높은 은으로, 은 중에 최고로 쳤다. 과거에는 금과 은의 순도를 10등분으로 구분했는데, 이 가운데 가장 높은 등급이었다.

옥은 물론 진주와 꾸미개를 비롯해 온갖 패물과 비단 옷가지가 들어 있었다.

"이것도 수백 냥어치는 될 거예요. 잘 굴리면 우리가 부자 못 될 게 뭐예요? 속히 마부에게 실으라고 하세요."

다음 날 새벽, 이가는 두 하인과 말 두 필에 짐을 가득 싣고 그녀를 위에 태운 뒤 자신은 뒤를 따라 말을 몰아 봉산으로 돌아왔다. 역관은 이들을 뒤쫓지 않았다. 역관의 아내도 첩이 떠난 걸 다행스러워하며 남편이 저들의 죄상을 밝히려 들까 오히려 걱정이었다. 혹여 잡아오려 하면 막아서며 말릴 판이었다.

이가는 그녀가 내준 자본으로 전에 팔았던 땅을 모두 사들였다. 그리고 이 논밭을 경작하여 몇 년 안에 부자가 되었다. 그 뒤 그는 다시 벼슬자리를 얻고자 상경했다. 전날의 잘못을 깊이 거울삼아 이번에는 일 처리를 주도면밀하게 하여 마침내 좋은 관직을 얻었다. 그리고 계속 승진한 끝에 요처의 진영장과 병마절도사를 지냈다. 그녀와 해로했음은 물론이고, 함께 엄청난 복록까지 다 누렸다.

사람들은 그가 남에게 베풀기 좋아하고 신의가 있었던 덕에 복록을 얻게 된 거라고 생각했다. 밝고 밝은 하늘의 도는 정말 속일 수 없는 법인가 보다.

《학산한언》 제60화

15화

죽으려던 궁생원의 인생 역전

호남에 한 생원이 살고 있었다. 그는 조실부모하고 형제나 친척도 없던 터에 중년엔 아내마저 잃었다. 물론 자녀도 없었다. 집은 원래부터 가난하여 끼니를 잇기도 어려웠다. 실로 세상 살아갈 형편이 못 되는 궁생원이었다. 걸핏하면 죽으려 했으나 이마저도 여의찮았다.

그런 즈음 사나운 암컷 호랑이 한 마리가 속리산에서 내려와 장성의 갈재•에 몸을 숨긴 채 웅크리고 있었다. 호랑이는 대낮에도 출몰하여 사람을 오이 씹듯 잡아먹었다. 그런 터라 이곳을 지나가는 사람들의 발길이 끊어진 지 벌써 한 달 정도가 되었다. 궁생원은 이 소문을 듣고 죽을 데를 찾았다고 좋아하며 서슴없이 갈재로 찾아갔다. 그는 날이 저물기를 기다렸다가 고갯마루로 올라갔다. 고갯마루까지는

• **갈재〔노령(蘆嶺)〕** 전라북도 정읍시와 장성군 사이에 있는 고개. 예로부터 노령산맥을 가로질러 호남평야와 전남평야를 잇는 주요 교통로였다.

대략 30리 길이었다. 험준한 바위가 널렸고 커다란 나무가 빽빽이 들어차 있어 그야말로 촉도•를 연상시켰다.

궁생원은 가장 높은 마루에 올라 다리를 뻗고 앉아서 어서 호랑이가 와서 물어 가기를 기다렸다. 그런데 기다리던 호랑이는 오지 않고 웬 사내가 산더미 같은 짐을 지고 올라왔다. 사내는 고갯마루에 궁생원 혼자 앉아 있는 걸 발견하고는 짐을 길섶에 풀어놓더니 환한 얼굴로 넙죽 절을 올리는 것이었다. 그러고는 상기된 표정으로 이렇게 말했다.

"쇤네가 지고 온 물건은 철환•이라는 것입니다. 호랑이가 사람 목숨을 해친다기에 이놈을 제거하고자 이걸 지고 오는 길입니다. 이놈이 여기 갈재에 출몰한다고 하기에 일부러 온 것이고요. 더는 행인들이 해를 당하는 일이 없도록 이놈 대가리를 부수고 허리를 꺾어놓을 참이었답니다. 한데 생원 나리께서 깊은 밤 홀로 이곳에 앉아 계시다니요. 쇤네와 같은 생각으로 먼저 오신 게 아닐는지요? 혼자서도 저놈을 때려잡을 수 있습니다만, 생원 나리와 힘을 합친다면야 더할 나위 없지요. 저것은 이제 말라 비틀어진 쥐나 썩은 병아리와 다름없는 꼴이 되었네요. 쇤네는 이리이리 할 테니 생원 나리께서는 저리저리 하십시오."

궁생원은 당황하여 바로 대꾸를 못 했다. 철환 장수는 바위 끝에

- **촉도(蜀道)** 지금의 중국 사천성 일대를 예전에 '촉(蜀) 땅'이라 했는데, 여기에는 잔도(棧道)가 많아 험한 길의 대명사가 되었다. 이백의 〈촉도난(蜀道難)〉은 바로 이 길의 험난함을 묘사한 작품이다.
- **철환(鐵丸)** '철탄(鐵彈)'이라고도 하며, 총포에 쓰이는 작은 탄알 종류를 말한다.

선 아름드리나무를 잡아 뽑더니 봉우리 꼭대기로 나는 듯이 올라갔다. 거기서부터 뿌리째 뽑은 나무를 휘두르며 내려오자 그 소리가 천지를 뒤흔들었다. 궁생원은 속으로 생각했다.

'저자는 내가 힘깨나 쓰는 줄 알고 호랑이를 처치하자고 하지만, 나야 본래 아무 힘도 없고 고단한 신세이지 않은가. 그렇다면 외려 이번 기회에 호랑이에게 잡아먹힐 수 있겠군.'

이러고 보니 겁은 싹 달아났다. 그래서 궁생원은 태연한 얼굴로 호랑이를 기다렸다. 잠시 뒤 과연 호랑이 한 마리가 나무 휘두르는 소리에 놀라서 으르렁거리며 몸뚱이를 일으켰다. 곧장 숲을 뛰어넘고 절벽을 내닫는데, 그 모습이 해동청인 양 솟구치고 화살인 양 빨랐다. 순식간에 마주 보는 거리께로 들이닥쳤다. 그런데 이놈은 목이 곧은 짐승이라 급한 비탈길을 내달리다가 큰 나무가 뒤얽힌 사이에 그만 박히고 말았다. 갈비뼈 아래와 궁둥이 윗부분이 두 나무 사이에 꽉 끼어 오도 가도 못하는 상황이었다. 게다가 새끼까지 배서 배가 불룩해 몸을 빼내기 더 어려웠다.

궁생원은 원래 호랑이에게 잡아먹히려는 심산이었기에 아무것도 두렵지 않았다. 그래서 천천히 호랑이에게 다가가 대가리를 쓰다듬고 수염을 만지며 아끼는 물건 다루듯 했다. 그러자 호랑이도 머리를 숙이고 눈을 가늘게 뜬 채 으르렁거리지 않고 뭔가 애걸하는 듯한 시늉을 했다. 궁생원은 여기저기 어루만지면서 뺨을 가져다 대기도 하고 머리를 아가리에 들이밀기도 하면서 호랑이가 자기를 물어주기를 바랐다. 이렇게 백방으로 시도해 봤으나 끝내 호랑이는 그를 해치지 않았다. 그는 이렇게 해서는 안 되겠다 싶어 주변의 칡넝쿨을 끊어

동아줄만 한 크기로 끈을 만들었다. 이를 굴레로 삼아 호랑이의 대가리에 씌웠다. 또 정강이 크기의 재갈을 입에 물려 나무에 매었다. 이리하여 호랑이를 조금씩 움직여 두 나무 사이에서 빼냈다. 이대로 그냥 둘 수는 없어서 호랑이를 다른 나무에 옮겨 맸다. 호랑이는 넋이 나간 듯 어리어리한 채 반은 죽은 모양새였다. 궁생원은 호랑이 아가리 밑에 앉아서 때를 기다렸다.

한편, 산 정상 쪽에 있던 철환 장수는 궁생원이 느릿느릿 호랑이를 끌고 가는 것만 보았지 두 나무 사이에서 벌어진 일은 알지 못하고 있었다. 그가 서둘러 내려와 호랑이가 묶여 있는 걸 보고는 궁생원에게 다시 절을 올리며 말했다.

"생원 나리께서 호랑이쯤은 두려워하지 않는 줄 알았지만, 이렇게 산 채로 호랑이 머리에 굴레를 씌우고 아가리에 재갈을 물리기까지 하다니요. 이야말로 고금에 다시 없는 사건입니다. 쇤네가 철환 마흔 말을 짊어질 수 있는 장사지만, 나리에게 비하면 삼척동자의 힘에 지나지 않습니다. 아, 대단하십니다!"

말을 마치고 철환 장수는 호랑이를 죽여서 가죽을 벗긴 뒤 가죽과 고기를 철환 보따리 위에 얹고는 궁생원과 함께 고개에서 내려왔다. 주막에 들어가 고기를 삶고 술을 내와 밤이 새도록 대작했다. 다음 날 아침, 이들은 술 한 잔으로 작별하면서 철환 장수는 호피를 궁생원에게 바쳤다. 그러나 궁생원은 완강히 거절하며 받지 않았다. 이번에는 전대에서 동전 열 냥을 꺼내 주었는데, 궁생원은 마지못해 그 반만 받았다. 철환 장수는 헤어지기가 아쉬워 눈물을 쏟을 뻔했다.

궁생원은 다섯 냥을 가지고 다 쓰러져 가는 집으로 돌아왔다. 하지만 점점 쓸쓸하고 초라해져 욕되게 사느니 영광스럽게 죽는 게 낫겠다 싶었다. 하지만 갈재에서 포악한 호랑이를 잡은 일은 생각할수록 괴상하기 짝이 없었다. 복 없는 놈은 '달걀에도 뼈가 있다'는 격이니, 궁색한 팔자가 죽기도 정말 어렵다는 생각이 절로 들었다.

그러던 어느 날, 집 안을 뒤지다 우연히 문서 한 장을 발견했다. 그것은 노비 문서였다. 사정은 이러했다. 선대에 도망한 여종이 영광의 법성포•에 자리 잡고 살았다. 소출이 늘고 자손도 번성하여 100여 채가 되는 마을을 일구었다. 궁생원의 집안에서는 이미 2, 3대 전부터 추노하여 속량전을 받을 계획이었으나, 저들이 워낙 힘이 세져서 결행하지 못하고 있었다.

궁생원은 이제야말로 뭐 없이 죽을 곳을 찾았다고 생각했다. 다음 날 아침, 궁생원은 이 노비 문서를 소매 속에 넣고 혈혈단신으로 호남으로 출발했다. 그리고 며칠 만에 법성포로 들어섰다. 과연 듣던 대로 노비들은 부유하게 살고 있었다. 궁생원은 곧장 마을 우두머리 집으로 찾아가서 문서를 내보이며 고함을 질렀다. 어서 속량전 5천 냥을 내놓으라 했다. 납부 기한을 사흘만 주겠다고 하면서 재촉이 성화같았다. 그의 정신없는 행동과 벼락 치듯 호령하는 모습은 영락없는 미치광이였다. 저들이 겉으로는 고분고분했으나 속으로는 딴마음을 품었다.

기한인 사흘째가 되는 날이었다. 궁생원은 방 안에 혼자 앉아 있었

• **법성포(法聖浦)** 전라남도 영광의 포구로 굴비 산지이다. 원래 법성도(法聖島)라 하여 이 일대가 섬들과 포구로 이루어져 있었다.

다. 그런데 바깥에서 느닷없이 시끄럽게 떠드는 소리가 들렸다. 오륙십 명의 장정이 각자 몽둥이 하나씩을 들고 궁생원이 거처하는 방을 철통같이 에워싸고 있었다. 사태를 지켜보니, 저들이 반란을 일으킨 게 분명했다. 자나 깨나 죽기를 바랐던 그로서는 어서 변고가 일어나기만을 기다렸다. 이윽고 한 사내가 문을 열고 들어서려다 순간 흠칫 물러섰다. 그러더니 환한 낯으로 넙죽 절을 올리며 말하는 것이었다.

"생원 나리께서 오시다니요?"

궁생원이 놀라서 물었다.

"너는 누구냐?"

"갈재 산마루에서 하룻밤을 동고동락했었지요. 어느덧 벌써 3년이 지났네요. 생원 나리께서는 쇤네를 못 알아보실 수 있으나, 쇤네야 어찌 나리의 얼굴을 잊었겠습니까?"

그자는 이리 답하며 집을 포위하고 있던 노비들을 급히 부르면서 큰 소리로 외쳤다.

"너희들은 어서 목숨을 빌어라! 내 말을 허투루 들었다간 우리는 필시 씨도 남지 않을 것이야!"

그러면서 갈재에서 호랑이를 잡은 일을 처음부터 끝까지 자세히 들려주었다. 노비들은 일시에 벌벌 떨었다. 철환 장수였던 이 사내는 궁생원에게 자신의 사정을 낱낱이 고했다.

"저들은 바다 섬에 사는, 임금의 교화를 입지 못한 자들입니다. 인간의 도리가 중한 줄 모르고 감히 불측한 음모를 꾸며 100리 밖에 사는 쇤네를 끌어들였답니다. 쇤네도 남의 일에 잘못 끼어들어 이런 못된 짓을 저지르고 말았습니다. 당장 칼로 베고도 남을 저들의 죄야 더 따질 게 없고, 쉰네의 죄는 더 극악무도하오니 당장 참수당해야 할 것입니다. 한데도 생원 나리께서 바다와 같은 아량으로 한갓 금수와 다를 바 없는 저것들까지 신경을 쓰시다니요? 5천 냥은 실로 저들이 변통할 도리가 없을 줄 압니다. 가진 것들을 다 털면 2천 냥은 무난할 겁니다. 쉰네가 직접 나서서 다 거둬들여 댁으로 갖다 바치겠습니다."

철환 장수는 그 자리에서 저들을 꾸짖고 돈을 내놓으라고 했다. 이리하여 닷새 만에 2천 냥을 거둬들였다. 이 돈과 다른 재물까지 십여 필의 튼실한 말에 실어 한날한시에 출발시켰다. 궁생원에게는 별도로 안장을 잘 채운 말을 대령해서 타고 가게 했다. 철환 장수는 짐바리를 운반하는 총책이 되어 채찍을 잡고 호위하며 따라갔다. 철환 장수는 궁생원 집에 가서 뒷정리까지 마무리하고 이튿날 절을 올리고 이별했다.

궁생원은 마침내 2천 냥 돈으로 재취하여 가정을 이루었다. 또 땅을 사서 농사를 잘 지어 부자가 되었다. 아들 여덟과 딸 셋을 두어 대대로 번성했으며, 지금도 그의 일가가 허풍동•에 살고 있다고 한다.

《청구야담》 권4 제4화 〈逢丸商窮儒免死(봉환상궁유면사)〉

• **허풍동(虛風洞)** 의미는 '빈바람골' 정도가 된다. 실제 이런 마을이 있었는지 확인되지 않는다.

막다른 데서의 인생 역전

이번에는 막다른 상황에 몰렸다가 우연한 기회로 인생 역전한 양반들의 좌충우돌 이야기다. 한순간에 운명이 바뀐 사례라 할 수 있다. 바뀐 운명 또한 이미 그렇게 되도록 정해져 있었다고 하더라도 이야기의 경향이나 인물들의 모습은 앞에 나온 팔자나 관상으로 운명이 정해진 것과는 판이하다. 그렇다 보니 예상치 못한 상황들이 계속 펼쳐진다. 그래서 이야기를 따라가다 보면 저들의 롤러코스터 같은 삶에 울고 웃게 된다.

13화는 자식 열을 둔 서른 줄의 한양 선비가 주인공이다. 그의 유일한 능력은 자식을 잘 만드는 것이다. '밤일만 치르면 그때마다 아이가 생기는' 남자, 이것도 능력이라면 비범한 능력이다. 그런데 그는 가난한 데다 벼슬길도 요원한 처지다. 그렇기에 그의 능력은 원래 선비가 닦아야 할 덕목과는 엇박자를 내고 있다. 줄줄이 낳아놓은 자식들이 그에게는 우환이다. 그런 그가 우연히 태백산(지금의 소백산)

자락의 한 촌가에 묵었다가 전화위복의 계기를 맞는다. 하필이면 이 집 주인은 환갑을 넘기도록 아들 하나도 두지 못한 늙은이였다. 영감은 한양 선비의 능력을 듣고 부러워하고, 반대로 한양 선비는 무자식이 상팔자라 생각하기에 이 영감이 마냥 부럽다.

사실 자식 얻기를 바라는 영감의 모습은 후사를 둘러싼 조선 후기 가부장제 풍경 가운데 하나이다. 하지만 자기가 데리고 있는 첩실 세 명을 선비에게 보내는 대목은 좀 지나치다 싶다. 선비가 처음엔 남녀유별을 거론하는 등 완강하게 거부하다가 어느새 '인사치레로 거절했으나 남녀 사이의 정욕이야 누구라도 없겠는가?'라고 하며 돌변하는 것도 그리 편치는 않다. 어쨌든 선비는 그녀들과 황홀한 하룻밤을 보낸다. 그런데 선비는 이걸 하룻밤의 달콤함으로만 여겼지 다른 무엇을 의도하지는 않았다. 이는 그가 이 거사를 치르고 난 뒤에 삶이 더 팍팍해졌다는 데서 확인할 수 있다. 그러나 이런 삶이 하루아침에 바뀌어 여생을 호의호식하게 된다. 시쳇말로 '뿌린 씨앗' 덕분이었다.

14화와 15화는 막다른 길에 몰린 사내가 죽기 위해 별짓을 다 하다가 인생을 역전한다는 내용이다. 두 이야기는 큰 줄기가 비슷하여 여러모로 비교된다. 먼저 남주인공은 죽지 못해 안달이 나 있다. 왜 이런 웃지 못할 상황이 벌어졌던가? 14화의 경우 봉산의 무변이 왜 스스로 목숨을 끊이려 하는지 그 이유를 드러내는 내용이 서사의 반 이상을 차지한다. 즉 병조판서의 수노로 가장한 사기꾼에게 가진 돈 300냥을 털리는 과정이 퍽 흥미진진하게 그려져 있다. 이 부분만 가지고도 이야기 하나가 되고도 남을 정도이다. 그리고 이런 과정을 거쳤기에 봉산 무변의 자살 소동은 나름대로 인과성을 획득하게 되었다. 앞서 그는 봉산을 떠날 때부터 건곤일척의 심정이었다. 그러나 전 재산을 털어 마련한 돈을 일면식도 없던 사기꾼에게 몽땅 털렸으니, 자존심이 강했던 그로서는 다른 선택의 여지가 없었다. 그래서 '비렁뱅이로 구차하게 사느니 차라리 자결해야겠다.'라고 마음먹는다.

한편, 15화에 나오는 궁생원은 상대적으로 죽으려는 이유가 간단명료하다. 자식도 없는 데다 중년에는 아내마저 잃은 그는 끼니도 잇기 어려운 형편이다. 그래서 걸핏하면 죽으려 했다. 생원이면 지방향시에는 어찌어찌 합격했으나 소과와 대과는 꿈도 못 꾸는 처지였을 터다. 아니면 아예 과거 쪽은 얼씬도 못 하던 형편이라 주변에서 그냥 생원이라고 붙여주었을 수도 있다. 지방에서 아무 생원이니 아무 진사니 하는 호칭은 허다했기 때문이다. 이 또한 조선 후기 과거제의 씁쓸한 현실을 반영한 것이기도 하다. 아무튼 그는 막다른 상황에 몰린 지방의 몰락한 양반이었을 것이다.

생원 얘기가 나와서 말인데, 이 호칭에는 흥미로운 이면이 숨겨져 있다. 과거 응시자는 두 가지 전공이 있었다. 즉 생원과와 진사과이다. 유가 경전 전공이 생원과이고, 한시문 같은 문학 분야 전공이 진사과이다. 고전에 '이 생원'이니 '김 진사'니 하는 명칭이 자주 등장하는데, 이는 해당 인물의 성향과 밀접한 연관이 있다. 즉 좀 고지식하고 물정이 어두운 인물형이 생원이고, 재기발랄하고 풍정이 넘치는 쪽은 진사이다. 이를테면 연애담에는 아무 생원은 등장하지 않고 대부분 아무 진사가 나온다. 반대로 이 이야기에서는 궁생원의 성향으로 보아 생원이 어울린다. 이처럼 조선 후기 서사류에 등장하는 남주인공의 명칭에 따라 그 인물의 성향이 어느 정도 정해져 있었다.

다시 두 인물로 돌아오면, 지방의 무변과 궁생원은 스스로를 결딴낼 길을 찾아 나선다. 봉산 무변은 모두 세 번에 걸쳐 자살 시도를 했다. 첫 번째 시도는 지금 들어도 뭔가 익숙하면서도 안타까운 한강 투신이고, 두 번째가 종로 거리에서 험상궂은 사내를 만나 맞아 죽는 거였다. 그런데 이 두 가지가 다 실패로 돌아가자 마지막으로 시도한 게 남의 집 여자를 겁탈하는 것이었다. 그렇게 하면 확실히 맞아 죽을 수 있을 줄로 알았다. 그런데 여기서 대반전이 일어났다. 한편, 궁생원은 두 번에 걸쳐 자살 시도를 했다. 첫째는 장성 갈재에서 호랑이에게 물려 죽는 것이었고, 두 번째는 도망 노비들에게 맞아 죽는 것이었다. 그런데 두 번 다 철환 장수의 출현으로 계획이 수포로 돌아가고 말았다. 호랑이에게 잡아먹히기는커녕 운 좋게 나무에 낀 호랑이를 잡았는가 하면, 추노를 가서는 맞아 죽기는커녕 대단한 인물로 추켜세워졌다.

다음으로, 이들이 자살에 실패하고 인생 역전한 데는 모두 조력자가 큰 역할을 했다. 봉산 무변은 역관의 첩실을 만났고, 궁생원은 철환 장수를 만났다. 먼저 역관의 첩실은 예사롭지 않은 여성이다. 그녀는 다짜고짜 덤벼들어 겁탈하려는 무변을 대수롭지 않게 대한다. 그런 그녀가 자신의 처지를 소개하는 발화 부분은 조선시대 소실이나 첩의 현실을 집약하고 있어서 그냥 지나칠 수 없는 대목이기도 하다. 어쨌든 무변이 죽으려고 쓴 최후 수단이 결과적으로 처지가 비슷한 남녀의 만남으로 연결됐다. 이리하여 무변은 마침내 부자가 되고 고위 관직에도 올랐다. 다만 이야기에서는 그가 인생 역전을 이룰 수 있었던 원인을 '그가 평소 남에게 베풀기 좋아했고 신의가 있었던 것'에 두고 있다.

한편, 궁생원은 호랑이를 때려잡을 때부터 인연을 맺은 철환 장수를 추노 상황에서도 만남으로써 결국 죽을 수 없었다. 그렇게 된 것은 그를 완전히 오판한 철환 장수 때문이었다. 그리고 결과적으로 이 오판은 궁생원의 자살 시도를 막았을 뿐만 아니라 재취에 부까지 이루게 했다. 다만 철환 장수의 오판은 공교롭게 궁생원이 죽으려고 마음먹고 모든 걸 내려놓은 지점에서 일어났다.

이렇게 두 이야기는 같은 듯 다른 듯 막다른 길에 몰린 주인공의 현실과 전화위복을 무겁지 않은 방식으로 끌고 간 묘미가 새롭다. 또한 투신이나 물려 죽기, 아니면 맞아 죽기를 서슴지 않는 양반도 그동안 접하지 못했던 인물형이다. 이는 조선 후기에 궁지에 몰린 몰락한 양반들이 그만큼 많았다는 증거이기도 하다.

4장

새옹지마 인생

16화

은인에게 보답한 남다른 방식

경성의 허생(許生)은 구리개의 십자로• 머리에서 약방을 운영하고 있었다. 어느 날, 거친 도포를 입은 어떤 벼슬아치가 초라한 말을 타고서 약방으로 들어왔다. 그는 주인에게 인사를 건네더니 소매 속에서 약방문 하나를 꺼내놓았다. 보중익기탕• 50첩이었다. 첩마다 인삼 닷 돈쭝이 들어가는 것이었다.

"이대로 지어주되 아무쪼록 약재를 빠짐없이 잘 챙겨주게."

주인 허생은 난감해했다.

"들어갈 인삼을 셈하면 무려 두 근이 넘겠습니다. 저희 약방에서는

- **구리개〔동현(銅峴)〕의 십자로** 구리개는 지금의 서울시 중구 을지로에 있었던 고개 이름이다. 진흙이 많아 햇빛이 비치면 구리처럼 반짝인다고 해서 붙여졌다. 십자로는 지금의 광화문 네거리로, 옛날에는 광화문의 양쪽으로 동십자각과 서십자각이 있었다. 지금은 동십자각만 남아 있다.
- **보중익기탕(補中益氣湯)** 기가 허한 증상이나 식욕부진 개선을 위한 체력증강제. 주로 병후의 신진대사 기능을 회복시키는 것으로 알려져 있다.

이 많은 양을 다 댈 도리가 없으니 어찌합니까?"

"우선 주변 약방에서라도 빌려서 채워주게."

허생은 그의 말대로 주변의 인삼을 죄다 모아 작두로 썰고 저울로 달아 익기탕 50첩을 다 지었다. 이것을 벼슬아치 앞에 내밀며 물었다.

"약값은 물론 가지고 오셨겠지요?"

"모두 외상으로 가져가야겠네."

허생은 기가 막혀 입을 쩍 벌린 채 한참을 흘겨보다가 따졌다.

"세상에 어디 이런 일이 있단 말이오?"

"모친의 병환이 위중한데, 의원 말이 이 방문대로 약을 써야 효험을 본다고 하네. 우리 집은 가난해서 돈을 마련할 길이 없으니 어떡하겠나?"

허생은 성이 나서 노려보았다. 막 해가 기울고 있었다.

"인삼은 벌써 다 썰어버렸으니 안 줘도 쓸데가 없지. 잘 가져가고 이름자나 남겨놓으시오."

"나는 정언 자리에 있는 채제공•이네."

"약값은 언제 갚을 수 있겠소?"

"갚을 처지가 되면 그때 처리하겠네."

"귀하는 남인인 데다 성까지 희귀하니 한평생 가봤자 낭천• 아니면 봉화(奉化) 같은 고을의 수령밖에 더 하겠소. 임기를 마쳐도 그 녹봉

• **채제공(蔡濟恭)** 1720-1799. 자는 백규(伯規), 호는 번암(樊巖), 본관은 평강이다. 남인으로 영조·정조 시기 노론 중심의 국정에서 우의정과 좌의정 등을 역임하는 등 이른바 탕평정책의 핵심적인 인물이었다.

• **낭천(狼川)** 강원도 화천군의 옛 이름. 여기서는 벽지로 상정한 곳이다.

으로 약값 충당이 되겠소?"

"실로 자네 말이 옳네. 그냥 잃어버렸다고 치는 편이 좋을 걸세."

채 정언은 이 말을 남기고 약 꾸러미를 챙겨 들고서 큰 걸음으로 약방을 떠났다.

채공이 떠나고 난 뒤 허생은 약값을 계산해 봤다. 못 되도 천 냥은 되었다. 허생은 이것으로 재산이 거덜 나서 처가살이를 해야 했다. 처량해진 신세가 되니 처자식들까지 허생을 탓하고 원망하는 게 일상이었다. 장인 영감도 괴로워했음은 물론이다.

이삼십 년이 지나 채공은 임금의 은혜를 입어 어느덧 높은 자리에 올랐다. 허생은 여태껏 그에 대한 분이 풀리지 않아, 그사이에 한 번도 찾아가 보지 않았다. 그런데 채공이 평안 감사로 부임하게 되자 장인 영감이 허생에게 채공을 한번 찾아가 뵙고 막객• 한 자리라도 얻어보라고 강권했다. 허생은 마지못해 평양으로 감사를 찾아갔다. 그런데 채공은 전혀 그를 기억하지 못하고 묻는 것이었다.

"그대가 누구던가?"

허생은 자기 성명을 아뢰고 옛 인연을 이야기했다.

"못 만난 지 오래됐군그래."

채공은 이렇게 얘기하고는 주변 사람들과 하던 얘기를 계속하느라 허생과는 한마디도 나누지 않았다. 허생은 입을 달싹거렸다.

"소인은 그 뒤로 졸지에 거덜이 나서 추위와 배고픔으로 고통받고

• **막객(幕客)** 감사나 유수, 병마절도사 등을 따라다니며 일을 돕던 무관. 주로 일가친척이나 가까운 사람을 부관으로 쓰는 경우가 많았다.

있습니다. 막하에라도 거두시어 실오라기 같은 목숨을 잇게 해주십시오."

채공은 발끈하여 얼굴이 붉으락푸르락했다.

"막객 자리를 달라고? 막객 자리를?"

무참해진 허생은 분을 삭이며 물러 나왔다. 집으로 돌아온 그는 아내와 자식들에게 다짐했다.

"내 아무리 굶어 죽는 한이 있어도 이승에선 맹세코 은혜를 저버리고 높은 자리에 앉은 자들은 상대하지 않을 것이야."

이러구러 몇 달이 지났다. 겨울이 다가와 대지가 꽁꽁 얼어붙으니 처자식은 배고파 울부짖었다. 허생의 시름은 곱절이나 더해갔고, 참다 못한 장인은 화를 내며 꾸짖었다.

"내가 자네 식구들 챙기는 것도 이제 힘에 부치네. 자넨 전 재산을 남에게 넘겨주었건만, 정작 자네 재산을 말아먹은 사람은 한 해 녹봉만 섬을 받는다지. 자네는 왜 빚을 갚아달라고 하지 않고 이 늙은이에게 입만 벌리고 있느냐 말일세. 내가 자네에게 노잣돈을 마련해 줄 테니 다시 찾아가서 따져보게. 전부는 아니더라도 한밑천은 주지 않겠는가?"

허생은 이를 못 한다고 할 수 없어서 또 길을 떠났다. 맨몸으로 터벅터벅 걸어서 십여 일 만에 평양 감영에 닿았다. 어찌어찌 인연을 얘기하여 감사를 뵐 수 있었다. 그러나 감사는 대뜸 이렇게 물었다.

"자네는 뭘 하러 이 먼 길을 또 왔는가?"

허생이 주저주저 말을 꺼내려는 순간, 채공이 급히 일어나더니 측간을 간다고 하면서 주변에 그를 관내 한적한 곳에 묵게 하라고 분부했다. 허생은 어쩔 수 없이 지시한 처소로 따라갔다. 창문은 부서지고 지붕은 새서 찬 바람이 드는 곳이었다. 주방에서 내온 음식이래봤자 고작 고기 한 접시뿐이었다. 그는 한시도 더 머물고 싶은 마음이 없었다. 날이면 날마다 채공에게 하직하고 떠나려 했으나 시종들이 막아서서 그러지도 못했다. 이렇게 두세 달이 지났으나 채공의 얼굴 한번 보지 못했다. 마지못해 하직도 드리지 않고 도망치려 했으나 문지기들이 막아서 밖으로 나갈 수도 없었다. 담장을 넘어 달아나려고 해도 담장이 높아 뛰어넘기도 어려웠다. 게다가 그가 있는 거처에는 관에서 보낸 사내종이 허생의 일거수를 감시하고 있어서 몸이 자유롭지도 못했다. 영락없이 감옥에 갇힌 죄수 신세였다.

계절이 겨울에서 봄으로 바뀌어 버들꽃이 눈처럼 날렸다. 허생은 돌아갈 생각만 간절했다. 그런 그가 하루는 날이 밝자마자 문을 박차고 나가 채공의 침소로 뛰어들었다. 그러자 채공이 말했다.

"자네는 어째서 여태 가지 않고 머물러 있는가?"

"매번 하직하고 돌아가려 했으나 그때마다 주변에서 막아 감영의 곡식만 축내게 되었습니다. 이제야 돌아갈 수 있게 됐군요."

채공은 고개를 끄덕이며 둔한 말 한 필에 다섯 냥을 내주어 가는 길에 쓰라고 했다. 허생은 그제야 후련하게 떠날 수 있었다. 그러나 도중에 생각할수록 분통이 터지고 원망스럽기 짝이 없었다. 또 돌아가서는 집안 식구들에게 무엇으로 변명해야 할지 막막했다. 그러다 보니 객점에서 미적미적 일부러 날짜를 끌었다. 받은 노자가 거의 다 떨어질 즈음 어둠을 타서 처가에 당도했다. 그런데 처가의 하인들이 문 앞에 나와 반갑게 그를 맞았다.

"서방님은 왜 이리 늦게야 오십니까?"

서방님이 돌아왔다는 소식을 전하자 온 집안에선 떠들썩한 소리가 귀를 울렸다. 그는 속으로 이런 생각이 들었다.

'이것들이 분명 내 행랑이 두둑하리라고 짐작들하고 저러는 거겠지. 낯이 더 뜨거워지겠는걸.'

우선은 안으로 들어가 장인 영감을 뵈었다. 장인은 그의 손을 붙들고 잘 다녀왔냐며 위로했다. 허생은 식구들 안부부터 여쭈었다.

"제 처와 자식은 어디 갔나요?"

장인 장모는 웃음을 터트렸다.

"자네 집에 있지!"

허생은 뭔가 이상했다.

"제 집이 어디 있다고요?"

장인이 되물었다.

"자네가 평안도로 가고 난 뒤 김 지추(知樞)란 이가 자네 편지를 가지고 와서 딸에게 전해주었네. 그러고는 새집으로 이사 가게 되었고 말일세. 그 일을 벌써 잊었는가?"

허생은 깜짝 놀랐다.

"저는 애초 그런 편지를 보낸 일이 없습니다. 또 김 지추가 누구인지도 모르고요. 이는 분명 그놈이 흉악한 마음을 품고 제가 쓴 편지라고 위조하여 아내를 강제로 빼앗으려 벌인 짓일 겁니다. 어찌 장인께서는 남의 말을 쉽게 믿어 그런 꾀에 넘어가신단 말입니까?"

장인은 웃으며 아니라고 타일렀다.

"내가 딸을 보낼 적에 오라비들을 함께 보냈다네. 지금 새집에 갈이 살면서 건사하고 있고. 무슨 그런 망측한 생각을 하는가?"

그런데도 허생은 성을 냈다.

"그렇다면 장인께서는 비렁뱅이가 된 저를 더럽다고 제 처를 딴 데로 시집보낸 것이겠군요!"

장인은 급히 손을 저었다.

"말은 입에서 한번 나가면 바로 주워 담을 수 없는 법이네. 자네, 왜 이리 경솔하게 말하는가? 우선 새집에 가서 참말인지 거짓말인지 자네 눈으로 확인해 보게."

허생은 그러자고 했다. 장인을 따라 낯모르는 집에 당도했다. 집의 규모가 굉장했다. 하인들이 나와서 그를 영접하여 안채로 안내했다. 아내는 옷을 곱게 차려입고서 웃음기 가득한 얼굴로 남편을 맞이했다. 아직도 분위기를 눈치채지 못한 허생은 더 화가 치밀어 뜰을 가로질러 들어가서 소리쳤다.

"이 막돼먹은 계집 같으니라고! 그래, 고대광실에서 부자 놈과 어울려 잘도 사는구나!"

옆에 있던 장인이 안 되겠다 싶어 끼어들었다.

"어떤 분이 지금 자네를 만나고 싶어 하니 사랑채로 가세."

허생은 마지못해 장인을 따라 사랑채로 나갔다. 거기에 웬 사람이 허생을 보고 인사를 나눈 다음 묻는 것이었다.

"나를 기억하시겠소?"

"당신이야 평안 감사 막하에서 잘나가는 사람이 아니오. 일면식이 있다지만 뭣 하러 날 보러 온 거요?"

"내가 바로 그 김 지추라는 사람이오. 지금 평안 감사의 수석 막객으로 있소. 지난해에 당신이 처음 평양에 내려왔을 때 사또께서 은밀히 나에게 이런 당부를 하셨소. '나는 허생에게 특별한 은혜를 입었느니라. 그런 까닭에 특별한 방법으로 보답하고자 해서 여태까지 한 푼도 갚지 않고 있지. 허생이 지금 여기 찾아왔으니 내가 아무쪼록 그를 대여섯 달 붙잡아 둘 참이다. 이는 그에게 숱한 험한 꼴을 당하게 하여 재물을 함부로 쓰는 씀씀이를 고쳐주기 위함이니라. 너는 한양으로 가서 정해진 날짜 안에 돈 5만 냥으로 농지와 주택, 노비와 가구 등속을 마련하도록 해라. 따로 허생의 편지를 위조해서 그의 처도 속이거라. 허생이 한양으로 돌아가기 전에 가족의 이사까지 마치도록 해라. 내 모친께서 허생이 지어준 약을 드시고 큰 효험을 봤기에, 나는 늘 이를 마음에 두고 잊지 못하고 있느니라. 해서 내 지위가 높아진 이후로 받은 녹봉 중에 반만 쓰고 반은 남겨서 허생이 살 거처를 마련해 주고자 했느니라. 그 돈이 이제 5만 냥이 채워져 지금 한양 본가에 있으니, 너는 그 돈으로 내가 지시한 대로 처리하라.'라고 말이요. 나는 형씨의 의롭고 남에게 베푸는 은정에도 감동했고, 사또 나리께서 진심으로 은혜를 갚고자 하시는 마음에도 감복했소. 여러 날에 걸쳐 나리께서 명하신 일들을 수행하여 이제 막 마무리를 지었소. 제법 풍족한 생활 밑천과 관련 문건을 하나하나 만들어놓았으니 형씨는 거두어 보관하시오."

허생은 처음에는 정신이 멍할 뿐이었다. 다 듣고 나서야 상황을 파악한 허생은 채공의 훌륭한 은덕에 감사해했다. 그는 처자식과 함께 채공의 만수무강을 빌고 빌었다.

허생은 이때부터 비단 이부자리에서 안락한 생활을 누리게 되었다. 몇 달이 지났을 무렵, 이번에는 채공이 수레와 의복을 잔뜩 보내 허생을 초청했다. 허생이 평양 감영으로 들어서자 채생은 껄껄 웃으며 그를 반겼다. 허생이 머무는 동안 두 사람은 가까이 지내며 신분을 뛰어넘는 우정을 과시했다.

《기리총화》 하권 제38화 〈蔡相報恩(채상보은)〉

17화

소나기로 맺어진 약주릅의 인연

장동•에 약재를 거간하는 어느 약주릅이 있었다. 그는 늙은 홀아비로, 자식도 집도 없이 여러 약방을 전전하며 끼니를 해결하면서 살았다. 마침 영조 임금이 육상궁•에 거둥하는 행차가 있었다. 때는 4월로, 마침 소나기가 퍼부어 개천물이 불어나 넘쳐흘렀다. 임금의 행차를 구경하던 사람들이 비를 피하느라 몰려드는 바람에 약방의 안채는 물론 문밖 처마 밑에까지 사람들로 빽빽하여 발 디딜 틈도 없었다. 방 안에 있던 약주릅 노인이 느닷없이 이런 말을 꺼냈다.

"오늘 내리는 비는 내가 소싯적에 새재를 넘을 때 내렸던 그 비 같

- **장동(壯洞)** 현재의 종로구 통의동, 효자동, 창성동 일대에 걸쳐 있던 동네로, 원래는 이곳에 창의문이 있어서 창의동이라 했다. 나중에 장동으로 이름이 바뀌었는데, 이곳에 19세기 세도정치의 일원인 장동 김씨가 세거했다.
- **육상궁(毓祥宮)** 역대 임금의 비빈을 모신 사당으로, 경복궁 옆 지금의 궁정동에 있었다. 이 시기 영조는 자기 생모인 숙빈 최씨의 신주를 여기에 모시고 있었다.

군!"

그러자 곁에 있던 누군가가 갑자기 뭔 소리냐며 물었다.

"아니 비에도 옛것과 지금 것이 있다는 거요?"

"그때 내게 웃을 만한 일이 있어서 그렇소. 지금껏 잊히질 않고 말이오."

"뭔 일이 있었는지 한번 들어봅시다."

이에 약주릅이 들려준 얘기는 이러했다.

"어느 해 여름이었소. 왜황련•이 동이 나서 동래부에서 구해 올 참으로 급히 내려가는 길이었소. 한낮에 새재를 넘어 아무도 없는 진영의 역점을 지날 즈음 소나기가 퍼부어 지척을 분간할 수 없을 지경이었지 뭐요. 허둥지둥 비 피할 데를 찾고 있는데 산기슭에 초막 하나가 눈에 들어옵디다. 급히 찾아 들어가니 거기엔 한 노처녀가 있었소. 젖은 옷을 벗어 말리는데 처녀는 곁에 있으면서 피하지도 않더이다. 나는 순간 마음이 동해 그 자리에서 안아버렸소. 처녀도 별로 싫어하는 기색이 없습디다. 이윽고 비가 그쳤소. 나는 그녀가 어디에 사는지도 묻지 않고 곧장 나와버렸소. 오늘의 이 비가 꼭 그날 내리던 비 같아서 우연히 생각났다오."

말이 끝나고 얼마 지나지 않았을 때 처마 밑에 있던 두건을 쓴 한 총각이 다짜고짜 마루로 올라와서 물었다.

"방금 새재에서 비 맞은 얘기를 한 분이 뉘신지요?"

• **왜황련(倭黃連)** 황련은 깽깽이풀이라고 하며 그 뿌리가 한방에서 열을 내리는 약재로 널리 쓰인다. 노란색 뿌리가 연이어져 있는 형태여서 붙여진 이름이다. 중국 원산의 일반 황련과 일본산 왜황련으로 나뉜다.

곁에 있던 사람이 약주릅을 가리켰다. 그러자 총각은 넙죽 절을 올리며 이렇게 말하는 게 아닌가.

"오늘에야 아버님을 뵙게 되니, 하늘이 도왔군요!"

약방에 잔뜩 몰려와 있던 사람들은 이 말을 듣고 어안이 벙벙해졌다. 약주릅도 의아해하며 물었다.

"이 무슨 말인가?"

"듣기로 제 아버님은 신상에 무슨 표시가 있다고 합니다. 잠시 옷을 벗어보실 수 있는지요?"

약주릅이 옷을 벗어 보여주자, 총각은 그의 허리 아래를 살피고는 말했다.

"틀림없이 제 아버님이 맞습니다!"

그러자 좌중이 놀라며 물었다.

"그래? 그걸 어떻게 아는가?"

총각의 대답은 이랬다.

"저의 어머님이 처녀 적 초막을 지키시다 비가 내리던 중에 어떤 행인을 만났답니다. 그때 임신하여 저를 낳았고요. 제가 자라서 말을 배웠을 때쯤 이웃의 아이들은 다 아버지가 있는데 저만 없다는 걸 알게 됐지요. 이게 이상하여 어머니께 꼬치꼬치 여쭈었지요. 그랬더니 어머니 말씀이 아까 아버지께서 들려준 정황과 똑같았습니다. 어머니는 그때 왼편 볼기에 나 있는 검은 사마귀를 얼핏 보았노라고 알려주었습니다. 저는 이 말씀을 듣고 열두 살 때부터 집을 떠나 아버님을 찾으러 팔도를 떠돌았고 한양도 세 차례 들렀습니다. 지금껏 6년이 되었고요. 그러다가 천만다행으로 여기서 뵙게 되었군요. 이야말로 하늘이 내려준 행운이 아니겠습니까?"

그러면서 아버지께 아뢰었다.

"아버님, 한양에 묻혀 지내지 말고 저와 같이 내려가시지요. 제가 열심히 농사지어 모실게요. 어머니께선 여태껏 수절하고 계시고 외갓집도 가난하지 않으니 끼니 걱정은 하지 않으셔도 될 듯합니다."

총각의 이 말에 지켜보던 사람들은 기특한 일이라며 일제히 탄성을 질렀다. 약방 주인도 안에서 듣다가 밖으로 나왔다.

"아무개가 아들을 얻었다고? 세상에 이런 희한하고 경사스러운 일이 있는가? 우리도 이렇게 떨 듯이 기쁜데 당사자의 마음이야 오죽할까!"

이렇게 주인도 그를 보고 아들과 함께 내려가라고 권했다. 약주릅은 기쁘기는 했으나 한양 생활을 오래 한 터라 졸지에 떠나자니 아쉽고 서운한 마음이 없지 않았다. 또 노잣돈 마련도 걱정이었다. 이를 알아챈 아들이 나섰다.

"걱정하지 마세요! 제 수중에 약간의 돈이 있어요."

주변 사람들도 모두 따라가라고 강권하며 저마다 주머니를 털어서 보탰다. 이 돈만 해도 대여섯 냥 정도는 되었다. 주인도 10여 냥을 내놓았다.

이윽고 비가 갰다. 약주릅은 사람들과 작별하고 아들과 함께 길을 나섰다. 졸지에 그는 집과 아내, 없던 자식에 양식까지 생긴 것이다. 이때부터 여생을 편안하게 보냈다고 한다.

《청구야담》 권2 제8화 〈聽驟雨藥商得子(청취우약상득자)〉

조선 후기 문화 공간, 약방

두 이야기는 모두 도성 안의 약방을 배경으로 한다. 이 약방은 야담의 주요 배경 가운데 하나였다. 조선 후기에 병을 치료하는 분야가 이전 시기보다 전문화하는 과정에서 약재 수요가 급격히 늘어났으며, 이에 따라 의원이 중인 계층으로서 새로 부상했다. 그러다 보니 약방이 주목받았고 자연히 관련 이야기가 많아졌다. 그런데 약방은 이야기의 배경으로만 기능하는 공간이 아니었다. 바로 이야기를 생성하고 유통하는 공간이기도 했다. 여기 구리개와 장동 약방에도 사람들로 인산인해를 이루는 장면들이 포착되는데, 저잣거리에서 사람들이 가장 많이 모이는 곳이 바로 약방이었다. 이처럼 조선 후기의 약방은 약재 거래의 주요한 거점이자, 이야기의 배경과 유통에 빠질 수 없는 문화 공간이었다.

16화는 구리개 약방에서 주인과 손님 사이에 벌어진 사건이다. 이곳 약방은 다른 이야기에서도 배경으로 나오는 걸 보면 아마도 구리개가 약방 밀집 지대였던 듯하다. 지금의 종로5가에 약국이 밀집한 상황과 비슷하다고 보면 된다. 주인인 허생은 이곳에 자리 잡고 있었기에 장사가 제법 잘됐을 것이다. 그런데 어느 초라한 벼슬아치의 출현으로 그의 약방은 풍비박산이 나고 만다. 인삼이 많이 들어간 보중익기탕은 요즘으로 치면 자양강장제나 건강 보조 식품으로는 최상품에 해당한다. 이것을 50첩, 그것도 외상으로 지어주어야 했다. 뻔뻔한 벼슬아치는 자신을 채제공이라고만 밝힌 채 언제 갚겠다는 기약도 없이 떠나버린다. 이로써 약방 주인 허생은 졸지에 파산하여 나락으로 떨어진다. 급기야 그는 처가살이를 해야 했다.

그리고 시간은 이삼십 년이 흘렀다. 그사이 채제공은 승승장구하여 평양 감사 자리에 오른다. 한편, 허생은 그동안 그를 도와주던 장인마저도 손절할 상황이다. 그래서 마지못해 장인의 권유로 감사를 찾아갔으나 도움은커녕 '영락없이 감옥에 갇힌 신세'로 비참함만 맛본다. 얼마나 더 비참해져야 할까 싶을 정도로 그의 고통은 배가된다. 그런데 이 점이 이 이야기의 노림수였다. 이야기는 허생을 이런 극한의 나락으로 떨어뜨린 다음 순식간에 원상회복을 시켜주었을 뿐만 아니라 그 이상의 자리로 올려놓는다. 그러면서 서사의 초점은 허생에서 감사로 넘어간다.

역사속 인물인 채제공은 18세기 후반 남인의 우상이었다. 그는 영조·정조 시대 탕평책의 최대 수혜자이기도 했다. 아무튼 그는 워낙 출중한 인물이었기에 노론 세상에서도 여러 가지 국가 시책을 훌륭하게 처리하여 왕조시대의 마지막 황금기를 구가했다. 말하자면 이런 그의 남다른 면모가 이 이야기의 뒷배경이 되었다. 그는 허생이 파산한 때부터 은밀하면서도 특별한 보상 계획을 세우고 있었다. 그것은 앞으로 허생과 그의 식구가 편안히 살 수 있는 고대광실을 제공해 주는 것이었다. 이를 위해 녹봉의 반을 차곡차곡 저축했다. 요즘으로 치면 연금을 꾸준히 부은 셈이라고 할까. 이를 까마득히 모르고 있었던 허생은 배신감과 허탈감 등 숱한 감정을 경험했으며, 현실에서는 모진 고생과 수모를 겪어야 했다. 그런데 이것마저도 채제공의 의도였다니 놀랍다. 더구나 일부러 이렇게 한 이유가 다소 엉뚱하고 충격적이다. '그에게 숱한 험한 꼴을 당하게 하여 재물을 함부로 쓰는 씀씀이를 고쳐주기 위함'이었다고 하니 말이다.

허생으로서는 어쩔 수 없이 외상으로 주어야 했는데 이를 재물을 함부로 쓰는 행위로 보다니, 독자 입장에서는 혼란스러울 수 있다. 그런데 따지고 보면 자신의 가게가 파산이 날 지경인데도 외상으로 내준다는 게 현실적으로 납득할 수 없는 장사이자 거래가 아닌가. 하지만 외상으로 줄 수밖에 없었던 부분으로 다시 돌아가 보면, 양자는 서로 불가피한 상황에 직면해 있었음을 알 수 있다. 허생은 인삼을 모두 썰어놓은 상태였고, 채제공은 모친의 병환이 위독한 데다 허생이 짐작했듯이 남인이라 기껏해야 지방 원님 자리를 면치 못할 처지였다. 외상을 갚을 길도 요원해 보였다. 결과적으로 이 이야기는 약방 주인이나 채제공 모두 어쩔 수 없는 상황에서 서로를 도와주는 상생의 과정을 시혜와 파산, 오해와 보은 등 여러 화소로 엮은 사례라 하겠다.

17화는 장동 약방에서 일하는 약주릅 이야기다. 약주릅은 약재를 거래하는 거간꾼으로 주로 생산자와 중간 유통자, 그리고 약방 사이에서 연계 역할을 했다. 조선 후기에는 시정 사회가 활발해지면서 물품과 재산 등의 거래가 빈번해졌다. 이에 따라 거간꾼인 주릅이 새로운 직종으로 떠올랐다. 지금의 부동산 중개업자에 해당하는 집주릅이나 서적 거간꾼인 책주릅(일명 서쾌)도 많았다. 한편, 약주릅은 앞에서 언급했듯이 약재 거래가 늘어나면서 생긴 직종이었다. 여기 장동 약주릅도 약방에 왜황련이 동이 나자 거래처인 동래로 가는 길이었다. 이런 약재 거간꾼이면 형편이 괜찮을 듯도 싶은데, 여기 주인공은 홀아비 신세로 약방을 전전하며 끼니를 해결하는 어려운 형편으로 나온다.

본격적인 서사는 4월 어느 늦봄 소나기가 내리던 때로부터 시작한다. 그것도 비가 그치지 않아서 푸념하듯 늘어놓은 약주릅의 과거 추억담이 전혀 예상치 않은 결과로 이어졌다. 그가 들려준 과거의 경험은 한 편의 액자 구실을 한다. 문경새재를 넘는 길에서 소나기를 피하다가 초막에서 노처녀와 정을 통하는 장면은 퍽 인상적으로 다가온다. 비와 젖은 옷, 그리고 순간의 욕정이 빚어낸 두 남녀의 짧은 정사가 강렬하기 때문이다. 이야기는 지금 장동 약방에서 내리는 비와 과거의 정을 통하던 새재에서의 소나기를 인연의 끈으로 연결했다.

그리고 순간 젊은이가 나타난다. 지나친 우연으로 보이지만 그래도 흐름은 매끄럽다. 더구나 사람들로 꽉 찬 약방 안에서 얼굴도 생사도 모르던 부자가 상봉했으니, 이 기연이 더 주목받는 상황이다. 아울러 사람들은 부자의 상봉을 한껏 축하해 주며 지원을 아끼지 않는다. '늙은 홀아비로 자식도 집도 없이 떠돌던' 약주릅이 소나기를 계기로 자식을 얻고 그길로 여생을 편안하게 살았다는 이 우연은 다양한 인정 양태가 빚어낸, 그중에서도 혈연에 기반한 필연을 동반한 한편의 단막극이었다.

18화

절박한 선비를 도운 단천의 기녀

숙종 때 정승을 지낸 김우항•은 48세가 될 때까지 벼슬하지 못하고 있었다. 집안의 법도는 떨어질 대로 떨어지고, 단칸집은 거의 허물어질 정도였다. 생계는 입에 거미줄을 친 듯 조석의 끼니를 잇기도 어려웠으며, 변변한 갈옷 하나 없었다.

딸 다섯을 두었으나 모두 머리를 올릴 나이였음에도 아무도 시집보내지 못했다. 집이 가난했기 때문이다. 그런데 어떤 선비가 자기 아들을 그의 딸에게 장가보내기 위해 찾아왔다. 그와 선비는 의논한 끝에 혼롓날까지 잡았다. 그런데 김공은 걱정이었다.

'내 몸 외에는 실로 남아도는 물건 하나 없고, 어디를 둘러봐도 친척도 없지 않은가. 붙잡고 하소연해 볼 데도 없으니 어떻게 혼수품을

• **김우항(金宇杭)** 1649-1723. 자는 제중(濟仲), 호는 갑봉(甲峰), 본관은 김해이다. 여러 관직을 거쳐 우의정을 지냈다. 숙종 연간 남인과 노론 사이의 정쟁 속에서도 평생을 청빈하게 살았다.

마련해 보내지?

매일 밤 이렇게 한탄하느라 제대로 먹지도 자지도 못한 지가 거의 십여 일이 지나고 있었다. 그러다가 갑자기 현재 단천•의 수령으로 있는 먼 친척인 한 무관이 떠올랐다. 자기보다 항렬이 좀 높은데, 그를 찾아가서 돈이든 재물이든 부탁하면 들어주지 않을까 싶었다. 부끄러운 일인 줄 알면서도 다른 방도가 없어서 그를 찾아가기로 했다.

이리하여 김공은 남들에게 간청하다시피 하여 어렵사리 이자까지 붙여 돈을 빌렸다. 노자를 마련한 김공은 조랑말 한 필까지 빌려 사내종더러 끌게 했다. 천여 리를 풍찬노숙한 끝에 단천군 치소(治所)에 도착할 수 있었다. 관아로 가서 원님 뵙기를 청했으나 문지기에게 제지당했다. 이유는 관령이 내려 함부로 사람들을 들여보내지 못하게 했다는 것이었다. 김공은 여러 차례 소리치고 꾸짖었으나 끝내 받아들여지지 않았다. 관아 문 앞에서 이런 실랑이를 벌이다 보니 날은 이미 저물고 말았다. 김공은 어쩔 수 없이 여관으로 가 잠을 자야 했다. 다음 날 아침, 관아로 가서 다시 문을 두드렸으나 역시 들어갈 수가 없었다. 분을 이기지 못한 김공은 그냥 돌아갈까 싶었으나 쏘아진 화살이라 중간에 멈출 수도 없었다. 밤에는 여관에서 자고 낮이면 관문에 나아가 들여보내 달라고 하기를 반복할 뿐이었다.

이렇게 보름이 지났으나 여전히 틈을 볼 수 없었고 노자도 바닥이 났다. 이젠 머무는 여관의 주인에게 돈을 빌리는 것도 다반사가 되었

• **단천(端川)** 함경북도 동부에 위치한 고을. 북쪽 이민족의 침입 등 군사적으로 요충지여서 전통적으로 단천 부사는 주로 무관이 맡았다.

다. 여관 주인은 그가 타고 온 말을 저당 잡았다. 김공은 불안과 걱정으로 가슴이 죄어왔으나 이러지도 저러지도 못했다. 여관 주인이 그의 상황을 알아채고는 방법 하나를 일러주었다.

"내일 원님께서 사창•에 출타하여 직접 내어줄 쌀을 검사한다네요. 그 길이 우리 집 앞으로 나 있지요. 길가에서 기다리다 보면 한번은 만나지 않겠어요?"

김공은 그렇겠다 싶어 다음 날 아침 여관 주인이 일러준 대로 길가에서 원님을 기다렸다. 과연 원님이 가마를 타고 나타났다. 나졸들이 '물렀거라' 하며 앞서 길을 인도했다. 길가에 있던 김공이 버럭 소리를 질렀다.

"내가 여기에 머문 지 오래되었소!"

원님은 고개를 끄덕이며 물었다.

"무슨 이유인가?"

김공이 하나하나 사정을 댔다. 그런데 다 전하기도 전에 원님이 말을 막았다.

"내가 공무가 있어 자네와 얘기할 겨를이 없네. 우선 기다리게."

그러면서 시종을 돌아보며 일렀다.

"너는 이분을 동각•으로 모시고 가서 내가 돌아올 때까지 대기하거라."

- **사창(社倉)** 필요할 때 곡물을 대여하거나 빈민들을 구제하기 위해 각 고을에 곡식을 쌓아둔 창고.
- **동각(東閣)** 동헌의 곁채. 이곳에서 수령이 손님을 접대했다.

김공은 이 시종을 따라 동헌으로 들어갔다. 앉아서 기다리다 보니 해가 다 기울었고, 그동안 밥도 나오지 않아 배가 고프고 목이 말라 참기 힘들었다. 저녁이 다 되어서야 원님이 돌아와 자리에 앉았다.

"제가 온종일 아무것도 먹지 못해 정신이 흐릿하고 멍합니다. 주린 배라도 달래게 밥이든 죽이든 좀 주시지요."

원님이 밖에 대고 명했다.

"술과 안주를 내와 이분에게 주거라!"

종일 굶었던 김공은 분명 좋은 술과 고기가 나올 줄 알았다. 그래서 한 상 크게 먹을 수 있겠다 싶었다. 그런데 잠시 뒤 술상을 맡은 관기가 내온 것은 주둥이가 깨진 작은 술 단지 하나에 안줏거리는 미역 한 줄기가 전부였다. 김공은 화가 치밀어 올라 술상을 발로 차서 땅에 엎고는 원님에게 말했다.

"사람을 이렇게 대하시다니 가당치 않소!"

"내가 자네보다 높은 항렬이거늘 내준 상을 감히 이렇게 내쳐?"

화가 난 원님은 관속에게 불호령을 내려 그를 관아 밖으로 쫓아내라고 했다. 또 이방을 불러 소리쳤다.

"너는 경내에 영을 전해 저런 밥이나 빌어먹는 괴물 같은 인간을 받아주는 자가 있으면 혹독한 벌을 내린다고 단단히 일러라. 어서 서두르거라!"

김공은 분을 삭이며 머물렀던 여관으로 되돌아왔다. 하지만 그곳 주인도 문을 닫고 더 이상 그를 들이지 않았다. 조랑말도 이미 저당 잡힌 터라 오도 가도 못 하게 된 김공은 사내종만 데리고 다른 여관을 찾아갔으나 거기도 마찬가지였다. 갈 수 있는 데는 다 들러봤으나 똑같았다. 날은 이미 깜깜해졌으며 비도 퍼붓기 시작했다. 마을이 끝나는 곳에 다다른 그는 수풀 속에서나마 잠시 쉬어볼 요량이었다. 그런데 그 옆에 거적문이 달린 토굴이 있었다. 그곳은 갖바치의 거처였다. 김공이 갖바치에게 부탁했다.

"먼 길에 날이 저물었으니 하룻밤 묵어갔으면 하네."

갖바치는 거절하지 않고 들어오라고 했다. 이 토굴은 일반 집들과 달라 관아의 호령이 닿지 않는 곳이었다. 김공은 이곳에 앉아 비가 그치기를 기다렸으나 비는 여전히 멈추지 않았다. 한밤이 가까워서야 구름이 걷히고 달빛도 밝아졌다. 수정처럼 빛나는 달빛이 거적문 사이로 비춰 드니 털끝도 구분할 수 있을 정도였다. 김공은 굶주림으로 속이 텅 비어 혼이 달아날 듯했다. 분하고 원통하여 눈을 붙일 수도 없었다. 그 순간 느닷없이 밖에서 발걸음 소리가 들리더니 점점 가까워졌고 거적문 앞에 이르러 멎었다. 목을 빼 누구인지 살펴보니 한 여인이었다. 얼굴이 비할 수 없이 예뻤고 눈매도 맑고 고왔다. 그녀가 문을 두드리며 물었다.

"여기에 한양에서 오신 손님이 계신지요?"

김공은 수령이 보낸 사람이겠거니 의심하여 갖바치를 불러 자기가 없다고 하라고 시켰다.

"어찌 저를 속이십니까?"

여인은 이렇게 말하며 곧장 문을 밀치고 들어왔다. 김공은 피할 데가 따로 없어 여인과 마주쳤다.

"맞군요. 염려 마세요!"

김공이 무슨 일이냐며 물으니 여인의 답이 이랬다.

"저는 관아의 술을 담당하는 기생입니다. 원님께서 매번 보리술과 미역 줄기만으로 손님을 대접하는 걸 볼 때마다 저는 원님을 속으로 경멸했지요. 어찌나 구두쇠인 데다 사람을 홀대하는지 말이에요. 한데도 이 상을 받은 사람들은 저마다 달게 받아 곧잘 마시더군요. 저들 모두 천한 출신의 사내들로 기상이라곤 찾아볼 수 없었지요. 상공께서는 배고프고 목이 마를 텐데도 이를 거부하고 일어나 술상을 차버리셨지요. 범상한 선비면 그리했겠어요? 그런 의지와 기상이라면 나중에 부귀해지는 건 걱정할 필요가 없겠다 싶었습니다."

김공은 아니라며 두세 번이나 손사래를 쳤다. 그녀를 뒤따라 온 어린 여종은 옻칠한 찬합을 이고 있었다. 기녀는 이것을 그의 앞에 놓았다. 밥과 국, 고기와 젓갈 따위가 제법 정갈했다. 김공은 젓가락을 집자마자 허겁지겁 먹어 순식간에 찬합을 다 비웠다. 어느 것 하나 입에 맞지 않는 게 없었다. 그는 입이 닳도록 고맙다고 하면서 이 은혜는 절대 잊지 않겠다고 했다. 급기야 기녀는 김공을 모시고 싶다고 했다.

"이렇게 모시며 이야기를 나누었으니 잠시라도 소첩의 집에 왕림하시어 그간의 사정에 대해 더 얘기했으면 해요."

결국 김공은 그녀를 따라갔다. 그녀의 집은 비단 창과 붉은 대문에 벽은 산초를 발랐고• 담장은 회벽이었다. 기둥에는 한시가 쓰여 있는 주련이 걸렸고, 뜰에는 골동품이 가득했다. 청동화로에는 용연향•을

- **벽은 산초를 발랐고** 향기가 나는 여인네의 방을 미화한 표현이다. 산초는 향기가 좋고 따뜻한 기운을 도왔기에 부인의 거처를 꾸미는 고급 재료였다.

피웠는데, 그 향이 코끝을 자극했다. 등잔불은 환하고, 수놓은 비단은 찬란하기 그지없었다. 기녀는 김공더러 채색 융단 자리에 앉게 한 다음 본마음을 하나씩 털어놓기 시작했다. 그러면서 물었다.

"천 리 먼 이곳까지 무슨 일로 오셨나요?"

김공이 사연을 이야기해 주자, 그녀는 이맛살을 찌푸리며 안타까워하는 기색이었다. 밤이 깊어지자 기녀는 김공을 끌고 함께 이부자리에 들었다. 운우(雲雨)에 머문 정이 베갯머리에 묻어났다. 새벽녘에 그녀가 먼저 일어나서는 비단 상자 안에서 말끔한 옷 한 벌을 꺼내 김공에게 주었다. 김공은 거절할 수 없어서 입어보았는데 몸에 잘 맞았다. 기녀에게 푹 빠진 김공은 거의 몇 달을 이곳에 눌러앉았다. 한 번은 기녀가 에둘러 물었다.

"나리께서는 왜 계속 여기에 계시나요?"

"처자식은 추위와 굶주림에 떨 것이고, 종들은 누렇게 뜬 채 오지 않는 나를 기다리느라 눈이 빠지다 못해 얼어붙을 지경이겠지. 내가 왜 모르겠는가. 나도 지금 고민 중이라네. 하나 빈손으로 돌아갈 수도 없고, 돌아가더라도 식구들 볼 면목이 없네. 이제 행낭도 텅 비어 돈 한 푼 없으니 어떻게 천 리 밖으로 몸을 움직이겠는가? 이야말로 어찌할 수 없는 지경이라네. 그리고 내가 결정을 못 하고 주저하며 머뭇머뭇 세월을 보내는 이유이기도 하고 말일세."

"대장부라면 마땅히 이럴 때 힘을 써야 하는데, 재야에 묻혀 세월

- **용연향(龍涎香)** 동남아 지역에서 나는 향료로, 향유고래의 배설물로 만들어서 향 가운데 최상품으로 쳤다.

을 허송한단 말입니까? 어려움 속에서도 세상을 경영한 옛사람이 많잖아요. 제가 여자이기는 하지만 어찌 이를 모르겠어요? 말씀하신 노잣돈이라면 제가 이미 맞춰놓았답니다."

기대하지 않았던 기녀의 후의에 김공은 너무 기쁘고 고마웠다. 다음 날 아침, 두 필의 말이 밖에서 울어댔다. 김공이 웬 말이냐고 했더니, 나리께서 타고 갈 말이라고 하는 것이었다. 김공은 이 말을 타고 갈 수 없다고 사양했으나 기녀는 아랑곳하지 않았다.

"한 마리는 나리께서 직접 타실 말이고 또 한 마리는 제가 전별 선물로 마련한 옷가지를 싣고 갈 짐말이랍니다."

여기에다 그림이 새겨진 고리짝 두 개에 고운 베, 모피, 덧머리 그리고 은화를 가득 채워 말에 실었다. 기녀가 어서 가라고 재촉하자 김공은 눈물을 뿌리며 이별했다. 김공은 돌아가는 길에도 기녀의 의리와 마음 씀씀이에 감복하여 북쪽을 바라보며 마냥 그리워했다.

집에 돌아온 김공은 당장 가져온 물건으로 혼수를 장만하여 딸의 혼사를 치렀다. 그리고 그해 가을, 과거에 급제했다. 곧 급제출신•의 명이 내려졌고, 얼마 있지 않아 홍문관에 배속되어 그곳에서 관직 생활을 시작했다. 그때 숙직하던 관료를 침전으로 들게 하라는 임금의 영이 내렸다. 이때 김공이 숙직하고 있어서 임금의 침전에 들어 입대했다.

"지금 북도는 흉년에다 홍수와 가뭄이 이어지고 있다지. 게다가 도

• **급제출신(及第出身)** 과거에 급제하여 곧바로 직책을 받아 관직에 진출한 경우를 말한다. 급제한 뒤에도 이런저런 사정으로 바로 관직을 얻지 못하는 경우가 대부분이었다.

성과 많이 떨어져 있어서 조정의 영이 시행되지 않고, 수령들은 탐학하여 백성들은 갖은 고초로 신음하고 있다는구나. 경은 북도로 어서 가서 직접 살피도록 하라. 고을과 마을을 잠행하여 실정을 낱낱이 보고하거라. 짐의 명을 명심하도록 하라!"

명을 받은 김공은 황공해하며 물러났다. 바로 누더기 적삼 옷으로 갈아입고서 미행하여 함경도로 내려갔다. 경내에 들어간 뒤 김공은 촌가에서 빌어먹으며 그곳 실상들을 탐문했다. 하루는 저물녘에 단천에 당도했는데, 전에 자신에게 베풀어준 기녀가 생각나 그녀를 먼저 찾아보려고 했다. 하지만 기녀를 속여 그녀가 품은 마음을 확인해 보고 싶어졌다. 그래서 기녀의 문 앞에 다가가서는 소리쳤다.

"밥 한 그릇만 내주시오. 밥이 없으면 돈 한 푼이라도 주시든가."

재차 소리를 지르자, 기녀가 창틈으로 듣고는 저도 모르게 놀라면서 반가운 마음에 머리 단장도 하지 않은 채 급히 툇마루를 내려와 밖으로 나왔다. 신도 신지 않은 채였다. 기녀는 김공을 보자마자 모시고 들어갔다.

"어째 이리되셨습니까?"

김공은 길게 탄식했다.

"말로 하자면 끝이 없다네. 자네와 헤어진 뒤 상경길에 도적놈을 만나 노잣돈과 말까지 다 빼앗기고 말았다네. 처자식 보기가 부끄러워 집에 돌아갈 수도 없어서 정처 없이 길을 떠돌며 걸식으로 겨우겨우 살아남았네. 기댈 곳 없는 아득한 이 세상에서 오직 의지할 데라고는 자네밖에 없더군. 해서 다시 신세를 질까 하고 이렇게 찾아왔다네. 바로 들어오기가 뭐해서 부질없이 소리친 것이고."

"여기저기 정처 없이 다니시느라 오죽 배가 고프시겠어요. 마침 저녁밥을 차리던 참이니 우선 한술이라도 같이 뜨시지요."

기녀는 김공을 데리고 방으로 들어가 같은 상에서 밥을 먹었다. 식사를 마치자 기녀는 다시 새 옷 한 벌을 내왔다.

"제가 나리께 드리려고 이 옷을 지었답니다. 인편에 부치려고 한 지가 오래되었으나 마땅한 인편이 없어서 아직 보내지 못하고 있었지요. 뜻밖에도 오늘에서야 저의 작은 정성을 올리게 되었네요."

김공은 새 옷으로 갈아입으면서 해지고 더러운 옷을 벗어 윗목에 가지런히 정돈해 두었다. 이를 본 기녀가 물었다.

"솜도 죽고 베도 뜯어지고 해져서 다시 입을 수 없는 옷을 무엇에 쓰시려고요?"

그러면서 창문을 열어 더러운 옷을 밖으로 던져버렸다. 김공은 급히 툇마루를 내려가 던진 옷을 다시 챙겼다. 기녀가 그 옷을 다시 낚아채 던져버렸으나 그때마다 김공은 챙기기 바빴다. 이러기를 세 번이나 했다. 기녀는 김공을 한참 쳐다보더니 발끈하며 낯빛을 고쳤다.

"제가 오직 정성으로 남편처럼 모셨는데, 공은 도리어 거짓으로 꾸며 저를 속이다니요. 왜 이러시나요?"

이 말에 김공은 깜짝 놀랐다.

"왜 그런 말을 하는가?"

"나리께서 새 옷으로 갈아입고도 다 해진 옷을 챙기느라 여념이 없으니 용처가 있어서겠지요. 그러니 그 옷은 어사가 입는 수의가 아니겠어요?"

그러면서 소맷자락을 떨치고 일어섰다. 김공은 웃으면서 기녀를 붙잡았다.

"내 과연 급제하여 외람되게도 어사직을 제수받았다네. 자네를 만나는데 어떻게 자랑삼아 '내 어사라네!'라고 하겠는가?"

이 말에 기녀는 다시 얼굴을 풀고서 물었다.

"우리 고을의 원님을 어찌하실 거예요?"

"정말 난감한 일일세. 이곳 수령이 탐학하여 백성을 괴롭힌 짓은 종이에 다 쓰기도 어렵지 않은가? 하나 그의 죄악을 적발하여 따지면 이는 화목한 가풍이 아닐 테고, 그 죄를 숨겨 알고도 말하지 않는다면 이는 나랏일을 돌보지 않는 처사이니 어찌해야 좋단 말인가?"

"조정에 아뢰어 법으로 처리하게 하면 사람들은 분명 나리께서 사적으로 쌓인 원한을 푼 것으로 생각할 테지요. 그렇지 않고 그대로 놔둔다면 이는 사적인 일로 공사를 망가뜨리는 일이고요. 두 가지 다 마땅한 조처가 아닌 듯하네요. 아무래도 나리께서 몰래 원님을 만나 그의 죄상을 낱낱이 들어 스스로 깨닫고 자리에서 떠나게 하는 게 좋겠어요. 이게 중도를 얻는 길일 것 같은데, 어떠세요?"

김공은 정신이 번쩍 들었다.

"자네가 나보다 훨씬 낫군그래!"

기녀는 김공에게 붓을 잡으라 하고 수령이 저지른 불법을 낱낱이 일렀다. 관아 창고의 곡식을 거덜내고 백성들의 재물을 긁어모은 따위의 정황들을 김공더러 적게 한 것이다. 밤이 되자 기녀가 김공을 데리고 몰래 동헌으로 들어갔다. 자리에 앉아 있던 수령이 김공을 보고 깜짝 놀랐다. 수령은 김공이 과거에 급제하여 어사가 된 줄 알고 있었기 때문이다. 곧장 자리에서 일어나 벌벌 떨었다.

"귀하신 행차께서 어떻게 여기에?"

"제가 명을 받들어 북관으로 나왔네요. 여기 고을에 들렀다가 슬쩍 와서 뵙습니다. 그간 무탈하셨습니까?"

수령은 주눅이 들어 잔뜩 몸을 움츠리며 맞절했는데, 팔다리를 어디다 놓을지 모를 정도였다.

"이 고을에 와서 실정을 조사해 봤더니, 원망하고 비방하는 소리가 길에 쫙 깔려 귀를 막아도 다 들리더군요. 우리 사이의 불행은 더 따질 필요가 없겠으나 도대체 얼마나 패덕한 짓을 많이 하셨기에 이 지경에 이르렀소?"

수령은 말을 더듬거렸다.

"소, 소관의 죄, 죄상을 여쭈옵니다."

김공은 앞서 기록한 것들을 하나하나 보여주었다.

"명백한 증거가 여기에 있으니 변명거리가 없습니다. 바라건대, 어사께서 특별히 형제의 의리를 생각하여 대죄를 면하게 해주십시오."

"제가 어찌 입으로 죄를 열거하여 족형을 손발이 잘리는 구렁으로 빠뜨리겠소? 하나 나는 순찰하는 중임을 맡은 몸이라 한 고을의 백성이라도 저의 사사로운 정 때문에 고초를 받게 할 수는 없지요. 내일 안으로 사직의 단자를 세 번 올려 그 즉시 태수 자리를 그만두고 돌아가시오. 그렇지 않으면 봉고파직하고 조정에 아뢸 것이오."

수령은 머리를 처박고 사례했다.

"어사또의 넓은 덕과 도량은 썩은 풀이 새봄에 다시 나오고 마른 뼈에 살이 붙게 하는 격입니다. 감히 명을 따르지 않을 수 있겠습니까?"

다음 날 아침, 수령은 과연 병을 핑계로 고향으로 돌아가 버렸다.

한편, 김공이 단천을 떠나려 할 때 기녀에게 일렀다.

"자네를 데리고 가서 아내로 들이고자 하나 옥당의 이 자리는 물과 같이 맑아야 한다네. 자네 처지가 어려워져 굶주리게 된다면 이는 다 나의 책임일세. 그러니 차차 관직이 높아지고 봉급이 늘어나 내 형편이 좀 더 펴지면 그때 데려가겠네. 그때까지 기다리면 다시 합칠 날이 있을 걸세."

"제가 어찌 나리께 누를 끼치겠어요? 나리의 뜻을 한결같이 따르지요."

이리하여 김공은 공무를 무사히 마치고 돌아왔다.

그 뒤 어느 날이었다. 이날도 김공은 숙직하고 있었다. 이때는 숙종의 보령이 높아 눈에 백태가 끼는 등 예후가 좋지 못했다. 그런데도 매일 밤 궁궐에서 숙직하는 신하를 모조리 불러 모아 심심풀이 이야기를 나누며 옛날과 지금을 따져보곤 했다. 또 거리에서 떠도는 속된 말까지 하면서 답답함을 달래기도 했다. 이에 신료들은 각자 보고 들은 이야기를 임금에게 아뢰었다. 김공의 차례가 되었으나 아뢸 만한 거리가 없었다. 그래서 황공하다고 아뢰자 임금이 말했다.

"경이 북방을 순찰했으니 아마도 여러 곳을 다녔을 터인데 어찌 할 만한 얘기가 없는가?"

김공은 엎드려 아뢰었다.

"너무 비루하고 자질구레해서 감히 아뢸 만한 게 없습니다."

"임금과 신하 사이는 집안에서 아버지와 아들 사이와 같거늘 어째서 꺼리는가?"

이에 김공은 어쩔 수 없이 단천에서의 일을 조목조목 아뢰었다. 토굴에서 기녀가 밥을 올렸던 일에 이르자 임금은 죽통에 있는 작은 부채를 꺼내 들고 연신 어탑을 쳤다. 그리고 말을 준비하여 집으로 돌아가게 해주었던 대목에서는 치는 박자가 꽤 빨라졌다. 다시 해진 옷을 거두며 어사가 된 줄 눈치챈 대목에 이르러서는 부채가 다 뜯어질 지경이었다. 마지막으로 한밤에 수령을 만나 타일러서 고향으로 돌려보내고 또 기녀에게 훗날에 다시 만날 것을 약속했다는 말에 임금은 급히 승지를 불러오게 했다. 그러더니 함경도 관찰사에게 교지를 내렸다.

'단천 고을에 술을 담당하는 기녀 아무개를 챙겨 당장 신하 김우항의 집으로 보내도록 하여라. 즉시 계문을 올리도록 하여라…….'

함경도 관찰사는 임금의 교지대로 돈과 비단을 잔뜩 내려서 이 기녀를 김공의 집으로 보냈다. 그녀는 김공과 부인을 마치 부모 모시듯 했으며, 종들을 하나같이 은혜와 믿음으로 부렸다. 또 집안의 살림살이를 꾸려 전혀 부족함이 없게 했다. 김공이 조정에서 관료 생활을 원만하게 하는 데도 그녀의 도움이 적지 않았다고 한다.

《기리총화》 중권 제23화 〈端川義妓(단천의기)〉

19화

지혜로운 여종이 선택한 신랑

오(吳) 아무개는 양산• 사람이다. 그는 됨됨이가 못나고 어리숙했다. 짚신을 삼아서 생계를 이었으나 만든 짚신이 영 볼품없었다. 마침 한양 사는 젊은이가 그가 삼은 짚신을 보고 농을 쳤다.

"이 짚신이 한양에 있었으면 값어치가 100푼은 가겠는걸."

오가는 이 말이 진짜인 줄 알고 일곱 죽을 삼아서 짊어지고 한양으로 올라가 어느 길가에 벌여놓았다. 누가 값을 물어 한 냥(100푼)이라고 하니, 다들 비웃고 갈 뿐이었다. 며칠을 저잣거리에 앉아 있었으나 한 짝도 팔 수 없었다.

이때 어느 대감집의 여종이 있었다. 그녀는 방년 16세로 얼굴이 예뻤고 하는 짓이 재바르고 영리했다. 그녀는 일찍부터 '내가 직접 사

• **양산(梁山)** 지금의 경상남도 양산시. 삼국시대에는 양주(梁州)로, 신라 전역을 아홉 개 군으로 나눈 구군(九郡)의 하나였다. 조선시대에는 계속 양산군으로 남아 있었다.

내를 골라 짝을 삼을 거야.'라고 말해왔다. 무턱대고 아무나와 혼인하지 않겠다는 의지가 분명했다. 그러던 어느 날, 우연히 오가가 짚신을 벌여놓은 곳을 지나게 되었다. 값을 터무니없이 불러 아무도 사지 않는 걸 보고 속으로 퍽 이상하다 싶었다. 이삼일을 연이어 가서 봐도 마찬가지였다. 그래서 그녀는 오가에게 말을 걸었다.

"제가 이 짚신을 다 살 테니 값이 얼마예요?"

"일곱 죽이니 70냥을 내야 하네!"

"그럼, 저와 함께 가서 돈을 받아 가면 어때요?"

오가는 그러자고 하며 짚신을 지고 뒤를 따랐다. 한곳에 도착하니 저택이 나왔다. 크고 화려했으며 대문도 높다랬다. 여종은 그를 자신이 거처하는 행랑으로 데리고 들어갔다. 자리에 앉자 오가는 짚신 삯을 달라고 독촉했다. 여종은 그를 잡아두고 싶어 말을 돌렸다.

"내일 아침에 드릴 테니 우선 하룻밤 여기서 묵으세요."

그러면서 좋은 술과 맛난 안주를 내왔다. 잠시 뒤 저녁밥도 내왔는데, 그릇이 정결하고 상도 푸짐했다. 오가는 먼 시골에서 나물밥이나 먹던 처지였으니, 평생 처음 맛보는 진수성찬을 젓가락질 몇 번에 다 비워버렸다. 이윽고 날이 저물었다.

"손님이 이왕 오셨으니 오늘 밤 저와 같이 자면 어때요?"

오가는 두렵고 당황스러웠다.

"말은 좋네만 어찌 그러겠는가?"

그러면서 어쩌지 못하고 쭈뼛거리자 결국 여종이 불을 끄고 옷을 벗어 한바탕 운우지락을 누렸다. 이튿날 새벽, 오가가 일어나자 여종은 옷상자를 열어 새 옷을 꺼내놓았다. 목욕 후에 새 옷으로 차려 입으니 오가의 모습이 제법 어엿하고 당당해 보였다. 이에 여종은 오가에게 당부했다.

"저는 이 댁에서 사환 노릇을 하는 종이에요. 이제 당신은 저의 지아비가 되었으니 대감 나리를 뵈어야겠어요. 하지만 나리를 뵐 때 절대 뜰 아래로 내려가서 절을 올리진 마세요."

"알았네."

그녀는 바로 대청으로 들어가 아뢰었다.

"쇤네가 간밤에 지아비를 얻었습니다. 나리께 인사 올리라 하겠습니다."

주인 대감이 반기며 말했다.

"그랬더냐? 그럼 어서 들여보내거라!"

오가는 대청으로 올라가 절을 올렸다. 주변에서 모시던 사람들이 그를 끌어내리려 했으나 오가는 꿈쩍 않고 곧추서서 말했다.

"나도 지방에 사는 양반이오. 하루아침에 비부쟁이가 되었으나 그렇다고 뜰 아래서 주인께 절을 올릴 수야 있겠소? 결코 그럴 수 없소."

이 말에 대감은 씩 웃었다.

"옳거니, 아무 계집종이 고를 만했구나!"

이리하여 둘은 행랑채에서 살게 되었다. 하루는 여종이 오가에게 말했다.

"당신은 사리에 많이 어두워요. 돈을 쓰다 보면 안목이 절로 높아지고 배포도 분명 커질 거예요."

그러면서 오가에게 돈 한 궤미를 내주었다.

"이 돈을 가지고 나가서 다 쓰고 들어오세요."

저녁때가 되자 오가가 돌아왔다.

"배가 고프지 않으니 술이건 떡이건 사 먹을 필요가 있어야지. 온종일 쏘다녀도 돈 쓸 데가 달리 없어서 한 푼도 못 쓰고 그냥 왔네."

"아니 그러면 길거리에 널린 게 거지인데 그들에게라도 주지 않고요?"

"그건 미처 생각하지 못했네."

이튿날 오가는 다시 돈 한 꿰미를 차고 나갔다. 거지들을 죄다 모아놓고 돈을 땅에 흩트리자 저들이 다투어 줍는데 그 모습이 가관이었다. 이후 오가는 이것이 일상이 되었다. 그러다가 곰곰이 따져보니 이 많은 돈을 거지들에게 그냥 줘버리는 건 전혀 이익이 되는 일이 아니라는 생각이 들었다. 외려 활터로 가서 한량들과 사귀는 게 낫겠다 싶었다. 그래서 아내가 준 돈으로 술과 고기를 사서 매일 활터의 한량들과 나눠 먹었다. 그 결과 어느덧 저들과 막역한 사이가 되었다. 이어 가난한 집에서 글 읽는 곤궁한 선비들과 왕래하며 사귀었다. 더러 아침저녁으로 양식을 대주기도 하고, 가끔 붓과 먹 따위 문방구 비용을 대주기도 했다. 이러다 보니 차츰 남들이 그를 두고 대단한 사람이라고 했다.

"오 아무개는 정말이지 지금 세상에서는 볼 수 없는 인물이야!"

한편, 여종은 남편에게 《사략》과 《삼략》• 같은 책을 가지고 서당에 가서 배우라고 했다. 오가는 서당에 다니면서 이 책들을 대강 이해할

• **《사략(史略)》·《삼략(三略)》** 대표적인 역사서와 병서이다. 《사략》은 '십팔사략(十八史略)'이라 하여 중국 18왕조의 역사를 개괄한 책으로, 《통감(通鑑)》과 함께 역사 입문서 역할을 했다. 《삼략》은 《손자병법》과 함께 병서의 교과서라 할 만하다.

수 있었다. 이러느라 어느새 수만 냥의 돈이 들어갔다. 여종은 새로 이런 당부를 했다.

"당신은 아무래도 활쏘기를 익혀 출세하는 길을 찾아야겠어요."

오가는 본래 건장한 사내였던 데다 한량들과도 친해진 터라 저들은 그에게 다투어 활 쏘는 법을 가르쳐주었다. 그 덕분에 쇠화살이나 아기살 할 것 없이 다 멀리 쏠 수 있었다. 그리고 무경칠서•에도 능통하게 되었다. 마침내 그는 무과에 응시하여 급제했다. 그런데 오가가 합격증서인 홍패를 받아 오자 아내는 이 홍패를 몰래 감추어 두었다. 이 때문에 주변의 사람들은 그가 무과에 합격한 줄 몰랐다. 아내가 이번에는 다른 제안을 했다.

"제가 모아둔 돈이 10만 냥인데 당신이 지금까지 쓴 돈이 거의 7만 냥이에요. 이제 남은 돈은 3만 냥이고요. 이 돈으로 행상을 해보는 게 어때요?"

오가가 이번에는 난처해했다.

"어떤 물건이 장사가 될지 몰라서 말이지……."

아내는 아예 품목을 알려주었다.

"올해는 대추 농사가 흉작이라고 해요. 충청도 어느 고을만 대추나무에 대추가 실하게 열렸다네요. 당신은 그걸 전부 사가지고 오세요."

오가는 그녀의 말에 따라 아무 고을로 갔다. 그런데 가을걷이가 너무 형편없어 들판엔 낫을 걸어둘 데가 없었고 굶어 죽는 사람들이 속

• **무경칠서(武經七書)** 중요한 일곱 가지 병서로, 앞의《삼략》과《손자병법》등이 여기에 해당한다. 이들 병서는 무과 급제, 또는 무관이 되기 위한 필독서였다.

출하고 있었다. 이 참상을 보고 불쌍하기 짝이 없어 그는 손 가는 대로 가져간 돈을 다 나누어 줘버리고 빈손으로 돌아왔다.

"적선은 정말 좋은 일이지요. 하지만 우리가 가진 돈이 곧 떨어질 텐데 앞으로 어떻게 살아가겠어요?"

그러면서 아내는 다시 1만 냥을 내주었다.

"면화 농사는 팔도가 다 흉년이라네요. 황해도 몇 개 고을만 그나마 풍년이 들었대요. 얼른 그곳으로 가서 면화를 사 오세요."

오가는 또 황해도로 갔으나 저번 충청도에 갔을 때처럼 빈손으로 돌아왔다.

"남은 돈은 이제 1만 냥뿐이에요. 지금 다 털어 드릴 테니 이 돈으로 헌 옷가지를 다 사들여서 함경도로 가세요. 거기서 나는 삼베나 인삼, 가죽 등속과 바꿔 오세요. 이번엔 제발 저번처럼 부질없는 데 쓰지 말고요."

오가는 다시 저잣거리로 가서 헌 옷을 죄다 사들여 수십 바리를 싣고 함경도에 들어섰다. 함경도는 본래 면화가 토질에 맞지 않아서 금처럼 귀했다. 그곳 사람들은 이 때문에 옷을 해 입지 못해 겨울철 따뜻할 때도 추위에 떨었다. 오가는 이전에 돈을 물 쓰듯 써왔기에 손이 몹시 커진 터라, 안변에서부터 육진•까지 옷을 제대로 못 입는 저들에게 죄다 줘버렸다. 남은 건 겨우 치마와 바지 한 벌 뿐이었다. 이윽고 탄식을 내뱉었다.

• **육진(六鎭)** 함경북도의 변경인 두만강 접경에 있는 여섯 개의 진영. 경원(慶原), 경흥(慶興), 부령(富寧), 온성(穩城), 종성(鍾城), 회령(會寧) 등 여섯 지역이다.

"내가 아내 돈 10만 냥을 다 써버렸구나. 잔뜩 들고 와서는 빈손으로 돌아가게 되었으니 무슨 낯으로 아내를 다시 본단 말인가? 차라리 이 몸뚱이를 호랑이나 표범의 먹이로 줘버려야지."

한밤이 되자 그는 혼자 산속으로 들어갔다. 벼랑을 뛰어넘고 돌길을 타고 점점 깊은 곳으로 들어갔다. 순간 빽빽한 나무숲 속에서 등불이 반짝거렸다. 오가는 그 집을 찾아가 문을 두드리며 묵어가기를 청했다. 한 노파가 문을 열고 나왔다.

"이런 야심한 때에 깊은 산골에는 어쩐 일로 오셨소?"

그러면서도 들어오라고 하여 찬을 내주는 등 대접이 은근했다. 노파의 차림새가 형편없는 걸 본 오가는 가지고 있던 바지와 치마 한 벌마저 꺼내 주었다. 옷을 받은 노파는 기뻐서 어쩔 줄 몰라 했다. 그 자리에서 바로 갈아입더니 연신 고맙다며 고개를 숙였다. 그런데 찬으로 내온 나물이 다름 아닌 산삼이었다.

"이 나물을 어디서 캐 왔소?"

"근처에 도라지밭이 있어서 아무 때건 캐 와서 나물로 먹습니다."

"더 캐다 둔 게 있소?"

노파는 수십 뿌리를 꺼내 와 보여주었다. 모두 산삼이었다. 잔 것은 손가락만 하고 굵은 것은 발목만 한 굵기였다. 얼마 뒤 문밖에서 짐을 부리는 소리가 들렸다.

"우리 애가 왔네요. 저 애는 처음 태어났을 때부터 양 겨드랑이에 조그만 날갯죽지가 자라나지 뭐요. 쟤 아비가 쇠를 달궈 날갯죽지를 지지기도 했으나 다시 자라납디다. 자라서는 힘이 장사이지 뭐요. 아비는 이런 평온한 시절엔 저 애가 화를 당하기 십상이라고 하여 이 깊은 산골로 끌고 들어와 사냥으로 끼니를 해결했지요. 그런데 지금 아비는 죽고 아들에겐 나만 남았답니다."

그러고는 밖의 아이에게 일렀다.

"귀한 손님이 오셨으니 들어와 절을 올리거라. 손님께서 이 어미에게 치마와 바지를 주었구나. 정말이지 은인이시다."

아이가 들어와 절을 올렸다. 다음 날 아침, 오가가 노파에게 물었다.

"도라지밭을 한번 가볼 수 있소?"

노파는 그와 함께 길을 나서 고개 하나를 넘었다. 그곳에는 산 전체에 산삼이 널려 있었다. 이 삼밭에서 산삼을 다 캐는 데도 꼬박 하루가 걸렸다. 크기는 저마다 달랐으나 그 가운데 동자삼이 많았다. 양은 대여섯 바리가 넘었다. 이걸 운반하는 게 문제였다.

"산속엔 말도 없으니 이걸 어떻게 운반하지?"

오가가 걱정하자 노파의 아들이 말했다.

"제가 원산까지 져다 드릴 테니 거기서부터는 직접 실어 가세요."

오가는 노파의 아들과 함께 원산까지 가서 거기에서 말을 빌려 산삼을 싣고 집으로 돌아왔다. 오가가 아내에게 자초지종을 빠짐없이 얘기해 주자 그녀가 기뻐하며 말했다.

"당신이 적선을 많이 한 덕에 하늘이 이런 보물을 내려주셨네요. 그리고 당신이 오늘 집에 돌아온 것도 우연이 아니에요. 내일이 바로 대감 나리의 회갑이랍니다. 조정의 높은 어른들이 잔치에 참석할 테니, 당신도 참석할 수 있게 해볼게요. 여러 대감께 인사를 올릴 수만 있다면 얼마나 좋겠어요. 그 연줄이면 벼슬 한 자리 얻는 게 뭐가 어렵겠어요?"

아내는 이튿날 아침 제법 굵은 산삼 다섯 뿌리를 골라서 안으로 들어가 대감께 바쳤다.

"쇤네의 지아비가 행상하러 갔다가 이걸 얻어 왔기에 대감마님께 바칩니다."

대감은 희색이 만연하여 오가를 안으로 불러들였다. 아내는 미리 준비한 비단 벙거지와 철릭을 오가에게 입히고서 들어가 뵙게 했다. 이 차림새를 본 대감이 물었다.

"이게 무슨 차림이더냐?"

"소인이 몇 해 전에 무과에 합격했습니다. 장사로 먹고사느라 홍패를 숨겨두고 여태 대감마님께 아뢰지 못했습니다."

"허허, 신수가 좋고 씩씩하구나!"

이윽고 여러 벼슬아치가 차례차례 도착했다. 그들은 산삼을 보고는 놀란 눈으로 물었다.

"이렇게 희귀한 걸 대감 혼자서만 드시려 하다니요! 저희에겐 한 뿌리도 나눠주시지 않고요……."

"얻은 게 이것뿐이라서 그대들에게까지 드릴 수 있겠는가?"

이때 옆에 모시고 있던 오가가 나섰다.

"소인이 가져온 행낭에 남은 산삼이 좀 있으니 여러 나리께 나눠드리겠습니다. 소인의 미욱한 정성입니다."

오가는 바로 나가 남은 산삼을 가져와서 그들에게 세 뿌리씩 바쳤다. 산삼을 받아 든 벼슬아치들은 너무 기뻐하며 대감에게 물었다.

"저이는 누구랍니까?"

"저 친구는 내가 아끼는 계집종의 지아비라네. 향반 처지네만 그래도 무과로 출신했다네."

그러자 다들 나섰다.

"대감댁 계집종의 지아비로 이만한 무변이 아직 첫 벼슬 한 자리도 차지하지 못했다니요? 이는 대감의 허물이십니다."

"저이가 무과로 출신한 사실을 나도 실은 방금 알았네."

시나브로 해가 서쪽으로 기울고 잔치가 끝나 벼슬아치들은 술에 취해 돌아갔다. 한편, 오가는 남은 산삼을 싼값에 팔아 수십만 냥을 벌었다. 그리고 산삼을 선물 받은 벼슬아치들이 서로 끌어주고 밀어주어 오가는 얼마 지나지 않아 무겸선전관•에 올랐고, 차차 승진하여 수군절도사가 되었다. 아내도 속량하여 양민이 되었다. 부부는 해로하다가 생을 마쳤다고 한다.

《청구야담》 권3 제4화 〈獲重寶慧婦擇夫(획중보혜부택부)〉

• **무겸선전관(武兼宣傳官)** 선전관을 겸직한 무관. 무관으로서는 요직이었다. 따로 문신이 맡은 문겸선전관도 있었다.

하층 여성에게 구원받은 몰락 양반

두 이야기는 절박한 상황에 몰렸거나 어리숙하기 짝이 없던 선비가 영리하고 지혜로운 하층 여성에 의해 구원받는 이야기다. 사실 이런 패턴의 야담이 적지 않은데, 이는 그만큼 당시 궁벽한 양반들이 많았다는 반증이기도 하다. 여기에 재기발랄한 하층 여성들의 신분적·사회적 욕망이 맞물리면서 해당 유형이 만들어졌다. 몰락하는 양반과 상승하려는 하층 여성의 이해관계가 맞아떨어진 결과물인 셈이다. 나아가 이 유형은 당대의 복잡한 인정 양태를 드러내기에 퍽 효과적이었다.

하지만 이런 이야기에서 놓쳐서는 안 될 함정도 있다. 하층 여성의 형상이 돋보이지만, 이런 형상은 점점 소외되어 가던 양반 계층이 불안한 현실을 타개하고픈 욕망을 대변하는 것일 수 있기 때문이다. 그들은 하층 여성을 딛고 올라갈 계단으로 이용한 혐의가 짙다. 이렇게 보면 야담의 창작층은 기본적으로 양반이지만, 당대 현실에서 점점 설 자리를 잃어가고 있었던 소외된 집단일 수 있다. 다시 말하면,

양반으로 상정된 남주인공과 창작층이 거의 일치한다고 보면 되겠다. 이들은 처한 현실을 독자적으로 타개하기 어려웠기에 하층에 눈을 돌렸고, 필요에 따라 연대를 모색하기도 하고 또 필요에 따라 이들을 이용하기도 했다. 따라서 이런 이야기에는 대개 하층에 대한 따뜻한 시선이 자리하고 있다. 하층 여성을 이용한 혐의가 분명하지만, 그 속에 이들의 건강한 모습이 포착될 수 있었다.

실제 영리하고 지혜로운 하층 여성들이 적지 않았을 것이다. 하지만 그녀들은 관아나 양반 집안에 매여 자기의 능력을 제한적으로 발휘하면서 살아야 했다. 아니면 자기 자신이 이런 재주가 있는지도 모르고 일생을 마칠 운명이었다. 그런데 이런 인물을 놓치지 않고 이야기의 주체로 추켜 올린 사례인바, 이는 조선 후기 여성의 새로운 발견이었다. 그리고 이야기인 만큼 이들 여성의 형상은 실제의 현실을 넘어서 있다. 그래서 더러는 자기의 욕망을 실현하기도 하고 신분 상승도 이룰 수 있었다. 최소한 이야기 속에서만큼은 그녀들의 능력이 최대로 발휘된다. 이처럼 야담은 조선 후기 여성과 함께 길을 걸어온 텍스트라는 점에서 또 다른 의미가 있다.

18화는 선비와 기녀의 만남을 다룬 이야기다. 그런데 남주인공은 48세의 가난한 선비이자 과년한 딸 다섯을 두고 있다. 무일푼이었던 그는 딸의 혼사가 닥치자 어떤 식으로든 움직여야 했다. 그래서 찾아간 사람이 단천의 수령으로 있는 먼 친척이었다. 하지만 선비는 그곳에서 온갖 수모를 당하고 갖바치가 사는 토굴로 밀려난다. 그런데 이 토굴에서 인연을 만난다. 비가 내렸다가 그치고 달빛이 밝은 밤, 이 선비에게 단천의 기녀가 나타난 것이다.

다만 이 기녀가 그에게 반한 이유는 딴 데 있었다. 그녀는 평소 손님을 홀대하는 자기 고을의 원님에게 불만이 있었다. 원님의 푸대접에도 굽신거리는 손님들 또한 실망스럽기 그지없었다. 하지만 이 선비는 달랐다. 나물 찬이 올려진 상을 발로 차버린 것이다. 기녀는 그런 선비의 모습을 보고 단번에 반하고 말았다. 선비의 그 행동이 불가피한 상황에서 나왔음에도 불구하고 말이다. 그렇다면 두 사람의 인연은 기녀의 착각에서 비롯된 것임을 알 수 있다.

아무튼 이렇게 시작된 선비와 단천 기녀의 인연은 궁벽한 선비의 막혔던 현실이 풀려가는 역할을 했다. 그래서 선비는 과거에 급제했고, 두 사람은 힘을 합쳐 단천 수령의 죄상을 밝혀 고을의 적폐까지 일소했다. 그러니 기녀가 착각한 효과는 실로 컸다. 애초 이상한 사건으로 맺어진, 그래서 잘 어울리지 않는 만남이 빚어낸 예상치 못한 기대 효과였다. 그럼에도 단천 기녀의 적극적이고 변치 않은 성정이 만들어낸 결과라는 점은 의심의 여지가 없다.

19화는 지독히 세상 물정에 어두운 어리석은 양반과 한양 대갓집의 재바른 여종의 만남을 다루었다. 여기 양산의 오가는 앞 이야기의 선비 김우항과는 처지가 또 다르다. 김우항은 집안 형편이 어려운 한

양 출신이었다면, 오가는 지지리 못나고 어리숙한 시골 출신이다. 게다가 짚신으로 생계를 잇느라 양반 행세는 꿈도 못 꾼다. 그는 양반 사회에서도 중앙과 지방이라는 위계와 지방에서도 재지사족과 한미한 양반붙이라는 이중의 차별 구도에 놓인, 양반 중에서는 가장 바닥이다.

여기서 한 가지 환기해야 할 점이 있다. 조선시대에는 중앙과 지방의 차이와 차별이 지금보다 훨씬 심했다. 왕조 사회는 임금이 거처하는 중앙의 권력이 워낙 막강했기 때문이다. 이런 차별의 정서로 생겨난 것이 이른바 '서울 구경'이다. 서울에 올라온 시골 사람에게 고층 빌딩을 몇 층까지 봤냐며 따져서 구경한 층만큼 돈을 받아먹었다는 웃지 못할 촌극이 1960년대에서 1970년대까지도 있었다고 하지 않는가. 여기서도 한양 젊은이가 짚신 한 켤레에 한 냥이 나간다고 놀리고, 이 말을 믿고 볼품없는 짚신을 팔겠다고 상경하는 시골 양반의 모습에서 이 격차를 실감하게 된다.

그렇다면 영리함이 남달랐던 정승 집의 여종은 도대체 왜 이런 바보 같은 시골 양반을 신랑감으로 선택했을까? 흥미롭게도 이어지는 20화에서는 소박맞은 부인이 딸의 신랑감으로 '성품이 순박한 시골 양반'을 찾아달라고 한다. 이와 연결해 보면 여종의 선택이 일면 이해가 가고, 한편으로 여종이라는 신분에서는 이쪽이 자신의 욕망을 실현할 적임자로 보였을 수 있다. 아무튼 이 이야기에서는 한양을 이해타산적인 공간으로, 지방을 다소 부족하지만 순수한 공간으로 설정하고 있다. 시골 양반은 무지렁이와 다름없으나 그래도 신분은 상층이다. 여종은 이 양반에게 자신의 역량을 쏟아붓기 시작한다. 이 결과 그녀는 속량하여 양민이 되었다. 이리하여 지혜로운 여종이 시골 무지렁이 양반을 자신의 배필로 삼아 신분 상승을 이룬 이야기가 되었다.

이 두 가지 화소, 즉 여종이 양반을 남편으로 삼는다는 것과 양민으로 신분이 올라간다는 설정은 현실에서 일어나기 어려운 낭만적인 소재이다. 이를 몰락 양반들이 인생 역전한 서사의 맞춤형 구성이라도 봐도 좋고, 하층 여성의 인정투쟁이라고 봐도 무방하다.

20화

20년 만에 화해한 부부

옛날 어느 재상은 젊었을 때 일찍 부모를 여의고 집도 가난했다. 당시 그는 호남 땅에 살고 있었다.

그때 전라 감사에게는 말 못 할 사연을 가진 누이가 있었다. 누이는 아무 음관과 혼례를 치르고 합궁한 다음 날 바로 소박을 맞고 말았다. 음관은 누이를 원수처럼 미워하여 처가 종들까지 자기 집에 얼씬도 못 하게 했다. 이리하여 양가는 오나라와 월나라 사이•가 되어 아예 소식을 끊은 채로 지냈다. 그런데 합궁한 날 밤 누이는 생각지 않은 임신을 하게 되었고, 뒤에 딸아이를 낳았다. 그래서 음관은 자기 딸이 있는 줄 전혀 모르고 있었다. 그런 누이의 딸이 어느덧 시집갈 나이가 되었다. 그즈음 전라 감사에 제수되어 누이와 이별하려는

• **오(吳)나라와 월(越)나라 사이** 두 나라는 춘추전국시대에 지금의 중국 절강성 일대를 양분하여 서로 원수처럼 지냈다. 원수가 한배를 탔다는 의미의 '오월동주(吳越同舟)'가 이 두 나라의 관계에서 유래했다.

데, 부임길에 누이가 울면서 부탁했다.

"내 평생 애처롭기 짝이 없는 신세이나 딸애만은 안 그랬으면 하네. 장안의 귀족 집안 출신을 사위로 삼으면 또 나처럼 될까 두렵네. 그러니 동생이 감영에 가거든 그 지역 출신 가운데 성품이 순박하여 아내를 사랑해 줄 만한 이를 찾아서 내 딸의 배필로 삼아주시게."

감사는 잘 알겠다고 하고 떠났다. 그는 감영에서 시험을 보아 적당한 사람을 택하기로 했다. 시험 당일, 감사는 동헌에서 시험장으로 들어오는 응시자들을 내려다보면서 낱낱을 살폈다. 그 가운데 한 총각이 눈에 들어왔다. 키가 크고 머리숱이 많은 데다 풍채가 제법이고 태도도 정중했다. 자질과 덕망이 있어 보여 감사는 그를 마음에 찍어 놓았다. 방이 나서 보니, 그 총각이 합격했다. 감사는 합격 잔치를 열고 그를 불러 앞으로 나오라고 했다.

"어디에 사는가?"

"감영에서 10리 못 되는 곳에 살고 있습니다."

"내일 다시 봤으면 하니, 돌아가지 말고 감영의 숙소에서 대기하도록 하라."

다음 날, 감사는 그를 다시 불러들여 여러 사정을 자세히 물어보았다. 그랬더니 집안은 그리 이름난 가문은 아니었으나 나름 지방 사족으로 행세하고 있었다. 부친은 작고하고 모친은 살아 있는데, 자신은 독자로 생활 형편이 퍽 좋지 못했다. 이에 감사는 그에게 본뜻을 전했다.

"우리 집에 조카 애가 있는데 내가 이 아이의 짝을 찾고 있네. 우리 집안은 아무 집안으로 나름대로 뻐대가 있지. 자네를 조카사위로 삼고자 하는데 자네 뜻은 어떠한가?"

총각은 이를 믿지 못하는 듯했다.

"대감 나리 같은 대갓집에서 설마 저같이 미천한 출신과 혼인할 리가 있겠습니까? 저를 놀리는 말씀이신 듯합니다."

이에 감사가 정색하며 말했다.

"혼인이란 인륜지대사인데 어찌 장난으로 얘기하겠는가? 자네가 자네 혼사를 주관할 수 있다면 지금 이 자리에서 사주단자를 써 내게."

이에 총각도 자세를 바로 하고 아뢰었다.

"그럼 돌아가 어머님께 말씀드리고 사주단자를 써서 올리겠습니다."

"자네 혼수와 혼례품은 다 감영에서 준비할 테니 염려하지 말게."

이리하여 사주단자를 받고 이쪽에서 택일단자를 보냈다. 감사는 누이에게 혼처와 혼례일이 정해졌다는 내용의 편지를 써서 보냈다. 아울러 신랑의 혼례 물품을 양껏 장만하여 올려보냈다.

혼례를 치른 다음 날, 신랑은 장모를 뵙고는 절을 올리고 나서 여쭈었다.

"처음 혼사를 논의할 때 감사께서는 장인어른의 하세 여부를 말씀하지 않으셨습니다. 여기 와서도 장인어른을 뵐 수 없으니, 어느 해에 돌아가셨는지요?"

사위가 물어오자 장모가 눈물을 줄줄 흘리며 말했다.

"설사 돌아가셨다 해도 다시 어찌하겠는가?"

"그러면 살아 계신단 말입니까?"

"그렇네. 세상에 나처럼 잔인하게 버림받은 경우가 또 있겠는가? 하룻밤 잠자리를 한 뒤로 영영 소원해져서 소식이 끊기고 말았네. 지금까지 얼굴을 본 적도 없고 편지로라도 소식을 전한 적이 없다네. 나를 마치 원수 보듯 한다네. 저 슬하의 하나뿐인 딸도 우연한 악업으로 하룻밤에 들어서서 낳았다네. 아비가 누군지도 모른 채 자라서 시집을 가게 됐네만, 그 아비에게 알릴 수도 없었네. 이런 원통하기 짝이 없는 일이 세상에 어디 있겠는가?"

"장인어른은 어느 동네에 계십니까? 사위로서 당연히 찾아뵙고 인사를 드려야지요."

"사위가 찾아가도 전혀 반기지 않을 걸세. 딸이 태어나 장성했는데도 소식조차 묻지 않았는데, 사위가 찾아간들 기쁘게 맞아주겠는가? 십중팔구 보려고도 하지 않을 테니 헛수고하지 말게!"

그래도 사위는 마다하지 않았다.

"뵙고 못 뵙고는 장인어른께 달려 있고, 저는 막 혼인한 사위입니다. 같은 성안에 사는 장인어른을 찾아뵙지 않는 건 아무래도 사위된 도리가 아닌 듯합니다. 꼭 가서 뵙겠습니다."

그러고는 곧 말을 준비시켜 출발했다. 음관의 문 앞에 당도한 신랑은 하인을 먼저 들여보내 전갈했다.

"새서방이 문밖에 찾아와 뵙고자 합니다."

음관은 의아해하며 물었다.

"괴이하군! 새서방이라니 누구를 가리키는 말이냐?"

"아무 동네의 마님에게 딸 아기씨가 계신데, 어제 혼인을 했습니다. 사위가 된 신랑이 나리를 뵙고자 하는 것입니다."

음관은 이마를 찌푸리며 소리쳤다.

"뭔 소리냐? 난 들어본 적이 없는데 말이야! 하나 들어와서 뵙겠다니 이마저 거절하면 인정이 아니지. 들어와 보라고 하거라."

사위는 말에서 내려 문 안으로 들어갔다. 그의 풍채를 본 음관은 별안간 자신도 모르게 발이 툇마루에서 내려왔다. 대청으로 올라오라고 한 뒤 몇 마디 주고받았을 뿐인데, 인상이 벌써 정승이 되고도 남을 듯싶었다. 음관은 사위를 몹시 반기며 웃느라 입을 다물 줄 몰랐다. 너무 기특하고 마음에 들어 기쁨을 주체할 수 없었던 것이다. 종일 주거니 받거니 얘기를 나누다가 저녁이 되자 저녁밥을 내주었다. 봉홧불이 밝혀질 때가 되어 사위가 물러나겠다고 하자 장인이 따라나섰다.

"자네 혼자만 보내지 못하겠네. 나도 따라감세."

이리하여 음관은 말을 대령하라 하여 함께 타고 부인 집으로 향했다. 같이 갔던 하인이 돌아와 안채 상전에게 아뢰었다.

"아무 나리께서 새 서방님을 따라 함께 오셨습니다."

온 집안 식구들은 놀랍고 기뻐 떠들썩했다. 이 모습은 처음 혼인할 때 신랑을 맞았던 잔치 분위기에 못지않았다. 음관이 안으로 들어와 아내를 보았다. 거의 20년 만이었다. 그는 어진 사위를 얻었다며 축하의 눈길을 보냈다. 이슥고 밤이 되자 부부는 함께 잠자리에 들었다. 이리하여 이 집에서는 옛 신랑과 새신랑이 동시에 단란한 밤을 보냈다. 어머니의 신행이 외려 딸의 신행보다 앞서게 된 것이다. 음관의 집은 다시 단란해졌고 금슬은 더없이 좋았다. 사람들은 누구나 효성스러운 사위의 공이 절대적이었다고 했다. 지금까지 미담으로 전해진다.

《동패락송》 제61화

소박맞은 아내

이 이야기는 '소박맞은 아내'를 소재로 하고 있다. 소박맞은 아내와 관련한 이야기는 동서양을 막론하고 전통시대 여성 질곡의 한 꼭지로 전승되어 왔다. 멀리는 《성경》에도 소박맞은 아내가 구원할 대상으로 나오는가 하면, 가까이로는 우리의 구비전승담에도 적지 않다. 또한 근대에도 신문 지상에 실리곤 했다. 이 가운데 한 기사가 눈길을 끈다. 기사의 내용은 대강 이러하다.

> 어느 집에 딸 셋이 있었다. 그녀들은 거의 동시에 시집을 가게 되어 첫날밤을 치렀다. 먼저 첫째가 첫날밤을 치렀는데 너무 조신하여 소박을 맞았다. 첫째가 소박맞은 얘기를 들은 둘째는 반대로 너무 적극적이었다. 이 때문에 그녀도 소박을 맞았다. 두 언니가 소박을 맞고 나자 셋째는 어찌할 줄 몰라 신랑에게 이렇게 묻는다. '저는 어떻게 해야 할까요?'

이 기사의 취지는 사실 다른 데 있었다. 바로 '근대'라는 새로운 환경에 적응하기 어려운 현실을 극화한 것이다. 이처럼 여자의 소박은 시대를 달리하며 여러 용도로 활용되기까지 했다.

한편, 아내가 소박을 맞은 이유도 여러 가지다. 지금 시대로 보면 부정한 행실이 먼저 떠오르지만, 옛날에 아내의 부정은 거의 대상으로 넣지도 않았다. 그 자체가 있을 수 없는 일이라고 봤기 때문이다. 그래서 대개는 자식을 못 낳는 게 가장 큰 이유였다. 이는 한 집안의 후계 문제와 직결되어 있었기에 그렇다. 그런데 야담에서 소박맞는 아내가 등장하는 이야기 자체가 거의 없다. 현재까지도 이 작품 말고는 보이지 않는다. 반면, 앞에서 언급했듯이 구비전승에는 이런 이야기가 많다. 왜 이런 차이가 있을까?

그런데 뒤에 만나게 될 '무서운 아내' 이야기는 야담에도 더러 있다. 언뜻 생각하면 소박맞은 아내 이야기가 더 많을 것 같지만 그렇지 않다. 이유는 역시 양반 사대부들의 지향 의식과 관련이 깊다. 즉 이들이 만든 아내의 상은 양처(良妻)이자 현모(賢母)였다. 지금은 현모양처로 부르지만 과거에는 양처현모였다. 현명한 어머니보다 먼저 요구되는 덕목이 어진 아내였다. 그래서 어떤 이유이든 남편이 아내를 버렸다는 혐의에서는 자유로워야 했다. 대신 무서운 아내 이야기에는 남편이 아내를 다스리지 못하면 안 된다는 경계가 숨어 있다. 이런 사정이 개입했기에 '쫓아내는 아내'는 이야기로 상정될 수 없었다. 하지만 이 이야기에서는 아내가 소박맞는 내용을 서두에 배치했으니 소재 자체가 남다르다.

이야기는 한 음관에게 시집간 여인이 첫날밤에 소박을 맞은 것으로 시작된다. 그런데 합궁한 날 바로 소박을 맞은 이유가 불분명하다. 여러 가지로 상상을 해봐도 의문이 개운하게 풀리지 않는다. 그러니 이야기의 취지는 아내의 소박을 논란하기 위한 것임이 아님을 알 수 있다. 요컨대 부부가 원수 사이가 됐고, 이를 풀어가는 쪽이 서사의 중심이다. 그 하나의 실마리가 첫날밤에 생긴 딸아이였다. 이후의 서사는 소박맞은 아내와 딸아이 쪽만 다룬다. 그리고 20년이 지나 딸아이의 혼사가 이루어지면서 다시 음관이 소환되는 흐름이다. 이 과정에서 아내가 외지로 부임하는 동생에게 사윗감을 부탁하는 장면은 인상적이다. 한양의 고약한 사내보다는 지방의 순박한 사내를 택해달라고 한다. 이유는 분명하다. 자신처럼 딸이 소박맞는 일이 없도록 하기 위함이었다.

결과적으로 이런 사위를 얻은 덕분에 20년간 떨어져 살던 부부가 언제 그랬냐는 듯이 재결합을 하게 된다. 분명 아내가 이것을 바라고 사위를 고른 게 아니었을 테지만 결과는 그렇게 되었다. 또 20년 동안 한을 품고 살았던 아내는 사위의 중재로 남편과 해후하는 데 아무런 거부감이 없게 되었다. 집안 식구들까지 희색이 만연하다. 그래서 이 결말이 다소 불편하게 느껴질 수 있다. 하지만 이 이야기의 취지는 첫날밤에 소박맞은 아내가 어떻게 다시 시댁의 일원으로 재편입되는가에 맞춰져 있었던 것이다. 그러니 애초 야담치고는 아주 신선한 소재를 끌어왔으나 이야기의 구성은 아내의 존재를 무참하게 만든 꼴이다. 그러나 이 또한 조선 후기 어느 집안에서 일어난 인정 양태의 한 예로 볼 수 있을 듯하다. 그때도 일상에선 왜 이런 가정사가 없었겠는가?

3부

몰염치와 몰인정

5장

몰염치한 세태

21화

은혜를 원수로 갚은 몰염치한

윤(尹) 아무개는 무변으로 지체 높은 집안 출신이었다. 하지만 그는 성격이 사납고 고약한 데다 경망스럽기까지 했다. 다만 부족하나마 글재주가 있어서 현임 정승들의 문하를 출입할 수 있었고, 그를 인정해 주는 정승도 적지 않았다.

그런 윤가가 충청도에 살 때였다. 그는 부모상까지 치르고 형편이 어려워진 나머지 제 한 몸 건사하기도 벅찬 상황이었다. 그런데 마침 개성 상인과 돈을 거래하는 친한 이가 이웃 마을에 살고 있었다. 윤가는 그 사람을 찾아가 돈을 꾸어달라고 청했다. 그랬더니 그 사람은 80냥에 해당하는 수표를 써주면서 개성 상인의 숙소로 가서 이것을 현금으로 바꿔 쓰라고 했다. 그런데 윤가는 상인을 찾아가는 중에 수표의 열 십(十) 자를 일백 백(百) 자로 몰래 변조했다. 그래서 열 배인 800냥을 받아낸 것이다.

전주부에서는 한양에 올려보내야 하는 공납전(公納錢)을 개성 상인과 교환해야 했는데, 그 바람에 그만 시기를 놓치고 말았다. 전주 감영에서 이 사건을 조사해 보니 윤가가 한 짓이라는 사실이 밝혀졌다. 당시 전라감사는 박윤수•였다. 감사는 감영의 포졸을 출동시켜 윤가를 엄히 결박해 오도록 했다. 포졸들이 윤가 집으로 들이닥쳤고, 그는 꼼짝없이 잡혀갈 상황이었다. 그런데 그때 수표를 써주었던 이가 찾아왔다. 윤가가 붙잡혀 갈 처지가 된 걸 보고 그 사람이 나섰다.

"당신이 당최 저지르는 일이 불미스럽더니 결국 이 지경이 되었구려. 하나 당신은 앞으로 관직에 나가야 할 사람이 아니오? 그럴 사람이 감영에 잡혀 들어가면 패가망신하는 게 아니겠소? 나야 그럴 일이 없는 한량이니 대신 잡혀 들어가 형기를 채우고 나오겠소. 채비를 서둘러 나를 보내구려."

윤가는 감격한 나머지 눈물을 흘리며 그를 대신 보냈다. 잡혀간 그 사람은 곤장을 맞고 감옥에 갇혔다. 관에서는 공납전을 다 납부하면 풀어준다고 했다. 그 사람은 어쩔 수 없이 자기 집 농토와 재산을 몽땅 처분하여 부족한 돈을 갚고 몇 달 만에 석방되어 집으로 돌아올 수 있었다. 게다가 매 맞은 장독으로 거의 죽을 뻔했다가 간신히 살아났다. 그러나 집은 이 때문에 거덜이 나고 말았다. 그러나 아무리 봐도 윤가에게서 돈이 나올 구석은 없었다. 그 사람은 하는 수 없이 훗날을 기다려보자며 윤가에게는 한 번도 달라는 말을 하지 않았다.

그 뒤 윤가는 단천 부사가 되었다. 그 사람은 이때다 싶어 말을 빌

• **박윤수(朴崙壽)** 1753~1824. 자는 덕여(德汝), 본관은 반남이다. 여기 언급대로 전라도 관찰사를 지냈으며, 형조와 예조의 판서 등을 역임했다. 정조 사후 정계가 개편되는 와중에도 국정의 요직을 맡아 활약했다.

려 타고 단천으로 천 리 먼 길을 찾아갔다. 당연히 부사가 자기 손을 맞잡고 반길 줄로 알았다. 그런데 잡인들을 관아에 들이지 말라는 부사의 조치로 그 사람은 관아 안으로 들어갈 수가 없었다. 관아 문이 열리기만을 기다리다 보니, 단천에 체류한 지 어느새 한 달 남짓이 되었다. 노자는 이미 바닥이 났고 여관 주인에게 진 빚도 쌓여갔다. 이젠 달리 손쓸 방법도 없어 진퇴양난에 빠지고 말았다.

그러던 어느 날, 본관 사또가 출타한다는 소식을 접하고 그 사람이 길목을 지키고 있었다. 사또가 나타나자 그 사람이 다가가 소리쳤다.

"여기 온 지 오래되었소!"

사또 윤가가 돌아보더니 하인들에게 영을 내렸다.

"관아로 들여보내 놓거라."

그러고는 가던 길을 가버렸다. 얼마 지나지 않아 돌아온 사또는 그와 인사는 나누었으나 별다른 얘기가 없었다. 마냥 있을 수 없어 그 사람이 먼저 말을 꺼냈다.

"내 처지가 어렵다는 사실은 사또께서도 아실 것이오. 옛날의 정분을 생각해서 천 리를 멀다 않고 찾아왔소. 한데 관문에서부터 막혀 한 달 남짓 여기서 체류하느라 밥값으로 진 빚만 해도 적지 않소. 사또께서 이 딱한 사정을 굽어살펴 나 좀 살려주시오. 지난번 진 빚은 더 따지지 않겠소."

윤가는 이 말을 듣더니 얼굴을 찌푸렸다.

"관에 진 빚이 산더미 같네. 자넬 도와줄 여유가 없네그려."

그러고는 관아 밖에 묵을 곳을 정해주었을 뿐 대접이 이만저만 냉랭한 것이 아니었다. 며칠 더 있었으나 그 사람에게 내준 것이라곤

병든 말 한 필 뿐이었다.

"이 말값이 수백 냥은 넘을 테니 타고 가서 팔아 쓰게."

거기에 50냥을 노잣돈으로 얹어주었다. 이에 그 사람은 간청에 간청을 거듭했다.

"이 말은 다리에 병이 들었소. 이걸 가지고는 여기서 든 밥값을 갚기에도 턱없소. 돌아갈 때 먹을 식량도 부족하니 이를 어찌하란 말이오? 사또께선 다시 고려해 주시오."

윤가는 발끈했다.

"그나마 자네니까 빚더미 속에서도 이만큼 내주는 거네. 다른 사람이면 빈손으로 내쫓았을 것이야. 여러 말 말게!"

그러더니 사람을 시켜 몰아내게 했다. 그 사람은 부아가 머리끝까지 치밀어 받은 돈을 관아 뜰에 던져버리고 욕을 퍼부었다.

"네가 공금을 도둑질해 먹고 감영에 잡혀가게 되었을 때 내가 그간의 의리로 너를 대신해 옥에 들어갔다가 거의 죽을 뻔했다. 가진 재산을 다 탕진하면서 그 빚까지 갚아주지 않았느냐? 그럼에도 그동안 아무 요구도 하지 않았었다. 지금 수령이 됐다고 해서 내가 불원천리하고 찾아왔는데, 애초 나를 만나주지도 않고 냉대하지 않았더냐? 마지못해 단돈 50냥을 줬다만, 이것으론 오가는 비용을 충당하기에도 부족하단 말이다. 세상천지에 이런 몰인정한 인간이 있단 말인가?"

그는 목 놓아 대성통곡하더니 관문을 나갔다. 큰길가에서 원통한 사정을 오가는 사람들에게 들려주며 수령의 짓거리를 죄다 늘어놓았다. 윤가는 이를 듣고 감정이 상했고, 또 자기의 나쁜 소행을 들춰낸

데에 분개했다. 이윽고 꼬투리를 잡으려고 장교를 시켜 그 사람의 행장을 뒤지게 했다. 거기서 종부시의 낭청첩• 두 장이 나왔다. 윤가는 그 사람을 옥에 가두고 당일로 감영으로 가서 감사에게 보고했다.

"하관의 고을에서 임금의 옥새를 탈취하여 위조한 죄인을 잡았습니다. 어떻게 처리해야 할지요?"

"본 고을에서 치죄하는 것이 좋겠네."

"그러면 하관이 처리해도 되겠습니까?"

"그리하게."

감사의 재가를 받은 윤가는 관아로 돌아와 그 사람을 때려죽여 버렸다.

세상에 어찌 이처럼 잔인하고 몰염치한 사람이 있을까? 아! 참혹하고 표독하구나.

《계서잡록》 권3 제40화

• **종부시(宗簿寺)의 낭청첩(郎廳帖)** 종부시는 왕실의 계보인 보첩을 편찬하는 관서로, 《선원록(璿源錄)》을 10년마다 수찬했다. 낭청첩은 낭관의 임명장이다. 종부시의 직제가 도제조, 제조, 주부, 직장 등이었는데, 실무직인 주부나 직장 등을 임명한 장부로 보인다.

22화

주인 낭자를 실성케 한 겸인

이업복(李業福)은 겸인이다. 그는 어렸을 때부터 한글로 된 소설을 잘 읽었다. 그 소리가 어떨 땐 노래하는 것 같고 어떨 땐 화가 난 듯도 하며, 웃을 때도 슬퍼할 때도 있었다. 때론 소리가 막히지 않고 우렁차 호걸의 기상을 보였고, 또 때론 여리고 고와 어여쁜 여자의 자태를 지었다. 다름 아닌 책에서 다룬 상황과 묘사에 따라 특정 장면을 기막히게 표현한 것이었다. 이런 능력으로 그는 당시 권세가나 부잣집에 수시로 불려 다니며 책을 읽어주었다.

한편, 어느 서리 부부도 그의 재주를 유난히 좋아했다. 그들은 업복을 젖먹이 기르듯 보살펴 주며 일가인 양 터놓고 지냈다. 마침 서리에겐 아직 시집을 안 간 딸이 하나 있었다. 남달리 예쁘고 단아하여 화려하기는 꽃과 같고 온화하기는 옥과 같았다. 업복은 그런 그녀에게 온통 마음을 뺏겨 어떤 때는 멍해지고 어떤 때는 정신이 뒤흔들리는 등 걷잡지 못했다. 그래서 그녀를 볼 때마다 추파를 보냈으나,

그녀는 그때마다 정색하며 일절 반응하지 않았다.

그러던 어느 날이었다. 서리는 명절을 맞아 가족들을 데리고 성묘를 가고 딸만 홀로 남았다. 그녀는 자기 방을 자물쇠로 굳게 잠그고 자리에 누워 있었다. 업복은 기회다 싶어서 담을 넘어 그녀의 방으로 숨어들었다. 그녀는 침상에서 단잠에 빠져 있었다. 업복은 곁에 눕더니 다짜고짜 그녀의 허리를 끌어안았다. 깜짝 놀란 그녀가 벌떡 일어나 소리를 질렀다.

"당신 누구세요?"

"업복이라네."

그녀는 화를 내며 놋쇠 등잔걸이로 업복을 때리면서 나무랐다.

"너는 우리 부모님이 어떻게 대해주었는데 그 은정을 망각하고 이런 개돼지 같은 파렴치한 짓을 하려느냐?"

업복은 오히려 몸을 내밀어 얻어맞았다.

"낭자가 주는 매는 엿처럼 달콤하지!"

그녀는 화가 더 단단히 나서 사정없이 두들겨 팼다. 그 바람에 업복의 입 주변이 찢어져 상처가 났다. 그래도 업복은 부드러운 말로 사정하고 간절한 낯빛으로 달래고 달랬다. 남의 어려움을 그냥 지나치지 못하는 성격인 그녀는 너무 심하게 때린 게 후회되었고, 계속 때려도 고분고분한 업복이 안쓰럽기까지 했다. 그래서 몸을 침상에 맡긴 채 업복에게 말했다.

"너 좋을 대로 해. 네 마음대로 하라고!"

이 말이 떨어지기가 무섭게 업복은 맘껏 그녀를 농락하며 온갖 추태를 부렸다. 일이 끝나자 옷매무새를 고치고 일어난 그녀가 말했다.

"네가 원하던 걸 충분히 풀었을 테니 더 있지 말고 빨리 나가!"

업복은 머뭇거리다 어쩔 수 없이 나갔다.

이튿날 아침, 식구들이 모두 돌아왔다. 업복이 그녀의 모친에게 안부를 여쭈러 왔다. 그런데 곁에 있던 그녀는 어제와 전혀 다른 모습이었다. 옥 같던 얼굴이 비참해 보였고 미간엔 수심이 가득했다. 활짝 폈던 고운 꽃이 아침 찬비를 맞은 듯 그 모습이 애처로웠다. 업복은 물러나서도 그녀 생각이 간절했다. 급기야 연애편지 한 장을 써서 남몰래 그녀에게 보냈다. 동원에서 만나자는 내용이었다. 과연 그녀는 때맞춰 그곳으로 왔다. 그런데 그녀는 뭔가에 홀린 듯 혼잣말을 하며 정신을 차리지 못했다.

"낭자의 행동이 왜 이리 이상하오?"

"방금 서왕모•가 심부름꾼을 보내 전갈했어. '네가 남의 꾐과 위협으로 더럽혀지고 말았구나. 몸이 망가졌으니 원한의 빚이 실로 많단다.'라고 하시면서 이제 속세와는 인연을 끊고 선계로 돌아오라는군. 그러니 심부름꾼을 따라가야겠어."

업복은 실소를 터트렸다.

"심부름꾼이 어디 있다고?"

여자는 자기 옆을 가리키며 "여기 있잖아."라고 하면서 공중을 향해서 계속 웃다가 말하고 말하다가 웃는 것이었다. 그러더니 자기가 끼고 있던 옥가락지를 빼서 누군가에게 주는 시늉을 했다. 또 누군가

• **서왕모(西王母)** 선계인 요지(瑤池)에 산다는 여신. 서왕모 전설은 중국의 여신 신화의 대표적인 사례로, 그 옆에는 '청조(靑鳥)'라는 심부름꾼이 있어서 인간 세상과 소통했다고 알려져 있다.

의 신을 벗기더니 자기 발에 넣는 듯한 행동도 하는 것이, 그 모습이 수상하기 짝이 없었다. 하지만 주변은 고요할 뿐 어떤 누구도 보이지 않았다.

"낭자, 누구랑 그렇게 사이좋게 수작하는 거요?"

업복이 물었으나 여자는 그저 웃었다.

"요지(瑤池)의 심부름꾼이라니까."

잔뜩 겁이 난 업복은 그곳을 뛰쳐나왔다. 여자는 이때부터 종일 혼잣말을 해댔다. 하는 말도 서왕모와 심부름꾼 얘기뿐이었다. 그런 그녀가 하루는 새벽에 일어나더니 홀연 종적을 감춰버렸다. 부모는 이것이 업복이 때문에 생긴 일인 줄은 까마득히 몰랐다. 끝내 딸은 찾을 수 없었다.

업복은 그녀를 두고, '저 여자가 저리 운수가 없으니 복을 누릴 수나 있었겠어?' 라고까지 했다.

《기리총화》 상권 제29화 〈業福薄倖(업복박행)〉

몰상식에 몰염치한 사내들

두 이야기는 몰상식에 몰염치한 사내를 다루었다. 이런 인물형은 분명 부정적인 대상이지만, 당대 인심의 동향과 인정 양태를 가늠하는 흥미로운 척도가 될 만하다. 또한 상층과 하층이라는 신분이나 충효열 같은 유가 이념 등으로만 인물을 구분하고 평가하는 일반적인 맥락에서 벗어났다는 점에서도 이들의 존재는 주목받아 마땅하다. 좀 더 지나친 의미를 부여한다면, 이들의 존재로 비로소 야담 속 인물들의 복잡하고 입체적인 면모가 살아날 수 있었다. 나아가 이런 '나쁜 놈'을 통해서 당대 사회의 이면이 좀 더 실감 나게 되었다. 사실 이것이 문학에서 부정적인 인물의 역할이기도 했다. 물론 저들의 행태는 비판받아 마땅하다. 바로 이 비판의 지점에 시대의 인정세태와 인간성의 문제가 도사리고 있다. 불온한 인물은 언제나 불온한 시대를 반영하는 법이기 때문이다.

21화는 사납고 고약한 어느 몰염치한 무사의 이야기다. 이웃의 은

인을 속이다 못해 때려죽이기까지 했으니, 그는 야담 인물 중에서도 최악이다. 그의 희생양이 된 이는 개성 상인과 거래를 하며 수표를 써주는 걸로 보아 해당 지역의 장사꾼인 듯하다. 무사가 그에게 돈을 꾸는 과정과 수표를 위조하는 과정에서 당시 상거래의 현장이 포착되기도 한다. 이웃은 그에게 80냥 상당의 수표를 써주었다. 당시에도 수표가 쓰였나 싶지만, 조선 후기 상업 거래가 활발해지면서 수표 거래는 거의 일상이 되었다. 지금보다 수표 이용이 오히려 많았다고 할 수 있다. 이는 화폐가 동전 위주인 데다 지폐가 활성화되지 못했기 때문이다. 그리고 개성 상인이 충청도 지역을 왕래하고 있는 정황도 흥미롭다. 그가 자본이 많았던지 관아에서 공납전을 교환하기까지 한다. 지방에서의 상인과 관아의 관계가 예사롭지 않았음을 반영한다.

무사 윤가는 이런 거래 중에 일어났던 위조 행태를 이용한 것으로 보인다. 그러나 그의 수표 위조는 지방 관아에서 수표를 현금화하는 과정에서 발각되고 만다. 윤가는 위조와 편취로 감옥에 가야 할 판이다. 그런데 그를 구원한 이는 다름 아닌 돈을 꾸어준 이웃이었다. 이웃은 윤가에게 조건 없이 돈을 꾸어준 것도 모자라 그를 대신해 감옥까지 간다. 앞으로 벼슬할 사람이기에 전과가 있어서는 안 된다는 선의였지만 그럼에도 이 상황이 쉽게 납득은 가지 않는다. 이것을 어떻게 이해해야 할까? 그래서 서두에 나오는, 윤가가 정승의 문하를 출입했고 정승들도 그를 어느 정도 인정해 줬다는 점이 중요하다. 윤가가 지역 사회에서 상층의 후원을 등에 업고 있었다는 걸 짐작하게 하기 때문이다.

아무튼 이 이웃은 옥에 갇혀 고문으로 거의 죽을 뻔했다. 그뿐인가, 윤가가 가로챈 공납전을 대신 갚느라 집안은 거덜나고 말았다. 이는 16화에서 구리개 약방의 허생이 겪은 현실과 별반 다르지 않다. 문제는 그다음이다. 윤가는 무인으로서는 요직이라고 할 수 있는 단천 부사가 되었다. 단천은 먼 변방이지만 지리적으로 중요했기에 이곳 부사는 그만큼 보상이 큰 자리였다. 하지만 그는 만신창이가 되어 여기까지 찾아온 이웃에게 관대하기는커녕 냉대와 핍박을 서슴지 않는다. 이웃이 끝내 폭발하고 만 것은 당연한 일이었다. 그럼에도 그는 이런 푸념밖에는 할 수 없었다. '세상천지에 이런 몰인정한 인간이 있단 말인가?' 그런데 이 푸념이 그를 죽음으로 몰고 갔다.

반면, 이런 짓을 저지른 무사란 인간을 도대체 어떻게 설명해야 할까? 일반적인 서사라면 극악무도한 무사를 어떤 식으로든 처치하는 방식을 취했을 법한데, 이 이야기에서는 그렇지 않다. '세상에 어찌 이처럼 잔인하고 몰염치한 사람이 있을까? 아! 참혹하고 표독하구나.'라는 말로 이야기를 끝맺고 있다. 체면을 차리고 부끄러움을 아는 마음이 염치이다. 염치는 유가 사회에서 매우 중요한 덕목이었다. 선악을 넘어서서 염치는 인간으로서 갖추어야 할 최소한의 조건이다. 이 이야기가 염치를 내세웠다는 점은 이 몰염치한이 선악의 기준을 넘어서 있음을 말해준다.

22화는 몰상식에 몰염치한 인간의 극단적인 사례이다. 이업복은 출신이 겸인이라고 했는데 좀 이상하다. 겸인이라면 대갓집에서 잡일과 시중을 드는 역할을 할 터인데, 그는 이런 일과는 전혀 상관이 없다. 소설책을 잘 읽는 재주로 권세가나 부잣집을 수시로 드나들고 있기 때문이다. 겸인이지만 당시 유행하던 이야기꾼 역할을 했던 모양이다. 이야기꾼 가운데는 소설책을 읽어주는 강독사(講讀師)가 있는가 하면, 자기식대로 이야기를 꾸며서 전달하는 강담사(講談師)가 있었으며, 판소리 같은 전문 소리꾼인 강창사(講唱師)도 있었다. 이 가운데 이업복은 소설책을 전문으로 읽어주는 강독사에 해당한다.

한편, 이야기꾼의 활동 무대가 주로 사람들이 많이 모이는 시정 공간이어서, 지금의 종로5가에 해당하는 배오개와 인사동 일대가 그들의 주요 무대였다. 그러나 일부는 이업복처럼 양반가를 드나들면서 책을 읽어주고 삯을 받기도 했다. 거리의 이야기꾼과는 구별되는 직종이었던 셈이다. 이래저래 당시 이야기꾼은 요즘의 영화와 음악, 예능 분야를 아우르는 엔터테인먼트 같은 신문화를 주도하는 직업군이었다.

그런데 이런 타고난 재주를 가진 업복은 자신을 친자식처럼 아껴준 서리의 딸을 겁탈했다. 그가 벌인 짓은 그야말로 은혜를 원수로 갚은 만행이었다. 욕정에 눈이 멀어 '은정을 망각하고 개돼지 짓을 벌인' 결과는 참담했다. 서리의 딸은 그 충격으로 정신이 나가고 미쳐버린다. 표현하기 꺼려지지만, 우리 시대에도 성폭행과 그에 따른 안타까운 상황이 연상되기에 더 먹먹하다. 더군다나 그녀는 가출하여 행방불명되고 만다.

이야기의 후반부는 이런 그녀에 대한 안타까움과 업복의 반응이 엇갈리며 연민과 분노가 교차한다. 자기가 한 짓을 뉘우치기는커녕 '저 여자가 운수가 없는 팔자'라고 책임을 전가하는 업복의 모습은 분노유발자와 다름없다. 그런데 업복이 여성을 겁탈하고 그 이후에 사람을 대하는 태도를 보면 뭔가 좀 이상하다. 그의 행위에 최소한의 인과관계나 합법칙성이 드러나지 않기 때문이다. 지금으로 보면 사이코패스 같기도 하다. 그런데 굳이 그를 위한 변명을 하자면 이렇다. 그는 분명 유가 사회의 기본적인 제도나 관계에서 벗어난 인물이지 않은가 싶다. 말하자면 유가의 세례를 못 받은 인물이다. 그래서 가장 기본적인 인정도 모르는 존재인 양 그려놨다. 이 점이 이야기의 파격이라면 파격이고, 몰염치한 사회에 대한 경고라면 경고이다.

23화

주인 여자를 겁박하는 사내종

영남에 어떤 선비가 있었다. 그가 한번은 말 한 필에 종 둘을 대동하고 수백 리 먼 곳을 다니러 간 적이 있다. 가는 길에 여관은 보이지 않고 날은 저물고 있었다. 멀리 바라보니 외딴 마을에 양반의 별서인 듯한 집이 있었다. 그는 말을 몰아 한달음에 그 집 문 앞에 당도했다. 그런데 그곳은 아무 인적도 없고 적막했다. 말에서 내려 대청으로 올라가니 마루와 벽은 먼지가 가득 쌓였고 구석구석은 쓸쓸하기 짝이 없었다. 선비는 어찌해야 할지 몰라 그대로 멈춰 선 채 있었다. 잠시 뒤 한 늙은 여종이 안에서 나왔다.

"저희 아기씨께서 손님께 전갈하라 하십니다."

선비는 무슨 상황인지 종잡을 수 없어 전갈 내용을 물었다. 그랬더니 전하는 말이 이러했다.

"여행길에 기체는 평안하신지요? 뜻밖에 찾아주셔서 얼마나 다행이고 기쁜지 모르겠습니다. 당장 나가서 절을 올리고 싶지만 시장하실 테니 저녁밥을 먼저 올리고자 합니다. 드리기에 앞서 문안 올립니다……."

선비는 속으로 이런 생각이 들었다.

'평소 소식을 주고받은 적도 없는 모르는 집이 아니던가. 한데 안에서 전갈하는 말투가 꽤 친밀하니 정말 이해가 안 되네. 일단 답례나 하고 상황을 지켜보아야겠군.'

그래서 이런 답례를 전갈케 했다.

"오는 길의 안부까지 물어주시니 고맙기 그지없소. 마침 이곳을 지날 일이 있어서 왔다가 들르게 되었소. 들어가 예를 표해야 하나 저녁 먹은 뒤에 뵙기로 합시다."

이윽고 퍽 정결한 저녁 밥상이 나왔다. 이어 여종은 온돌에 불을 지피고 등잔불을 밝혔다. 선비는 묵묵히 앉아 '이상하다, 도대체 뭘까?' 라는 생각뿐이었다. 밤이 되자 한 처녀가 안채에서 나왔다. 땋은 머릿결이 아름다웠으며 행동거지도 온화하고 진중해 보였다. 그런데 방문으로 들어서기도 전에 대뜸 이렇게 말했다.

"오라버니께서 저를 찾아주셨군요. 의지할 데 없던 이 동생이 얼마나 감격스럽고 반가운지 모르겠어요."

그러고는 방 안으로 들어와서 절을 올리는 게 아닌가. 이에 선비도 맞절을 하며 응대했다.

"내가 이곳을 지나가는 길에 자네를 찾아오지 않으면 쓰겠는가?"

이어 둘은 몇 마디를 주고받았다.

"밤중이라 오래 앉아 있기에 편치 못합니다. 안으로 들어갔다가 다시 오겠어요."

몇 식경 뒤에 처녀는 손에 언문으로 쓴 한 장짜리 편지를 가지고 와서 선비 앞에 두고 말했다.

"하고자 하는 말을 여기에 다 적었답니다."

선비는 등불을 돋우고 자세히 읽어보았다. 내용은 대략 이러했다.

박명한 저는 부모님께서 한날한시에 돌아가셨답니다. 이제 두 해가 되어 가는데 혈혈단신이라 제사도 제대로 올리지 못하고 홀로 빈집에 남아 있는 몸입니다. 이처럼 고단하고 두렵기 짝이 없는 와중에 집안 종놈 하나가 흉측한 마음을 품고 저를 범하려고 하지 뭡니까. 제가 욕을 당할 수 없었기에 있는 힘껏 지금까지 저항하고 있으나 아마도 제가 죽어야 끝날 듯합니다. 이 몸이 죽으면 부모님 제사는 영영 끊어지고 말 테지요. 저의 심정이야 애통하고 절박하기 짝이 없으나 사정이 다급하다 보니 저놈의 못된 짓을 늦추고자 갖은 말로 꾀고 달랬지요. '사고무친인 내가 오직 의지할 수 있는 사람은 너뿐이지 않느냐. 그러니 네 말을 따르지 않고 누구 말을 따르겠느냐? 하나 지금은 상중이라 이런 무례한 짓을 할 수 없단다. 조금만 기다렸다가 탈상한 뒤에나 생각해 보자꾸나.'라고 말이에요. 그랬더니 저놈은 제 말을 믿고 아직까진 흉측한 짓을 하진 않았답니다. 이제 탈상이 머지않아 제 목숨도 끝날 절박한 때였지요. 그런데 이 무슨 다행인지 뜻밖에 하늘이 존귀한 손님을 제집에 보내주셨네요. 문틈으로 엿보니 손님께서는 체구도 건장하시고 종들도 씩씩해 보였답니다. 운수 기박한 제가 손을 빌릴 수 있겠다 싶었지요. 이곳 전면에는 매우 깊은 내가 있답니다. 손님께서는 새벽에 닭이 울고 나면 곧장 앞 내를 건너세요. 그에 앞서 오늘 밤 미리 저에게 전갈하시기를, 물질에 익숙한 종을 청해 길을 안내해

달라고 해주세요. 그럼 제가 때를 맞춰 저놈을 보내 전송하라 하겠습니다. 저놈은 불같은 욕망이 목전이라 영을 내리기만 하면 안 갈 리가 없을 겁니다. 저놈이 냇가 물에 들어갔을 때 손님과 종 세 분이 힘을 합치면 해치우기 수월할 겁니다. 엎드려 바라옵건대, 원수 갚을 도리가 없는 저를 딱하게 여기시어 화의 근원인 저놈을 없애주십시오. 제발 이 한목숨 살아남아 부모님의 제사를 받들 수 있도록 해주세요. 눈물로 축원합니다.

편지를 다 읽고 난 선비는 순간 모골이 송연해졌다. 그녀는 온몸으로 정절을 지키고 있었으며, 가진 생각도 보통 여자의 수준을 한참 넘어서 있었다. 감동한 선비는 당장 잠자던 종을 불러 깨워서 귀에 대고 이렇게 저렇게 하라고 일렀다. 그러고 나서 편지 내용대로 처녀에게 전갈했다. 처녀도 바로 그놈에게 일러 새벽에 선비 일행이 내를 건널 수 있도록 안내하라고 했다.

때는 한밤중이 지났으나 아직 칠흑같이 어두웠다. 선비가 집을 나가 물가에 당도하니, 그곳에 대기하고 있던 그놈이 앞장서서 냇가를 건너기 시작했다. 중간쯤에 이르렀을 때, 선비는 그놈의 머리를 낚아챘다. 동시에 종 둘이 양쪽에서 그의 팔을 누른 채 물속으로 밀어 넣으면서 큰 돌로 가슴을 내리쳤다. 놈은 그 자리에서 즉사했고, 잠시 뒤 시신이 물 위로 떠올랐다. 선비는 서둘러 말을 달려 고향 집으로 돌아왔고, 부친에게 이 여자의 어진 행실을 장황하게 늘어놓았다.

이듬해 선비는 그녀가 어떻게 됐는지 궁금하여 다시 그녀의 집을 찾아갔다. 하지만 죽은 하인 놈의 일가붙이가 이웃 마을에 아직 숨어 있을까 걱정이어서 그 집에 들어가기 전에 이 사실을 수소문해 보았다. 그랬더니 그놈의 처와 동생은 하루를 가야 하는 거리의 마을로 거처를 옮겼다는 걸 확인할 수 있었다. 선비는 곧장 처녀의 집으로 달려가 그녀를 만났다. 그녀는 한달음에 나와서는 두 손을 모으고 지난번 은혜를 거듭 감사해했다. 근황을 물었더니, 아직 시집을 가지 않고 있었다. 이에 선비가 걱정돼서 물었다.

"작년에 말 한마디로 남매의 의를 맺었으니, 자네를 위한 정성이야 무엇인들 마다하겠는가. 규중의 여자가 나이가 차면 짝을 만나야 하는데, 이렇게 마냥 늦어져 나이만 들고 있다니……. 앞으로 어찌하려 하는가?"

"애초 규중의 여자인 제가 나서서 남정네의 얼굴을 한번 스쳤던 것은 제 앞에 놓인 화근을 제거하고자 한 것만이 아니었답니다. 이 몸이 평생 우러러 의지하고자 해서였지요. 그러니 앞으로도 쭉 불쌍히 여기시어 돌봐주셔야지요."

"그럼, 우리 집이 그리 어려운 형편은 아니니 자네를 데리고 가서 방 하나를 치우고 편히 살게 하겠네. 계집종들을 붙여 옆에서 잔심부름도 하게 함세. 그러면 남매의 살뜰한 정을 이어갈 수 있지 않겠는가? 자네 생각은 어떤가?"

"정말 가슴에 깊이 새길 만큼 감사한 말입니다. 하지만 여자가 거처를 옮기는 건 쉬운 일이 아니잖아요. 다시 한번 헤아려주세요."

선비는 그녀의 성씨며 집안 내력까지 자세히 물어봤다. 그랬더니 자기 집보다는 조금 못한 집안이었으나 나름 양반 가문이라 혼인을 맺기에 부족함이 없었다. 선비는 다시 본가로 돌아왔다. 마침 집안에 결혼하지 않은 동생이 있었다. 그래서 선비는 부친에게 괜찮은 처자가 있다는 사실을 아뢰고, 즉시 동생의 사주단자를 쓰고 아울러 혼렛날까지 잡았다. 이 내용을 언문 편지로 적어 그녀에게 보냈다. 편지를 가지고 간 하인이 답신을 가지고 돌아왔다. 이리하여 그는 동생의 신행을 뒤에서 따르며 가마를 대동한 채 그녀의 집으로 다시 가 혼례를 치렀다. 일행은 하룻밤만 거기서 묵고 더 지체할 필요 없다고 하여 신부를 데리고 귀향했다. 혼례의 제반 과정이 아무 탈 없이 순조로웠다. 이리하여 그녀는 선비의 집안에서 평생 잘 살았다고 한다.

《동패락송》 제25화

24화

승려와 사통한 유생의 아내

어떤 유생이 있었다. 그는 붓을 내던지고 무예를 익히고자 모화관• 근처에서 활쏘기를 연습했다. 해 질 녘, 훈련을 마치고 돌아오는 길에 여인을 태운 가마와 마주쳤다. 다른 일행은 없고 어린 여종 하나만 따르고 있었다. 그 애가 제법 예뻐서 유생은 자꾸 눈이 갔다. 허리에 화살통을 꽂고 어깨엔 활을 걸친 채로 가마를 뒤따랐다. 앞서거니 뒤서거니 하던 중에 바람이 불어 가마의 발이 걷어 올려졌다. 순간 가마 안이 보였다. 어떤 여인이 소복을 입고 앉아 있는데, 그야말로 국색이었다. 유생은 마음이 둥둥 뜨며 어지러워졌다.

'저이는 누구 집 여자일까? 우선 따라가서 그녀의 집이 어디에 있는지 확인해 봐야지!'

• **모화관(慕華館)** 조선시대에 중국 사신을 영접하던 영빈관으로, 서대문 밖에 있었다. 1896년 이곳에 독립협회를 세워 지금 이 자리에 독립문이 남아 있다. 여기서 인왕산 방향으로 활터가 있었다.

속으로 이런 생각을 하고 계속 뒤를 따라갔다. 가마는 큰길을 따라 새문•으로 들어서더니 거기서 남촌의 아무 동네로 방향을 틀어 큰 저택으로 들어갔다. 유생은 문밖에서 한참을 서성였다. 어느덧 날이 저물었기에 돌아 나와 점방에서 밥을 사 먹고 다시 그 집 주변을 살폈다. 아무리 살펴봐도 따로 넘어 들어갈 틈은 없었다. 다만 뒤쪽 담장이 작은 언덕을 끼고 있어서 그리 높아 보이지 않았다. 유생은 이 언덕으로 올라가서 집 쪽을 내려다보았는데, 담장 안으로 화원이 있고 거기에 대숲이 울창하여 몸을 숨길 만했다. 그는 달빛을 받으며 담장을 넘어가 화원을 통해 그 아래로 내려갔다. 아래는 바로 저택의 뒤편으로, 양쪽으로 방 두 개가 있었다. 방에는 등불 빛이 환하여 쌍으로 된 창문에 비쳤다. 그는 창문 아래로 가서 몰래 동쪽 방을 엿보았다. 그 안에는 나이 지긋한 여자가 베갯머리에 기대어 있고, 아까 보았던 여자는 등불 아래에서 언문책을 읽고 있었다. 읽는 소리가 낭랑하여 옥구슬이 구르는 소리 같았다.

유생은 창문 밑에 몸을 숨기고 창틈으로 계속 동정을 살폈다. 이윽고 나이 지긋한 분이 여자에게 일렀다.

"오늘은 아마도 피곤할 테니 네 방으로 가서 쉬거라."

여자는 '예' 하고 물러 나와 서편 방으로 들어갔다. 유생은 밖에서 다시 서편 방 창문 아래로 다가갔다. 거기서 엿보고 있는데, 여자가 어린 여종을 불러 말했다.

• **새문〔신문(新門)〕** 돈의문, 즉 서대문을 말한다. 도성의 다른 성문보다 늦게 지었다는 의미에서 붙여졌다. 여기서 남촌이면 도성 안 청계천 이남 지역으로, 지금의 을지로와 퇴계로 방면이다.

"밖에 다녀왔으니 너도 피곤하겠구나. 나가서 너희 어머니 집에서 자고 내일 아침 일찍 오거라."

곧 여종이 방을 나갔고, 여자가 일어나 위쪽 창문을 닫았다. 유생은 속으로 쾌재를 불렀다.

'이제 저 여자 혼자 자게 됐군. 틈을 보아 쳐들어가면 되겠어.'

그러면서 숨을 죽이고 엿보았다. 여자는 농을 열더니 비단 이불을 꺼내 바닥에 폈다. 그런데 바로 잠들지 않고 담뱃대를 물면서 등불 곁에 앉는 게 아닌가. 마치 누군가를 그리워하는 듯한 모습이었다. 이를 본 유생은 속으로 좀 이상하다 싶었다. 잠시 뒤 후원 대숲에서 소리가 나며 인기척이 들렸다. 유생은 기겁하여 얼른 몸을 숨기고서 그쪽을 살폈다. 그랬더니 웬 까까머리 중놈이 대숲을 헤치고 나와서 그녀의 방 뒤 창문을 두드리는 것이었다. 그 순간, 안에서 여자가 창문을 열고 중을 맞아들였다. 유생은 다시 그쪽으로 다가가 창틈으로 엿보았다. 안에서는 벌써 중놈이 여자를 끌어안고 온갖 음란한 짓을 하고 있었다. 얼마 있다가 여자가 일어나서 탁자 위의 술병과 찬합을 가져와서는 잔에 술을 가득 따라 중놈에게 건네주었다. 그자는 단번에 다 들이켜고 여자에게 물었다.

"오늘 성묘하러 가보니 어땠어? 슬펐어?"

여자는 미소를 머금은 채 대답했다.

"나한테 당신이 있는데 뭐가 슬프겠어? 더구나 헛무덤을 쓴 곳에서 무슨 감회가 있다고."

그러더니 저들은 또 한바탕 몸을 뒤섞더니 알몸인 채 이불 속으로 들어가 서로 끌어안고 누웠다. 유생은 애초 그녀를 겁탈하려는 욕정이 구름 걷히고 안개 흩어지듯 싹 가시고 말았다. 이젠 오히려 격분하여 저들을 처치해야겠다는 생각이 솟구쳤다. 유생은 곧바로 차고 있던 활을 당겨 화살을 잔뜩 잰 다음 창틈을 통해 쏘았다. 화살은 명중하여 중놈의 정수리를 뚫고 나갔다. 소스라치게 놀란 여자는 벌벌 떨다가 급히 이불로 중놈의 시신을 싸서 다락에 처넣었다. 유생은 이런 여자의 행동을 다 살피고 나서 뒤편 담장을 넘어 밖으로 나왔다. 때는 이미 파루 종이 친 뒤였다. 그는 그대로 집으로 돌아왔다.

그날 밤, 비몽사몽간에 한 푸른 도포를 입은 젊은 선비가 그의 앞으로 다가와 절을 올렸다. 나이는 열여덟이나 열아홉쯤 되어 보였다.

"당신이 원수를 갚아주었군요. 감격하여 이렇게 찾아와 감사를 드립니다."

유생이 놀라서 물었다.

"당신은 누구시며, 또 원수는 누구요? 나는 애초 당신을 위해 원수를 갚아준 일이 없는데 뭐가 감사하다는 거요?"

젊은이가 자초지종을 얘기했다.

"저는 아무 동네 아무 정승의 외동아들입니다. 제가 산사에서 공부하고 있을 때 주지승이 양식과 반찬을 가지러 우리 집에 왕래하게 되었답니다. 그런데 음탕한 아내가 중놈을 보고 눈이 맞아 저들은 간통하는 사이가 되었지요. 둘은 짜고 저를 없애려고 했답니다. 제가 부모님을 뵈러 돌아가는 길에 저 중놈과 동행하게 되었는데, 아무도 없는 곳에서 저를 쳐죽였지요. 저의 시신은 산 뒤편 바위굴 속에 유기해 버렸고요. 그 뒤로 3년이 되었답니다. 저는 원통하게 죽었으나 저 원수 놈들에게 보복할 길이 따로 없었지요. 어젯밤 당신이 쏘아 죽인

자가 바로 그 중놈이고 여자는 제 아내랍니다. 덕분에 원수에게 설욕했으니 뭐라고 감사드려야 할지요. 한데 한 가지 더 부탁이 있습니다. 제 부친을 뵙고 제 시신이 있는 곳을 알려주시어 제대로 된 묘를 쓰게 해주십시오. 그러면 이보다 더 큰 은혜가 있겠습니까."

말을 마치고는 홀연 사라져 간 곳을 알 수 없었다. 깜짝 놀라 깨어 보니 한바탕 꿈이었다. 유생은 참으로 기이하다는 생각이 들었다. 다음 날 아침, 다시 그 집을 찾아가 자기 이름을 알리고 안으로 들어갔다. 한 나이 지긋한 정승이 유생을 맞아 자리에 마주 앉았다. 유생이 먼저 정승에게 여쭈었다.

"자제분은 몇이나 두었는지요?"

묻는 말에 정승은 눈물부터 뿌렸다.

"이 늙은이가 운수가 나빠 다른 자식이 없다가 쉰이 넘어서야 사내아이 하나를 얻었었네. 그 아이를 손에 쥔 구슬인 양 애지중지했지. 그러다가 혼례를 치른 지 얼마 안 됐을 때 애를 산사에 보내 과거 공부를 시켰다네. 한데 그만 호랑이에게 물려가 죽고 말았지 뭔가. 이제 막 대상까지 치렀다네."

유생이 다시 말을 꺼냈다.

"제가 한 가지 의아한 일이 있어서 찾아왔습니다. 우선 저를 따라 시신이 있는 곳으로 가보셨으면 합니다."

이 말에 정승은 너무 놀라면서 울부짖듯 물었다.

"그대가 어떻게 시신이 있는 곳을 아는가?"

"가서 보시면 압니다."

이리하여 정승은 곧장 말에 안장을 얹어 유생과 함께 길을 나서 산사에 도착했다. 말에서 내려 산으로 올라가니, 절 뒤편으로 몇 걸음 떨어진 곳에 바위가 나타났고 거기에 굴이 있었다. 입구는 흙과 돌로 막혀 있었다. 하인을 시켜 흙과 돌을 치우게 하고 그 안을 더듬어 보니 시신 한 구가 잡혔다. 시신을 꺼내라고 해서 확인해 보니, 과연 그의 아들이 맞았다. 안색은 살아 있을 때와 다름이 없었다. 시신을 끌어안고 통곡하던 정승은 거의 숨이 넘어갈 뻔했다가 겨우 정신을 차렸다.

"자네가 여기에 죽은 내 아들이 있는 줄 어떻게 알았나? 필시 자네가 한 소행이렷다!"

유생은 씩 웃었다.

"제가 이런 흉악한 일을 저질렀다면 어른을 뵙고 이렇게 말씀드렸겠습니까? 시신부터 수습해서 돌아가시지요. 사정은 집에 있는 며느리에게 캐물어 보시고……. 그 방 다락 안에 물증이 될 만한 증거도 있을 것입니다. 어서 빨리 움직이셔야 합니다."

정승은 한편으로는 시신을 운구하여 승방 안에 안치하고 장례에 쓰일 물품을 마련하라고 지시한 다음, 곧장 집으로 돌아와 며느리 방으로 들이닥쳤다.

"관복이 네 방 다락 안에 있어서 꺼내려고 하느니라. 어서 다락문을 열거라."

당황한 며느리가 답했다.

"제가 꺼내 오겠습니다. 어찌 아버님께서 번거롭게 직접 찾으시려 하십니까."

이렇게 말하는 며느리의 얼굴빛이 자못 수상쩍었다. 정승은 며느리를 뿌리치고 다락의 자물쇠를 열고 들어갔다. 그 안에서는 악취가 진동했고, 뒤편을 더듬으니 이불로 싼 뭔가가 있었다. 이것을 방 안으로 끄집어내라고 하여 살펴보니, 다름 아닌 살이 쪄 뚱뚱한 젊은 중놈의 시체였다. 그의 정수리엔 화살이 꽂혀 있었다.

"이 무슨 변고더냐?"

며느리는 얼굴이 흙빛이 되어 벌벌 떨며 아무 대답도 하지 못했다. 방에서 나온 정승은 며느리의 친정아버지와 형제를 오라고 하여 이 사실을 알려주고 며느리를 쫓아냈다. 친정아버지는 당장 그녀를 칼로 쳐 죽였다. 그리고 정승은 아들의 시신을 선산 아래에 이장할 수 있었다.

그 뒤 어느 날 밤, 유생의 꿈에 그 젊은이가 다시 찾아와서는 몇 번이나 절을 올리고 감사의 뜻을 표했다.

"당신의 은혜는 갚을 길이 없군요. 다만 과깃날이 머지않았는데 이번 과장에서 나올 시제는 제가 평소에 지었던 글이랍니다. 제가 외워서 알려드릴 테니 당신은 이것을 받아 썼다가 과장에 들어가면 시지에 써서 제출하세요. 그러면 반드시 급제할 수 있을 겁니다."

이에 시 한 수를 외워 전해주었다. 시제는 '가을바람에 부끄러운 마음 일어나네〔秋風悔心萌(추풍회맹심)〕'였다. 유생은 이를 받아 써두었다.

뒷날 과거가 임박했다. 유생이 과장에 들어가서 시제를 확인해 보니 정말 이 시였다. 그는 곧장 이 시를 적어 답지로 제출했다. 다만 '가을바람 싹싹 저녁에 불어오니, 옥 궁전은 넓고 우뚝하네〔秋風颯兮夕起 玉宇廓而崢嶸〕'라는 구절의 '추(秋)' 자를 잘못하여 '금(金)' 자로 바꿔 썼다. 당시 시관은 죽천 김진규• 공이 맡고 있었다. 김공이 이 시권을 보고 이렇게 말했다.

"이 시는 과연 빼어난 작품으로 귀신이 지은 것 같군. 우리의 감식안이 어떤지 시험해 보려는 게 아니겠는가?"

그러다가 '가을바람• 싹싹 저녁에 불어오니〔金風颯兮夕起〕'라는 구절에서 웃으며 다시 말했다.

"이건 귀신이 지은 게 아니군!"

아무튼 이 시권을 제일로 뽑았다. 사람들이 왜 그러는지 까닭을 물었더니 김공의 답이 이랬다.

"귀신은 금(金) 자를 꺼리지. 만약 귀신이 지었다면 절대 금 자를 쓰지 않았을 것이네. 이 때문에 귀신이 지은 게 아니라는 걸세."

방이 나오자 유생은 과연 장원으로 급제했다. 그의 성명을 사마방목에서 찾아보면 누구인지 알 수 있겠지만 확인해 보지는 않았다.

《계서잡록》 권2 제42화

- **죽천(竹泉) 김진규(金鎭圭)** 1658-1716. 자는 달보(達甫), 죽천은 그의 호이다. 대표적인 노론 가문 출신이자 송시열의 문인이었다. 문장에 뛰어나 나라의 공문서 작성을 도맡았으며, 그림과 글씨에도 일가견이 있었다.
- **가을바람** 원문의 '금풍(金風)'을 이렇게 번역했다. 오행에서 금은 방위로는 서쪽, 계절로는 가을에 해당하기 때문이다.

25화

관상을 잘 봤다가 낭패한 무변

예전에 어떤 무변이 있었는데, 그는 관상을 잘 봤다. 이제 막 영흥• 부사에 제수되어 부임할 즈음 거울을 가져다가 자신의 관상을 보았다. 그랬더니 임소에서 어사의 손에 죽을 팔자였다. 무변은 이상하다 싶으면서도 걱정이 되는 거야 당연했다. 그는 조정에 하직하고 임지로 출발하여 누원점•에 이르러 점심을 먹었다. 그때 한 상주가 그 앞을 걸어서 지나갔다. 무변이 순간 상주의 관상을 보니 머지않아 어사가 될 상이었다. 그는 급히 객점 주인에게 물어봤다.

"방금 지나간 상주는 어떤 양반이오?"

"뒷마을 이 참의 댁 자제랍니다. 참의 영감이 상을 당해서 지금 소상

- **영흥(永興)** 함경남도 영흥군으로, 북쪽으로 함흥과 남쪽으로 원산의 경계였다. 예로부터 명주의 산지로 유명하여 특별히 '영흥주(永興紬)'라 불렀다.
- **누원점(樓院店)** 과거 경기도 양주에 있었던 관원의 숙소로, 강원도와 함경도로 나가거나 들어올 때 이용했다. 지금 서울시 도봉구 도봉동의 도봉산역 일대에 해당한다.

을 지낸 참이고요. 한데 상갓집이 워낙 가난해서 안타까운 상황입죠."

무변은 객점 주인에게 이씨 집안의 모든 사정을 낱낱이 물어 대략의 정보를 알아냈다. 그런 다음 수하의 구실아치를 먼저 보내 기별하고 자신도 뒤따라가서 조문했다. 이어 제청•으로 가서 영전에 엎드려 곡을 했다. 무변이 몇 식경 동안 곡하며 비통해하자, 상주는 그가 부친의 절친한 벗인 줄 알고 자기도 모르게 느꺼워했다. 무변은 곡을 다 마치고 나서 상주를 위로했다.

"나와 자네 부친과의 친분은 아무리 슬퍼해도 모자랄 판이네. 자네 집이 외진 땅으로 옮겨가 산 지 오래되어서 그동안 소식을 주고받을 수 없었네. 어찌 이런 변고가 생길 줄 알았겠는가? 소상 뒤에나 부음을 듣게 되어 이제야 조문하게 되었네. 더없이 부끄럽고 미안하네."

말을 마치고 다시 오열하다가 이윽고 진정하고서 물었다.

"자네 집이 평소 어려웠으니 장례 치르느라 빚을 많이 졌겠네."

"그거야 어찌 다 말하겠습니까?"

"나는 지금 외직을 나가는 길이었네. 가는 길에 부음을 듣게 되었으니 경황이 없네. 옛날 우리 두 사람의 정의로 봐서는 지금 당장 장례 빚을 몽땅 갚아주어야 하나, 관아의 일이 많아 지금 다 챙겨 보낼 겨를이 없네. 슬픔이야 오죽하겠는가마는 대상 전후에 말을 빌려서라도 내 임지로 내려오게. 그러면 그때 넉넉하게 도와줌세."

• **제청(祭廳)** 묘제를 지내기 위해 무덤 가까이에 지은 건물로 '제사(祭舍)'라고도 한다. 문중에서 묘제 등을 지낼 때 쓰는 의례 도구 등을 보관하던 곳으로, 무덤이나 사당 앞에 지은 재실(齋室)과는 다르다.

그러고는 집 안으로 들어가 체지•를 만들어주고 떠났다. 이씨 상주가 손님을 전송하고 안으로 들어왔더니 모친이 물었다.

"어떤 조문객이길래 곡소리가 저리 애통하더냐?"

"새로 영흥 부사가 된 분인데 선친과는 각별한 사이였다네요. 우리 장례 빚을 염려하여 저더러 나중에 영흥으로 내려오면 치러주겠다는 체지를 두고 갔습니다."

"우리 집이 생불을 만난 모양이구나. 천만다행이고 다행이다. 꼭 가야지, 가야 하고말고!"

그 뒤 이가는 대상을 치른 다음 어렵사리 말을 세내고 하인까지 빌려 철령•을 넘어 영흥에 도착했다. 이가는 가는 길이 먼 데다 바람과 눈을 맞아 얼굴은 야위고 몸은 지칠 대로 지친 상태였다. 관아에 체지를 보여주자 안으로 안내되었다. 그런데 동헌에 앉아 있던 수령이 안으로 들어오는 이가의 얼굴을 보니 이전과는 너무 달라져 있었다. 아무래도 어사가 될 상이 아니었다. 그러자 순간 수령은 원래 도와주기로 한 걸 물리치고 쫓아버려야겠다는 생각이 들었다. 이가가 인사를 올리는데, 수령은 언제 그랬냐는 듯이 냉랭했다.

"자네가 나와 무슨 구면이 있다고 이러는가?"

"나리께서 저희 선친 조문을 오셔서 이러이러하다고 하면서 체지

- **체지〔첩지(帖紙)〕** 돈이나 물품을 주고받을 때 써주는 영수증. 따로 관아에서 이방 등을 고용할 때 그 내용을 써서 본인에게 주던 문서를 말하기도 한다.
- **철령(鐵嶺)** 강원도 회양군과 함경남도 안변군 사이에 있는 고개로, 이 고개를 넘어야 함경도로 들어갈 수 있었다. 이항복의 '철령 높은 봉에 쉬어 넘는 저 구름아'라는 시조로 유명하다.

까지 주시고 저더러 내려오라고 하지 않으셨습니까? 해서 저는 천신만고 끝에 철령을 넘어 여기까지 왔습니다. 한데 지금 느닷없이 전혀 모른 체 하시다니요. 사람이 어찌 이리 맹랑할 수 있단 말입니까?"

"조문한 건 내가 알 바 아니고, 체지를 줬다는 것도 내가 한 일이 아닐세. 길손이 초면에 나를 협박하다니 이야말로 허무맹랑한 게 아닌가!"

이렇게 수령과 이가가 말을 주고받다가 점점 화를 내며 분위기가 사나워졌다. 이윽고 수령은 이방을 불러 '저 양반을 끌어내라.'라고 하면서, 또 고을 안의 마을 사람들을 죄다 불러모으라고 소리쳤다.

"오늘 밤 저 양반붙이를 받아주는 자는 몽둥이질을 면치 못할 것이야. 아울러 벌로 한양에 오가는 사환 일을 시킬 것이다!"

이가가 관아에서 끌려 나온 즉시 이런 서릿발 같은 관아의 영이 내린 터라 누가 그를 받아주겠는가? 날은 혹한이고 해도 넘어가 어둑어둑해졌다. 이가는 이곳저곳 묵을 집을 찾았으나 보는 족족 쫓아냈다. 이러지도 저러지도 못하게 된 이가는 그저 죽기를 기다려야 할 판이었다. 이가는 마을 구석 빈 방앗간 절구에 말을 매어두고 입이 닳을 정도로 수령을 험담했다.

그런데 이때 소복을 입은 촌 아낙이 열여섯이나 열일곱 살쯤 된 여자아이와 십여 세 된 남자아이를 데리고 그 앞을 지나갔다. 잠시 뒤 소복 입은 아낙이 혼자서 돌아와 이가에게 물었다.

"어디에서 온 손님이기에 이런 곤경에 처하셨소?"

이가가 그녀에게 사정을 대강 얘기해 주자, 그녀가 이렇게 말했다.

"상도(上道)나리는 죽을 게 빤하군요."

여기서 '상도나리'는 북쪽 사람들이 한양 양반을 부르는 말이다.

"저는 촌가의 과부입니다. 관아의 영을 어길지라도 관에서는 나를 때려죽이지는 못할 겁니다. 저만이 나리를 살릴 수 있답니다."

이리하여 그녀는 이가를 자기 집으로 데리고 갔다. 그녀는 큰 표주박에 따뜻한 물을 담아 와서는 이가에게 얼굴을 수그려 김을 쐬게 했다. 한참 뒤 얼어붙은 얼굴에서 물이 방울져 떨어졌다. 다름 아닌, 얼굴에 붙었던 얼음 조각이 녹아내린 것이었다. 이윽고 온돌에 묵으라고 하고 좋은 찬도 내주었다. 이 아낙의 집은 꽤 부유한 데다 그녀도 제법 의로운 인물이었다. 이가는 고맙다며 은혜를 잊지 않겠다고 했다. 이가는 여기서 이틀을 묵었는데, 그사이에 주인 아낙이 한 가지 제의를 했다.

"상도나리께서 지금 바로 귀향길에 오르기는 어려울 겁니다. 그렇다고 함부로 우리 집에 여러 날 머물렀다가는 필시 저촉되는 일이 생기고 말 거예요. 또 인정이란 게, 잘 모르는 사람을 오래 모시다 보면 아무래도 소홀해지는 법이지요. 그러니 제 딸을 첩으로 삼으시는 건 어떠세요? 제 딸도 아주 단정하고 곱답니다."

그녀의 제의에 이가는 좋다며 따랐다. 그 집에서는 이가를 신랑으로 대접할 수 있게 되자 옷가지와 음식이 더욱 풍성해졌다. 한편, 이가는 매일 사립문에 나와 기다리고 있을 늙은 모친 생각으로 걱정이 컸다. 아무래도 한양으로 돌아가야겠다고 했으나 주인 모녀는 만류했다.

"엄동설한인 데다가 눈 덮인 철령 고개가 가는 길도 막고 있습니다. 지금 나섰다간 결코 목숨을 보전하기 어려울 거예요. 부모님을 떠나 있는 게 참기 어려운 일인 줄 알지만, 봄을 기다렸다가 가는 게 좋겠습니다."

이가는 어쩔 수 없이 이 말에 따랐다. 이렇게 이가는 여기서 한겨울을 지냈다. 이즈음 고을 수령이 재물을 탐하고 불법을 저지른 정황이 사람들의 눈과 귀에 익숙해졌다. 날이 풀려 얼음이 녹자 이가는 길을 나섰다. 주인 아낙은 짐을 챙겨 말에 싣고 은자 600냥과 가는 삼베 수십 필을 내주었다. 이가는 진심으로 뒷날 다시 보자는 기약을 하고 첩을 남겨둔 채 영흥을 떠났다.

한양으로 돌아온 이가는 장례 빚을 모두 갚고 어느덧 신수도 훤해졌다. 그해 과거에 급제했으며, 예문관 관원이 되어 경연• 자리에서 임금을 모시게 되었다. 마침 주변이 조용해지자 임금이 영을 내렸다.

"신료들은 고담•을 지어 올리도록 하라."

이가가 일어나 아뢰었다.

"소신이 직접 겪은 일을 고담으로 만들어 아뢰겠습니다."

이리하여 그는 영흥에서 겪은 일의 자초지종을 임금께 아뢰었다. 임금은 경연이 끝나고 침전에 들었다가 다시 나와 세 겹으로 봉한 종이를 직접 이가에게 내려주었다.

"이 종이에는 편지가 들어 있느니라. 제일, 제이, 제삼 이렇게 세

- **경연(經筵)** 임금에게 유학의 경서를 강론하는 일이나 그 자리. 유교의 이상 정치를 실현한다는 취지에서 마련된 자리였던 만큼 경서 강론뿐만 아니라 다른 국사도 함께 논의했다.
- **고담(古談)** 옛이야기라는 뜻인데, 여기서는 '재미난 이야기' 정도로 사용되었다. 통상 조선 후기에 고담이라 하면 소설류를 지칭하는 용어였다. 다른 이야기에도 자주 나오는 말이다.

개가 차례로 봉해져 있느니라. 첫 번째 편지는 네가 궐문을 나가거든 뜯어보고 시행할 것이며, 두 번째 편지는 당도한 곳에서 뜯어보도록 하여라. 그리고 세 번째 편지는 그 이후 사정에 따라 뜯어보고 참조하도록 하라."

이가는 임금이 명한 대로 궐문을 나와 첫 번째 편지를 뜯어보았다. 바로 영흥 부사의 부정 축재를 때려잡으라고 암행어사를 제수한 내용이었다. 그는 즉시 말을 달려 영흥으로 갔다. 영흥에 도착해서는 해어진 의관으로 갈아입고 터벅터벅 걸어서 첩의 집을 찾아갔다. 첩의 모친은 누추한 옷을 걸친 그가 보기 싫어 달갑지 않은 표정으로 물었다.

"무엇 하러 이 먼 데까지 오셨소?"

"자네 딸을 잊을 수 없어 찾아왔네."

그러고는 첩이 있는 방으로 향했다. 첩은 그를 몹시 반겼다. 얼마나 그리워했는지 알 만했다. 둘은 함께 잠자리에 들었다. 밤이 깊은 뒤 이가는 첩이 달콤하게 잠든 틈을 타서 몰래 방 뒤편으로 빠져나왔다. 숨어서 첩의 실제 마음이 어떤지 들어볼 참이었다. 첩은 잠결에 팔을 뻗어 신랑을 안으려고 했는데 옆에 신랑이 없었다. 그녀는 일어나 모친을 불러 울며불며했다.

"낮에 어머니가 반갑게 대해주지 않아 나리께서 화가 나서 떠나버린 거예요."

"내가 뭘 어떻게 했다고 화가 났다는 거냐?"

"천 리 타향에서 나를 만나겠다고 찾아왔는데 어머니께서 환영해주지 않으니 왜 화가 안 나겠어요? 아는 사람이 아무도 없는 이곳에서 묵을 데라도 있겠어요? 굶거나 추위에 얼어 죽기 십상이니 내 마음이 어떻겠어요?"

그녀는 한참을 소리내어 통곡했다. 모친이 마음을 풀라고 달랜 끝에 겨우 울음을 그쳤다. 이를 엿본 이가는 다시 관복으로 갈아입고 구실아치와 시종을 불러 객사에서 어사출두를 했다. 횃불로 뜰을 환하게 밝힌 채 한쪽에선 창고를 봉하고, 또 한쪽에선 세 고을의 이방과 호장을 잡아들여 형틀 위에 올려놓았다. 온 고을이 야단법석이었다. 첩의 어미는 딸을 달래 어사가 출두한 광경을 보러 갔다. 두 사람은 객사의 담장에 기대어 횃불 아래 앉아 있는 어사를 멀찍이서 바라봤다. 한참 뒤 어미는 딸에게 그만 돌아가자고 했다. 그러나 딸은 남겠다고 했다.

"먼저 가세요. 저는 남아서 더 구경할래요."

그리고 얼마 지나지 않아 딸이 뒤따라 내달려 왔다.

"어머니! 어사또가 다른 사람이 아니라 우리 서방님이에요."

"뭐? 그럴 리가?"

"내가 진짜 봤다니까요. 어머니도 다시 가서 직접 살펴보세요!"

모녀가 돌아가서 눈을 크게 뜨고 살펴보니 과연 딸애의 말대로였다. 모녀는 그 자리에서 손뼉을 치며 좋아서 어쩔 줄 몰라 했다. 돌아와서도 여전히 흥분되어 잠을 이룰 수 없었다.

한편, 어사는 당장 계문•을 써서 고을 수령이 공금을 훔치고 백성

• **계문(啓文)** 신하가 일을 처리하고 그 상황을 임금에게 아뢰는 문서. 따로 '계문(啓聞)'은 이 절차 자체를 말한다.

들의 재물을 빼앗은 수십 건의 죄를 열거하고 이를 임금께 보냈다. 그런 다음 두 번째 편지를 뜯어보았다. 다름 아닌 영흥 부사로 임무를 수행하라는 내용이었다. 어사는 곧바로 전임 수령의 인끈을 뺏고, 도임장을 만들어 감영•에 보냈다. 며칠 지나지 않아 감영에서 파견한 체포 군관이 말을 달려 와서는 파직된 수령을 잡아갔다.

어사는 마지막으로 세 번째 편지를 뜯어보았다. 그랬더니 첩을 둘째 부인으로 삼으라는 영이었다. 그는 당장 화려한 가마를 보내 첩을 맞이했다. 이어 관아 사람들이 앞뒤에서 호위하여 관사의 큰 방으로 들게 했다. 고을의 평민이었던 여자가 졸지에 본부 수령의 아내가 된 것이다. 이 영예로운 일은 사방 고을에 알려져 찬사를 받았다고 한다. 그러고 보면 쫓겨난 무변은 정말로 관상을 잘 보는 자였다.

《동패락송》 제67화

- **감영** 당시 함경도 감영은 영흥군 북쪽 함흥에 있었다.

몰지각한 자를 징치하는 구도

앞의 21화와 22화가 몰염치하고 몰지각한 자들의 행각에 초점이 맞춰졌다면, 여기 세 이야기는 이와 비슷한 인물들을 어떻게 처리하는가를 보여준다. 그래서 원한과 복수가 이야기 전개에 중요한 축을 담당한다. 또한 그 안에 시혜와 보상의 논리가 작동하고 있다. 여기에 등장하는 악한들은 저마다 차이가 있지만, 모두 세상에 부적격한 대상들이다. 그들은 사내종과 승려, 그리고 무사이다. 이런 부류는 다른 이야기에서도 자주 등장하는 편이다. 그런데 이야기마다 그 형상은 제각각이며, 양가적인 인물형이다. 지극히 가상한 인물로 그려지는가 하면, 여기 이야기들처럼 극악한 인물로도 등장한다. 노비라도 주인과 집안을 위해 헌신하는 충노가 있는가 하면, 주인을 위협하거나 심지어 겁탈하는 악노가 있다. 또 고승의 영험함에 주목한 이야기가 있는가 하면, 추잡한 행위에 집착하는 악승을 끌어들인 이야기도 많다. 무사도 이야기마다 결이 다양하나, 그럼에도 맡은 임무를 충직하게 수행하는 쪽과 이끗을 챙기느라 혈안이 된 유형으로 분리

되기 일쑤이다.

세 집단의 이런 인물형은 비단 야담문학에만 한정되지 않는다. 조선시대 서사류 전반으로 확대해도 비슷한 양상이다. 이는 텍스트 주체였던 사(士)계층의 의도에 의해 적절하게 조종된 결과이다. 역사적으로 사, 즉 선비는 서구 사회에서 찾아볼 수 없는, 동아시아에서만 존재했던 아주 특별한 계층이었다. 이들은 황권과 왕권 아래에서 유가 이데올로기를 제공하며 동아시아 역사와 문화의 주인이 되었다. 한편, 선비는 다른 말로 문인이라 했다. 곧 글로 자기들의 이상을 실현한, 텍스트를 지배한 집단이었다. 우리 역사에서 문인 사회가 본격화된 시점은 고려 중기부터이다. 이때부터 유학을 기반으로 한 문인 집단이 두각을 나타내기 시작했다. 그러나 그들은 아직 완전한 정치·사회의 중심이 되진 못했다. 그때까지도 사회는 엄연히 불교가 중심이었기 때문이다. 또한 무신란 등으로 무인 집단의 눈치까지 봐야 했다. 이때 문인들은 글을 통해 자신들의 정체성을 세우고 다른 집단보다 상대적으로 우위에 있다는 걸 증명하려 했다.

딱 이 시점부터 텍스트에 등장하는 승려나 무사는 나쁘거나 어리석거나 부정한 인물로 그려지곤 했다. 이런 기류는 조선시대로 넘어오면서 더 강화되었다. 이와 동시에 유가 문인은 정치·사회의 완전한 중심 세력이 되었다. 그러면서 승려와 무사는 중심에서 타자로 밀려난다. 이런 잔재가 조선 후기에도 여전히 남아 이들은 걸핏하면 부정되곤 했다.

이와는 달리 악노는 비교적 늦게 출현한 인물형이다. 애초 노비는 양반들의 소유물이었기에 부정할 필요 자체도 없는 대상이었다. 그런데 17세기 이후 노비 집단도 꿈틀거리기 시작했다. 그런 현상 가운데 하나가 '살주계(殺主契)'였는데, 이는 주인을 죽이고자 하는 모임이었다. 그런가 하면 도망 노비나 반노도 심심치 않게 출몰했다. 그러다 보니 조선 후기 야담 등에 악노가 등장하기 시작했다. 악노는 당대 사회 현상의 반영이자, 꿈틀거리는 저들을 억압하려는 상층의 욕망이 결합하여 만들어낸 새로운 인간형이었다.

이런 구도는 저들을 처단하는 주체가 한결같이 유생이라는 점에서 분명해진다. 23화는 영남의 선비이고, 24화는 무예를 익힌 한양의 선비이며, 25화는 어사가 될 상을 가진 한양 근교의 유생이다. 각각의 처지와 대처는 조금씩 달라도 저 타자들이 벌이는 음행과 악행을 사문(斯文)의 일원들과 힘을 합쳐 일소한다는 서사의 골자는 같다. 사문이라고 하면 '사문난적(斯文亂賊)'이 떠오른다. 사문의 자의적 의미는 '우리 글' 정도인데, 유학의 글을 공유하는 '유가 집단'을 일컫는다. 사문난적은 바로 유가를 위협하는 대상을 적으로 간주하여 공격했던 역사적 과정을 함축하고 있다. 이처럼 여기 이야기들은 유가 집단이 타 집단을 배제하고 타자화하는 맥락에서 만들어졌다. 이런 함정을 유념하면서 읽으면 더 유익할 듯싶다.

23화는 안주인이 자기 집 종에게 정절을 빼앗기고 목숨을 잃을 절체절명의 위기 상황을 다루고 있다. 사내종이 여주인을 겁탈한다는 소재 자체가 놀라울 수 있지만, 전혀 없었던 소재는 아니다. 일반적으로 반노는 타지에 사는 외거노비인 경우가 대부분이었다. 이런 외거노비가 주인 집안을 위협하는 상황은 추노담에서 더러 보인다. 다만 여기 종은 외거노비가 아닌 솔거노비여서 사안이 더 심각하다. 그런데 이런 흉악한 종의 실제 모습은 이야기 안에서 좀처럼 드러나지 않는다. 그나마 유생 일행이 집 앞 시내에 빠뜨려 죽일 때 잠깐 등장할 뿐이다. 그의 정체는 오로지 여주인의 발화를 통해서만 드러나고 있다.

흥미로운 점으로 보일 수도 있으나 이 또한 의도적인 면이 없지 않다. 말하자면 이런 흉악한 종의 욕망과 행태를 문면에 직접적으로 드러내기가 곤란했을 법하다. 여주인을 겁탈한다는 소재가 사대부 사회에서 하나의 금기로 받아들여졌기에 그렇다. 그래서 오로지 주인에 의해 처단되어야 할 자로 상정한 것이다. 이 종은 이야기에서 '말할 수 없는' 하위 주체이며, 일방적으로 부정된 인물이다. 이것이 이 이야기의 구성적인 묘미이자 하층을 다루는 야담문학의 한 가지 특징이기도 하다.

한편, 이 종에게 위협을 당하는 여주인이 얼마나 절박한 사정인지를 드러내기 위해 두 가지 요소를 개입시켰다. 바로 속임수와 편지다. 위협하는 종의 감시망 속에 있던 여주인은 말과 행동이 몹시 제한적이었다. 그래서 생각해 낸 방법이 속임수와 편지를 통한 하소연이었다. 외간 남자를 사촌 오라버니로 속여서 방 안으로 끌어들이는가 하면, 말로 직접 전달할 사정이 아니었기에 편지로 은밀하게 소통한 것이다. 특히 한글 편지로 자신이 처한 상황을 알리는 장면은 인상적이다. 옛날에 규방의 여성이나 한자를 모르던 평민들은 한글로 편지를 썼다. 하지만 이 이야기에서처럼 절체절명의 용도로 활용된 사례는 거의 없었다. 아무튼 이 편지의 효과는 매우 컸다.

이야기 후반부는 악노를 처단한 뒤 선비와 여주인의 관계를 정리하는 과정이다. 일반적으로는 악노를 제거한 은덕으로 남녀가 결연하거나 선비가 과거에 급제하는 쪽으로 이야기가 귀결되어야 하나 여기서는 그렇지 않다. 선비는 끝까지 신의를 지켜, 그녀를 자기 집안의 제수씨로 받아들인다. 이는 악노를 속일 때 사촌 오누이 간으로 행세했기 때문이다. 이 속임수를 그대로 받아들인 셈인데, 이는 선비의 처신을 고양하고자 하는 의도가 아닐까 싶다.

24화는 양반 집안의 며느리와 사통한 승려를 처단하는 이야기다. 원한과 복수, 시혜와 보상의 과정이 적절하게 배치된 보은담의 성격이 두드러진다. 그런데 이야기의 서두는 절제 없는 유생의 욕정을 따라가는 것으로 시작한다. 무예를 익히던 유생은 길에서 마주친 묘령의 여자를 보고 한눈에 반해 막무가내로 뒤쫓는다. 그는 '틈을 보아 규수의 방으로 쳐들어가려는' 발칙한 욕정에 사로잡힌 사내이다. 그런 그가 자신이 노리던 여인이 산승과 놀아나는 음탕한 장면을 목격하고는 완전히 다른 사람이 되어버린다. 정황상 충분히 그럴 법하지만, 갑자기 사문의 수호자로 나선 느낌이 자연스러워 보이지는 않는다. 아무튼 격분한 그는 차고 있던 활로 당장 음란한 짓거리를 한 이들에게 단죄를 내린다.

여기 조신하지 못하고 욕정에 눈이 먼 며느리가 등장한다. 이런 사례는 드물지만 그렇다고 아예 없는 캐릭터는 아니다. 심지어 며느리가 정부(情夫)를 만나 집안을 파탄 내거나, 자식을 둔 부인이 바람나서 정부와 짜고 남편을 죽이는 일도 있었기 때문이다. 그런데 처음 등장할 때의 모습은 전혀 음행을 일삼을 성싶지 않았다. 그래서 이야기의 전개 과정에서 유생뿐만 아니라 독자까지 놀랄 지경이다. 그녀의 반전은 상당히 극단적이다.

이어서 무참하게 죽은 남편의 원혼이 나타나 사건의 전말을 들려준 뒤 복수를 해준 은혜에 감사해한다. 그리고 자신의 버려진 시신을 수습해 줄 것을 부탁한다. 이 부탁이 당연한 것처럼 보이지만, 여기에는 당시 사회적인 맥락이 깊이 관여하고 있다. 조선 후기 사회에서 시신의 처리는 대단히 중요한 문제였다. 그런데 객지에서 횡사한 경우는 문제가 심각했다. 지금 같은 교통수단이 없었기에 시신을 옮기는 것이 이만저만 어려운 게 아니었다. 이 절차를 반장(返葬)이라 했다. 더러는 객지에서 죽은 남편의 시신을 아내가 직접 가서 운구해 와야 했다. 이것이 얼마나 힘들고 어려운 일이었던지, 이를 소재로 한 이야기가 만들어지도 했다.

남편 원혼의 등장으로 또 한 가지 짚어야 할 지점이 생겼다. 원혼 서사에 등장하는 원혼은 대개 여성이었다. 그런데 이 이야기에 등장하는 원혼은 남성이다. 유가 사회의 일원이 되기 위해 과거 공부를 하러 산사에 올라갔을 뿐인데, 예상치 못한 승려와 자기 아내의 바람으로 인해 자신이 희생되는 비운을 맞았다. 더구나 집안사람들은 그가 호랑이 밥이 된 것으로 알고 있으며, 시신마저 아무도 모르는 바위굴 속에 유기된 상황이다. 그의 원혼은 이 문제를 해결해 주기를 바랐다. 이는 여성 원혼의 성격과는 사뭇 다르다. 그는 죽은 이후에라도 유가의 일원으로 거두어지기를 바랐으며, 결국에는 자기 자리를 찾아가는 모습이다.

25화는 관상 소재가 이야기 흐름에서 중요한 역할을 한다. 12화 등에서 관상이 이야기의 주요 요소로 나왔던 만큼 여기서도 그에 따른 서사의 추이가 궁금해진다. 먼저 낯선 점은 무인이 관상을 잘 본다는 것이다. 이야기 말미에서 '죽은 무변은 정말로 관상을 잘 보는 자'라고 했듯이, 결과적으로 그는 뛰어난 관상쟁이였다. 그렇다면 그는 왜 원래 관상대로 따르지 않고 중간에 변심했다가 끝내 파직·압송되어 죽음을 맞이해야 했을까?

앞에서도 언급했듯이 사주팔자와 관상은 기본적으로 운명론에 기반한 것이지만, 팔자는 불변하는 편에 속하는 것에 비해 관상은 가변성이 있었다. 실제 무변은 함경도 영흥으로 찾아오느라 거지꼴이 된 이가 '이전과는 너무 달라져 몰골이 더 이상 어사가 될 상이 아니'라고 판단한다. 관상이 변했다고 본 것이다. 무변은 관상에 따라 사람 대접을 달리하는, 즉 이해관계에 따라 행동하는 인간형이었다. 그렇다면 애초 본 관상대로 어사가 될 선비를 잘 대접했으면 자신의 운명이 바뀌었을까? 알 수 없지만 결국 그는 처음 본 관상대로 운명이 결정 나고 말았다.

한편, 이 이야기는 함경도 함흥 근방의 영흥군을 배경으로 하고 있다. 이곳은 작품 안에서도 확인할 수 있을 만큼 변방 가운데 변방이다. 눈보라 속에서 철령을 넘는 모습이나 따뜻한 김을 쐬자 얼굴에서 얼음 조각이 떨어지는 장면은 이런 지역적인 특징을 잘 드러낸다. 또한 이곳에 사는 평민 아낙의 인물상도 예사롭지 않다. 저 변방 오지의 혹한의 환경 속에서도 이곳 여성들은 씩씩하고 건강하다. 이런 환경과 인물형은 이 이야기를 끌고 가는 힘이기도 하다. 이처럼 조선 후기 야담은 전 지역을 공간으로 활용했을 뿐만 아니라 전 계층을 인물로 내세워 인정과 세태를 다층적으로 구성한 것이 가장 큰 미덕이다.

6장

인정과 몰인정 사이

26화

어처구니없이 여인을 거절한 심생

진사 심생(沈生)이란 이가 한양에 살고 있었다. 그의 이름은 알 수 없다. 성격과 행실이 괴이하고 유별났으나 제 딴에는 고결하다고 여겼다. 하지만 남들은 모두 그를 가리키며 비웃기 바빴다.

그가 한번은 일이 생겨 호남에 내려가게 되었다. 가는 도중 날이 저물어 한 촌가를 찾았다. 거기서 동편으로 큰 집이 보였는데, 솟을대문이 물가에 접해 있고 홰나무와 버드나무가 어리비치고 있었다. 물어보니, 이 마을의 주인집으로 호남에서 제일가는 갑부라고 했다. 그런데 문득 그 주인집 머슴 하나가 와서 주인의 말을 전했다.

"제 하인의 집이 누추한데 묵을 수 있겠습니까? 말을 돌려 저희 집으로 왕림해 주시면 집안이 생색나겠군요."

심생은 요청대로 그 집 대문으로 들어섰다. 겹겹으로 담장이 둘린 서너 곳의 건물을 지나갔다. 저마다 크고 화려했다. 이윽고 쭉쭉 뻗은 대나무 사이로 알록달록 단청한 우뚝한 행랑이 훤히 드러났다. 그 아래 큰 연못에는 연꽃이 활짝 피어 맑은 향이 정원에 가득했다. 자갈 깔린 시내에서는 냇물이 졸졸 흘러 대숲 사이를 구불구불 휘감아 연못으로 흘러들었다. 연못 안에서는 다 자란 비단잉어와 붕어가 이따금 마름 떨기 안에서 뛰어오르곤 했다. 또 연못 가운데에는 석가산• 이 있고, 그 위로 한 그루 소철나무의 가지와 잎이 사방으로 뻗쳐 해를 가릴 정도였다. 뜰 모퉁이에는 동백나무와 벽오동 두 그루가 마주 서 있고, 행랑 앞에는 퍽 기이하면서도 운치 있는 괴석 하나가 서 있었다. 행랑으로 올라가니 벽에는 그림과 글씨가 여기저기 걸려 있는데, 모두 명필이고 명화였다. 크고 넓게 트인 집채와 맑고 깨끗한 대나무와 돌, 그리고 방석의 화려함은 지금까지 보지 못했던 것들이었다. 무슨 신선 세상이라도 들어온 느낌이었다.

나이 지긋한 주인이 심생을 보고는 환하게 웃으며 맞이했다. 그러면서 심생의 이름과 사는 곳이며 집안과 친족에 대해 대강 물어보고 나서 시종에게 명하여 술을 내오도록 했다. 금세 화려한 차림으로 꽃단장한 여종들이 상을 차려 올렸다. 산해진미에 식전방장이었다. 이어 푸른 옥술잔에 자하주를 따라 서로 권했다. 또 얼굴에 분을 바르고 눈썹을 검게 그린 여인들이 비단 치맛자락을 끌며 악기를 안고서 술자리로 올라왔다. 이들은 모두 네다섯 쌍이 되었으며 하나같이 곱고 어여뻤다. 꾀꼬리 같은 노랫소리가 나오는가 싶더니 거문고며 피리가 동시에 연주되었다. 두어 번 술잔이 돌고 나자 주인 노인이 잔

• **석가산(石假山)** 호수나 연못 안에 바위로 쌓아 만든 인공 섬이나 산. 괴석 문화와 함께 정원을 가꾸는 핵심적인 인공물이었다.

을 잡고 말했다.

"당신과 평소 친분이 있는 것도 아닌데 이렇게 손님으로 맞게 되었구려. 실은 내게 절박한 사정이 있어 당신에게 간곡히 부탁하려 하오. 당신에게 도움이 됐으면 됐지 해로운 일은 아닐 거요. 한번 들어봐 주겠소?"

심생은 사례하면서 대답했다.

"어르신을 뵌 적도 없고 아는 사이도 아닙니다만 이렇게 극진히 대접해 주시다니요. 어르신께서 뭘 부탁하시려는지 모르나 제 힘이 닿는다면 당연히 힘을 써야지요."

노인의 절박한 사정이란 이런 것이었다.

"이 늙은이 집안 형편이야 풍족하나 오복을 다 갖추지는 못했나 보오. 아내와 첩실 아무도 자식을 갖지 못하다가 뒤늦게 천한 계집에게서 겨우 여자아이 하나를 얻었다오. 이 애가 지금 막 열여섯 살이 되었는데, 얼마나 사랑스러운지 모른다오. 아이 어미는 한양의 선비 아무개의 계집종이오. 내가 천금을 주고 모녀를 속량시키려 했지만 선비는 고집을 부리며 허락하지 않았소. 근자에 들으니 내 딸을 데려다가 자기 집 시비로 부려먹으려고 벌써 심부름꾼을 보냈다는 거요. 곧 그자가 도착할 참인데, 나는 분통이 터져 죽을 지경이지만 이를 막을 도리가 없구려. 이 아이를 보호할 방법은 딱 하나뿐이오. 딸애를 양반의 첩실로 삼게 하는 것이지요. 하면 그 주인이 아무리 괴팍하고 멋대로라 해도 어찌 함부로 손을 쓸 수 있겠소? 일이 매우 급하오. 내 딸아이가 천한 소생이기는 하나 재주와 용모는 실로 보통이 아니오. 정말이지 요조숙녀의 자질을 갖춘 아이라오. 이런 아이를 시골구석의 무지렁이에게 맡기고 싶지는 않구려. 그대는 한양 선비로 재기가 넘치는 젊은이 같소. 하니 내 딸아이를 당신이 거두어주면 내 죽어도 여한이 없겠소. 당신 생각은 어떠하오? 받아들일 수 있겠소?"

심생은 이 제안을 듣더니 돌연 얼굴빛이 바뀌었다. 그리고 한참 만에야 그가 입을 뗐다.

"지금 어르신의 말씀을 들으니 좋은 일이라 하겠습니다. 첩을 얻고자 했던 사람이라면 실로 얻기 힘든 기회이기도 하겠군요. 다만 저는 평생토록 첩을 두지 않겠다고 마음먹은 터라 감히 어르신의 명을 따르지 못하겠습니다."

노인은 잘 알아들었다고 하면서 이야기를 이어갔다.

"그대 뜻을 알겠소. 필시 내가 못생긴 딸아이를 데리고 눈앞의 근심거리를 없애려고 급히 사위를 찾는 줄 아는가 보오. 그래서 쉽게 허락하지 못하는 것이고……. 내 딸아이가 못나지 않았으니 어찌 보여드리는 걸 망설이겠소."

그러더니 당장 주위에 일러 딸을 불러오라고 했다. 조금 뒤 서편에서 한 가닥 그윽한 향이 바람에 실려 앉은 자리로 찾아들었다. 이어 두 여종이 앞에서 인도하고 젊은 여자가 뒤따라 나왔다. 그녀의 옷차림은 영롱하고도 산뜻하여 뭐라 표현할 수 없을 정도였다. 고운 얼굴과 빼어난 자태는 물속에서 피어난 부용꽃처럼 화사했고, 노을 위의 밝은 해처럼 환하게 반짝거렸다. 저 완사계에서 빨래하던 여인•도 이

• **완사계(浣紗溪)에서 빨래하던 여인** 당나라 양귀비와 함께 중국의 대표적인 미녀로 꼽히는 서시(西施)를 말한다. 그녀는 춘추시대 월나라 출신으로, 지금 절강성 소흥(紹興)에 있는 완사계에서 빨래하다가 눈에 띄어 후궁으로 간택되었다고 알려져 있다.

보다는 아름답지는 않을 것 같았다.

"내 여식이 그리 못나지는 않았는데, 그대 생각은 어떠하오?"

노인의 물음에 심생이 대답했다.

"저는 세상에 국색이 있다는 말을 들어보긴 했어도 직접 본 적은 없었습니다. 지금 댁의 따님을 보니 이제야 세상에 진짜 국색이 있는 줄 알겠습니다. 경국(傾國)이니 경성(傾城)이니 하는 말이 정말로 헛말이 아니었군요. 저도 모르게 마음과 혼이 놀라 어질어질합니다."

"그렇다면 내 요청을 받아들이겠소?"

"댁의 따님은 참으로 미인입니다만 제 뜻은 이미 어르신께 말씀드린 바와 같습니다. 지금이라고 말을 바꿀 수는 없습니다."

"그대의 품은 뜻은 내 헤아려 짐작이 가오. 짐작건대 그대는, 어진 아내와 금실이 좋은데 괜히 첩을 두었다가 혹여 집안의 법도가 어긋날까 조심스러워 그러는 게 아니겠소. 그렇지 않으면 부인께서 지나치게 강샘할까 봐 그럴 수도 있고."

"제 아내는 볼품없고 성품도 우직하여 그럴 염려는 없습니다."

"그렇다면…… 집안이 청빈하여 첩을 둘 처지가 못 돼서 걱정이오? 살림과 시종이며 옷과 음식은 내가 충분히 제공하겠소. 하루 쓰는 비용이 100금이 든다고 해도 전혀 문제없소. 그런 건 염려하지 마시오. 이 애를 한양으로 데리고 가기가 어렵다면 우선 우리 집에 있게 하고 그대가 남쪽에 왕래하는 길에 가끔 들러도 괜찮다오. 내가 지금 늙어 이 아이 하나뿐이라 실은 곁에 그대로 두고 싶은 게 원이라오. 데리고 가든 여기에 두든 그대 뜻대로 하구려. 그래도 시원하게 결정을 못 내리겠소?"

"어르신 말씀을 들으니 하나하나가 다 좋습니다만 그렇게 되면 제 뜻이 어그러지게 됩니다. 간곡한 가르침을 받았으나 감히 따르지 못하겠습니다."

"내게 혈육이라곤 이 아이 하나뿐이라 이제 내 가업을 모두 딸에게 전해주려고 하오. 집 앞에 펼쳐진 기름진 들이 모두 내 밭이고, 거기서 한 해 소출이 수백 가마라오. 그뿐인가, 울타리 아래 즐비한 마을이 모두 내 종들의 집이고 그 수가 수백 채에 이르지. 다른 고을의 종은 여기에 집어넣지도 않았다오. 창고에 쌓인 곡식이 수천 섬이고 비단과 재물은 셀 수도 없다오. 만약 딸애를 얻게 되면 이 재산이 전부 그대 것이 되는 셈이오. 이 또한 좋은 일이 아니겠소?"

"어르신 말씀은 누구라도 침을 질질 흘리면서 좇지 않고는 못 배길 것입니다. 저도 한스러울 뿐이고요."

이쯤 되자 노인은 혀를 차며 개탄스러워했다.

"자네는 왜 그렇게 바보 같은 고집을 부리는가? 정 그렇다면 내 딸애와 하룻밤만이라도 동침하여 심 아무개의 첩이란 이름이라도 남기게 해주게. 그 뒤로는 자네가 다시 돌아보지 않는다고 해도 그건 이 애의 운명이겠거니 하고 나도 더 이상 한탄하지 않겠네. 이것마저도 안 되겠는가?"

"네, 저는 따를 수 없습니다."

"사내가 목석이 아닌 다음에야 여자를 좋아하는 마음이 있는 법일세. 자네는 객지에서 이렇게 아름다운 여자를 만났고, 그 아비가 이렇게 애걸하며 안절부절못하고 있네. 이야말로 하늘이 기회를 준 게 아니겠는가? 그럼에도 끝내 마음을 돌리지 않는다면 이게 어찌 인정이라 하겠는가?"

"이는 분명 인정이 아니지요. 한데도 명을 따를 수 없으니, 이는 무슨 마음이란 말입니까? 저도 저를 잘 모르겠습니다."

"그러면 그대는 학문을 하여 도를 지키느라 음악이나 여색을 마음에서 끊은 것인가?"

"그렇지는 않습니다."

"그렇다면 도대체 무슨 주관이 있고 무슨 뜻이 있어서인가?"

"별 주관도 없고, 별다른 뜻도 없습니다."

노인은 마침내 발끈하여 화가 잔뜩 난 얼굴로 버럭 고함을 지르며 사내종을 불렀다. 건장한 하인 몇이 곧바로 뛰어나왔다. 노인은 그들더러 '저자의 머리채를 잡아 문밖으로 끌어내라'고 했다.

"내가 이놈을 사람이라 생각해 달래었는데, 짐승보다 못한 자일 줄이야! 참으로 분통이 터지는구나!"

그러면서 앞마을에 일러 전갈하라 일렀다.

"우리 집 하인들은 이놈을 자기 집에 묵지 못하게 하여라."

끌려 나온 심생은 저녁밥도 먹지 못한 채 어둠 속을 걸어서 근처 마을로 향했다. 거기서 하룻밤을 묵으려 했으나 주인의 명대로 가는 곳마다 어느 집도 그를 들이지 않았다. 칠흑같이 어두운 밤에 하늘에선 비까지 퍼부었다. 사람도 말도 굶주리고 지쳐서 가는 곳마다 엎어지고 넘어졌다. 새벽이 될 즈음 어느 게딱지만 한 움막에 겨우 투숙할 수 있었다.

이 이야기가 한양으로 전해졌고 사람들은 모두 그를 비웃으며 '괴물'이라고 했다. 그는 결국 세상에서 고립되어 촌구석에 파묻혀 살다가 어떻게 되었는지 모른다고 한다.

《천예록》 제23화 〈沈進士行怪辭花(심진사행괴사화)〉

고지식한 괴짜 양반

26화는 어느 고지식한 양반이 '괴물'로 자리매김하게 되는 이야기다. 주인공은 한양의 선비 심생이다. 사건은 그가 호남 땅으로 내려가던 중에 벌어졌다. 하룻밤 묵으려고 촌가를 찾았다가 우연찮게 갑부집 주인의 초대를 받게 된 것이다. 주인 갑부는 심생에게 자신의 늦둥이 딸을 첩으로 받아들여 달라고 사정한다. 갖은 회유와 달콤한 조건을 내걸지만 심생은 끝내 거절한다.

심생의 처지에서 볼 때, 이 갑부의 유혹이 얼마나 솔깃했을까? 이에 앞서 이 갑부집의 화려함을 세세하게 묘사하는 장면이 나온다. 연못에서는 비단잉어와 붕어가 뛰어오르고, 석가산과 괴석이 정원을 수놓았으며, 방 안에는 명필과 명화가 가득하다. 자칫 미사여구를 나열한 데 지나지 않은 걸로 볼 수도 있지만 그렇지 않다. 여기에는 두 가지 노림수가 숨어 있다. 하나는 방문자의 눈을 끌려는 의도이고, 또 하나는 이런 화려한 집에도 난망한 일이 숨어 있다는 일종의 복선이기도 하다.

이리하여 갑부집의 급한 사정이 밝혀지고, 이는 심생에게 세상에 다시 없는 절호의 기회가 되었다. 그런데 이 급한 사정을 들어보면 좀 이상하다. 자기가 늘그막에 얻은 딸을 뺏길 처지이고, 주인이 따로 있다? 사실은 이렇다. 자기 소생이 분명하지만 남의 여종을 통해 낳은 자식이기에 이 딸은 천출이다. 따라서 노인에게는 소유권이 없다. 양반과 평민 여성 사이에 태어난 아이를 서자라 하고, 양반과 천민 여성 사이에 낳은 자식을 얼자라 한다. 이 두 경우를 합쳐서 서얼이라고 하여 적자와 구별했다. 흔히 〈홍길동전〉의 주제를 '적서 차별'이라고 하는데, 그렇다면 홍길동은 서자였을까 얼자였을까? 그는 서자가 아니라 얼자여서 아버지를 아버지라 부를 수 없었다. 서자는 아버지를 아버지라고 부를 수 있었기에, 서자와 얼자의 차이도 실로 엄청났다. 서자는 음직 등으로 관직에 나아갈 수 있었고, 양반 가문의 일원이 되기도 했다. 그러나 얼자는 아예 그 집안에 끼질 못했다. 그래서 지금 이런 사태가 벌어진 것이다.

노인이 마지못해 택한 방법은 딸을 남의 첩실로 보내는 것이었다. 이 때문에 노인과 심생 사이에 팽팽하면서도 이상한 줄다리가 시작되었다. 노인은 급기야 자신의 전 재산을 걸어 심생을 붙잡고자 한다. 거듭되는 노인의 제의에 대한 심생의 반응도 재미있다. 일단 처음에는 '평생 첩을 두지 않겠다'는 의지에서 출발한다. 그러다가 노인의 솔깃한 제의에 '하나하나 다 좋으나 그러면 제 뜻이 어그러진다'고 했다가, 점점 조건이 좋아지자 '누구라도 침을 질질 흘리면서 좇지 않고는 못 배기겠다'고 하며, '이야말로 하늘이 내려준 기회'라고도 한다. 이렇게 거의 넘어간 듯하다가 '이는 분명 인정이 아니지요. 한데도 명을 따를 수 없으니 이는 무슨 마음이란 말입니까?'라며 끝내 거절한다. 그런데 이 거절에 대한 주관이 있느냐고 묻자, 별 주관도 뜻도 없단다. 이처럼 노인과 심생 사이의 계속되는 엇박자는 실소를 금치 못하게 한다. 이 과정을 통해서 성격이 별났던 심생은 마침내 세상에 용납될 수 없는 괴물로 인식된다.

이 이야기는 분명 이런 인간형을 경계하자는 취지가 담겨 있다. 여기서 괴물은 번역으로 풀어낸 용어가 아니라 실제 원문에 '怪物(괴물)'이라고 나와 있다. 일종의 괴짜형 인간이라는 의미이자 진짜 인간축에 들기 어려운 괴생물체라는 의미도 담고 있다. 여기서 갑자기 궁금해지는 게 있다. 우리 시대에 괴물로 지목되는 사람은 어떤 인간형일까?

27화

홀아비 양반과 이웃의 과부

옛날에 한 시골 양반이 있었다. 그는 중년에 상처했으나 집이 가난한 터라 재취할 형편이 못 되었다. 그의 집과 문을 마주한 민가에 한 과부가 살고 있었다. 그녀에게는 자식도 친척도 없었으나 집안 살림은 어느 정도 풍족한 편이었다. 시골 양반은 그녀를 후실로 맞이하고 싶은 욕심이 생겨 이런저런 길로 중매를 부탁했다. 하지만 그녀는 나이도 많은 데다 살림살이도 어렵지 않았기에 다시 시집갈 뜻이 없었다. 그러니 백방으로 구슬려도 끝내 들으려고 하지 않았다.

그러던 어느 날, 이 양반은 평소 아주 친하게 지내던 이웃 마을의 권농•을 불러서 이런 부탁을 했다.

"내가 저 과부를 별실로 삼고 싶은데 저이가 아무래도 들으려 하지

• **권농(勸農)** 권농관. 조선시대 농촌의 농업을 관장했던 지방직으로, 지방 수령이 각 고을에서 청렴하고 재주 있는 사람 가운데 뽑았다. 주로 향반들이 맡았으나 조선 후기에는 부유한 양민이 맡기도 했다.

않네. 해서 생각한 꾀가 하나 있는데, 자네에게 알려줄 테니 여차여차해야 하네."

권농이 알겠다고 답하고는 돌아갔다.

그때는 농사철이었다. 이른 새벽부터 권농이 과붓집에 찾아가서 문을 두드렸다.

"내가 오늘 모내기를 하려는 참이니 자네 소 좀 빌려주게."

과부는 원래 물력이 풍족하여 남의 힘을 빌리지 않는 터라 집안의 물건을 남에게 일절 빌려주지도 않았다. 그래서 온 마을 사람들은 그녀를 아니꼽게 여겼다. 권농의 요청도 당연히 거절했다.

"오늘 나도 모내기해야 해서 소를 빌려드릴 수가 없네요."

그런데도 권농은 불문곡직하고 대뜸 외양간으로 들어가서 소를 끌고 나가버렸다. 그녀는 분을 참지 못하고 고쟁이와 겉옷을 입을 겨를도 없이 맨발로 뛰쳐나와 권농을 뒤쫓았다. 한편, 양반은 그녀가 문밖으로 나가는 걸 엿보고 있다가 곧장 그녀의 방으로 들어가 맨몸뚱이로 과부의 이불을 덮고 누웠다. 과부는 권농을 붙잡아 소를 빼앗아 돌아오면서 수없이 욕을 퍼부었다. 권농은 일부러 다시 뒤쫓아와서 좀 빌려달라고 계속 사정사정했다. 과부는 줄곧 욕만 해댔다. 이러는 중에 해는 점점 기울고 있었다. 주변 이웃들은 이들이 다투며 싸우는 소리를 듣고서 죄다 나와 구경하느라 과부의 집 앞은 인산인해였다. 이웃들은 죄다 권농의 편이 되어 한마디씩 거들었고, 과부는 여전히 악다구니를 퍼붓느라 뜰 안이 시끌벅적 요란했다.

그때였다. 양반이 벗은 몸으로 능청스레 덮고 있던 이부자리에서 일어나 앉더니 갓을 삐딱하게 쓰고 어깻죽지만 드러낸 채 창문을 밀고 버럭 소리를 질렀다.

"어떤 괴상한 놈이길래 감히 이곳에 와서 시끄럽게 떠드느냐?"

권농이 올려다보니 이웃에 사는 아무개 생원이었다. 당장 그의 앞으로 달려가 절을 올리고 아뢰었다.

"소인은 참으로 생원 나리께서 이 집에 오셔서 주무시는 줄을 알지 못했습니다."

구경하던 사람들이 너나 할 것 없이 서로 돌아봤다. 패악질에 놀라워하는 자도 있고, 조롱하며 비웃는 자도 있었다. 일제히 흩어지면서 남모르게 서로 수군거렸다.

"저 여자가 수절한다는 핑계를 대면서 몰래 저 양반과 놀아났군. 꼴을 보니 꽤 됐나 봐."

전혀 생각지도 못한 상황에 맞닥뜨린 과부는 양반을 보고 경악했다. 이어 아까 권농에게 했던 것처럼 연신 욕을 퍼부었다. 하지만 훼절의 치욕은 어떤 말로도 해명할 수 없었다. 양반은 아무렇지도 않은 듯 일어나서는 의관을 정제하고 천천히 나가서 자기 집으로 돌아갔다.

과부는 억울하고 분통이 터진 나머지 관아에 소장을 올렸다. 관아에서는 양반을 잡아들여 무슨 일인지 캐물었다. 그런데 양쪽의 말이 한쪽은 정말이라고 하고 다른 쪽은 어찌 된 영문인지 모르겠다고 하여 진위를 가릴 수가 없었다. 할 수 없이 이웃 사람들을 불러 실상을 확인해 봤더니, 똑같이 한 가지 얘기뿐이었다. 그러니 더 이상 의심할 만한 부분이 없었다. 결국 관아에서는 이렇게 분부했다.

"이러쿵저러쿵 따지지 말라. 과부가 개가하는 것이 이상한 일도 아닌 데다가 저자는 양반이니 첩이 된들 무슨 문제가 되겠느냐? 홀아비와 과부 둘 다 짝을 얻었으니 이 또한 좋은 일이다. 다시는 관아에 하소연하지 말고 함께 살도록 하라."

과부는 더는 억울하다는 말을 할 수 없었다. 관아 문을 나서자마자 양반을 흘겨보며 쏘아붙였다.

"일이 이 지경이 되었으니 같이 안 살 수도 없게 되었소. 생원님은 세상에 없는 도적놈의 심보를 가졌군요!"

《청구야담》 권4 제26화 〈鰥班弄計卜隣寡(환반롱계복인과)〉

28화

속고 속이는 장안의 상거래

영조 무인(1758) 연간에 도성 안 담뱃값이 치솟아 한 봉지에 서 푼이나 나갔다. 이때 칠원•의 어떤 사람이 전답을 모두 팔아 세 바리의 연초를 사들였다. 구입 비용만 해도 500냥이 들었다.

한강을 건너 저물녘에 돌모루•에 도착했을 즈음, 한길에서 탕건에 창옷을 입은 어떤 노인을 만났다. 노인이 짐을 보고 물었다.

"이게 담배 짐이 맞소?"

"그렇소."

"지금같이 동이 난 때에 세 바리면 3천 냥은 되고도 남을 거요. 당

- **칠원(漆原)** 경상남도 함안의 옛 명칭. 현재는 함안군 칠원면으로 남아 있다. 일설에는 이 지역에 검은 흙이 많아 붙여진 지명이라고 한다. 조선 후기 담배 생산 지역 가운데 하나였다.
- **돌모루** 동작나루를 건너 남대문으로 들어오는 도중에 있던 지명으로, 지금의 용산구 남영역 부근에 해당한다.

신은 참 좋은 때를 만났구려."

담배 장수도 노인을 잘 만났다는 생각이 들었다.

"난생처음으로 한양에 올라왔고 어디에도 아는 친척이 없소. 해서 말인데 객주• 정하는 걸 가르쳐줄 수 있겠소?"

"아무래도 그렇겠군. 당신이 이런 귀한 물건을 가지고 왔으나 초행이라니, 나를 만나지 못했다면 낭패를 볼 게 빤하지. 나를 잘 따라오시오."

이리하여 둘은 동행하여 도성 안으로 들어갔다. 성안을 돌고 돌아 인정(人定) 때가 되어서야 노인은 자기 집이라며 그를 안내하여 편히 쉬라고 방을 하나 내주었다. 그런데 새벽 파루 종이 울리자마자 노인이 방으로 들어와 이러는 것이었다.

"자네가 가져온 연초가 적지 않으니 하루 이틀에 다 팔 수는 없을 걸세. 타고 온 말이 저렇게 일없이 놀고 있어서 말인데, 용산 머리에서 실어 올 나뭇짐이 좀 있네. 자네가 얼른 조반을 들고 말을 끌고 가서 그걸 실어 오면 어떻겠나?"

담배 장수는 난처했다.

"그러면 좋겠지만 나는 용산 가는 길도 모르오. 그러니 어쩌겠소?"

"우리 집 종놈을 붙여주면 되지 않겠나?"

별수 없이 담배 장수는 말에게 꼴을 먹인 뒤 그 집 종과 함께 길을 나섰다. 때는 막 파루 종이 울린 뒤라 아직 어둑어둑하여 사람을 분

• **객주(客主)** 일종의 중간 상인으로, 다른 상인의 물건을 위탁받아 판매하거나 매매에 필요한 제반 일을 도와주는 역할을 했다. 특히 지방 상인의 경우 서울에서 장사하려면 객주를 정해 상품 판매와 숙박 등의 편의를 받아야 했다.

간할 수 없었다. 그런데 청파동을 막 지날 즈음 따라온 종이 도중에 도망을 가버렸다. 그자를 찾았지만 온데간데없었다. 담배 장수가 다시 노인 집으로 돌아가려 했으나 어두운 밤에 찾아가 한번 묵은 집을 어떻게 기억하겠는가? 해가 떠서 주변이 훤해졌으나 담배 장수는 어디로 가야 할지 막막했다. 그저 말고삐만 잡고 길에서 이러지도 저러지도 못하다가 그만 대성통곡하고 말았다. 오가던 사람들이 그를 보고 너나없이 왜 그러느냐고 물었고, 그의 딱한 사정을 듣고 다들 안타까워했다.

얼마 뒤 벙거지를 쓴 건장한 사내가 반쯤 취한 채 노래를 길게 빼며 느릿느릿 다가왔다. 담배 장수가 울고 있는 것을 보고 무슨 일로 그러느냐고 물었다. 담배 장수는 전후 사정을 세세하게 얘기해 주었다. 그런데 벙거지를 쓴 사내가 얘기를 듣고는 한바탕 웃는 것이었다.

"당신이 잃어버린 걸 내가 전부 찾아줄 테니, 담뱃값을 반으로 나눌 수 있겠소?"

담배 장수는 펄쩍 뛰며 좋아했다.

"다 찾기만 한다면 담뱃값 전부를 드려도 아까울 게 없소."

그러자 사내는 바로 담배 장수에게 이리이리하라고 일렀다. 우선은 말 세 필 중 노쇠한 말을 골라 고삐를 풀고 앞장서 달리게 했다. 그리고 사내는 담배 장수와 그 말 뒤를 따라 도성 안으로 들어가 여기저기를 돌아다녔다. 그랬더니 풀어놨던 노쇠한 말이 어떤 집 문 앞에 멈춰 섰다. 벙거지 사내가 담배 장수에게 물었다.

"여기가 그 집이오?"

유심히 살펴보던 담배 장수가 맞는 것 같다고 했다. 사내는 곧장 대문턱을 발로 차며 주인을 불러댔다. 안에서 주인이 나오자 사내가 담배 장수를 돌아보며 물었다.

"저이가 당신이 묵었던 집의 주인이오?"

"맞소."

한편, 밖으로 나온 주인 노인은 담배 장수를 보더니 이렇게 묻는 것이었다.

"자네, 어디 갔다가 이제야 왔는가? 우리 집 종놈이 아까 먼저 와서 하는 말이, 길이 어두워 자넬 놓치고 말았다고 하더군. 그래서 지금 걱정하고 있던 참이었네. 지금이라도 돌아왔으니 천만다행이고 다행일세!"

하지만 벙거지 사내는 주인에게 버럭 화를 냈다.

"너는 어떤 인간이길래 아무 궁으로 나르던 담배를 중간에서 가로채고 마부까지 유인해서 따돌린 것이냐? 빨리 담배 바리를 내놓거라!"

사내의 기세가 워낙 당당한 데다 다그치는 것도 보통이 아니었다. 주인이 듣고는 아무 항변도 못 하고 멍하니 있었다. 그렇게 반 식경 동안 한마디 핑계도 못 대다가 결국 담배 여섯 바리를 고스란히 내왔다. 사내는 부리나케 묶음을 풀어보더니 주인에게 따졌다.

"이 안에 300냥이 들어 있었는데 어디로 갔소?"

황당한 주인 노인은 담배 장수를 돌아보며 말했다.

"자네가 담배 바리를 처음 들여놓을 때 안에 돈이 들어 있다는 얘기는 한 적이 없지 않은가? 애초 묶음을 풀어보지도 않았었네. 지금 그대로 가지고 나온 건데 돈이 들어 있었다는 소리를 하다니, 이런 맹랑할 데가 있는가?"

"어젠 군이 말하지 않았지만, 내가 실은 아무 궁의 마름이오. 아무 궁 농장에서 거둬들인 담배와 함께 300냥을 가져오던 참이었소. 지금 그 돈이 없어졌다니 큰일이오. 주인장이 그런 것인지는 내가 알 수 없는 일이고."

벙거지 사내도 끼어들어 큰소리를 쳤다.

"나도 그 궁의 하인이오. 한참 기다려도 담배 바리가 도착하지 않아 이상하다 싶어 남대문 밖에 나와 기다리다가 마름을 만나 여길 찾아온 거요. 주인장이 그 돈을 내놓지 않으면 아무 궁으로부터 별도의 조치가 있을 텐데 버틸 수 있겠소?"

사내가 팔을 휘두르고 눈을 부라리며 윽박질렀다. 자칫 때릴 듯한 기세였다. 주인은 한낱 민가의 상것이라, 돈이 들어 있었다는 것이 생판 꾸며낸 말임에도 겁이 덜컥 났다. 장물에 손댄 것으로 지목되었으니 누명에서 벗어날 길도 없었다. 자칫 더 발악했다가는 무슨 봉변을 또 당할지 알 수 없는 노릇이었다. 주인은 어쩔 수 없이 300냥을 마련해서 내주어야 했다.

벙거지 사내는 담배 장수더러 담배를 다시 묶어 실어 나르도록 했다. 그리고 담배를 모두 사내 집에 보관했다. 담배 품귀 현상이 지속되어 값이 더 뛰자 담배 장수는 한꺼번에 담배를 모두 팔아 3천 냥 남짓을 손에 쥘 수 있었다. 신이 난 담배 장수가 그 반을 사내에게 주려 하자 사내가 웃으며 말했다.

"꾀를 내어 300냥을 벌었으니 나는 이것으로도 넘치게 많소. 뭐 하러 당신의 소중한 물건에 탐을 내겠소? 다 가져가고 그런 말은 다시 꺼내지도 마시오."

그렇게 사내는 끝까지 거절하고 받지 않았다. 당시에 이 이야기를 들은 사람들은 누구 할 것 없이 통쾌해하며 벙거지 사내의 수완에 감탄했다고 한다.

《청구야담》 권10 제15화 〈矜草商高義讓財(긍초상고의양재)〉

속임수가 난무하는 인정세태

두 이야기는 속임수가 난무하는 인정세태를 그렸다. 23화에서 위기에 처한 여인이 종을 속였듯이, 속임수는 이야기의 중요한 요소이자 수법이다. 신화나 민담 가운데는 '트릭스터담(Trickster tales)'이라는 게 있다. 주로 일반적인 질서를 깨뜨리는 인물이 등장하는 이야기로, 변신이나 속임수를 캐릭터의 특징으로 삼는다. 이런 트릭스터담은 전 세계에서 보편적으로 전승·창작되는 유형으로 그 역사 또한 오래되었다. 속임수 화소는 이런 전통을 이어받아 갈등을 조장하거나 반대로 이를 풀어가는 방편으로 가장 유효하게 활용되어 왔다. 따라서 야담에서도 구성상의 수법의 하나로 자리 잡았다. 하지만 구비전승담이나 기타 다른 이야기 유형에 견주어서는 적은 편이다. 이 또한 사대부층이 비도덕적인 소재를 취급하는 데 조심스러웠거나 그런 소재에 대한 거부 심리가 작동한 결과가 아닐까 싶다.

여기 두 이야기는 사건과 배경이 전혀 다르다. 27화는 어느 시골에서 벌어진 사건이고, 28화는 주무대가 한양이다. 그리고 27화가 남녀 관계를 다루고 있다면, 28화는 상거래에서의 물품을 소재로 하고 있다.

27화는 홀아비 양반과 재산이 넉넉한 민가 과부의 만남에 대한 이야기다. 홀아비와 과부의 만남이라는 소재가 지금이야 익숙하지만 과거에는 그렇지 않았다. 그런데 아주 익숙한 것처럼 이야기가 전개되며, 그 과정도 그리 무겁지 않은 편이다. 그러면서도 이 짤막한 서사 안에 어느 시골 마을의 인정세태가 적나라하게 드러난다. 조선 후기 지방민의 삶과 애환이 잘 묻어난다고나 할까.

눈에 띄는 점은 남녀 관계를 설정하면서 공간은 도회지가 아닌 시골 벽지를, 대상은 젊은 청춘 남녀가 아니라 중년에 접어든 홀아비와 과부를 내세웠다는 것이다. 그래서인지 주인공들은 산전수전 다 겪어본 이들의 행동 방식이나 말투를 보여준다. 과붓집에 잠입해서는 '벗은 몸으로 능청스레 덮고 있던 이부자리에서 갓을 삐딱하게 쓰고 어깻죽지만 드러낸 채 창문을 밀치고 소리치는' 홀아비, 자기 소를 가져가자 '분을 참지 못하고 고쟁이와 겉옷을 입을 겨를도 없이 맨발로 뛰쳐나오는'가 하면 수없이 욕을 퍼부어 대며 한 치도 물러서지 않는 과부. 이처럼 점잖은 중년과는 거리가 멀다. 한쪽은 명색 양반임에도 음흉하고 능청스러우며, 한쪽은 인색하고 걸핏하면 악다구니를 쓴다. 그녀에게서 과부로 살아가는 칼칼함이 묻어난다.

또한 홀아비 양반이 과부를 차지하기 위해 권농과 협잡하는 점도 놓칠 수 없는 대목이다. 권농은 농본사회에서 볼 수 있는 지방의 별

정직이다. 주로 향반(鄕班) 아니면 지역에서 힘 좀 쓰는 양민이 맡았다고 한다. 당연히 이 직책은 해당 지역의 자치 수단의 하나였다. 그러나 여기처럼 지역의 사족(士族)과 결탁하여 다른 일반 농가를 괴롭힐 여지도 컸다. 실제 홀아비와 권농은 은밀히 결탁하여 과부를 괴롭힌다. 저들의 작전에 말려든 과부는 분통이 터진 데다 '남모르게 수군거리는' 마을 사람들의 입방아까지 감당해야 했다. 그녀가 할 수 있는 수단은 관아에 고소하는 것이었다. 그런데 관아의 대응이 수상하다. 사실관계를 따지기 어렵다는 것은 그렇다 쳐도, 과부가 개가하는 것이 이상한 일은 아니라며 회책까지 한다. 이는 한 고을에서 소송이 벌어지게 되면 어떻게 형편이 돌아가는지를 잘 보여준다. 여기서도 관과 향반, 그리고 권농이 한패가 된 정황이 잘 드러난다.

마지막으로 환기할 점은 과부의 개가 문제이다. 앞서 정절과 개가를 언급하면서 조선 후기에는 양민 여성에게도 정절을 요구하던 분위기였다고 했다. 이런 요구가 실제 지방사회에서는 어느 정도 관철되었는지는 알 길이 없다. 다만 그런 강압적인 분위기에 항변하는 작품도 나왔다. 당대 여성의 현실과 개가 문제를 다룬 〈덴동어미화전가〉이다. 덴동어미는 '불에 타서 불구가 된 아이의 어미'라는 뜻이다. 여기 덴동어미는 여러 번 개가한 여성이다. 이를 탓하는 시선에 그녀는 이렇게 항변한다. 먹고살기 위한 불가피한 선택이었다고. 그녀에게는 유가 이념보다 생계가 훨씬 중요한 것이었다.

이와 상황이 달랐던 과부는 지금 개가를 거부하고 있다. 생계에 어려움이 없기 때문이다. 그렇다고 그녀가 유가 이념을 고수하기 위해 개가를 거부하고 있는 것은 아니다. 그럼에도 양반 홀아비의 속임수에 걸려들자 '도적놈의 심보'라고 욕을 하면서 개가를 받아들인다. 이는 관에서 말한 과부 개가가 이상한 일이 아니라는 지방사회의 분위기와 호응한다. 이쯤에서 두 가지가 궁금해진다. 하나는 양민 여성에게까지 정절을 요구하는 중앙의 분위기와 지방사회의 현실은 달랐을까 하는 점이고, 또 하나는 그녀가 가난한 처지였다면 이 이야기는 어떻게 전개되었을까 하는 점이다. 이래저래 이 이야기는 당시 과부들의 현실과 선택에 대한 여러 가지 고민거리를 제공해 준다.

28화는 한양에서 벌어진 속고 속이는 상거래를 다루었다. 지금도 서울과 지방의 차이가 크다고 하지만, 옛날로 거슬러 올라갈수록 도회지와 시골의 편차는 더 컸다. 특히 장안 도성과 그 이외 지역 간의 격차는 실로 엄청났다. 근대화 이후 그나마 그 차이가 줄어든 것이다. 어린 시절에 이 격차를 실감할 만한 얘기를 들은 적이 있다. 지금 종로에 있는 삼일빌딩이 사대문 안에서 가장 높았을 때란다. 어떤 촌사람이 삼일빌딩을 보고 놀라워하며 구경하고 있는데, 누군가가 나타나서 그에게 대뜸 몇 층까지 봤냐며 다그쳤다. 촌사람은 실제로는 꼭대기까지 봤으나 뭔가 꺼림직하여 3층까지만 봤다고 했다. 그랬더니 그자가 그럼 3환(圜)을 내놓으라고 했다. 왜 내야 하냐고 따졌더니 건물을 구경한 값이라고 했단다.

이거야말로 '눈 뜨고 코 베인다'는 격이지 않은가. 여기 칠원의 담배 장수가 바로 그 꼴이다. 애초 그가 상경한 까닭은 도성의 담배 품귀 현상 때문에 가격이 폭등했기 때문이다. 그러나 그가 경험한 한양은 눈 뜬 채 코 베이는 세상이었다. 전 재산을 털어 가져온 담배를 알지도 못하는 노인에게 속아 몽땅 빼앗겼으니 말이다. 그 노인의 집은 지금의 남대문시장 어디쯤에 있었던 모양이다. 이 일대는 도성 안 3대 시장 가운데 하나였다. 당시 남대문시장 상권은 주로 어물 판매가 주를 이루었다. 여기 노인도 이 일대에서 상거래로 잔뼈가 굵은 인물이었을 것이다. 그런 그가 시골 티 팍팍 나는 담배 장수를 속이는 거야 식은 죽 먹기였다.

그런데 벙거지 사내가 나타나면서 전세가 완전히 뒤바뀐다. 사내는 담배를 차지한 노인을 되속여 300냥을 뜯어낸다. 그러면서 '꾀를 내어 300냥을 벌었으니 나는 이것으로도 넘치게 많소.'라며 담배 장수의 성의를 고사하는 등 의협심이 넘쳐나는 인물로 그려진다. 그러나 실은 그도 이 바닥에서 이끗을 좇는 부류였을 터다. 이처럼 도성은 '눈 뜨고 코 베이는' 공간이자, '뛰는 놈 위에 나는 놈'이 판치는 세상이었다. 이를 시골 촌뜨기의 상경담에 포석처럼 깔아놓았다.

29화

무서운 아내와 당찬 기녀

조태억•의 처 심씨(沈氏)는 본래 의심이 많고 질투가 심한 성격이었다. 이 때문에 남편은 호랑이 보듯 아내를 무서워하여 다른 여자에게 한눈판 적이 없었다.

그의 형 조태구•가 평안도 관찰사로 있을 때의 일이다. 승지였던 조태억이 마침 왕명을 받들어 사행을 가게 되었다. 가는 길에 평양 감영에서 며칠을 묵었다. 여기서 그는 처음으로 아끼는 기녀를 두게 되었다. 심씨는 남편이 딴짓하고 있다는 소문을 듣고 당장 평양으로 떠날 채비를 했다. 그리고 자기 오라비를 앞세워 평양 감영으로 직행

- **조태억(趙泰億)** 1675-1728. 자는 대년(大年), 호는 겸재(謙齋), 본관은 양주이다. 대제학과 좌의정 등을 역임했다. 소론으로 숙종, 경종 연간에 노론과의 정쟁에서 부침을 거듭했다. 실제 그는 1723년에 중국 사신을 영접하러 평양에 들른 적이 있는데, 이 이야기와 연결된다.
- **조태구(趙泰耇)** 1660-1723. 자는 덕수(德叟), 호는 하곡(霞谷)이다. 대사성과 우의정 등을 지냈으며, 1706년에 평안도 관찰사로 부임한 적이 있다.

했다. 가면 그 기녀를 당장 때려죽일 참이었다. 조태억은 부인이 온다는 소식을 듣고는 아연실색하여 말문이 막히고 말았다. 감사 조태구도 깜짝 놀랐다.

"이를 이제 어쩐다?"

감사 형제는 우선 기녀부터 피신시키려고 했다. 그런데 이 기녀는 당돌했다.

"소첩은 몸을 피할 생각이 없습니다. 알아서 살 방도가 있으니까요. 다만 형편이 어려우니 꾸릴 밑천이 필요합니다."

조태구가 무슨 말이냐고 물었더니 이렇게 답했다.

"진주와 옥구슬로 몸을 단장해야 하는데 돈이 없으니, 아쉽고 안타까울 뿐입니다."

"네가 살 방도가 있다면야 천금이 들더라도 내가 마련해 줄 테니, 네가 하고 싶은 대로 해보거라."

감사는 막객을 시켜 필요한 만큼의 돈을 내어주라고 했다. 한편, 감사는 중화와 황주•로 비장들을 보내 심씨 일행을 맞게 하면서 역마와 음식을 제때 제공하라고 했다.

심씨 일행이 황주에 도착했을 때이다. '평양 감영의 비장이 와서 대기하고 있으며 또 이바지도 있다'는 전갈이 왔다. 심씨는 싸늘히 웃었다.

"내가 무슨 사행 가는 대신이라고 비장들이 문안하겠다는 건지?

• **중화(中和)와 황주(黃州)** 황해도 중화군과 황주군. 평양의 남쪽에 위치하며, 한양 쪽에서 평양으로 진입할 때 거치는 경유지다.

게다가 노자도 넉넉한데 이바지는 어디에다 쓰라고?"

그러면서 죄다 물리쳐버렸다. 중화에 이르러서도 역시나 딱 잘라 거절했다.

심씨 일행이 길을 나서 재송원•을 지나 이제 장림(長林) 안으로 들어서는 참이었다. 그때는 늦봄이라 10리에 펼쳐진 장림에 봄기운이 무르익어 주변 곳곳으로 맑은 강과 경치가 퍽 아름다웠다. 심씨는 가마 발을 걷고서 경치를 감상하며 장림을 지나갔다. 장림이 끝나는 지점에서 멀리 바라보니, 백사장은 비단이 깔린 듯하고 강물은 거울처럼 맑았다. 강 언덕에는 회칠한 성가퀴가 쭉 둘렀으며, 물 위에는 장삿배가 여기저기 모여 있었다. 연광정, 대동문, 을밀대, 초연대•의 누각은 단청이 번쩍번쩍하고 건물은 우뚝하여 사람의 눈을 사로잡았다. 심씨는 탄성이 절로 나왔다.

"과연 최고의 경치로구나. 명불허전이로다!"

이렇게 감상하고 있을 즈음, 멀리 백사장 위로 느닷없이 한 점 꽃이 사뿐사뿐 다가왔다. 점점 가까워져 보니, 기녀였다. 연두저고리에 다홍치마를 입었으며 수놓은 안장을 채운 말을 타고 백사장을 가로질러 오고 있었다. 심씨는 속으로 퍽 수상하여 가던 말을 멈추고 그

• **재송원(栽松院)** 평양의 서남쪽 10리쯤에 있던 역원. 한양에서 출발하여 평양에 도착하기 전 들르는 마지막 역이기도 했다. 바로 옆으로 대동강이 흐르고 장림(長林)이 펼쳐져 있다.

• **연광정(練光亭), 대동문(大同門), 을밀대(乙密臺), 초연대(超然臺)** 모두 부벽루와 함께 대동강 강가에 있던 누대와 명승이다. 대동문은 평양성의 남문이며, 연광정은 대동문 우측에 있는 정자이다. 을밀대는 평양성 동편에, 초연대는 대동문 남쪽에 있었던 누대이다.

녀를 쳐다보았다. 앞으로 다가온 그녀는 말에서 내려 꾀꼬리 같은 목소리로 공손히 인사를 올렸다.

"아무 기생이 뵙고자 합니다!"

심씨는 그녀의 이름을 듣자마자 형언할 수 없는 부아가 치밀어 올랐다. 대뜸 큰 소리로 매섭게 꾸짖었다.

"아무 기생? 아무 기생이란 말이지? 뭔 일로 와서 나를 뵙겠다는 거냐?"

그러면서 말 앞에 서라고 했다. 기녀는 낯빛을 바로 하고 공손히 말 앞에 섰다. 심씨가 보니 그녀의 얼굴은 이슬을 머금은 복사꽃 같고 허리는 바람에 흔들리는 버들 같았다. 비단옷에 진주와 옥구슬로 위아래를 꾸민 모습이 그야말로 경국지색이었다. 뚫어지게 쳐다보던 심씨가 물었다.

"너는 몇 살이냐?"

"열여덟 살입니다."

"너는 과연 명물이로구나. 사내대장부가 너 같은 기생을 보고도 가까이하지 않는다면 졸장부나 다름없지. 내가 여기에 온 건 애초 너를 죽이기 위함이었다. 하나 너를 보고 나니 꼭 손을 써야 하는지 모르겠구나. 너는 가서 우리 집 영감을 잘 모시거라. 하나 저 영감은 숯손님•이니 너무 깊이 빠지게 해서는 안 되느니라. 병이라도 났다간 네 죄는 죽어 마땅할 것이야. 조심하고 조심하여라."

말을 마친 심씨는 곧장 말을 돌려 한양으로 돌아갔다. 감사가 이

• **숯손님** 집안 외에 물정을 모르거나 늙어서 기력이 쇠한 사람을 지칭할 때 쓰는 말.

소식을 듣고 급히 사람을 보내 전갈했다.

'제수씨가 길을 나서 성 밖에까지 오셨으면서 성안으로 안 들어오시고 왜 그냥 가시려 합니까? 잠시라도 들어와 감영에서 며칠 묵고 돌아가시지요.'

이 전갈에 심씨는 쓴웃음을 지으며, 이렇게 전하라고 일렀다.

"제가 걸태질이나 하는 사람도 아닌데, 성에 들어가서 뭘 한답니까?"

그러고는 뒤도 돌아보지 않고 한양 집으로 가버렸다. 그 뒤 감사가 기녀를 불러 물었다.

"너는 참 대단하구나. 스스로 호랑이굴에 들어가서 이렇게 살아 돌아오다니!"

이에 기녀가 말했다.

"마님의 성품이 사납고 질투가 많으시나 이번에 천 리 먼 길을 오셨습니다. 이 어찌 구구한 아녀자가 할 수 있는 일이겠습니까? 말이 발을 차거나 깨무는 걸 보면 필시 걸음도 짐작할 수 있습니다. 사람도 매한가지랍니다. 소첩은 죽으면 그만일 뿐이지요. 이를 피한다고 해서 벗어날 수 있겠습니까? 해서 곱게 단장하고 가서 뵌 것입니다. 맞아 죽게 된다면 그거야 어쩔 수 없는 일이겠지요. 그렇지 않다면 소첩을 보고 어여삐 여겨주시지 않을까 싶어서 그런 것입니다."

《청구야담》 권7 제16화 〈赴浿營婦人赦名妓(부패영부인사명기)〉

30화

엄한 시아버지와 드센 며느리

안동의 진사 권(權) 아무개는 재산이 많은 부자였다. 그는 성품이 엄했기에 집안 단속에도 법도가 있었다. 다만 그는 외아들만 두었다가 며느리를 맞았는데, 이 며느리가 투기가 심한 데다 사납기까지 하여 곤란한 때가 있었다. 그렇지만 그런 며느리도 엄격한 시아버지 앞에서는 감히 성질을 부리진 못했다. 권 진사는 화가 나면 대청에 자리를 깔고 앉았다. 더러 종들을 두들겨 패 죽이기도 했으며, 죽이지 않더라도 기어이 피를 보고 나서야 그칠 정도였다. 이런 까닭에 진사가 대청에 자리를 펴기라도 하면 집안 식구들은 벌벌 떨며 또 누군가 죽겠구나 싶었다.

한편, 권 진사 아들의 처가가 이웃 마을에 있었다. 한번은 아들이 장인 장모를 뵈러 갔다가 돌아오는 길에 비를 만났다. 그는 비를 피해 한 객점으로 들어갔는데, 객점 마루에 어떤 젊은이가 앉아 있었다. 마구간에는 대여섯 마리 준마가 매여 있고 따르는 종들도 많았다. 아마도 집안 식솔과 동행하고 있는 듯했다. 젊은이는 권생을 보고는 인사를 나누었고 가져온 술과 안주며 반합의 음식까지 권했다. 술맛은 아주 맑고 시원했으며 안주도 풍미가 넘쳤다. 그러다 보니 서로 성씨와 사는 곳을 묻게 되었다. 권생이 먼저 사실대로 말해주었으나 젊은이는 성씨만 말하고 사는 곳은 알려주려 하지 않았다. 대신 이렇게 둘러댔다.

"우연히 이곳을 지나다가 비를 피해 잠시 들렀소. 연배가 비슷한 사람끼리 만났으니 좋은 일 아니겠소?"

두 사람은 어느새 술잔을 주거니 받거니 하며 취하도록 마셨다. 권생은 결국 취해서 먼저 곯아떨어졌다. 한밤중에 깨어나 눈을 들어 주변을 살펴보니, 함께 술을 마시던 젊은이는 그림자조차 보이지 않았고 자신은 어느 여인의 방에 누워 있는 게 아닌가. 그리고 옆에는 소복을 입은 아리따운 여인이 앉아 있었다. 그녀는 열여덟이나 열아홉 살쯤 되어 보였는데, 용모가 단아하고 고왔다. 분명 상것이 아니고 한양의 벼슬아치 집안 여인네가 틀림없었다. 적이 놀란 권생이 그녀에게 물었다.

"내가 어떻게 이 방에 누워 있는 것이며, 자네는 뉘 집 아녀자인데 여기에 있는가?"

여인은 부끄러워하고 주저주저하면서 대답하지 못했다. 권생이 다시금 물어도 끝내 입을 열지 않더니, 몇 식경이 지나서야 기어드는 소리로 겨우 입을 열었다.

"저는 한양에서도 지체 높은 가문의 딸입니다. 열네 살에 출가했다가 열다섯 살에 남편을 잃었지요. 아버지께서는 일찍 작고하시어 친정 오라버니 집에 얹혀살았답니다. 오라비는 고집이 센 분으로 시속의 예법을 잘 따르지 않았지요. 어린 저를 과부로 살게 할 수 없다며 개가할 자리를 찾았답니다. 이 때문에 문중에서 시비가 크게 일었지요. 다들 집안을 더럽히는 일이라며 절대 하지 못하게 했답니다. 부득이 오라비는 재가를 논의하던 자리를 박차고 나와 가마와 말을 준비하여 저를 태우고 도성 밖으로 나왔지요. 정처 없이 길을 나서 돌고 돌아 여기까지 온 것이고요. 딴에는 우연이라도 뜻이 맞는 남정네를 만나면 그 사람에게 저를 맡길 참이었답니다. 오라비도 저의 종적을 딴 곳으로 감춰 종가의 이목을 차단하려는 심사였지요. 어젯밤 낭군께서 취한 틈에 종을 시켜 업어다가 이 방에 눕힌 것입니다. 오라비는 필시 멀리 달아났을 겁니다."

이어서 옆에 놓인 상자를 가리키며 덧붙였다.

"저 안에 오륙백 냥의 은자가 들어 있습니다. 저것으로 저의 먹고 입을 거리에 보태라고 했고요."

난처한 상황에 맞닥뜨린 권생은 얼른 문밖으로 나가 보았으나 젊은이와 많던 종들은 물론이고 말까지 죄다 온데간데없었다. 어린 여종 둘만 옆에 멍하니 서 있었다. 그는 다시 방으로 들어가 그 여자와 동침했다. 이윽고 권생은 정신을 차리고 생각해 보았다.

'아버지께서 저리 엄하신데 내 마음대로 첩을 둔다면 큰일이 날 게 뻔하고, 질투가 심한 사나운 아내도 이 일을 절대로 용납하지 않겠지. 이를 장차 어찌한다?'

아무리 생각해 봐도 뾰족한 수가 없었다. 아리따운 여인과의 우연한 만남이 오히려 골칫거리가 되고 만 것이다. 권생은 아침이 될 때를 기다렸다가 대기하고 있던 여종에게 방을 지키면서 잘 모시라고 이르고는 뒤이어 여인에게 말했다.

"집에 엄격하신 아버님이 계시니, 사실을 아뢰고 허락을 받아 데려가겠소. 그러니 우선 여기서 조금만 기다리시오."

객점의 주인에게도 신신당부하고 문을 나섰다. 곧장 친한 벗 가운데 생각이 깊고 영리한 친구를 찾아갔다. 권생은 어젯밤 사건을 이실직고하고 좋은 방법이 없는지 물었다. 친구는 한참 생각하더니 한 가지 꾀를 냈다.

"참으로 난감한 일이야! 어려운 일일세! 딱 떨어지는 계책은 없지만 한 가지가 있긴 하네. 자네가 집에 돌아가면 며칠 뒤에 내가 술자리를 마련하고 부르겠네. 그러면 자네는 그다음 날 술자리를 열고 이번에는 나를 부르게. 그럼 내가 알아서 좋은 방편을 내겠네."

권생은 친구의 말대로 하겠다고 다짐하고 귀가했다. 그리고 며칠 뒤 친구가 심부름꾼을 보내 전갈했다. '마침 술과 안주가 있고 여러 벗이 모여 있으니 이 자리에 자네가 빠지면 곤란하네. 어떻게든 참석해 주게…….'라는 내용이었다. 권생은 부친께 이 사실을 아뢰고 술자리에 참석했다. 그리고 이튿날 권생은 부친에게 여쭈었다.

"친구 아무개가 어제 술자리를 마련하여 저를 초대했습니다. 답례가 없어서는 안 되잖습니까? 오늘 약소하나마 술과 찬을 준비하여 제 벗들을 오라고 하면 좋겠습니다."

부친은 그리해야 한다며 허락했다. 권생은 친구가 일러준 대로 술자리를 마련하고 벗들을 불렀다. 또 마을에 친하게 지내는 젊은이들까지 오라고 하여 모두 모였다. 이들은 권생의 부친에게 인사를 드렸다. 권 진사가 이들을 반겼다.

"자네들은 돌아가며 술자리 모임을 하면서 한 번도 이 늙은이는 불러주지 않는구나. 이 무슨 도리더냐?"

이 말에 꾀를 낸 친구가 대답했다.

"어르신께서 자리를 주관하시면 연소한 시생들은 앉지도 눕지도 못하잖습니까. 더구나 어르신은 성품이 엄격하시기에 시생들이 잠깐 뵙는 것만도 이만저만 조바심이 나는 게 아닙니다. 혹여 잘못할까 겁나는 터에 어떻게 온종일 술자리에서 모시고 있겠습니까? 어르신이 왕림하시면 이야말로 살풍경입니다."

권 진사는 웃으며 맞받았다.

"술자리에 무슨 장유유서가 있겠는가? 오늘 술자리는 내가 주관할 테니 서로 예의는 집어던지고 종일 실컷 즐겨보세. 자네들이 내게 백 번이고 실례해도 나무라지 않음세. 모쪼록 원 없이 놀고 이 늙은이의 적적함을 풀어주게."

젊은이들은 한꺼번에 '예' 하며 그러겠다고 했다. 이리하여 권 진사와 젊은이들은 뒤섞여 앉아 술잔을 서로 권하기 바빴다. 술이 반쯤 거나해지자 꾀를 낸 친구가 진사 앞으로 다가와 말을 붙였다.

"시생이 재미난 고담 하나를 알고 있는데, 한 말씀 올리고 웃음거리로 삼을까 합니다."

"그래, 고담만 한 게 없지. 들려줘 보게."

그 친구는 권생이 객점에서 겪은 기이한 만남을 고담으로 꾸며 들려주었다. 그러자 권 진사는 구구절절 놀라워하면서 연신 감탄했다.

"기이하고 신기하네! 옛날이야 혹 그런 기이한 인연이 있었을지 모르나 지금 시절엔 들어보지 못한 일일세."

친구는 바로 틈을 보아 말했다.

"어르신께서 이런 일을 당했다면 어떻게 처신하실 건지요? 한밤중에 아무도 없을 때 절세의 미녀가 곁에 있다면 가까이하시겠습니까, 아니면 멀리하시겠습니까? 이왕 가까이하셨다면 데려와 같이 살겠습니까, 아니면 버리시겠습니까?"

"궁형을 받은 사람이 아니고서야 한밤중에 미인을 만나고도 아무 일 없이 보낼 수 있겠는가? 또 기왕 동침했으면 데리고 살 수밖에 없지. 그런 여자를 아무렇지 않게 버리면 도리도 아닐뿐더러 남의 원성을 사기 십상이지."

친구는 더 떠봤다.

"어르신께서는 성품이 워낙 방정하고 엄격하셔서 이런 경우를 당했을 때도 결코 절개를 잃지 않으실 겁니다."

권 진사는 머리를 내저었다.

"아닐세, 아니야! 나라도 그런 상황이면 넘어가지 않을 수 없을 걸세. 그이가 규방에 들어간 게 고의가 아니고 남에게 속아서 그런 게 아닌가. 분명 자기가 일부러 저지른 일이 아닐세. 젊은 사람이 여자를 보고 마음이 동하는 거야 예사인 게지. 저 여자가 사족 출신으로 이런 일을 하게 됐다니 뭔가 사정이 딱하고 처지가 궁했던 모양일세. 한 번의 만남 뒤에 버림을 받게 된다면 수치심과 원한 때문에 죽지 않고 배기겠는가? 이야말로 악업을 쌓는 짓이지. 사대부의 처사가 이렇게 자질구레해서야 쓰겠는가?"

친구가 다시 여쭈었다.

"인정과 도리가 과연 그런 것이겠지요?"

"그야 당연히 그렇지. 그저 야박한 사람이 되어서는 안 되는 법일세."

그제야 친구는 웃으면서 사실을 아뢰었다.

"제 얘긴 고담이 아니라 어르신 아들이 일전에 겪은 일입니다. 어르신께서 인정과 도리에 당연하다고 하셨고, 재삼 여쭈어도 같은 취지로 가르쳐주셨으니, 이제 제 친구는 죄도 벗어나고 책임도 면할 수 있게 되었군요."

순간 권 진사는 말을 잃었다. 한참 만에 정색하며 버럭 소리를 질렀다.

"자네들, 이 술자리 당장 끝내고 돌아가게. 내 처리할 일이 있네!"

친구들은 잔뜩 겁에 질려 흩어졌다. 권 진사는 그들이 돌아가자마자 고함을 쳤다.

"어서 대청에 자리를 펴라!"

집안사람들은 죄다 벌벌 떨었다. 이번엔 무슨 죄로 누굴 다그칠지 몰라서였다. 권 진사는 자리에 앉아 다시 고함을 질렀다.

"어서 작두를 가져오너라!"

하인이 황급히 작두와 널판을 뜰 아래 대령했다. 그는 또다시 큰 소리로 호령했다.

"네 주인 서방을 잡아다가 작두판에 엎드리게 하라."

마지못해 하인들은 권생을 잡아와 작두판 위에 엎드리게 했다. 권 진사는 권생을 가차 없이 꾸짖었다.

"이런 배은망덕한 놈아! 아직 젖비린내 나는 놈이 부모에게 아뢰지도 않고 몰래 첩을 둔단 말이냐? 아주 집안을 망칠 놈이구나. 내가 시퍼렇게 살아 있는데도 이런 짓을 하는데, 내가 죽고 나면 오죽하겠느냐! 이런 패륜아는 살려봐야 아무 쓸모가 없지. 내가 살아 있을 때 이놈 머리를 날려 뒷날의 헛짓거리를 막을 테다."

말이 끝나기가 무섭게 하인에게 호령하여 작두를 밟으라고 했다. 집안 식구들은 너나 할 것 없이 얼굴이 새파랗게 질린 채로 허둥지둥 어찌할 줄 몰랐다. 그의 아내와 며느리가 뜰로 내려가 엎드렸다. 그의 아내가 울면서 간청했다.

"저 아이가 저지른 죄는 죽어도 시원찮지만 그렇다고 어떻게 목전에서 하나뿐인 아들의 목을 자른단 말입니까?"

아내와 며느리 모두 살려달라며 애걸복걸하기를 그치지 않았다. 이에 권 진사는 버럭 고함을 치며 물러가라고 했다. 아내는 겁에 질려 자리를 피했으나 며느리는 물러서지 않았다. 며느리는 급기야 땅바닥에 머리를 여러 차례 찧더니, 얼굴이 흐르는 피로 범벅이 되었다.

"남편이 젊다 보니 오만방자하여 저지른 죄입니다. 하지만 아버님의 피붙이는 저 사람뿐이잖습니까? 한데도 저이를 잔혹하게 죽여 대대로 이어온 제사를 하루아침에 끊으려 하십니까? 제발 빌건대, 제가 대신 죽게 해주십시오."

권 진사는 여전히 고집을 부렸다.

"저런 배은망덕한 자식을 두었다간 집구석이 망하고 말 게다. 하면 그 욕이 조상에까지 미칠 것이야. 차라리 내 앞에서 죽이고 양자를 구하는 편이 낫다. 이러나저러나 망하긴 마찬가지니, 깨끗하게 망하는 게 더 낫지 않겠느냐!"

그러면서 작두를 밟으라고 다그쳤다. 하인은 입으로는 '예' 하면서도 차마 발을 디디지 못했다. 며느리는 이제 울며불며 애걸복걸했다. 권 진사는 며느리를 다독이면서도 가차 없었다.

"저놈의 일로 집안을 망치는 게 한 가지만이 아니란다. 부모를 모시는 사람이 제멋대로 축첩했으니 망조가 그 하나이다. 또 며느리 네가 평소 거세고 질투가 심하니 필시 첩을 들이는 걸 용납하지 않을 게 아니더냐. 그렇게 되면 가법은 날로 어지러워질 게 빤할 테니 이 또한 망조이니라. 이런 망조가 있을 바에야 미리 싹을 제거하는 게 좋지 않겠느냐?"

"아버님, 저도 남과 같은 사람 얼굴과 사람 마음을 가지고 있습니다. 눈으로 이런 광경을 보고도 어떻게 질투라는 걸 마음에 두겠습니까? 아버님께서 한 번만 남편을 용서해 주신다면 저는 당연히 그와 한방을 쓰며 조금도 부부의 의를 잃지 않겠습니다. 제발 아버님께서는 심려치 마시고 너그러이 용서해 주세요."

"네가 지금은 상황이 급박하여 이런 말을 하지만, 겉으로 그러겠다고 할 뿐 속은 그렇지 않을 거다."

"어찌 그럴 리가 있겠어요? 설혹 말씀하신 것과 비슷한 일이라도 있다면 하늘도 반드시 가만있지 않을 테고 귀신도 벌을 내릴 것입니다."

권 진사는 다짐 삼아 더 다그쳤다.

"그러냐? 내가 살아 있을 때까지는 그러겠지. 하나 내가 죽고 나면 너는 분명 다시 못된 버릇이 도질 게다. 그땐 내가 이미 세상에 없을 테고 아들놈도 너를 어쩌지 못하겠지. 그땐 정말 집안을 망치게 될 게 아니냐? 저놈 머리를 끝장내 화근을 없애는 것이 낫겠다."

"어찌 감히 그리하겠습니까? 아버님이 하세한 뒤 만에 하나 나쁜 마음을 둔다면 이는 개돼지만도 못한 짓입니다. 다짐하고 맹세하겠습니다."

권 진사는 마지막으로 확인했다.

"그렇다면 그 맹세하는 말을 종이에 써놓거라."

며느리는 어기면 짐승만도 못하다는 취지를 종이에 쓰고 난 뒤 이런 다짐까지 했다.

"한 번이라도 어기는 일이 있으면 제 부모님의 육신을 씹어 먹어도 시원찮을 것입니다. 제가 이렇게 맹세하는데도 아버님이 끝끝내 용납지 않으시면 죽음밖에 달리 길이 없습니다."

권 진사는 그제야 아들을 용서하고 풀어주었다. 그러면서 수노를 불러 분부했다.

"너는 가마와 말에 인부를 거느리고 아무 객점으로 가서 아들의 소실을 데리고 오너라."

수노는 명을 받들어 소실을 모셔 왔다. 시부모님께 현구례•를 올리고, 또 정실부인에게도 절을 드리고 나서 함께 거처하게 되었다. 정실인 며느리는 감히 한마디 불평도 입 밖에 내지 않았고 늙을 때까지 화목하게 지냈다. 이들을 비난하는 사람들도 없었다고 한다.

《청구야담》 권9 제13화 〈畏嚴舅悍婦出矢言(외엄구한부출시언)〉

• **현구례(現舅禮)** 흔히 구고례(舅姑禮)라고 한다. 신부가 처음 시집을 와서 치르는 의례로, 예물을 앞에 놓고 잔을 올린 다음 조부모와 부모를 비롯해 친지들에게 절을 올리는 절차이다. 지금의 폐백에 해당한다.

무섭고 드센 여성과 그 시선

두 이야기는 가정 내에서의 역학 관계와 이해 충돌로 빚어지는 인정 양태를 다루고 있다. 양쪽 모두 아내와 며느리 등 여성의 면모가 도드라진 것도 특징이다. 이른바 무서운 아내와 사나운 며느리다. 다시 말하지만, 유가 사회에서 여성은 행실은 물론 성격까지도 억압당하는 주체였다. 설혹 사회가 바라는 덕목을 갖추지 못한 여성이라 하더라도 그것을 밖으로 노출해서는 결코 안 되었다. 특히 부부 관계 등 가정 내에서의 불화나 비행은 용납되지 않았다. 그럼에도 예나 지금이나 무서운 아내가 왜 없었겠는가? 전통시대에도 '무서운 아내' 편은 하나의 이야기 유형으로 존재할 만큼 그 유래가 오래되었다. 아마도 '청기 백기 이야기'를 들어봤을 것이다. 이 유형의 이야기 가운데 가장 오래된 한 가지를 들어본다.

어느 부대에서 장교가 장병들에게 명령했다. '아내나 여자가 무서운 자는 백기 쪽으로, 그렇지 않은 자는 청기 쪽으로 집합하라!' 그랬더니 장병들이 모두 백기 쪽으로 갔는데, 유독 한 병사만 청기 쪽에 가 있었다. 장교는 백기 쪽으로 간 장병들을 사내답지 못하다며 혼쭐을 내고는 청기 쪽에 있던 병사를 보고, '너는 과연 여자를 무서워하지 않다니 군인답구나.'라며 칭찬을 아끼지 않았다. 그런데 이자의 대답이 가관이다. '아내가 남들이 가는 데는 가지 말라고 해서 이쪽에 와 있었을 뿐입니다.'

이 이야기는 조선 초에 나온 소화집에 실려 있다. 아마도 훨씬 이전부터 전승되던 우스갯소리였을 것이다. 이 청기 백기 이야기는 후대에 다양하게 변주되어 근현대까지도 이어졌는데, 그 원천은 무서운 아내와 관련이 있다.

이에 반해 사납고 드센 며느리는 문학사에서 거의 상정되지 않았던 화소이다. 앞서 24화에서 외간 남자와 놀아난, 그래서 시댁에서 쫓겨나 친정아버지에 의해 처단되는 며느리를 접한 바 있다. 이처럼 일탈하는 며느리는 더러 등장하지만, 성격이 거칠고 드센 며느리는 좀처럼 만나기 어렵다. 일탈하는 며느리야 집안 구성원으로서의 자격을 박탈함으로써 그에 따른 충격 효과를 거둘 수 있다. 하지만 투기가 심하고 드센 며느리는 당장 내쫓을 수도 없고 곤란한 지경에 빠질 법하니 말이다. 여기서는 이런 드센 며느리 맞은편에 엄한 시아버지를 배치하여 이야기를 끌고 갔다.

29화는 당대에 정승을 지냈고 역사에도 이름이 높은 조태억과 그의 아내 심씨가 주인공이다. 심씨가 투기가 심하고 사나워 조태억이 그녀를 호랑이처럼 무서워한다는 설정이다. 사실 역사 속의 조태억으로서는 억울할 법하다. 그는 당시 정치적으로 약세였던 소론 출신이었으나 우의정을 지내는 등 승승장구했으며, 문예에도 뛰어난 인물이었다. 그런 그가 '바보 남편'의 표상이 되었다. 여기에 그의 형 조태구도 제수씨에게 쩔쩔매는 상황이다. 사건의 발단은 형 조태구에게 있었다. 그가 평양 감사로 나가면서 동생 조태억을 탈출시킨다며 제수씨의 투기를 시험했다. 이미 많은 이야기에서 확인한 대로 양반 사대부들이 기녀를 차지하는 것은 죄가 되지 않는다. 그런데 조태억에게는 이게 죄가 되었다.

한편, 기녀와 선비 이야기에 평양이 자주 등장하고 있다는 점을 눈치챘을 것이다. 1화에서 평안 감사의 아들과 정분이 났던 옥소선도, 3화에서 양녕대군을 유혹한 정향도 모두 평양 기녀였다. 이 또한 하나의 전통이라면 전통이었다. 예로부터 평양 하면 기녀문화를 빼놓을 수 없을 만큼 기녀 전통이 각별했다. 평양성 안에 선연동(嬋娟洞)이라는 곳이 있었다. 옛날 고지도에도 이곳이 표기되어 있는 걸 보면 꽤 알려진 동네였던 듯하다. 그런데 이 동네는 다른 동네와는 달리 일반인 거주지가 아니다. 바로 기녀들의 공동묘지가 있는 곳이었다. '선연'이라는 용어는 어여쁜 기녀를 뜻하는데, 평양 기녀들이 죽으면 하나같이 이곳에 묻혔다. 그러니 선연동은 평양의 기녀문화를 상징하는 공간이다.

그렇다면 왜 평양은 기녀로 유명하게 되었을까? 평양과 개성은 과거 고려의 도읍지이자 구 왕조의 권역이었다. 조선은 개국한 뒤 줄곧 옛 왕조의 자취를 지우려고 했다. 그리하여 그 구심점이 되는 개성과 평양을 차별화했다. 특히 평양은 고구려 때부터 북쪽의 중심지 역할을 했던 공간으로, 대동강을 끼고 있어서 물산이 풍부한 데다 천혜의 자연환경을 자랑하는 곳이다. 따라서 조선 왕조는 정치적으로 배제시키는 일환으로 이 지역을 일부러 유흥의 공간으로 전락시켰다. 이 배제의 정치 행위에다 파견되는 관료들의 행태도 문제였다. 그들은 북쪽이나 이 일대로 임관하면 좌천이나 된 듯 반응했으며, 심지어 유배와 다름없는 행정처분으로 받아들이기까지 했다. 이런 상황이라 그들에게 선정을 기대하기는 애초에 어려웠다. 자연히 놀고 즐기는 데 집중했다. 그 중심이 평양이었으며, 그에 따라 풍류와 기녀문화가 발전하게 된 것이다. 이런 경향이 가장 잘 반영된 분야가 야담이었다. 그래서 야담의 배경으로 등장하는 평양은 대체로 상거래와 풍류와 유흥의 공간으로 표상되었다. 이런 권장할 만하지 않은 전통은 근대 식민지 시기까지 이어졌고, 평양 기생학교가 이런 전통 위에 세워졌다.

조선 왕조의 북쪽 지역에 대한 차별의 정서는 비단 이런 문제만 있었던 것은 아니다. 19세기 초에 일어난 홍경래의 난도 그 원인은 차별이었다. 남북한 시대를 살고 있는 우리가 향후 통일시대를 전망한다고 했을 때, 정치적 현안에만 집중할 것이 아니라 과거의 이런 문제들도 함께 짚을 때 뭔가 새로운 혜안이 생기지 않을까 싶기도 하다. 한반도의 문제를 역사적·지리적·문화적 맥락에서 함께 봐야 하는 이유이기도 하다.

다시 이야기로 돌아오면, 조태억의 일탈은 어느새 부인 심씨에게 알려진다. 그녀는 사달을 일으킨 해당 기녀를 응징하기 위해 길을 나선다. 그러다가 두 여자가 대동강 강가에서 마주친다. 때는 봄철, 장림(長林)의 백사장에서 무서운 아내와 당차고 어여쁜 기녀는 주변의 풍광과 어우러져 기묘한 어울림을 보여준다. 심씨는 기녀를 보고 나서 모든 걸 용서하기로 한다. '최고의 경치' 안에서 '최고의 명물'을 본 심씨는 어느덧 질투심 많은 부인에서 가장의 건강을 걱정하는 사대부가의 규방 여성으로 거듭난다. 무서운 아내가 제자리로 돌아온 느낌이다. 이 또한 무서운 아내를 유가 사회로 편입시키는 하나의 방식이었을 것이다.

30화는 엄격한 시아버지와 드센 며느리의 만남이다. 이야기의 배경은 안동이다. 잘 알려져 있듯이 안동은 한국의 대표적인 예향이다. 그리고 왠지 권 아무개 같은 인물형이 많을 것 같다는 착각을 불러일으키는 고장이기도 하다. 권 아무개는 집안을 엄격하게 다스렸으나 유일하게 통제가 안 되는 이가 며느리였다. 그런데 여기서부터 이야기를 따라가다 보면 서두의 엄한 시아버지와 드센 며느리의 구도를 놓치게 된다. 서사가 엉뚱한 데서 전개되고 있기 때문이다. 느닷없이 아들이 처가에 들렀다가 귀가하던 중 객사에서 남의 여자와 동침하는 사건이 일어난다.

이 동침 사건에는 과부의 개가 모티프가 개입하고, 이를 주선하는 이가 당사자의 오빠라는 점도 흥미롭다. 그러나 여기서는 개가에 대한 논의는 더 이상 하지 않기로 한다. 문제는 변변찮았던 아들이 이 동침으로 인해 엄격한 아버지와 무서운 아내에게 이중의 압박을 받는 처지에 놓인다는 사실이다. 그런데 이 곤혹스러운 상황이 오히려 엄한 시아버지와 드센 며느리 사이의 관계 개선이 이루어지는 첫 단추가 되었다. 물론 이 단계에 이르기까지도 우여곡절이 많았다. 상황을 전해 들은 아들의 친구는 인정과 도리를 들먹이며 권 진사를 꼬드기고, 진사도 사람이 야박해서는 안 된다며 호응한다. 그리고 이참에 권 진사는 며느리를 길들일 요량으로 아들을 족치는 전략을 구사한다. 이 전략은 아주 성공적이어서 드셌던, 그래서 시아버지도 쉽게 다스리지 못했던 며느리를 고분고분하게 만든다.

하지만 투기가 심했던 아내가 순한 양이 되는 후반부 서사는 아이러니가 아닐 수 없다. 아내라면 마땅히 남편이 첩실을 두는 데에 매우 예민한 반응을 보여야 했다. 그런데 시아버지가 이를 정면돌파하여 결과적으로 가정 내의 위계질서를 재정립했다. 여러 가지 흥미로운 요소들이 개입된 서사의 묘미에도 불구하고, 이 이야기는 결국 드센 며느리도 가정 안에 안착해야 할 구성원이라는 점을 강조하고자 했다. 사실 며느리라는 대상을 이 방향 외에는 다른 쪽으로 끌고 갈

여지도 없었다. 계모를 포함하여 부인과 며느리 모두는 남자 집안에 편입되어야 할 대상이었다. 조선 후기 가족 서사에서 가끔 틈을 내는 여성이 등장하는 것도 이런 편입 과정을 담기 위함이거나, 여의찮으면 가족 구성원으로서 결격임을 드러내기 위함이었다.

4부

비범한 인물들

7장

밖으로 나온 여성

31화

불교에 귀의한 비구니 이예순

옥여 이귀•는 나의 젊은 시절 벗이다. 그는 평안도 숙천(肅川)의 부사를 지냈으며, 뒤에 가선대부에 올랐다. 그에게는 예순이라는 딸이 있었다. 그녀의 남편 김자겸(金自兼)은 감사 김억령•의 손자이며 현감 김탁의 아들이다. 김자겸은 불교에 빠져 벗인 서자 출신의 오언관과 함께 불경을 공부했다. 이들은 생활하고 먹는 일에 내외의 구분이 없었으며, 잠잘 때도 아녀자의 방을 함께 썼다.

그 뒤 김자겸이 병들어 죽을 때가 되자 자기 처자식을 오언관에게 부탁했다. 그리고 이런 게(偈)를 지어 불렀다.

• **옥여(玉汝) 이귀(李貴)** 1557-1633. 호는 묵재(默齋), 옥여는 그의 자이다. 광해군 폐위에 앞장서 인조반정의 공신이 되었다. 이 이야기의 편자인 유몽인과는 젊은 시절 동문수학했다. 그래서 '나의 젊은 시절 벗'이라고 한 것이다.

• **김억령(金億齡)** 1529-1589. 임진왜란 때 호남의 사림으로, 충청 감사를 지냈다. 그의 손자는 인조 때 영의정을 지냈고 후대에 반역자로 낙인이 찍힌 김자점인데, 김자겸은 그와 형제 항렬이다.

태어날 때 집착 없었거니와	來時無所着
떠나감에 맑은 가을 달 같다네	去若淸秋月
오는 것도 실제 오는 게 아니요	來亦非實來
가는 것도 가는 게 아니라네	去亦非實去
참된 상은 본성대로 누리는 것	眞常大樂性
오직 이것만이 진리라네	惟此以爲理

김자겸은 게를 다 읊은 뒤 눈을 감았다.

이후 언관은 예순의 집을 마치 친척집인 양 드나들며 그녀에게 불가의 여러 경전을 가르쳤다. 이윽고 예순은 다른 사람의 마음을 꿰뚫어 보는 법을 터득하게 되었다. 그녀의 몸에서는 기이한 향이 풍기고 방에는 영롱한 빛이 가득했다. 그래서 어떤 사람들은 그녀를 '생불(生佛)'이라고까지 했다.

그러던 어느 날, 예순은 편지를 써서 상자에 넣어놓는 것으로 아버지와 이별하고 오언관을 따라 머리를 깎고 안음•의 덕유산으로 들어갔다. 그녀는 대나무를 베어 움집을 짓고 살았다. 그 고을 사람들은 그녀를 믿고 공경하여 저마다 쌀과 옷감을 가져와 공양했다. 그런데 그녀의 하인 하나가 도적 잡는 군사에게 붙잡히는 바람에 발각되고 말았다. 고을 관아에서는 언관과 예순을 체포하여 가두었다. 그리고 감사에게 보고하여 조정에까지 알려지게 되었다. 당시 언관은 황(晃)이라는 이름으로, 예순은 영일(迎日)이라는 이름으로 개명하여 살았

• **안음(安陰)** 경상남도 함양군의 옛 지명.

는데, 영일은 언관의 죽은 아내 이름이었다.

이들은 한양으로 압송되었다. 당시는 아직 반역을 저지른 옥사 사건•이 다 마무리되지 않은 때였다. 저들의 수상한 행적이 이와 연관되어 있다고 의심한 조정에서는 이들을 궁궐에서 직접 국문했다. 결국 언관은 심문받다가 죽었고, 예순은 감옥에 갇혀 영어의 몸이 되었다. 그녀는 옥에서 시 한 편을 지어 남동생에게 주었다. 그 시는 이러하다.

지금 가사(袈裟)가 세상 티끌로 더럽혀지니	祇今衣上汚黃塵
어찌하여 청산은 나를 허락지 않는가	何事青山不許人
감옥은 이 몸 가둘 수 있다지만	圜宇只能囚四大
금부는 나의 원유를 막기 어렵도다	禁吾難禁遠遊神

의금부에서 그녀가 진술한 내용은 대략 다음과 같다.

"예닐곱 살 때부터 문자를 조금 깨우치고 나니 세상사 즐거움에는 뜻이 없었습니다. 열다섯에 시집을 갔으나 아내로서 해야 할 역할에는 관심이 가지 않았고요. 오직 지극한 도를 깨우치는 데 집중하여 팔구 년 동안 노력하니 뭔가 얻은 듯했습니다."

이런 진술도 있었다.

• **반역을 저지른 옥사 사건** 1613년 계축년에 일어난 옥사라고 하여 계축옥사라 한다. 박응서, 서양갑, 심우영 등 서얼 일곱 명이 결탁하여 일으킨 모반 사건으로 일명 '칠서지옥(七庶之獄)'이라 한다. 이때는 칠서 중 한 명인 박치의가 아직 붙잡히지 않았던 즈음이라 지금 언관과 예순이 박치의와 한패로 의심받는 상황이다.

"불가의 깨달음은 이러합니다. 옛날 석가모니는 국왕의 태자로서• 나라를 버리고 카필라성을 넘어가 설산에서 고행한 지 10년 만에 세상을 주재하는 부처가 되었지요. 문수보살은 지난 영겁의 세월을 여자의 몸으로 형체를 망각하고 불도에 정진하여 끝내 참다운 깨달음을 이루었습니다. 원왕부인•은 왕후로서 구법을 위해 먼 길을 떠났으나 저절로 깨우쳐지지 않아 모진 고생을 사서 했으니, 바로 관음의 전신입니다. 이 밖에도 역대로 고행했던 이들은 이루 다 헤아릴 수 없이 많지요. 당나라 때는 불교가 그리 크게 번성하지는 않았으나, 문벌 가문의 부녀자로 비구니가 되어 나중에 어떻게 생을 마쳤는지 알 수 없는 이들도 많았습니다. 옛날과 지금의 현실이 다르지만 가르침을 향한 마음이야 어찌 다르겠습니까?"

마지막 진술은 이러했다.

"세상에는 세 가지 가르침이 있으니 유교와 도교와 불교입니다. 유교는 자신의 덕을 밝혀 남의 덕을 밝혀주는 가르침으로, 임금과 신하, 부모와 자식이 다 같이 오륜을 밝히게 하는 것이지요. 이리하여 만물이 각자 역할에 편안하고 곤충과 초목까지도 모두 이 혜택을 입도록 합니다. 이는 유교의 큰 가르침입니다. 도교는 물과 불의 기운으로 몸과 기를 단련하여 세상 밖으로 날아 올라가게 하지요. 그러

• **국왕의 태자로서** 석가모니는 지금 네팔 지역인 카필라 왕국의 왕자로, 29세 때 출가하여 35세에 깨달음을 이루었다고 전해진다.

• **원왕부인(願往婦人)** 불가의 신격으로 원래 서천국(西天國)의 왕비였다가 구도를 통해 극락왕생했다. 따라서 극락왕생을 주재하는 여신격이 되었으며, 동아시아 관음신앙의 모태가 되었다. 이 때문에 초기 관음 신격은 여성으로 상정되었다.

니 질병과 고뇌가 가까이 오지 못하고 늙음과 죽음이 괴롭히지도 않습니다. 그러나 결국은 하나의 세계가 끝나는 윤회의 테두리를 벗어나지 못하니, 특별히 장수하는 영화를 누릴 뿐이지요. 하지만 불교는 순간의 깨달음•으로 절로 본성이 청정해져서 흰 달이 하늘에 떠 있는 듯합니다. 사악한 습성이 저절로 사라지고 번뇌가 절로 청정해져 점차 치우침이 없고 막힘도 없게 되지요. 이런 신령한 변화가 이어지면 윤회의 길은 끊어지고 지옥 세계는 영원히 사라지지요. 그러면 이전의 악업은 구름이 걷히고 비가 그치듯 하여 지난 겁의 원수와 친구가 깨달음의 세계로 동행하게 됩니다. 몸은 무너져도 마음은 더욱 밝아져 겁이 다해도 더 견고해질 뿐이지요. 한 미미한 존재도 대개 이러하니, 나머지야 말로 다 하기 어렵지요.

저는 여자의 몸이기에 유학을 배우고자 해도 임금을 보필하고 백성을 보살피는 그 지극한 이치를 이룰 수 없는 처지입니다. 그리고 선도(仙道)는 천지자연의 조화를 훔쳐 멋대로 가지고 놀고 속이는 짓에 불과하고요. 그래서 저는 불도를 익혀 그 한 가닥을 깨치게 되고부터 산과 숲속에 자취를 숨겨 위로는 성상의 강녕을 빌고 아래로는 부모의 은혜에 보답하여 일생토록 이를 저버리지 않으려고 마음먹었습니다. 그런데 지금 대역죄인으로 붙잡혀 죽을 날이 얼마 남지 않게 되었네요. 하나 육신이 흩어지는 것은 한번 신발을 벗는 데 지나지 않고, 삶과 죽음의 이치는 밤이 지나면 아침이 오는 것과 다를 게 없

• **순간의 깨달음** 불교의 깨달음은 크게 두 가지로, 수행의 단계를 거치지 않고 곧바로 깨달음에 도달하는 것을 돈오(頓悟)라 한다. 이에 반해 수행을 통해 점차 높은 단계로 나아가는 것을 점오(漸悟)라 한다. 이 두 가지를 혼합한 형태가 돈오점수(頓悟漸修)이다.

습니다. 하물며 범한 죄가 없는데도 죽게 되었으니, 이 죽음은 오히려 사는 게 아니겠어요. 이제 여한이 없습니다."

《어우야담》 권2 제27화

이예순 사건의 안팎

조선시대 여성들의 현실은 앞의 여러 이야기에서도 적나라하게 혹은 뒤틀린 채 드러난 바 있다. 이 장에서는 여성 중에서도 특히 남다르고 주체적인 인물형을 모았다. 이름하여 비범한 여성들이다. 이들의 이야기에는 여성이 남자 행세를 하는 남장 모티프가 자주 등장한다. 이어질 32화와 33화의 검녀도 남장을 하고 세상을 돌아다녔다. 그만큼 여성들은 외부 활동에 제약이 따랐다. 그래서 남장 모티프는 당대 여성의 녹록지 않은 현실을 반영하는 한편, '그럼에도 불구하고' 여성들이 서서히 밖으로 움직이기 시작했다는 방증이기도 했다. 그런데 여성들의 이와 같은 예사롭지 않은 움직임은 유독 야담에서만 접할 수 있다. 한글소설에 여성 영웅이 등장하기는 하지만 이는 어디까지나 만들어진 인물형이다.

그렇다면 야담에 등장하는 이런 여성들은 당대 현실과 얼마나 관련되어 있을까? 아주 특별한 사례였겠지만 그래도 없지는 않았을 것이다. 그런데 검녀가 등장하기에 앞서 여기 이예순이라는 지극히 비

(非)유가적 이상을 꿈꾼 여성이 있었다. 양반집 딸이자 정승의 며느리가 머리를 깎고 비구니가 되었다고 하니 숭유억불 사회에서 큰 파란임이 분명하다. 더구나 그녀는 심문 과정에서 유교·불교·도교를 언급하면서 불교의 이치를 유교보다 위에 두는 진술을 한다. 그러니 그녀는 요즘으로 치면 사상범이다. 유가 사회에서 절대 용납할 수 없는 존재이다. 뒤 이야기에서 나오는 칼을 쓰며 남자를 우습게 보는 여성보다도 훨씬 불온한 대상이다. 더구나 이 이야기는 실제 사건을 기록한 것이다.

《광해군일기》 1614년의 어느 기록에 오언관과 이예순을 붙잡아 심문한 내용이 나온다. 이 기사를 요약하면 이렇다.

> 김자겸과 서자 출신 오언관이 불도를 닦아 경망한 무리가 많이 따랐다. 자겸이 죽은 뒤에는 자겸의 처 이여순(李女順)과 오언관의 첩 정이(貞伊)가 역시 불교에 귀의했다. 김자겸이 죽은 뒤 이들은 안음의 덕유산으로 들어가 머리를 깎고 중이 되었다. 조정에서는 불교로 민심을 혼란에 빠뜨렸다고 하여 붙잡아 조사한 끝에 오언관은 죽이고 여순과 정이는 옥에 가두었다.

이것이 사건의 전말이다. 이로 보면 인명에서 차이가 있을 뿐 이 이야기의 전반부 내용과 거의 일치한다. 다만 이야기 후반부에 나오는 예순의 진술은 드러나지 않는다.

조선시대 여성이 비구니가 된 사례야 적지 않을 테지만, 이처럼 양반 가문의 여성이 불교에 심취하여 끝까지 자신의 지조를 잃지 않은 경우는 찾아볼 수 없다. 참고로 김자겸은 안동 김씨로, 같은 항렬에 김자점이 있다. 김자점은 광해군과 인조 시대에 권력을 독점했던 북인 계열 인사였다. 그런데 권력의 중심 주변에서 이런 사건이 일어났으니, 당대 정치계와 사상계에 일대 파란을 일으키기에 충분했다. 유교를 국가 이데올로기의 전범으로 삼았던 조선시대에 불교는 늘 배척의 대상이었다. 다만 이 시기만큼은 사정이 좀 달랐다.

한편, 이즈음은 동아시아 사상사에서 일대 전환의 시기이기도 했다. 내부에서는 양명학이 종래의 성리학을 위협했고, 외래 사상이자 종교인 서학(西學), 즉 천주학이 소개되고 있었다. 양명학은 유학으로는 성리학과 같은 뿌리였으나 사회보다는 개인을 중시하는 학문 체계였다. 그렇다면 양명학은 어떻게 이런 체계를 확립할 수 있었을까? 바로 불교의 사유 체계를 일부 받아들임으로써 가능했다. 다시 말하면, 기존의 유학에 불학을 접목시킨 사유 체계가 양명학이었다. 이런 와중에 유학자나 문인 지식층 가운데 불교에 심취한 이들이 등장하기 시작했다. 대표적인 인물이 〈홍길동전〉의 작자 허균이다. 허균과 이예순은 비슷한 시기를 살다 간 인물이다.

동시에 이 시기는 조선의 역사와 우리 문학사에서 아주 잠깐이지만 새로운 사조와 사상이 분출하던 때이기도 했다. 당연히 조선 정부에서는 이런 사유와 사상을 이단으로 철저히 배격해야 했다. 하지만 전란을 치른 데다 내부 정쟁에 휩싸이면서 제대로 대응하지 못하고 있었다. 그 틈에 이예순 같은 인물과 〈홍길동전〉 같은 문제적 소설이 나올 수 있었던 것이다.

마지막으로 그녀의 담담한 진술 내용을 살펴보자. 그 개략은, 여성으로서 불교에 귀의한 내력과 불교의 이치를 설파하고 있다. 특히 유교, 불교, 도교의 이치를 구별한 대목에서는 당대 사회와 개인의 현실을 직접적으로 논파하고 있다. 그리고 그녀는 이렇게 선언한다. 자신은 '마음과 육신에서 유가의 이데올로기를 완전히 벗어던졌다'고. 그래서인지 그녀의 진술은 깨달음의 경지에 오른 듯 편안하면서도 의연하다. 얼마나 대담하고도 반역적인 언사인가?

32화

부모의 원수를 갚은 두 자매

정시한•은 숙종 때의 학자이다. 학문과 덕행으로 천거되어 조정에서 진선• 자리로 불렀으나, 그는 이 자리에 나아가지 않고 원주 향촌에 은거했다. 그곳에서 학도들을 가르치는 것을 일과로 삼으며 지냈다.

하루는 비가 내리는 날 혼자 앉아 있었다. 이때 갑자기 나무로 엮은 사립문 밖에 두 소년이 나타나 우두커니 서 있었다. 이들의 생김새는 맑고 빼어났으며 신수도 훤해 보였다. 시한은 이들이 예사롭지 않다는 생각이 들었다.

'이 고장에서 재주 있는 젊은이라면 내가 다 안면이 있는데, 저들

- **정시한(丁時翰)** 1625-1707. 자는 군익(君翊), 호는 우담(愚潭), 본관은 나주이다. 그는 평생 강원도 원주 법천(法泉)에 은거하며 학문과 후진 양성에 힘썼다. 당파로는 남인이었으나 당시 당쟁에도 휘말리지 않고 은자로 유유자적했다.
- **진선(進善)** 세자시강원의 정4품직으로, 세자를 보필하는 일을 맡았다. 주로 재야의 유현(儒賢)을 이 자리에 뽑았다.

은 처음 보는 친구들이군. 필시 먼 지방에서 왔겠구나.'

시한은 이들보고 들어오라고 하여 어디서 왔느냐고 물었다.

"여기서 멀지 않은 곳에 살고 있습니다. 오랫동안 어르신을 존경해 왔기에 이번에 마음먹고 찾아온 것입니다. 하나 갑자기 들어가기 뭣하여 문밖에서 서성이고 있었습니다."

시한이 이들과 얘기를 나눠보니 말솜씨가 보통이 아니고 기개와 도량도 크고 시원했다. 이에 점점 애정을 갖게 되었다.

"아마 자네들 묵을 곳이 정해지지 않았겠지? 날은 이미 저물고 비도 오니 여기서 이 늙은이와 함께 자지 않겠는가?"

이에 그들도 마다하지 않았다.

"저희를 천하다고 박대하지 않으신 것만도 감사한데, 어찌 감히 어르신의 말씀을 따르지 않겠습니까? 다만 비가 와서 음습하니, 청컨대 소주 한 병만 내어주십시오."

'처음 본 어른한테 난데없이 술을 달라고 하다니! 무슨 일이지?'

시한은 의아한 생각이 들었으나 이들의 말씨와 행동거지가 예법에 다 들어맞았기에 어떻게 하나 한번 살펴보고 싶어졌다. 그래서 종을 불러 술을 사 오라고 했다. 두 사람은 술병을 기울여 대작하며 연거푸 몇 잔을 들이켰다. 그리고 반은 남겨두고서, 나머지는 밤이 되면 마저 마시겠다고 했다.

그날 밤, 세 사람은 한방에서 함께 묵었다. 한밤중이 지났을 때 시한이 설핏 잠에서 깼다. 어느덧 비가 그치고 구름이 옅게 끼어 희미한 달빛이 창문에 비치고 있었다. 그 순간, 어제와는 다른 모습의 두 사람이 눈에 들어왔다. 그들은 서둘러 가뿐한 옷차림을 하더니, 서릿발 같은 칼날을 휘둘렀다. 남은 술을 서로 권하여 마시는 중에도 휙휙 휘두르는 칼 그림자가 방 안에 번뜩였다. 시한이 베개를 밀치고 일어나 앉아 물었다.

"자네들 지금 무얼 하는가?"

두 사람이 놀라 돌아보더니 칼을 바닥에 내려놓고 엎드렸다.

"소란을 피워 어르신의 잠을 깨웠으니 큰 죄를 지었습니다. 이런 와중에도 어르신께서는 얼굴에 여유가 넘치고 편안하시군요. 전혀 당황하는 빛이 없으시니 말입니다."

"평생을 돌아봐도 나 때문에 절치부심한 사람이 없으니, 누가 몰래 와서 나를 해치려 하겠는가? 그러니 놀라거나 두려울 게 없지. 자네들은 정말 뭣 하는 사람들인가?"

두 사람은 잠시 말이 없다가 이윽고 대답했다.

"어르신께서는 과연 큰 분이시군요. 하면 이제 저희 속사정을 털어놓겠습니다. 저는 본래 영남 사람으로 몸도 남자가 아닙니다."

시한은 깜짝 놀랐다.

"뭐라고? 자세한 사정을 들려주게."

두 사람은 소리를 삼키며 눈물을 글썽이더니 한참 만에 말을 이었다.

"사정을 말씀드리려니 슬프고 분한 마음이 복받치고 이런 모습이 부끄럽고 싫기도 합니다. 우리는 쌍둥이 자매입니다. 저희 어머니는 불행히도 산후병으로 돌아가셨지요. 그런데 못된 계모가 들어와 이웃에 사는 아무개와 바람이 났습니다. 이것으로 그치지 않고 간통한 자들끼리 짜고 저희 아버지를 독살하고 다른 곳으로 도망을 쳤습니다. 어리고 철없던 저희는 의지할 데 없는 신세가 되어 이웃 아주머니에게 길러졌습니다. 어느 정도 자라서야 이런 사실을 알게 됐지요. 저들과는 한 하늘 아래 살 수 없기에 저희는 앉으나 서나 절치부심했지요. 마침 검술에 뛰어난 이가 경주에 있다는 소식을 듣고 저희 자매는 그분을 찾아갔습니다. 칼 쓰는 법을 가르쳐달라고 애원하여 10년을 배운 끝에 검술의 신묘한 이치를 꿰뚫게 되었답니다.

이때부터 남자 복장을 하고 이름을 숨긴 채 사방을 돌아다니며 원수의 종적을 뒤쫓았습니다. 한참 만에 한양성 안에서 그들을 찾았지요. 한데 성상께서 계신 왕성인 데다 인가가 오밀조밀 모여 있어 누군가를 잡아 족치기에는 단속이 너무 심해 손을 쓰기가 쉽지 않았습니다. 꾹 참고 실행에 옮기지 못한 지도 벌써 몇 해가 되었지요. 그러다 최근 들으니, 저 원수들이 한양 안에서 자리를 잡지 못하고 고향으로 내려갔다는 겁니다. 어젯밤에는 충주의 숭선촌•에 묵고 오늘은 이 앞마을 여관에 묵는다는 것까지 확인할 수 있었지요. 뼈에 사무치도록 쌓인 원한을 이제야 풀 수 있게 된 것입니다. 다만 차림과 행장은 남자인 양 꾸몄어도 여자의 몸으로 객점에서 여러 장사치나 행객 사이에 뒤섞여 묵을 순 없었습니다. 듣자 하니 어르신께서 중후하고 넉넉한 덕을 갖춘 분이라고 하기에, 그렇다면 어르신 댁에서 묵어가는 게 좋겠다 싶었지요. 해서 찾아뵈었는데, 실제 이렇게 특별한 관심을 보여주시고 거처까지 내주시다니요. 어르신이 아니었다면 어떻게 이 밤을 넘길 수 있었겠습니까? 실로 다행이고 감사한 일입니다.

• **숭선촌(崇善村)** 충주시 신니면 문숭리(文崇里) 일대로, 고려시대에 세워진 숭선사(崇善寺)가 있어서 붙여진 동네 이름이다.

어제 술을 요청한 게 당돌한 일인 줄 왜 모르겠습니까마는 큰일을 치르려면 담력을 키워야 하니 술의 힘을 빌리지 않을 수 없었습니다. 어르신이 보시기에 무례한 일을 많이 저질렀으니 죄송할 뿐입니다."

자초지종을 들은 시한은 감탄해 마지않았다.

"자네들 뜻은 참으로 장하네. 하나 연약한 여자의 몸으로 어찌 이 일을 자네 둘이 감당하겠는가? 내게 건장한 하인 몇 명이 있으니 조금이나마 도움이 될 걸세. 자네들을 따르라고 하겠네."

그러나 두 사람은 의연했다.

"원치 않습니다. 저희가 절치부심하여 죽음을 각오하고 세운 계획은 다름 아닌 부모님을 위한 복수입니다. 일이 탄로 나면 저희만 죽으면 그뿐이지 어찌 남을 끌어들여 연루시키겠습니까? 곧 닭이 울 겁니다. 저희는 이제 떠나야 하니, 저희 청대로 해주시기를 바랍니다."

말을 끝내자마자 칼을 짚고 일어나더니 날랜 걸음으로 대문을 나가 나는 새처럼 순식간에 사라졌다. 시한은 그 자리에 그대로 앉아 아침이 오기를 기다렸다. 그러고는 종을 시켜 앞 여관에 가서 무슨 일이 있었는지 알아보게 했다. 그랬더니 여관 주인이 정신없이 이런 말을 전해주었다.

"어젯밤 한양에서 어떤 아낙이 내려와 우리 여관에 묵었다오. 뒤에 한 사내가 따르고 있었고 말이오. 한데 글쎄 새벽닭이 울 때쯤 칼을 찬 강도들이 문을 박차고 들어와 저들을 찌르고 머리를 베어 갔지 뭐요. 다른 사람은 죽이지 않고, 훔친 물건도 없었고 말이오."

《잡기고담》 상권 제3화

33화

서릿발 칼날을 번뜩이는 검녀

진사 소응천•은 삼남 지방에서 명성이 높아 사람들은 그를 재능이 뛰어난 기사(奇士)라고 일컬었다. 어느 날, 한 여인이 그를 찾아왔다. 그런데 절을 올리고 하는 말이 놀라웠다.

"존함을 들은 지 오래입니다. 미천한 몸인 제가 나리의 첩이 되어 모시고자 하는데 허락해 주실는지요?"

소 진사는 어리둥절했다.

"너는 여자의 행실을 따르지 않고 사내에게 자기를 거두어달라고 하다니 놀랍구나. 이건 아녀자가 할 일이 못 된다. 도대체 넌 누구냐? 남의 집 종이냐, 몸을 파는 여자냐? 아니면 앞서 다른 사내를 섬겨놓고도 비녀를 꽂지 않고 처녀 행색을 하는 게냐?"

• **소응천(蘇凝天)** 1704-1760. 자는 일혼(一渾), 호는 춘암(春菴)으로, 익산 출신의 문인이다. 벼슬에 나가지 않고 생애 대부분을 덕유산에 은거하여 지냈으며, 시문에도 뛰어나 당대에 이름이 높았다.

그녀가 대답했다.

"저는 남의 집 종입니다. 어쩌다 보니 주인집은 아무도 살아남지 않아 씨가 말라버렸습니다. 저는 지금 오갈 데 없는 신세이고요. 평소 한 가지 바람이 있다면, 평범한 사내를 섬기며 일생을 마치고 싶지 않다는 것이었습니다. 그리하여 남장하고 남자 행세를 하여 몸을 더럽히지 않았지요. 조용히 세상의 뛰어난 분을 찾아다니다가 지금 나리를 뵙고 저를 거두어달라고 말씀드리는 것입니다."

이리하여 소 진사는 그녀를 첩으로 맞아들였다. 그리고 함께 산 지 두세 해가 되었다. 하루는 그녀가 느닷없이 독한 술과 좋은 안주를 소 진사 앞에 차려놓았다. 때는 달이 밝고 호젓한 밤이었다. 그녀는 그제야 지금까지 자신의 삶을 고백했다.

"저는 본디 아무 댁의 계집종이었습니다. 마침 주인댁의 아기씨와 같은 해에 태어나서 주인집에서는 특별히 저더러 아기씨를 모시게 했고, 훗날 아기씨가 시집갈 때 교전비•로 보내려 했지요. 한데 저희가 겨우 아홉 살 때 주인집이 어느 힘 있는 집안에 의해 멸문의 화를 당하고 말았습니다. 논밭과 정원을 모두 뺏기고 아기씨와 유모만이 살아남아 타관으로 도망쳐야 했지요. 그때 따르던 종은 저 혼자뿐이었고요. 아기씨가 막 열 살을 넘기자 저와 계획을 짜서 같이 남장하고 검술을 가르쳐줄 스승을 멀리까지 찾아 나섰습니다. 두 해 남짓 만에 비로소 그런 분을 찾아 칼 쓰는 법을 배웠지요. 5년간 익힌 덕분에 마침내 공중을 날아 오르내릴 수 있었습니다. 그 뒤 큰 도회지에서

• **교전비(轎前婢)** 신부를 따라가서 돌봐주는 여자 몸종.

칼솜씨를 팔아 수천 냥의 돈을 벌어서 보검 네 자루를 샀지요. 그러고는 마침내 원수의 집을 찾아가 기량을 보이고자 달이 뜬 저녁에 칼춤을 추었지요. 그러다 순식간에 저들 수십 명의 머리를 베었습니다. 원수의 집안 식구들은 모두 붉은 피를 쏟으며 죽었지요. 이에 우리는 하늘을 날 듯이 돌아왔답니다. 아기씨는 목욕재계한 뒤 여자 옷으로 갈아입고 나서 선친의 묘소에 가서 술과 제수를 올려놓고 복수한 사실을 고했지요. 그러고는 저에게 이렇게 당부했습니다.

'나는 아들로 태어나지 못했기에 살아 있어도 대를 이을 가망이 없구나. 남장을 하고 8년 동안 천 리 먼 곳을 돌아다녔으니, 비록 남에게 몸을 더럽히지는 않았지만 이 어찌 처자가 할 행실이겠느냐? 이제 혼인하고 싶어도 누가 받아주겠으며, 받아준다 한들 마음에 드는 장부를 만날 수 있겠느냐? 더구나 우리 집은 외따로 지내오다 보니 가까운 친척도 없단다. 하니 누가 나를 위해 혼주가 되어주겠느냐? 이제 나는 여기서 자결하련다. 너는 내 보검 한 쌍을 팔아서 장례를 치르고 나를 이곳에 묻어다오. 묻힌 뼈나마 부모님 곁으로 돌아갈 수 있다면 여한이 없겠구나. 너는 종의 신분이니 처신할 요량이 나와 다르단다. 그러니 나를 따라 죽지는 말거라. 내 장례를 치른 뒤에는 나라 안을 쭉 돌아다녀서라도 꼭 재주 있는 선비를 찾아 그의 첩이 되도록 해라. 너 역시 포부와 기상이 남다르니, 못난 남자를 만나 머리 숙이고 고분고분 살 수 있겠느냐?'

이 말을 남기고 아기씨는 그 자리에서 칼에 엎어져 자결했습니다. 아기씨의 말씀대로 저는 검 두 자루를 판 돈으로 장례를 치르고, 남은 돈으로 제사를 받들기 위해 전답을 샀지요. 저는 남장한 채로 3년을 떠돌다가 고명한 선비로 나리만 한 분이 없다는 소식을 듣게 되었지요. 그래서 이렇게 스스로 찾아와 제 몸을 바쳐 모시게 된 것입니다.

그런데 나리의 능력을 가만 엿보니, 문장 따위 작은 재주 아니면 천문이나 역학, 점술이나 부적 같은 잡술뿐이더군요. 마음을 수양하고 몸가짐을 바로 할 큰 방도나 세상을 바로잡아 후세에 모범을 보이는 높은 도에는 한참 못 미치지는 수준이었습니다. 그런데도 기사라고 이름이 났으니, 이건 너무 지나친 찬사가 아닌가 싶습니다. 실상보다 지나친 명성은 평온한 시절에도 감당하기 어려운 법인데, 하물며 어지러운 세상에서는 어떻겠습니까? 나리께서는 조심한다고 해도 온전히 일생을 마치기는 어려울 겁니다. 그러니 이제부터는 깊은 산속에 은거한답시고 궁상떨지 마시고 속세의 시류를 따라 전주 같은 큰 도회지에서 아전들의 자제나 가르치면서 편히 먹고 사시는 게 좋겠습니다. 별다른 기대 없이 지내다 보면 세상의 환란을 면할 수 있을 것입니다.

천한 제가 나리께서 재주 있는 선비가 못 된다는 걸 알면서도 끝까지 모시고 산다면 이는 저의 원래 먹은 마음을 속이는 짓일뿐더러 아기씨의 유언까지 저버리는 것입니다. 그래서 저는 내일 새벽에 작별하고 떠나 바다의 외딴섬이나 호젓한 산속에서 지낼 참입니다. 남장을 남겨두었으니 갈아입으면 가뿐하게 갈 수 있겠지요. 뭣 하러 여자로 살면서 음식을 장만하고 바느질하며 남자에게 복종하는 일을 하겠어요?

돌아보건대 지난 3년간 가까이에서 모셨으니 작별의 예가 없을 수 없겠네요. 평소 가진 기예를 끝까지 숨기고 한 번도 나리께 보여주지 않는다면 이 또한 예가 아니겠지요. 나리께서는 이 술을 한껏 드시고 담력과 기백이 커져야 제대로 구경할 수 있을 것입니다."

소스라치게 놀란 소 진사는 순간 얼굴이 붉어지고 말문이 막힌 듯 아무 말도 하지 못했다. 그저 그녀가 올리는 술잔을 받아 마실 뿐이었다. 평소의 주량만큼 마신 뒤 술잔을 내려놓으려고 했더니, 그녀는 더 권했다.

"칼바람이 여간 매섭지 않습니다. 나리의 정신이 굳건하지 못하니 술 힘으로라도 버티셔야지요. 흠뻑 취하지 않으면 안 된다니까요."

그러면서 연거푸 십여 잔을 더 마시도록 했다. 그녀도 말술을 들이켰다. 술이 거나해지자 상자를 열어 푸른 두건과 붉은 비단 웃옷에 황색 수를 놓은 띠와 흰 비단 바지, 무소 가죽으로 만든 신을 꺼냈다. 거기에 서릿발같이 흰 연꽃 문양이 새겨진 검 한 쌍도 꺼내놓았다. 이윽고 그녀는 치마와 저고리를 훌렁 벗어 던지고 꺼낸 옷가지로 갈아입었다. 그러고는 진사에게 두 번 절을 올리고 일어섰다.

사뿐히 움직이는 모습이 물 찬 제비 같았는데, 별안간 칼이 공중으로 솟자 그녀도 몸을 솟구쳐 올라 칼을 양쪽 겨드랑이에 꼈다. 처음에는 그녀와 검이 사방으로 뻗쳐 꽃잎이 날리고 얼음이 부서지는 듯하더니, 다음에는 그 빛이 둥글게 모여들어 눈이 녹고 번개가 번쩍이는 듯했다. 마지막에는 하늘로 비상하여 고니와 학처럼 훨훨 날아올랐다. 이미 그녀는 시야에서 사라졌고 검도 따라서 보이지 않았다. 한 가닥 하얀빛이 동편을 치는가 싶더니 어느새 서편에 서렸다. 다시 남쪽에서 번뜩이고 북쪽에서 번쩍이더니 휙휙 바람이 일고 서늘한 빛이 하늘에 맺혔다. 이윽고 외마디소리와 함께 쩍 하고 뜰에 선 나무가 베어지면서 칼이 떨어졌다. 그 자리에 그녀가 서 있었는데, 광채와 싸한 기운이 그녀를 감싸고 돌았다.

처음에 꼿꼿하게 앉아 있던 소 진사는 너무 놀라 몸을 웅크리며 떨더니, 이윽고 기절하여 거의 인사불성이 되었다. 그녀는 검을 칼집에 넣고 옷을 다시 갈아입었다. 따끈한 술을 입에 넣어주자 소 진사는 겨우 정신을 차릴 수 있었다. 이튿날 새벽, 그녀는 남장한 채 하직하고 떠났다. 어디로 갔는지 막연하여 행방을 알 길이 없었다.

《삽교만록》 권6 제31화

남장한 검녀의 복수

32화와 33화는 칼을 쓰는 검녀들의 복수를 다루고 있다. 검녀들이 이야기의 주인공으로 등장하는 시점은 18세기 이후부터이다. 이전에도 이런 인물이 없지는 않았을 테지만, 기록이나 문학에 반영된 사례는 찾아보기 어렵다. 한편, 여자 검객의 탄생은 조선 후기 사회의 지각변동을 의미하기도 한다.

16~17세기, 임진왜란과 병자호란을 치르고 난 조선 왕조는 멸망하지 않은 게 이상할 정도였다. 이 시기 전란은 동아시아 전역에 심대한 영향을 끼쳐 한반도를 제외한 주변 나라들은 왕조 교체 등의 대변혁이 일어났다. 중국은 명나라에서 청나라로 교체되었으며, 일본은 번국 체제가 붕괴하고 에도막부 시대로 접어들었다. 그런데 가장 피해가 막심했던 조선만은 정권이 그대로 유지되었다. 이는 당시 정세로 볼 때 특이한 경우였다. 사람으로 치면 거의 죽었다가 살아난 셈인데, 정권의 주체인 왕과 관료들은 여전히 지배계층으로 남았다. 그 대표자였던 인조는 삼전도에서 오랑캐에게 피가 날 정도로 머리

를 땅에 찧어야 했다. 이런 치욕에도 정권이 계속 유지되려면 방법은 두 가지가 있었다. 자신들의 무능을 인정하고 백성들의 삶을 보듬느냐, 아니면 백성들을 더욱 쥐어짜며 거드름을 피우느냐. 인조와 신료들은 후자를 택했다.

《삼강행실도》는 유가의 삼강오륜을 실천한 이들의 행적을 모은 관찬서이다. 전란 이후 이 책은 스테디셀러였는데, 중앙 정부가 전국에 유포했기 때문이다. 특히 이 책은 여성을 위한 교훈서 역할을 했다. 이는 여성을 규방에 계속 붙잡아 두기 위한 목적이었다. 조선 정부의 이러한 정책은 조선 후기 내내 시행되었고, 전국에 열녀와 효자 만들기 프로젝트도 가동되었다.

그런데 여기 두 이야기에 나오는 여검객은 집을 뛰쳐나와 사회를 활보한다. 거기다가 사내들을 우습게 알 정도로 무예도 출중하다. 사대부 남성이 쳐놓은 울타리를 과감하게 뛰어넘은 주체들이다. 그러니 소수이지만 이들이 조선 사회와 여성계에 던진 충격과 파문은 가늠하기 어려울 정도이다. 그렇기는 하나 한계도 있었다. 두 이야기 속 여성들은 스스로 유가 사회의 울타리를 벗어나고자 검녀가 된 게 아니라 부모의 원수를 갚기 위해 불가피한 선택을 한 것이었다. 검녀가 되는 데 자의성보다는 타의성이 더 컸다는 뜻이다.

한편, 검녀가 실행한 일은 모두 복수였다. 복수 화소가 나오는 만큼 이에 대한 이해가 필요하다. 복수는 조선 후기 사회를 이해하는 하나의 코드이기 때문이다. 17세기 중후반 효종은 삼전도의 치욕을 씻고자 북벌 정책을 추진했다. 이에 대한 역사적 평가는 다양하지만 그 외적 조건은 '숭명배청'이었다. 청나라에 복수하여 망한 명나라를 부흥시키는 게 골자이다. 하지만 쪼그라들어 있던 조선이 이를 실현할 수 있는 길은 없었다. 결국 숭명배청을 외치며 추진한 북벌 정책은 외부로 시선을 돌려 국내 정치와 사회의 난맥상을 타개해 보려는 속셈에 지나지 않았다. 문제는 이 현실성 없는 정치 논리가 18세기 이후에도 지속되었다는 점이다. 조정의 대신들은 걸핏하면 북벌론을 들고나와 국내외 정치 문제와 연결하며 자신들의 입지를 굳히고자 했다. 이런 행태는 지금의 정치판에서도 어렵지 않게 만나볼 수 있지 않은가.

이런 분위기 속에서 언제부턴가 '복수'와 관련된 사건들이 심상치 않게 일어났다. 사적으로 벌어진 사건을 법적으로 해결하는 게 아니라, 개인이 복수를 계획하여 타인을 단죄하는 사례들이 늘어난 것이다. 그 양상은 대체로 부모와 남편을 죽인 자에 대한 응징으로 나타났다. 복수는 인정상 충분히 참작할 사안이지만 법적으로는 살인죄에 해당한다. 그런데 당시 복수 사건에 대한 관의 판결이 의외인 경우가 많았다. 사안마다 차이는 있었지만, 대개는 경범죄로 처벌하고 말거나 심지어 인심을 통쾌하게 했다며 표창하는 사례까지 있었다. 조선 정부는 이런 행위를 은근히 장려하는 듯한 모습까지 보인다. 이는 정권에서 청나라에 대한 복수 의식을 여전히 고수하던 분위기와 일맥상통한다. 바야흐로 복수를 권장하는 사회를 맞고 있었다.

이것은 분명 바람직한 사회현상이 아니었다. 그러나 어떤 경우는 법이 해결해 주지 못하는 억울한 사정들이 전면에 드러날 수 있었다. 여기 여검객들의 복수도 이런 맥락과 결을 같이하고 있다. 이는 민사·형사 사건에 대한 제도 정비가 부실한 가운데 집권층의 무능까지 겹친 조선 후기 사회의 민낯이기도 하다.

이런 여러 가지 함의가 있는 두 이야기는 흥미롭게도 하나의 사건을 두고 두 가지 이야기로 각색한 듯하다. 즉 두 여성이 검객이 되어 부모의 원수를 갚는 32화가 원줄기라면, 33화는 복수 이후의 버전인 셈이다. 물론 두 여성이 32화에서는 쌍둥이 자매로, 33화에서는 주인 딸과 여종으로 되어 있는 등 차이가 있으나, 검객이 되고 복수를 하는 과정 등은 엇비슷하다. 그런데 이 검녀의 복수 소재는 다른 글에서도 소개된 적이 있다. 〈기이희검희사(記二劍姬事)〉라는 기사가 있는가 하면, 〈강상효녀가(江上孝女歌)〉라는 한시 작품으로도 남아 있다. 구성상의 차이는 있으나 그 내용은 야담과 대동소이하다. 이렇게 다양한 장르로 기록되었다는 것은 분명 바탕이 되는 사건이 있었다는 방증이리라.

32화는 원주의 은사 정시한의 집으로 검녀들이 찾아오면서 이야기가 시작된다. 그녀들의 정체를 알고 나서 응원을 아끼지 않는 정시한의 모습도 예사롭지 않다. 그 또한 복수를 권장하는 사회의 일원일 수 있지만, 앞에서 말한 정부 차원의 복수 권장과는 차원이 다르다.

그리고 두 검녀는 정시한의 도움과 응원에 힘입어 복수에 성공한다. 하지만 그러고 나서 두 검녀는 바로 종적을 감춰버린다. 세상에 용납될 수 없다는 무언의 분위기를 감당할 수 없었기 때문이다.

33화에서는 원수를 갚은 뒤 주인 딸은 자결하고 여종은 세상에 남는다. 여종은 다시 남장하고 세상을 떠돈다. 대개 남장 모티프가 등장하는 서사물에서 여주인공은 목적을 실현하고 나면 원래의 모습으로 돌아오기 마련인데, 이 이야기에서는 그렇지 않았다. 여종이 일차로 실험한 것은 의지할 수 있는 남자를 만나는 것이었다. 그러나 이것이 부질없는 짓이었음을 깨닫는다. 이는 소응천이라는 인물이 못나서라기보다는 애초 그녀에게 남성과 사회는 의지처가 아니었다는 점을 확인하는 과정이었을지도 모른다. 결국 그녀는 다시는 여성의 삶으로 돌아가지 않고, '남자에게 복종하지 않겠다'고 다짐한다. 그리고 여성으로서 감내해야 할 일을 일절 거부하고 '바다의 외딴 섬이나 호젓한 산속'을 찾아 길을 나선다. 그녀가 세상과 절연하는 모습은 얼마나 주체적이면서도 담대한가.

34화

칼을 휘두르며 정절을 지킨 길녀

정녀(貞女) 길씨는 평안도 영변 사람이다. 그녀는 서녀로, 부친은 지방 관아의 향관이었다. 하지만 그녀는 부모를 모두 여의고 숙부 집에 의지해야 했다. 나이 스물이 되었으나 시집을 가지 못하고 길쌈과 바느질로 스스로 생계를 이었다.

이에 앞서 경기도 인천 땅에 신명희라는 선비가 있었다. 그는 젊은 시절에 이상한 꿈을 꾸었다.

어떤 노인이 대여섯 살쯤 된 여자아이를 데리고 왔는데, 얼굴에 입이 열한 개나 달려 있어 놀라 자빠질 뻔했다. 그 노인은 신생에게 이렇게 말했다.

"이 애가 훗날 자네의 배필이 되어 함께 해로할 거네!"

놀라서 꿈에서 깼는데, 참으로 괴상하다 싶었다. 이후 신생은 나이 마흔이 지나서 아내와 사별했다. 집 안에 음식을 해줄 사람이 없게 되자 신생은 처량한 신세가 되고 말았다. 그러다 다른 여자를 소실로 들이기로 약조를 받았는데 이마저도 일이 어긋나 성사되지 못했다. 그러던 중에 그의 친구가 영변 부사로 가게 되었다. 그러자 신생은 영변으로 친구를 찾아가 함께 머물렀다. 그러던 어느 날 꿈에 또 예전처럼 노인이 나타나 입이 열한 개 달린 여자를 데리고 왔다. 그녀는 이미 장성한 상태였다.

"이 애가 다 컸으니 이제 자네에게 시집보내겠네."

신생은 더욱 괴상했다. 그로부터 얼마 뒤 관청의 안채에서 이방에게 고운 베를 사들이라 명했다. 그랬더니 이방이 아뢰었다.

"읍내에 향관의 딸이 짜는 가는 베가 특품으로 고을 안에서 유명합니다. 지금 짜고 있는 게 곧 완성된다고 하니 조금만 기다려보시지요."

그리고 며칠 뒤에 이 베를 사들였다. 올의 가늘기가 바리 안에 드는 베•로, 섬세하고 정결하기가 세상에 보기 드문 것이었다. 이 베를 본 사람이라면 누구라도 대단하다며 칭찬을 아끼지 않았다.

신생은 베를 짠 여인이 서녀라는 사실을 알고는 당장 아내로 삼고 싶다는 생각이 들었다. 곧 이 여자 집과 절친한 읍내 사람 아무개와 긴한 관계를 맺어 거간을 서도록 했다. 그녀의 숙부가 소식을 접하고 좋아했기에 신생은 폐백을 예에 맞게 마련해서 찾아가 혼례를 치렀다. 그녀는 베 짜는 솜씨만 출중한 것이 아니라 자태도 매우 아름다웠다. 행동거지도 법도 있고 우아하여 한양의 대갓집 규수 같은 풍모가 흘렀다. 신생은 그녀를 보고는 기대한 것보다 훨씬 흡족하여 더없

• **바리 안에 드는 베** 올이 매우 가늘어서 한 필이 한 바리 안에 들어가는 고운 베를 말한다. 이를 '바리안베(鉢內布(발내포))'라 해서 최상품으로 쳤다. 특히 삼베는 함경도 지역의 특산품이었다.

이 기뻤다. 그리고 비로소 꿈에 보았던 열한 개의 입〔十一口〕이 다름 아닌 '길(吉)' 자였음을 알게 되었다. 신생은 처음부터 하늘이 점지해 준 인연이란 생각에 깊이 감동했고, 이후 두 사람의 애정 또한 남달랐다.

몇 달을 영변에 머문 신생이 고향으로 돌아가게 되었다. 길녀에게는 머지않아 데려가겠노라고 약조했다. 그러나 정작 귀향해서는 일에 매이고 치여 이러구러 3년이 지나가는데도 약조를 이행하지 못했다. 산과 강으로 막혀 소식마저 끊어지고 말았다. 길녀의 사촌들이나 일가붙이들은 신생이 믿을 자가 못 된다며 몰래 그녀를 다른 사람에게 팔아넘기려고 했다. 하지만 그녀는 몸가짐을 더욱 조심하여 안마당은 물론 문밖을 출입할 때도 꼭 주변을 살피곤 했다.

당시 길녀가 사는 마을은 운산• 땅과는 고개 하나를 사이에 두고 있었는데, 그곳에 그녀의 당숙이 살고 있었다. 그때 운산의 수령은 젊은 무관이었으며, 그는 소실을 두고 싶어 했다. 해서 고을 사람을 통해 당숙을 떠보았더니, 당숙은 길녀를 수령에게 바치고 싶어 했다. 이리하여 당숙은 관아를 들락거리며 면밀하게 일을 꾸미고 좋은 날짜까지 받아놓았다. 한편으로 수령에게 요청하여 비단이며 채단 등속을 그녀에게 전해주도록 했다. 혼례 때 입을 옷을 짓도록 하기 위함이었다. 그러고 나서 당숙은 길녀를 찾아가 넌지시 사는 형편을 묻고는 말을 꺼냈다.

"아들이 장가갈 날이 닥쳤구나. 신부 옷을 새로 지어야겠는데, 우리

• **운산(雲山)** 평안북도 북쪽 중앙에 있던 군으로, 그 남쪽이 영변과 접경이었다.

집엔 바느질할 사람이 없단다. 네가 잠시 와서 도와주면 좋겠구나."

하지만 길녀는 조건을 달았다.

"서방님이 지금 감영에 와 있답니다. 제가 가고 못 가고는 서방님 말에 따라야 해요. 숙부님 댁이 가깝다지만 그래도 고을이 다르잖아요. 제 마음대로 가겠다고 결정할 수가 없습니다."

"그럼 신 서방이 허락한다면 괜찮겠느냐?"

"예."

집으로 돌아온 당숙은 신생이 쓴 것이라며 편지를 위조했다. 일가친척의 화목을 위해 얼른 가서 도와주라는 내용이었다. 당시 판서 조관빈•이 평안도 관찰사로 있었는데, 신생은 조 감사와 집안 간 혼사를 맺은 인연으로 평양의 감영에서 묵고 있었다. 하지만 당숙은 그가 오랫동안 나타나지 않았기에 이미 그녀를 버린 줄 알고 이런 계획을 꾸민 것이었다.

길녀는 위조된 편지를 받고 마지못해 당숙 집으로 갔다. 며칠간 옷감을 재고 잘라 바느질하는 동안, 그녀는 그 집 남정네들과는 말 한마디 섞지 않고 오직 맡은 일에만 열중했다.

하루는 당숙이 운산 수령을 모셔 와 수령더러 몰래 엿보게 했다. 자기 말을 증명해 보이기 위함이었다. 길녀는 수령이 온다는 말을 듣긴 했으나 그 저의야 어찌 알겠는가? 날이 저물어서 등불을 켜고 있는데 당숙의 큰아들이 말을 걸어왔다.

• **조관빈(趙觀彬)** 1691-1757. 자는 국보(國甫), 호는 회헌(悔軒)이다. 감사와 판서 등 고위직을 두루 역임했으며, 문장에도 뛰어났다. 실제 그는 1742-1744년경에 평안도 관찰사로 있었다.

"동생은 노상 등불 아래에서 벽만 보고 있으니 답답하지 않느냐? 여러 날 고생했으니 잠시 쉬면서 나와 얘기나 하자꾸나."

"피곤할 줄 모르겠는데 뭐 하러 쉬어요? 그냥 얘기해요. 나도 귀가 있으니 알아서 들을게요."

큰아들은 장난치듯 웃으며 다가와 그녀를 돌려 앉히려 했다. 그러자 길녀는 정색하며 화를 냈다.

"아무리 가까운 친지 간이라도 남녀가 유별한 법인데, 왜 이리 무례해요?"

이때 운산 수령이 창틈에 눈을 대고 있다가 운 좋게 그녀의 얼굴을 잠깐 볼 수 있었다. 그는 활짝 놀라며 희색이 돌았다. 한편, 길녀는 화가 풀리지 않아 창문을 밀치고 밖으로 나와 툇마루에 앉았으나 이만저만 분통이 터지는 게 아니었다. 그 순간 툇마루 밖에서 웬 사내의 목소리가 들렸다.

"내 처음 보는군! 한양의 미인이라도 저만하기 어렵겠는걸."

길녀는 그제야 그가 수령이라는 걸 알고 마음이 떨리고 기가 막혀 그만 쓰러졌다가 한참 만에 깨어났다. 길녀는 날이 밝자마자 다 내던지고 당장 집으로 돌아가려 했다. 당숙은 결국 사실을 말하고 이렇게 덧붙였다.

"신 서방이란 자는 집이 가난한 데다 나이도 많아 머지않아 황천에 갈 사람이다. 집도 너무 멀리 떨어져 있어서 한번 가서는 돌아오지 않잖느냐. 너를 버린 게 분명하다. 너같이 젊고 고운 얼굴이면 부잣집에 시집가는 게 마땅하지. 지금 우리 고을 원님은 젊고 이름난 무인으로 앞길이 창창하다. 한데 너는 뭣 하러 가망 없는 사람을 기다리며 평생을 망치려 드느냐?"

이렇게 감언이설로 달래기도 하고 협박하기도 했다. 그러나 길녀는 분이 가시기는커녕 더 복받치고 기세는 더 사나워졌다. 거칠 것 없이 욕하며 대드니, 자신이 서녀라는 분수도 망각한 듯했다. 이쯤 되자 다른 묘책이 떠오르지 않은 당숙은 이제 수령에게 죄를 지을까 두려워졌다. 별수 없이 아들들과 짜고 일제히 달려들어 그녀를 붙잡아 앞에서 끌고 뒤에서 밀어 골방에 가두어버렸다. 자물쇠를 단단히 채우고 겨우 버틸 만큼의 음식만 넣어주었다. 혼례일이 되면 겁박해서 수령에게 바칠 생각이었다.

길녀는 골방에서 울부짖고 욕설을 퍼부으며 며칠이 지나도록 아무것도 먹지 않았다. 점점 몸은 야위어졌고 목소리도 기어들었으며 기운을 차릴 수 없었다. 그러다 골방 안을 둘러보니 생마가 잔뜩 쌓여 있었다. 길녀는 이 생마를 가져다가 가슴에서 다리까지 몸을 칭칭 감았다. 앞으로 닥칠 변고를 대비하기 위한 것이었다. 그러다가 문득 생각을 고쳐먹었다.

'저 흉악한 도적놈의 손에 헛되이 죽느니 차라리 저들을 죽이고 나도 같이 죽어 이 원통함을 풀어야지. 그러려면 억지로라도 먹어서 기운부터 돋워야겠어.'

처음 길녀가 골방에 갇힐 때 식칼 하나를 주워서 허리춤에 숨겼었다. 물론 이 사실을 아는 자는 없었다. 계획이 정해지자 그녀는 당숙에게 말했다.

"이제 힘이 없어 죽을 지경이에요. 시키는 대로 따를 테니 가죽만 남은 배를 채우게 먹을 걸 좀 넉넉히 주세요."

당숙은 이 말에 반신반의했으나 속으로는 매우 기뻤다. 큰 밥그릇에 좋은 반찬을 듬뿍 담아 틈으로 연신 넣어주었다. 그러면서 달래고 유인하는 말을 계속 해댔다. 길녀가 이틀을 잘 먹고 나자 기운이 나고 좀 씩씩해졌다. 마침 그날이 바로 혼례를 치르는 날이었다. 수령은 벌써 와서 사랑에 머물고 있었다. 당숙이 막 골방문을 열고 길녀를 끌어내려던 참이었다. 길녀는 방문 안쪽에 몸을 붙이고 있다가 문이 열리자마자 식칼을 들고 뛰쳐나와 큰아들부터 사정없이 찔렀다. 그러자 큰아들은 외마디 소리를 지르며 쓰러졌다. 이어 길녀는 고함을 지르고 길길이 날뛰며 남녀노소 가릴 것 없이 닥치는 대로 칼을 휘둘렀다. 좌로 치고 우로 돌진하니 누가 그녀를 막을 수 있겠는가? 머리가 깨지고 면상이 찢어져 유혈이 낭자했으나 아무도 그녀 앞을 막아서지 못했다.

이 참상을 목격한 수령은 정신이 나가고 간담이 다 떨어져 나가는 듯했다. 문밖으로 나올 겨를도 없이 그저 방 안에서 문고리만 꽉 붙잡은 채 아무것도 하지 못했다. 길녀가 문지방을 밟고서 몸을 날려 힘껏 창문을 치니 창과 문이 다 부서졌다. 수령을 대면한 길녀는 고래고래 악다구니를 퍼부었다.

"당신은 나라의 큰 은혜를 입고 이 고을을 맡아 다스리게 됐으면 있는 힘껏 백성을 보살펴 임금께 보답해야 하지 않소. 그러기는커녕 지금 우리 같은 힘없는 백성을 괴롭혀 여색이나 탐하느라 안달이 나 있다니! 우리 고을의 흉악한 인간들과 결탁하여 양반의 소실을 겁탈하려 하다니요. 이건 금수만도 못한 짓이요, 도저히 용납할 수 없는 일이오! 나는 어차피 당신 손아귀에 죽을 목숨이니, 기필코 당신을 죽이고 함께 죽을 것이오."

통쾌한 말은 칼날 같았고 열렬한 기운은 서릿발 같았다. 소리쳐 꾸짖는 소리가 사방 고을에 진동하니 구경꾼들이 몰려들어 집을 에워쌌다. 다들 혀를 차며 탄복하지 않는 이가 없었다. 개중에는 그녀를 위해 팔을 휘두르며 응원하는 이도 있었고, 그녀를 위해 눈물을 흘리는 이도 있었다.

이때 당숙과 남은 아들은 밖으로 나오지 못하고 숨어 있었다. 그리고 방 안에선 수령이 그녀 앞에 엎드려 머리를 땅에 박은 채 애걸복걸했다. 소실의 정절이 이런 줄 몰랐고 저 도적놈에게 속아 이 지경에 이르렀다며, 역적을 죽여 사례하겠으니 제발 용서해 달라는 내용이었다. 그러면서 당장 아전을 불러 당숙을 찾아 잡아 오라고 했다. 당숙이 잡혀 오자 수령은 격분하여 호통을 치며 말 안장에 앉히고 몽둥이로 무릎을 매우 치라 했다. 당숙은 몽둥이질에 피가 튀기고 살점이 떨어져 나갔다. 이렇게 조치하고 퇴로가 열린 수령은 겨우 문을 빠져나와 냅다 도망쳐 관아로 돌아갔다.

그때 이웃 사람이 길녀의 집에 기별하니, 숙부가 달려와서 그녀를 데려갔다. 그러고는 전후 사정을 모두 적어 심부름꾼을 통해 신생에게 알렸다. 감사는 이 소식을 접하고 화가 단단히 났다. 그런데도 영변 부사는 운산 수령의 부탁에 따라 길녀가 식칼을 휘둘러 사람을 죽였다며 감영에 보고하여 엄히 다스려달라고 청했다. 이에 감사는 영변 부사에게 관문•을 내려 엄중히 책임을 묻고, 계문을 올려 운산 부

• **관문(關文)** 상급 관청에서 하급 관아에 보내는 공문서.

사를 파직시키고 종신 금고형을 내렸다. 아울러 당숙 부자를 붙잡아다가 칼을 씌우고 심문한 다음 외딴섬으로 귀양 보냈다. 마지막으로 하인들을 많이 딸려 보내 길녀를 감영으로 맞아들였다. 감사는 그녀에게 칭찬과 격려를 아끼지 않았으며 많은 상까지 내려주었다.

신생은 소실인 그녀와 한양으로 올라와 애오개에서 살다가 몇 년 뒤 인천 옛집으로 돌아갔다. 길녀는 부지런히 살림을 꾸려 집안이 넉넉해졌다고 한다.

《학산한언》 제24화

35화

영천의 박 열부와 노비 만석

영천[•]의 유생 노(盧) 아무개는 아들 하나를 두고 있었다. 그런데 아들은 혼인한 지 채 1년도 되지 않아 죽고 말았다. 과부가 된 며느리는 박씨의 딸로 양반 집안 출신이었다. 그녀는 예를 다하여 남편상을 치렀을 뿐만 아니라 효성으로 시부모를 봉양하여 이웃에서 칭찬이 자자했다. 그녀는 시집올 때 만석(萬石)이라는 어린 사내종을 데리고 왔었다. 노씨 집안은 원래 가난했던 터라 박씨는 직접 길쌈을 했고, 만석에게는 땔나무하고 물을 길어 오게 했다. 이것으로 시부모의 아침과 저녁 이바지를 했는데, 한 번도 거른 적이 없었다.

그 이웃에 김조술이라는 자가 살고 있었다. 그도 명색 양반이자 재산이 수만금이나 되는 부자였다. 그가 우연히 울타리 사이로 박씨

• **영천(榮川)** 지금 경상북도 영주시의 옛날 명칭. 지금의 경상북도 영천시(永川市)와는 다르다.

의 미모를 보고는 그녀를 차지하고 싶은 욕심이 생겼다. 그러던 어느 날, 일이 생긴 노생이 김조술의 집에서 휘양•을 빌려 쓰고 출타했다. 김조술은 노생이 집에 없는 틈을 타 사람을 시켜 박씨가 자는 방을 알아냈다. 이슥고 달이 뜬 밤, 말총 갓을 쓰고서 노생의 집으로 들어갔다. 그때 박씨는 방에 혼자 있었다. 박씨 방과 시어머니 방은 벽 하나로 나뉘었고, 그 사이로 작은 지게문이 나 있었다. 잠을 자던 박씨가 어느 순간 잠에서 깼는데, 창밖에서 발걸음 소리가 들려왔다. 창틈으로 달빛 아래 사람 그림자가 어른거리는 게 보였다. 속으로 적이 의아하고 겁이 났다. 그녀는 조용히 일어나 지게문을 열고 시어머니 방으로 들어갔다. 시어머니가 웬일이냐며 묻자 그녀는 사정을 속삭였다. 시어머니와 며느리는 그렇게 한참 마주 앉아 있었다. 한편, 만석은 김조술의 집 여종의 남편이었는데, 이때는 김조술의 집에서 자고 있었다. 노생의 집 주변에는 인적이 끊어져 아무도 없었는데, 느닷없이 문밖에서 어떤 자가 시끄럽게 소리를 질러댔다.

"과부 박씨는 나와 사통한 지 오래됐으니 속히 내보내시오!"

시어머니는 다급한 소리로 마을 사람들을 불렀다.

"도둑놈이 들었소!"

이에 이웃 사람들이 불을 밝히고 달려왔다. 그때는 이미 김조술이 자기 집으로 돌아간 뒤였다. 박씨와 시어머니는 그가 김조술임을 알게 되었다. 노생이 집으로 돌아와서 이 일을 듣고는 분을 참을 수 없

• **휘양** 추울 때 쓰는 방한모의 한 종류. 정수리 부분이 뚫려 남바위같이 생겼으나 뒤가 훨씬 길고 이마에서부터 목과 뺨을 덮을 수 있다. 한자로는 '휘항(揮項)'이라 한다.

어 관아에 소장을 올리려 했다. 그러나 소문이 좋지 않게 날까 싶어 우선은 참았다. 그 뒤에도 김조술은 마을에 이렇게 떠들어댔다.

"박씨와 나는 정을 통해 아이를 밴 지 벌써 서너 달이나 되었지……."

소문이 자자해지자 박씨도 듣게 되었다.

"이제는 관아에 실상을 알려 이 수모를 씻어야겠어요."

이윽고 박씨는 쓰개치마로 얼굴을 가리고서 관아로 들어갔다. 박씨는 김조술의 죄악을 낱낱이 밝히고, 또 자신이 모함받은 정황까지 진술했다. 하지만 이때는 벌써 김조술이 관속들에게 뇌물을 돌린 뒤였다. 게다가 온 고을의 관속들은 죄다 김조술의 휘하에 있었다. 포졸들까지 '저 여자는 전에도 음란한 짓을 일삼았다는 소문이 났었지 아마.'라고들 했다. 수령 윤이현•은 관속들의 말을 곧이듣고 박씨를 내쳤다.

"네가 절개가 곧다면 설사 남에게 모함받더라도 시간이 지나면 저절로 혐의가 벗겨질 텐데, 어째서 관아로 들어와 귀찮게 밝히려 드느냐? 썩 물러가거라."

하지만 박씨도 물러서지 않았다.

"관에서 명백히 밝혀 김가의 죄를 엄벌해 주지 않는다면 소첩은 당장 이곳에서 자결하겠습니다!"

박씨의 말투는 분에 차 있었다. 그러면서 지니고 있던 은장도를 뽑

• **윤이현(尹彛鉉)** 1772-?. 자는 공기(公器), 본관은 남원이다. 그의 행적은 알 수 없으나 이 사건이 일어났을 즈음 영천 부사로 있었던 사실은 확인이 된다.

았다. 수령은 화를 내며 꾸짖었다.

"네가 이걸로 날 겁주려고 하는 게냐? 죽고 싶으면 네 집에서 식칼로 찔러서 죽거라. 왜 그런 작은 칼로 그러느냐? 속히 물러가라니까!"

곧 수령은 관비를 시켜 그녀의 등을 떠밀어 관문 밖으로 쫓아내게 했다. 쫓겨나온 박씨는 목 놓아 울다가 지녔던 칼로 목을 그어 죽고 말았다. 이 광경을 목격한 이들은 경악하며 자지러졌다. 수령도 그제야 깜짝 놀라며 이게 뭔 일인가 싶어 사람을 시켜 시신을 운구하여 집으로 보냈다. 시아버지 노생은 분을 삭이지 못하고 관청으로 뛰어들어 막말을 퍼부어댔다. 수령은 그를 '고을 백성이 관아에서 패악질하고 수령을 능멸했다'는 죄목으로 감영에 보고했다. 이리하여 노생은 안동부•로 이감되었다.

만석은 해당 소장을 가지고 상경하여 어가 앞에서 격쟁•을 했다. 이에 임금은 이 사건을 조사하여 상계하라는 윤허를 내렸다. 조사가 시작되자, 김조술은 마을 사람들과 감영 및 고을 관속들에게 수천 냥의 뇌물을 뿌렸다. 그리고 박씨가 자결한 것이 아니고 임신했다는 소문이 부끄러워 약을 먹고 죽은 걸로 돌려버렸다. 약을 거래한 노파와 약을 판 장사치를 통해서도 다 입증시켰는데, 이 또한 김조술이 저들에게 뇌물을 먹였기에 가능했다. 이리하여 옥사가 오래도록 결판이 나지 않고 4년이나 질질 끌었다. 노생의 집에서는 박씨의 시신을 염

- **안동부(安東府)** 경상도 감영은 여러 곳으로 옮겨 다녀서 한때 안동에도 둔 적이 있다. 17세기 중엽 이후로는 대구에 두었다.
- **격쟁(擊錚)** 궁성 밖에 걸어놓은 징이나 꽹과리를 쳐 원통한 일을 왕에게 직접 하소연하는 제도. 이는 조선 초부터 있었던 신문고 제도를 이은 것이다.

하지 않고 입관만 하고서 관뚜껑도 덮지 않은 채로 두고는 다짐했다.

"원수를 갚고 나면 반드시 염을 하여 장사지내겠노라."

이 관을 건넛방에 둔 지가 4년이 지났지만 박씨의 시신은 조금도 상하거나 부패하지 않아 생시와 다름이 없었다. 방문을 열고 들어가도 악취가 전혀 나지 않았으며 파리떼도 달라붙지 않았다. 이 또한 기이한 일이었다.

그녀와 재종 남매지간이었던 봉화의 수령 박시원•이 영전에 가서 곡하고 전해 온 소식도 이러했다.

'내가 상갓집에서 물었더니 그 집 식구들 말이, 관뚜껑을 열어보면 생시와 다름이 없다고 하더라.'

한편, 만석은 김조술의 집 여종과의 사이에 1남 1녀를 두고 있었다. 그는 장례를 치르고 나자 아내를 쫓아내며 단호하게 말했다.

"자네 주인이 내 주인을 죽였으니, 우린 원수 집안이네. 부부의 의가 중요하나 주인과 종의 본분도 가벼운 게 아닐세. 자네는 이제부터 자네 주인에게 돌아가게. 나는 내 주인을 위해서 죽으려네."

그렇게 부부의 연을 끊고 나서 만석은 한양과 영천으로 부지런히 오가며 기필코 원수를 갚고야 말겠다고 별렀다.

판서 김상휴•가 경상도 관찰사로 있을 때 만석은 다시 상경하여

- **박시원(朴時源)** 1764-1842. 자는 치실(穉實), 호는 일포(逸圃), 본관은 반남이다. 영주의 유림으로 과거에 급제하여 벼슬을 지냈다.
- **김상휴(金相休)** 1757-1827. 자는 계용(季容), 호는 초천(蕉泉), 본관은 광산이다. 대사간과 이조판서 등을 역임했다. 그가 경상도 관찰사로 있던 때는 1822년경으로 확인된다.

격쟁을 했다. 조정에서는 경상 감영에 계문을 내려 조사관을 다시 임명하고 이 사건을 낱낱이 파헤치도록 했다. 그러자 노생의 집에서 박씨의 관을 짊어지고 감영으로 왔다. 그런데 관 안에서 여성의 비명 같은 소리가 들렸다. 노생 집안사람들이 관뚜껑을 들어 안을 내보이겠다고 하니, 조사관은 관비를 시켜 확인해 보도록 했다. 박씨의 얼굴빛은 살아 있는 듯 두 뺨에서 붉은빛이 돌았다. 목 아래쪽에는 여전히 칼로 그은 혈흔이 남아 있었다. 배는 등가죽에 달라붙었고 피부는 돌처럼 굳은 상태였으나 부패한 데는 한 곳도 없었다. 약을 사고판 장사치와 노파를 불러 엄중히 국문하자 이들이 마침내 실토했다.

"김조술이 200냥씩 주면서 그리 진술하라고 했습니다."

감영에서 이 사실을 조정에 장계로 올렸다. 김조술은 법에 따라 처단되었다. 박씨에게는 정려문을 내리고 만석에게는 복호•가 내려졌다.

당시 조사관의 말을 들어보거나 혹은 감영의 계문을 보면 김조술의 죄는 만 번을 찢어 죽여도 시원찮을 정도였다. 그가 꾸민 말 중에는 '박씨와 만석이 간통해서 죽은 것이다.'라는 내용도 있었다고 한다. 정말 통탄할 일이다.

《계서잡록》 권3 제43화

• **복호(復戶)** 특별한 사안으로 양민이나 천민에게 세금과 부역을 면제해 주는 것을 말한다. 주로 효열을 실천한 이들에게 혜택으로 내려주었다.

과격해진 열녀들의 이면

이번에는 열녀 이야기다. 그런데 그냥 열녀가 아니다. 열(烈)을 실천하는 과정이 매섭고도 섬뜩하기까지 하다. 앞서 7화에서도 언급했듯이 조선 후기에는 평민 여성에게까지 정절이 강요됨으로써, 중앙은 물론이고 양반 부녀자가 없는 시골 벽지에서도 열녀가 탄생했다. 일부 지식인들이 이런 세태를 비판했지만 그렇다고 뚜렷한 대책을 내놓지는 못했다. 사실 유가 사회에서 딱히 대안이 있을 수 없었다. 열녀 자체를 없애지 않고서는 여성들이 이 수렁에서 벗어나기 어려웠던 이유에서다.

이런 상황에서 당시 어느 문인의 진단이 눈길을 끈다. 그는 열녀 되기를 강요하다 보니 요즘 여인들이 걸핏하면 죽으려 들고 성격도 사나워졌다고 보았다. 그러니 여인들이 사나워지기 전에 그런 일이 없도록 해야 한다고 주장했다. 미리 방지책을 마련하자는 취지인데, 그렇다고 그가 열녀 자체를 부정한 것은 아니었다. 그런데 진단은 상당히 그럴듯하다. 여성들은 남편이 죽으면 따라 죽어야 하거나 홀로 남아 집안을 건사해야 했으니, 어찌 예민해지고 거칠어지지 않겠는가? 그렇다면 이런 관점과 여기 두 이야기에 나오는 열녀의 형상과는 어떻게 다르고 같을까?

34화는 평안도 영변의 향관 딸인 길녀의 꼿꼿한 결기를 그린 이야기다. 변방 벽지에 사는 의지할 데 없는 여자와 인천의 한 선비가 얄궂은 꿈을 통해 운명적인 인연을 맺는다. 그런데 나중에 다시 오겠다던 선비는 감감무소식이다. 그렇다면 주변에서 길녀에게 개가를 권유하는 것도 자연스러워 보인다. 물론 본관 사또에게 헌상한다는 건 분명 문제가 있다. 그럼에도 길녀의 반응은 일반적인 예상을 뛰어넘는다. 그녀는 자신을 지키는 데 한 치도 물러섬이 없었고, 최후의 수단으로 식칼을 휘둘러 사람들을 살상하기를 서슴지 않았다. 이야기를 따라가다 보면 통쾌한 복수극을 보는 듯하면서도 여인의 원한이 폐부를 찌르는 것 같다. 앞에서 본 복수담과도 비슷해 보인다.

실제 평안 감사는 그런 길녀에게 칭찬과 격려를 아끼지 않았을 뿐만 아니라 상까지 내려주었다. 그녀는 정절을 누구보다도 적극적으로 실현한 열녀가 되었다. 물론 그녀의 사생결단은 이런 수절 논리에만 매여 있지는 않다. 여성 본연의 자기애와 자기방어 행위로도 볼 수 있기 때문이다. 그러니 길녀 이야기는 수절이 강요된 사회를 반영하면서도 자신을 지키는 여성의 분투를 그린 감동적인 서사임이 틀림없다.

한편, 35화는 실제 일어난 사건을 토대로 엮은 이야기다. 1820년경 영천에서 발생하여 4년간 지난한 소송과 격쟁을 벌였던 사건으로, 《순조실록》·《일성록》 등의 사료에도 나와 있다. 또 박씨 집안에는 이와 관련한 고문서가 남아 있으며, 성해응(成海應, 1760-1839)이라는 문인은 〈서영천박열부사(書榮川朴烈婦事)〉라는 기사를 남기기도 했다. 이처럼 이 소재는 당시에 유명한 소송 사건이었다.

그럼에도 이 이야기는 김조술이라는 자가 모함을 하고 주변에 뇌물을 먹임으로써 사건을 미궁에 빠뜨리고, 종 만석이 주인을 위해 고군분투하며, 한을 품은 시신이 부패하지 않는 등의 여러 서사적인 요소를 갖추고 있다. 이 과정에서 '네가 절개가 곧다면 남에게 모함을 받더라도 시간이 지나면 저절로 혐의가 벗겨질 텐데 괜히 관아 뜰을 시끄럽게 한다.'라는 관장의 발화나, '박씨는 자결한 게 아니고 임신했다는 소문으로 음독자살했다.'라는 김조술의 진술은 공분을 일으키기에 충분하다. 그에 따른 극적 효과도 적지 않다. 여하튼 박씨는 훼절했다는 혐의가 씌워지자 자결로써 자신의 원통함을 하소연했다. 남편의 죽음이나 남의 겁탈로 인한 죽음과는 구별되는 만큼 일반적인 열녀들의 모습과는 상당히 다르다.

그렇다면 이 두 이야기를 같이 한번 들여다보자. 평안도 영변의 향관 딸 길녀와 경상도 영천의 양반 딸 박씨는 자신이 처한 상황에서 칼부림을 벌이거나 자결로 대응했다. 이들은 위기 상황에서 대단히 능동적으로 대응함으로써 열녀의 화신이 된 것처럼 보인다. 그리고 이들의 희생은 정절을 넘어서서 여성이자 인간으로서의 가치를 열렬하게 웅변한 것이기도 하다. 그렇다면 두 여성은 당대 열녀의 전형이자 여성의 자기애를 고취한 인물로 평가해야 마땅하다.

그런데 앞에서 상정했듯이 일반 열녀들의 모습과는 결이 다르다. 뭔가 지나친 대응이라는 인상을 지울 수 없다. 그렇다면 그녀들의 이 거룩한 행위는 열녀를 양산하던 시대의 신경증적 반응으로 읽을 수 없을까? 이렇게 읽으면 그녀들의 희생을 폄훼하거나 곡해하는 아주 못된 감상일까? 이마저도 아니라면 최소한 정절을 지키기 위한 몸부림의 과정이 가감 없이 드러난 보기 드문 이야기임은 분명하다. 참고로 중국에서는 열녀로 희생된 여인들을 '공자의 이름으로 죽어간 여성들'이라고 부른다. 열녀는 이데올로기 때문에 희생된 존재라는 의미다. 한번 이데올로기가 작동하면 이를 벗어날 수 있는 길은 요원해진다.

그런 한편, 열녀의 주체성을 인정하자는 주장도 있다. 자신이 선택한 길이라는 것이다. 실제 이야기 속에 등장하는 열녀들의 선택지는 하나밖에 없기 때문에 이런 함정에 빠질 수도 있을 듯하다. 하지만 이것이야말로 사태를 오판하게 하는 지점이다. 열녀는 분명 이데올로기와 신분제도 때문에 희생당한 인물들이다. 이 점을 명확하게 인식하면서 '과격한' 열녀들의 이면도 함께 살필 수 있었으면 좋겠다.

8장

재야의 숨은 고수

36화

수령 아들을 개과천선시킨 고승

합천의 수령 아무개는 나이 육십에 아들 하나만 두고 있었다. 그런데 외동자식이다 보니 금이야 옥이야 하는 바람에 이 아이는 열세 살이 되도록 낫 놓고 기역 자도 몰랐다. 해인사의 한 대사가 수령과 이전부터 가까운 사이여서 수시로 합천 관아를 드나들었다. 어느 날, 대사가 수령을 찾아왔는데 이번에는 아이를 걱정하여 말을 건넸다.

"이제 아드님이 학동이 될 나이인데도 아직 배움에 들지 못했으니 앞으로 어떻게 하시렵니까?"

수령도 그게 걱정이었다.

"글자를 가르치려 해도 부잡스러워 통 말을 듣지 않습니다. 그렇다고 차마 매를 들 수도 없고요. 이 지경에 되고 보니 걱정이 이만저만 한 게 아닙니다."

"사대부가의 자제가 어려서부터 배우질 않는다면 세상에서 버려지고 말 겁니다. 무조건 아끼고 사랑하기만 하고 글공부를 안 시켜서야 되겠습니까? 아드님의 됨됨이를 보니 할 수 있을 듯합니다. 이렇게 포기해 버린다면 매우 안타까운 일이지요. 소승이 그에게 학문을 가르쳐보려고 하니 사또께서 허락해 주실는지요?"

"그야 불감청고소원이고 말고요. 대사께서 훈도하여 아이가 무지에서 벗어날 수 있다면야 천만다행 아니겠소?"

이에 대사는 이런 요청을 했다.

"그렇다면 한 가지 다짐받아 놓을 게 있습니다. 죽이고 살리기를 소승 뜻대로 하되 오로지 글공부 과정을 엄히 세우는 데만 신경 쓰라는 내용을 글로 써서 도장까지 찍어 소승에게 주십시오. 또한 산문으로 한번 보낸 뒤로는 절대 누구를 보내거나 찾아오게 해서는 안 됩니다. 사사로운 은정을 끊어낸 뒤에야 수학할 수 있기 때문입니다. 옷과 먹을 것 따위의 이바지는 소승이 알아서 마련할 테니 걱정하지 마십시오. 만약 보낼 게 있으시면 왕래하는 스님 편에 직접 붙이십시오. 이를 다 허락한다는 내용이어야 합니다. 사또께서는 이렇게 하실는지요?"

"말씀한 대로 따르겠소!"

수령은 대사가 말한 대로 문건을 써서 내주었고, 그날로 아이를 산사로 보내 일절 연락을 끊었다. 아이는 산사로 올라간 뒤 이리저리 날뛰며 노승을 멋대로 깔보아 욕을 하는가 하면 뺨을 때리는 등 못하는 짓이 없었다. 그래도 대사는 못 본 척하며 하는 대로 내버려두었다. 사오일이 지난 아침, 대사는 고깔과 도포를 정제하고 서안 앞에 무릎을 꿇은 채 앉았고 제자 삼사십 명이 불경을 펼쳐놓고 모시고 앉았다. 그 예의가 정숙하고 법도가 있었다. 대사는 상좌에게 명하여 아이를 데려오라 했다. 아이는 끌려오면서도 시끄럽게 울어대며 욕까지 했다.

"너는 중놈으로 어찌 감히 양반을 이리도 욕보인단 말이냐? 돌아가면 우리 아버지한테 일러바쳐 네놈을 때려죽이고 말 테다!"

그러고는 죽어도 안 가겠다고 계속 악을 썼다.

"천 번 죽이고 만 번 죽일 이 대머리 도적놈아……."

대사는 큰 소리로 꾸짖으며 제자들을 다그쳐 아이를 잡아 오라고 했다. 제자들이 일제히 달려들어 아이를 묶어서 대사 앞으로 끌고 왔다. 대사가 문건을 내보이며 말했다.

"이것은 네 부친이 나에게 써준 것이다. 이제부터 네가 죽고 사는 건 내 손에 달렸느니라. 너는 양반가의 자제로 글자도 모르고 하는 짓이라곤 패악질뿐이다. 살아서 무엇 하겠느냐? 이 버릇을 고치지 않는다면 너희 집안은 망하고 말 것이다. 그러니 이제 내 벌을 받거라!"

대사는 곧바로 송곳 끝을 불에 달구었다. 붉게 달구어지자 이것으로 아이의 넓적다리를 찔렀다. 아이는 까무러쳤다가 반나절이 지나서야 깨어났다. 다시 찌르려 하자 아이는 애걸복걸했다.

"잘못했습니다! 이제부터는 무조건 사부님 말씀을 따를 테니 더 찌르지 마세요!"

대사는 송곳을 쥐고서 아이를 꾸짖기도 하고 달래기도 하다가 한 식경이 지나서야 풀어주었다. 이윽고 가까이 오라 하여 《천자문》을 건네주었다. 대사는 이 책을 날마다 읽는 걸 일과로 삼되 잠시도 쉬어서는 안 된다고 했다.

아이는 나이도 제법 들은 데다 원래 생각과 식견은 뛰어났던 터라,

하나를 들으면 열을 알고 열을 들으면 백을 알아들었다. 해서 네다섯 달 사이에 《천자문》과 통사•를 다 꿰게 되었다. 이렇게 밤낮으로 쉬지 않고 부지런히 익힌 덕분에 1년 남짓이 되자 그는 문리가 크게 트였다. 산사에 머문 지 3년 만에 글공부는 이미 깨친 상태였다. 그러면서도 그는 글을 읽을 때마다 혼잣말로 이렇게 되뇌었다.

'사대부인 내가 이 절의 중놈에게 욕을 당했으니, 이는 다 내가 배우지 못했기 때문이다. 앞으로 부지런히 공부하여 과거에 합격하고 나면 기필코 저 중놈을 때려죽여 오늘의 한을 풀고 말리라.'

이런 일념으로 그는 흐트러짐 없이 공부에 매진했다.

대사는 이제 그에게 과거 공부를 시켰다. 하루는 대사가 그를 가까이 오라고 하더니 말했다.

"너의 공부가 이제는 충분하니 과거 볼 준비가 되었구나. 내일 나와 함께 산에서 내려가야겠다."

다음 날 대사는 아이를 관아에 데려가 수령에게 말했다.

"지금 이 친구는 글이 일취월장했습니다. 과거에 급제하고 나면 문임• 자리까지도 오르겠지요. 이제 소승은 여기서 물러날까 합니다."

대사는 그를 남겨두고 떠났다. 이렇게 거듭난 아들은 신부를 택해 혼인했다. 그리고 상경하여 과장을 출입하며 과거를 보았는데, 이삼 년 뒤 마침내 과거에 합격했다. 그리고 이삼십 년이 지나 경상 감사

- **통사(通史)** 일반 역사서로, 주로 학동들이 역사에 입문할 때는 《사기》, 《통감절요》 등을 읽었다. 여기서도 이런 사서들을 가리킨다.
- **문임(文任)** 임금의 교서나 외교문서를 맡았던 종2품 관직으로, 주로 홍문관이나 예문관의 대제학을 가리킨다.

가 되었다. 그제야 그는 속으로 쾌재를 불렀다.

'내 이제 저 해인사의 노승을 잡아 죽여 지난날의 분통을 씻을 수 있겠구나!'

경상도에 내려온 그는 순시를 나가면서 '심문하는 형구를 단단히 갖추되 따로 별장•까지 제작하라'고 했다. 여기에 매질을 잘하는 자 서너 명을 뽑아 뒤따르게 했다. 산문에 이르렀을 때 당장이라도 노승을 때려죽일 요량이었다. 감사의 행차가 홍류동•에 들어섰을 때 노승은 아래 승려들을 데리고 길 왼편에서 예로써 맞이했다. 그런데 감사가 그를 보고는 가마에서 내려와 손을 맞잡으며 반가워했다. 노승도 기쁜 낯으로 웃으며 맞이했다.

"이 늙은이가 운이 좋은가 봅니다. 죽기 전에 감사 나리의 이런 당당한 모습을 뵙다니 이만저만 다행이 아니군요."

둘은 함께 절로 들어갔다.

"소승이 거처하는 산방은 사또께서 지난날에 공부했던 그 방입니다. 오늘 밤 그곳으로 옮기시어 소승과 베개를 나란히 하여 누워보면 좋겠군요."

감사가 그렇게 하자고 하여 둘은 함께 노승의 선방에 누웠다. 밤이 깊어진 뒤 노승이 물었다.

- **별장(別杖)** 일반 곤장보다 더 크고 두껍게 만든 형구. 신문할 때 이것을 쓰면 죄수가 견디지 못해 거짓 자백을 하는 등 남형의 소지가 있었다.
- **홍류동(紅流洞)** 합천 가야산 내 해인사 입구의 계곡이다. 이곳이 가을이면 단풍으로 붉게 물들었기에, 물에 단풍빛이 흐른다고 하여 붙여진 이름이다. 이곳을 배경으로 한 최치원의 〈재가야산독서당(題伽倻山讀書堂)〉이란 시가 유명하다.

"사또께선 아이 적 배울 때 반드시 소승을 죽이겠다는 마음을 가지고 있었지요?"

"그랬었소."

"그러시면 과거에 급제하여 벼슬에 오른 뒤로도 계속 그 마음이 있었는지요?"

"그랬다오."

"그럼, 감사로 오실 때도 소승을 때려죽이려고 작심했겠군요. 하면 따로 별장에다 매질하는 자들도 뽑아 왔겠군요?"

"그렇소."

"그렇다면 지금 사또께서는 왜 저를 때려죽이지 않고 가마에서 내릴 때 반가워했습니까?"

감사는 씩 웃었다.

"옛날에 맺힌 한이야 마음에 잊지 않고 있었소. 그런데 스님 얼굴을 뵙고 보니, 그 마음이 얼음이 풀리고 눈이 녹듯 사라지고 반가운 마음이 일지 뭐요."

"소승도 이미 짐작하고 있었답니다. 사또께선 앞으로 더 높은 지위에 오르실 겁니다. 아무 해 아무 날에는 평안 감사가 될 것이고요. 그때 소승이 상좌를 보낼 테니 사또께서는 소승을 만난 듯이 잘 대접하고 그와 함께 묵으셔야 합니다. 잊어버리지 마시고 꼭 그렇게 하셔야 합니다."

감사는 잘 알겠다고 했다. 노승은 다시 종이 하나를 꺼내 보여주었다.

"이것은 소승이 사또를 위해 평생의 운수를 점쳐 1년 단위로 정리한 것입니다. 몇 살까지 살며 지위는 몇 품까지 올라가는지를 환하게 알 수 있지요. 하지만 아까 말씀드린 평양 감영의 일은 절대 잊지 않으셔야 합니다."

감사는 알겠다고 답했다.

다음 날 감사는 쌀과 돈이며 삼베와 무명천 등속을 절에 듬뿍 내려주고 떠났다. 그로부터 몇 년 뒤 정말 그는 평안도 관찰사가 되었다.

평양 감영에 있던 어느 날, 문지기 병졸이 아뢰었다.

"경상도 합천군 해인사의 중이 들어와 뵙고자 합니다."

감사는 순간 떠오르는 일이 있어 당장 들라 했다. 중이 들어오자 감사는 동헌으로 오르라 하여 그의 소매를 붙잡고 무릎을 맞대고는 노승의 안부부터 물었다. 저녁 찬도 겸상했으며, 밤이 되자 함께 잠자리에 들었다. 그리고 야심한 때였다. 온돌이 너무 뜨거워 관찰사가 잠자리를 옮겨 누우려던 참이었다. 그런데 잠결에 비릿한 악취가 코를 찔렀다. 자고 있던 중을 손으로 더듬었더니, 누워 있던 데서 축축한 물기가 느껴졌다. 감사는 구실아치를 불러 불을 가져오라 했다. 가져온 불을 밝혀 살펴보니 칼날이 중의 배를 찔러 오장이 튀어나와 있었고 바닥에는 피가 흥건했다. 감사는 소스라치게 놀라 급히 주검을 밖으로 내놓으라고 했다.

다음 날 아침, 이 살인 사건을 낱낱이 조사했다. 당시 감사가 아끼던 기녀가 있었는데, 바로 아무개 관노가 좋아하던 애였다. 둘은 서로 푹 빠져 있었던 사이여서, 관노가 앙심을 품고 감사를 찌르려고 들어왔다가 아랫목에 누워 있던 중을 감사라고 여겨 찔렀던 것이다. 그 관노를 잡아들여 엄히 심문하자 하나하나 이실직고했다. 감사는 결국 이들을 법으로 다스렸고, 죽은 중은 염을 하여 해인사로 운구해 보냈다.

대사가 이런 화가 있으리라는 걸 미리 알고 일부러 상좌승을 시켜 변고를 대신하게 한 것이었다. 그 뒤 감사의 공명과 장수는 대사가 점쳐준 운수 그대로였다.

《계서잡록》 권2 제53화

37화

의리를 지킨 금강산의 왜승

감사 맹주서•는 산수 자연을 좋아하여 자주 노닐곤 했는데, 젊은 시절에 금강산을 유람한 적이 있었다. 금강산 이곳저곳을 탐방하다가 그윽한 곳에 이르렀을 때 아주 정갈해 보이는 암자가 나타났다. 이 암자에는 백 살 남짓 되어 보이는 한 노승이 있었다. 건강하고 풍취가 있었으며, 사람을 대하는 예가 경건했다. 맹공은 범상치 않은 노승을 보고는 암자에서 하루를 묵으며 어떤 분인지 확인해 볼 참이었다. 얘기를 나누던 중 노승은 갑자기 한 사미승을 불러서 이렇게 일렀다.

"내일은 사부님의 기일이구나. 올릴 제수를 준비하거라."

"예."

- **맹주서(孟胄瑞)** 1622-?. 자는 휴징(休徵), 본관은 신창이다. 1670년 전후로 황해도와 충청도 관찰사를 지냈다. 이때 그는 백성들의 기근을 구제하여 칭송받았다.

다음 날 새벽, 사미승이 제수로 나물을 차려놓았다. 노승은 매우 슬퍼하며 곡을 했다. 맹공은 궁금하여 물었다.

"스님의 스승은 누구시며, 도는 얼마나 높았소? 들려주었으면 하오."

노승은 한참 서글픈 표정으로 있다가 꺼낸 이야기가 이러했다.

공께서 물으니 무얼 숨기겠습니까? 소승은 조선 사람이 아니고 왜 땅에서 건너왔습니다. 사부님도 원래는 승려가 아니고 선비였지요. 처음 소승이 조선에 왔을 때는 임진년 이전이었습니다. 본국에서 여덟 명을 선발하여 조선에 파견했는데, 모두 계략에 정통했으며 날래고 용맹했지요. 우리는 조선 팔도를 하나씩 맡아 산천의 지세나 도로의 멀고 가까움, 관문이나 요새의 배치 현황까지를 죄다 암기하는 데 힘을 쏟았습니다. 또한 조선 사람 중에 지략이 뛰어나고 용맹이 걸출한 자라면 모두 죽인 다음에야 귀국이 허락되었답니다. 하여 우리 여덟 명은 함께 조선말을 익혀 자유자재로 구사할 수 있게 되자 동래의 왜관으로 처음 나갔지요. 이어 조선 승려의 복장으로 갈아입고 흩어질 즈음 상의한 내용이 이랬습니다.

"조선의 금강산은 영산이니 먼저 저 산에 들어가 기도한 뒤에 흩어지도록 하자."

그래서 우리는 십여 일을 동행한 끝에 회양• 땅에 당도했지요. 거기서 나막신을 신고 황소를 타고서 산골짜기에서 나오는 한 선비를

• **회양(淮陽)** 강원도 회양군으로, 내륙에서 금강산으로 들어가는 초입에 해당한다. 조선시대에 내금강은 이 회양군에 속해 있었다.

만나게 되었습니다. 우리 일행 중 한 사람이 그러더군요.

"우리가 연일 절을 찾느라 먹지 못한 데다 고기 맛을 못 본 지도 오래되어 기력이 달리는군. 저자를 죽이고 황소를 잡아먹은 다음에 가는 게 좋겠네."

이에 모두 좋다고 하고 선비 앞으로 다가가 내리치려 했지요. 그러자 선비가 이러지 뭡니까.

"너희들이 감히 나를 해치겠다고? 왜 땅에서 보낸 첩자들이란 걸 내가 모를 줄 아느냐? 다 죽여야겠구나!"

깜짝 놀란 우리는 칼을 빼 들고 일제히 그에게 돌진했지요. 하나 그 선비가 순식간에 공중으로 뛰어올라 주먹을 휘두르고 발길을 날리는데, 귀신같이 빠르고 날래더군요. 우리는 머리가 깨지고 다리가 부러져 다섯은 그 자리에서 죽고 나머지 세 사람만 살아남았습니다. 우리 셋은 땅에 엎드려 살려달라고 애원했지요. 그랬더니 이렇게 묻더군요.

"너희가 과연 진심으로 귀순하여 나와 함께 죽고 사는 것을 마다하지 않겠느냐?"

우리는 이마를 땅에 바짝 대고 모든 정성을 다 바치겠노라고 하늘에 대고 맹세했습니다. 그제야 선비는 우리를 자기 집으로 데려가서 하나하나 깨우치게 해주었습니다.

"너희가 왜적이 시켜서 우리 조선을 염탐하려 했으나 얕은 생각과 서투른 기예로 무엇을 할 수 있었겠느냐? 이제 하늘에 맹세코 귀순하기로 약조했지만, 너희 마음이 진심인지 아닌지는 내 환하게 꿰뚫어 알고 있느니라. 지금부터 검술을 다시 가르쳐줄 것이다. 왜병이 쳐들어오면 너희들을 데리고 의병을 일으켜 새재로 가서 지킬 것이니라. 적병을 잘 막으면 타국에서 공을 세우는 일이다. 너희들은 마다하겠느냐?"

저희 셋은 절을 올리며 잘 알겠다고 사례했지요. 이때부터 검술을 새로 익혀 그 실력을 다 터득했고요. 우리는 더 근실하게 스승님을 모셨고, 스승님도 우리를 아주 믿고 아꼈습니다.

그러던 어느 날, 우리 셋은 한 외진 암자에 묵었습니다. 아침에 일어나 스승을 뵈니, 난데없이 누군가에게 살해당해 방에 피가 흥건하지 뭡니까. 소승은 너무 놀라 두 동료에게 물었지요.

"이게 어찌 된 일이냐?"

그러자 그 둘이 실토하더군요.

"우리가 저 선비를 당해내지 못해 섬기면서 검술까지 배웠지만, 함께 들어온 형제와 다름없는 다수가 그에게 죽임을 당했네. 이제 우리만 남았으니, 저 선비야말로 한 하늘 아래 있을 수 없는 원수 아닌가? 잠시라도 이를 잊을 수 없었네. 보복하려고 한 지 오래되었으나 적당한 때를 보지 못했을 뿐이네. 지금 다행히 틈이 나서 원수를 갚은 것이라네."

소승은 이들의 짓을 용서할 수 없었지요.

"우리가 사부님께 재생의 은혜를 입고 제자가 되기로 맹세하지 않았는가? 맺은 의리와 은정이 깊어 부자 같은 사이였는데, 어찌 원한을 갚는다며 이런 짓을 저질렀단 말인가?"

통곡하며 쓰러졌던 저는 이윽고 저들 앞으로 다가가 찔러 죽였습니다. 그러고는 이 산에 남아 중이 되었지요. 어린 사미승 하나를 데리고서 이 암자에서 홀로 수도하고 있는데, 나이는 백 살이 넘었습니다. 매번 사부님의 높은 재주와 깊은 의기와 도타운 정의를 생각할 때면 한없이 애석하여 그 아픔을 이루 다 말할 수 없습니다. 이 때문에 사부님의 기일이 되면 문득 슬픈 심정이 복받쳐 마음을 가눌 수 없어진답니다. 오랜 시간이 흘렀어도 여전합니다.

맹공은 이야기를 다 듣고 나서 감탄해 마지않으면서 물었다.

"다 꿰뚫어 보고 용맹이 특출하신 사부께서 그 둘이 부정한 마음을 품고 있는 줄 몰랐단 말이오? 끝내 살해까지 당했다고 하니 무슨 까닭이오?"

"그 둘이 불길한 자라는 걸 사부님이 왜 몰랐겠소? 하나 그들의 재주를 아꼈기에 깊은 은혜로 감싸서 마음이 바뀌기를 기대했던 것이지요. 그전까지 사부님의 지혜로 충분히 제압할 수 있었으니 말입니다. 사부님은 소승의 재주와 식견이 출중하다고 하시면서 더욱 아껴주셨지요. 소승이 가족을 버리고 고국을 잊은 채 사부님 모시기를 하루도 게을리하지 않았던 것은 다 이 때문이었답니다."

맹공은 이윽고 노승에게 청했다.

"스님의 검술 실력을 볼 수 있겠소?"

"지금 저는 늙어빠져 검술을 써보지 않은 지 오래입니다. 아무래도 당장 하기는 어려울 겁니다. 공께서 며칠 머무르며 제 기력이 조금 회복되기를 기다려준다면 한번 펼쳐 보이지요."

며칠 뒤 노승이 맹공을 한 곳으로 안내했다. 그곳에는 크기가 열 아름이나 되고 하늘의 구름까지 닿을 듯이 솟은 측백나무 한 그루가 있었다. 노승은 소매 속에서 물건 두 개를 꺼냈다. 공처럼 둥글었고 끈으로 단단히 묶여 있었다. 끈을 풀자 두 개의 철 덩이가 주먹 모양으로 말려 있었다. 이것을 손으로 평평하게 펴자 몇 자 되는 서슬 퍼런 칼날이 가을 물처럼 반짝였다. 종이처럼 말았다 폈다 할 수 있는 칼이었다. 노승은 두 칼을 잡고 일어나 검무를 추기 시작했다. 처음에는 몸을 돌리거나 앉고 일어나는 품새가 퍽 느렸으나, 이윽고 점점 빨라지며 휙휙 바람이 일기 시작했다. 얼마나 지났을까, 펄쩍 뛰어올라 공중에 뜨는가 싶더니 마치 방 안에 서 있는 것처럼 편안하게 나뭇가지를 밟고 섰다. 곧 빙빙 돌아 공중과 땅을 오가는데, 은 항아리 모양의 흰 무리가 측백나무 겹겹의 잎사귀 사이에서 보였다가 안 보였다 했다. 칼날의 빛이 번쩍번쩍 길어졌다가 순간 짧아지며 바위 골짜기로 반사되어 눈이나 서리처럼 빛났다. 서슬 퍼런 칼날에 측백나무 잎은 비처럼 어지럽게 떨어졌다.

맹공은 마음이 떨리고 혼이 나가 똑바로 바라볼 수가 없었다. 떨어진 측백나무 잎은 죄다 잘게 끊어졌고 나뭇가지도 반은 잘려 나간 상태였다. 한참 뒤에야 땅으로 내려온 노승은 나무 아래에 선 채 몇 번이나 숨을 몰아쉬었다.

"기운이 쇠하여 더 이상 젊을 때 같지 않습니다. 한창일 때 이 나무 아래에서 검무를 추면 잎이 죄다 가는 실처럼 갈라졌는데 말이죠. 지금은 그렇지 못해 떨어지지 않고 그대로인 잎도 많습니다."

맹공은 너무 신기했다.

"스님은 신인이시오!"

"소승은 조만간 죽을 것입니다. 다만 저의 자취가 이대로 영원히

묻힐까 싶어 공께 이렇게 그간의 사정을 말씀드린 겁니다."

맹공은 마침내 그와 이별하고 돌아왔다. 몇 년 뒤 맹공은 우연히 금강산 승려를 만나 노승의 안부를 물었다. 그랬더니 이미 열반에 들어 다비식을 거행했다고 했다.

《학산한언》 제49화

신통한 고승의 면모

36화와 37화에서는 고승을 다루었다. 앞에서 승려의 형상은 악승 아니면 고승으로 양분된다고 언급했는데, 이는 조선시대 사람들이 불교를 대하는 인식과도 연결된다. 주로 걸식하거나 부정한 일을 일삼는 부정적인 승려 형상은 조선 초 이래 이단으로 몰려 한양 도성 밖으로 쫓겨난 승려들의 고단한 현실을 말해준다. 그러나 한편으로 여전히 불가의 영험성을 믿고 의지했던 백성들에겐 불교와 승려는 영원의 안식처였다. 그리고 불교에 심취했던 일부 사대부 문인들은 승려들과 교유하며 유불의 연대를 모색하기도 했다. 이런 저간의 사정들이 승려에 대한 양극단의 이미지를 만들었고 이야기에도 반영되었다.

다만 산사의 이미지는 또 달랐다. 속세를 떠난 탈속의 상징으로, 세상에 염증을 느끼거나 다른 세상을 염원하는 이들에게는 수도처이자 도피처였다. 이리하여 산사와 고승이 어우러지면 일반 속세와 다른 세계, 또는 비범한 인물의 거처가 되기도 했다

36화에는 수령의 아들을 개과천선시킨 해인사의 고승이 등장한다. 역사적으로 해인사는 한국 불교의 메카였다. 저 멀리 한국문학의 비조인 최치원이 은거한 공간이었으며, 고려시대에는 국난 극복을 위해 팔만대장경을 조성한 장소였다. 그래서 해인사를 법보사찰이라고 한다. 불교 탄압이 극심했던 조선시대에도 그 위상이 높았던 사찰이다.

이런 역사적인 맥락이 반영이나 된 듯, 여기 해인사의 고승은 속세와 인연을 이어가는 중이다. 그는 특히 점술에 일가견이 있어서 사람의 앞날을 내다보는 신통력을 지니고 있다. 따라서 그는 고고하게 수도하며 비범성을 드러내는 여타 고승과는 이미지가 다르다. 옛날 원효대사가 화엄 세계를 설파하여 민중의 지팡이가 되었듯이 해인사 고승은 민중 교화에 남다른 능력을 발휘한 셈이다. 바로 합천 수령의 아들을 교화시킨 사례이다. 그 방법은 대상을 발분시켜 학문에 정진하게 하는 것이었다.

그런데 이 감화는 수령의 아들을 유가의 일원으로 복귀시키는 방향이었다. 아울러 고승은 수령 아들의 출셋길을 끝까지 책임진다. 이 과정에서 상당히 불편한 모티프가 개입한다. 평양 감사가 된 수령의 아들을 살리기 위해 자신이 데리고 있던 상좌승을 거리낌없이 희생시킨다. 이것을 어떻게 이해해야 할까? 아무래도 유가 질서의 유지를 위해 고승이 협력한 혐의가 짙다. 이 또한 조선 후기 고승 이야기를 활용하는 하나의 방식이었다.

37화는 조선에 귀화한 일본 승려의 회고담이다. 잘 알려져 있듯이, 임진왜란이 조선 사회에 끼친 영향은 지대했다. 이 이야기는 전란 이후의 후일담에 해당한다. 다만 그 대상이 일본 승려라는 점에서 다른 후일담과는 차이가 있다.

전란은 으레 엄청난 물적·인적 자원이 동원되는 법이다. 또 무수한 백성들의 피해를 동반한다. 임란의 피해가 조선인에게만 한정된 것은 아니었다. 침략자로 조선에 왔다가 목숨을 잃은 이들도 있고, 조선군에 붙잡혀 곤욕을 치른 이들도 많았다. 이 가운데는 항복하여 조선으로 귀화한 일본인도 있었다. 이런 부류를 '항왜'라 불렀다. 임진왜란 때 가토 기요마사의 선봉장으로 출전했다가 항복하여 조선군에 편입된 뒤 전공을 세웠던 인물이 바로 김충선이다. 그는 조선에서 관료 생활까지 했다. 이런 인물들이 대표적인 항왜이다. 이런 항왜가 문학에 반영되기도 했다.

그런데 여기 금강산의 노승은 사정이 좀 달랐다. 그는 원래 임진왜란 직전 첩보 수집을 위해 조선에 파견된 간첩이었다. 요즘으로 치면 특공대인 셈인데, 그런 만큼 무예가 이만저만 뛰어나지 않았을 것이다. 그러나 나막신에 황소를 타고 산속에서 나온 일개 선비에게 여덟 명의 특공대가 초전박살이 나고 만다. 여기까지만 보면 재야의 검술 고수가 일본 간첩 특공대를 단번에 쓸어버린 이야기로, 조선 후기 조선인들의 일본에 대한 정신 승리를 상징한다고 볼 수 있을 것 같다.

그런데 이야기는 여기서 끝이 아니라 비로소 시작이다. 노승은 이 선비에게 감화되어 끝까지 의리를 지키고자 했다. 엄밀히 말하면, 그는 항왜가 아니라 조선에 동화된 인물이며 스승의 뒤를 이어 비범함을 숨긴 채 금강산에서 승려로 수도하는 몸이다. '소승이 가족을 버리고 고국을 잊은 채 사부님 모시기를 하루도 게을리하지 않았다.'라는 언급에서 이 점이 분명해진다. 그는 조선인은 아니지만 스승을 대신하여 금강산 고승으로 늙어가고 있었다. 그리고 그가 생을 다하고 열반에 든 장면은 불도를 닦기 위해 이역만리를 마다하지 않고 고행을 일삼았던 어느 수도승의 삶과 겹치기도 한다.

38화

천하의 이여송을 무릎 꿇린 노인

임진왜란 때 명나라 제독 이여송•이 조선을 구원하라는 황명을 받들어 우리나라에 왔다. 그는 평양성 전투에서 승리하고 성안으로 들어가 주둔했다. 그런데 평양의 아름다운 산천을 보고 홀연 딴마음을 품게 되었다. 선조 임금을 흔들어 아예 이곳에 눌러앉을 생각까지 한 것이다.

어느 날 그는 막료들을 대거 거느리고 연광정에서 연회를 열었다. 그때 강변 백사장에 검은 소를 타고 지나가는 한 노인이 있었다. 주위의 군교들이 '물러나라' 하며 고함을 쳤으나, 들은 척도 않고 고삐를 잡고 천천히 가는 것이었다. 제독은 화가 단단히 나서 늙은이를 잡아 오라고 했다. 그런데 군교가 추적했으나 소의 걸음이 빠르지도

- **이여송(李如松)** 1549-1598. 임진왜란 때 명나라 원군의 총사령관으로, 1593년 평양성 전투를 승리로 이끌었다. 이 승리로 전쟁의 전세가 바뀌게 되었다. 그는 원래 조선인의 후예로 알려져 있으며, 그의 부친과 형제들도 무공이 높았다.

않은데 따라잡지 못했다. 화가 치민 제독은 자신이 직접 검을 들고 날랜 말을 타고 쫓았다. 소는 분명 멀지 않은 거리에서 앞서가고 있었다. 그런데 말을 아무리 빨리 몰아도 끝내 잡을 수 없었다. 계속 쫓다 보니 산을 넘고 물을 건너가게 되었다. 몇 리를 더 갔을 즈음 한 산골 마을이 나타났다. 검은 소는 어느새 시냇가 수양버들 앞에 매여 있고, 사립문이 닫히지 않은 띳집이 나왔다. 제독은 노인이 이곳에 있을 것 같아 말에서 내려 칼을 들고 들어갔다. 안에 있던 노인이 일어나서 제독을 마루로 안내했다. 뒤이어 제독이 버럭 화를 내며 노인을 꾸짖었다.

"너는 웬 시골 늙은이기에 하늘이 높은 줄 모르고 이리도 당돌한가? 나는 황제의 명을 받들어 백만 대군을 이끌고 와서 네 나라를 구원했느니라. 네가 이를 모를 리가 없을 텐데 감히 내 앞을 범한단 말이냐? 네 죄는 죽어 마땅하도다!"

하지만 노인은 웃으며 대답했다.

"제가 산속에 거처하는 늙은이지만 어찌 존귀한 장군님을 모르겠습니까? 오늘의 이 걸음은 오로지 장군을 누추한 곳으로 모시기 위함이었습니다. 제가 장군께 은밀히 부탁드릴 일이 한 가지 있는데, 말로 전하기 어려워 부득이 이런 꾀를 냈습니다."

궁금해진 제독이 물었다.

"부탁할 게 무슨 일인가? 일단 말해보라."

"이 늙은이에게 불초한 아들 둘이 있습니다. 이놈들은 글을 읽거나 농사짓는 일은 하지 않고 오로지 남의 걸 훔치는 도적질만 일삼고 있지요. 부모의 가르침을 따르지 않고 장유유서도 알지 못하니 화근이라 할 만합니다. 하나 내 힘으로는 이놈들을 제압할 수 없습니다. 듣자 하니 장군께서는 세상을 덮을 기백과 용기가 있다고 하더군요. 해서 장군의 위엄을 빌려 저 패륜아들을 때려잡았으면 합니다."

"그자들은 지금 어디 있는가?"

"후원의 대나무로 엮은 초당에 있습니다."

당장 제독은 칼을 겨눈 채 초당으로 들어갔다. 그곳엔 두 소년이 함께 글을 읽고 있었다. 제독은 그들을 보고 버럭 고함을 지르며 꾸짖었다.

"너희가 이 집안의 패륜아들이냐? 네 아비가 나더러 너희를 제거해 달라고 부탁했느니라. 순순히 내 칼을 받아라!"

말을 마치기가 무섭게 제독은 칼을 휘둘러 그들을 내리쳤다. 하지만 두 소년은 전혀 동요하지 않고 손에 든 서진 막대로 차분히 칼을 받아내는 것이었다. 제독이 아무리 칼을 휘둘러도 끝내 그들을 칠 수 없었다. 한참 대치하다가 소년이 막대로 제독의 칼을 받아치자, 칼은 쨍그랑 소리를 내며 두 토막으로 부러져 땅에 떨어졌다. 제독은 지쳐 숨을 헐떡였고 땀이 몸을 적셨다. 잠시 뒤 노인이 와서 소리쳤다.

"이놈들, 어찌 감히 이리 무례하게 구느냐?"

노인은 두 아들을 혼내면서 물러나 앉으라고 했다. 제독은 노인을 보고 고개를 가로저었다.

"저자들의 힘이 보통이 아니오. 내가 당해낼 수가 없구려. 노인장의 부탁에 부응하지 못해 민망하오."

노인은 씩 웃었다.

"아까 한 말은 장난이었습니다. 저 아이들도 힘깨나 쓰지요. 하나 저들 열 명이라도 이 늙은이를 당해내지 못한답니다. 장군께선 황제의 명을 받들어 우리를 구원하러 오셨고, 저 섬나라 도적 떼를 쓸어버려 우리 조선이 다시 왕업을 다지게 하셨습니다. 장군께서 황제국으로 개선하면 이름이 역사책에 남을 테니 이야말로 대장부의 포부를 제대로 펼치는 게 아니겠습니까? 한데 왜 장군은 그럴 궁리는 하지 않고 도리어 이상한 생각을 품고 계십니까? 이것이 진정 장군께서 바라는 바입니까? 내 오늘 장군께 우리 동방에도 인재가 있다는 걸 알려주려고 이리한 것입니다. 장군께서 만약 개전하지 않고 어리석은 욕심을 고집한다면 나도 가만히 있지 않을 겁니다. 장군의 목숨을 빼앗는 거야 나 혼자라도 충분하니까요. 산에 사는 늙은이의 말이 당돌하오만 장군께선 너그럽게 살펴 용서하기를 바랍니다."

차분하면서도 서릿발 같은 노인의 말을 들은 제독은 고개를 푹 숙인 채 한참 동안 말이 없었다. 이윽고 기가 다 빠진 모습으로 잘 알겠다고 하고는 문을 나갔다. 그리고 다시는 딴생각을 품지 않았다고 한다.

《청구야담》 권8 제9화 〈老翁騎牛犯提督(노옹기우범제독)〉

39화

만병통치약 곽향정기산 처방

구리개에 한 약방이 있었다. 이곳은 도성 안 사통팔달의 교차 길에 위치하여 평소 장사가 잘되는 데다 온갖 약재를 구비하고 있었다. 그러다 보니 이곳은 진귀한 약재를 구하거나 갖은 처방을 하려는 사람들이 수레바퀴 살이 굴대로 모이듯 문전성시를 이루었다.

하루는 해진 옷을 입고 삿갓에 짚신을 신은 어떤 늙은 학구가 불쑥 약방으로 들어왔다. 점포의 구석에 자리 잡고 앉았는데 꽤 느긋해 보였다. 그런데 시간이 한참 흘렀는데도 가질 않자 약방 주인이 이상하다 싶어 물었다.

"어디 사는 분이고 무슨 일로 오셨소? 얘기 좀 해주시오."

학구가 입을 열었다.

"나는 어떤 손님과 여기서 만나기로 했소. 지금껏 기다리는데 오지 않고 있구려. 당신 가게에 죽치고 있으니 미안하여 얼굴이 달아오를 지경이오."

"정말 그러시다면 너무 불편해하지는 마시오."

이윽고 저녁때가 되어 주인은 밥을 내와 학구에게 들라고 했다. 그러나 학구는 뿌리치고 서둘러 문밖으로 나가더니 주머닛돈으로 음식 파는 가게에서 밥을 사서 먹었다. 그리고 다시 약방으로 돌아와 조금 전처럼 물끄러미 앉아 있었다. 이런 일이 이틀 사흘이나 지속되었다. 그러나 만나기로 한 친구는 끝내 나타나지 않았다. 주인은 참 괴상한 일이라며 불만이 컸지만 그렇다고 대놓고 함부로 내쫓지는 못했다.

그러는 사이 한번은 한 상것이 헐레벌떡 약방으로 달려와서 급히 약을 청했다.

"처가 산후병을 앓다가 갑자기 쓰러져서 인사불성이오. 얼른 잘 듣는 처방을 좀 해주시오. 급하오, 급해!"

주인이 정색하며 말했다.

"너희는 무식해서 약을 파는 사람이 의술에 능통한 줄 아는구나. 이렇게 무작정 약을 처방해 달라고 하나 나는 의원이 아니네. 자네 부인이 어떤 증상인 줄 알고 내 맘대로 조제해 주겠나?"

"저희야 약사나 의원이 다른지 모릅니다. 그저 사람 살리게 약 좀 주시오."

이때 옆에 있던 학구가 끼어들며 중얼거렸다.

"곽향정기산• 세 첩만 복용하면 당장 나을 텐데."

주인은 헛웃음을 쳤다.

• **곽향정기산(藿香正氣散)** 복통 및 한중 등을 치료하는 일종의 복합치료제이다. 곽향은 방아풀이라는 약재로, 여기에 생강, 진피 등을 첨가하여 달인 다음 가루로 만든 것이 이 약이다. 현재 한의학에서도 쓰고 있다.

"그건 체증을 없애고 답답함을 푸는 약이오. 산후병에 투약하면 물과 불같이 맞지 않소. 당신은 입에 익은 대로 떠드는구려."

그래도 학구는 이 처방을 고집했다.

"시방 사정이 절박하다니까요! 그 처방이라도 제발 지어줘요."

상것은 이렇게 말하면서 값을 묻고 돈을 내던졌다. 주인은 어쩔 수 없이 저울에 무게를 달아 내주었다.

저녁때가 되자 이번에는 다른 상것이 찾아와 학구를 뵈었다.

"소인은 아무개와 이웃하여 살고 있습니다. 아무개의 처가 출산하고 거의 죽을 지경이었는데 여기서 좋은 약을 써주어 살아났다네요. 분명 용한 의원님이 계신 것 같아 찾아뵈려고요. 소인의 아들이 이제 막 세 살인데 마마를 앓아 지금 위독합니다. 좋은 처방으로 제 아이 좀 살려주세요."

학구는 이렇게 답했다.

"여기에도 곽향정기산 세 첩을 쓰면 좋지!"

약방 주인은 터무니없다며 짜증을 냈다.

"말도 안 되오. 저것들이 약을 써본 경험이 없어서 이 약을 썼다가 효험을 본 모양이오. 그러니 그건 그리 이상하지 않소만, 아직 포대기에 있는 아이에게 이 약을 쓰다니요. 이는 절대 있을 수 없는 일이오. 더구나 증세가 아까와는 완전히 다르지 않소!"

그러나 이번에도 상것은 굳이 지어달라고 했고, 주인은 어쩔 수 없이 또 지어주었다. 그런데 그가 다시 찾아와서는 큰 효험을 봐 아이가 살아났다고 고마워했다. 이때부터 소문을 들은 자들이 약방으로 몰려왔고, 학구는 그때마다 곽향정기산으로 처방해 주었다. 이를 복용한 사람들은 북채와 북이 착착 들어맞는 것처럼 금세 병이 다 나았다.

이렇게 두세 달이 지나도록 학구는 약방을 떠나지 않았다. 기다린다는 손님도 찾아오지 않았다. 그런 어느 날, 한 정승의 자제가 튼실한 나귀를 타고서 약방에 들어섰다. 약방 주인이 툇마루로 내려와 맞았고, 주변에선 물 뿌리고 쓸고 하느라 여념이 없었다. 이렇게 약방 식구들이 모두 분주했으나 학구만은 나무상자 위에 걸터앉은 채 털끝 하나 움직이지 않았다. 정승 자제가 약방 주인을 찾은 이유는 이러했다.

"부친께서 오래도록 병환을 앓아 진지를 거의 못 드시네. 벌써 몇 달째라 피가 돌지 않아 생기가 아예 없으시지. 어제 영남의 한 용하다는 유의(儒醫)를 불러오라 하여 원기를 도울 약을 처방해 달라고 했더니, '오래 묵은 약재로는 기력을 얻기 어려우니 직접 약방에 가셔서 새로 뜯은 약초를 골라 썰어 저울에 재어 쓰면 나을 가망이 있겠군요.' 라고 하지 않겠나. 그래서 이렇게 직접 찾아왔네."

일러준 약방문대로 주인이 약초를 써는 동안 정승의 자제가 소리를 낮춰 물었다.

"저기 궤짝에 앉아 있는 자는 누구인가?"

"요사이에 기이한 일이 있었습죠!"

그러고는 앞서 일어난 상황을 하나하나 들려주었다. 그러자 정승 자제는 옷깃을 가지런히 하고 학구의 앞으로 다가가 부친의 증세와 상태를 일일이 알리고 좋은 처방을 내려달라고 했다. 학구는 아무런 표정 없이 이렇게 말했다.

"곽향정기산이 최고 좋지요!"

정승 자제는 속으로 비웃으며 일어서더니 주인이 내준 약을 받아 돌아갔다. 외출했다가 돌아온 자제는 부친을 뵙고 답답함을 풀어드리려 심심풀이 이야기를 해드렸다. 그러다가 낮의 일이 떠올랐다.

"소자가 한 가지 이상한 일을 겪었습니다."

그러면서 학구가 수상한 처방을 해준 일을 말씀드렸다. 그러자 정승은 이러는 것이었다.

"그자의 처방이 전혀 안 맞는 건 아닐 테니 한번 써보는 게 어떻겠느냐?"

아들은 물론이고 제자와 겸인까지 번갈아 가며 안 된다며 간청했다.

"쇠한 기운이 쌓여 있으신데 어찌 기를 깎아내는 독한 약물을 드시겠다고 하십니까? 결코 분부를 따를 수 없습니다."

정승은 아무 말이 없었다. 이윽고 은 종지에 약을 달여서 올렸다. 이 약은 십전대보탕이 아니라 보중익기탕이었다.

"그냥 자리 옆에 놔두거라. 정신이 들면 마시마."

정승은 이리 말하고 먹지 않았다. 밤이 되자 그 약을 요강에 털어 넣어버렸다. 그러고는 시중드는 이를 시켜 몰래 곽향정기산 세 첩을 지어 오게 했다. 세 첩의 약을 모두 섞은 다음 큰 쇠솥에 달여 세 번에 나눠 마셨다. 다음 날 아침, 정승은 가뿐히 일어났다. 오랫동안 앓던 병이 싹 사라져 정신은 맑고 기운은 편안해졌다. 아들이 기체가 평안하신지 여쭈자 정승이 기쁘게 말했다.

"내 묵은 병이 몸에서 싹 사라졌구나."

"아무 유의야말로 참으로 편작이요 화타•로군요!"

"그게 무슨 말이냐?"

그러면서 정승은 병이 나은 진짜 이유를 알려주고 이런 말을 덧붙였다.

"그 학구가 어느 지방 사람인지는 모르겠다마는 그이야말로 신의니라. 몇 달 앓아온 내 병이 하루아침에 얼음 녹듯 가셨으니 이보다 큰 은혜가 있겠느냐? 너는 얼른 가서 그 사람을 모셔 와 묵을 데를 마련해 주고 성찬도 내주거라. 비단옷도 선물하여 고마운 마음을 전하는 게 좋겠구나."

아들은 부친의 분부대로 약방으로 학구를 찾아갔다. 연신 고맙다고 인사하고 자기 집으로 가자고 했다. 그러나 학구는 옷을 털며 일어섰다.

"내가 성안으로 잘못 들어왔군. 이런 모욕적인 말을 듣게 될 줄이야. 내가 어찌 당신 막객으로 들어가겠소?"

그러고는 뒤도 돌아보지 않고 떠나버렸다. 정승 아들은 어안이 벙벙한 채 집으로 돌아와야 했다. 아들이 학구를 데려오지 못한 사연을 아뢰자 정승은 그가 강직하여 세상에 얽매이지 않는 고상한 선비라는 걸 직감했다.

얼마 뒤 임금의 기체가 평안치 않더니 점점 병이 깊어졌다. 뛰어난 어의들마저도 병의 예후를 가늠하지 못해 온 조정이 애를 태우며 경황이 없었다. 그때 정승은 약원•의 도제조를 겸임하고 있었다. 그는 학구의 처방이 떠올라, 어전에서 진맥하느라 독대할 때 임금께 이 일

• **편작(扁鵲) 화타(華佗)** 모두 전설적인 명의로, 편작은 전국시대 명의이며 본명은 진월인(秦越人)이다. 화타는 한나라 때의 명의로 인체를 투시하여 환자를 치료했다고 알려져 있다.

을 아뢰었다.

"얼마나 도움이 되겠는가마는 해가 될 것도 없겠구나."

이렇게 말한 뒤, 임금은 정기산을 달여 어전으로 올리라고 했다. 역시 다음 날 바로 차도가 있었다. 임금도 기특하다며 그자를 물색하여 찾게 했다. 그러나 끝내 학구의 종적은 알 수 없었다.

《기리총화》 상권 제5화

• **약원(藥院)** 조선시대 궁중의 의약을 담당하던 내의원(內醫院)의 별칭. 약원의 수장이 도제조였다.

40화

신기한 비술을 지닌 재야 선비

곽사한은 관향이 현풍(玄風)으로 망우당•의 후손이다. 그는 젊었을 적에 과거 공부에 열중했다. 그런데 언젠가 이인을 만나 비술을 전해 받고는 천문과 지리, 음양 등의 서적에 능통하게 되었다.

한편, 그는 집이 몹시 가난했다. 부모의 산소가 마을 안에 있었는데, 나무하고 꼴 베는 아이들이 날마다 들어가 훼손하는데도 이를 막지 못할 정도였다. 어느 날 그는 안 되겠다 싶어 산소 아래를 빙 둘러 나무 말뚝을 박고 거기에 이렇게 써두었다.

'누구든 이 말뚝 안으로 들어왔다간 온전히 나가지 못할 것이다.'

이렇게 마을 사람들에게 알려 조심하라고 경고하며 한 발짝도 가까이 오지 못하도록 했다. 하지만 사람들은 다들 비웃었다. 마침 마

• **망우당(忘憂堂)** 곽재우(1552-1617). 자는 계수(季綏), 망우당은 그의 호이다. 임진왜란이 일어나자 경남 의령에서 의병을 일으켜 '홍의장군(紅衣將軍)'이라고 불렸다. 정유재란 때는 경상좌도 방어사로 공을 세웠다.

을에는 고집불통에다 고약한 젊은 사내가 있었다. 그는 부러 곽생의 집안 산소 아래로 가서 땔나무를 하다가 나무막대로 표시한 그 안으로 들어갔다. 그랬더니 하늘이 돌고 땅이 움직이며 바람과 우레가 휘몰아치는 가운데 칼과 창이 빽빽하게 서려 있어 나갈 길이 안 보였다. 그는 정신이 멍해지더니 혼이 나가 땅에 엎어지고 말았다. 그의 어미가 이 소식을 듣고는 급히 달려와 곽생에게 애걸복걸했다. 그러나 곽생은 성을 내며 이렇게 말했다.

"내가 분명히 경고했는데도 따르지 않더니만, 이제 와서 왜 나를 귀찮게 하는 거요? 나는 모르는 일이오."

그 어미는 울며불며 살려달라고 하소연했다. 한 식경이 지나서야 곽생이 직접 가서 살피고는 그자의 손을 끌고 나왔다. 이때부터는 누구도 감히 산소에 접근하지 못했다.

한편, 그의 둘째 숙부가 위중한 병을 앓았다. 의원의 말이 '산삼을 얻어 쓰면 치료할 수 있을 텐데…….'라고 했다며 사촌 동생이 찾아와 애써 부탁했다.

"아버님의 병환이 아주 위독해요. 한데 산삼을 구할 길이 없네요. 형님의 숨은 재주는 제가 평소 알고 있으니 산삼 몇 뿌리만 구해 치료 좀 해주세요."

곽생은 이마를 찌푸렸다.

"이건 매우 어려운 일이야. 하지만 어쩌겠나, 숙부님의 병환이 그러하시다니 힘을 한번 써봐야지."

이윽고 사촌 동생과 함께 뒷산 기슭으로 올라갔다. 한 곳에 당도하니 소나무 그늘 아래 평탄한 지대가 나왔는데 바로 삼밭이었다. 곽생은 그 중에 가장 큰 세 뿌리를 골라 캐주면서 약으로 달여 쓰라고 했다. 그러면서 단단히 일렀다.

"이 일은 절대 입 밖에 내지 말고, 다시 와서 캘 생각도 하지 말게!"

사촌 동생이 급히 돌아가 산삼을 달여 썼더니 과연 효과가 있었다. 사촌 동생은 산삼밭으로 가던 길을 기억해 두었다가 곽생이 없는 틈을 타서 몰래 그곳을 찾아갔다. 그런데 지난번 갔던 곳을 다시는 찾을 수 없었다. 속으로 적이 놀랍고 의아해하며 아쉬운 발걸음을 돌려야 했다. 곽생에게 그 사실을 털어놓았더니 곽생이 웃으며 말했다.

"지난번에 자네와 갔던 곳은 바로 두류산이네. 자네가 어찌 그곳을 다시 갈 수 있겠는가? 이후로는 더 이상 그러지 말게."

곽생이 하루는 집에 있다가 건넛방을 깨끗하게 치우고는 아내에게 당부했다.

"내가 이곳에서 사나흘 간 볼일이 있으니 절대 문을 열거나 몰래 엿보지 말게. 때가 되면 알아서 나올 테니."

그러고는 문을 닫고 좌정했다. 집안사람들은 그의 말을 그대로 따랐다. 그런데 이삼일이 지났을 즈음 아내가 내심 궁금해져 창문 틈으로 몰래 엿보았다. 그랬더니 방 안은 큰 강으로 변해 있었고, 그 강 위로는 단청한 누각이 솟아 있었다. 남편은 이 누각 위에서 거문고를 뜯고 있었고, 학창의를 입은 대여섯 사람이 남편과 마주 앉아 있었다. 거기에 노을빛 하늘거리는 치마를 입은 선녀들이 악기를 연주하는가 하면 춤을 추기도 했다. 이를 본 아내는 기이한 광경에 화들짝 놀랐으나 감히 소리를 내지는 못했다. 때가 되어 문을 열고 나온 곽생이 아내가 엿본 것을 나무랐다.

"다시 이런 짓을 하면 나는 이곳에서 오래 머무를 수 없네!"

한편, 곽생에게는 절친한 지인이 있었다. 그 지인은 곽생에게 만고 명장들의 신령을 한 번이라도 보고 싶다고 했다. 곽생이 웃으며 말했다.

"그거야 어렵지 않네. 다만 자네의 기백이 감당하지 못하면 몸을 상할 수도 있네."

그러자 지인은 괜찮다고 했다.

"한번 뵐 수만 있다면야 죽어도 여한이 없겠네."

곽생이 다시 웃으며 말했다.

"자네의 요청이 정 그렇다면 내가 말하는 대로만 따르게."

"아무렴!"

곽생은 지인더러 자기 허리를 끌어안으라고 하면서 주의를 주었다.

"그저 눈을 감고 있다가 내가 소리치거든 그때 눈을 뜨게."

지인은 곽생이 말한 대로 했다. 그러자 어느덧 두 귀에 바람 소리와 우렛소리만이 들렸다. 이윽고 눈을 뜨라 하여 주위를 살펴보니, 자신이 높은 봉우리 꼭대기 위에 앉아 있는 것이었다. 지인은 멍해져서 여기가 어디냐고 물었더니 바로 가야산이라고 했다. 얼마 뒤 곽생은 의관을 정제하고 경건히 앉아 향을 살랐다. 그리고 뭔가를 지휘하는 시늉으로 누군가를 부르는 것 같았다. 곧 돌개바람이 세차게 불며 셀 수 없이 많은 신장(神將)이 허공에서 내려왔다. 모두 춘추전국과 진나라와 한나라, 당나라와 송나라의 명장들이었다. 저들의 위풍은 늠름하고 모습은 당당했다. 모두 갑옷을 입었거나 칼을 찬 채 좌우로 쭉 늘어서 있었다. 지인은 정신이 혼미하여 곽생의 옆에 납작 엎드릴 뿐이었다. 곽생이 저들더러 물러가라 하고 돌아보니 지인은 벌써 혼절한 상태였다. 지인이 정신을 차리고 나자 곽생이 말했다.

"내가 아까 얘기하지 않았나. 자네는 기백이 이 정도밖에 안 되면서 함부로 나에게 그런 요청을 하다니……. 보나 마나 병을 얻게 될 것이니, 참으로 안타까운 일일세."

곽생은 올 때처럼 자기 허리를 끌어안게 하고는 집으로 돌아왔다. 그 뒤 지인은 경계증•을 앓다가 얼마 안 있어 죽고 말았다.

이처럼 곽생이 신비한 비술을 남에게 보인 적이 많았다. 그는 80세가 넘어서도 젊은이처럼 건강하다가 어느 날 아무 병 없이 죽었다고 한다. 영남에는 그의 친지들이 많이 살고 있다. 그들 말로는 곽생이 죽은 지 수십 년밖에 안 되었다고 한다.

《청구야담》 권7 제22화 〈招神將郭生施術(초신장곽생시술)〉

• **경계증(驚悸症)** 어떤 큰일을 겪어 놀라거나 이유 없이 불안해하는 증상으로, 심하면 의식을 잃게 된다. 오늘날 공황장애 또는 외상 후 스트레스 장애와 유사하다.

은자들의 비범한 능력

이번에는 비범한 능력을 지녔으되 세상에 그 존재를 드러내지 않은 인물들의 이야기다. 예로부터 은자는 세속의 사대부가 염원하던 이상적인 삶이었다. 사실 사대부라는 용어 속엔 은자의 의미도 들어 있다. 아직 벼슬길에 들지 않은 채 학문을 익히고 있거나 벼슬길에서 물러 나와 은자적 삶을 사는 상태가 사(士)이며, 벼슬길에 나아간 상태를 대부(大夫)라 불렀다. 그러니 사계층은 두 가지 삶의 방식을 순환하는 주체였다.

한편, 은자의 전형은 〈귀거래사〉로 유명한 위진남북조시대(일명 육조시대)의 도연명이었다. 그는 벼슬을 그만두고(엄밀히 말해 해임됨) 고향으로 돌아가 유유자적한 삶을 살았다. 전원으로 돌아가는 심정을 읊은 작품이 바로 〈귀거래사〉이다. 이런 그의 생애와 문학은 후대 은자의 표본이 되었다. 그런데 언제부턴가 은자도 등급을 나누기 시작했다. 먼저 세속의 욕망을 끊고 산수 자연으로 돌아간 이를 산은(山隱) 또는 야은(野隱)이라 했다. 그리고 낮은 벼슬자리에 있으면서도 유유자적한 삶을 누리는 이를 이은(吏隱)이라 했으며, 사람들이 많이 모이는 도회지에 살면서도 세상의 시시비비에서 자유로운 영혼을 시은(市隱)이라 했다. 실천 난이도에 따라서 '산은-이은-시은'의 순서로 경지가 높다고 쳤다. 요컨대, '시은'이 가장 실천하기 어려운 은자적 삶이라고 본 것이다.

하지만 이것도 따지고 보면 권력의 유혹을 쉽게 떨쳐버릴 수 없었던 사대부들 내부에서 만들어낸 층위였다. 이를테면 '도회지나 관아에 있으면서도 은자의 삶을 누릴 수는 없을까' 하는 고민의 산물이라는 뜻이다. 아무튼 어느 층위이든 실제 삶에서 이를 구현하기란 결코 쉬운 일이 아니었다. 그런데 검은 소를 탄 노인이나 구리개 약방에 나타난 늙은 학구나 신기한 비술을 지닌 곽사한 모두 이런 전통적인 은자의 모습과 좀 다르다.

38화는 임진왜란 직후의 평양을 배경으로 한 이야기다. 이여송이 평양성 전투에서 승리한 이후에도 계속 그곳에 머물면서 딴마음을 품은 게 서사의 발단이다. 이여송 하면 7세기 한반도의 삼국통일에 일조했던 당나라 설인귀와 함께 중국 장수로서 우리 역사에 계속 소환되는 이름이다. 더구나 이여송은 지금의 요동 지역 출신인 데다 조상이 조선인으로 알려져 있다. 그 윗대가 한반도 북쪽에 살다가 중국 권역으로 이주한 것으로 판단된다. 조선인 후예가 조선 원정의 명군 대장으로 임진왜란과 정유재란에 참전했으니 인연치고는 묘하다. 이 때문인지 그에 대한 조선 쪽의 기억은 두 가지로 나뉜다. 즉 조선을 다시 일으켜 세운 명장으로 추앙하는가 하면, 조선에 야욕을 가진 명나라 장수로 보기도 했다.

이 이야기는 이여송을 후자 쪽 인물로 설정했다. 이는 검은 소를 탄 노인이 그를 엄중히 꾸짖는 장면에서 확인된다. '장군께서 황제국으로 개선하면 이름이 역사책에 남을 테니, 이야말로 대장부의 포부를 제대로 펼치는 게 아니겠습니까', '이럴 궁리는 하지 않고 도리어 이상한 생각을 품는단 말입니까', '이건 우리가 장군에게 바라는 바가 아닙니다' 같은 언급을 보면 그렇다. 그렇다면 조선에 딴마음을 품은 대국의 장수를 굴복시킨 이 노인의 정체는 뭘까? 노인은 이여송에게 '동방에도 인재가 있다는 걸 알려주기 위해서' 나섰다고 밝히고 있다. 노인은 소를 타고 느릿느릿 가는데, 아무리 날래고 빠른 말로도 노인을 추격할 수 없었다. 아마도 축지법을 쓰고 있는 듯하다. 하지만 자신을 '산속에 사는 늙은이'라고만 밝히고 있어 그 정체가 모호하다. 또한 사대부로서의 은자의 모습과도 거리가 멀다. 재야에 숨은 고수라고 할밖에…….

39화는 앞서 다른 이야기에서 봐왔던 도성 안 구리개 약방이 배경이다. 사람들로 붐비는 이 약방에 어느 날 한 늙은 학구가 나타나 죽치게 된다. 벗을 여기서 만나기로 했다는 그의 발화는 아마도 핑계인 듯하다. 대신 그는 약방에 찾아오는 손님들과 약방 주인 사이의 실랑이에 계속 끼어든다. 처음은 산후병으로 위독한 처방에, 다음은 어린 아이의 마마에, 마지막으로 정승의 숙환에 학구는 곽향정기산 처방을 내놓는다. 그런데 약방 주인의 말마따나 증상이 아주 다른 데도 사람들은 바로 효험을 본다. 이게 도대체 무슨 상황인가?

조선 후기로 오면 한의학에서 치료 방법을 두고 논란이 있었다. 즉 몸의 열을 빼서 치료하느냐, 아니면 몸에 열을 보충하여 치료하느냐 하는 논란이다. 이는 요즘으로 치면 하나의 증상에 침을 놓는 게 좋으냐, 아니면 뜸을 뜨는 게 효과적이냐 하는 것과도 비슷하다. 그런데 곽향정기산은 한증 등을 치료하는 약재로 알려져 있다. 하지만 이 이야기에서는 '기를 깎아내리는 독한 약재'라고 했다. 몸에서 독소를 빼내는 약재로 사용되고 있었음을 짐작할 수 있다. 그렇다면 산후병이나 천연두 같은 증세에는 혹 맞을 수도 있을 것 같으나, 정승의 숙환에는 아무래도 맞지 않을 성싶다. 그런데도 정승은 다음 날 바로 차도가 있었다. 그러니 이해할 수 없다는 주변 반응 또한 당연해 보인다.

문제는 이뿐만이 아니었다. 이번에는 어의들도 손을 놓은 임금의 증상 불명의 병까지 이 곽향정기산으로 단번에 치료했다. 이로써 이 약재는 일약 만병통치약이 되었다. 그리고 이 처방이 계속 들어맞자 학구의 존재가 점점 이목을 끌기 시작했다. '소문을 들은 사람들이 약방으로 몰려왔고, 곽향정기산으로 모든 병이 다 나았다.' 하지만 정승이 그를 집으로 초청하려 했을 때 그는 비로소 이인으로서의 면모를 드러낸다. 그러고서 '내가 성안으로 잘못 들어왔다'며 마치 속세는 자기의 세계가 아니라는 듯이 종적을 감춰버린다. 그렇다면 정승의 표현대로 그는 신의(神醫)로서 잠시 시정 세계에 나타난 시은 같은 존재였을까?

40화는 술사의 이야기다. 술사는 신선이나 도사와 구별되는바 그 위치가 좀 애매한 부류였다. 그렇기에 술사에 대한 시선도 긍부정으로 엇갈린다. 우리가 잘 알고 있는 전우치 같은 이는 부정적인 시선이 강하다. 그런데 여기 현풍 곽사한은 그 시선이 딱히 어느 쪽으로 갈린다 보기 어렵다. 그는 임진왜란 때 홍의장군으로 활약했던 곽재우의 후손이라 했다. 그런데 곽재우는 전란에서 공을 세웠음에도 불구하고 정가에서는 선가의 학풍을 좇았다고 하여 불가에 심취한 허균과 함께 비판받았던 인물이다. 그런 곽재우의 후손이라니, 곽사한도 세상에 쉽게 용납될 성싶지 않다. 더구나 그는 유업을 일삼다가 이쪽으로 빠진 인물이다. 그러니 그는 아무래도 세상 밖으로 나올 수 없었던 모양이다. 그가 소유한 비술이 그를 은자로 가둔 요건이 되었으니, 한편으로는 얄궂은 일이다.

이런 면모는 집안 산소를 훼손하는 고약한 사내를 혼절시킨 사례에서 잘 드러난다. 제갈량이 썼다고 하는 팔진법(八陣法)으로 진을 친 모습은 마치 자기 권역에 남들이 들어오지 못하도록 스스로 세상과의 경계를 만들어놓은 것처럼 보인다. 이 외에도 숙부의 중병을 치료하기 위해 지리산의 삼밭을 옮겨놓거나, 건넛방을 치우고 들어가 신선 세계를 펼쳐 보이거나, 눈 깜짝할 사이에 가야산으로 안내하여 만고 명장들의 신령을 구경시켜 주는 장면 등은 그의 능력을 잘 보여준다. 하지만 이런 능력을 보여주기만 할 뿐 앞의 학구처럼 사회적 의미를 지니지는 않는다.

다만 그가 구현한 장면들은 매우 신비롭다. 요즘 IT 시대의 새로운 기술로 메타버스가 인기다. 곽사한의 능력으로 보여주는 세계는 당시에도 가상현실이었다. 더구나 곽사한의 비술을 구경하던 지인이 경계증을 앓았다고 하니, 이 또한 지금 우리가 가상현실을 체험하고 나면 겪을 법한 일이기도 하다. 옛날 사람들이 꿈꾸거나 상상했던 일들을 지금 우리는 가상현실로 체험하고 있다. 그러고 보면 상상과 현실의 거리는 과연 얼마나 될까 궁금해진다. '상상하라, 그러면 현실이 된다'는 말도 있지 않은가! 이런 점은 과거나 현재나 별 차이가 없는 것 같다.

5부

풍류와 풍자

9장

기예와 풍류

41화

입담꾼 김인복의 현란한 솜씨

김인복이란 자는 말주변이 좋고 우스갯소리를 잘했다. 그가 젊었을 때 길에서 먼 지방 출신의 서생을 만난 적이 있었다. 이 서생은 수정 갓끈을 달고 있었다. 그런데 갓끈이 너무 짧아 턱과 목을 조르듯 달려 있어 이만저만 우스운 꼴이 아니었다. 인복은 말을 멈추고 채찍을 든 채로 그에게 눈인사하고 말을 걸었다.

"멋있구려! 그대의 갓끈은 세상에서 보기 드문 보물 같소. 내 전 재산을 다 주고라도 사고 싶군요."

그러자 서생이 물었다.

"당신 집은 어디에 있소?"

"우리 집은 숭례문 밖 청파리(靑坡里)에 있소. 그대가 내일 동이 틀 무렵 배다리• 위에서 나를 찾는다며 '김인복의 집이 어디에 있소?' 하고 물으면 지나는 사람 누구라도 다 알 거요."

이리하여 둘은 다음 날 만나기로 약속하고 헤어졌다. 이튿날 아침,

인복이 아직 잠에서 깨기도 전에 서생은 벌써 문 앞에 와 있었다. 인복은 방에서 나와 대문 앞 텃밭머리에 멍석을 펴고 그더러 앉으라고 했다. 그러더니 자기 집 자랑을 한참 늘어놓았다.

"우리 집 논은 동쪽 성문인 흥인문 밖에 있소. 이 논은 한 말을 파종하면 가을걷이로 벼 세 가마니를 거두는 좋은 땅이오. 또 우리 집에는 불깐 황소 두 마리가 있는데 얼마나 큰지 쌍봉낙타만 하다오. 바야흐로 춘삼월이 되어 땅기운이 풀리고 샘물이 졸졸 흐르기 시작하면 날이 예리한 쟁기를 황소에 메어 밭을 갈고 흙덩이를 깨부순 다음 밭에 물을 대지요. 올벼 열다섯 말을 심는 논밭만 해도 수십 곳이라오. 칠팔월 추수할 때가 되어 논밭 가득 황금물결이 일렁이면 초승달 모양의 낫을 들고 벼 베기를 하지요. 이를 탈곡하여 방아로 찧어 까부르면 옥 같은 하얀 쌀이 수없이 떨어진다오. 불을 때 밥을 지으면 윤기가 좔좔 흐르고 맛은 혀에 감긴다오.

지금 그대가 앉아 있는 텃밭만 하더라도 땅이 기름지고 영양분이 많아 상추 심기에 안성맞춤이라오. 3월에서 4월로 넘어갈 즈음 갈이를 하고 분뇨로 거름을 주고 나면 비와 이슬을 맞은 이파리는 어느새 파초처럼 커진다오. 부드럽고 연한 잎을 골라 따서 붉은 소반에 올려놓으면 파릇한 색감이 일품이지요. 봄볕이 따뜻해질 때면 쭉 줄지어 선 항아리에 담은 장은 꿀같이 달고 말의 피처럼 붉다오. 인천과 안산 바다에서 그물로 잡은 밴댕이를 시장에서 사다가 굽고서 기름장

• **배다리[선교(船橋)]** 지금의 용산구 청파동(현 갈월동) 쌍굴다리에 놓여 있던 다리로, 남대문을 나와 한강으로 가는 길목이었다. 지금은 이곳이 복개되어 다리가 사라졌다. 참고로 나무 널판으로 만든 다리를 '배다리'라 했기에 전국에 이런 다리가 많았다.

을 바르면 그 향기가 코를 찌르지요. 그러면 손바닥에 상춧잎을 올려 놓고 올벼로 지은 밥을 숟가락으로 뜬 다음 달짝지근한 된장을 얹고 거기에 잘 구운 밴댕이를 올려놓는다오. 그러면 부산포에서 왜놈이 물건을 싸고 묶듯이 상추쌈을 하고, 혜음령•에서 장사꾼이 짐바리를 들어 올리듯 두 손으로 쌈을 들며, 먹을 땐 종각에서 파루 종이 울린 뒤 숭례문 빗장이 열리듯이 입술이 째질 만큼 입을 쫙 벌려야 하오.

이러자면 당신 갓끈은 너무 짧지 않겠소? 끈이라도 끊어져 수정 구슬이 땅에 쏟아지면, 우리 집에 함경도산 가는 베와 전라도와 충청도에서 편 솜과 평안도의 고운 명주에다 중국 남경산 비단과 요동산 모피가 일곱 칸 다락에 줄줄이 늘어져 있다고 한들 내가 살 수 없지 않겠소?"

서생은 이 말을 듣더니, 턱이 빠지고 침이 흐르는 줄도 모른 채 도망치듯 떠났다.

또 이런 일화도 있었다. 인복이 담비 가죽 이엄•을 쓰고 저잣거리를 지나다가 사헌부의 감찰 사령과 마주쳤다. 사령은 인복의 옷자락을 붙잡아 가게에 묶어놓고 관아에 보고하려 했다. 그러나 인복은 사령의 팔을 뿌리치고 주먹을 휘두르며 외쳤다.

"내가 너를 죽이고 말겠다!"

- **혜음령(惠陰嶺)** 경기도 고양시 고양동과 파주시 광탄면을 잇는 고갯길로, 조선시대에 한양과 의주 사이를 오가는 길이었다. 이곳에 관료나 장사꾼이 묵는 숙소인 혜음원이 있었다.
- **이엄(耳掩)** 방한을 위해 귀를 포함해 머리를 감싸는 모자 형태의 방한구. 흔히 '귀마개'로 불리나 지금의 귀마개와는 달랐다.

사령도 맞받아쳤다.

"나는 사헌부의 금란사령•이니라. 네가 나를 죽이고 어디를 갈 수 있다고?"

이에 인복은 일장 연설을 쏟아냈다.

"나는 너희 사헌부의 숱한 감찰들을 개가죽처럼 하찮게 보지. 지평 둘에 장령 둘, 집의 하나와 대사헌• 하나가 모두 우리 집안의 조카들이다. 심지어 개국공신들과 정사공신들도 다 우리 집안의 훈척들이지. 내가 지금 주먹을 휘둘러 네 머리통이 박살나서 길에 엎어져 죽게 됐다고 치자. 그러면 네 집안 무리가 나를 고소해서 가두어 두겠지. 그다음엔 이렇게 될 거야. 도성 안에 쫙 깔린 내 벗들과 친척들이 술병과 음식을 가지고 와서 갇혀 있는 나를 위로할 거다. 그러면 나는 취한 채 감옥 안에 드러누워 우레와 같이 코를 골면서 자고 있을 거고, 해당 관청에서 법문을 살펴 어떻게 조처할지 의논하겠지. 한데 나는 훈신의 적장손이니 법률에 따라서 사형이 감형되어 멀리 삼수갑산으로 귀양을 가겠지. 그러면 경성의 벗들이 기생과 악공을 데리고 와서 나를 동교•에서 전별할 거야. 나는 듯한 역마를 타고 귀양지에 도착하면 거기서는 어쩌겠나? 오랑캐 지역에서 난 담비 이불을 덮고 잣죽에 백두산사슴 육포와 압록강 물고기 회를 먹으며 지내

- **금란사령(禁亂使令)** 각종 불법행위를 적발하고 단속하던 아전으로, 주로 의금부와 사헌부에 소속되어 있었다.
- 모두 사헌부 소속 관직들이다. 지평은 5품직, 장령은 4품직, 집의는 3품직이다. 대사헌은 사헌부 수장으로 2품직이다. 참고로 감찰은 6품직이다.
- **동교(東郊)** 도성의 동대문 밖 교외로, 동대문 근교와 뚝섬 일대까지를 아우른다.

겠지. 그러다가 왕세자가 탄생하는 등 나라에 큰 경사가 생기면 팔도 안 옥에 갇혔거나 유배 간 이들에게 대사면이 내리겠지. 사면의 조칙이 온 사방에 들끓으면 나는 풀려나 돌아오겠지. 귀로에 다시 동교에 이르러 길가에 늘어선 무덤을 보고 물어보면 '사헌부 아무개 사령이 아무개한테 피살되어 여기에 묻힌 거지.'라고 알려주겠지. 그렇다면 너는 죽고 나는 살아 있는 게 실감나겠지. 자, 누가 이득이고 누가 손해겠느냐?"

듣고 난 사령은 박장대소했다.

"그래, 관아에 고하지 않겠네. 지금 한 얘기를 다시 한번 들려주시게."

《어우야담》 권4 제72화

현실을 비웃는 골계

이야기 속 김인복은 재담꾼이다. 옛날에는 이런 분야에 일가를 이룬 사람을 '골계가(滑稽家)'라고 했다. 골계는 해학을 곁들인 우스갯소리를 말한다. 역사서이자 문학사의 전범으로 평가받은 사마천의 《사기(史記)》에 〈골계열전(滑稽列傳)〉이 있다. 이 열전에는 삼천갑자를 살아 '삼천갑자동방삭'으로 불리는 동방삭(東方朔)이 나온다. 그는 한나라 황제를 가까이서 보필하며 여러 가지 재미난 일화를 남겼다. 사마천은 이런 그의 해학 넘치는 달변을 높이 평가했는데, 풍간(諷諫)의 기능을 했다고 보았기 때문이다. 풍간은 '완곡한 표현으로 남의 잘못을 바로잡는다'는 의미다. 동방삭의 골계가 마냥 우스갯소리가 아니라 에둘러 황제와 그 주변의 문제들을 해결하는 자정 기능을 했다는 것이다. 그러니 골계가는 사람들에게 웃음을 선사하면서도 정치와 사회를 환기하는 역할을 담당했다.

그러나 후대로 오면서 골계가는 정치와는 점점 멀어졌고, 일상과 그 주변으로 무대를 옮김으로써 점차 재담꾼으로 바뀌어갔다. 이리하여 조선시대에는 동방삭 같은 골계가가 더 이상 나오지 않았으나, 재담꾼들은 그 언저리에서 해학으로 인간사의 결함이나 난점을 꼬집거나 비틀었다. 김인복은 이런 조선시대 재담꾼의 첫 페이지를 장식한 인물이다.

그렇긴 하나 김인복은 알려진 인물이 아니다. 다만 후대 문헌에 가끔 조선의 달변가로 언급되고 있는 만큼, 조선 중기에 이쪽으로 유명하기는 했던 모양이다. 이런 그가 시골 출신의 서생과 사헌부 감찰을 압도하는 언변은 가관이다. 이 두 대상자는 출신과 처지가 극과 극이다. 한쪽은 서울 물정을 전혀 모르는 촌뜨기고, 한쪽은 도성 안에서 형벌을 집행하는 서슬 퍼런 관리다. 그러다 보니 양자를 대하는 김인복의 말투부터 다르다.

먼저 시골 서생은 한양길에 나름 멋을 내려는 취지였는지 아니면 벼슬이라도 얻어볼 참으로 꾸민 것인지 알 수 없으나, 수정으로 장식한 끈이 달린 갓을 썼다. 그런데 이 끈이 짧아 턱과 목을 조르는 지경이다. 김인복은 이 우습기 짝이 없는 꼴을 놀리기 위해 한양에서 먹는 상추쌈 얘기를 한다. 상추쌈에 들어가는 재료를 소개하는 대목부터 흥미진진한데, 쌈을 먹는 과정 또한 점입가경이다. 그러다가 쌈을 입에 넣을 때 '종각에서 파루 종이 울린 뒤 숭례문 빗장이 열리듯이 입술이 째질 만큼 입을 쫙 벌려야 한다'는 대목에서는 듣고 있던 촌뜨기의 갓끈이 금방이라도 뜯어져 수정 구슬이 쏟아질 것 같다. 이렇게 놀리는 그의 어투가 민망할 정도이지만 그래도 마지막에는 인정으로 접근했다.

그러나 마음에 들지 않는다고 걸핏하면 잡아가려는 사헌부 관리를 대하는 그의 방식은 사뭇 다르다. 말투도 놀리는 투에서 위협하는 투로 확 바뀐다. 자기 집안의 위세를 총동원하는가 하면, 잘못 건드렸다간 큰코다칠 거라며 겁까지 준다. 그런데 그가 이용한 '주변의 힘'은 우리에게도 퍽 익숙해 보인다. 잊을 만하면 회자되는 유전무죄 무전유죄! 딱 그 꼴이다. 문제는 실제 그가 이런 재력과 권력을 가지고 있을 리 만무하다는 점이다. 상대방을 제압하기 위한 설정인데, 아무리 설정이라지만 면전에서 이런 능변을 당하고 보면 절로 위축될 법하다. 더구나 그 내용이 제법 상세하다. 살인죄를 저질러도 한번 유배를 갔다가 풀려나면 그만이라는 점은 한편으로 시사적이다. 이는 분명 어떤 권력자나 벌열 가문이 저지르는 위법적인 행태일 텐데, 김인복은 이를 에둘러 비판하고 있다. 그러니 사헌부 관리와의 대화는, 걸핏하면 죄로 얽어매려는 관리들의 문제뿐 아니라 법 위에 군림하는 상층 지배집단의 행태도 도마 위에 올리는 성과를 거두었다.

42화

북경에서 유명한 정선의 그림

겸재 정선•은 그림을 잘 그렸는데 산수화에 더욱 뛰어났다. 세상 사람들은 그의 그림을 두고 '300년 이래 회화의 명품'이라고 일컬었다. 그러니 그의 그림을 얻고자 하는 이가 셀 수 없을 정도였다. 그래도 그는 요구하는 족족 들어주느라 한시도 쉬지 않고 그림을 그렸다. 그런 그가 그림에 대해 남긴 말들도 명언이었다.

"산수를 그리는 데는 격이 있는 법이다. 쫙 펼쳐 큰 그림을 그릴 때는 남은 여백이 없게 해야 하고, 축소하여 작은 그림을 그리더라도 마냥 작게 해서만은 안 된다. 산수 자연을 관찰하는 데도 법식이 있다. 자연에 동화된 마음으로 그리면 평가가 높아지고, 교만 떨며 화

• **겸재(謙齋) 정선(鄭敾)** 1676-1759. 자는 원백(元伯), 겸재는 그의 호이며, 본관은 광주이다. 원래 그는 양반가 출신이며, 음직으로 현감과 첨정 등 내외의 한직을 지냈다. 조선 후기 대표적인 서화가이며 독자적인 화풍인 진경산수화를 개척했다. 주요 작품으로 〈금강전도(金剛全圖)〉와 〈경교명승첩(京郊名勝帖)〉 등이 있다.

려하기만을 추구하는 안목으로 그리면 평가가 낮아진다."

또 이런 말도 했다.

"봄 산은 곱고 아리따워 웃는 듯하고, 여름 산은 푸르고 푸르러 물방울이 떨어질 듯하고, 가을 산은 맑고 깨끗해 곱게 꾸민 듯하고, 겨울 산은 쓸쓸하고 암담하니 잠자는 듯하다. 사계절 모두가 화가의 묘수이니, 《임천고치》•에 그 묘처가 잘 나와 있다."

한번은 어떤 사람이 명화라고 자랑하는 그림이 있었다. 겸재가 이 그림을 보고 이런 평을 했다.

"이 그림은 잘 그린 것은 맞지만 자연스러운 멋은 적다. 이래 보면 어떨까. 먼저 무너진 담장 귀퉁이를 물색한 다음 거기에 회화용 흰 비단 폭을 펼쳐놓고 아침저녁으로 관찰한다. 그러면 무너진 담장 위로 높거나 평탄하고 굴곡지고 꺾인 산수 자연의 기세가 펼쳐질 것이다. 여기에 정신을 집중하고 생각을 모아보면, 새가 날고 짐승이 뛰고 풀이 하늘거리고 나무가 흔들리는 황홀한 형상이 눈에 그려진다. 바로 이때 마음 가는 대로 붓을 들어 그리면 자연의 경치가 있는 그대로의 모습으로 화폭에 옮겨지는 법이다. 이는 하늘의 조화라서 인위적인 것과는 구별된다. 이것이 살아 숨 쉬는 필치이다."

그러면서 〈산수가(山水歌)〉를 지어 그림을 자랑하던 이에게 주었다.

산은 높고 가파르며 물은 깊고 맑으니　　　山崢嶸水泓澄

• **《임천고치(林泉高致)》** 송나라 때 산수화의 대가이자 서화 이론가였던 곽희(郭熙, 960-1027)가 산수화의 의경을 설파한 저작이다. 산수에 대한 의경을 진실한 묘사를 통해 그려내야 격이 높은 그림이 된다는 내용으로, 후대 진경산수화의 모범이 되었다.

붓 하나로 아스라한 풍경 그리네 漫漫汗汗一筆耕
풀 한 포기 나무 한 그루에도 신명 깃들어 一草一木棲神明
빈 하늘에 뭔가 있나 싶더니 저들 소리네 忽如空中有物 物中有聲
먼 길 떠나 고향 그리는 나그네 復如遠道望鄉客
꿈엔 고향 산천 눈앞이나 가보질 못하네 夢繞山川身不行

이 노래가 일시에 전해져 많이 불렸다.

당시 어느 정승이 있었다. 그는 그림에 너무 빠져 기회만 되면 말을 보내 겸재를 초청하여 부지런히 접대했다. 간혹 붙잡아 두고 함께 잠을 자는 등 스스럼없이 가까이 지냈다. 그러다가 그가 그림을 그려달라고 청하면 겸재도 심혈을 기울여 그려주었다. 그래서 그에게 준 그림들은 폭마다 명품이었다. 이렇게 얻은 그림이 50폭은 되었다. 정승은 이 진품을 열 겹 이상 단단히 싸서 숨겨두고 남에게 보여준 적이 없었다.

하루는 겸재가 정승 댁에 들렀더니 정승은 서책을 포쇄하고 있었다. 시렁에 책들이 가득 차서 역대 여느 장서가에도 뒤지지 않을 정도였다. 그것도 대부분 중국에서 막 인쇄된 것들이었다. 겸재가 물었다.

"쌓아두신 책들이 대체 얼마나 됩니까?"

정승은 웃으면서 대답했다.

"3천 권은 될 걸세. 이걸 내가 어찌 다 마련했겠는가? 다 자네가 그림을 그려준 덕이라네."

겸재는 깜짝 놀랐다.

"이 무슨 말씀이십니까? 제가 언제 책 한 권이라도 드린 적이 있습니까?"

정승이 그림 덕이라 말한 취지는 이런 것이었다.

"자네의 훌륭한 그림 덕분에 구입한 것들이니 자네가 준 거나 다름없다는 걸세. 전에 내가 이런 소문을 들었지. 북경의 화랑 가게 사람들이 조선의 겸재 그림을 진품이자 값비싼 보물로 쳐서, 조각 종이에 그린 작은 그림이라도 비싸게 주고 산다고 말이네. 해서 사행을 갈 때면 자네 그림 몇 장을 가지고 갔지. 이 그림으로 몇 질의 책을 사곤 했다네. 이게 쌓이고 쌓이다 보니 저리 책이 많아진 것일세."

또 이런 일도 있었다. 이웃에 사는 역관 집의 어린 여종이 안주인의 비단 치마를 전당 잡히려고 겸재의 집에 가져다 놓은 일이 있었다. 그런데 겸재 집에서 이 치마를 들춰보며 입어보던 중에 잘못하여 육즙이 묻어 더럽혀지고 말았다. 집안 여자들은 걱정이 태산이었다. 이를 들은 겸재가 치마를 가져오라고 하여 살펴보니 육즙이 묻은 부분이 꽤 넓었다. 이에 주름진 부분은 오려내고 더럽혀진 부분은 씻어낸 다음 사랑채에 보관하라고 했다. 그리고 어느 바람 부는 맑은 날이었다. 창밖이 훤한 한낮인 데도 주변은 조용했다. 갑자기 겸재는 그림 흥취가 일어 채색 벼루를 열고 먹을 갈았다. 그런 다음 그 비단 치마를 펼쳐놓고 이 중 여섯 폭에 소상팔경도• 화면으로 금강산을 크게 그렸다. 묘사가 섬세하여 빛이 감돌았으며, 정교한 채색이 전면을 물들였다. 비록 정성을 들여 열흘 동안 강줄기 하나를 그리고, 닷새

• **소상팔경도(瀟湘八景圖)** 중국 동정호 주변의 여덟 가지 경치를 그린 그림으로, 산수 그림 가운데 가장 아름다운 구도를 보여준다. 우리나라에도 전해져서 화가와 문인들은 이 그림을 산수화의 전형으로 애호했다.

동안 돌 하나를 그리는 정밀한 그림도 이보다 낫진 못할 듯했다. 치마의 남은 두 폭에는 묘향산을 그려 넣었다. 이 그림도 세밀하고 눈이 부셨으며, 온갖 자태가 다 묻어났다. 참으로 입신의 경지요 세상에 없는 진품이었다.

얼마 뒤 역관 집 주인이 비단 치마를 찾으러 왔다. 겸재는 저간의 사정을 얘기해 주었다.

"내가 마침 그림을 그리고 싶은 생각이 마구 일었는데, 좋은 천이 없어서 아쉬워하던 차에 안채의 옷상자 속에 있는 치마폭을 발견했지 뭐요. 아내에게 묻지도 않고 몰래 붓을 잡고 먹물을 뿌려 일만 이천 봉우리를 그리고 말았소. 다 그리고 났더니 이 치마가 당신네 집 비단 치마라고 하지 않겠소. 부끄럽고 민망하여 얼굴을 못 들겠소."

찾으러 온 사람도 겸재의 그림 실력을 알았기에 언제 한번 뵙기를 바라던 참이었다. 그러니 겸재의 이 말을 듣자 오히려 너무 좋아하며 고맙다고 하고서 치마를 가지고 돌아갔다. 얼마 뒤에는 진수성찬까지 한 상 가득 차려 와 겸재에게 올렸다. 역관 집에서는 이 금강산 그림을 대대로 전할 가보로 간직했다. 그리고 다른 치마폭에 그린 묘향산 그림은 북경에 들어가는 인편에 보내 그곳 화랑에서 가격을 흥정해 보았다. 마침 그 화랑에는 청성산•에서 온 승려가 있었다. 승려는 이 그림을 보고는 입이 닳도록 감탄하며 세상에 없는 보물이라고 했다.

"지금 내가 있는 절에 불전이 새로 지어졌소. 그래서 좋은 그림을

• **청성산(青城山)** 중국 사천성 성도(成都)의 서편에 있는 산으로, 중국 북방 도교의 발상지다.

걸어 불전을 화려하게 장식하려던 중이었지. 그러니 백금 100냥으로 이 그림을 샀으면 하오."

그림을 가져갔던 사람이 흥정을 끝내고 매매가 성사될 참이었다. 그런데 남경(南京) 출신의 한 문사가 이곳을 다니러 왔다가 이 그림을 보고는 바로 흥정에 끼어들었다.

"스무 냥을 더 얹어 드릴 테니 나에게 넘기시오."

승려가 잔뜩 화를 내며 따졌다.

"내가 값을 흥정하여 이미 사기로 결정되었는데, 어찌 선비께서 이끗을 좇아 이처럼 상도덕을 망각하는 거요? 그렇다면 나는 거기에 서른 냥을 더 얹겠소."

그렇게 하여 150냥을 주고 이 그림을 차지했다. 그런데 승려는 느닷없이 그림을 불길 속에 던져버렸다.

"야박한 세태가 이 지경이라니! 나까지 탐욕을 부렸다간 같은 종자로 취급받겠군. 그럼 어떻게 저 사람을 탓하겠어?"

그러더니 바로 옷을 털고 가버렸다.

또 이런 일화도 있다. 평소 친분이 있었던 어느 역관이 좋은 부채 하나를 가지고 와서 겸재에게 요청했다.

"조만간 북경에 가게 되었소. 잠깐 시간을 내 이 부채에 그림을 그려주시오. 떠나는 선물로 말이오."

때는 이른 아침 해가 막 떠올라 상쾌한 기운이 도는 즈음이었다. 겸재는 부채에 바다 물결이 일렁이며 성난 파도가 물보라를 일으키는 그림을 그렸다. 그리고 파도치는 한쪽 면에 일엽편주를 얹고, 그 위로 돛을 반쯤 걸리게 그리니 아득한 아취가 일었다. 역관은 부채를 받아 들고서 누누이 고맙다고 하며 떠났다.

역관이 부채를 가지고 북경의 화랑을 찾았다. 화랑 주인은 부채를 감상하느라 손에서 놓지를 못했다.

"이는 필시 이른 아침에 그렸을 거야. 저 바람과 돛 위에 그린 이의 혼이 어려 있군."

화랑 주인은 그림을 이렇게 평하고 고급 향 한 상자와 바꾸자고 했다. 이 향은 모두 5천 개였으며 길이는 몇 치나 되었다. 이때부터 역관들이 겸재의 그림을 갖게 되면 귀한 보물로 간직했다고 한다.

《동야휘집》 권4 제10화 〈投錦囊高僧爭價(투금낭고승쟁가)〉

43화

바둑의 고수 서천령과 신구지

서천령• 아무개는 왕실 출신이다. 그는 기예가 탁월했는데, 특히 바둑을 잘 두어 우리나라 제일 국수로서 당대에는 적수가 없었다. 지금도 전해지는 바둑의 묘수를 '서천령의 수'라고 한다.

한번은 군영에서 당번을 서기 위해 상경하던 한 나이 든 병사가 준마를 끌고 와서는 서천령을 찾아와 뵈었다.

"듣자 하니 공자 나리께서 바둑의 고수라고 들었습니다. 쇤네도 바둑의 수는 대충 알고 있으니 대국을 청합니다. 쇤네에게 묘수를 한 수 가르쳐주시지요."

"좋네."

서천령은 허락하고 가볍게 한번 두었다가 그만 지고 말았다. 무척

• **서천령(西川令)** 16세기 종실 출신으로 생애는 잘 알려지지 않았다. 허균의 〈성옹지소록(惺翁識小錄)〉에서 그에 관한 정보가 보이는바, 종실이며 장기의 고수라고 했다. 참고로 흔히 조선시대 종실 출신의 바둑 고수로는 영조 때의 '서평군(西平君)'을 든다.

신경이 불편해진 그는 속말을 했다.

'내 바둑이 이 시대에 독보적이라는데 저런 늙은 병사에게 지다니. 어떻게 이럴 수가 있단 말인가?'

그는 병사에게 다시 한번 두자고 하면서 3전 2승제로 승부를 결정하기로 했다. 그러면서 내기를 걸었다.

"내가 100냥을 걸 테니 자네는 무엇을 걸겠는가?"

"쇤네는 타고 온 말을 걸겠습니다."

그런데 연이어 두 판을 병사가 지고 말았다. 병사는 자기 말을 바치면서 청했다.

"나리께서는 옛날 도낏자루가 썩는 줄 모르고 익혔던 고수의 수법을 다 터득하셨군요. 명불허전이라는 말이 빈말이 아니었습니다. 바라건대 이 말을 잘 길러주십시오. 훗날 당번을 다 서고 나서 다시 찾아 뵙고 두 번째 대결을 청하겠습니다. 그때 말을 되찾아 타고 가렵니다."

서천령은 웃으면서 그러라고 했다. 그런데 병사는 내기에 져서 자기 말을 뺏기고도 득의양양했다. 서천령의 하인에게는 말에게 꼴을 먹일 때 짚과 콩을 섞어 먹이라고 당부까지 했다. 그렇게 했더니 말은 금세 살이 찌고 골격도 튼튼해졌다.

뒷날 병사가 임기를 채우고 정말 다시 찾아왔다. 이번에도 지난번처럼 세 번 대결을 벌이기로 했다. 첫판에서는 병사가 졌으나 나머지 두 판은 교란 전법과 기습 작전을 써서 병사가 서천령을 이겼다. 이리하여 병사는 말을 되찾아 떠나면서 이렇게 사례했다.

"쇤네는 이 말을 정말로 아낍니다. 하오나 한양으로 근무하러 오가는 중에는 말을 건사하기가 어렵겠다 싶어 나리께 잠시 맡긴 것이랍니다. 나리께서 잘 키워주신 덕분에 누렇게 떴던 말이 살이 찌고 번지르르해졌습니다. 어떻게 감사를 드려야 할지요."

서천령은 그제야 병사에게 속았다는 걸 알고 망연자실했다. 그러면서도 이런 대단한 수를 가진 그에게 관심이 갔다.

"훗날 한양에 오거든 꼭 나를 찾게."

그러나 한번 간 병사는 그대로 소식이 끊어졌다. 서천령은 사람을 시켜서 병사가 사는 고향의 사람을 통해 수소문해 봤으나 고향 사람도 그가 바둑에 일가견이 있는 줄 모른다고 했다. 아마도 뛰어난 기예의 소유자로 이름을 감추고 몸을 숨긴 은자였던 모양이다. 서천령은 그를 항상 마음에 두고 잊지 못했다.

그로부터 한 해 남짓이 지났을 때였다. 어떤 길손이 불쑥 서천령을 찾아왔다. 그는 해진 갈옷에 찢어진 삿갓을 쓰고서 서천령을 뵙고 인사를 올렸다. 다름 아닌 늙은 병사였다. 깜짝 놀란 서천령이 물었다.

"자네가 어떻게 이런 꼴이 되어 왔는가?"

"쇤네가 군역을 마치고 나니 매인 데가 없는 몸이라 구름처럼 사방을 떠돌았답니다. 지난번 나리를 뵙고 난 뒤 항상 의지하고픈 생각이 간절하더군요. 지금에야 어렵사리 찾아왔습니다."

서천령은 몹시 반가워하며 객실에 묵게 했다. 그리고 둘은 날마다 바둑을 두었다. 서천령은 이제 그의 이름이 궁금해졌다. 물었더니 그의 대답이 이랬다.

"신구지(申求止)라 합니다. 호남 땅에 살았는데 원체 가난하고 기댈 데도 없는 신세였지요. 안 되겠다 싶어 친척을 찾아가 살아보려고 길을 나서 지리산 아래를 지나갈 때였지요. 우연히 도인 한 분을 거기서 만났는데, 이 도인께서 바둑 두는 법을 가르쳐주셨지요. 마치 왕적신•이 시냇가 마을에서 고부간에 바둑 두는 걸 보고 비법을 깨쳐 세상에 적수가 없게 된 것처럼 말입니다."

서천령은 그와 바둑에 대해서 논의했는데, 신구지의 묘결은 이런 것이었다.

"옛사람도 '청정한 마음으로 욕심을 버려야 하듯이 바둑의 묘처도 과욕을 버리는 게 우선이다.'라고 했지요. 이것이 바둑 둘 때 가장 중요한 열쇠입니다. 공수에서의 수비와 방어, 포석의 닫고 풀기에 있어서 나의 정신이 한 점도 흐트러져서는 안 되지요. 실제 대국에서도 집중하여 이를 임기응변한다면 모든 수가 손바닥 뒤집듯 명료해진답니다."

서천령은 조리 있는 그의 말을 듣고 더욱 그를 신뢰하게 되었다. 그리고 그에게서 더 높은 수를 터득하여 마침내 국수로 이름을 날렸다. 이때부터 누구를 만나도 '신구지의 귀신같은 실력이라야 나와 대적할 만하지.'라며 으스댔다. 이에 신구지라는 이름도 사람들의 입방아에 오르내리게 되었다.

당시 이량•은 권세가 하늘을 찔렀다. 그도 자칭 바둑의 고수로 세상에 대적할 자가 없다고 떠들어댔다. 신구지가 그런 이량을 찾아가

- **왕적신(王積薪)** 당나라 때의 시인이자 바둑의 고수. 그는 촉(蜀) 땅의 시골 마을에서 어느 시어머니와 며느리가 바둑 두는 걸 보고 그 이치를 깨달았다고 한다. 열 가지 묘수인 '위기십결(圍碁十訣)'을 남겨 후대 바둑의 전범이 되었다.
- **이량(李樑)** 1519-1582. 자는 공거(公擧)이며, 효령대군의 5대손이다. 예조와 이조의 판서를 지냈고, 여기 설정처럼 당대의 권귀로서 윤원형·심통원과 함께 삼흉(三兇)으로 지목되기도 했다.

보고 싶었으나 먼저 나서지는 못하고 있었다. 그러다가 하루는 서천령에게 이런 부탁을 했다.

"쇤네가 간단히 시험해 볼 데가 생겼으니 나리께서 달고 계신 붉은 호박(琥珀) 갓끈 고리를 잠시 빌릴 수 있겠습니까?"

서천령은 바로 갓끈 고리를 내주었다. 한편, 신구지는 은밀히 이량의 집 겸종과 내통하여 술자리를 몇 차례 가져 친분을 쌓았다.

"상공을 뵙고자 하는데 내가 천한 신분이다 보니 인사 올릴 길이 없네. 혹시 방법이 없겠는가?"

"대감 댁에는 귀한 손님들과 높은 관직에 계신 분들이 자주 드나들어 낮이든 밤이든 썰렁한 적이 없소. 다만 아무 날 기일엔 손님을 받지 않아 한가해질 테니 그날 오시면 될 듯싶소."

그날이 되었다. 겸종이 틈을 보아 신구지가 찾아와 뵙겠다고 아뢰었다. 이량은 무척 반가워하며 빨리 불러들이라고 했다. 그가 오자 대뜸 물었다.

"네가 바로 바둑의 일인자 신구지더냐?"

"그렇습니다."

"그래, 오늘은 한가하니 대국 한번 하자꾸나."

이리하여 두 사람이 대국하게 되었다. 처음 대국에선 신구지가 일부러 한 판을 져줬다. 이에 이량이 씩 웃고는 으쓰댔다.

"네 기량이 이 정도밖에 안 되느냐?"

그러면서 술과 찬을 내와 들라고 했다.

"뒤에 다시 오도록 하게."

며칠이 지나 신구지가 다시 이량을 찾았다.

"쇤네가 바둑을 둬서 지금까지 져본 적이 없어 나라 안에서도 유명합니다. 한데 지난번에 대감 나리께 지고 말았지요. 자존심이 상해 잊기 어려워 다시 찾아왔습니다. 이번에는 귀한 물건을 걸고 내기하시는 게 어떠합니까?"

"좋다! 네가 달라는 것은 다 걸 테니, 너는 어떤 물건을 걸겠느냐?"

"쇤네는 저 시골 벽지에 살고 있으나 용케 집안에 전해지는 영롱한 호박 갓끈 고리가 하나 있습니다. 이번 길에 가져와 저당 잡히고 돈을 마련하여 객지 생활에 쓸 요량이지요. 쇤네 소매 속에 이게 있으니 이번에 지면 바치겠습니다."

이리하여 내기 대국이 이루어졌다. 그런데 이번에도 신구지가 지고 말았다. 그는 품에서 갓끈 고리를 꺼내 이량에게 주었다. 이량은 더욱더 신이 났다. 손님들을 맞을 때면 항상 이 갓끈 고리를 차고 과시하면서 말했다.

"누가 신구지를 바둑의 최고수라 했던가? 촌놈들은 재물을 엄청 귀중하게 여긴다는데, 내가 이 호박 갓끈 고리를 내기에서 땄지. 저 상것들의 기량이란 게 별 볼 일 없단 말이야!"

뒷날 신구지가 다시 이량을 찾아왔다. 이량은 더없이 반가워하며 다른 손님들을 물리치고 대문을 걸어 잠갔다.

"명색이 나라의 최고수라는 자가 어찌 귀한 호박 갓끈 고리를 되찾을 생각을 하지 않았겠습니까?"

신구지는 이러면서 도전을 받아달라고 청했다. 판이 벌어지자 신구지는 대세가 넘어갈 듯한 판을 뒤엎어 이기더니 연달아 두 판을 내리 이겼다. 이량은 내기에서 지자 갓끈 고리를 풀어 그에게 내주면서 말했다.

"승패는 병가(兵家)의 상사라 이기면 당연히 기쁘지만 져도 나쁘지 않다고 함은 그저 하는 말일 뿐이다. 너는 내일 다시 오거라. 정신을 가다듬고 독기를 품고서 배수진으로 한 판 붙어야겠다. 자웅을 겨뤄 보자꾸나."

신구지는 그의 말대로 다음 날 시간에 맞춰 찾아갔다. 이번에는 세 번을 두어 신구지가 모두 이겨버렸다. 이량은 무람해졌다.

"내가 졌다. 네 소원을 들어줄 테니, 무슨 물건을 원하느냐?"

신구지는 소매 속에서 반으로 접은 빈 종이 오륙십 장 한 속을 꺼내 올리면서 부탁했다.

"쇤네의 천한 딸이 이번에 혼례를 치르게 되었습니다. 황해도와 평안도에서 혼수를 구하게 해주십시오."

"그거야 전혀 어렵지 않지. 네가 요청한 대로 해주마."

이량은 평소 서신을 작성하는 일에 능수능란했기에 붓을 들어 단번에 오륙십 장을 써서 그에게 주었다. 신구지는 이 편지를 들고 말몰이를 붙여 두 지역을 두루 돌아다니며 편지 하나씩을 들이밀었다. 여러 고을의 수령들은 신발을 거꾸로 신은 채 뛰어나와 그를 영접하고 객관을 비워 묵게 해주었다. 무슨 어명을 받들고 온 사신인 양 대접한 것이다. 내준 재물도 수레를 연잇고 말을 나란히 해야 할 정도로 많았다. 신구지는 이것으로 저택을 짓고 땅과 밭을 사서 졸지에 큰 부자가 되었다.

몇 년 뒤 서천령의 친척 한 사람이 호남 아무 고을의 수령으로 부임했다. 서천령은 그 수령과 함께 변산과 내장산의 경치를 구경하기로 약속하고 길을 나섰다. 일행이 장성 땅에 이르러 점심을 먹게 되었다. 그런데 머물고 있던 점방에 누군가가 들러서는 인사를 올렸다. 바로 신구지였다. 객지로 내려와 있던 서천령이 이런 반가운 사람을 만났으니 얼마나 기뻤겠는가.

"몇 년간 적조했네. 왜 그간 소식이 없었는가?"

"시골에 살다 보니 상경할 겨를이 없었습니다."

"자네 신수가 예전보다 훨씬 좋아졌네. 근래에 무슨 돈 모으는 수가 있었는가?"

"나리께서 호박 갓끈 고리를 내준 덕분에 이걸로 내기를 걸어 횡재를 했습니다. 이제 먹고 입는 걱정은 면하게 되었지요."

그러면서 청했다.

"누추한 저희 집이 여기서 멀지 않으니 잠시 수레를 돌려 왕림해 주시지요. 그러면 저도 생색이 나겠습니다."

서천령은 흔쾌히 그를 따랐다. 고개를 넘고 언덕을 지나 10리 남짓 가자 산골짜기가 툭 터진 사이로 너른 들판이 나타났고 촌락이 즐비했다. 그 한가운데에 큰 저택이 있었다. 좌우로는 띠로 만든 담장과 떡갈나무 울타리가 둘러쳐져 있고, 높이 솟은 소나무와 그늘진 버드나무가 집을 에워싸고 있었다. 문 앞으로는 한 줄기 맑은 시내에서 물이 콸콸 흘러내려 물레방아가 저절로 소리를 냈다. 콩깍지 쌓아둔 덤불 가에선 개가 짖고 박꽃 핀 두둑 곁에선 닭이 울어댔다. 깊고 그윽한 정경이 보면 볼수록 호젓하여 무릉도원에도 뒤지지 않았다.

신구지는 서천령을 모시고 방으로 들어가 해가 기우는지도 모른 채 이야기꽃을 피웠다. 잠시 뒤 산해진미로 차린 술상이 나왔다. 모두 한양에선 맛보기 힘든 것들이었다. 서천령은 이런 모습이 생경한데다 잔뜩 궁금하여 어떻게 이런 부잣집을 건사하게 되었는지 물었더니 신구지의 대답이 이랬다.

"쇤네가 한양에 있을 때 이량 대감에게 이겨 편지를 써달라고 했지요. 이 편지를 들고 여러 고을을 돌아다닌 끝에 많은 재물을 얻었습니다. 그길로 고향으로 돌아왔다가 이곳 산속에 들판이 넓고 빈 땅이 많아 살 만하다는 소식을 들었지요. 직접 와서 살펴보니, 나무가 하늘을 가리고 잡초가 땅을 메우고 있더군요. 새와 짐승한테는 좋은 보금자리였으나 누구도 감히 들어가 살 수 없는 상태였지요. 쇤네는 산을 빙 둘러 개발하기로 하고 관아에서 인장을 찍은 증서를 받아 소나무와 개오동나무 등을 베어내고 우거진 풀과 가시나무 등을 태워 땅을 개간했답니다. 여기에 농사를 지어서 추수해 보니 수확한 곡식이 상당했지요. 이웃 사람들이 풍문을 듣고 가족을 모조리 데리고 들어왔고, 몇 해 되지 않아 큰 마을이 되었습니다. 쇤네도 처자식과 이삿짐을 싣고 들어왔지요. 부지런히 생계를 꾸리고 재물도 늘려 삼사 년 사이에 큰 이득을 보았답니다. 천지신명의 도움으로 이렇게 풍족한 가정이 된 것이지요. 이 모두 조물주가 시키는 대로 엎어지고 넘어지고 하다 보니 된 것이지 쇤네야 무슨 수가 있었겠습니까?"

서천령은 속으로 탄복해 마지않았다. 때는 해가 넘어가 저물녘이었다. 촛불을 밝히고 밥상을 내왔는데 반찬이 정갈하면서도 맛이 좋아 먹음직스러웠다.

"산에서 나는 고기와 들나물뿐이라 잡수시기 어렵겠지만 술맛은 그리 나쁘지 않으니 조금이라도 맛을 보시지요."

서천령은 원래 술을 하지 못해 조금만 마셔봤다. 그런데 술맛이 너무 깨끗하고 시원해 두세 잔을 더 들이켰다. 신구지는 술병을 가져다가 자작했는데, 약간 술기운이 돌자 혜강이 절교를 선언한 글•을 낭랑하게 읊조렸다. 그 소리가 높은 하늘을 꿰뚫었고 남은 울림이 숲 사이를 감돌았다. 서천령이 사방침에 기대 듣고 있자니, 그 읊는 소리가 어떤 악기의 울림보다 못하지 않았다. 다 읊고 난 신구지는 이윽고 탄식하며 말했다.

"애초 이량 대감이 써준 서찰로 쇤네가 횡재를 했습니다만 결코 군자는 못 되는 분이더군요. 나리같이 선한 어른이 위험해질 수도 있겠다 싶어 쇤네가 먼저 부족한 실력을 발휘해 본 것입니다. 나리께서는 이제부터 영광된 길은 사절하시고 초야에 몸을 숨기셔야 합니다. 벼슬과 녹봉이라는 그물에 걸리지 않아야 이후에도 형벌을 당하는 불상사가 없을 것입니다. 산에서 나무하고 강에서 물고기 잡으며, 배고프면 먹고 목마르면 마시면서 휘파람 불고 노래하며 자연 속에 사셔야 합니다. 마음 가는 대로 따르시고요. 그러면 저 명예와 이끗을 다투는 마당에 취해 돌이킬 줄 모르는 이들과 결별할 수 있을 것입니다."

이 말을 끝으로 둘은 크게 한바탕 웃고 헤어졌다. 서천령은 신구지가 재주와 지략이 있으면서도 숨어 사는 존재임을 이제야 제대로 알아보았다. 그리고 그가 일러준 말을 마음에 새기고 잊지 않았다. 그 뒤 이량도 신구지를 만나보고 싶었으나 만나지 못했고, 신구지도 다

• **혜강(嵇康)이 절교를 선언한 글** 중국 남북조시대 죽림칠현이었던 혜강은 같은 칠현의 일원이자 친한 벗이었던 산도(山濤)가 그에게 벼슬을 해보라고 권하자 이를 거부하고 절교를 선언하는 편지를 써서 남겼다. 그 편지가 〈혜중산절교서(嵇中散絶交書)〉이다.

시는 한양에 발을 들여놓지 않았다고 한다.

《동야휘집》 권4 제12화 〈奕手逞術致橫財(혁수령술치횡재)〉

문인들의 기예, 그림과 바둑

이번에는 그림과 바둑으로 명성을 날렸던 인물들의 이야기다. 그림과 바둑은 조선시대 문인사회에서 문예 또는 기예로 받아들였다. 특히 그림은 문인화라고 해서 문인사회의 지적 전통에 끼어 있었다. 이 문인화의 주요 재료는 사군자(매화, 난초, 국화, 대나무)였다. 사군자는 군자의 표상으로, 문인이라면 애호하지 않는 이가 없었다. 한편, 이 문인화는 여백의 미를 강조했다. 여백은 문인들의 청정함과 사색의 이미지를 내포하기 때문이다. 이렇게 그림은 문인에게 단순한 기예 이상의 의미가 있었다. 이에 반해 문예로써 그림과 짝하는 음악은 어땠을까? 조선 후기가 되면 음악도 사대부 문화로 자리 잡기는 했다. 그러나 대개 듣는 문화였고 풍류 또는 유흥의 차원이었기에 그림과는 향유의 층위가 달랐다. 음악에 대해서는 다음 이야기에서 더 언급하기로 한다.

한편, 바둑은 비슷한 잡기, 이를테면 노름에 해당하는 것들과는 구별되었다. 그 승패의 과정을 두고 세상사의 이치나 인생의 굴곡에 비

기어 수양의 차원에서 사대부 문화의 한가지로 받아들였다. 그런가 하면 은자나 처사로서의 삶과 풍류를 상징하기도 했다. 공교롭게도 이런 모습은 아취가 묻어나는 그림 속에 반영되기도 했다. 요컨대, 그림과 바둑은 사대부 문화의 핵심적인 역할을 하는 문예이자 기예였다.

42화는 진경산수화를 개척한 겸재 정선의 이야기다. 진경산수화는 산수를 있는 그대로 그리는 화풍을 말한다. 있는 그대로 그린다는 게 당연한 것처럼 보이지만, 실은 만만치 않은 우여곡절을 겪으면서 형성된 화풍이다. 이 화풍이 출현하기 전까지는 앞에서 언급한 문인화가 대세였다. 문인들은 그림을 자신들의 정신세계를 표상하는 예술로 받아들였다. 그러니까 풍경이라고 해도 실물 그대로 그리지 않고 그것의 이미지를 구현하는 데 더 힘을 쏟았다. 이를 '의경(意景)'이라 한다. 의경을 위주로 한 문인화의 전통은 조선 중기까지 이어졌다.

그러다가 문인사회에도 변화의 바람이 불었다. 17세기부터 문인들은 한양 도성 주변이나 한강, 그리고 멀리는 금강산 등 산수 자연을 벗 삼아 풍류를 즐기는 문화가 활발해지기 시작했다. 자연을 감상하고 거기에 도취하다 보면 그 실물을 옮겨오고 싶은 욕구가 일기 마련이다. 우리가 멋진 경치와 마주하면 사진으로 남기고픈 욕구와 마찬가지이다. 그러니 기존의 문인화로는 이미 산수 자연으로 눈을 돌린 문인들을 만족시킬 수 없었다. 이런 분위기에서 한국미술사의 획을 그은 인물이 등장했다. 바로 겸재 정선이다.

정선은 17세기 후반에 태어나서 18세기 중반까지 활동했다. 사실 그의 생애는 알려진 게 많지 않다. 그는 양반 출신이었지만 집안이 몰락하여 몇몇 한직을 전전했는데, 그림 솜씨가 발군이라 당대 명망가의 추천을 받아 도화서에서 근무할 수 있었다. 한편, 그는 당시 문인들의 의뢰를 받아 실물 산수화를 그리기 시작했다. 이리하여 진경산수화가 출현할 수 있었다. 그러므로 한국미술사에서 진경산수의 화풍은 빨라도 18세기에 들어와서야 시작된 셈이다. 진경산수화는 자연의 모습을 있는 그대로 그렸기에 '사경(寫景)'이라고 한다. 진경산수화의 출현으로 미술사의 구도가 의경에서 사경으로 바뀌게 되었다. 이에 따라 화면의 구도도 달라져, 더 이상 여백을 두지 않고 화면 전체에 색감을 집어넣어 입체감을 살리는 쪽으로 바뀌었다. 이는 '그림을 그릴 때는 남은 여백이 없게 해야 하고', '자연의 경치가 있는 그대로의 모습으로 화폭에 옮겨지는 것'을 중시한 정선의 화론 그대로였다.

그런 그의 그림은 당시 사회에서 처음 접하는 유형이었고, 이야기에도 나오듯이 선풍적인 인기를 끌었다. 그 인기는 그동안 소수 문인만이 향유했던 그림이 대중화의 길을 걷기 시작했다는 걸 의미한다. 미술계의 변화는 이뿐만이 아니었다. 정선의 등장으로 바야흐로 개인 화가가 등장했다. 그동안 문인화를 제외한 그림의 대부분은 도화서라는 국가 기관에 소속되어 있던 전문 화가인 화원(畵員)이 담당했다. 따라서 조선시대 그림의 다수는 화원이 그렸고, 국가 소유로 귀속되었다. 그러나 이때부터 개인 화가의 등장으로 일종의 사유화가 이루어졌다. 이 흐름은 18세기 후반으로 넘어와서 단원 김홍도와 혜원 신윤복으로 대표되는 풍속화의 시대로 이어졌다. 진경산수 화풍에서 풍속 화풍으로 이어지면서 조선 후기 미술사는 절정을 맞이했다. 곧 진경산수화는 조선 후기 문예사의 획기적인 상품이었다.

이런 정선을 조명한 이 이야기는 어떤 특정한 사건을 서사화한 게 아니라 그에 관한 몇 가지 에피소드를 엮은 것이다. 맨 앞부분에는 정선의 화론을 소개했고, 이어지는 서사는 그에 관한 세 가지 일화를 옴니버스식으로 배치했다. 정선의 그림 덕분에 중국 서적을 많이 사 온 어느 정승의 일화, 이웃 역관 집의 비단 치마에 육즙이 묻어 금강산과 묘향산을 그려 넣은 사연, 그리고 친분 있는 역관의 부채에 그려준 그림의 의취를 다룬 내용 등이다. 특히 파도가 치는 물결 위에 아득히 떠 있는 일엽편주를 그린 부채 그림은 '저 바람과 돛 위에 그린 이의 혼이 어렸다'는 평에서 확인할 수 있듯이, 그의 예술혼을 실감하기에 부족함이 없다.

그런데 세 개의 에피소드는 모두 중국의 북경과 연결되어 있다. 당시 북경의 유리창(琉璃廠)은 우리의 인사동 같은 곳으로, 서화와 골동품 등이 거래되는 동아시아 문화의 거점이었다. 이곳에서 정선의 그림이 유명세를 치렀다는 설정이다. 이는 어느 정도 사실과도 부합하는바, 그만큼 그의 그림이 조선을 넘어서 국제적으로 유명했다는 점을 부각하기 위한 의도적인 구성이다.

43화는 조선 중기 바둑의 고수로 알려진 서천령의 이야기다. 조선 후기 바둑의 고수로는 영조 시대의 서평군(西平君)이 유명하다. 따라서 서천령과 서평군은 조선시대 바둑의 계보에서 빠질 수 없는 인물이다. 그런데 두 사람은 모두 이씨 왕조의 종실 출신이다. 조선시대 종실 출신들은 그 위치가 애매했다. 이들은 왕위 서열을 다투는 자리에 있지도 않았고, 따로 관직을 수행하는 일도 드물었다. 그러다 보니 한가하게 여생을 보내거나 권력의 틈바구니에서 희생되기도 했다. 이런 이유로 정치 쪽보다는 문예나 풍류를 즐기는 경향이 강했다. 개중에는 여기 서천령처럼 특정한 기예가 발군인 인물도 적지 않았다.

종실 출신들의 또 다른 특징은 좀처럼 역사에 그 모습을 잘 드러내지 않는다는 점이다. 말하자면 베일에 가려진 경우가 많았다. 그나마 서평군은 영조 때 중국에 사신으로 가는 등 정치적인 역할도 했고, 뛰어난 문예와 기예로 몇몇 이야기의 주인공으로도 등장한다. 이에 반해 서천령은 그 존재 자체가 불분명할 정도로 알려진 게 없다. 그에 관한 유일한 자료가 허균의 기록이다. 이 기록에 그가 종실이며 '장기의 고수'라고 했다. 그런 그가 금강산에 갔다가 한 노승을 만나 포(包)를 떼고도 패하여 무참하게 돌아왔다는 기사가 내용의 전부이다. 아마도 후대에 그를 장기의 고수가 아닌 바둑의 국수로 바꾸고 다른 일화를 덧보탬으로써 이 이야기가 만들어진 듯싶다.

여기서는 그를 동국의 국수로 내세우면서 재야의 고수를 동행하는 파트너로 삼았다. 신구지라는 인물은 다른 자료에서 확인되지 않는 존재이다. 그런데 문면에 그가 나타나면서 이야기는 점차 '신구지 서사'로 바뀌어간다. 그리고 전면에 있던 서천령은 뒷면으로 물러나는 형국이다. 그러나 두 사람은 끝까지 동행한다. 신구지 서사 부분의 특징은 바둑이 은자적 삶의 방편임을 실감케 한다는 것이다. 원래 신구지는 호남의 늙은 병사였다. 그는 서천령을 나라의 국수로 거듭나게 해주었을 뿐만 아니라 중앙의 고수, 이를테면 이량 같은 권세가를 실력으로 압도한다. 나아가 바둑 두는 재주로 치부까지 이룬다.

여기까지 보면 그는 속세와 탈속의 경계를 오가는 인물로 비친다. 하지만 그가 건설한 무릉도원을 보면 결국 은자로 복귀했음을 알 수 있다. 이런 그의 행적은 그가 피력한 '청정한 마음'으로 '과욕(過慾)을 버려야' 하는 바둑의 이치와 일맥상통한다. 이렇게 신구지는 바둑을 통해 서천령과 지기가 되어, '세상의 이끗을 다투는 자' 이량 같은 부류와의 결별을 촉구한다. 바둑의 이치가 청정·과욕(寡慾)일진대 이끗을 좇는 이들이 자랑할 기예가 아니라는 것이다. 결과적으로 이 이야기는 신구지라는 은둔 고수가 전해주는 바둑의 이치를 통해 물욕이 판치는 세상에 경종을 울리고자 하는 의도가 다분하다. 바둑 이야기의 새로운 지평이라고 봐도 무방하겠다.

44화

한양과 평양을 압도한 풍류객

심용•은 재물을 아끼지 않고 의리를 중시하며 무엇보다 풍류를 즐기는 사람이었다. 당대의 노래꾼과 연주자는 물론 술꾼이며 시벗들이 몰려들어 그의 집은 항상 문전성시였다. 또한 장안의 잔치와 놀이에서 심공을 청하지 않고는 판을 벌일 수 없을 정도였다.

한번은 어느 부마가 압구정에서 뱃놀이 모임을 열었다. 하지만 부마는 심공에게 모임을 알리지 않고 노래꾼과 거문고 명인들을 죄다 불러다 놓고 손님들을 대거 초청하여 질탕하게 놀았다. 이름난 정자에서의 가을밤, 달빛이 물결에 반짝이자 흥이 이만저만 이는 게 아니었다. 그때 홀연 강 위에서 맑고 크게 울려 퍼지는 퉁소 소리가 들려왔다. 놀던 이들이 한강을 바라보니 조그만 배가 물결에 둥실둥실 떠

• **심용(沈鏞)** 1711-1788. 본관은 청송이다. 그의 생애는 자세하지 않은데, 합천 부사를 지낸 관력만 확인된다. 정조가 조정 신료에게 그의 안부를 묻는 기사가 실록에 나오는 걸 보면, 꽤 신뢰하는 사이였던 듯하다.

오고 있었다. 두건을 머리에 쓰고 학창의를 입은 어떤 노인이 손에는 흰 부채를 쥔 채 백발을 휘날리며 다가왔다. 좌우에선 동자 둘이 옥퉁소를 비켜 불고, 배 안에는 한 쌍의 학이 너울너울 춤을 추는 것이었다. 영락없는 신선이었다.

정자에서의 음악과 노랫소리는 저절로 멈추었고, 거기 있던 사람들은 난간에 쭉 기대 '좋겠군'을 연발했다. 이렇게 모든 눈이 강 안을 주시하느라 연회 자리는 텅 비어버렸다. 흥이 깨졌다며 잔뜩 화가 난 부마가 직접 배를 타고 그쪽으로 가서 확인해 보니, 그는 다름 아닌 심공이었다. 평소 잘 알고 지냈던 둘은 한바탕 실컷 웃었다.

"그대가 내 좋은 잔치 자리를 압도해 버렸구려!"

이들은 함께 맘껏 즐기고 자리를 끝냈다.

어느 정승이 평안 감사가 되어 감영으로 떠나는 길이었다. 영의정으로 있던 그의 중형이 홍제교[*] 위에서 전별연을 해주었다. 도성문 밖에는 수십 대의 수레와 사람들이며 말들이 길을 가득 메웠다. 다들 입이 닳듯이 지금 세상에 이들만 한 형제가 없다며 칭송하기에 바빴다. 그때 갑자기 솔숲 사이에서 말 한 필이 나는 듯이 나타났다. 말에 탄 사람은 자주색 누빈 갖옷을 입고 검은 가죽 남바위를 썼으며, 손에는 채찍 하나를 쥐고 있었다. 그 사람이 안장에 걸터앉아 주변을 둘러보는 모습은 모든 사람들의 눈을 압도했다. 그 사람의 양쪽으로는 짧

- **홍제교(弘濟橋)** 서울 홍제동과 홍은동 사이 홍제천 위에 놓여 있던 다리로, 이곳에 중국 사신이 머물던 홍제원(弘濟院)이 있었다.

은 소매의 오자•를 입고 허리엔 물빛 초록 전대를 둘렀으며, 꽃무늬를 수놓은 고운 신을 신은 미녀 서넛이 줄지어 따르고 있었다. 또 동자 여섯이 푸른 적삼에 자색 띠를 두르고 저마다 악기를 든 채 말 위에서 연주했다. 사냥꾼 하나도 팔뚝에 매를 앉히고서 사냥개를 부르며 숲속에서 뛰쳐나왔다. 담을 둘러친 듯 모여든 구경꾼들이 외쳤다.

"저이는 필시 심공이군!"

그러면서 이런 소리를 하는 이도 있었다.

"우리네 인생살이는 문틈으로 달리는 말이 지나가는 것을 보는 것처럼 빨리 지나가지. 가기 전에 마음껏 즐겨야 하니 벼슬자리 전송하는 잔치도 나쁘지 않지. 하나 자고로 공명은 실패가 많고 성공이 적은 법이지. 남이 참소하고 시기하는 걸 두려워하며 가슴을 졸이느니 차라리 자기가 좋아하는 걸 따라 호탕하게 즐기며 근심을 잊는 게 낫지 않겠어!"

그러면서 모여든 사람들은 장난삼아 말했다.

"전별연이냐 사냥놀이냐? 사냥놀이를 했으면 했지 전별연은 하지 않을 테야."

그들이 얼마나 심공을 선망했는지 알 수 있는 대목이다.

어느 날, 심공은 소리꾼 이세춘과 거문고 명인 김철석, 기생 추월과 매월, 계섬 등과 함께 초당에 모여 거문고와 노래로 밤을 새웠다.

• **오자(襖子)** 도포보다 짧고 저고리보다는 긴 윗옷의 한가지로, 여성들이 외출할 때 주로 입었다.

이때 심공이 그들을 꼬드겼다.

"자네들 평양에 한번 가볼 텐가?"

"마음이야 간절하오나 한 번도 가보진 못했습니다."

다들 이렇게 대답하자 심공이 평소의 소회를 풀어냈다.

"평양은 단군과 기자 이래•로 5천 년 동안 문물이 번성했다네. 그림 속의 강산이요 거울 속의 풍경이라 '나라 안에서 제일'이라고 할 수 있지. 하지만 나도 아직 가보질 못했네. 들으니 이번에 평안 감사가 대동강에서 회갑 잔치를 벌인다고 하네. 그때 평안도의 수령들이 다 모인다지. 또 뽑힌 기생과 노래꾼에게는 고기가 산처럼 술이 바다처럼 제공된다고 하네. 이런 엄청난 소식이 파다히 퍼졌네. 조만간 감사의 회갑 잔치가 열린다고 하니, 이참에 우리도 한번 가서 막힌 속을 확 뚫어보세. 그뿐이겠는가, 우리가 삯으로 받을 돈과 비단도 분명 적지 않을 걸세."

이들은 옳거니 때가 왔다며 좋아했다. 곧 행장을 꾸려 길을 떠나면서 금강산을 유람하러 간다고 둘러대 종적을 감춰버렸다. 몰래 길을 돌아 평양성으로 잠입한 이들은 외성의 조용하고 후미진 곳에 숙소를 잡았다. 다음 날이 바로 회갑 잔치가 열리는 날이었다. 심공은 작은 배 한 척을 세냈다. 이 배에 푸른색 휘장을 치고 좌우로는 담황색 비단발을 드리웠다. 그 안에 추월 등 기녀와 노래꾼이며 퉁소와 거문고 등 악기를 실은 다음, 능라도와 부벽루 사이 어디쯤 배를 숨겼다.

• **단군과 기자 이래** 평양이 고조선과 기자조선의 도읍지였다는 말이다. 실제 평양에는 단군 사당과 기자묘(箕子墓)가 있었다. 고려시대에는 단군이 고려의 정체성을 상징했으나, 사대주의를 표방한 조선이 개국하면서 기자를 민족의 정체성으로 내세웠다.

이윽고 풍악 소리가 하늘에 울려 퍼지고 배들이 강을 뒤덮었다. 감사가 놀잇배의 높은 자리에 앉자 여러 수령도 각자 배를 타고 연회가 시작되었다. 맑은 노랫소리와 절묘한 춤사위가 물결에 일렁였다. 성머리와 강 언덕은 구경꾼들로 인산인해를 이루었다.

잔치가 무르익을 즈음, 심공 일행은 노를 저어 다가가 여러 배들과 마주 보게 배를 댔다. 그리고 저쪽 배에서 칼춤을 추면 이쪽 배에서도 칼춤을 추고, 저쪽에서 노래를 부르면 이쪽에서도 노래를 불렀다. 마치 누구를 따라 하듯이 했다. 그러자 저쪽 배에 탄 사람들이 이쪽을 수상하게 여겨 포교들을 출동시켜 잡아 오게 했다. 그러면 심공은 재빨리 노를 저어 도망쳤다. 심공 일행이 온데간데없자 쫓던 배는 더 이상 추적하지 못하고 돌아갔다. 이윽고 심공의 배가 다시 나타났고, 이러기를 두세 차례 숨바꼭질하듯 했다. 감사 쪽에서는 점점 더 저들의 하는 짓이 수상했다.

'여기서 저 배를 보면 칼빛이 번득이고 노랫소리가 구름을 뚫는구나. 저자는 결코 먼 벽지의 그만그만한 놈이 아니다. 게다가 비단 주렴 안에서 학창의를 입고 흰 부채를 부치고 있는 저 늙은이는 자세가 꼿꼿하거니와 태연하게 담소하며 앉아 있는 폼이 보통내기가 아니야. 아마도 신선인 듯하다.'

감사는 선주에게 몰래 영을 내려 작은 배 10여 척을 일시에 동원하여 심공 일행이 탄 배를 배를 에워싸게 했다. 이리하여 결국 심공의 배가 갇혔고, 저들에게 붙잡혀서 끌려갔다. 감사의 놀잇배에 가까워지자 배 안에 갇혀 있던 심공이 발을 걷어 올리고 껄껄 웃는 게 아닌가. 감사는 평소 그와 퍽 친분이 있었던 터라 심공을 보자마자 깜짝 놀라며 반가워했다.

감사를 비롯하여 배에 탄 수령과 막료, 그리고 감사의 자제들과 조카들까지 모두 서울 출신이었다. 장안에서 놀던 심공 일행이 여기까지 원정을 와서 풍악을 울리는 걸 보고는 누구 할 것 없이 환영하며 기뻐했다. 더구나 이들 중에는 심공과 안면이 있는 이들도 많았다. 다들 서로 악수하며 안부를 묻는 등 인사하기에 바빴다. 기녀 추월과 계섬은 물론 이세춘과 김철석도 평소의 자기 재주를 한껏 뽐내 회갑잔치의 흥을 돋웠다. 이 바람에 노래하고 춤추던 이곳 무희들과 기녀들은 순식간에 무색해지고 말았다.

이날 감사는 이들에게 천금을 하사했으며, 수령들도 자기 능력에 따라 돈을 내놓았다. 다 합치니 거의 만금이나 되었다. 이렇게 심공 일행은 열흘 동안 평양에서 맘껏 놀다가 돌아왔다. 이 일은 지금껏 풍류 미담으로 전해진다.

심공이 죽자 파주의 시곡•에 장례를 치렀다. 함께했던 기녀들과 소리꾼들은 눈물을 뿌렸다.

"우리는 평생 심공의 풍류를 도운 사람으로, 우리에게 심공은 지기이자 지음(知音)이었소. 이제 노랫소리 그치고 거문고는 줄이 끊어졌으니, 우리는 어디로 간답니까?"

이들은 장례 자리에 모여들어 한바탕 노래와 거문고를 울리고는

• **시곡(柴谷)** '시궁골'로 알려져 있으며, 현재 파주시 광탄면 신산리(新山里)에 있었던 지명이다. 이곳에 청송 심씨의 선영이 지금도 남아 있다.

무덤 앞에서 통곡하고 나서 각자 흩어져 자기 집으로 돌아갔다. 하지만 계섬은 홀로 무덤을 지키며 곁을 떠나지 않았다. 그녀는 머리가 하얗게 센 뒤에도 슬픈 얼굴로 다른 사람들에게 그의 이야기를 들려주곤 했다.

《청구야담》 권8 제19화 〈遊浿營風流盛事(유패영풍류성사)〉

45화

추월이 추억한 몰풍류 세 가지

추월•은 공주 출신의 기녀이다. 처음에는 상의원의 침선비로 뽑혀 들어갔으나 노래와 춤을 잘하고 맵시도 좋았다. 워낙 소문이나 평판이 좋아 풍류남아들이 다투어 그녀를 만나고 싶어 했다. 그러자 어느덧 추월은 장안 화류계를 주름잡았고 수십 년 동안 이곳을 쥐락펴락했다. 지금은 늘그막인 그녀가 자기 평생에 잊지 못할 우스운 일 세 가지가 있다고 하며 들려준 이야기다.

그 첫 번째이다. 이 판서 댁에서 피리 소리와 노랫소리가 요란하게 울리던 때였다. 잡가•를 부르자 거문도 소리도 바뀌어 빠른 연주가

- **추월(秋月)** 앞 화에 나온 인물과 동일인으로 당대의 명기였다. 참고로 소설 〈이춘풍전〉에는 그녀가 평양의 명기로 이춘풍의 돈을 다 빼먹는 인물로 나온다.
- **잡가(雜歌)** 조선 후기부터 20세기 초까지 유행했던 음악 장르로, 요즘으로 치면 대중가요에 해당했다. 전통 시가인 가사, 시조, 민요, 판소리 등을 접목한 새로운 유형이었다.

시작되었다. 이때 막 어떤 대감이 들어왔다. 풍모가 단정하고 주변에 곁눈질도 하지 않는 게 올곧은 군자의 모습이었다. 그분은 주인 대감과 인사를 나누고는 우리에게 노래를 부르라고 시켰다. 그러면서 실컷 자리를 즐겼다. 이 자리에는 거문고 명인 김철석과 소리꾼 이세춘, 그리고 기생 계섬과 매월 등이 함께했다.

며칠 뒤 어떤 하인이 찾아왔다.

"아무개 대감께서 부르시니 당신들 서둘러 가서 대기하시오!"

하인을 따라갔더니, 바로 며칠 전 이 판서 댁을 찾아왔던 대감이었다. 대감은 자리를 벌여놓고 단정히 앉아 있었다. 우리 일행이 문안을 올리자 대감은 대청으로 올라오라 하더니 앉으라고 하지도 않고 대뜸 말했다.

"노래를 부르거라!"

우리는 아직 흥이 일지 않았지만 마지못해 노래를 불렀다. 초장을 겨우 마치고 다음 장으로 넘어갈 즈음이었다. 아직 노래가 다 끝나지도 않았는데 대감은 몹시 화난 표정으로 하인에게 우리를 아래로 끌어내라고 했다.

"너희들, 일전에 이 판서 집 연회에선 노래며 거문고며 소리가 시원하게 울려 퍼져 들을 만하더니, 지금은 소리도 낮고 가는 데다 여운도 없구나. 분명 싫은 모양이렷다! 하나도 흥취가 없구나. 내가 음률을 모른다 싶어 이러는 게냐?"

나는 그때 제법 영리하고 약삭빨라 대감의 의중을 알아채고 사죄했다.

"자리가 이제 시작이라 소리가 낮고 가늘었습니다. 죄송하고 죄송

합니다. 기회를 한 번 더 주시면 들보를 울리고 구름을 뚫는 소리를 내도록 하겠습니다."

그러자 대감은 화를 누그러뜨리고 특별히 용서하겠다며 다시 부르라고 했다. 우리는 서로 눈짓하며 자리로 돌아가 우조•로 잡가를 부르기 시작했다. 목소리를 돋우어 고음을 내자 영 시끄럽고 박자가 안 맞아 도무지 제대로 된 곡조가 못 되었다. 그런데도 대감은 몹시 흥겨워 부채로 서안을 두드리며 말했다.

"좋다, 좋아! 노래라면 으레 이래야 맛이 나지!"

이윽고 노랫소리가 잠시 주춤해졌다. 잠깐 숨을 돌리고 있는데, 대감은 주안상을 내오라 하여 우리에게 들라 했다. 하지만 주안상은 맛없는 술과 말라비틀어진 육포가 전부였다. 억지로 요기하고 나자 이러는 것이었다.

"물러가거라!"

우리는 하릴없이 하직하고 돌아와야 했다.

두 번째이다. 또 어떤 하인이 찾아왔다.

"우리 댁 나리께서 불러오라 하셨소."

그러면서 하인은 몇 번이고 목청을 높여 서두르라고 했다. 우리 일행은 하인의 뒤를 따라갔다. 그곳은 동대문 밖 연미동•의 한 초가집

- **우조(羽調)** 산조나 잡가, 판소리 등에서 쓰이는 악조로 장중하고 굳센 멜로디이다. 주로 진양조의 느린 장단에 맞춰 불렀다. 이에 반해 슬프고 구성진 멜로디가 계면조이다.
- **연미동(燕尾洞)** 동대문 밖 동묘 부근 동망봉 아래 있던 마을로, 현재의 성북구 보문동과 종로구 숭인동 일대이다. 이곳에 연미정이란 정자가 있어서 붙여진 이름이다.

이었다. 사립문으로 들어가니 단칸방에 바깥 마루도 없고 휑한 흙계단에 멍석 하나만 깔려 있었다. 주인은 우리보고 그 자리에 앉아 줄을 고르고 노래를 부르라고 했다. 찢어진 갓에 해진 도포를 입은 주인은 얼굴도 그야말로 가증스럽게 생긴 이였다. 그는 방 안에서 탕건만 쓴 채 시골 손님 차림새의 몇 사람과 마주 앉아 있었다. 다름 아닌 음관들이었다. 우리는 노래 몇 곡을 연이어 연주했다. 그런데 주인은 손을 내저으며 그치라 했다.

"들을 만한 게 없군!"

그리고 탁주 한 잔씩을 돌렸다. 우리가 다 마시자 물러가라고 하는 것이었다. 우리는 결국 인사를 하고 돌아왔다.

세 번째이다. 여름철 세검정에서 열린 자리에 참석했다. 풍류 재사들과 명사들이 운집한 가운데 맑은 물가 매끈한 바위 사이에 술상이 차려져 있었다. 노래와 춤이 어우러진 잔치에 구경꾼들이 몰려들어 담처럼 둘러섰다. 그때 깔끔하지 않은 옷차림에 외모도 초췌한 한 촌사람이 나타났다. 그는 영락없는 거지 행색으로, 멀찍이 연융대• 아래에 자리하고서 나를 뚫어져라 쳐다보았다. 수상하다 싶던 중에 그가 손짓으로 나를 불렀다. 나는 일단 다가가 만났다.

"나는 창원의 납리•라네. 자네의 이름을 익히 들었었네. 오늘 무슨 행운인지 이렇게 만났구려. 명성을 허투루 얻은 게 아닐세그려."

• **연융대(鍊戎臺)** 도성과 북한산성 사이에 있던 군사훈련 시설로, 북한산 아래 홍지문 뒤쪽 세검정 동편에 있었다. 이곳과 세검정은 현재 종로구 신영동 일대에 해당한다. 인조 때 이괄의 난이 일어난 뒤 도성 방비를 위해 이곳에 총융청을 설치했다.

이렇게 말하더니 허리춤을 더듬어 돈 한 꿰미를 꺼내 내밀었다. 하지만 나는 속으로 비웃었다.

'천하의 바보 같은 사내로구나!'

하지만 겉으로는 부드러운 낯빛으로 거절했다.

"명분 없는 물건을 어찌 받겠어요? 특별히 주시는 뜻은 감사하고 감사하나, 받은 걸로 치지요."

그래도 그는 굳이 주겠다는 했다. 내가 끝내 받지 않자 그는 입을 가린 채 가버렸다.

대감의 몰풍치와 음관의 몰운치와 향리의 못나고 어리석음, 이는 추월이 평생 잊을 수 없는 일이었다.

《청구야담》 권2 제31화 〈秋妓臨老說故事(추기임노설고사)〉

- **납리(納吏)** '상납리(上納吏)'라고도 한다. 지방에서 납세하는 물품을 관리하는 아전으로, 이를 서울로 운송하는 일까지 맡아보았다.

노래와 풍류를 담당했던 예인들

이번에는 음악 편이다. 그림 분야와 마찬가지로 음악 분야도 조선 후기에 새바람이 불었다. 그 변화는 대략 18세기부터 본격화되었다고 보고 있다. 가장 큰 변곡점은 '잡가(雜歌)'라는 새로운 장르의 출현이었다. 이전까지 조선의 노래라고 하면 상층이 향유하던 가곡이나 가사, 시조창이나 서민들의 애환을 노래한 민요가 전부였다. 그리고 17세기경에 판소리가 새롭게 등장했다. 판소리는 고수를 동반한 2인 악단이 연행했으며, 저잣거리나 지방의 장시 등에서 주로 하층이 소비하던 판노래였다.

이렇게 상층과 하층으로 이원화된 노래판에 새롭게 등장한 대중가요가 바로 잡가였다. 잡가는 상층이 구가하던 가사, 시조창 등 정가(正歌)와 대비되는 명칭으로, 실상은 민요 가락에서 출발했다고 한다. 이런 잡가의 출현을 이끈 이들이 44화에 등장하는 이세춘이나 김철석 같은 전문 가객과 연주자였다. 그리고 이들 전문가 집단이 활동하며 벌이는 풍류를 '줄풍류'라고 했다. 줄풍류는 그림의 풍속화나 이야기판의 이야기꾼과 함께 조선 후기 예술 분야의 3대 혁명이자 새로운 문화의 향연이었다.

한편, 줄풍류는 활동 무대도 다양했다. 주로는 중하층이 많이 모이는 도회지의 저잣거리나 지방의 장시였으나, 전문화된 악단은 고관이나 귀족 집안의 연회에 초청되어 유흥을 도왔다. 이세춘 일행은 당시 수준 높은 줄풍류를 선사했던 악단으로 후자에 속했다. 45화에서 그 실상이 잘 드러나 있다. 이런 소규모 악단의 출현과 전문적인 활동은 서양의 실내악을 연상시킨다. 17~18세기 바로크 시대부터 유행했던 서양의 실내악은 적은 인원수로 귀족의 연회 등에서 공연하며 서양 음악의 새로운 유형을 창출했다. 이러고 보면 이즈음은 세계 음악사의 신세계가 도래한 시기였다.

이들 전문 악단은 점차 운영도 조직화되고, 이를 후원하는 후견인도 등장했다. 흔히 예술 분야의 후원자를 '패트런(Patron)'이라 부른다. 서구 르네상스를 주도했던 레오나르도 다 빈치나 미켈란젤로의 명화는 메디치 가문 같은 패트런 없이는 탄생할 수 없었다. 마찬가지로 44화의 심용 같은 인물은 소리꾼들과 연주자들을 후원하여 우리 줄풍류의 성세를 이끌었다. 그러니 심용 같은 이는 당시 예술계의 패트런으로 상정해도 전혀 문제가 없다. 이처럼 몇 개의 박자가 잘 맞아 돌아가면서 조선 후기 음악계는 완전히 일신한 대중가요 형태로 거듭날 수 있었다.

44화는 패트런 역할을 한 풍류객 심용과 그의 악단이 펼친 활약상을 그린 이야기다. 심용은 잘 알려진 인물이 아니다. 아마도 재산이 좀 넉넉했고, 비교적 자유로운 삶을 누렸던 것 같다. 그렇기에 당시 유명했던 전문 음악인들과 교유하며 그들에게 후원을 아끼지 않을 수 있었다. 이런 사실은 심노숭(沈魯崇, 1762-1837)의 〈계섬전(桂蟾傳)〉이라는 전기 작품에서 어느 정도 확인된다. 여기 내용에 의하면, 심용은 계섬을 한양 풍류 마당으로 끌어들인 장본인이자 그녀에게 후원을 아끼지 않았다고 한다. 요컨대, 조선 후기 줄풍류의 유행에 있어서 심용은 빼놓을 수 없는 인물이었다.

당연히 여기에 등장하는 전문 악단 또한 풍류 마당에서 빠질 수 없는 인물들이다. 이세춘은 자가 자원(子元)으로, 영조 때 유명한 노래꾼이었다. 특히 그는 오래전부터 전해 내려오던 시조에 장단을 재배열하여 이를 가곡창으로 성립시킨 인물로 알려져 있다. 요즘으로 치면 가수이자 편곡자이며 작곡가였다. 김철석은 당대의 거문고 명인으로, 실학자 유득공(1748-1807)의 〈유우춘전(柳遇春傳)〉에 '철(鐵)의 거문고'란 인물로 등장한다. 김철석과 유우춘 등은 당시 장안을 주름잡았던 해금과 거문고 연주의 장인이기도 했다.

그리고 춤과 노래를 담당했던 기녀 추월과 매월, 계섬도 당대 가무하는 기녀 가운데 최고수들이었다. 이 중 추월은 45화의 주인공이자 화자이며, 따로 풍자소설인 〈이춘풍전〉의 여주인공이기도 하다. 다만 〈이춘풍전〉에서는 평양의 명기로, 이춘풍의 장사 밑천을 다 탕진시키는 교활한 기녀로 그려져 있다. 계섬은 조선 후기 기녀 가운데 드물게 입전된 인물이다. 앞서 언급한 〈계섬전〉에 의하면, 그녀는 황해도 송화현(松禾縣)의 아전 집안 출신으로 당대 몇몇 문인 및 부상(富商)들과도 교유했고 지조가 높았다고 한다. 나중에는 당시 권력을 휘둘렀던 홍국영의 노비가 되었다가 그가 실각하자 자유로운 몸이 되었고, 이후 심용의 지원 아래 이세춘, 김철석 등과 함께 소리패 활동에 전념했다. 다만 매월에 대한 정보는 따로 남아 있지 않다.

본 이야기는 당대를 주름잡았던 전문 악단과 패트런 심용이 한패가 되어 벌인 풍류담으로 이들의 두세 가지 일화를 소개하고 있다. 이 중 한강의 선유락과 대동강 뱃놀이가 장관이다. 실제 선유 문화는 이 두 곳이 가장 유명했다. 한양의 유흥 공간은 크게 시회(詩會)를 열었던 인왕산 일대와 뱃놀이를 했던 한강으로 나뉜다. 따라서 도성 주변에서의 강 문화는 한강의 뱃놀이였다. 평양의 유흥 문화와 그 성격에 대해서는 앞에서 이미 언급했는데, 대동강에서의 뱃놀이는 특히 장관이었다. 김홍도의 《평양감사향연도첩(平壤監司饗宴圖帖)》이라는 그림첩이 있다. 그 가운데 한 폭이 〈월야선유(月夜船遊)〉라는 작품이다. 달밤에 즐기는 대동강 뱃놀이를 그린 것인데, 이야기 중의 '이윽고 풍악 소리가 하늘에 울려 퍼지고 배들이 강을 뒤덮었다.'라는 언급과 딱 맞아떨어진다. 그러니 여기 심용 일행을 김홍도의 화폭 안에 집어넣으면 그 그림이 살아 움직일 것 같다.

이런 문화는 사실 상층 사대부들의 전유물이었기에 그들만의 놀이라는 한계는 있었다. 그러나 이런 상층 문화가 없었다면 수준 높은 악단도 구성될 수 없었으며, 문화예술의 성숙도도 달라졌을 것이다. 이런 점을 환기하면서 당대의 감흥으로 감상할 수 있으면 좋겠다. 지금 한강 유람선과 고수부지의 야경이 조선 후기 한강 유람과는 천지 차이겠지만, 공간은 똑같은 곳이었다.

45화는 추월의 회고담이다. 앞 화에서 접했듯이 추월은 당대의 명기였다. 이야기에서 '장안의 화류계를 수십 년 동안 주름잡았다'는 표현이 빈말이 아니었다. 다만 이야기 시점은 늘그막으로, 과거를 회상하는 형식을 취했다. 그러니 앞서 심용이 이끄는 악단 시절을 떠올려 보면 될 듯하다. 그런데 앞 화가 이들의 풍류 성사를 다루었다면, 여기서는 반대로 잊을 수 없는 진상 고객을 들었다. 그럼, 그녀에게 진상인 손님은 누구였던가? 겉모습은 올곧은 군자 같았으나 풍류라고는 눈곱만큼도 없는 어느 대감, 찢어진 갓에 해진 도포를 입고 음악에는 관심이 없는 음관들, 촌구석에서 올라와 유명한 기녀를 만났다고 좋아하는 납리이다.

이들의 신분이나 행태는 저마다 달랐지만, 추월이 멋없다고 보는 데는 한두 가지 공통점이 있다. 첫째, 저들은 추월 일행의 수준 높은 음악을 전혀 이해하지 못할 뿐만 아니라 관심도 없었다. 박자가 맞지 않는 데도 '좋다'고 한다거나, 연주에는 집중하지 않고 저들끼리 쑥덕거리거나, 음악은 안중에도 없고 기녀나 보려고 달려드는 꼴들이다.

당시 음악계의 공연과 향유 사이에 여러 결이 있었음을 방증한다. 그리고 이들은 공연에 대한 예우를 몰랐다. '맛없는 술에 말라비틀어진 육포 쪼가리'나 '탁주 한 사발' 내오는 게 전부였다. 무슨 유명한 연예인을 만난 듯이 무턱대고 돈 한 꿰미를 내미는 지방 납리도 예의를 상실했음은 물론이다. 이들 모두 풍류 마당에서 결격인 자들이다.

그런데 흥미롭게도 이런 몰풍류를 추억하는 속에서 당시의 공연 현장이 오히려 생생하게 그려지고 있다. 음을 고르고 잡가를 부르는 악단의 공연 준비 과정이나 음악을 향유하는 이들의 면면이 다채롭다. 또한 공연장도 도성 안 판서의 집은 물론 동대문 밖 연미동 초가집, 명사들이 야유회를 하던 세검정 등 다양하다. 즉 고관의 저택이나 일반 양반가, 그리고 야외 명승지가 이들의 주요 활동 무대였음을 짐작케 한다.

추월의 회고담에서 놓칠 수 없는 점이 또 있다. 그녀가 몰풍류의 사례를 우스운 일이라고 전제했지만, 이 안에는 음악인으로서의 정체성이나 자긍심이 묻어나 있다. 이를테면 음률도 모르고 반응하는 자들을 언급하면서 자신들의 연주와 노래에 대한 자부심을 은근슬쩍 드러내고, 저들의 푸대접을 언급함으로써 이런 기예가 정당하게 평가받지 못하는 현실을 넌지시 고발하기도 했다.

10장

풍자와 해학

46화

느닷없이 수령의 뺨을 때린 통인

호남 어느 고을에 한 수령이 있었다. 그는 너무 엄한 영을 내리는 데다 세금 납부 독촉이 심했으며 형벌도 가혹했다. 그러니 고을 사람들은 벌벌 떨며 하루하루를 살아갔다. 마치 가슴 조이며 숨을 죽이고 발을 포갠 채 서 있는 형국이었다. 그러던 어느 날, 행수 이방이 이방들을 모아놓고 대책을 의논했다.

"우리 관아는 원님께서 잘못 다스리고 형벌도 너무 혹독하여 누가 언제 화를 당할지 모르는 상황일세. 이렇게 몇 년이 지나면 우리도 남아날 수 없고 고을 사람들도 죄다 흩어져 아예 사라질 판이네. 이러고서 어떻게 고을을 잘 다스리겠는가? 아무래도 원님을 쫓아낼 방책을 세워야겠네."

좌중에서 한 이방이 나섰다.

"이리이리하면 어떻겠습니까?"

모두 좋다며 반겼다.

"정말 절묘한 꾀야!"

드디어 왁자지껄 단단히 서로 약속하고 흩어졌다.

어느 날, 수령이 아침에 일어나 관리들의 업무 보고를 받았다. 보고가 끝나자 다른 공무가 없었던 수령은 혼자 앉아 서책을 보았다. 그런데 한 어린 통인이 부지불식간에 그의 앞으로 다가와 느닷없이 손으로 그의 빰을 갈기는 것이었다. 노발대발한 수령은 다른 통인을 불러 그자의 머리채를 잡아 끌어내라며 호통을 쳤다. 그러나 다른 통인들은 멀뚱히 서로 쳐다보기만 할 뿐 아무도 이 말을 따르려 하지 않았다. 다시 수하의 사환들과 사령들을 불렀으나 그들도 일절 대꾸하지 않은 채 입을 가리고 웃었다.

"사또 나리께서 실성하셨군요! 아무렴 통인 녀석이 나리의 빰을 때릴 리가 있겠습니까?"

원래 조급한 성미였던 수령은 분노가 복받쳐 올랐다. 창문을 밀치고 책상을 걷어차며 고함을 지르는 등 야단법석이었다. 몸을 들썩이며 씩씩거리는 모습이 해괴하기 짝이 없었다. 이를 본 이방들이 책실•에게 달려가 아뢰었다.

"사또 나리께서 병환이 나셨는지 안정을 못 하시고 미친 듯 헛소리를 질러대고 계십니다. 상황이 심각해 보입니다."

자제들과 책실이 황급히 동헌으로 올라갔다. 수령은 잠깐 사이에도 일어섰다 앉았다 하며 사방침을 손으로 내리치기도 하고 창호를

• **책실(册室)** '책객(册客)', '책방(册房)' 등 다양하게 불렸다. 지방의 감영이나 고을에서 문서를 담당하는 역할을 했다. 그러나 실제로는 감사나 군수 등이 사적으로 채용했던 일종의 비서직으로, 친분이 있는 사람이나 친척 등을 책실로 데려간 경우가 많았다.

발로 차기도 하는 등 이만저만 날뛰는 게 아니었다. 아들과 책실이 오는 걸 본 수령은 통인이 자기 뺨을 때리고 관속이 영을 거역한다며 고함을 질렀는데, 얼마나 화가 치밀었던지 말에 조리가 없었다. 그런 데다 마음에 큰불이 났는지 눈과 눈동자가 벌겋게 달아올랐다. 전신은 땀으로 젖었고 입에는 거품을 가득 물고 있었다. 이들은 수령의 이런 모습을 보고 미친병이 발작했다고 확신했다. 게다가 통인이 뺨을 때렸다는 말은 상식적으로 따져봐도 일어날 수 없는 일이었다. 아들이 조용히 다가가 수령에게 아뢰었다.

"아버님, 편히 앉으시고 고정하세요. 통인이 아무리 몰지각하고 인사를 모른다 해도 아무렴 뺨을 때릴 리가 있겠습니까? 아무래도 병환이 나셨나 봅니다."

수령은 이 말에 치미는 분노를 참지 못하고 욕설을 마구 퍼부었다.

"네 이놈! 너는 내 자식이 아니다. 너희들도 통인 놈들과 한통속이렷다? 썩 물러가고 다시는 내 앞에 나타나지도 마라."

책실과 아들은 안 되겠다 싶어 고을 의원을 오라 하여 맥을 짚고 약을 써볼 참이었다. 그러나 수령은 거부했다.

"내가 무슨 병이 났다고 약을 쓰려고 하느냐?"

수령은 달려온 의원을 나무라며 약을 물리치고는 종일토록 길길이 날뛰었다. 책실조차 병이 났다고 인정하는 판에 누가 수령의 말을 귀담아듣겠는가? 오늘도 이러하고 내일도 그러하며, 잠을 자지도 먹지도 않으니 진짜 미친병이 들고 말았다. 이제 관내의 사람들 가운데 수령이 미쳤다는 것을 모르는 이가 없게 되었다. 감사는 이 소식을 듣고 즉시 장계를 올려 그를 파직시켜 버렸다. 수령은 어쩔 수 없이 짐을 챙겨 상경길에 올라야 했다. 돌아가면서 감영에 들러 감사를 뵈었더니 감사가 물었다.

"듣자 하니 조심해서 조리해야 한다고 하던데 지금은 어떠하오?"

"저는 진짜 병이 난 게 아닙니다."

그러고는 자초지종을 말하려고 했다. 그러나 감사는 손사래를 치며 말을 막았다.

"병이 재발했군! 속히 일어나 떠나게."

수령은 하던 말을 다 못 한 채 하직하고 물러나 집으로 돌아와야 했다. 수령은 집에 와서도 가만히 그때 일만 생각하면 분통이 터지고 원통하여 마음을 걷잡지 못했다. 어쩌다가 발설하려 하면 그때마다 가족들도 옛날 병이 도졌다며 곧장 의원을 불러 약을 처방하려 했다. 끝내 그는 이 일을 입에 올릴 수 없었다.

그가 늘그막에 이르렀을 때 이런 생각이 들었다.

'지금은 늙었고 세월도 많이 흘러 이미 옛날 일이 되었군. 이제는 이 얘길 꺼내더라도 옛날처럼 병이 도졌다고 하지 않겠지.'

그래서 자식들을 불러 모았다.

"내가 아무 해에 아무 고을을 다스렸을 때 통인 놈이 내 뺨을 때린 사건이 있었느니라. 너희들은 지금도 내가 미친병에 걸려 그랬다고 아는 것이냐?"

자식들은 화들짝 놀라며 서로를 쳐다보았다.

"아버님의 저 증세가 오랫동안 재발하지 않았는데 오늘 왜 갑자기 도지셨지? 이를 어쩐다지?"

초조해하며 걱정하는 기색이 역력했다. 결국 수령은 이 일을 다시 꺼내지 못하고 그저 한바탕 크게 웃고 말았다. 그는 임종 때까지도 분이 가시지 않았으나 끝내 이를 풀지 못했다고 한다.

《청구야담》 권4 제19화 〈逐官長知印打頰(축관장지인타협)〉

47화

어사를 쓰개 씌워 망신 준 기녀

예전에 어떤 이름난 관리가 있었다. 그가 어사가 되어 전주를 순시할 때였다. 원래 그는 직함과 자리를 믿고 오만하게 굴기가 견줄 데 없는 인물이었다. 그래서 수청 드는 기녀를 들이지 말라 명하고 항상 혼자 묵었다.

감사와 부윤•은 몰래 의논하여 이런 그를 속여 곤경에 빠뜨리고자 했다. 먼저 관기 중에 재색이 으뜸인 자를 골랐다. 옅은 화장에 소복을 입혀 촌 아낙네로 분장시키고는 그녀더러 어사의 거처 앞을 자주 들락날락하며 얼씬거리라고 했다. 아울러 통인 가운데 시중드는 아이를 어사에게 붙여 소식을 주고받을 선을 놓아두었다.

어사는 과연 그녀를 보고 나서 정신이 아찔해졌다.

• **감사와 부윤** 감사는 지금의 도지사, 부윤은 시장에 해당한다. 전라도 감영이 전주에 있었기에 여기서는 전라 감사와 전주 부윤을 말한다.

"저 아이는 누구더냐?"

이렇게 통인에게 묻자 바로 아뢰었다.

"소인의 누이입니다. 소인을 만나려고 찾아왔나 본데, 촌 아낙이라 관가의 법도를 알지 못합니다. 어사또께서 계신 관사를 피해야 하는 줄도 모르지요. 황공하여 몸 둘 바를 모르겠습니다."

"여길 피하지 않았다고 해서 해될 게 뭐 있겠느냐? 한데 소복을 입고 있는 이유는 무엇이냐?"

"지아비가 죽고 아직 탈상하지 못해서입니다."

어사는 이때부터 마음을 걷잡을 수 없었다. 어느 날 밤, 몰래 통인을 불러 일렀다.

"내 너의 누이를 한번 만나보려 하는데, 좀 불러다 주겠느냐?"

통인 아이는 짐짓 놀라고 두려운 척했다.

"어사또 나리의 위엄은 하늘과 같고 소인의 누이는 천한데 어찌 감히 뵙게 할 수 있겠습니까?"

어사는 부드러운 말로 통인을 꾀었다.

"네 누이를 보니 분위기가 범상치 않더구나. 내 실은 데리고 살고 싶어서 그러느니라. 네 누이가 개가할 뜻이 있다면 내 첩으로 삼을 것이다. 그러면 좋은 일이 아니겠느냐? 너는 꼭 내 뜻을 누이에게 전하고 남몰래 맞이해 오너라."

통인 아이는 도저히 감당할 수 없는 일이라며 잡아떼었다. 조바심이 난 어사가 몇 번이나 어르고 달랜 끝에 통인이 그제야 그러겠다고 했다.

다음 날 밤이 깊어졌을 때 통인은 몰래 누이를 데려와 어사의 거처로 들여보냈다. 기녀란 요물이라, 누이는 갖은 아양을 다 떨며 어사를 유혹했다. 어사는 결국 그녀에게 푹 빠지고 말았다. 이리하여 기녀는 날이면 날마다 저녁 무렵에 들어왔다가 새벽녘에 나가곤 했다. 아울러 기녀는 어사가 서울로 돌아갈 때 틀림없이 데려가겠다는 약조까지 받아냈다.

그러던 어느 날 밤, 기녀가 어사에게 투정을 부렸다.

"나리께서는 정분이 중요하다고 하시더니 그저 헛된 말일 뿐이군요."

어사가 물었다.

"왜 그렇게 말하는 게냐?"

"소첩의 집이 관아에서 지척에 있는데도 나리께선 한 번도 찾아와 주시지 않으니까요. 우리의 정분이 이 정도밖에 안 된단 말인가요?"

"한번 찾아가고픈 마음이야 왜 없겠느냐. 하지만 남의 이목이 있지 않느냐?"

"밤을 틈타 가벼운 옷차림으로 몰래 왕림하신다면 누가 알아보겠어요?"

어사는 마지못해 그녀의 제안을 따르기로 하여 나막신을 끌고 몰래 기녀의 집으로 갔다. 도착하여 옷을 벗고 잠자리에 들려는 참이었다. 통인 아이가 이 사실을 몰래 감사에게 보고한 뒤였기에, 감사는 도사• 및 부윤과 함께 별당에 연회 자리를 마련해 둔 상태였다. 이날 밤 달빛은 대낮처럼 밝았다. 기녀며 악단이 화려한 풍악을 울리고 배우들

• **도사(都事)** 감사를 보좌하는 역할을 맡았던 지방관.

은 동헌 뜰에서 놀이를 벌였다. 한편, 일반 백성들도 마음대로 들어와서 구경하도록 관아 문을 활짝 열어놓고 출입을 막지 않았다. 그러자 고을 사람들이 너나 할 것 없이 몰려들었다.

이에 기녀가 어사에게 의향을 떠보았다.

"가서 구경하지 않으실래요?"

"너야 갈 수 있겠지만 나는 못 가겠다."

그래도 계속 졸랐다.

"저만 가면 아무 재미가 없으니 안 갈 거예요. 제발 함께 가셔요."

어사는 또 하는 수 없이 같이 가자며 일어섰다. 그런데 갓과 옷을 찾았으나 찾을 수가 없었다. 기녀가 이미 자리에 누울 때부터 숨겨놨기 때문이다.

"여기에 제 어미의 다리•와 검은색 장옷이 있으니, 나리께선 이것을 입고 나가셔요. 나리의 신분을 감추는 데 이 변장이 딱이겠어요."

어사는 별수 없이 늙은 아낙네 차림으로 기녀와 함께 밖으로 나갔다. 사람들이 모여 있는 속으로 뒤섞여 들어가 관아의 뜰 가에 있는 대숲에 몸을 숨긴 채 구경했다. 그런데 이들이 막 문으로 들어설 때 관아 사람들이 몰래 엿보고 있다가 아무도 모르게 감사에게 보고했다. 감사는 곧 영을 내렸다.

"구경하는 자들이 너무 많구나. 이제 그만 문을 닫고 출입을 엄히 금하거라! 이미 들어온 자들은 나가지 못하게 하고 아직 들어오지 못

• **다리** 여자들이 머리에 덧대던 딴머리. 머리숱이 많아 보이게 하려는 일종의 가발이었다. 구름머리라고 하는 머리 장식인 '가채'와는 구별된다.

한 자들은 들이지 말거라."

이어 도사와 부윤 등에게 말했다.

"오늘 밤 잔치에 어사또를 초청하지 않는다면 영 격이 떨어지겠소."

좌중도 모두 이구동성으로 그렇다고 했다. 감사는 심부름꾼 관리를 어사에게 보내 연회에 참석해 달라고 요청하도록 했다. 그런데 심부름꾼이 가더니 빈손으로 돌아왔다.

"어사또께서 계시지 않아 관사를 다 뒤졌는데도 결국 찾지 못했습니다."

이에 감사는 놀란 척했다.

"그게 무슨 말이냐?"

그러고는 당장 영을 내려 관사 안을 샅샅이 뒤져서 어사를 찾도록 했다. 하지만 끝내 종적을 알 수 없었다. 그러자 이번에는 부윤이 나섰다.

"혹시 어사또께서 미행하느라고 저들 구경꾼 속에 들어와 계시지는 않을까요?"

좌중은 하나같이 그럴 리가 없다고 했다. 그러자 부윤은 다시 억지를 부렸다.

"일이란 알 수 없는 겁니다."

이리하여 감사는 문지기에게 명하여 관아 문을 반만 열어두고서 뜰에 들어와 있는 사람들을 하나씩 나가게 했고, 군관을 시켜 문에서 지켜보게 했다. 한참 뒤 뜰은 텅 비어 남은 사람이 아무도 없었다. 감사는 다시 명하여 대숲을 샅샅이 뒤지도록 했다. 아랫사람들이 숲으로 달려들어 뒤지다가 일제히 소리쳤다.

"여기에 두 사람이 숨어서 엎드려 있습니다!"

그들을 끄집어내어 살펴보고는 야단스레 소리를 질렀다.

"한 사람은 여인네 장옷을 입고 머리에는 다리를 얹었는데, 이상하게도 수염이 많이 나 있습니다. 도대체 누구지?"

감사는 그들을 데려오라 하여 횃불을 밝히고서 자세히 살폈다. 주위에 있던 사람들이 모두 생김새가 어사또와 비슷하다고 하자 감사도 놀라는 척했다.

"어사께서 이런 복장을 하고 계실 리가 있겠느냐?"

이윽고 그 사람을 데리고 올라가 연회장 자리에 앉혔다. 촛불 아래에서 머리에 쓴 다리를 벗겼더니 과연 어사또가 맞았다. 자리에 함께 한 손님들과 기녀, 악공은 물론 뜰을 가득 메운 이방과 군졸 등등 이 광경을 목격한 이들은 입을 막고 포복절도하고 말았다. 감사가 어사에게 물었다.

"어사께서 어찌 이 모양을 하고 계십니까?"

어사는 얼굴이 잿빛으로 변하며 고개를 떨군 채 말을 하지 못했다. 감사는 어사가 입은 옷 그대로 윗자리로 모셨다. 그리고 어사가 아끼던 여인을 불러 그 옆에 앉히니 딱 기생이지 않은가. 이에 술상을 올리고 풍악을 울리며 밤새도록 웃고 즐기다가 자리를 마쳤다.

다음 날, 어사는 아무에게도 알리지 않은 채 도망치듯 떠났으며 결국 이때부터 벼슬길은 막히고 말았다.

《천예록》 제21화 〈御史巾幗登筵上(어사건괵등연상)〉

48화

사또를 농락한 꾀 많은 아전

아무개가 산간 고을의 수령이 되어 그곳을 다스리던 때이다. 청렴결백했던 수령은 고을을 다스리면서 물건 하나도 함부로 취하는 법이 없었다. 그러나 원래 세상 물정에 어두운 데다 옹졸했으며 일 처리도 허술했다. 임기가 다 되어 돌아가야 하는데 행낭은 썰렁하여 가져갈 물건이 하나도 없었다. 수령은 절로 절박한 심정이 들었다.

한편, 아전 아무개는 어떤 일에든 영리하여 수령이 평소 신임했다. 그 아전은 자신을 발탁해 준 수령이 아주 고마웠다. 그래서 한 번이라도 은혜에 보답하고 싶었다. 마침 수령이 진퇴양난의 어려운 처지에 놓인 걸 보고는 속으로 몹시 안타까웠다. 아전은 주변 사람들을 물리치고 수령에게 은밀히 아뢰었다.

"사또께서 워낙 청렴하시어 고생을 자처하십니다. 이제 임기도 다 되어가는데 여장도 꾸리기 어려우시다니요? 소인이 성심으로 보답하고자 한 가지 묘안을 생각해 냈습지요. 이 묘안대로라면 돌아가시는 길이 염려 없을 뿐만 아니라 앞으로 사또 나리 댁도 풍족하게 살 수 있을 겁니다."

"네 말이 이치에 맞는다면 왜 따르지 않겠느냐."

아전의 얘기는 이랬다.

"아무 좌수의 집이 우리 고을에서 최고 부자라는 사실은 사또 나리께서도 이미 알고 계신 줄 압니다. 오늘 밤 소인과 작당하여 도둑이 되어보시는 게 어떨지요? 그러면 천금을 당장 손에 넣을 수 있습지요."

이 말에 수령은 대로했다.

"네 이놈! 그런 불법한 일에 감히 나를 끌어들인다고? 수령인 내가 어찌 도둑질을 한단 말이냐? 망령된 소리 말거라. 이놈 몽둥이찜질을 해야겠구나."

아전은 물러서지 않았다.

"사또께서 이리 고집만 부리시니 공금으로 빚진 수백 냥은 어떻게 갚을 것이며, 노잣돈 오륙십 꿰미는 또 어디서 마련하실 겁니까? 게다가 댁으로 돌아가서는 또 어떻겠습니까? 풍년이 든 해인데도 마님은 굶주림에 슬퍼하시고, 겨울이 따뜻해도 자제들은 추위에 울먹이겠지요. 집안 살림은 텅텅 비고 가마솥에 먼지가 쌓이면 그땐 소인의 말이 절로 생각나실 겁니다. 이번 일은 어둠이 깔린 밤에 하는 짓이라 귀신도 알아채지 못할 것입니다. 이거야말로 이른바 '무력으로 빼앗아 정도로써 다스린다'•는 것입니다. 사또 나리, 다시 한번 헤아려

• **무력으로 빼앗아 정도로써 다스린다** 역성혁명으로 나라를 차지했으나 올바른 도로 백성을 다스린다는 의미다. 중국 하·은·주 시대에 패덕한 왕이었던 걸왕(桀王)과 주왕(紂王)을 내치고 어지러워진 세상을 바로잡은 탕임금과 무왕의 정치에서 유래했다.

주십시오."

수령은 묵묵히 앉아 곰곰이 따지다가 아전의 말에 점점 걸려들고 말았다. 이윽고 눈살을 찌푸리며 말했다.

"그래, 한번 해보자. 나는 어떤 차림으로 나가면 되겠느냐?"

"탕건과 발막•에다 가뿐한 복장이면 되십니다."

이리하여 수령은 아전과 함께 밖으로 나왔다. 때는 거리에 인정 소리가 그치고 사람 소리는 점점 잦아들고 있었다. 달이 지고 안개가 자욱하여 밤은 칠흑같이 어두웠다. 두 사람은 사다리를 이용해 좌수의 집 담장을 넘어 잠입했다. 그러고는 곳간 앞에 이르자 구멍을 뚫고 안으로 들어갔다. 그때 갑자기 아전이 깜짝 놀라는 것이었다.

"술 곳간으로 잘못 들어왔네요. 그렇긴 하나 평소 제가 주량이 큰지라, 이 향긋한 술을 마주하고 보니 절로 침이 고이네요. 우선 한잔 하시지요."

그러더니 수령이 신고 있던 발막 한 짝을 벗겨 거기에 술을 가득 퍼서 두 손으로 받들어 올렸다. 이 지경이 된 이상 수령도 억지로 받아 마셨다. 아전은 연거푸 발막으로 네다섯 번을 들이켜고는 취한 척 큰 소리로 떠들기 시작했다.

"소인은 보통 술을 마셔 귓불이 달아오르면 장가• 한 가락을 뽑곤 하는데, 제법 잘 부른답니다. 지금 기분 좋게 흥이 일어나니 가만있

- **발막** 마른 신의 한 가지로, 주로 상층의 남성이 신었던 고급 신발. 모양새는 뒤축과 코에 꿰맨 솔기가 없고 코의 끝이 넓적하며, 가죽 조각을 덧대고 주변을 젖지 않게 칠을 했다.
- **장가(長歌)** 일반 시조보다 긴 가락의 노래. 가사나 잡가 따위를 말한다.

을 수 있겠습니까. 나리께선 장단을 치며 듣고 계십시오."

놀라 나자빠질 지경인 수령은 손을 휘저으며 급히 막아섰다. 그런데도 아전은 다짜고짜 큰 소리로 노래를 시작했다. 삽살개가 문에서 짖고 잠들었던 사람들이 놀라 깼다. 단잠에 빠졌던 장정 두셋이 깜짝 놀라 '도적이야!' 하고 고함을 지르며 뛰어나왔다. 아전은 이 틈을 타 곳간에서 빠져나와 뭔가로 구멍을 막아버렸다. 수령은 빠져나가려고 해도 나갈 수 없게 되어버렸다. 이에 너무 황급하여 어쩔 줄 모르다가 우선 술독 사이에 몸을 숨겼다. 장정이 횃불을 들고 여기저기 비추어보더니 외쳤다.

"도둑이 술 곳간에 들었다!"

그들은 자물쇠를 따고 곳간 문을 열고 들어가서 도둑을 붙잡아 꽁꽁 묶었다. 마치 독 안에 든 쥐를 잡듯 손으로 낚아채 잡아다가 가죽 부대에 집어넣고 대문 앞 버드나무 가지에 매달았다. 다음 날 관아에 아뢰어 단단히 다스릴 참이었다. 한편, 아전은 이때 좌수 집 사당으로 몰래 들어가 불을 질러놓고 외쳤다.

"불이야!"

집안사람들이 죄다 나와 정신없이 불을 끄느라 사당 쪽으로 갔고, 집 안에는 좌수의 부친만 남게 되었다. 이 어른은 반귀신인 99세 노인으로 뒤채에 멍하니 앉아 있었다. 아전은 뒤채로 슬그머니 들어가서 노인을 끌고 버드나무 아래로 가서는 걸려 있던 가죽 부대를 끌어내린 다음 수령을 대신해 노인을 집어넣었다. 그리고 수령을 부축해 부랴부랴 도망쳤다. 수령은 '걸음아 나 살려라' 하면서 도망쳐 동헌으로 돌아왔다. 숨은 헐떡이고 목은 다 쉬었다. 마음속에선 걷잡을 수 없는 화가 치밀어 누를 길이 없었다. 이윽고 눈을 부릅뜬 채 아전에게 고래고래 소리를 질렀다.

"네놈이 나를 죽이려는군, 죽이려고 했어! 세상에 어디 자기 원님을 도둑으로 만들고, 도둑 주제에 술을 퍼마시고 노래를 부르는 놈이 있단 말이냐?"

하지만 아전은 외려 웃었다.

"소인의 절묘한 수가 지금 들어맞은 것입니다. 나리께서 부대에서 빠져나오고 난 뒤 좌수의 부친을 대신 넣어두었답니다. 이 사실을 아는 사람은 아무도 없고요. 사령들을 보내 당장 끌고 오라 하여 옥에 가둬두십시오. 그리고 내일 아침 관아가 열리면 좌수에게 들어오라고 하십시오. 그리고 그의 앞에 부대를 풀어놓고 불효한 죄상을 밝히십시오. 칼에 씌워 단단히 가둔 다음 이리이리하시면 수천 금을 앉아서 차지할 수 있을 겁니다."

수령은 이번에도 별수 없이 아전의 말에 따라 이른 새벽부터 좌수를 들라 했다. 좌수가 관아에 이르자, 수령은 동헌으로 올라와 앉으라고 한 다음 물었다.

"그대 집에서 간밤에 도둑놈을 잡았다지. 지금 옥에 가둔 도둑을 끌어내 그대 앞에서 엄히 다스려야겠다."

이어서 사령들을 시켜 가죽 부대를 끌고 나와 풀어보라고 했다. 그랬더니 그 안에서 한 늙은이가 기지개를 켜며 나왔다. 다름 아닌 좌수의 부친이었다. 좌수는 놀랍고 두렵고 또 부끄러웠다. 이에 섬돌을 내려가 바짝 엎드리며 아뢰었다.

"이분은 소생의 노부이십니다. 집안사람들이 잘못 알고 잡아넣은 듯하니, 저의 죄는 만 번 죽어도 마땅합니다."

수령은 책상을 내리치며 대로했다.

"내 진작 네가 불효막심한 자라는 걸 고을 소문을 통해 들었느니라. 이번에도 강상을 무너뜨린 죄를 저질렀으니 용서할 수가 없구나!"

그러고는 수하 사령을 불러 좌수를 번쩍 안아 땅에 엎드리게 한 뒤 살위봉• 스무 대를 사정없이 치게 했더니, 좌수의 살이 터져 피가 튀겼다. 이어 사형수에게 씌우는 스무 근짜리 칼을 씌워 하옥시켰다. 옥에 갇힌 좌수는 아무리 생각해 봐도 실로 예교를 어지럽힌 큰 죄인지라 살아날 길이 없을 것 같았다. 다만 아무 아전이 원님과 긴밀한 사이라는 걸 들었던 터라 몰래 그와 접촉했다.

"자네가 이 무거운 죄를 벗겨준다면 수천 금으로도 그 보답이 부족할 걸세."

이렇게 애걸복걸하면서 먼저 백금 200냥을 내놓았다. 아전은 어려운 일이라며 내빼다가 한참 만에 마지못해 그렇게 해보자며 응낙했다. 아전은 받은 200냥을 밤에 아무도 모르게 자기 집에 가져다 놓은 다음, 관아로 들어가 수령을 뵙고 좌수를 관대하게 처분하여 방면해 주도록 했다. 돈은 한 푼도 남기지 않고 고스란히 수령의 거처로 보냈다.

얼마 뒤 신관 사또가 내려와 동헌에서 임무 교대를 하게 되었다. 수령은 번뜩 이런 생각이 들었다.

'저 아전을 남겨두었다간 지난번 일이 아마도 세고 말겠지.'

• **살위봉(殺威棒)** 범인을 가두기 전에 기를 꺾기 위해 때리는 몽둥이, 또는 그런 행위를 말한다.

이에 수령은 신관 사또에게 넌지시 이렇게 당부했다.

"관내 아전 아무개는 간사하고 교활하여 권력을 농단할 수 있으니 가만두어서는 안 될게요. 내가 떠나고 나면 반드시 그자를 죽여야 하오. 그래야 온 고을이 편안해질 거요."

이렇게 신신당부하고 떠났다. 신관 사또는 구관의 부탁이 분명 본 게 있어서 그럴 것이라고 여겼다. 게다가 그의 부탁을 거절해 버리기도 어려웠다. 그래서 이튿날 공무가 시작되자마자 아무 아전을 잡아오라고 하여 불문곡직하고 당장 쳐 죽이려고 했다. 아전은 속으로 따져보았다.

'내가 신관 사또에게 죄를 지은 게 없는데 왜지? 이는 분명 구관 사또가 자기 일이 발각될까 싶어 나를 죽여 입을 막으려는 것이렷다. 처음부터 안 했으면 몰라도 이미 했으면 그만둘 수 없는 법, 나도 살 방도를 찾아야지.'

그러고서 신관 사또를 보니, 마침 왼쪽 눈이 애꾸였다. 아전이 큰 소리로 애원했다.

"소인은 사또께서 교대하시는 지금 특별히 지은 죄나 허물이 없습니다. 아마도 구관 사또께 눈을 고쳐드린 일이 있는데 혹시 이 때문인지요? 이것으로 죽게 된다면 소인이 어찌 억울하지 않겠습니까?"

신관 사또는 이 말에 솔깃하여 물었다.

"네가 무슨 기술이 있어서 눈을 치료했단 말이냐? 말해보거라. 봐서 살려줄 수도 있으니 말이다."

"소인이 소싯적에 정처 없이 강호를 떠돌다가 한 이인을 만났습니다. 그에게 지금까지 전해지지 않았던 청낭(靑囊)을 받았지요. 이 비법을 쓰면 먼눈을 말끔히 치료할 수 있습니다."

신관 사또는 눈을 고칠 수 있다는 말에 흥분하여 아전의 결박을 풀어주었다. 그러고는 동헌 마루로 올라오라고 하여 마주 앉아 위로까지 해주었다.

"전임 사또는 참으로 인정 없는 사람이로구나. 그런 큰 은혜를 입고도 보답은커녕 도리어 죽이려 하다니. 보다시피 나도 눈이 하나 멀었는데 잘 치료해 줄 수 있겠느냐?"

아전은 사또의 눈을 한참 살펴보더니 입을 열었다.

"이 증상은 가장 고치기 쉬운 경우입니다. 사또께서 밤에 잠깐 소인의 집으로 납시면 기막힌 비법으로 치료해 드리겠습니다."

사또는 기분이 너무 좋아 날아갈 것 같았다. 해가 왜 이리 더디 지는지 한스러울 정도였다. 날이 저물자 사또는 편한 복장으로 혼자 관아를 나섰다. 아전은 진작 자기 집 문밖에서 사또를 기다리고 있었다. 사또가 찾아오자 뒤채로 모셨다. 술잔과 안주를 벌여놓고 수륙의 진미도 한껏 대접했다. 술이 반쯤 거나해지자 사또가 보챘다.

"밤이 깊었구나. 이제 치료해 보겠느냐?"

아전은 그러겠다고 답할 뿐이었다. 얼마나 지났을까, 아전은 누런 암송아지 한 마리를 끈으로 묶은 다음 술상 자리 앞으로 끌고 왔다. 사또는 경악하며 물었다.

"송아지는 뭘 하려고 끌고 왔느냐?"

"이것이 바로 기막힌 치료약입니다. 이놈과 한바탕 일을 치르고 나면 눈이 저절로 떠지게 됩니다."

이 말을 어찌 믿을 수 있겠는가? 사또는 당장 일어섰다. 그러자 아전은 함박웃음을 지으며 말했다.

"구관 사또께서 소인을 죽이려 하는 것도 이 때문이었지요."

사또는 긴가민가 싶었다. 다시 자리에 앉았으나 선뜻 앞으로 다가가지는 못했다. 아전은 다시금 독촉했다. 당장 눈을 고치는 게 급선무였던 사또는 술기운까지 거나해져 이윽고 바지띠를 내리고 두 무릎을 꿇은 채 송아지를 끌어당겼다. 이윽고 몽롱한 상태로 진퇴를 거듭했다. 애먼 송아지는 '음매' 소리치며 발굽을 차고 이빨을 드러내며 발광했다. 그래도 간신이 일을 치렀다. 이어 아전은 사또를 문밖까지 나가 배웅하며 아뢰었다.

"소인이 내일 아침 관아에 가서 경하드릴 텐데, 그때 막걸리 석 잔으론 안 될 것입니다."

사또는 돌아와 동헌에 앉아 촛불을 켠 채 아침이 오기를 기다렸다. 거울에 얼굴을 비춰보니 밤새 잠을 못 잔 탓인지 오른쪽 눈마저 멀어지려 했다. 분통이 터지고 부끄러운 생각이 들었다. 사또는 발 빠른 하인을 불러, 어서 가서 아전을 붙잡아 오라고 했다. 그런데 그때 아전이 채색 끈으로 암송아지에 코뚜레를 하고 붉은색 비단옷을 입혀서 관아로 천천히 들어오면서 큰 소리로 외쳤다.

"속히 대문을 열라. 사또 나리의 부인 마님께서 행차하였느니라!"

고을 전역은 놀라자빠졌다. 추문이 빗발치자 신관 사또는 동헌 안채에 숨어 얼굴을 들지 못했다. 며칠 뒤 밤을 틈타 수령 자리를 걷어차고 상경해 버렸다고 한다.

《기리총화》 중권 제32화 〈猾吏弄宰(활리농재)〉

상층의 허위에 대한 풍자와 조롱

하층이 상전을 놀리는 이야기들이다. 놀림을 당하는 수령과 어사는 하나같이 엄격하거나 오만하거나 세상 물정에 어둡다. 이들의 결함은 탐학을 일삼는 관료들과는 성향이 다르다. 그럼에도 이런 경직된 성격의 소유자들은 선정은 고사하고 자칫 아랫사람을 괴롭힐 여지가 크다. 이런 이들의 결함을 하층이 역이용하면서 벌어지는 진풍경이 여기 이야기들의 골자이다.

상전을 놀리거나 욕을 보이는 인물 하면 방자와 말뚝이가 떠오른다. 방자는 〈춘향전〉 속 이 도령의 종이고, 말뚝이는 탈춤에 등장하는 하인이다. 이들은 상전을 능수능란하게 속이는가 하면, 비속어를 섞어가며 양반의 행태를 꼬집는다. 이처럼 방자와 말뚝이는 판소리와 탈춤에서 탄생한 인물형이다. 판소리와 탈춤은 판놀음으로 서민의 연행문화였다. 지금 남아 있는 판소리계 소설과 탈춤 텍스트는 당시 공연에서 연기자들이 연기하던 대본을 각색한 결과물이다. 그러니 방자와 말뚝이는 하층의 입장에서 상층의 부패와 위선을 공박하는 역을 맡은 연기자였다. 하층 민인들은 무대에서 연기하는 이들의 거침없는 행동과 발화를 통해 인정의 통쾌함을 맛보며 억눌린 감정을 풀어내거나 달랬다.

하지만 방자와 말뚝이는 상층이나 사회제도에 저항하는 존재는 아니었다. 이들은 신분의 경계를 넘지 않는 가운데 하층을 대변하여 푸념하듯이 쏘아붙이는 정도였다. 그렇기에 이들의 발화에는 해학과 풍자가 넘쳐났을 뿐 저항의 목소리는 담기지 않았다. 그렇다, 풍자와 해학은 이런 적당한 거리와 경계 어디쯤에서 줄다리기할 때 효과 만점이다.

그런데 풍자 하면 떠오르는 작품들이 또 있다. 기녀들이 양반을 골탕 먹이는 〈배비장전〉이나 〈이춘풍전〉이 그렇다. 한문 작품으로 〈오유란전(烏有蘭傳)〉과 〈종옥전(鍾玉傳)〉 등도 있다. 여기에 등장하는 기녀들은 양반을 놀려 그 위선과 무능을 고발하는 역할을 한다. 앞에서 보았던 양반과 기녀의 로맨스를 그린 이야기가 양반에 대한 기녀의 믿음과 기대를 바탕으로 한 유형이라면, 여기 풍자소설들은 이 믿음과 기대가 무너진 이후를 다룬 유형이라고 할 수 있다. 그럼에도 이런 작품들이 창작된 이면에는 양반들의 자기 경계의 시선이 깔려 있다. 자신의 본분을 망각했을 땐 언제든지 배비장이나 이춘풍이 될 수 있다는 경계 심리가 자리하고 있다는 말이다.

한편으로는 하층의 욕망이 분출하고 있던 조선 후기 사회의 변화를 감지하고 이에 적절하게 대처해야 한다는 취지로도 읽힌다. 따라서 판소리나 탈춤, 그리고 풍자소설은 비슷한 해학과 풍자를 담고 있다 하더라도 작품의 향배는 이 지점에서 완전히 갈린다. 이를 상층과 하층의 입장 차라고 봐도 무방할 것 같다. 여기 세 이야기는 후자의 입장, 즉 풍자소설과 궤를 같이한다. 그럼 또 그 안에서 서로 같고 다른 점은 무엇일지 따져보는 일도 생산적인 감상이지 않을까 싶다.

46화는 통인에게 뺨을 맞은 수령의 이야기다. 이 수령은 영이 너무 엄하고 형벌도 가혹한 데다 세금 독촉도 성화같아 고을 사람들을 벌벌 떨게 한다. 다만 자기 잇속을 채우는 것과는 다르기에 탐관오리에 해당하진 않는다. 하지만 아랫 사람들이 남아날 수 없는 지경이다. 견디다 못한 이방들이 수령을 쫓아내겠다고 하는 상황이다. 실제로는 불가능한 설정이지만 이 계획은 실행된다. 그것은 어느 날 느닷없이 어린 통인이 수령의 뺨을 사정없이 때리는 것으로 시작된다.

통인은 누구인가? 수령의 영을 복창하여 전달하는 일을 맡은 신변 이속이다. 수령의 가장 가까이에서 시중드는 직책이었기에 실행자로서는 제격이었다. 그런데다 통인은 주로 이방의 자제들이 대를 이어 맡는 경우가 많았다. 당연히 아전과 통인은 한통속이었다. 한편, 뺨을 맞은 수령은 기가 찰 노릇이었다. 된서리같이 호령하던 입장에서 난데없이 이런 수모를 당했으니 오죽할까. 당연히 수령은 자기 뺨을 때린 통인을 족쳐야 했다. 하지만 계획에 의한 범행이라 주변에서 이를 곧이곧대로 들을 리 만무했다. 이 또한 원래의 계획에 따른 것이기도 했다. 심지어 수령의 자제들과 책실까지도 정신 나간 사람으로 취급하기에 이른다.

이들의 동조는 의미가 크다. 자제는 말할 것도 없고, 책실은 수령이 부임하면서 데려오는 부류이다. 주로 집안 친척을 대동하는 경우가 많았다고 한다. 그러니 이쪽은 수령과 한패이고, 저쪽은 고을에서 대대로 잔뼈가 굵은 아전패이다. 자칫 이쪽과 저쪽의 대결로 치달을 수 있는 형세였다. 그러나 양쪽이 한패가 되어 몰아붙이는 형국이 되었으니 수령은 그야말로 고립무원이다. 그리고 그 결과는 참담했다. 정신병 환자 취급을 당하며 자리에서 쫓겨난 것이다. 늘그막에 마지막으로 자식들에게 그때의 진실을 밝히려 했지만, 이마저도 소용이 없었다. 아전들의 수령 몰아내기 프로젝트는 완전범죄로 끝이 났다.

47화는 기녀 따위는 거들떠보지 않았던 오만하고 강직한 어사가 웃음거리가 된 이야기다. 수령이나 어사가 궤짝에서 알몸으로 나오는 소재는 앞에서 언급한 〈배비장전〉에도 나오며, 〈오유란전〉에서도 비슷한 상황이 연출된다. 그러니 이 모티프는 하나의 계보를 형성할 만큼 상전 골탕 먹이기 화소의 단골이며 풍자류 서사의 원천에 해당한다. 아마도 이 모티프는 이전부터 전승되어 오다가 특정한 서사에 활용되면서 변주를 거듭했을 것으로 판단된다.

다만 수모를 당한 어사는 46화의 수령이나 일반 탐관오리와는 거리가 먼 인물이다. 문제라면 좀 오만하거나 세상 물정을 모르는 정도이다. 따라서 당한 당사자로서는 억울할 만도 하다. 어쨌든 앞의 이야기처럼 말로가 처참한 데까지는 나아가지 않고 일시적인 곤욕을 치르는 것으로 끝난다. 이야기 안으로 들어가 보면, 일을 꾸민 쪽의 일사불란한 움직임이 먼저 감지된다. 지방 감영에서 감사와 부윤 등이 공모하고, 감영의 관기와 통인이 이를 척척 실행한다. 이와는 대조적으로 암행어사는 단신으로 이 함정에 걸려든 상황이다. 결국 그는 지역의 최고위직부터 관아의 이방들, 그리고 잔치에 모여든 지역민들까지 총집합한 속에서 '여인네 장옷을 입고 머리에는 다리를 얹었는데, 이상하게도 수염이 많이 나 있는' 기괴한 인물이 되고 만다.

이런 이야기의 구성에서 언뜻 스치는 것이 하나 있다. 앞의 46화에서 지방 관아 관속들의 결속력이 심상치 않음을 어느 정도 확인할 수 있었다. 실제로 18세기 중반까지는 중앙에서 파견한 수령이나 감사는 지방의 재지사족이나 관속과의 관계가 그리 원만하지 못했다고 한다. 그만큼 지방 토호의 힘이 셌기 때문이다. 이는 중앙집권적 정치를 구현하려는 입장에서는 걸림돌이 분명했다. 그래서 이때부터 중앙에서 파견한 관리의 권한을 높여 점차 지방에서 중앙의 힘이 강화되고 있었다. 여기 지방 관원들과 암행어사의 갈등 구도에는 이러한 당시 중앙과 지방의 정치적 역학 구도가 반영되어 있다.

48화는 구관 사또와 신관 사또를 모두 놀려먹은 한 꾀 많은 아전의 이야기다. 상전을 욕보인다는 점에서 앞의 두 이야기와 같은 소재이나, 그 계기와 방향은 상당히 다르다. 선심에서 나온 꾀가 오히려 자신을 위험에 빠뜨렸고, 이를 극복하기 위해 분전하는 과정이 초점이기 때문이다. 요컨대, 이 이야기는 재바른 아전의 분투를 그리고 있다. 그러나 사건의 원인은 세상 물정에 어둡고 일 처리가 허술했던 산간 고을의 사또가 제공했다. 이 사또의 미덕은 청렴함이었으나, 허술하고 세상 물정 어두운 성향과 결합되면서 점점 바보가 되어간다.

사또에 반해 아전은 매우 영리하다. 아전은 형편이 어려운 사또를 위해 고을에서 가장 부자인 좌수의 집을 털자는 꾀를 내고 끝내 그의 계획대로 성공한다. 이 과정에서 사또가 궁지에 몰리기도 했으나, 어쨌든 아전 덕분에 사또는 임기 이후에 풍족한 생활을 할 수 있게 되었다.

하지만 이 사또는 임지를 떠나면서 뒤끝이 작렬했다. 신임 사또에게 아전을 처치하라고 당부한 것이다. 이로써 이야기 한 편이 더 늘어난 셈이다. 한편, 아전으로서는 은혜에 보답한 결과가 자기 목숨을 내놔야 할 상황으로 급변했으니 가만히 당하고만 있을 수 없었다. 그러니 이 이야기에서 정말 애꿎은 인물은 신임 사또이다. 그는 전임 사또의 경고를 그대로 수행하려 했을 뿐인데, 망아지와 교접하는 봉변을 당했고 자리에서 물러나야 했다. 우리 고전 작품에서 좀처럼 볼 수 없는 망아지와 교접, 즉 수간(獸姦) 화소까지 등장했다. 더구나 다음 날 망아지에게 붉은 비단옷을 입혀 '부인 마님' 행차라고 외치는 장면은 풍자로도 압권이다.

49화

세 무관을 굴복시킨 달변가

예전에 과거에는 합격했으나 아직 벼슬에는 들지 못한 출신• 아무개가 있었다. 그는 당시 병조판서와 익히 아는 사이라서 한 자리 내려주리라 고대했다. 한편, 병조판서의 집에 드나들며 사이가 좋은 출신 셋이 또 있었으니, 이문덕, 어필수, 정언형•이 그들이었다. 이들 셋은 날마다 판서 곁에 바짝 붙어 모셨으며, 판서도 그들과 물리도록 얘기하며 살갑게 대해주었다.

아무개는 본래 시골의 보잘것없는 집안 사람인 데다 저들마저 자리를 차지하고 있어서 아무래도 판서에게 차분하게 자기 뜻을 전할 기회가 없었다. 그러다 보니 매일 그저 문안드리는 정도였다. 이런

- **출신(出身)** 과거에 급제는 했으나 아직 벼슬에 나서지 못한 사람.
- **정언형(鄭彦衡)** 자세한 이력은 알 수 없으나 1760년 선전관에 제수된 기록이 보인다. 이문덕(李文德, 1730-1790)과 어필수(魚必遂, 1694-?)도 비슷한 시기에 무관을 지낸 인물로, 특히 이문덕은 전라 좌수사와 경상 좌병사 등을 지냈다.

지 꽤 되었다. 저들도 아무개의 속내를 알았기에 서로 의견을 모아 판서를 뵈었을 때 절대 먼저 물러나는 법이 없었다. 결국 아무개는 판서에게 관직 자리를 청할 틈을 얻지 못했다.

그러던 어느 날이었다. 판서가 공무를 일찍 마치고 일이 없어서 세 사람에 아무개까지 함께 주거니 받거니 이야기꽃을 피웠다.

"자네들이 활터에 있을 때 아마도 고담(古談)을 많이 들었을 테니, 나에게 하나하나 풀어내 보게. 오늘 파적거리로 삼아야겠네."

이때다 싶어 아무개가 세 사람이 아직 입을 떼기 전에 먼저 나섰다.

"소인이 고담 하나를 알고 있습니다. 옛날에 이씨 성을 가진 선비가 하나 있었지요. 그는 아내와 일찍부터 사이가 안 좋아 잠자리의 쾌락을 가져보지 못했답니다. 그런 까닭에 마흔이 가깝도록 자식을 두지 못했지요. 한데 어느 날 이 선비가 안방에 찾을 물건이 있어서 쪽마루로 올라가 창을 열었답니다. 마침 부인이 이를 잡느라 치마를 벗은 채 맨살을 드러내고 있었지요. 부인은 남편이 갑자기 들이닥치자 급히 치마로 몸을 가렸다지요. 하지만 이미 매끈하고 탱탱한 흰 살결과 윤기가 돌고 부드러운 부인의 몸을 본 선비는 순간 정욕이 사정없이 끓어올라 참을 수가 없었지요. 그 자리에서 때아닌 동침을 하게 되었답니다. 바로 회임하는 경사가 있었고 금슬의 정과 잠자리의 즐거움이 더할 수 없었다지요. 20년 동안 안 좋았던 사이는 일장춘몽이라 할 만했답니다. 어언 열 달이 금세 지나 귀하고 복스러운 떡두꺼비 하나를 얻었지요. 이보다 더한 집안의 경사가 어디 있겠습니까? 부모는 자식을 너무 사랑하여 보고 또 보고 하면서 잠시도 무릎맡에서 떼어놓질 않았답니다. 이윽고 아이의 이름을 지으려던 참에 남편은 갑자기 껄껄 소리를 내 웃으며 이렇게 말했답니다.

'이 아이를 얻은 건 다른 사이좋은 부부가 낳은 경우와 아주 다르네. 오래도록 우리가 서로 미워하하다가 당신이 이를 잡으려고 치마를 벗은 사이에 느닷없는 욕정이 일어 급기야 동침했고 그 바람에 이 기특한 사내아이를 낳은 걸세. 그러니 이 아이가 생긴 건 죄다 '이가 부인을 문 덕' 때문일세. 그러니 수와 복을 바라는 보통의 글자로 이름을 지을 수는 없지. 이름을 보고 그 뜻을 생각하도록 자네와 나의 만남을 드러내야 하지 않겠는가?"

그러고는 마침내 '문덕'이라고 이름을 지었답니다. 이는 이를 잡다가 잠자리를 가진 정황을 드러낸 것이지요. 성을 같이 부른다 해도 '이문덕(李文德)' 석 자를 벗어나지 않고, 음을 풀어서 따지더라도 또한 '이문덕〔슬문덕(虱吻德, 이가 문 덕)〕' 석 자를 벗어나지 않지요. 그렇기에 호적이나 서찰은 물론 심지어 과거 시험의 시지에도 모두 '이문덕' 석 자를 썼답니다. 해서 사람들은 이 이름을 통해서 출생 배경을 알게 되었지요. 이름을 보고 그 뜻을 생각한다는 취지에서 이렇게 이름을 지은 것이지만, 하필이면 이 세 글자로 지었다니 그 아비의 심사가 너무한 게 아니겠습니까?"

이야기를 듣고 나자 판서와 어필수, 정언형은 포복절도했다. 그러나 진짜 이문덕은 낯이 뜨거워지며 붉으락푸르락 한 채 한마디도 내뱉지 못하다가 잠시 뒤 몸이 아프다면서 물러가 버렸다. 판서는 재밌는 이야기라며 칭찬해 마지않다가 또 다른 이야기를 해보라고 부추겼다. 그러자 아무개가 다시 이야기를 이어갔다.

"옛날에 몹시 가난한 부부가 있었답니다. 금슬이 너무 좋은 데다 혈기도 한창이라 마흔이 채 안 된 나이에 예닐곱 명의 자녀를 두었지요. 그야말로 합궁만 하면 바로 아이가 서는 식이었답니다. 하지만 너무 많은 아이를 낳다 보니 입힌 옷도 너덜너덜하고 먹이는 것도 푸성귀뿐이라 애들이 애처로웠답니다. 집에는 아이를 돌볼 계집종도 없어, 첫째가 둘째를 업고 셋째가 넷째를 업어 차례로 안아 키우는 식이었지요. 한시도 포대기를 풀지 못하다 보니, 업고 업힌 아이들의 머리가 떡 지고 살은 갈라지고 터졌지요. 아이를 업는 일이 이만저만 고역이 아니었던 겁니다. 혹여 한 아이라도 동생을 잘못 업어 울고 보채면 성격이 난폭했던 엄마가 큰애를 마구 두들겨 팼답니다. 그러니 동생들이 연이어 태어나는 게 큰아이에게는 실로 큰 걱정거리가 아닐 수 없었지요.

하루는 남편이 먼 곳에 갔다가 한 달이 지나 집으로 돌아오게 되었지요. 아내와 자식들 모두 안방에서 함께 자는데, 큰애는 멀찍이 누웠고 둘째는 가까이 누웠으며, 더 밑의 아이는 더 가까이, 그리고 막내는 가장 가까이에 누웠답니다. 남편과 아내는 같이 이불 속에 누웠으나 방이 너무 좁아 조금만 움직여도 필시 눈치를 챌 수 있었답니다. 밤이 깊어지자 부부는 그동안 풀지 못한 정을 나누느라 과연 일을 치르게 되었지요. 동생들은 죄다 달게 자고 있었으나 분별력이 있던 큰아이는 구들이 차서 잠을 못 자고 있었지요. 이 아이가 부모가 하는 짓을 조용히 지켜보다가 혼잣말을 했답니다.

'등에 업는 수가 또 생기겠군!'

큰애는 지금까지 동생들을 업는 일로 어미에게 얻어맞아 원망이 한 움큼 가슴속에 쌓여 있었지요. 이제 새 동생이 또 나올 지경이 되었으니 마음속이 답답할밖에요. 그러니 절로 입에서 부지불식간에 '업힐 수가 나오겠군〔부수출(負手出)〕'이란 말이 튀어나오고 만 것이지요. 이 말도 그럴싸합니다. '부수(負手)' 두 글자의 음을 풀어서 따져보면 오롯이 '어필수(업힐 수)' 세 글자가 되니까요."

이번에는 대감과 정언형이 포복절도했다. 그러나 진짜 어필수는 바보처럼 멍해지더니 그도 집안일이 있다며 인사하고 나가버렸다. 이제 자리에 있는 자는 정언형 한 사람뿐이었다. 판서는 아무개에게 이야기를 더 해보라고 보챘다. 아무개는 이어서 이런 이야기를 들려주었다.

"경기에 한 벼슬 못 한 사족이 있었답니다. 그는 지체 높은 집안에 속하지도 못했으며 글을 잘하지도 못했지요. 게다가 재산이라고 할 만한 것도 없는 데다 변변한 교유도 있지 않았지요. 그가 자랑할 만한 거라고는 친척 중에 이종사촌 형 한 사람이 전 행정언•으로 한양에 있는 게 전부였답니다. 그는 천박하고 성격도 거칠다 보니 평소 상것들에게 멸시당하기 일쑤였지요. 어느 날 동네에서 술에 취해 주정을 부리는 상것에게 욕받이가 되었답니다. 화가 불끈 난 그는 상것에게 공갈을 쳐댔지요.

'우리 정언 형님에게 일러바칠 거다. 너는 바로 법대로 작살나고 말걸!'

이렇게 두세 번이나 상것을 으르며 이종사촌 형을 자랑하고 떠벌

• **행정언(行正言)** 품계가 일반 정언보다 높은 관직이다. 원래 정언은 정6품직인데 이종사촌 형의 품계는 이보다 높았던 모양이다. 이럴 때 앞에 '행'을 붙인다. 반대로 관직이 품계보다 높은 경우는 '수(守)'를 붙인다.

리는 게 보통이 아니었답니다. 하지만 술에 취한 상것은 모질고 막돼먹은 자로, 그를 겁낼 필요가 없다는 걸 익히 알고 있었지요. 게다가 한양에서 행정언을 지낸 이종사촌 형이 뭐가 두려웠겠습니까? 상것은 화나는 대로 팔을 휘두르며 행패를 부렸답니다.

'정언 형이 도대체 어떤 물건이냐? 그 정언 형은 내 좆〔조(鳥)〕만 하냐? 내 자지〔적(赤)〕만 하냐?'

이렇게 갖가지 모욕적인 말과 입에 담기 어려운 욕을 쉴 새 없이 퍼부었답니다. 오늘 이렇게 하고 내일 또 저렇게 하여 허구한 날 욕받이 하느라 여념이 없었지요. 그 욕이 죄다 정언 형에게 쏟아졌답니다. 이른바 정언 형이란 이는 공연히 시골에 사는 이종사촌 동생 때문에 욕을 당했으니 무슨 죄란 말입니까? 저 상것이 말한 '정언형(正言兄)'이란 세 글자는 그 음으로만 들어보면 이 자리에 있는 정언형의 이름자와 조금도 차이가 없네요."

판서 대감은 또다시 포복절도했다. 하지만 자리에 있던 진짜 정언형은 분한 듯 무안한 듯한 표정으로 멍하니 있다가 물러가 버렸다. 아무개는 그제야 대감에게 벼슬자리를 얻었으면 하는 소회를 맘껏 드러냈다. 그러자 대감은 출신 아무개의 뛰어난 말솜씨를 가상하게 여겨 특별히 첫 벼슬자리를 내려주었다고 한다.

《청구야담》 권8 제15화 〈屈三弁善辯動宰相(굴삼변선변동재상)〉

50화

처녀들의 원님놀이와 소원 성취

연원군 이광정•이 양주 목사로 있을 때의 일이다. 관아 소속 매사냥꾼이 매일 사냥을 나갔다가 저물녘이면 돌아왔다. 그런데 한번은 뜬금없이 하룻밤이 지났는데도 돌아오지 않는 것이었다. 다음 날에야 돌아왔는데 그는 다리를 절뚝이고 있었다. 연원군이 왜 밤을 새웠으며 다리는 또 왜 저는지 묻자, 사냥꾼은 멋쩍게 웃으며 다음과 같은 일을 아뢰었다.

소인이 어제 매를 풀어놓았더니 멋대로 날아가 버리지 않겠어요. 해거름이 돼서 뒤를 밟아 가니, 이 매가 아무 고을의 이 좌수 집 문 앞 나무에 앉아 있었답니다. 소리쳐 부르니 그제야 팔뚝으로 내려왔

• **연원군(延原君) 이광정(李光庭)** 1552-1629. 자는 덕휘(德輝), 호는 해고(海皐), 본관은 연안이다. 대사헌과 예조, 이조, 공조의 판서를 역임했다. 임진왜란과 병자호란 때 활약했으며, 1604년 공적을 인정받아 연원군에 봉해졌다.

고요. 막 걸음을 옮기려는데 느닷없이 어둠 속에서 한 무리가 몰려오는 소리가 들리지 않겠습니까. 자세히 보니 다섯 명의 다 큰 처녀들이더군요. 오는 모습이 씩씩한 게 소인을 한 대 치기라도 할 기세였습니다. 소인은 깜짝 놀라 가까운 냇가 쪽으로 몸을 피했지요. 그때 넘어져 다리를 다친 것입니다. 소인이 다시 울타리 밖 작은 숲에 숨어서 엿들었더니, 이들은 다 같이 상의하기를 "오늘 밤 원님놀이를 해보는 게 어때?"라고 하자, 다들 응수하기를 "좋지!"라고 하더군요. 이들은 바닥에 평상 하나를 두고 제일 언니뻘 되는 처녀가 원님이 되어 평상에 앉았습니다. 이어서 나머지 처녀들은 차례로 좌수와 별감, 형방•과 사령이 되더군요. 자기 역할이 다 정해지자 평상 위에서 원님이 소리쳤습니다.

"이 좌수를 잡아 오너라!"

사령을 맡은 다섯 번째 처녀가 반열에서 소리를 길게 뽑아 이를 전달하자, 좌수를 맡은 두 번째 처녀가 평상 앞에 엎드리더군요. 사령 처녀가 다시 큰 소리로 외쳤습니다.

"붙잡아 대령했습니다!"

이어 원님 처녀가 좌수의 죄목을 나열하니, 형방인 네 번째 처녀가 원님의 말을 전갈하여 좌수에게 분부했습니다.

"혼인은 인륜지대사이거늘, 네 막내딸이 혼기를 넘기지 않았느냐? 저 해가 넘어가듯 늙어가고 있는 언니들이야 말할 것도 없지. 너는

• **형방(刑房)** 지방 관아에서 형사 관계 실무를 맡아보던 부서이자 그 일을 맡은 책임 향리. 이를 '수형리(首刑吏)'라고도 하며 백성들의 송사 등을 처리했다.

왜 우유부단하게 인륜을 폐하는 짓을 그냥 내버려둔단 말이냐?"

좌수 처녀의 대답은 이랬습니다.

"하교하신 말씀은 지당하오나 집안 살림살이가 어렵다 보니 혼례는 꿈도 꾸지 못합니다. 차일피일하다 보니 여기까지 오고 말았네요."

원님이 재차 나무라더군요.

"혼인은 재산이 있고 없고를 따지는 게 아니니라. 그저 물 한 잔 떠 놓고 치르면 되는 것이야. 어느 세월에 혼수를 다 준비해서 하겠느냐? 네 말이 가당치 않구나!"

이번에는 좌수 처녀가 하소연했습니다.

"좋은 신랑감도 찾기 쉽지 않습니다."

"구태여 여기저기 알아보면 왜 없겠느냐? 내가 우리 집 안채에서 들은 것만 말해보아도 우리 고을에 송 좌수, 김 별감, 오 별감, 최 별감, 정 좌수 집에 괜찮은 신랑감이 있느니라. 다섯 집이 다 향반 아니면 뼈대 있는 양반이라 너희 집과도 비슷하니 그쪽과 혼인을 하면 되지 않겠느냐?"

"그렇다면 매파를 보내 의논해 보겠습니다."

"네 죄는 벌을 주어야 마땅하나 내 참작하여 돌려보내느니라. 속히 혼처를 정하지 않는다면 벌을 면치 못할 줄 알거라!"

원님 처녀는 좌수 처녀를 끌어내라고 하더군요. 그러고 나서 다섯 처녀는 동시에 한바탕 웃고는 흩어졌답니다. 정말 웃겨 죽을 뻔했습니다.

연원군도 얘기를 듣고 배꼽을 잡았다. 곧 유향소 사람을 불러오라

하여 아무 고을에 이 좌수가 살고 있는지 확인해 보았다.

"네, 있습니다."

"집안 형편은 어떠하고, 자녀는 몇이나 두었느냐?"

"집은 찢어지게 가난하고, 자녀 수는 정확히 모르나 딸이 많은 줄로 압니다."

연원군은 예식을 주관하는 이방을 보내 이 좌수를 데려오라고 했다. 이 좌수가 관아로 들어오자 연원군은 반가운 기색으로 대화를 시작했다.

"자네가 향임을 지냈다는 얘기를 듣고 한번 만나 고을 사정을 의논할 참이었네. 자녀는 몇이나 되는가?"

"소인 운수가 사나워 아들은 하나도 두지 못하고 딸만 다섯입니다."

"시집간 딸은 몇인가?"

"아무도 시집을 못 보냈습니다."

"그럼, 나이는 다 어린가?"

"다섯째 막내딸만 해도 혼기가 이미 지났습니다."

이에 연원군은 원님놀이 한 처녀들의 대화를 그대로 옮겨주었다.

"예, 하나같이 애들 말이 맞습니다."

좌수가 이렇게 대답하고는 신랑감 구하기가 어렵다는 말을 이어갔다. 연원군이 또 원님 처녀가 들었던 다섯 집의 아들들을 언급하자 좌수가 이렇게 답했다.

"저들은 결코 찢어지게 가난한 소인 집과는 혼사를 치르지 않겠다고 할 것입니다."

이에 연원군은 이 좌수를 내보냈다. 다시 신랑감으로 거론된 다섯 마을의 유향소에 서찰을 보내 해당 좌수와 별감을 불러오라고 했다. 이들이 관아에 이르자 연원군은 차담을 나누다가 혼인할 자식이 있는지 물었다.

"아들이 결혼할 때가 됐습니다."

"내가 자네들을 위해 중매를 설 텐데, 어떤가?"

"다행이고 말굽쇼!"

"아무 마을 이 좌수가 딸 다섯을 두어 혼기가 찼다네. 자네들 다섯 집이 저 딸 한 명씩을 데려가면 되겠네."

다섯 사람이 주저하며 바로 승낙하지 못하자, 연원군은 버럭 소리를 질렀다.

"이 좌수는 비록 지위가 낮으나 덕망은 자네들 못지않네. 자네들이 선뜻 수락하지 못하는 것은 그가 가난해서겠지. 가난한 집 처녀는 아무래도 시집갈 가망이 없단 말인가? 내 나이와 자리가 자네들이 볼 때 어떠한가? 얘기를 꺼내놨는데 열없어지게 해서야 되겠는가? 그러면 자네들은 도리를 아주 그르치는 걸세."

그러면서 바로 대쪽 다섯 개를 뽑아 다섯 사람 앞에 던졌다.

"더 이상 잡담하지 말고 각자 여기에 영식들의 사주단자를 써서 내게."

다섯 사람은 그 위엄에 눌려 명을 따라야 했다. 연원군은 이 자리에서 혼렛날을 정하고 일렀다.

"신붓집이 저리 가난하니 누가 먼저 하고 누가 뒤에 하여 다섯 번이나 혼례를 치를 수 있겠는가? 다섯 쌍이 한날한시에 맞절하고 치러버리게. 이야말로 세상에 드문 일이라며 사람들이 놀라지 않겠는가? 내가 먼저 신붓집에 가서 신랑 맞을 절차를 주선할 테니, 자네들은 지금 내가 이른 대로 따르도록 하게."

수령은 이들에게 술과 안주를 내어주고 각자에게 신랑이 입을 도포도 지급했다. 그리고 다음 날 이방을 이 좌수 집으로 보내 혼렛날을 알리게 했다. 이런 말도 덧붙였다.

"다섯 딸의 신부 옷과 장식이며 혼렛날 잔치 비용 등은 관에서 찬조할 테니 본가에서는 염려하지 말라……."

이 좌수는 덩실덩실 춤을 추며 감격하여 눈물을 흘렸다. 혼렛날이 이틀 앞으로 다가오자 연원군은 출타하여 이 좌수 마을에 머물렀다. 관아에서는 큰 소를 잡아 잔칫집으로 보내왔다. 또 관가의 차일과 장막, 앉을 자리까지 일체를 운반해 왔다. 차일을 넓게 치고 화려한 자리에 다섯 개 혼례상을 쭉 차려놓았다. 다섯 사내와 다섯 처녀가 동시에 맞절하는 그림자가 뜰에 어리비쳤다. 담을 에운 구경꾼들은 탄성을 연발하며 신기해했다. 이 가난한 집에서 이런 화기애애한 분위기가 연출될 줄은 몰랐던 것이다.

이 일은 지금까지도 연원군이 적선한 미담으로 전해지고 있다. 그는 뒤에 높은 자리에 올랐으며 자손들도 번성했다. 이 모두 다섯 처녀를 시집보낸 일로 그렇게 된 것이라고 한다.

《동패락송》 제35화

벼슬자리와 혼인의 또 다른 풍경

이번에는 고담(古談)과 놀이로 벼슬자리와 혼처를 얻은 이야기다. 이런 유형의 작품을 희작이라고 한다. 그런 만큼 웃음이 유발되는 지점이나 장면을 주목할 만하고, 비유나 상황이 얼마나 잘 맞아떨어지는가에 따라 이야기의 성패가 좌우되기도 한다. 따라서 이 재미를 따라가는 게 희작의 일차적인 독법이다. 그렇다고 다른 노림수가 없다는 뜻은 아니다. 희작 중에는 진지하게 풀어가는 다른 어떤 이야기보다도 심각한 문제가 도사리고 있는 경우도 없지 않다. 여기 두 이야기도 그 배경을 이해하고 나면 마냥 웃고 넘길 수 없는 만만찮은 사정들이 자리하고 있다.

조선 후기에는 벼슬자리 얻기가 하늘의 별 따기만큼 어려웠다. 그렇다면 결혼 문제도 사회적 이슈가 됐을까? 사실 조선 후기 사회사에 관한 자료가 많지 않기 때문에 이 문제를 실증적으로 접근하기는 어렵다. 다만 이와 관련한 한두 가지 사회현상은 목격된다. 먼저 결혼 풍속도의 변화이다. 혼수품의 비용이 만만치 않아 가세가 기운 집

안에서는 혼례를 치르지 못하는 경우가 빈번했다고 한다. 그 정황이 간혹 문학에도 반영되곤 했다. 그러면서 언제부턴가 '노처녀'라는 용어가 등장하기 시작했다. 노처녀는 그전에는 안 보이던 신조어에 가깝다.

이즈음에 나왔을 것으로 짐작되는 〈노처녀가〉라는 가사 작품이 있다. 두 가지 계열이 있는데, 공교롭게도 정반대 상황의 노처녀가 등장한다. 하나는 시집 못 간 미모의 노처녀가 자신의 신세를 한탄하는 내용이고, 다른 하나는 추녀이자 심각한 장애를 앓고 있는 노처녀가 혼인을 욕망하다가 마침내 시집을 간다는 내용이다. 미모의 노처녀는 가정형편이 어렵고, 추녀이자 장애인인 노처녀는 외형이 결격이었다. 이 가사 작품이 당대 현실을 얼마나 적실하게 반영했는지는 불분명하나, 미모의 여성이든 장애를 가진 여성이든 혼기를 놓쳐 노처녀가 된 것은 마찬가지였다. 이렇게 조선 후기에 결혼 적령기를 넘긴 여성의 문제를 다룬 작품이 나오고 있었다는 것은 사뭇 시사적이다. 이것이 사회 현실의 하나였을 가능성이 크기 때문이다. 그렇다면 50화도 이런 사회적인 배경을 깔고 있다고 봐야 한다.

49화는 어떤 출신이 임용을 담당하던 병조판서에게 고담을 들려주고 마침내 벼슬자리를 얻는다는 이야기다. 출신(出身)이란 과거에 합격했으나 아직 관직에 오르지 못한 이들을 일컫는다. 대개 과거에 급제해도 문과에 장원한 경우를 제외하고는 곧장 관직으로 나아갈 수 없었다. 얼마간 대기 인력으로 남거나 한참 동안 벼슬을 얻지 못하는 경우도 빈번했다. 나머지 무과, 잡과 출신들은 산관직이라고 하여 실무직이 아닌 형식적인 자리만 주어졌다. 이랬기에 출신들은 실직에 나아가기 위해 분주하게 연줄을 대거나 필요하면 뇌물도 바쳐야 했다.

지금 여기 출신도 이런 상황에서 다행히 병조판서와 연줄이 닿았다. 그런데 자기보다 먼저 줄을 선 이들이 있었다. 판서는 이들에게 시험이라도 해볼 참으로 고담을 지어보게 했다. 동아시아 소설의 탄생 과정에는 아주 흥미로운 지점이 있다. 원래 동아시아 소설(小說)은 서구의 'Novel'의 번역어가 되기 전까지는 '사소한 일을 엮은 이야기'라는 뜻이었다. 아주 간단한 사건 사고나 남다른 체험을 글로 그럴듯하게 꾸민다는 것인데, 이렇게 꾸밀 줄 아는 능력이 관직 진출의 통로가 되기도 했다. 이런 이유로 동아시아 초기 서사는 벼슬을 얻으려는 이들이 꾸며낸 이야기에서 비롯되었다.

이는 본격적인 소설이 출현하던 당나라 때도 비슷한 양상이었다. 동아시아 소설의 출현과 관련하여 논자마다 주장이 다르기는 하지만, 당대(唐代)의 전기(傳奇) 서사를 그 첫머리에 두는 것은 어느 정도 동의하고 있다. 이 전기소설은 과거 급제를 꿈꾸거나 급제한 이들이 창작층을 이루었다. 요컨대, 허구적인 창작으로 글 쓰는 능력을 드러낸 셈이다. 지금 여기 출신도 결과적으로 고담, 즉 이야기로 관직 진출이 이루어졌으니 이야기와 벼슬 사이의 전통과 닿아 있다.

하지만 여기서의 고담은 본격적인 서사물은 아니고 골계담 정도에 해당한다. 그러나 이 짧은 이야기 속에 이문덕을 '이가 문 덕'으로, 어필수를 '업힐 수'로, 정언형을 '정언 형'으로 풀어내는 과정은 절묘하다 못해 탄성을 자아낸다. 그뿐만 아니라 이야기를 풀어가는 과정에서 음담까지 곁들였다. 이런 음담패설을 옛날에는 육담(肉談)이라고 불렀다. 육담은 성적인 용어나 비속어를 많이 써서 상대방을 놀리거나 창작자의 억눌린 심정을 풀어내는 기능을 했다. 여기 출신의 처지에서 보면 육담은 확실히 자신의 억눌린 심정을 풀어내고 상대방을 궁지에 몰아붙이는 적절한 방편이었다. 그러나 이런 식으로 관직이 내려진다면 얼마나 많은 논란이 뒤따르겠는가. 그렇기에 한 출신이 고담을 잘하여 관직에 진출한 이 이야기는 당대 현실의 반영이라기보다는 관로에 대한 풍자의 성격이 다분하다.

50화는 처녀들이 원님놀이를 했다가 놀이한 내용 그대로 성사된 이야기다. 원님놀이는 지금도 경상도 북부와 강원도 동남부 지방에서 전승되는 민속놀이 가운데 하나이다. 음력 정월달이 되면 해당 지역의 젊은이들이 원님과 아전으로 꾸며 이웃의 부잣집을 찾아가 적선하지 않는다며 재판을 벌이는 게 주요 내용이다. 이때 암행어사가 나타나면 혼비백산하여 흩어져 다른 집으로 옮아가서 다시 놀이를 이어간다고 한다. 여기 이야기의 배경이 양주임을 보면, 조선 후기에는 여러 지역에서 행해졌던 놀이문화 가운데 하나였던 것 같다. 그리고 지역에 따라서 놀이의 내용도 조금씩 다르지 않았을까 싶다.

그럼에도 처녀들이 하는 원님놀이는 지금 전승되는 놀이와는 내용상 차이가 큰 편이다. 그렇다면 이 이야기는 기존 전승되던 원님놀이를 자기식으로 변개했거나, 아니면 애초 원님놀이 중에 이런 버전이 있었을 수도 있겠다. 아무튼 여기 원님놀이는 다섯 딸이 모두 과년했으나 아무도 시집가지 못한 상황을 연출하고 있다. 그런데 이 놀이에서 끌려온 좌수는 살림살이가 어려워 딸아이들의 혼례는 꿈도 꾸지 못한다고 하소연한다. 그러자 원님은 '혼인은 재산이 있고 없고를 따지지 말고 그저 물 한 잔 떠놓고 치르면 된다.'라는 논리로 받아친다. 그렇다면 좌수의 하소연은 당대의 현실이고, 원님의 대처는 연기하는 딸들의 바람으로 봐도 무방할 듯하다. 하지만 양자 사이의 거리를 좁혀야 혼인이 성사될 수 있음을 놀이는 상기시켜 준다. 놀이를 듣고 난 연원군이 그 거리를 메워줌으로써 공연한 처녀들의 소원은 이루어질 수 있었다. 돌려 말하면, 연원군 같은 주선자가 나타나지 않으면 저들의 놀이는 그저 놀이로만 그칠 뿐 뾰족한 수가 없을 터다. 그러니 이 놀이에는 당대 일부 여성들이 처한 현실이 한 움큼 녹아들어 있다.

어쨌거나 49화, 50화 두 이야기가 유독 남다르게 느껴지는 것은, 오늘날 우리 사회가 직면한 젊은 세대의 취업이나 결혼 문제와 맞닿아 있어서가 아닌가 싶다. 지금의 난제를 200년 전 조선 사회에서도 겪었다니 신기할 따름이다. 여러모로 두 이야기는 웃으면서 따라 읽다가도 점차 뭔가 찜찜하고 무거워지는 느낌을 받을 수밖에 없다. 그러면서도 지금 시대를 생각하면 또 묘한 위안이 되는 것도 사실이다. 일반적으로 사람들이 초유의 사태를 겪게 되면 허둥지둥하기 마련이다. 하지만 지금 젊은 세대가 겪는 현실이 조선시대에도 여전했음을 상기하게 한다. 물론 이때의 현실과 지금의 현실은 천양지차다. 그럼에도 타산지석이라는 말이 있지 않은가. 여기서 답을 찾지는 못하더라도 참고할 여지는 있을 것이다.

출전 소개

《어우야담(於于野談)》

어우(於于) 유몽인(柳夢寅, 1559-1623)이 1620년대 초반에 정리했으며, 모두 520여 편이 실려 있다. 원래는 이것보다 많은 10권의 거질이었다고 하나 다 전해지지는 않는다. 유몽인은 당대 대표적인 문장가로 특히 여성에 대한 시선이 남달라 이를 작품으로 구현하기도 했다. 이 책 제명에 '야담'을 붙였듯이 조선 후기 야담문학의 첫 자리를 차지한다. 당시 전란이나 사회의 동요 등을 실시간으로 보도하는 듯한 내용들이 많이 들어 있어 16세기 후반에서 17세기 초 사회상의 보고라고 할 만하다. 다만 짧은 기사류가 많고 본격적인 이야기 작품은 적은 편이다.

《천예록(天倪錄)》

수촌(水村) 임방(任埅, 1640-1724)이 편찬한 야담집으로 총 62편을 실었다. 임방은 노론 명문가 출신으로 당쟁의 소용돌이 속에서 이 책을 정리했다. 제목의 천예는 '하늘 끝' 또는 '자연의 분기'라는 뜻으로, 인간 세상에서 일어나기 어려운 비일상적인 이야기들이 담겨 있다. 실제 신선과 귀신 이야기가 주류를 이루며 비범한 인물의 기이한 사적이 대부분이다. 편제 방식도 새로워서 비슷한 이야기를 두 편씩 모아 실은 다음 끝에 평을 붙였다. 또 개별 이야기마다 육하원칙에 따라 사건을 정연하게 전개함으로써 서사성과 문학성이 뛰어나다. 조선 후기 전문 야담집의 면모는 이 책에서 시작되었다고 본다.

《매옹한록(梅翁閑錄)》

매옹(梅翁) 박량한(朴亮漢, 1677-1746)이 지은 야사 야담집으로, 일반 야사에서부터 필기 잡록에 이르기까지 다양한 유형의 기사 260여 편을 실었다. 편저자 박량한은 영조 때 활동한 문인으로 이 책 외에는 남긴 글이 따로 없다. 책의 내용은 조선 개국 이래 17세기 후반 숙종 대까지의 정치와 사회, 당쟁과 전란 등으로 주로 사회 문제를 많이 다루었다. 본격적인 야담이라고 할 수 있는 작품은 그리 많지 않으나 호란과 관련해서는 이 책에서만 보이는 흥미로운 이야기가 들어 있다. 특히 포로로 잡혀간 여성의 서사가 눈에 띈다.

《이순록(二旬錄)》

구수훈(具樹勳, 1685-1757)이 남긴 저작으로 모두 249편의 이야기가 실려 있다. 저자 구수훈은 영조 때 병마절도사와 포도대장 등 무관 고위직을 지냈다. 제목의 '이순'에서 알 수 있듯이, 스무날 정도로 짧은 기간에 이 책을 정리했다고 한다. 이 책은 그가 무관직을 수행하면서 체험했거나 견문한 내용이 많아서 군문(軍門)이나 무관들의 이야기가 주목되며, 옥사나 변란 같은 소재도 적지 않다. 또한 이야기 중에는 의협심을 다룬 사례가 적지 않은 만큼 무관 출신 저자의 성격이 잘 드러나기도 한다. 현재까지 무관이 정리한 유일한 야담집이기도 하다.

《동패락송(東稗洛誦)》

노명흠(盧命欽, 1713-1775)이 편찬한 야담집으로 모두 78편의 이야기가 실려 전한다. 편저자 노명흠은 관직을 지낸 경력은 보이지 않고 영조와 정조 시대에 귀족 집안의 자제를 가르치는 숙사(塾師), 즉 개인 교사를 지낸 경력만 보인다. 그는 몰락한 양반으로 자신의 처지와 비슷한 인물들에 관심을 두고 관련된 이야기를 정리하는 데 심혈을 기울였다. 그래서 이 책은 당대 현실을 반영한 이야기가 주종으로, 그동안 등장하지 않았던 풍수담이나 치부담 같은 새로운 유형의 이야기가 많이 등장한다. 서사 양상도 다채로워 야담문학의 현실성을 제고하는 데 기여했다는 평가를 받는다.

《학산한언(鶴山閑言)》

학산(鶴山) 신돈복(辛敦復, 1692-1779)이 엮은 야담집으로 모두 100편이 들어 있다. 신돈복은 명문가 출신이었으나 불우한 생애를 보낸 것으로 보인다. 관직도 노년에 말단직인 참봉을 지낸 게 전부이다. 다만《단학지남(丹學指南)》이라는 도가 서적을 저술할 만큼 도가에 관심이 많았다고 한다. 실제 이 책에는 도가의 수련담이나 선가의 계보를 잇는 인물들에 대한 일화가 많다. 이 외에도 조선과 중국의 역사와 주요 인사들, 그리고 이전 야담에서는 볼 수 없었던 예술인 이야기가 소개되는 등 새로운 내용이 적지 않다.《동패락송》과 함께 이 시기 야담의 새로운 경지를 보여주는 저작으로 꼽힌다.

《잡기고담(雜記古談)》

난실(蘭室) 임매(任邁, 1711-1779)의 저작으로 모두 25편이 실려 있다. 저자의 호를 따서 '난실만필(蘭室漫筆)'이라고 부르기도 한다. 임매는《천예록》을 편찬한 임방의 손자이기도 한데, 대를 이어 야담집을 찬술한 셈이다. 편 수는 다른 야담집에 비해 적지만 시의성 있는 소재와 주제로 편마다 응집력 높은 필치를 보여준다. 다룬 인물도 주로 하층이며 검녀, 내시 아내, 의로운 기녀, 과부 등 여성 인물에 대한 서사가 주목된다. 또한 평이한 서술과 구어식 표현의 문체가 참신하다. 그리고 다른 야담집과 달리 이야기마다 저자의 평을 붙였는데, 평의 내용 또한 풍부하여 저자의 시대정신을 엿볼 수 있다.

《삽교만록(霅橋漫錄)》

삽교(霅橋) 안석경(安錫儆, 1718-1774)이 지은 필기집으로, 이 가운데 야담에 해당하는 작품은 30여 편 정도가 수록되어 있다. 안석경은 원주 권역의 학자로 벼슬을 지내지 않았다. 만년에는 지금의 강원도 횡성군 삽교리에 은거하여 수양하면서 이 책을 저술했다. 내용은 주로 그의 학문과 사상, 그리고 지역 사회 학자들과의 교유, 지역민들의 동향 등을 붓 가는 대로 적었다. 이런 속에 〈검녀〉 같은 문제적인 야담도 들어 있다. 비록 야담은 많지 않지만 이 지방 출신 학자의 견문과 지역 문사들의 동향을 이해하는 데 중요한 자료이다.

《계서잡록(溪西雜錄)》

계서(溪西) 이희평(李羲平, 1772-1839)이 엮은 야담집으로 모두 235편이 실려 전한다. 이희평은 지방관을 지낸 관력이 있는 문인으로, 1795년 수원 화성에서 열린 혜경궁 홍씨의 회갑연에 참여하여 국문 일기인 《화성일기(華城日記)》를 남기기도 했다. 그의 동생인 이희준(李羲準, 1775-1842)은 따로 《계서야담(溪西野談)》을 남겼는데, 형제가 야담집을 편찬한 드문 사례이다. 이 책은 다른 야담집과는 다르게 문예 전통이 강했던 자기 집안, 즉 한산 이씨 선대의 행적을 이야기로 구현했다. 또한 전대 야담집 《동패락송》을 적극적으로 활용하면서 19세기 야담의 새 지평을 연 것으로 평가된다.

《기리총화(綺里叢話)》

기리(綺里) 이현기(李玄綺, 1796-1846)의 야담집으로 모두 146편이 실려 있다. 이현기는 당색이 소론으로 알려져 있을 뿐 생애는 거의 알 수 없다. 이 책은 야담집 중에서 비교적 늦게 알려졌지만 《어우야담》 이후 계승되던 이야기의 계보와는 다른 작품들이 많아 야담사에서 새롭게 주목되는 저작이다. 특히 조선 후기 야담 중에서 수작으로 꼽는 몇 작품이 이 책에 실려 있다. 또 야담집에서 확인된 이야기 중에 가장 장편인 〈장수과전(張守果傳)〉이 들어 있다. 이 작품은 백화체로 지어진 희작으로, 저자의 창작 능력이 돋보이는 결과물이다.

《청구야담(靑邱野談)》

편저자 미상의 야담집으로 모두 290편이 실려 있다. 제목의 '청구'에서 짐작할 수 있듯이 조선의 야담을 총집한 결과물로, 명실공히 조선 후기 대표 야담집이라고 할 수 있다. 실제 이 책에 실린 이야기는 대부분 이전 야담집이나 다른 자료에서 확인되는 만큼 누군가가 기존 야담들을 편집하여 실어놓은 것으로 판단된다. 그러나 여기에 실린 작품들은 모두 야담 가운데 빼어난 작품들이어서 어느 것 하나도 놓칠 수 없을 정도로 편편이 조선 후기 사회를 조명하는 데 일조한다. 한국 야담의 진면모가 이 책에 응집되어 있다고 보면 되겠다.

《동야휘집(東野彙輯)》

종산(鍾山) 이원명(李源命, 1807~1887)이 편찬한 야담집이다. 이원명은 고종 시대에 판서를 지낸 고위 관료로, 문장이 뛰어나 당시 외교 문서 등을 전담했다. 그런 그가 《청구야담》 이후 또 한 번의 야담 총정리를 목적으로 이 책을 편찬했다. 이야기의 분류도 체계적이어서 총 13부(部)로 나누고 130항목을 16권에 걸쳐 편제했다. 그리고 항목마다 2편씩 총 260편을 수록했다. 편 수는 《청구야담》보다 적지만 편마다 문예성을 가미하여 개별 작품의 편폭이 늘어났다. 이 때문에 조선 후기 야담집 중에 가장 많은 분량을 자랑한다. 야담의 수많은 화소나 인물 등도 이 책에 다 모아져 있다.

조선의 단편

02 야담으로 배우는 인생사

1판 1쇄 발행일 2023년 10월 10일

편역 정환국

발행인 김학원
발행처 (주)휴머니스트출판그룹
출판등록 제313-2007-000007호(2007년 1월 5일)
주소 (03991) 서울시 마포구 동교로23길 76(연남동)
전화 02-335-4422 **팩스** 02-334-3427
저자·독자 서비스 humanist@humanistbooks.com
홈페이지 www.humanistbooks.com
유튜브 youtube.com/user/humanistma **포스트** post.naver.com/hmcv
페이스북 facebook.com/hmcv2001 **인스타그램** @humanist_insta

편집책임 문성환 **편집** 윤무재 **디자인** 김태형 유주현
조판 아틀리에 **용지** 화인페이퍼 **인쇄** 청아디앤피 **제본** 민성사

SBN 979-11-7087-055-5 04810
979-11-7087-053-1 (세트)